"苏州大学人文社科优秀学术专著出版资助"

朱建刚 著

尼·斯特拉霍夫文学批评研究

北京大学出版社
PEKING UNIVERSITY PRESS

图书在版编目(CIP)数据

尼·斯特拉霍夫文学批评研究 / 朱建刚著. —— 北京：
北京大学出版社, 2025.6. —— ISBN 978-7-301-36028-6

Ⅰ. I512.064

中国国家版本馆CIP数据核字第202546M7M6号

书　　名	尼·斯特拉霍夫文学批评研究
	NI SITELAHUOFU WENXUE PIPING YANJIU
著作责任者	朱建刚　著
责 任 编 辑	李　哲
标 准 书 号	ISBN 978-7-301-36028-6
出 版 发 行	北京大学出版社
地　　址	北京市海淀区成府路205号　100871
网　　址	http://www.pup.cn　　新浪微博:@北京大学出版社
电 子 邮 箱	编辑部 pupwaiwen@pup.cn　总编室 zpup@pup.cn
电　　话	邮购部 010-62752015　发行部 010-62750672
	编辑部 010-62759634
印 刷 者	天津和萱印刷有限公司
经 销 者	新华书店
	720毫米×1020毫米　16开本　24.25印张　410千字
	2025年6月第1版　2025年6月第1次印刷
定　　价	98.00元

未经许可，不得以任何方式复制或抄袭本书之部分或全部内容。
版权所有，侵权必究
举报电话：010-62752024　电子邮箱：fd@pup.cn
图书如有印装质量问题，请与出版部联系，电话：010-62756370

目 录

导论 ·· 1
    第一节　斯特拉霍夫生平 ··· 2
    第二节　国内外研究现状 ·· 14
    第三节　研究的意义及思路 ··· 46

第一章　文学批评主题之一：斯特拉霍夫与俄国反虚无主义 ········ 49
    第一节　作为思想背景的俄国虚无主义 ······························· 49
    第二节　斯特拉霍夫的反虚无主义观及其发展 ······················ 51
    第三节　斯特拉霍夫反虚无主义的来源 ······························· 56

第二章　文学批评主题之二：斯特拉霍夫论俄国民族文化特性 ······ 61
    第一节　《致命的问题》及其影响 ······································· 61
    第二节　民族的还是世界的——与弗拉基米尔·索洛维约夫的争论 ······ 68

第三章　戏仿与文学传统——斯特拉霍夫论普希金 ··················· 85
    第一节　斯特拉霍夫的普希金研究 ···································· 86
    第二节　斯特拉霍夫普希金研究的背景 ······························· 92
    第三节　斯特拉霍夫普希金研究的根源及影响 ······················ 97

第四章 一位西欧派的没落——斯特拉霍夫论屠格涅夫 ··········· 103
第一节 关于《父与子》 ·················· 104
第二节 关于《烟》及其他 ················ 109
第三节 《屠格涅夫的最新作品》及《关于屠格涅夫的追思会》······ 116

第五章 另一位西欧派的回归——斯特拉霍夫论赫尔岑 ··········· 123
第一节 斯特拉霍夫论赫尔岑 ················ 124
第二节 赫尔岑与虚无主义者的出路 ·············· 130
第三节 《赫尔岑》的影响 ·················· 134

第六章 论斯特拉霍夫对陀思妥耶夫斯基的阐释 ··············· 141
第一节 关于《罪与罚》的评论 ················ 143
第二节 真正的虚无主义者与苦难 ··············· 147
第三节 真实与幻想性：关于《白痴》的争论 ·········· 155
第四节 病态与狂热：斯特拉霍夫的盖棺论定 ·········· 163

第七章 生命意识与民族根基：斯特拉霍夫对托尔斯泰的阐释 ········ 167
第一节 从相识到相知 ··················· 168
第二节 斯特拉霍夫对托尔斯泰早期作品的评论 ········· 173
第三节 对《战争与和平》（1863—1869）的阐释 ········ 179
第四节 对《安娜·卡列尼娜》（1873—1877）的意见及阐释 ···· 191
第五节 未完成的对话——斯特拉霍夫与托尔斯泰的争论 ····· 202

第八章 斯特拉霍夫事件及其意义 ·················· 219
第一节 陀思妥耶夫斯基与斯特拉霍夫 ············· 221
第二节 第三者：托尔斯泰 ·················· 225
第三节 独白与对话之争 ··················· 231

结语：斯特拉霍夫文学批评的准则、意义及其他 ……………… 235
    第一节　批评的准则 ……………………………………… 238
    第二节　批评的意义 ……………………………………… 243
    第三节　批评的局限性 …………………………………… 247

参考文献 …………………………………………………………… 253

斯特拉霍夫生平简历 ……………………………………………… 266

附录：斯特拉霍夫论托尔斯泰《战争与和平》四部曲译文 ……… 270

后记 ………………………………………………………………… 380

导论

在十九世纪的俄国文坛群星之中，尼古拉·尼古拉耶维奇·斯特拉霍夫（Страхов Николай Николаевич，1828—1896）即使不写那么多的政论、批评、回忆录，其文坛地位也足以令后来者敬仰，因为他的身后是俄罗斯文学的两座高峰。他是陀思妥耶夫斯基的好朋友——陀思妥耶夫斯基说他一半的观点都是来自斯特拉霍夫[1]，并且说："只有你一个人才理解我。"[2]他也是托尔斯泰中后期创作的阐释者，其阐释深得托翁赞赏，后者尝言："命运赐予我的幸福之一就是有了尼·尼·斯特拉霍夫。"[3]

但是，斯特拉霍夫又不仅仅是一位依附于文学大师、借他人成名的批评家，他更是一位有着自己独特思想、独特风格的对话者、政论家和思想家。斯特拉霍夫成名的十九世纪六十年代，恰恰是俄国社会在各方面走向现代化的时期。斯特拉霍夫关注最多的正是这种转型背后的西方思潮——

---

[1] 俄国文学史家米尔斯基说："在所有熟悉陀思妥耶夫斯基的人中，只有斯特拉霍夫恐怖地洞见了斯塔夫罗金塑造者之阴暗的、'地狱的'、'地下室中的'灵魂。"参见德·斯·米尔斯基：《俄国文学史》，刘文飞译，商务印书馆，2020年，第437页。

[2] 这是就对《罪与罚》一书的评论而言，为斯特拉霍夫本人回忆，其中或有言过其实处。参见尼·尼·斯特拉霍夫：《回忆费奥多尔·米哈伊洛维奇·陀思妥耶夫斯基》//《回忆陀思妥耶夫斯基》，刘开华译，人民文学出版社，1987年，第265页。斯特拉霍夫在陀思妥耶夫斯基去世后与托尔斯泰的信中提及了他所认为的陀思妥耶夫斯基某些阴暗面，因此苏联某些学者便断言："尽管陀思妥耶夫斯基和斯特拉霍夫在思想观点上相互接近，尽管他们同属'根基派'，但他们彼此之间的关系却从未亲密过。"参见安娜·陀思妥耶夫斯卡娅：《相濡以沫十四年》，倪亮译，上海译文出版社，1993年，第529页。笔者以为上述论断无视两人多年的友谊，也无视两者在诸多观点上的一致，走到了另一个极端，显然有欠公允。

[3] 《列夫·托尔斯泰文集》第16卷：书信，周圣等译，人民文学出版社，1992年，第140页。

虚无主义，而这也正是他与上述文学大师在思想上的契合之处。批评家在晚年自称为"疯狂者中的清醒者"[1]，以笔者之见，所谓"疯狂者"，恰如陀思妥耶夫斯基笔下的"群魔"，即疯狂迷恋西方思潮之人[2]，这一思潮在思想界的突出表现即所谓的虚无主义。可以说，无论是思考还是论战，批评家的一生都是围绕着"虚无主义"这一主题展开的，为此他曾戏称自己的专业是"追踪虚无主义"。[3] 在 1882 年 3 月 31 日给托尔斯泰的信中，斯特拉霍夫这样总结自己的斗争历程："前一时期的历史中充满着的全部运动——自由主义运动、革命运动、社会主义运动和虚无主义运动——在我看来总是只有一种否定的性质。否定它，我就否定了一种否定。"[4] 这段话深刻地揭露出他反虚无主义的实质："否定之否定"。

否定只是一种出发点，真正的意义在于建构。就斯特拉霍夫的文学批评整体而言，他先后对普希金、屠格涅夫、赫尔岑、陀思妥耶夫斯基、托尔斯泰等那么多名家进行了评论，一方面是剖析他们作品中与西方斗争（Борьба с западом）的因素，另外一方面也是在努力探索他们作品中的俄罗斯独特性（Русские самобытности），并以之作为与西方斗争的武器。

第一节　斯特拉霍夫生平

尼古拉·尼古拉耶维奇·斯特拉霍夫 1828 年出生于俄罗斯别尔哥罗德市（Белгород）一个具有浓厚宗教传统的家庭。他爷爷是别尔哥罗德教会学校的大司祭，父亲则是神学硕士，后担任宗教学校的语文老师。他舅舅也担任了科斯特马罗教会学校的校长。斯特拉霍夫在父亲去世后于 1840 年随

---

[1] Грот Н.Я. Памяти Н.Н. Страхова: к характеристике его философ. миросозерцания. М.: Типо-лит. т-ва И.Н. Кушнарев и К0, 1896. С.8.
[2] 斯特拉霍夫有作品取名为《俄国文学中与西方的斗争》（基辅，1897 年），大致也包含了这个意思。
[3] Страхов Н.Н. Из истории литературного нигилизма 1861-1865. С.-Петербург.: 1890. С.309.
[4] Переписка Л.Н. Толстого с Н.Н. Страховым: 1870-1894. С.-Петербург.: 1914. С.292.。

母亲迁居科斯特马罗市,就读于该教会学校。教会学校硬件设备很差,精神生活也很无聊。批评家后来在回忆卡拉姆津对他的影响时曾说:"我在一个荒凉闭塞的地方,在一个封闭粗野的机构里受教育……这是19世纪40年代初。您可记得,这曾是文学中多么辉煌多么意义重大的时代。莱蒙托夫结束了自己的活动;果戈理出版了《死魂灵》;别林斯基发出越来越强烈的呐喊;《祖国纪事》在它漫长的生涯里正处于最好最不容忘却的时代……然而我们的神学院对此一无所知,毫无概念,好像它不是位于伏尔加河与科斯特罗马的交汇处,而是在海洋之外,在尚未被哥伦布发现的美洲大陆上。"[1] 不过,和许多出身教会的人(如杜勃罗留波夫)不同,斯特拉霍夫对这段贫困而又枯燥的学习生涯并无太多反感,反而认为教会学校培养了他的爱国主义精神以及对宗教的热爱。批评家后来在撰文为卡拉姆津辩护时再一次回顾了这段令他难忘的生活。除此之外,教会学校的偏僻、清贫也使批评家能够清心寡欲,彻底沉浸在知识的海洋之中。应该说,这一点贯穿了斯特拉霍夫的一生。正如批评家的第一位传记作者,著名哲学家尼科尔斯基(Никольский Б.В.1870—1919)所说的:"在那个偏僻的修道院,当学生们连面包和粥都不够吃的时候,尼古拉·斯特拉霍夫个性中的第三个基础形成了,即对科学和理性的热爱。"[2] 尼科尔斯基甚至认为这一时期的斯特拉霍夫:"举止言谈和外表都让人想起典型的伟大俄国僧侣。"[3]

1845年8月,斯特拉霍夫力排众议,放弃了家人期待的教会之路,就读于圣彼得堡大学数学系。考入大学,选择数学,尼科尔斯基把这两件事看作是"未来作家两个重要的人生抉择"[4]。当时正是别林斯基、赫尔岑等人的激进思潮流行之际,彼得拉舍夫斯基小组整天传播以傅立叶为代表

---

[1] Страхов Н.Н.Вздох на гробе Карамзина(Письмо в редакцию «Зари»). См.Карамзин: pro et contra. Личность и творчество Н. М. Карамзина в оценке русских писателей, критиков, исследователей: антология. Санкт-Петербург.: 2006. C.377-378.

[2] *Никольский Б.В.* Николай Николаевич Страхов: Критико-биографический очерк. СПб.: 1896. C.216.

[3] Там же. C.219.

[4] Там же. C.223.

的法国空想社会主义思想，也有别的小组推崇费尔巴哈或黑格尔左派的理论。面对如此众多的西方思想舶来品，斯特拉霍夫却保持了难得的清醒。他在晚年跟尼科尔斯基提及这段时期时说："众所周知，否定者们的信念很简单，有时就是两个部分：上帝不存在，不要沙皇！在我所处的那个环境中，否定与怀疑本身并无多少力量，但我很快意识到这一切的背后是科学这个权威……于是，如果想跟自己时代处于同一水准，并在各种分歧中拥有独立的判断，那我就必须学习自然科学。"[1]这种想法，加上他当时经济状况欠佳，导致了这个数学系还没毕业的年轻人，在1847年又跳到了师范学院的自然系，最后居然以研究比较动物学的题目——《论哺乳动物的腕骨》获得了硕士学位。这已经是1857年的事情了。此前他出于生存的需要，已经同时在圣彼得堡的一所中学教了十多年的书了。

虽然做了十多年的中学老师，但斯特拉霍夫却从未放弃他的文学之梦。他对文学的热爱由来已久。早在1844年斯特拉霍夫就写过《基督复活！》的诗歌；1850年，他还将一部根据自己日记改编的小说《清晨》（По утрам）手稿寄给了《现代人》杂志，但被涅克拉索夫退稿了[2]；1854年之后，他又开始写了一些诗歌和小品文，分别发表于《国民教育部杂志》及《俄罗斯世界》等。1861年，斯特拉霍夫正式从中学老师岗位上提前退休，全身心投入文学工作中。在此之前，斯特拉霍夫与米留科夫（Милюков А.П., 1816—1897）是学校里的同事，后者正好在负责编辑一本名为《火炬》（Светоч）的杂志[3]。斯特拉霍夫借此机会请米留科夫帮

---

[1] *Никольский Б.В.* Николай Николаевич Страхов: Критико-биографический очерк. СПб.: 1896. С.223.
[2] 涅克拉索夫以"小说描写了丑闻、不道德的场景，因而会被禁止出版"而将其拒稿，但更大的可能是因为小说中包含了斯拉夫派倾向。不过涅克拉索夫对这部小说的艺术成就评价颇高："作者有才华，文笔优美，风格有相当的原创性。"见 *Назаревский А.А.* Пометы Некрасова на рукописи Н. Н. Страхова// Литературное Наследство. Т.53/54: Н.А. Некрасов. [Кн.] 3. М.: 1949. С.86.
[3] 《火炬》的出版者是圣彼得堡的印刷厂老板卡利诺夫斯基（Калиновский Д.И.），但真正核心是米留科夫和诗人米纳耶夫（Минаев Д.Д.）。该刊总共存在了三年（1860—1862），在期刊影响不大，但对根基派的形成却颇具意义。详请参见陀学专家弗里德连杰尔的文章，*Фридлендер Г. М.*У истоков «Почвенничества»(Ф.М. Достоевский и журнал «Светоч»)//Известия Академии наук СССР.Серия литературы и языка.том. XXX.вып.5.сентябрь-октябрь. М.: 1971. С.400-410.

忙发表了他的一篇文章,即《论黑格尔哲学在当今的意义》。由此,批评家进入了圣彼得堡的新闻出版界。也正是通过米留科夫的介绍,斯特拉霍夫认识了从西伯利亚流放归来的陀思妥耶夫斯基,在其鼓励下开始积极参与文学评论工作。虽然彼此之间存在着一些意见分歧[1],而且双方性格也有不同。但总体来说,斯特拉霍夫知识广博,性格又随和,善于通过旁敲侧击的方式促使陀思妥耶夫斯基听从他的意见,因此陀思妥耶夫斯基对他非常器重,将其视为哲学上的导师,还特地鼓励他:"归根结蒂我认为,您是我们目前批评界内拥有未来的唯一代表人物。"[2]

在这里需要指出的是,苏联时期的著名陀学专家涅恰耶娃(Нечаева В. С.1895—1979)认为斯特拉霍夫是导致《时报》(Время)与《现代人》杂志关系恶化,并转向反动趋向的主要人物,这一观点未必准确。涅恰耶娃指出:"……我们需要强调一下:如果说在《时代》反对卡特科夫和阿克萨科夫的争论中陀思妥耶夫斯基占据首位的话,那么发起与《现代人》争论并最始终如一的参与者当数斯特拉霍夫。"[3] 实际上,陀思妥耶夫斯基对《现代人》的态度本身就很矛盾,既有同情,也有反对。以陀思妥耶夫斯基的坚定个性,斯特拉霍夫的态度即便对作家有些影响,但谈不上决定性作用。

斯特拉霍夫重于哲学思辨,以至于他的写作往往具有晦涩、流于抽象等特点。陀思妥耶夫斯基曾告诫过他这个问题:"您的语言和阐述要比格里高利耶夫好得多,文章异常明晰,但自始至终的平静使您的文章显得抽象。需要激动,有时需要鞭挞,需要屈尊俯就,议论一些最个别的现实

---

[1] 关于斯特拉霍夫与陀思妥耶夫斯基的思想分歧,美国著名的陀学家、普林斯顿大学教授约瑟夫·弗兰克(Joseph Frank, 1918—2013)在他那套五卷本《陀思妥耶夫斯基传》里概括如下:"斯特拉霍夫比陀思妥耶夫斯基或格里高利耶夫更倾向于把乡土主义与正统斯拉夫主义联系起来,因此,他努力在最大程度上缩小另外两人不断在他们自己的观点与斯拉夫派主要代言人的观点之间造成的差别。"参见约瑟夫·弗兰克:《陀思妥耶夫斯基:自由的苏醒,1860—1865》,戴大洪译,广西师范大学出版社,2019年,第52页。

[2] 陈燊主编:《费·陀思妥耶夫斯基全集》第22卷,河北教育出版社,2010年,第620页。

[3] Нечаева В.С.Журнал М. М.и Ф. М.Достоевских "Время" 1861-1863. М.: Наука. 1972. С.287.

的和迫切的小事情。"[1] 后来的瓦·罗赞诺夫在《斯特拉霍夫的文学个性》（1890）里也指出："过分的沉思似乎构成了斯特拉霍夫思辨才能的主要特色，当然，这也体现了其著作的主要迷人之处。"[2] 罗赞诺夫没有表明这一特色到底是好是坏，正如他在1913年的注释里解释的那样："很难说，这是薄弱还是有力之处。有一类作家，他们在被阅读之时似乎怎么也不能令人陶醉，读完之后过一段时间，即便时间不长，除了对自己思想的一个整体阅读、整体印象就不记得什么了。斯特拉霍夫就属于这样的作家。偶然拿起他的书，再读以前读过的那些页，体验到的是完全新鲜的感受。当然，这是弱点，因为它们记不住；但也是魅力，因为它们总是新的。"[3] 罗赞诺夫作为斯特拉霍夫的崇拜者也许不好判断老师的文风，但1863年的书报检查官可不这么想。斯特拉霍夫的文风最终导致了陀氏兄弟杂志的停刊。

1863年，斯特拉霍夫因评论波兰起义一事发表《致命的问题》，被人恶意解读，遭到了官方的打击。他所在的《时报》因而被勒令停刊，批评家本人也被要求在一定期限内不得在任何杂志上担任编委。斯特拉霍夫痛定思痛，也由此认清了自己的定位，下定决心要多看书少写作，因而进入了一段思想上的沉潜期。在此期间为了谋生，他也多次参与《祖国纪事》《朝霞》等杂志的编辑工作，正如他自己后来回忆的："在1873年（进入公共图书馆那一年）之前，我遭到了风浪，现在处于避风港之中。我常常觉得自身教育的不足，因而决定十年间什么也不写，就学习。我开始买书（这是我的爱好和消遣），花费无数个夜晚阅读哲学家、神学家和文学家——世界文学中最重要的人物——的作品。总的来说，我觉得我是一位天生的语言学家，自然科学吸引不了我，相反一切在语言方面的成就都给我留下了难以磨灭的记忆。"[4]

---

[1] 陀思妥耶夫斯基：《书信选》，冯增义等译，人民文学出版社，1993年，第222页。
[2] *Розанов В.В.* Литературные Изгнанники: Воспоминания. Письма. М.: Аграф. 2000. C.10.
[3] Там же.
[4] *Никольский Б.В.* Николай Николаевич Страхов: Критико-биографический очерк. СПб.: 1896. C.261.

在十九世纪的七八十年代，批评家一方面担任公众图书馆法律部的管理员，兼任教育部学术委员会的委员（这些兼职保证了作家在经济收入上的稳定），同时致力于与各种来自西欧的思想进行论争，如关于达尔文主义的争论、为丹尼列夫斯基（Данилевский Н.Я. 1822—1885）《俄国与欧洲》一书的辩护。虽然这些争论最终往往没什么结果，但在斯特拉霍夫看来，这样有助于传播自己的思想，因此他不辞辛苦，不顾托尔斯泰的劝告一再展开论战。他坚持俄国民族文化的立场为他赢得了"保守斯拉夫派"的头衔，遭到当时很多西欧派及激进分子的鄙夷。也正是在这个时期，斯特拉霍夫与托尔斯泰的友谊越发深厚，这首先来源于批评家对作家中后期作品的准确理解。正是这种理解，使批评家进入了他文学批评的高峰时期。正如苏联著名文学批评家斯卡托夫（Н.Н. Скатов, 1931—2021）指出的："发现并确定这个时期托尔斯泰的荣誉很大程度上确实应该归功于斯特拉霍夫。"[1] 在批评家看来，托尔斯泰的天才创作力量来源于"生活的信念"和"对人民的热爱"。有了"生活"和"人民"，一个作家就有了根本的创作根基。除此之外，斯特拉霍夫还以陀思妥耶夫斯基为例，概括了十九世纪俄罗斯作家们的心路历程："陀思妥耶夫斯基本质上是保守派。在他身上激烈而又迅速地完成了一切俄国重要作家富有特色的发展历程：他们先被来自西方的抽象思想、理念所吸引，然后内心出现斗争和失望，最终只是在把情感与爱交付给祖国的神圣之物，托付给使俄罗斯大地生机勃勃、坚强可靠的东西时，才幡然醒悟。"[2] 结合上下文不难发现，这里的"神圣之物"（родная святыня），"使俄罗斯大地生机勃勃、坚强可靠的东西"，实际上就是俄罗斯人民以及人民的生活。在论述赫尔岑、屠格涅夫、陀思妥耶夫斯基等人的思想历程时，斯特拉霍夫反复阐明了这一观点。

不过，此时的斯特拉霍夫已离文坛渐行渐远，逐渐为人忘却。正如当

---

[1] Страхов Н.Н. Литературная критика. Москва.: Современник. 1984. C.36.

[2] Там же. C.178-179.

代研究者法捷耶夫（Фатеев В.А. 1941—　）在传记里指出的："斯特拉霍夫的传记令人信服地表明，斯特拉霍夫的著作给人留下创作上沉默寡言的印象，其主要原因与其说是他的个性品质，不如说是他所感受到的巨大时代压力。"[1] 从今天来看，这种时代压力体现在两个方面。

一方面是1870年代初，斯特拉霍夫所就职的《朝霞》（Заря, 1869—1871）杂志停止发刊，批评家失去了最为便利的言论阵地，开展文学批评活动多有不便。这就使得许多人对他的复杂思想、多重身份认识不清。1887年10月20日的《消息报》（Новости）就有一位名为莫杰斯托夫（Г. Модестов）的人提出这样的问题："他是泛神论者？自然神论者？他鼓吹某种确切的宗教？唯物主义者？唯心主义者？自由派？保守派？总而言之，我对政治和哲学领域中的斯特拉霍夫曾经是，现在依然是一无所知。"[2] 这种模糊的认知恐怕也是当时大多数人的一种印象。

另一方面，更主要的是斯特拉霍夫历来强调与西方的斗争，然而在十九世纪下半期的语境下，西方以及西欧派的主要代表就是盛行一时的革命民主派。后来的俄国宗教哲学家列夫·舍斯托夫（Шестов Лев, 1866—1938）谈到这一时期时说："作为一个俄国作家，在十九世纪七十年代末，别说向基列耶夫斯基和霍米雅科夫学习，就连听听他们的呼声，也需要非凡的独立性和勇气，因为当时皮萨列夫、杜勃罗留波夫和车尔尼雪夫斯基充满激情的鼓动宣传还没有停止，对几乎所有有思想的俄罗斯人而言，最有影响力的人物是米哈伊洛夫斯基。"[3] 在这样的背景下，斯特拉霍夫与安东诺维奇（Антонович М.А. 1835—1918）、拉夫罗夫（Лавров П.Л.1823—1900）、米哈伊洛夫斯基（Михайловский Н.К.1842—1904）等人进行的论战很容易使之被贴上"保守派""反动派"的标签，其遭受冷遇也自在

---

[1] *Фатеев В.А.* Н. Н. Страхов. Личность. Творчество. Эпоха.. СПб.: Издательство «Пушкинский Дом», 2021. С.11-12.

[2] Новости, 1887, 20. октября.см.: *Страхов Н.Н.* Борьба с Западом. М.: 2010. С.434.

[3] 舍斯托夫：《思辨与启示》，方珊等译，上海人民出版社，2005年，第3页。

情理之中。激进派的刊物《事业》（Дело）上刊登的文章标题再鲜明不过体现了激进民主派对他的看法：如谢尔古诺夫（Шелгунов Н.В.1824—1891）的《形而上学的空想》（Суемудрие метафизики, 1879）、普洛托波波夫（Протопопов М.А.1848—1915）的《墓地哲学》（Кладбищенская философия, 1882）都说明了斯特拉霍夫的观点对他们来说无非"空想"，是毫无生命力的"墓地哲学"。罗赞诺夫在提到这一时期的斯特拉霍夫时还为他的遭遇忿忿不平："他通晓五门外语，程度达到母语水平，通晓生理学、数学和机械学，程度达到专业水平，通晓哲学，是个体微思精的批评家，却无处发表文章，除了稿费很低的《俄国导报》。"[1]

好在除了参与文学批评和政论活动之外，和许多同时代人一样，斯特拉霍夫还是一位著名的翻译家。作为一名时刻把握西方文化发展的批评家，他一生翻译了20多种文史哲著述，内容包括海涅的《论德国宗教和哲学的历史》、德国哲学史家菲舍（Kuno Fischer, 1824—1907）的《新哲学史》（1—4卷）和《现实哲学及其世纪：维鲁拉姆男爵弗兰西斯·培根》、德国哲学家朗格（Friedrich Albert Lange, 1828—1875）的《唯物主义史及现时代的意义批评》（1—2卷）等。这些作品中有不少在当时青年人当中产生了重要影响，甚至影响到其人生轨迹。比如白银时代的著名哲学家特鲁别茨柯依（Трубецкой С.Н.1862—1905）就是在看了菲舍的那套哲学史之后才断定自己所迷恋的实证主义理论经不起推敲，进而与之告别。由此可见，斯特拉霍夫的翻译对后来的学者在思想方面的成长功不可没。另一方面，翻译著作的流行也为批评家重新走入年轻一代的视线奠定了基础。

时至1890年代，俄国文化进入所谓的"白银时代"，激进的革命哲学在一定程度上遭到否定，文化界开始关注起1860年代那些与激进思想作斗争的人物，并将其作为忽略已久的本土文化资源进行了重新发掘。与

---

[1] 瓦西里·瓦西里维奇·罗扎诺夫：《落叶》，郑体武译，商务印书馆，2015年，第381页。（注：罗扎诺夫即罗赞诺夫）

此同时，俄国哲学在弗拉基米尔·索洛维约夫等人的努力下成熟起来，斯特拉霍夫对俄国文化特性的坚持终于被大家所接受（尽管也遭到了索洛维约夫的批评）。他在1880年代陆陆续续出版的成果也为他积攒了大量的人气：《论屠格涅夫与托尔斯泰批评文选》（1885）、《论心理学和生理学的基本概念》（1886）、《论永恒真理》（1887）、《普希金及其他诗人札记》（1888）、《俄国文学中与西方的斗争》（三卷本：1882、1883、1897）等等。他成为彼得堡科学院的通讯院士，也被心理协会及斯拉夫协会选为荣誉会员，还获得了二级斯坦尼斯拉夫勋章等来自官方的荣誉。在圣彼得堡的朋友们为他庆祝了从事文学活动40周年的纪念活动。此时的他作为当时少有的几位富有独创性的俄国哲学家、文学批评家之一再次进入文化界的视野，成为年轻一代崇拜的对象，B.B.罗赞诺夫便是崇拜者之一。

罗赞诺夫在1880年代曾是外省的一名中学教师，但有志于学术，在结识斯特拉霍夫之前曾出版过《论理解——对作为完整知识的科学之属性、界限和内在结构的研究尝试》（1886）一书。1887年，罗赞诺夫给斯特拉霍夫写了一封热情洋溢的信，表达了想要登门拜访的愿望。后者婉言谢绝了罗赞诺夫的要求，提议书信往来，并对他的哲学热情表示赞赏。在两人近十年的交往中，斯特拉霍夫更多地表现出一位学界前辈提携后进的风范，不但在各方面寻找机会帮助罗赞诺夫，推荐他看书写作，校对译稿并推荐发表，而且还对他在个人成长方面提出建议："您在学业上还没有掌握自己，所以给您的任务就是学会把握自己，试试看，您会发现这不难。"[1] 在1889年的一封信里，斯特拉霍夫更对罗赞诺夫的写作提出了详细的意见，即要写些"具体的东西"，不要沉溺于"模糊性"和"抽象性"："我建议您写点关于文学的东西，关于陀思妥耶夫斯基、屠格涅夫、托尔斯泰、谢德林、列斯科夫、乌斯宾斯基等等。您有许多妙论可讲，大家都会来拜

---

[1] *Розанов В.В.* Литературные Изгнанники: Воспоминания.Письма. М.: Аграф. 2000. С.102.

读。"[1] 也许正是因为这些，罗赞诺夫在1913年出版的《文学流放者》一书中亲切地将斯特拉霍夫称为自己的"文学教父"（Крестный отец）。象征主义运动发起者之一的诗人、批评家彼·彼·佩尔卓夫（П.П. Перцов，1868—1947）曾提及两人的这种亲密关系："从罗赞诺夫这方面看，他对待斯特拉霍夫的态度永远是一种深刻的爱戴和尊敬，就像对待'老大爷'（他的一篇文章中做了这种比喻），'想洗净他的双脚，但洗过之后，就奔向未知的远方'。斯特拉霍夫的个性本身，他那水晶般纯洁的道德面貌，自然赢得了这种态度。而如果罗赞诺夫爱文学界中的许多人胜过斯特拉霍夫，我想，没有人受到他的尊敬胜过斯特拉霍夫。"[2] 在斯特拉霍夫去世之后，罗赞诺夫写了多篇文章回忆这位"文学教父"，为他在俄国思想界的备受冷落而打抱不平。罗赞诺夫留下的这些资料，尤其是他的《文学流亡者：斯特拉霍夫致罗赞诺夫书信并附罗赞诺夫评论》（1913）已经成为今天斯特拉霍夫研究的必备参考之一。

尽管有罗赞诺夫这样比较亲密的学生，但时代的变化、年龄的差距、与年轻人在各方面的隔阂导致了晚年的斯特拉霍夫内心仍免不了孤单。当代俄罗斯学者克里莫娃（Климова С.М.）曾研究过斯特拉霍夫与同时代人对话的问题，在她看来，对话有时候并不成功。[3] 即便是他最熟悉的罗赞诺夫，对于他的意见也并不完全遵从。譬如，两人初识时，斯特拉霍夫就对罗赞诺夫说："我对您的第一个建议——学德语。贝尔、康德和黑格尔——后两位哲学家就可能性问题来说最为重要——只能以德语存在。在我看来，不懂德语，就不能自由地在思想领域内前进。"[4] 从以后的创作

---

[1] *Розанов В.В.* Литературные Изгнанники: Воспоминания.Письма. М.: Аграф. 2000. С.124.

[2] 瓦·瓦·罗扎诺夫：《陀思妥耶夫斯基启示录——罗扎诺夫文选》，田全金译，华东师范大学出版社，2013年，第206—207页。

[3] *С.М. Климова* На пороге рождения диалогики культуры или диалоги Н.Н. Страхова с современниками.//Н.Н. Страхов в диалогах с современниками. Философия как культура понимания/*С.М. Климова* и др.-СПб.: Алетейя, 2010. С.22.

[4] *Розанов В.В.* Литературные изгнанники: Н.Н. Страхов, К.Н. Леонтьев: переписка В.В. Розанова с Н.Н. Страховым. Переписка В.В. Розанова с К.Н. Леонтьевым – М. 2001. С.11.

历程来看，罗赞诺夫似乎并未接受导师的观点，不过多年以后，他对导师的评价倒是恰如其分。

在《托尔斯泰与斯特拉霍夫的思想论争》（1913）一文中，罗赞诺夫如此概括斯特拉霍夫："他一生都在学习、阅读，研究生物学、哲学、批评学和美学方面的书籍，他一生都贫穷而谦虚，安静而害羞。他是天生的'普拉东——卡拉塔耶夫'……"[1] 应该说，斯特拉霍夫属于那种安心书斋的知识分子，嗜书如命，终身未娶，以致托尔斯泰说他"天生是个从事纯哲学活动的人"[2]。在他去世前两年，他感觉身体状况大不如前，自感"已不是从前那个人"了，但仍笔耕不辍。1895年5月，他做了一个喉癌手术，手术还算成功。那一年的7月4日到8月9日，他最后一次在托尔斯泰的庄园作客。此后他又去了基辅、别尔哥罗德和克里米亚看望了亲朋好友，包括丹尼列夫斯基的遗孀，这是他的人生告别之旅。

回圣彼得堡后，斯特拉霍夫仍努力写作《哲学书简》（Письма о философии）。在此书的开头，他曾说道："理解从前不理解的，发掘从前未知的，这便是我最终的命运。"[3]1895年的11月，他开始为莫斯科《哲学心理学问题》杂志写早已答应的文章《从逻辑学角度论自然科学体系》。然而到12月8日，他不得不致信杂志主编，信中说："首先我得请求您原谅，我无法为您杂志的一月号准备好文章。我以极大的努力开始写作文章，但大脑与笔的沉重使我无法继续。总而言之，我无法在12月15日之前给您文章。但我坚决保证，将在杂志的三月号之前交给你文章。"[4] 然而，生活往往就是这么出人意料，1896年1月24日（俄历），斯特拉霍夫

---

[1] Розанов В. В. Идейные споры Л.Н. Толстого и Н.Н. Страхова.//Розанов В.В. На фундаменте прошлого (Статьи и очерки 1913-1915гг.).Собрание сочинений под общей редакцией А. Н. Николюкина. М.: 2007. С.167-168.

[2] 《列夫·托尔斯泰文集》第16卷：书信，周圣等译，人民文学出版社，1992年，第127页。

[3] Вопросы философии и психологии, Кн.61, С.-Петербург.: 1902., С.784.

[4] Грот Н.Я. Памяти Н.Н. Страхова: к характеристике его философ. миросозерцания. М.: Типо-лит. т-ва И.Н. Кушнарев и К0, 1896. С.4-5.

去世，我们永远都不知道他最后想说的话到底是什么[1]。

值得一提的是，朋友们居然发现斯特拉霍夫的遗产不足以支付办理后事的费用，因为他把绝大部分收入都用于买书上了。1891年3月，托尔斯泰夫人曾赴彼得堡斯特拉霍夫家中做客，她说："斯特拉霍夫的家里到处都是书，他的藏书甚是丰富。"[2]据当代俄国学者安东诺夫（Антонов Е.А.）的调查：斯特拉霍夫身后留下了12453册图书，其中不少是15—19世纪人文科学方面的著作全集，也包括18世纪的许多俄国书籍珍本。[3]这些图书此后都被送进了俄罗斯科学院俄国文学研究所（普希金之家）、国立俄罗斯文学艺术档案馆（РГАЛИ）以及圣彼得堡俄罗斯国家图书馆（РНБ）等。同时，作家的大量手稿及其余档案则被转交给他在基辅的亲属，后收藏在基辅的乌克兰国家图书馆手稿部，总量在3000件左右[4]。批评家生前好友、著名哲学家格罗特（Грот, Н.Я., 1852—1899）后来专门提到斯特拉霍夫的藏书："这一图书馆的命运尤其使我们感兴趣，它不该被拆散。它应该以单独的部分进入某个国家或社会书库。这样好的哲学图书馆我们实在太少了。"[5]从今天来看，斯特拉霍夫文学遗产的分散也是造成他的著作全集迟迟不能面世的原因之一。考虑到当代俄乌战争的局势，这一著作全集的完璧之日恐仍遥遥无期。

尽管有论者指出："对于自己时代而言，斯特拉霍夫并非典型的平民知

---

[1] 根据托尔斯泰家的家庭教师，后来新俄罗斯大学的拉祖尔斯基教授（В.Ф.Лазурский, 1869—1947）的回忆，斯特拉霍夫的遗言是："哦，我休息过了，现在该工作了。"Лазурский В.Ф. Л.Н. Толстой и Н.Н. Страхов. (Из личных воспоминаний)//Русская быль. Серия III. I. Л. Н. Толстой. Биография, характеристики, воспоминания. Сб. статей. М. 1910. С.155.

[2] 托尔斯泰娅：《托尔斯泰夫人日记》上卷（1862—1900），张会森等译，中国社会科学出版社，1983年，第160页。

[3] *Антоноа Е.А.* Антропоцентрическая философия Н.Н. Страхова как мыслителя переходной эпохи. Белгород.: 2007. С.22.

[4] *Щербакова, М.И.* Наследие Н.Н. Страхова и проблемы изучения Л.Н. Толстого//Известия РАН. Сер. литературы и языка. – 2004. – Т. 63, № 1. С.44.

[5] *Грот Н.Я.* Памяти Н.Н. Страхова: к характеристике его философ. миросозерцания. М.: Типо-лит. т-ва И.Н. Кушнарев и К0, 1896. С.11.

识分子。他所有的杂志、政论、文学批评活动都与俄国激进民主派、虚无主义者（在屠格涅夫小说《父与子》出现后他便如此称呼）公然对立。"[1]不过这是就作者思想倾向而言。在朋友的私人回忆中，斯特拉霍夫永远是一位真诚和善良的人："在待人接物上，他几乎总是安静、温和、满怀善意，尼古拉·尼古拉耶维奇给他所生存的社会带来了特别安宁的光辉。他对人没有恶意，随时准备与即使是最激烈的文学诋毁者和解，他没有也不可能有别的敌人。"[2] 从个人品格来说，热爱真理、安于清贫——这是斯特拉霍夫的一生特点，也是整个十九世纪俄国知识分子的典型写照。

第二节　国内外研究现状

整体上说，无论是俄罗斯本土还是欧美及中国学术界，目前对于斯特拉霍夫的研究尚不够充分，具体到某些主题上尤为薄弱。近年来，俄罗斯科学院俄国文学研究所（ИРЛИ）联合高尔基世界文学研究所（ИМЛИ）、别尔哥罗德大学等机构研究人员正在整理批评家的现代版学术全集，但因档案资料搜集困难、经费缺乏等问题出版无期。不过，自1896年斯特拉霍夫去世之后，俄苏学术界对这位十九世纪杰出的哲学家、文学批评家、政论家仍然予以了持续的关注。下面仅按照沙俄时期、苏联时期及现代时期三个阶段进行归纳梳理。

斯特拉霍夫去世之后，俄国当时的一些报刊发表悼念文章，对其一生的学术生涯作了较高的评价。哲学家格罗特认为："斯特拉霍夫不是创造性的天才，也没有建立新的哲学体系，但我们还没等到自己的柏拉图和亚里士多德，我们社会的思想土壤过于贫瘠。斯特拉霍夫之伟大之处，便在

---

[1] *Тихомиров В.В.* Русская литературная критика середины XIX века: теория, история, методология. – Кострома.; 2010. С.321.

[2] *Грот Н.Я.* Памяти Н.Н. Страхова: к характеристике его философ. миросозерцания. М.: Типо-лит. т-ва И.Н. Кушнарев и К0, 1896. С.10-11.

于他是第一批特别热情、明确地号召俄国人独立思考的人之一，但同时又不脱离科学，脱离西欧思想史。"[1] 这个评价应该比较恰当，斯特拉霍夫对西欧文化的尊重与对民族文化立场的坚持，是他思想遗产在今天的现实意义之一。不过坦白地说，写这些悼念文章的多半是斯特拉霍夫生前友好或弟子，他们对批评家的评价虽然为以后的研究提供了不少有价值的资料，但因时代限制，或因政见不合，以至于当时的文章或褒或贬，缺乏客观而公正的评价，所论及范围也较为单一。不妨略举数例。

譬如，上述格罗特的长文《纪念斯特拉霍夫：论他的哲学世界观特点》（1896）一开始就承认斯特拉霍夫的去世是"沉重的不可代替的损失"，进而对斯特拉霍夫在文学上的贡献做了概括："斯特拉霍夫本身不是艺术家—创作者，但谁能比他更好地理解艺术作品之美、诗歌创作之美呢？在自己著名的《关于普希金及其他诗人的札记》《论屠格涅夫与托尔斯泰批评文选》等著述中，斯特拉霍夫展现出了罕见的能力去正确评价那些别人尚未注意到的新旧文学作品的艺术意义，很快将其置于合适的地方，准确地界定作家的独到意义，阐明他才华的特殊类型并指出其优劣面。"[2] 然而格罗特也意识到：作为一名非主流的文学批评家，斯特拉霍夫在俄国文坛并不受欢迎，原因正如斯特拉霍夫本人在1893年4月的信里所说："我是黑格尔主义者，活得越久就越坚持辩证法。与此同时，没有人掌握辩证法，因而也就没有人理解我想要什么，维护什么。一切都是随机的，以非常个人和非常低级的观点为基础。当我需要变换思想的时候，我常常感到忧郁和为难。您大概会称我为笛卡尔派吧？为什么呢？要知道我相信：一切哲学都是我所遵循的哲学的一个等级或者因素。"[3] 作为一名黑格尔主义者，斯特拉霍夫反对对哲学的功利主义理解，批判实证主义。他

---

[1] Грот Н.Я. Памяти Н.Н. Страхова: к характеристике его философ. миросозерцания. М.: Типо-лит. т-ва И.Н. Кушнарев и К0, 1896. С.40.

[2] Там же. С.5.

[3] Там же. С.12-13.

相信哲学包含着各个层次、各种因素，恰如他之后的白银时代宗教哲学家别尔嘉耶夫将哲学分为事实、价值、意义等多个层次。这种开放式的思想在十九世纪九十年代之前比较前沿，可谓曲高和寡。也正因这种不确定性，俄国文坛的诸多激进派批评家们不能理解他的基本立场何在，因而对其采取冷漠的姿态。总体来说，格罗特实际上是从哲学观点的角度来解释斯特拉霍夫的文学命运。不过他所提及的斯特拉霍夫哲学思想特点到了21世纪也得到了包括俄罗斯学者伊里因、克里莫娃等人的进一步阐释[1]。

但作为一名哲学家，格罗特关注的焦点显然不在于斯特拉霍夫的文学批评。在介绍了批评家生平之后，该文的大部分篇幅都用来讨论斯特拉霍夫与黑格尔哲学的关系，作者借用他与传主之间大量未发表的通信，论述斯特拉霍夫哲学世界观的特点："斯特拉霍夫在自己著作中不止一次谈到自己世界观与黑格尔哲学的紧密联系。在《论黑格尔哲学在当今的意义》（《火炬》，1860）一文中，他表达了这样的信念：哲学家们的纷争随着黑格尔的到来都终结了，他把哲学提高到科学的地位，将其置于坚不可摧的基础之上……"[2] 不过，作为一位俄国哲学家，斯特拉霍夫不仅仅是黑格尔思想的搬运工，而是在黑格尔哲学的基础上进行了独到的发挥。譬如，他在《作为整体的世界》（Мир как целое.Черты из науки о природе, 1872初版，2008年重版）一书中首先确定，"世界是一个整体"。其次，他从"统一""联系""和谐"及"有中心"这四个角度来界定"世界"这一观念。[3] 中心何在？中心即人。把人作为世界的中心来看待。这一点是他对黑格尔哲学的发挥，也是他以后文学批评工作中的一个出发点。因为人是中心，人的生命（жизнь，也可以译为"生活"）就成了批评家关注的

---

[1] 详情参见 Н.Н. Страхов в диалогах с современниками. Философия как культура понимания/*С.М. Климова* и др.- СПб.: Алетейя, 2010.СС.6-12, 13-38, или 135-152.

[2] *Грот Н.Я.* Памяти Н.Н. Страхова: к характеристике его философ. миросозерцания. М.: Типо-лит. т-ва И.Н. Кушнарев и К0, 1896. С.13.

[3] Там же. С.33-34.

焦点。在斯特拉霍夫看来："生活常常是一个喜剧，但就本质来说，它是最深刻的正剧。我们并不撰写这出正剧，但自身参演其中，为其开端所吸引。如果这出戏的结局取决于我们的意愿或者我们预先知道了结局，那对我们来说这出戏就丧失了一切价值。"[1] 在这里，我们不难看出批评家对十九世纪俄国思想界盛行的一元决定论的反抗，同时也可以看到批评家在后来强调"生命"与理论对抗的思想源泉。

另一位哲学家尼科尔斯基撰写的《尼古拉·尼古拉耶维奇·斯特拉霍夫：批判性传记随笔》（1896）是斯特拉霍夫的第一部传记，同样以翔实的材料勾勒出斯特拉霍夫的思想轮廓。作者首先强调了斯特拉霍夫思想形成的几个关键要素，即宗教观念（религиозные представления）、爱国主义（патриотизм）和对科学和理性的热爱，"它们的影响是极为深刻和全面的"[2]。在分析了哲学和科学这两门学科对斯特拉霍夫的意义之后，尼科尔斯基指出："这位缜密又深刻的智者所持的基本的、真正的标准要高于哲学与科学，在于合理和谐的道德理想，斯特拉霍夫将之定义为神圣性的概念。"[3] 只有在托尔斯泰身上，斯特拉霍夫才看到了这种"合理和谐的道德理想"，这也是他晚期致力于托尔斯泰作品研究与推广的原因。在文末总结时，尼科尔斯基认为："在前面部分我们已指出了斯特拉霍夫文学批评的主要思想。他认为俄国文学的主要任务是建立，或更确切地说，从艺术上重建俄罗斯人民的英雄理想和英雄观念。与这一任务相关的是整个俄国文学进程的特点——从对西方英雄理想的迷恋中解放出来。"[4] 这个概括应该说是比较准确的，尽管限于传记的要求，作者没有对传主的文学活动予以详细的陈述。

---

[1] *Грот Н.Я.* Памяти Н.Н. Страхова: к характеристике его философ. миросозерцания. М.: Типо-лит. т-ва И.Н. Кушнарев и К0, 1896. С.37.

[2] *Никольский Б.В.* Николай Николаевич Страхов: Критико-биографический очерк. СПб.: 1896. С.218.

[3] *Там же*. С.224.

[4] *Там же*. С.267.

以上所列文献因为是同时代人所撰，它们共同的特点是作者都与斯特拉霍夫有过直接交往，因此能充分运用较为详尽的资料，对斯特拉霍夫的生平传记与哲学观点进行总结概括，这对后来研究者在资料收集方面自然功莫大焉。[1] 但格罗特与尼科尔斯基以及维坚斯基（Введенский А.И.，1856—1925）等人毕竟首先是哲学家，他们首先关注的是斯特拉霍夫的哲学思想，文章中多处提及斯特拉霍夫的哲学著作如《论黑格尔哲学在当今的意义》《作为整体的世界》《哲学随笔》等等，但对他的文学批评著作却往往一笔带过。在这方面真正有所突破的是俄国批评家、《俄罗斯思想》（Русская мысль）的主编戈里采夫（Гольцев, В.А. 1850—1906）。

1896年，戈里采夫撰写了一篇长文《文学批评家斯特拉霍夫》，收录在他的论文集《论艺术家与批评家》（О художниках и критиках, М.: 1899）之中。戈里采夫的这篇文章整体上对斯特拉霍夫持批判态度，结论如下："没有哪一种批评限制自身活动。但为了这一文学批评卓有成效的发展，必须要摆脱民族与宗教的片面性。在这方面，如果不考虑有关《父与子》的文章，斯特拉霍夫几乎是一事无成。"[2] 戈里采夫在这里批判的实际上是自阿波隆·格里高利耶夫（Аполлон Григорьев，1822—1864）以来所强调的"与西方的斗争"这一主题。他认为批评家对这一主题的偏好使他丧失了客观公正性："他在阐释托尔斯泰作品时经常偏离文学批评家的角色，表达对托尔斯泰所提思想的同情与欢喜。"[3] 另外，戈里采夫认为批评家强烈的民族性和反虚无主义，使之对车尔尼雪夫斯基以及晚年的屠格涅夫出现了较为负面的评价，这对后两者来说并不公平。[4] 事实上，即使是在有关托尔斯泰的论述上，斯特

---

[1] 譬如说，上述文章里大量引用了斯特拉霍夫的书信、文章，部分甚至是未完成的回忆录内容等，这些一手资料对于后来研究者从细节上把握斯特拉霍夫的思想历程大有裨益。

[2] Гольцев, В.А. Н.Н. Страхов, как художественный критик. Вопросы философии и психологии, 1896. Кн.32, С.440.

[3] Там же. С.435.

[4] 斯特拉霍夫对屠格涅夫评价前后不一，这是有原因的，详见本书第四章。

拉霍夫也未必比车尔尼雪夫斯基强，因此，戈里采夫认为："整体上说，斯特拉霍夫的文学批评尽管有知识渊博、分析睿智及丰富的审美理解，但仍存在着不小的矛盾与不公平的评价。"[1]

戈里采夫的这一观点必须与其身份相结合起来方能理解。作为莫斯科市杜马的议员、沙俄时期的著名自由主义活动家，戈里采夫是典型的西欧派，历来强调学习西方立宪制度，因此对斯特拉霍夫那种提倡"与西方斗争"的思想家兴趣不大，评价不高也在情理之中。事实上，托尔斯泰对他的艺术品味相当不屑："这真是一桩可笑的事。戈里采夫不知怎么会想起要写关于美学问题的文章；他是个学法律的，不是研究这种问题的，他根本不喜欢，也没有这方面的鉴别力，却要来写文章，发议论……"[2] 不过还是要看到，戈里采夫在文章里指出的斯特拉霍夫文学批评中的某些缺陷，值得我们在研究中注意。

与戈里采夫的立场相反，当时一位并不知名的文学研究者罗日杰斯特文（Рождествин А. С.）倒对斯特拉霍夫持颂扬态度。他撰写了题为《艺术批评》（Художественная критика, Воронеж.: 1897）的文章发表在《语文学笔记》（Филологические записки）杂志上，后作为单行本发行。作者在文章一开头便指出当时的主流评论界对斯特拉霍夫的不公待遇："在斯特拉霍夫在世时候，我们的期刊出版物没有一篇好歹详尽一点的文章去评述这位高尚的作家。他以单行本出版的作品也只是在我们的杂志上引起了简短的评论，我们的某些文学刊物甚至对斯特拉霍夫不置一词。他们似乎有意对他的著作保持沉默。"产生这种现象的原因在于"我们对真正天才的冷漠，不能及时理解和评价这些天才"[3]。不难看出，作者在这里对

---

[1] *Гольцев, В.А.* Н.Н. Страхов, как художественный критик. Вопросы философии и психологии, 1896. Кн.32, С.438.

[2] 弗·费·拉祖尔斯基：《日记》// 日尔凯维奇等：《同时代人回忆托尔斯泰》（下），周敏显等译，上海译文出版社，1984年，第77页。

[3] *Рождествин, А.С.* Художественная критика // Филологические заметки. – Воронеж.: 1897. № 5-6. – С.1.

十九世纪末不学无术又占据主流的批评界极为不满。在罗日杰斯特文看来，批评界的主流是强调倾向性，批判社会黑暗面，然而"作为一位文学作品积极面的批评家，或更准确地说是阐释家，斯特拉霍夫极少涉及否定性的艺术作品。即便是果戈理'谴责'、明确而坚定的笑也不能吸引他的注意力"[1]。接下来，批评家列举了一些斯特拉霍夫的批评文章，指出了他对果戈理之后俄国文学的诸多尖锐看法。事实上，也正是因为这种锋芒毕露的批判，导致了激进批评界对斯特拉霍夫有意的封杀。

那么问题来了："文学批评家斯特拉霍夫的贡献究竟在哪里呢？"[2]罗日杰斯特文指出了下列三点。斯特拉霍夫确定了批评家所必须具备的条件：一、善于体会作品所带来的美感但又要保持公正的姿态；二、要具备高雅的艺术品位和广博的知识面；三、"在斯特拉霍夫看来，批评家的主要任务是理解作家的灵魂，要怀着深切的同情沉浸于此，以打开其作品的最深处"。[3]综合来说，作者借用斯特拉霍夫的话说："好的批评不仅要求有对艺术作品的热爱，也要求对艺术形式的特殊敏感，这样在批评家的眼里，作品的整体印象与主要特征才不会被思想的次要发展与细节所掩盖。"[4]

不得不承认，罗日杰斯特文这位默默无名的批评家对斯特拉霍夫的分析虽然有一定的歌颂成分在内，对斯特拉霍夫批评贡献的分析也不完整，但里面仍有不少真知灼见值得我们重视。遗憾的是，由于该文篇幅较小（12页），又在地方出版社刊出，因此在后来的研究中极少为人关注，也没有很大的影响。

另外一位为斯特拉霍夫留下精彩人生写照，并对他的文学遗产做出准确评价的是他的学生，白银时代著名哲学家罗赞诺夫。正如前文所述，罗赞诺夫与斯特拉霍夫是忘年之交，也受到过后者诸多帮助。他们俩在家庭

---

[1] *Рождествин, А.С.*Художественная критика//Филологические заметки. – Воронеж.: 1897. № 5-6. – С.3.
[2] Там же. С.5.
[3] Там же. С.8.
[4] Там же. С.11.

出身、创作理念、写作风格等多方面都有共鸣之处。针对斯特拉霍夫身后籍籍无名的状态，罗赞诺夫在书中感慨："他的文献资料呢？他未完成的文章呢？为什么没有他的全集？这可是《道路》杂志的事情，也是科学院的事情。"[1]针对这一现状，罗赞诺夫身先士卒，先后写过《斯特拉霍夫的文学活动》（1890）、《斯特拉霍夫》（1896）、《托尔斯泰与斯特拉霍夫的思想论争》等文章推广其人其事，并在1913年推出了《文学流亡者：斯特拉霍夫致罗赞诺夫书信并附罗赞诺夫评论》，以书信及自身添加的评论来追忆斯特拉霍夫，同时也借助斯特拉霍夫的某些观点为自己的主张助威。

以内容丰富的《文学流亡者》为例，罗赞诺夫虽然是借与斯特拉霍夫通信之机会宣扬自己的观点，但也对斯特拉霍夫的思想特征做了一些基本的概括，值得我们思考[2]。罗赞诺夫说："他的思想以不可抗拒之力流连于自然生活、世界历史和社会问题的黑暗模糊之处。他徘徊于这些领域的边缘，仔细估量不同时代不同民族的伟大人物关于这些领域的思考，即使由此黑暗深处得出一点点清醒的认识之光也好。这便是他日常最为忧虑、关注之处。"[3]由此罗赞诺夫得出结论认为：斯特拉霍夫的思想虽然因涉猎过多而缺乏体系，但却具有绝对的原创性。他从不拾人牙慧，人云亦云。他知难而上，越是困难的问题越是有兴趣。"这就是他没有写出一个包含宏大体系的著作的原因。'简论''概要'或者如他两次用来命名自己文章的'正确提出问题的尝试'——这是用以表达其思想最常见也是最方便的形式。"[4]不必说在十九世纪黑格尔影响下的俄国思想界，即使到了

---

[1] Розанов В. В. Литературные изгнанники. Н. Н. Страхов К. Н. Леонтьев.Собрание сочинений под общей редакцией А. Н. Николюкина. М.: 2001. С.15.

[2] 关于两人之间的思想传承，学术界涉及得不多。笔者资料所及，仅在《与现代人对话中的尼·尼·斯特拉霍夫：理解文化的哲学》觅得马斯林的《斯特拉霍夫与罗赞诺夫著作中"文学流亡"的主题》一文。但此文重在分析罗赞诺夫的写作手法问题，于两人思想传承关系着墨甚少。详见 Н.Н. Страхов в диалогах с современниками.Философия как культура понимания//*С.М. Климова* и др.- СПб.: 2010. С.174-184.

[3] *Розанов В.В.* Литературные Изгнанники: Воспоминания.Письма. М.: Аграф. 2000. С.12.

[4] Там же. С.12-13.

二十一世纪的今天，这种思想上的创新精神都是难能可贵的。在《斯特拉霍夫的文学个性》（1890）一文中，罗赞诺夫就当时不少人指责斯特拉霍夫缺乏体系性的问题回应："与其说他解决了我们的问题，不如说他教会了我们认真寻求问题的解决；与其说他充实了我们的思想，不如说他让我们的思想准备好接受真正有价值的内容。他撰写的系列长篇大论涉及外部自然和人的内心生活、历史和政治、哲学和宗教等最多样的问题，是我们的文学完成社会精神发展任务的良好开端，我们期待文学在完美地完成了艺术教育和部分道德教育的任务之后，能够解决这些问题。"[1] 换言之，斯特拉霍夫之所以缺乏体系性是因为他是"开端"而不是最终的结果。此外，罗赞诺夫的《落叶集》的写作风格在多大程度上受到斯特拉霍夫的影响，这也是一个值得关注的话题。

上述所举数例是沙俄时期为数不多的从文学批评角度研究斯特拉霍夫的材料，在某种程度上都为今天的研究奠定了较好的基础。罗赞诺夫的评论研究更是将斯特拉霍夫的地位提高到十九世纪乃至二十世纪的思想大家之列。

但后来纵观整个苏联时期，斯特拉霍夫仅在1984年得以出版了名为《文学批评》的选集，学术界对于他的专门研究则更凤毛麟角，多半是作为陀思妥耶夫斯基或托尔斯泰等文学大家的附庸一带而过。俄罗斯侨民学术界倒没有忘记这位著名的思想家，不过也多半侧重于他的哲学思想。著名的侨民文学史家德·米尔斯基在《俄国文学史》（1924）如此介绍斯特拉霍夫："斯特拉霍夫的哲学著作不属此书谈论对象，作为一位批评家他并不十分伟岸，但他却是八十年代反对激进派的理想主义之核心，是斯拉夫派和九十年代神秘主义复兴之间的主要纽带。"[2] 这一观点后来为苏联

---

[1] *Розанов В.В.* Литературная личность Н.Н. Страхова.//*Розанов В.В.*Легенда о Великом инквизиторе Ф. М. Достоевского. Лит.очерки.О писательстве и писателях. М.: 1996. C.233.

[2] 德·斯·米尔斯基：《俄国文学史》，刘文飞译，商务印书馆，2020年，第437—438页。

学者所继承，得到进一步阐发。

另一位侨民哲学家津科夫斯基在他的《俄国哲学史》（1948—1950）中指出："斯特拉霍夫著述甚多，且涉猎广泛。他早年即以文学批评家而出名，他关于俄国文学的文章至今仍不失其价值。"[1] 遗憾的是，可能是限于哲学史的范畴，津科夫斯基没有对所谓的"价值"进行详细的论述，因此对批评家文学方面的贡献着墨甚少。此外，津科夫斯基还指出斯特拉霍夫创作遗产的一些特点："斯特拉霍夫著作的广泛性和多面性使之成为一位真正的知识渊博者，但其著作带有'言犹未尽'的印记，正如他热烈的崇拜者瓦·瓦·罗赞诺夫所说的那样。缺乏完整性和结构的未完结性总是妨碍给予斯特拉霍夫的著作应有评价，并经常产生一些关于他的误会。"[2] 应该说，哲学家的这番评价比较符合现实，也得到了后来研究者们的认可。在津科夫斯基另一本著作《俄国思想家与欧洲》（1926）里，他还就"俄国与西方"问题对批评家做了较为详细的论述。津科夫斯基认为斯特拉霍夫"虽然是二流思想家，但恰好对俄国与西方之关系感受深刻"[3]。津科夫斯基从虚无主义角度来看待斯特拉霍夫的立场，他认为斯特拉霍夫对俄罗斯虚无主义态度温和，对西方虚无主义则持批判态度。因为"（斯特拉霍夫）感到在俄罗斯虚无主义中病态地、歇斯底里地爆发出来的不仅有狂暴的和凶恶的力量，而且还有尚未为自己找到健康的、有创造性出路的俄罗斯心灵的美好力量。"[4] 相形之下，斯特拉霍夫对西方虚无主义的批判则体现出了他试图返回本国"根基"的主题思想："他与'欧洲的信仰'进行斗争，以便使俄罗斯意识回归故土，回归俄罗斯民族。"[5]

---

[1] *Зеньковский В.В.* История русской философии. М.: Академический проект, Раритет, 2001. C.392.

[2] Там же. C.392.

[3] *Зеньковский В.В.* Русские мыслители и Европа: критика европейской культуры у русских мыслителей. Париж.: YMCA. 1926. C.176.

[4] Там же. C.179.

[5] Там же. C.182.

不难看出,津科夫斯基在这里所提的"与西方的斗争"正是斯特拉霍夫一生一以贯之的信条。当然限于篇幅,津科夫斯基没有在此展开进一步的论述。

另一位侨居美国的俄裔哲学家列维茨基(Левицкий С.А. 1908—1983)则在1958年写了《斯特拉霍夫:哲学之路札记》,介绍了这位被学术界遗忘已久的前辈先贤。作者认为:"斯特拉霍夫曾是自己时代精巧的批评人物,他的哲学著作充满哲思,思想明确成熟。……他的论战对于别人的攻击效果不大,但在论战最激烈的时候,他仍能坚持原则性、思想深度及严谨性。"[1] 在谈到斯特拉霍夫与虚无主义对抗的问题时,列维茨基又云:"斯特拉霍夫认为对抗'启蒙'之疾唯一的东西是与民族土壤、与人民的生动联系。在批评家看来,人民在日常生活中保存了健康的宗教道德根基。"[2] 应该说,列维茨基的这种认识受白银时代哲学界的影响较大,在当时侨民学术界也属于比较流行的看法。

实质上,二十世纪的俄苏主流学术界对于斯特拉霍夫也并非完全无知。著名布尔什维克革命家、文学批评家卢那察尔斯基(Луначарский А.В. 1875—1933)在谈到屠格涅夫及其《父与子》时提及:"我们也应该顺便提一提斯特拉霍夫的卓见:他认为巴扎罗夫是一个有深沉性格的人。例如,这样的见解是很精辟的:'巴扎罗夫渴望爱别人。如果说这种渴望表现为凶狠的话,那末,这凶狠只是爱的反面罢了。'"[3] 虽然只是偶尔提及,但也能说明卢那察尔斯基对斯特拉霍夫的见解并不陌生。

著名的陀学研究专家多利宁(А.С. Долинин, 1883—1968)在史料性文集《六十年代》(Шестидесятые годы, Изд.АН СССР. М.-Л. 1940)发表了名为《陀思妥耶夫斯基与斯特拉霍夫》的文章,首先涉及斯特拉霍夫的

---

[1] Левицкий С.А. Н. Страхов: очерк его философского пути//Новый журнал. № 54. Нью-Йорк.: 1958. С. 165.

[2] Там же. С. 171.

[3] 卢那察尔斯基:《论俄罗斯古典作家》,蒋路译,人民文学出版社,1958年,第92页。

问题，尽管他主要谈论的是斯特拉霍夫与陀思妥耶夫斯基的关系。文章以36页的篇幅围绕两人交往及争论展开，其中也介绍了斯特拉霍夫的情况。或许是受时代限制，作者表现出明显的亲陀抑斯倾向。因该文是苏联学术界较早的关于斯特拉霍夫的专论，因此在多利宁晚年的两本文集《陀思妥耶夫斯基的最后小说》（莫斯科—列宁格勒，1963）、《陀思妥耶夫斯基及其他》（列宁格勒，1989）中被多次收录（内容上有所扩充）。

多利宁从斯特拉霍夫和托尔斯泰在1894年当选莫斯科心理学会荣誉会员说起，指出正是与"科学、文学思潮中的主流"的斗争为斯特拉霍夫入选心理学会奠定了基础，也为他获得陀思妥耶夫斯基和托尔斯泰的好感埋下了伏笔。接着多利宁便逐步介绍了斯特拉霍夫与陀思妥耶夫斯基的交往，与革命民主派、虚无主义者们的论战。文末作者指出："在此，我们试着解释了思想家、政论家陀思妥耶夫斯基反动观点的主要来源之一，他将这些观点放入了第二阶段的文学作品中。从斯特拉霍夫的哲学唯心主义到上帝，到东正教，到基督，它们作为道德因素与'可恶的自信的唯物主义'，与车尔尼雪夫斯基的革命无神论相对抗。"[1]这样的评语显然意味着，在二十世纪四十年代，斯特拉霍夫还是作为被批判的对象出现的，在某种程度上说，他为陀思妥耶夫斯基的反动思想承担了部分责任。同时这也表明：在苏俄时期的文学研究界，至少老一辈研究者还是认识到他的价值了，只是因为立场问题，不便多提，或提也要以批判性的态度去提及。

1953年斯大林去世后，苏联学术界迎来了"解冻"时期，斯特拉霍夫的名字开始偶有出现。塔尔图大学俄罗斯文学教研室的布季洛夫斯卡娅（Будиловская А.Л.）与她的导师Б. 叶戈罗夫在二十世纪六十年代联手编撰过《Н.Н. 斯特拉霍夫刊印作品索引》（塔尔图，1966），其中有德雷扎科娃（Дрыжакова Е.Н.）整理出版的斯特拉霍夫1889年、1890年两度赴

---

[1] Долинин, А.С.Ф. М. Достоевский и Н.Н. Страхов.//Шестидесятые годы, Изд.АН СССР. М.: -Л. 1940. С.253.

亚斯纳亚·波利亚纳庄园的回忆录。整理者说：该回忆录"可与这一时期托尔斯泰日记对照，从而获得关于伟大作家日常与创作的新材料"[1]。可见，这时候的斯特拉霍夫还是作为托尔斯泰的附属出现，并非单独的研究对象。可能正因如此，该书出来之后反应也不大。

1966年，著名的陀学家基尔波京（Кирпотин В.Я.1898—1997）出版了专著《陀思妥耶夫斯基在60年代》，其中用了较大篇幅（50页）论述作家与斯特拉霍夫、格里高利耶夫等根基派之间的复杂关系。因为该书的重点是陀思妥耶夫斯基，所以基尔波京对斯特拉霍夫的研究也是围绕着他与陀思妥耶夫斯基、格里高利耶夫等人之间的关系展开。基尔波京指出，尽管人们在陀思妥耶夫斯基的作品中能轻易发现格里高利耶夫思想的痕迹，但并不能因此忽视作家本人思想的独立性，陀思妥耶夫斯基作为办刊方针的确立者，"并不是他（即陀思妥耶夫斯基——引者注）附和格里高利耶夫和斯特拉霍夫，而是他们在附和他"。[2]基尔波京的这部专著可以说是整个20世纪的俄语陀学界中对围绕《时代》和《时世》杂志的根基派思想研究得最为详细、最为客观的作品。相应的，该书对斯特拉霍夫也谈得稍微详细一些。

1971年，苏联著名的《文学遗产》（Литературное Наследство）第83卷推出了"未出版的陀思妥耶夫斯基"（Неизданный Достоевский）专号，其中收录了陀学研究者罗森布柳姆（Розенблюм Л. М. 1922—2011）论述斯特拉霍夫与作家的文章。罗森布柳姆认为："冷漠鄙视人类的斯特拉霍夫比那些革命民主派是陀思妥耶夫斯基更大的论敌。"[3]1973年，第86卷的《文学遗产》同样以陀思妥耶夫斯基为主题，但收入了由兰斯基

---

[1] *Дрыжакова Е.Н.* Заметки Н.Н. Страхова о Л.Н. Толстом//Труды по русской и славянской филологии. Сер. 9. Литературоведение. Тарту.: 1966. С.208.

[2] *Кирпотин В.Я.* Достоевский в шестидесятые годы. М.: Художественная литература, 1966. С.2.

[3] Литературное наследство. Том 83.Неизданный Достоевский--Записные книжки и тетради 1860-1881 гг. М.: 1971. С.19.

（Ланский Л.Р.）整理的"斯特拉霍夫论陀思妥耶夫斯基"作为附录，约有两百多页。这些都是斯特拉霍夫研究中比较重要的一手材料，尽管此时他还只是作为陀学研究的一个附属对象出现。

1975年，科学出版社出版了著名文艺理论家尼古拉耶夫（Николаев П.А. 1924—2007）主编的《俄罗斯文艺学中的学院派》（Академические школы в русском литературоведении. M. 1976）一书，其中以10页的篇幅专门介绍了斯特拉霍夫的文学批评。这实际上是作者古拉尔尼克（Гуральник У.А., 1921—1989）发表于《文学问题》1972年第7期上的一篇文章。这也是苏联时期屈指可数的以斯特拉霍夫为研究对象的成果之一。在这篇文章里，古拉尔尼克对斯特拉霍夫的文学批评内容、特征等方面做了较为详尽的介绍。作者认为："事实上，理论家和文学批评家斯特拉霍夫几乎每一篇文章都有鲜明的矛盾性和双重性。"[1] 原因在于："与陀思妥耶夫斯基、托尔斯泰的接近，对普希金创作实践的崇拜，都在理论家和文学批评家斯特拉霍夫的作品中流露出来，然而作为出发点的社会—政治、哲学立场的错误将其引向了逻辑上的矛盾。"[2] 比如斯特拉霍夫多次强调对作家展开评论时需要考虑到思想与内容、形式与内容的不可分割，但在批评实践中却往往违背这一原则，比如他对果戈理流派的文学史意义、涅克拉索夫诗歌的评论就是非常鲜明"主题先行"的例子。说到底，古拉尔尼克的基本结论就是："这一根基派思想家所持世界观立场的狭隘性不可避免地限制了批评家的审美视野。"[3] 批评家的这一看法，一方面令我们想起沙俄时期的戈里采夫；另一方面考虑到七十年代的停滞氛围，古拉尔尼克持如此立场也在情理之中。古拉尔尼克这篇文章的意义在于，他打破了此前俄苏学界较多地将斯特拉霍夫视为哲学家和作家附庸的传统视野，

---

[1] Гуральник У.А. Н.Н. Страхов-литературный критик//Вопросы литературы 1972. № 7. С.139-140.

[2] Там же. С.155.

[3] Там же. С.144.

独立地提出了斯特拉霍夫的文学批评研究这一主题。这是斯特拉霍夫研究史上的一个转向，因此尽管该文从今天来看，可能存在某些不足，但它的意义却不容小觑。

1982年，苏联科学院俄罗斯文学研究所（普希金之家）主办的《俄罗斯文学》（Русская литература）杂志刊登了斯卡托夫的长文《尼古拉·斯特拉霍夫的文学批评与十九世纪俄罗斯文学的某些问题》[1]，这篇文章是两年后出版的斯特拉霍夫《文学批评》的序言（略有改动），随着《文学批评》一书的发行及再版，该序言的影响也越来越大，因而在斯特拉霍夫研究史上具有里程碑的意义。可能出于谨慎的考虑，斯卡托夫一开始就从政治角度给批评家做了定性："作为一个观点顽固保守的人，斯特拉霍夫积极参与十九世纪六十年代激烈的期刊论战，无论当时还是后来，他都没有改变自己的右翼立场，是革命民主批评家们的坚定反对者。"[2]不过，斯卡托夫马上又说："斯特拉霍夫知识渊博，活动涉及多方面，但众所周知，他首先是一位文学批评家。……斯特拉霍夫给俄罗斯批评带来了什么？他的批评能让我们在十九世纪的社会政治斗争和文学冲突中看到什么，理解什么？他的批评至今因何有趣，有何意义呢？"[3]围绕上述问题，斯卡托夫首先论述了别林斯基对俄国文学批评的初创意义，在承认车尔尼雪夫斯基及杜勃罗留波夫作为别林斯基批评事业接班人的前提下，指出格里高利耶夫及其"追随者和学生"斯特拉霍夫的文学批评同样也值得重视。批评家介绍了斯特拉霍夫的背景，也分析了1860年代的文学论战情况，进而谈了斯特拉霍夫的屠格涅夫批评、托尔斯泰研究、普希金评论、与丹尼列夫斯基思想的关系等主要问题，其中也一再强调斯特拉霍夫对车尔尼雪夫斯基等人并无恶意，并分析了他对涅克拉索夫诗歌的看法。

---

[1] *Скатов, Н.Н.* Критика Николая Страхова и некоторые вопросы русской литературы XIX века//Русская литература. – 1982. – № 2. – С.30-51.

[2] Там же. С.30.

[3] Там же. С.30-31.

尤为值得指出的是，斯卡托夫提出了斯特拉霍夫对托尔斯泰研究的三大贡献，即："第一，正是在《上尉的女儿》和《战争与和平》之间，他建立了普希金与托尔斯泰之间的直接联系。第二，他指出了托尔斯泰早期作品与《战争与和平》之间的差异。第三也是主要的，斯特拉霍夫第一个在批评界中揭示了《战争与和平》作为俄罗斯英雄史诗的意义。"[1] 应该说，斯卡托夫的这一判断虽然并不全面，但是非常准确，他所指出的"三大贡献"实际上也是今天斯特拉霍夫研究的一个共识。从这个意义上说，斯卡托夫直接为我们今天的研究奠定了基础。但需要指出的是，斯卡托夫的研究也存在一些失误，譬如他过分强调了格里高利耶夫对斯特拉霍夫思想的影响，将后者视为前者的门徒和追随者[2]。类似看法实际上并不符合历史真实，这些问题在此后的研究中由其他学者进行了逐步纠正。

借着1984年《文学批评》出版的东风，《俄罗斯文学》杂志接连推出了斯特拉霍夫与陀思妥耶夫斯基的书信以及文学批评家戈尔巴涅夫（Горбанев, Н.А.）的相关评论。戈尔巴涅夫在书评中对斯卡托夫的序言提出了某些不同意见。

首先，戈尔巴涅夫指出《文学批评》出版的意义："斯特拉霍夫文学批评选集的出版为研究这位复杂又极富才华的批评家奠定了'物质'基础，也满足了不断增长的社会及学术要求，以及诸多'俄罗斯文学爱好者'这一读者圈的兴趣。文集首先就是为他们出版的。"[3] 但批评家转而又说，该文集的编选在逻辑上存在一些问题：如果说斯特拉霍夫那篇《我们文学的贫困》（1868）是其批评总论的话，那么他论述屠格涅夫《父与子》的文章写于1862年，反而置于1867年的论《罪与罚》、1870年代的论普希

---

[1] *Скатов, Н.Н.* Критика Николая Страхова и некоторые вопросы русской литературы XIX века//Русская литература. – 1982. – № 2. – С.46.

[2] "斯特拉霍夫正是将格里高利耶夫视为俄国批评的创立者，由格里高利耶夫阐发的'有机批评原则'也是他批评活动的基本原则，因为艺术本身就是有生命的、有机的。"参见 *Скатов, Н.Н.* Н.Н. Страхов// *Страхов Н.Н.* Лиетратурная критика. – 1984. С.23.

[3] *Горбанев Н.А.* К выходу избранных статей Н.Страхова//Русская литература. – 1985. – № 4. – С.188.

金等文章之后。这就给读者造成了困惑：斯特拉霍夫对一些经典作家如屠格涅夫的评价出现了矛盾。

其次，戈尔巴涅夫对斯卡托夫的下列观点提出了质疑："根据序言来看，斯特拉霍夫客观上属于革命民主派活动家阵营，差不多属于同情者。"[1] 戈尔巴涅夫认为，斯卡托夫很大可能是没有理解斯特拉霍夫文学批评的特点，误把批评家对车尔尼雪夫斯基、杜勃罗留波夫等人的明褒暗贬当成了彻底的肯定。

再次，在看待斯特拉霍夫与根基派（尤其是格里高利耶夫）的思想影响上，戈尔巴涅夫也认为斯卡托夫存在着一些简单化的论断。应该说，戈尔巴涅夫作为苏联时期较早对斯特拉霍夫展开研究的学者之一，他的上述论断很有价值。

不过，他对斯卡托夫的质疑有一部分并不成立。譬如他认为斯卡托夫对斯特拉霍夫有误解，笔者认为这很大程度上是源于斯卡托夫对1980年代政治形势的判断，他不敢一味强调斯特拉霍夫与革命民主派的对立，而只能将错就错，多谈谈批评家所谓的"进步性"。遗憾的是，戈尔巴涅夫的文章只是书评，只有四页篇幅，因而在苏联学术界引起的反响不大。当然，也不排除可能是当时盛行的回归文学、地下文学思潮冲淡了人们对这位十九世纪思想家的兴趣。

综上可以看出，在八十年代之前，苏联时期的斯特拉霍夫研究很多时候是把批评家作为陀思妥耶夫斯基、托尔斯泰及屠格涅夫等人的陪衬，很少有专门研究的著作。即使有少数如斯卡托夫这样的研究者，在论及斯特拉霍夫时也是不顾事实，千方百计将其与别林斯基等人牵上线，淡化他反虚无主义的色彩，以免犯政治上的错误。因此在当时的政治环境下，大多数学者对斯特拉霍夫干脆采取了回避的态度，尽管他们其中的许多人像卢

---

[1] *Горбанев Н.А.* К выходу избранных статей Н.Страхова//Русская литература. – 1985. – № 4. – С.190.

那察尔斯基一样,并非不知斯特拉霍夫文学批评的价值。

苏联解体后,尤其是进入新世纪之后,面对共产主义实验与西方休克疗法的失败,普京总统提出了"新俄罗斯思想",强调尊重历史传统,弘扬爱国主义,这就需要学术界借鉴俄罗斯本国思想家的思想资源,寻找和探索俄罗斯自己独有的发展道路。在这个大背景下,斯特拉霍夫作为俄罗斯思想的传承者之一开始得到关注,对他的研究也进入了一个新的时期。

2000年,斯特拉霍夫的《文学批评》得以再版(从内容来看,基本上就是1984年版本的复制)。2007年再版了斯特拉霍夫的哲学专著《作为整体的世界》。2009年的时候,马萨廖瓦(Мосалёва Г.В.)教授主编了一部《十九世纪的回归批评:文选》(Ижевск, 2009),其中收录了斯特拉霍夫论屠格涅夫及陀思妥耶夫斯基的文章,约占70页的篇幅。2010年,著名的《俄罗斯文明》(Русская цивилизация)丛书推出了斯特拉霍夫专辑,题名为《与西方的斗争》,这显然来自批评家晚年那套三卷本的《俄国文学中与西方的斗争》。有别于此前的《文学批评》,该书主要分三大部分:俄罗斯与斯拉夫民族、俄罗斯文学及俄罗斯与欧洲,主要涉及波兰问题、俄罗斯文学批评,以及围绕丹尼列夫斯基《俄罗斯与欧洲》与Вл.索洛维约夫展开的争论。事实上,该专辑的出版已使得斯特拉霍夫摆脱了纯文学批评家的身份,成为一位俄国政论家、思想家、文化研究者。

自2000年起,科学院世界文学研究所与莫斯科托尔斯泰博物馆、加拿大渥太华大学斯拉夫研究小组合作,陆续整理出了《托尔斯泰夫妇与斯特拉霍夫通信集》(2000)、《托尔斯泰与斯特拉霍夫通信全集》(2卷本,2003)、《伊凡·阿克萨科夫与斯特拉霍夫通信集》(2007)等,极大地丰富了斯特拉霍夫研究资料库。自2018年到2023年,"普希金之家"出版社推出了2卷3册的《托尔斯泰与斯特拉霍夫通信集》,在内容上是此前2000年和2003年两个通信集的综合,只是改为在俄罗斯本土出版。

另外,在涉及托尔斯泰、陀思妥耶夫斯基等人的批评文集中,如著名的《赞成与反对》（Pro et contra）丛书中也有零星收录斯特拉霍夫的文字。目前，世界文学研究所由谢尔巴科娃（М.И.Щербакова）研究员正在组织人手编撰斯特拉霍夫的科学院版全集，可望在不久的将来面世。

解体后专门研究斯特拉霍夫的文章或专著从整体来说并不算多，但已有一些研究者开始涉猎，还出现了一些有分量的著作。这些研究，大体上可以分为哲学与文学批评两大块，下面试分述之。

1991年5月，圣彼得堡成立俄罗斯哲学协会（Русское Философское Общество, РФО），五年之后即1996年，斯特拉霍夫去世百年时，该协会被命名为斯特拉霍夫哲学协会。协会自1994年起出版会刊《俄国自我认知》（Русское самосознание），协会主席兼刊物主编即著名哲学家伊里因，他在斯特拉霍夫研究方面做了不少开拓性的工作，在俄罗斯学术界形成了较大的规模和影响。

1992年莫斯科大学出版社的《俄国思想家：格里高利耶夫、丹尼列夫斯基、斯特拉霍夫》一书，应该是较早研究批评家的著作。书中重点分析了三位思想家在思想上的传承之处，作者阿夫捷耶娃（Авдеева Л.Р.）指出："格里高利耶夫、斯特拉霍夫、丹尼列夫斯基都是个性鲜明之人，他们互不重复，但相互补充。他们每个人都有自己的主要兴趣点：斯特拉霍夫的自然科学哲学、丹尼列夫斯基的政治哲学、格里高利耶夫的文化哲学。不过，对文化发展及其功能问题的关注使之走到一起。"[1] 此外，阿夫捷耶娃也分析了斯特拉霍夫身后乏人关注的原因，她认为主要原因在于批评家的"自我批判"（самокритичность）。斯特拉霍夫在1861年8月21日致卡特科夫的信中说："我不能把自己的观点看作是某种特殊的、新思想的尝试，或至少是对此前思想道路的怀疑和不满。"[2] 换而言之，斯

---

[1] Авдеева Л.Р. Русские мыслители: Ап.А.Григорьев, Н.Я.Данилевский, Н.Н. Страхов. Москва.: Издательство Московского университета. 1992. С.138.

[2] 转引自 Малецкая, Ж.В. Н.Н. Страхов – критик И. С.Тургенева и Л.Н. Толстого : диС…. канд. филол. наук: 10.01.01. – Махачкала. 2008. С.33.

特拉霍夫对自己思想的创新性估量不足，直接影响到后来研究者对他的评价。可能是限于资料等条件，该书对斯特拉霍夫的研究谈不上深入，只是做了简单的介绍，并附上了他的几篇文章。

1999 年普京担任总统以来，俄罗斯面临的问题跟一百多年前并无差别：俄罗斯往何处去，该怎么办？解体后的近十年内，叶利钦实施的全盘西化政策已被证明行不通，普京必须提出新的治国理念。在这种背景下，十九世纪保守主义政治家、思想家对百年前俄国命运的思索再度得到重视，他们的思想遗产得以再度出版并详加讨论。斯特拉霍夫作为其中一分子，也得到了学术界越来越多的关注，其中最具代表性的即俄罗斯哲学协会会长伊里因教授。当代俄国学者认为他是"为斯特拉霍夫遗产研究带来最有分量最深入贡献"的人（Наиболее весомый и глубокий вклад в изучение наслдия Н.Н. Страхова внес Н.П. Ильин）[1]。譬如，他在论文集《十九世纪文学与社会思想中的保守主义》（莫斯科，2003）中以专章分析了斯特拉霍夫的哲学观。这篇名为《理解俄罗斯：尼·尼·斯特拉霍夫》的文章虽然并非鸿篇巨作，但提出了一个非常重要的问题，即他认为斯特拉霍夫的独特性在于理解（понимание）。批评家借用丘特切夫那句名诗："理智不能理解俄罗斯，对俄罗斯只能信仰"，指出斯特拉霍夫主要观点的实质便在于"理解俄罗斯不能离开对俄罗斯的信仰，不能离开对俄罗斯民族精神的忠诚"[2]。2007 年，斯特拉霍夫那本《作为整体的世界》一书重版，伊里因又为此作了长序：《自然界的最后秘密》。在随后推出的专著——《俄国哲学的悲剧》（2008）中，伊里因更是把"理解"看作是由斯特拉霍夫独创的一种哲学范式，加以专章讨论。要知道斯特拉霍夫最为人诟病

---

[1] *Кокшенева, К.А.* А.И. Герцен – западник, разочаровавшийся в Западе. Об актуальности взгляда Н.Н. Страхова//Духовные смыслы национальной культуры России: ретроспекция, современность, перспективы: сборник по материалам междунар. науч. конф., Москва, 27-28 нояб. 2019 г./РоС.науч.-исслед. ин-т культурного и природного наследия им. Д.С.Лихачёва. - Москва, 2020. - С.82.

[2] *Ильин Н.П.* Понять Россию.(Н.Н. Страхов)//Российский консерватизм в литературе и общественной мысли XIX века. М.: ИМЛИ РАН, 2003. С.22-23.

的便是他理论的不成体系、缺乏创意等等。如果从"理解"及由此引发的对话这个角度来看，那么上述不足就可以得到合理的解释。因此，伊里因教授的这一论断很有新意，也值得我们进一步挖掘。

2003 年，俄国出版了斯塔雷金娜（Старыгина Н.Н. 1955—　）的专著：《1860—1870 年代哲学—宗教论争背景下的俄国小说》，这是作者 1997 年进行答辩的博士论文，原名为《1860—1870 年代俄国论争小说：人的概念、进化、诗学》，其中既涉及了对陀思妥耶夫斯基、列斯科夫、皮谢姆斯基等人小说的分析，也分析了斯特拉霍夫等理论家在反虚无主义论战方面所作的贡献。该书对斯特拉霍夫的论述主要在第一部分，即"关于人的哲学—宗教论争中的虚无主义与反虚无主义"，指出"自 60 年代初以来，虚无主义就是斯特拉霍夫政论、文学批评文章、论述和评论的固定对象"[1]。作者继而分析了虚无主义的概念、斯特拉霍夫对虚无主义的反驳及解救之道。（"俄国知识分子反虚无主义的世界观基础是以宗教来看待人与世界。"[2]）因主题所限，斯特雷金娜并未对斯特拉霍夫在文学批评方面的论述多费笔墨。

斯特拉霍夫是别尔哥罗德人，出于对同乡的自豪感，别尔哥罗德大学在 2003 年 10 月底召开了名为"斯特拉霍夫创作遗产与现代社会人文思想"（Творческое наследие Н.Н. Страхова и современная социально-гуманитарная мысль）的全俄罗斯学术会议，会后由该大学出版社推出了同名论文集。从论文集内容来看，彼时的斯特拉霍夫研究还很薄弱。文集分四部分，仅有两部分与斯特拉霍夫有关，所收入的文章也基本上局限在斯特拉霍夫的生平及一些老生常谈的话题。2004 年出版的《斯特拉霍夫与现代社会科学思想》（Н.Н. Страхов и современная обществоведческая мысль, Белгород.: 2004），仅收录研究文章 5 篇，占全书四分之一篇幅，

---

[1] *Старыгина Н.Н.* Русский роман в ситуации философско-религиозной полемики 1860 – 1870-х годов, Москва.: 2003. С.25.

[2] Там же. С.37.

其余皆为别尔哥罗德地区地方志研究。2008年别尔哥罗德大学出版社出版了纪念斯特拉霍夫诞辰180周年的国际会议论文集，名为《斯特拉霍夫与19—20世纪的俄国文化：纪念诞辰180周年》（Н.Н. Страхов и русская культура XIX—XX вв.: к 180-летию со дня рождения, Белгород.: 2008）。该论文集文章众多，涉及范围也较广，但从作者来说，基本上局限于别尔哥罗德大学及邻近的基辅大学、喀山大学等一些学者甚至研究生；从文章本身来说，质量参差不齐，有深度的有广度的文章很少见。这说明在21世纪初，尽管斯特拉霍夫已经引起了学术界的关注，但限于资料、视野等条件，即便是在俄罗斯，在批评家的故乡，有关研究仍处于起步阶段。

2007年，执教于别尔哥罗德大学的安东诺夫（Антонов Е.А.）教授出版了《转型时代思想家尼·尼·斯特拉霍夫的人本哲学》，这是俄罗斯第一部研究斯特拉霍夫的专著（尽管它的研究重点在于斯特拉霍夫的哲学思想）[1]。安东诺夫在书中指出：“斯特拉霍夫是那种独特的组织者与交换者，他所处时代所创造的文化财富通过他的著作得以传承。他的贡献与其说在于解决问题，不如说在于提出问题。”[2] 在此基础上，2009年10月别尔哥罗德大学建立了以他名字命名的资料博物馆，搜集了大量作家资料，也广泛与国内外学术界联系举办多种研究纪念活动，因而逐渐成为斯特拉霍夫研究的重镇，巴维尔·奥里霍夫教授（П.А.Ольхов）及其妻子莫托夫尼科娃教授（Е.Н. Мотовникова）成为该研究中心的领军人物。

在接下来的几年内，以别尔哥罗德大学斯特拉霍夫博物馆为首的俄

---

[1] 著名哲学家马斯林在为该书写的书评里指出："安东诺夫的书是俄罗斯历史哲学文献中第一本专门研究尼·尼·斯特拉霍夫人本哲学的书。它是对斯特拉霍夫哲学世界观的完整性和发展的首次研究，揭示了思想家形而上学观点的演变，确定了俄罗斯思想家的哲学人类学、认知理论和历史哲学的特殊性。因此，我们可以得出这样的结论，'文学流亡者'斯特拉霍夫回归了俄罗斯哲学，在这方面，Е.А. 安东诺夫的专著是一个毫无疑问的创造性成就。" *Маслин М. А.и Шарова М. А.* "Возвращение «литературного изгнанника». Первая книга о философии Н. Н. Страхова. Антонов Е. А. Антропоцентрическая философия Н.Н. Страхова как мыслителя переходной эпохи"//Вестник Русской христианской гуманитарной академии, vol.11, № .4, 2010, С.258.

[2] *Е.А. Антонов* Антропоцентрическая философия Н.Н. Страхова как мыслителя переходной эпохи. Белгород.: 2007. С.33.

罗斯学术界召开了多次国际性会议，出版有：论文集《与现代人对话中的尼·尼·斯特拉霍夫：理解文化的哲学》（Н.Н. Страхов в диалогах с современниками.Философия как культура понимания/С.М. Климова и др.-СПб.; 2010.）；资料汇编：《尼·尼·斯特拉霍夫：哲学家、文学批评家、翻译家》（Н.Н. Страхов: философ, литературный критик, переводчик. Белгород, 2011.），该资料汇编每隔数年就更新一次。

2012年俄罗斯学界推出了《论争与理解：尼·尼·斯特拉霍夫个性与思想的哲学札记》（Полемика и понимание: философские очерки мышления и личности Н.Н. Страхова/Е.Н.Мотовникова и П.А. Ольхов.. М.: СПб.: 2012.）。该书作者是别尔哥罗德大学的两位教授：莫托夫尼科娃和奥里霍夫，该书中有两章涉及了斯特拉霍夫与托尔斯泰的关系，侧重于文学与哲学的对话来谈。

2016年，莫托夫尼科娃教授进行了她的哲学博士论文答辩，题名为《斯特拉霍夫哲学政论中的阐释学策略：历史—哲学的分析》（国立莫斯科师范大学，2016年）。该论文是作者多年研究心得所成，内容覆盖面广，资料丰富，既有从哲学专业论述康德与斯特拉霍夫的关系；也有从文学方面研究斯特拉霍夫与格里高利耶夫、托尔斯泰等人在思想上的传承与分歧；同时还涉及斯特拉霍夫社会阐释学中的民族主义问题，等等。可以说，莫托夫尼科娃教授在这篇近300页的博士论文里，运用了西方文学理论中的哲学阐释学，对此前的斯特拉霍夫哲学研究做了一个总结，同时也从跨学科的角度开辟了很多新的研究领域，因而在当下斯特拉霍夫研究方面具有里程碑式的意义。

在文学方面，由国立萨拉托夫大学的普罗佐罗夫教授（Прозоров В.В.）主编的《俄国文学批评史》（莫斯科，2002）较早地涉及了斯特拉霍夫。作者说："承担起捍卫陀思妥耶夫斯基《时代》里所说的哲学美学倾向的是尼古拉·尼古拉耶维奇·斯特拉霍夫——新斯拉夫派权威政论家，不过在60年代他还是刚起步的记者和批评家。然而在他的著作中已经展现了他企图尽量避免极端，影响与之接近的不同文学、社会观点。"[1] 由于该书是教材而非研究专著，460多页的篇幅涵盖了自18世纪到1990年代的文学批评，覆盖面广而篇幅又有限，没有也不可能对斯特拉霍夫作较为详尽的介绍和研究。

2006年，《俄罗斯文学》杂志刊登了已故著名陀学家，俄罗斯科学院俄国文学研究所（普希金之家）资深研究员图尼曼诺夫（Туниманов В.А. 1937—2006）的遗作《陀思妥耶夫斯基、斯特拉霍夫、托尔斯泰：链接的迷宫》。文章分三部分，长达62页，对上述三人之间错综复杂的关系进行了一番梳理。

2008年，国立达吉斯坦大学的玛列茨卡娅提交了名为《尼·尼·斯特拉霍夫——屠格涅夫与托尔斯泰的批评家》的副博士论文进行答辩。这是俄罗斯学术界第一篇以斯特拉霍夫文学批评为主要研究对象的副博士论文。玛列茨卡娅在论文里先对批评家生平、批评方法特色、文学史观念及发展演变做了介绍，接着以斯特拉霍夫对屠格涅夫及托尔斯泰的批评为两大研究个案展开细致的分析。总体来说，该论文开风气之先，将斯特拉霍夫作为一位杰出的文学批评家来加以论述，在文章中对学术界长期以来混淆的问题如斯特拉霍夫与根基派、与格里高利耶夫的思想传承关系等做了澄清，纠正了斯卡托夫等人的一些误解。作者在论述中对批评家的批评方法、特色等做了概括，这是较有新意的。作者在文中指出斯特拉霍夫文学批评的诸多创新之处[2]。

不过，从今天来看，该论文也存在某些不足，即论文篇幅太小，全文

---

[1] *Прозоров В.В.* История русской литературной критики. Москва.: Высшая школа». 2002. С.168.
[2] 如作者指出："斯特拉霍夫无可争议的功勋就是他对《战争与和平》题材本质独到的理解。" 又如："斯特拉霍夫是第一个指出《安娜·卡列尼娜》不是关于爱情，而是关于家庭的小说。" См: *Малецкая, Ж.В.* Н.Н. Страхов – критик И. С.Тургенева и Л.Н. Толстого : диС.... канд. филол. наук: 10.01.01.– Махачкала. 2008. С.166.168.

仅180页,扣除参考文献则170页不到。论文研究对象也仅限于屠格涅夫与托尔斯泰两大作家,甚至都没有涉及与斯特拉霍夫交往密切的陀思妥耶夫斯基,更不必说普希金和赫尔岑等人,这不能不说是论文的一个遗憾。

2010年,国立科斯特罗马大学的季霍米洛夫教授(Тихомиров В.В.)出版了名为《十九世纪中期俄国文学批评:理论、历史和方法论》的专著,对十九世纪中期这个俄国文学批评的"黄金时期"做了重新的发掘。在该书中,作者第一次把斯特拉霍夫的文学批评独立成章,命名为"斯特拉霍夫的根基派文学批评",以区别于前一章的"阿·格里高利耶夫的有机文学批评"。作为一部类似于文学批评史一样的专著,季霍米洛夫在书里对斯特拉霍夫作了较为详细的介绍和分析(40多页的篇幅)。譬如,他概括了斯特拉霍夫的历史文学观念及批评方法特点:"总体而言,斯特拉霍夫的文学史观念,跟他的整体批评方法一样,都建立在一种与众不同的结合法之上,即:将关于一切现存的历史决定性的黑格尔主义理论与对作品、历史要素与民族特性之间关系近乎实证主义的理解结合,这一点与斯特拉霍夫(也正如他的前辈格里高利耶夫一样)稍显浪漫地认为俄国文学一贯具有其民族特性的做法如出一辙。"[1]除此之外,季霍米洛夫还在章节里对斯特拉霍夫的文学批评实践进行了详细的介绍,其中许多观点值得我们思考。

2011年,国立巴什基尔大学的沙乌罗夫(Шаулов С.С.)出版了专著《作为文学背景下的创作者和个人的斯特拉霍夫:在陀思妥耶夫斯基与托尔斯泰之间》(乌法,2011)。该书篇幅仅有84页,但第一次注意到斯特拉霍夫作为两位大作家对话者的身份,并加以专门的研究。作者指出了斯特拉霍夫的"边缘"身份(пограничье):"实质上,作为文学家的斯特拉霍夫具有独一无二的永恒'边缘'状态:在托尔斯泰与陀思妥耶夫斯基之

---

[1] *Тихомиров В.В.*Русская литературная критика середины XIX века: теория, история, методология. – Кострома.; 2010. С.325.

间；在哲学与文学批评之间；最后，在东正教与德国古典哲学传统之间；在信仰和理性主义之间。"[1] 应该说，作者的这一切入点很有新意，虽然篇幅不长，但值得细细阅读。

目前，俄罗斯斯特拉霍夫研究的最新成果之一是 2017 年年末答辩的俄罗斯科学院高尔基世界文学研究所副博士毕业论文《1840—1850 年间斯特拉霍夫创作遗产：文学批评家与哲学家的形成》，作者为索罗金娜（Сорокина Д.Д.）。作者的切入点是斯特拉霍夫研究中较少为人关注的时段，即 1840—1850 年间，这个时间段恰恰是批评家世界观形成的阶段；作者也选取了以往研究中常为人忽略的方面，即批评家的文学创作。论文分为三部分，其一是文学传统、时代背景对批评家初期文学创作的影响；其二是自然科学知识、生平等因素对斯特拉霍夫根基派思想的影响；其三是批评家对世界文学及俄国文学、文学批评的阅读对他后来文学评价标准的形成意义重大。在上述分析的基础之上，索罗金娜女士最后得出结论："不考虑早期斯特拉霍夫创作遗产，对他后来文学批评、政论、哲学活动的评价就是不完整的。"[2] 整体来说，该论文选题独特，作者也赴基辅做了不少资料搜集工作[3]，在不少地方填补了斯特拉霍夫研究中的空白领域，为我们完整认识斯特拉霍夫创作生平及其思想来源做了一番认真的梳理和研究工作，论文学术价值毋庸置疑。

2021 年，疫情影响下的俄罗斯学术界接连推出了两部关于斯特拉霍夫的著述。老当益壮的俄国文学史家法捷耶夫推出了批评家的传记《斯特拉霍夫：个性、创作与时代》（圣彼得堡，2021）。与此前有关批评家的

---

[1] Шаулов С.С. Н. Н. Страхов как творец и персонаж литературных контекстов: между Ф. М. Достоевским и Л. Н. Толстым.- Уфа, Издательство БГПУ, 2011. С.4.

[2] Сорокина Д.Д. Творческое наследие Н. Н. Страхова 1840–1850-х гг.: формирование литературного критика и философа. дисс.канд.ф.наук./-Москва.: ИМЛИ РАН. 2017. С.223.

[3] 譬如，作者特地赴乌克兰维尔纳茨基国家图书馆手稿所（ИР НБУ）阅读了斯特拉霍夫未完成的小说《高加索之旅》（1859），并将其与 1830—1840 年代俄国文学高加索主题的大背景联系起来，同时与莱蒙托夫《当代英雄》做了对比，分析其对后来托尔斯泰高加索故事的潜在影响。

著述不同的是，该书第一次全方位地展示了斯特拉霍夫的生平、创作及他与时代的互动关系，涉及他与陀思妥耶夫斯基、托尔斯泰、格里高利耶夫、丹尼列夫斯基、列昂季耶夫等一大批同时代思想家。将批评家置于整个思想界的大背景来加以研究，夹叙夹议，进而衬托出斯特拉霍夫的个性，这是该传记的一大特色。

此外，俄罗斯著名的"赞成与反对"（Pro et Contra）丛书也推出了《斯特拉霍夫：赞成与反对》（莫斯科，2021）专辑。该书由俄罗斯国家研究型高等经济大学（НИУ ВШЭ）教授，著名俄国哲学研究者克里莫娃搜集并作注，内容极其丰富，厚达852页。除序言外，全书共分五部分：①回忆录、书信及随笔；②斯特拉霍夫的哲学著作及其在现代学界的接受；③争论：斯特拉霍夫—丹尼列夫斯基—索洛维约夫—俄罗斯或欧洲；④陀思妥耶夫斯基—斯特拉霍夫—托尔斯泰；⑤哲学、科学和宗教。如上排列，有批评家自己的文字，也有他人回忆或研究材料，基本上把此前零散在各处的相关材料整合到一起了，这对今后的斯特拉霍夫研究助力甚大。

欧美学术界在二十世纪六十年代以影印的方式再版了一批斯特拉霍夫作品（海牙，莫顿出版社），但是研究方面却乏善可陈。著名文学批评史家雷纳·韦勒克（Rene Wellek, 1903—1995）出版于六十年代中期的《近代文学批评史》第4卷（1965）对斯特拉霍夫的文学批评思想做过专节介绍。韦勒克将斯特拉霍夫置于"俄国保守派批评家"一章，与格里高利耶夫、陀思妥耶夫斯基等人并列，各为一节。他对斯特拉霍夫介绍如下："这位极其善变的哲学家、通俗科学家、思想理论家，他连篇撰文驳斥虚无主义者，批判当时从欧洲传入的实证论和进化论。"[1] 当然，作为一位博古通今的大家，韦勒克不可能忽略斯特拉霍夫的批评才华，他承认斯特拉霍夫是一位"优秀的文学批评家"，认为他把"俄罗斯文学视为本土与外来

---

[1] 雷纳·韦勒克：《近代文学批评史》第4卷，杨自伍译，上海译文出版社，2009年，第374页。

因素的斗争，俄罗斯要通过汲取潜移默化的西方文学，获得真正的民族性和精神的独立"[1]。这一点联系到当下俄罗斯学界对斯特拉霍夫的阐释，应该说是很有预见性的。不过《近代文学批评史》作为涵盖两百年西方文学批评史的煌煌巨作，韦勒克在其中没有也不可能对斯特拉霍夫进行更为详尽的分析。

1966年，美国哈佛大学博士琳达·格什坦因（Linda Gerstein）曾以斯特拉霍夫为题写过相关博士论文并于1971年出版。格什坦因认为斯特拉霍夫主要是一位极富特色的哲学家："他真正的职业是他所谓的'哲学'，正是在这里他的才华得以最出色地展现。托尔斯泰承认他的优点，1890年代他作品的流行也暗示着新一代哲学家对他的认可。斯特拉霍夫既没有'体系'，也没有综合的能力，但他有一种特殊的能力来理解其他体系的衍生物，无论它与其天性多么不同。"[2] 格什坦因的这本书更多的是作为一本思想传记，分时期介绍了批评家的心路历程，并未专门研究其文学批评。另一位美国斯拉夫文学研究者莫瑟（Charles Moser, 1935—2006）在高度评价该书的填补空白意义之后，也认为"作者与斯特拉霍夫早期的传记作者尼科尔斯基争论过多，对批评家更严谨的学术文字倒反而讨论较少"[3]。并且正如苏联学者古拉尔尼克所指出的，冷战时期写就的这部传记，其目的并不仅仅是学术的："主要的是，按照琳达·格什坦因的想法，斯特拉霍夫的生平与创作、他的哲学中的唯物主义和美学中'功利主义'应当被视为一种论据，以此反对苏联学术界已经确立的俄国社会历史进程概念，反对我们对民族解放运动及其在社会思想及文化艺术发展中所起作用的理解。"[4] 这就使本来单纯的学术研究带上了意识形态的味道。

格什坦因之后，欧美学界总的来说没有出现对批评家的专门研究。仅

---

[1] 雷纳·韦勒克：《近代文学批评史》第4卷，杨自伍译，上海译文出版社，2009年，第375页。
[2] Linda Gerstein *Nikolai Strakhov*, Harvard University Press, 1971, P.219.
[3] Charles Moser *Nikolai Strakhov by Linda Gerstein*.//Russian review Vol.31, № .1(Jan. 1972), P.94.
[4] Гуральник У.А. Н.Н. Страхов-литературный критик. Вопросы литературы 1972. № .7. C.164.

有少数学者如加拿大的韦恩·多勒（Wayne Dowler）在关于陀思妥耶夫斯基根基派的研究中涉及斯特拉霍夫[1]。除此之外，还有一两篇文章研究斯特拉霍夫的有机批评（Organic Criticism）问题。如俄裔美籍批评家索罗金就在有关文章里指出斯特拉霍夫有机批评的几个特征："斯特拉霍夫认为，一个评论家应该对他所评论作品的背景非常熟悉，并公平对待其作者。评论家有责任揭示作品的本质，感受它的魅力并去了解它的信息和它作为一个有机整体所蕴含的力量。在此之后，他会找到判断它的标准。与有机理论的准则一致，斯特拉霍夫坚持认为，作家要想对读者进行引导，就必须完全熟悉他所写地区的环境和习俗。此外，斯特拉霍夫评价俄罗斯作家时还考量了他们思想的内涵，以及他们反思并促进民族道德和历史目标演变的能力。"[2]虽然批评家在这里只是一笔带过，但该文也是欧美学界近百年来少有的斯特拉霍夫研究成果之一。

2014年，美国著名斯拉夫文学研究者、加州大学伯克利分校的帕佩尔诺教授（Irina Paperno）出版了她研究托尔斯泰的专著：《我是谁，是什么：努力表述自己的托尔斯泰》[3]。作者重点研究的是托尔斯泰，通过对托尔斯泰日记、书信、《忏悔录》、自传等材料的分析，努力揭示出托尔斯泰一生的追求，即对"自我"（Я；Self）的界定。这种界定显然不可能独立完成，必须通过与包括斯特拉霍夫等人在内的人进行对话才得以日趋完善。因此，帕佩尔诺在书中专设一章探讨了两人之间的哲学对话。这对于托尔斯泰研究来说显然是一个新的切入口，同时也是斯特拉霍夫研究的一个新成果。

---

[1] Wayne Dowler *Dostoevsky, Grigorev, and Native Soil conservatism.* University of Toronto Press. 1982.

[2] Boris Sorokin *Moral Regeneration: N. N. Straxov's "Organic" Critiques of War and Peace.* The Slavic and East European Journal. Vol.20, № .2(Summer, 1976), P.134.

[3] Irina Paperno *Who, What am I? Tolstoy Struggles to Narrate the Self.* Cornell University Press, 2014. 该书于2018年被译为俄文，由著名的"新文学评论"（Новое Литературное обозрение）出版社出版，详见*Паперно И.* «Кто, что Я?» Толстой в своих дневниках, письмах, воспоминаниях, трактах. М.; Новое Литературное обозрение, 2018.

除此之外，值得一提的是波兰学术界对斯特拉霍夫的研究。早在1979年，著名波兰历史学家瓦利茨基（A.Walicki, 1930—2020）在他的《俄国思想史》中提到了斯特拉霍夫。瓦利茨基指出："斯特拉霍夫毕生致力于同各种表现形式的原子论和机械论作斗争，他认为这些理论是西方文明病态的表征，为六十年代的虚无主义、革命主义和时髦的'启蒙运动'提供了思想基础。"[1] 作为一部思想史著作，瓦利茨基只是对斯特拉霍夫涉及波兰的文章《致命的问题》，以及《作为整体的世界》作了评述，并未涉及文学层面的分析。

另一位波兰学者安德烈·拉扎利（Анджей де Лазари）则在《在费·陀思妥耶夫斯基的圈子里：土壤派》（波兰文版，2000；俄文版，2004）以专章分析了斯特拉霍夫与陀思妥耶夫斯基关系，同时也涉及以下三个问题："斯特拉霍夫与索洛维约夫争论中的民族性范畴""斯特拉霍夫的宗教性""斯特拉霍夫是实证主义者吗？"。对上述问题，拉扎利的回答是斯特拉霍夫绝不是实证主义者，他本质上还是笃信宗教的，只是因为谨慎不敢公开声明，但从他给友人们的书信里完全可以确认这一点[2]。

此外，值得一提的是，拉扎利指出了斯特拉霍夫研究中一个不太为人注意的问题，即在十九世纪下半期，俄罗斯存在着两个同名同姓同父称甚至职业都接近的斯特拉霍夫。另一位斯特拉霍夫（1852—1928）自1870年代起在哈尔科夫神学院任教，出版过《从古至今的哲学史纲要》（哈尔科夫，1893）及《关于认知及被认知物真实性的哲学理论》（哈尔科夫，1888）等哲学著作。1968年出版的多卷本苏联哲学史以及前文提及的斯卡托夫等研究者都将两位斯特拉霍夫的著作混淆了。

从上述国外研究现状来看，一百多年来，学术界对斯特拉霍夫的认识

---

[1] Andrzej Walicki *A History of Russian Thought from the Enlightenment to Marxism*. Stanford University Press, 1979, P.220.

[2] *Анджей де Лазари* В кругу Феодра Достоевского: почвенничество. Москва.: 2004. С.129-132 и С.175-183.

经历了一个曲折又漫长的过程：斯特拉霍夫先是作为一名哲学家、思想家得到同时代亲友的关注与怀念，彼时焦点更多的是在斯特拉霍夫生平细节的初步整理；而后是作为托尔斯泰或陀思妥耶夫斯基的朋友、研究者被苏联时期的学者们偶尔提及；二十世纪八九十年代以来，斯特拉霍夫逐渐以独立的思想家、哲学家、文学批评家的形象成为学术研究的对象，他的思想遗产也得到越来越多人的关注。

  对于我国学术界而言，斯特拉霍夫还是一个相对陌生的名字，目前仅限于俄罗斯文学研究界少数人知晓。他的文字被翻译过来的可谓寥寥无几。倪蕊琴选编的《俄国作家批评家论列夫·托尔斯泰》（中国社会科学出版社，1982）中节选了他的两篇关于托尔斯泰《战争与和平》的文章。此外还有在《残酷的天才》（上海译文出版社，1989）、《回忆陀思妥耶夫斯基》（人民文学出版社，1987）中收有他对陀思妥耶夫斯基的回忆性文字。这是目前国内其作品仅有的译介。至于研究方面，仅笔者资料所及，1986年北京大学李明滨教授在《俄苏文学》杂志上发表了以《俄国文坛的一件公案：陀思妥耶夫斯基身后的不白之冤终于昭雪》为名的文章，分析了作家与斯特拉霍夫之间的一桩公案，即关于斯特拉霍夫在陀思妥耶夫斯基去世后攻击后者的问题，又称为"斯特拉霍夫事件"。作者在引用俄苏学术界的一些主流观点后指出："斯特拉霍夫，这位有声望的、聪明的评论家，或者一时糊涂，忘了'作品中的人物并不等于作者'这条原则，或者由于'报复'心切，而一叶障目，看不见这条原则，所以他在挑起的这桩公案中最终败诉了，而陀思妥耶夫斯基则仍然保持着他杰出艺术家的荣誉。"[1] 四川大学的冯川教授在《忧郁的先知：陀思妥耶夫斯基》（四川人民出版社，1997）中也有"斯特拉霍夫事件"一节，但大致论述无论就深度还是广度而言都没有超出李文。刘宁主编的《俄国文学批评史》（上

---

[1] 李明滨：《俄国文坛的一件公案：陀思妥耶夫斯基身后的不白之冤终于昭雪》//《俄苏文学》，1986年，第2期，第99页。

海译文出版社，1999）中对斯特拉霍夫进行了专门介绍。作者将斯特拉霍夫定位为"由'根基派'过渡到象征派的桥梁"（这个说法实际上来自于苏联文学批评史家库列绍夫），同时也介绍了其批评的主要内容和特色，但总体来说稍嫌简略，而且受前文所述的苏联学者斯卡托夫影响较大。

进入 21 世纪以来，斯特拉霍夫逐渐引起了中国学术界的关注。2008 年，孙芳发表了《俄国走什么路？——斯特拉霍夫与索洛维约夫之间的论战》（国外社会科学，2008 年第 1 期），简单介绍了两位思想家关于丹尼列夫斯基"文化—历史类型"理论的争论。不过作者的关注焦点不在于斯特拉霍夫，而是在于丹尼列夫斯基的《俄国与欧洲》一书及其史学贡献，因此对斯特拉霍夫也是一笔带过。2017 年，孙芳出版了她的专著《尼·雅·丹尼列夫斯基之文化思想研究》（中央编译出版社，2017），其中收入了上述文章并略有补充，但仍然停留在"斯特拉霍夫是丹尼列夫斯基的推广者"这一基本观点上。譬如，书中指出："斯特拉霍夫是第一个整理出丹尼列夫斯基传记及其作品目录的人，他曾多次组织《俄国与欧洲》一书的再版以及丹尼列夫斯基其他作品的发表，并为其作序。因此，可以说，这位俄国思想家的著作能够流传至今并受到读者们的关注，在很大程度上正是得益于斯特拉霍夫的努力。"[1]

从总体来说，我们对斯特拉霍夫的研究只是刚刚起步，未来尚有较大的挖掘空间。斯特拉霍夫历来提倡多元对话的学术批评，这正是目前中国学术发展的一个主要潮流。我们完全有理由相信：在不久的将来，斯特拉霍夫一定会得到越来越多中国研究者的关注，中国学者关于斯特拉霍夫的译作和研究著作也一定会面世。

正如法国学者昂利·拜尔（Henri Peyre）在他编撰的法国文学批评家居斯塔夫·朗松的批评文集序言中所感慨的："文学批评家在其身后五十

---

[1] 孙芳：《尼·雅·丹尼列夫斯基之文化思想研究》，中央编译出版社，2017 年，第 148 页。

年或一百年，仍有一代又一代的学人对其作品一再进行研读和利用的非常少见。文学史家的著述在半个世纪以后，能不被人们看成是陈旧得可笑、散发着时代偏见和派系成见的臭味、论证依据很不充分的，就更加少见。"[1] 笔者以为，斯特拉霍夫就是这"更加少见"中的一分子。

第三节 研究的意义及思路

斯特拉霍夫是十九世纪中后期俄国著名的文学批评家，哲学家。作为文学批评家，斯特拉霍夫突出贡献或者说意义在于以下几个方面：其一，他对托尔斯泰中后期作品的阐释，树立了托尔斯泰乃至整个俄国文学的世界性形象。这种阐释标志着十九世纪中后期俄国文学批评界的民族意识觉醒，他们开始在文坛寻找堪与西欧文学匹敌的文化大家。然而遗憾的是，历来的托尔斯泰研究中似乎极少看到对斯特拉霍夫著述的研究。其二，斯特拉霍夫也是陀思妥耶夫斯基身后第一部传记的作者，他对《罪与罚》等作品的评论，赢得了作家的赞扬；但他在作家去世后对其创作理念的抨击，又引起了极大的争议。长期以来，出于为尊者讳的传统，学术界往往将斯特拉霍夫置于作家的对立面，认为他对作家故意抹黑作家，有意不安排陀思妥耶夫斯基与托尔斯泰见面，等等。实际上，真实情况要比这复杂得多。其三，斯特拉霍夫的文学批评理念及批评方法具有开放性，虽然受到了托尔斯泰及陀思妥耶夫斯基的肯定，但因为批评家的保守主义立场，以至于他在很长一段时间里悄无声息，直到他去世前的白银时代才对后来作家、学者产生了巨大影响。苏联文学批评史研究者库列绍夫（Кулешов В.И, 1919—2006）的《十七至二十世纪初的俄国批评史》中因此称之为"由根基派过渡到象征派的桥梁"[2]。

---

[1] 昂利·拜尔编：《方法、批评及文学史》，徐继曾译，中国社会科学出版社，1992年，"编者导言"，第1页。
[2] *Кулешов В.И.* История русской критики ⅩⅦ—начала ⅩⅩ веков.-М.: 1991. С.287.

本书主要围绕斯特拉霍夫的文学批评展开，首先分析斯特拉霍夫文学批评的两大主题：一破一立。"破"即是对虚无主义的反对；"立"即是对俄国文化特性的寻找。可以说，斯特拉霍夫整个的文学批评都是立足于这两大基石之上，分别聚焦于斯特拉霍夫论普希金、斯特拉霍夫论赫尔岑、斯特拉霍夫论屠格涅夫、斯特拉霍夫论陀思妥耶夫斯基、斯特拉霍夫论托尔斯泰这五方面，展示出他以"生命"（жизнь，或译"生活"）概念为核心，对普希金、赫尔岑及文学三巨头做了独到的评析，进而为揭示俄罗斯文化的特性奠定基础。同时本书还将结合批评家的生平，分析其思想来源（如与根基派的联系）、后继影响（如与罗赞诺夫的关系）。需要指出的是，斯特拉霍夫的文学批评并不只是纯粹的文本分析，结合当时背景来看，他更致力于在文学批评之中探索俄国文化建设的特色之路。考虑到十九世纪俄国文学的复杂情况（即文学批评与哲学观点等往往融合在一起，诚如赫尔岑所言：文学是"唯一的讲坛"[1]），在具体写作过程中，笔者也会涉及斯特拉霍夫的哲学观念及其与文学批评的互动。

正如列维茨基早就指出的："斯特拉霍夫对于一些人来说太复杂；对另一些人来说又太容易。"[2]以笔者之意，列维茨基所言之"易"，恐怕是对于那些与斯特拉霍夫在精神上高度契合的人而言。考虑到苏联时期哲学的教条主义，恐怕这样的人也不在多数。对于笔者这样的他国研究者，既有文化之隔阂，又有时代背景之差异，研究斯特拉霍夫文学批评绝非易事。本书撰写的主要难点在于两方面：首先是斯特拉霍夫本身思想的原创性和开放性。他对托尔斯泰《战争与和平》等作品的分析都有独到之处，其弟子瓦·罗赞诺夫在《文学流亡者》一书中曾多次言及斯特拉霍夫因思想的创新和不成体系导致了生前文名寂寥。这就需要笔者跳出此前的俄国

---

[1] 赫尔岑：《论文学》，辛未艾译，上海文艺出版社，1962年，第58页。
[2] Левицкий С.А. Н. Страхов: очерк его философского пути//Новый журнал. № 54. Нью-Йорк.: 1958. С.184.

文学批评史框架，学会从别车杜的对立面来看待问题。其次，由于整个苏联时期斯特拉霍夫遭受冷遇，目前俄罗斯尚无一套完整的斯特拉霍夫文集，相关的研究资料也只有限的几种，而且主要集中在他作为哲学家的一面，对于斯特拉霍夫的文学批评特点及其思想、创新尚无太多涉猎。本书所采用的除了1984年出版的《文学批评》（2000年再版）外，也有十九世纪出版的三卷本《俄国文学中与西方的斗争》这样的旧版书。

本书的主要创新在于通过原始史料的挖掘，揭示斯特拉霍夫的自身价值，同时也通过对他的研究达到对十九世纪俄罗斯文学批评有更为充分、全面的认识。斯特拉霍夫的文学立场介于西欧派和斯拉夫派之间，他提倡走有俄罗斯特色的文化之路，这一点不仅对当前我国的文化建设有借鉴意义，对国内俄罗斯文学研究界来说，也具有一定的开创性意义。近年来俄罗斯政界、思想界、文化界的日益保守化（普京总统领导的统一俄罗斯党在2009年确立"党的意识形态是俄罗斯保守主义"），在某种程度上是对十九世纪俄国文学中保守主义思想的追溯和呼应。因此，作为保守主义代表人物之一的斯特拉霍夫及其文学批评或许是古典的，但我们今天对他的研究又可以是前沿的。

第一章　文学批评主题之一：斯特拉霍夫与俄国反虚无主义

第一节　作为思想背景的俄国虚无主义

虽然虚无主义早在十九世纪初期便隐现于欧洲思想界，费尔巴哈、马克思、尼采等多有提及，但多是指出这一现象而未加学理上的阐述[1]。二十世纪的马丁·海德格尔（1889—1976）对欧洲虚无主义曾有过这样的分析："'虚无主义'一词经屠格涅夫而流行开来，成为一个表示如下观点的名称，即：唯有在我们的感官感知中可获得的，亦即被我们亲身经验到的存在者，才是现实的和存在着的，此外一切皆虚无。因此，这种观点否定了所有建立在传统、权威以及其他任何特定的有效价值基础上的东西。"[2] 换言之，在海德格尔看来，虚无主义之关键在于"彻底的否定"。

俄国虚无主义在本质上也是一种否定，但与欧洲虚无主义有着本质

---

[1]　《共产党宣言》里便指出："一切固定的僵化的关系以及与之相适应的素被尊崇的观念和见解都被消除了，一切新形成的关系等不到固定下来就陈旧了。一切等级的和固定的东西都烟消云散了，一切神圣的东西都被亵渎了。"参见：《马克思恩格斯选集》第1卷，人民出版社，1995年，第275—276页。尼采的名言"上帝死了"更是将一度是造物主的上帝变成了我们所要认识的对象而非救世主。

[2]　马丁·海德格尔：《尼采》下卷，孙周兴译，商务印书馆，2002年，第669—670页。

的差别。就其实质而言，兴起于1860年代的俄国虚无主义是别林斯基以降俄国思想启蒙运动的一个新阶段，其思想基础是唯物主义、理性主义和实证主义。其否定矛头之所向，是当时的官方主流意识形态，是1832年C.C.乌瓦罗夫提出的"专制、正教、人民性"这样的理论体系。文学史家Д·米尔斯基在《俄国文学史：自远古到1925年》中早已指出："虚无主义者赋予唯物主义和不可知论特殊的意义。科学，尤其是自然科学（达尔文）是他们的主要武器。在反美学运动中他们走得比所有人都远。他们是社会主义者，但他们的社会主义停留在低级层次。他们把启蒙民众、教他们实践知识和进化论看作是自己的首要职责。"[1] 可见，俄国虚无主义虽有否定之意，但仍肯定了很多因素，如科学和启蒙理性。相形之下，欧洲虚无主义则是一种更为彻底的虚无主义，它不但否定了上帝和信仰，甚至从根本上否定了启蒙和理性。可以说，它所否定的，正是俄国虚无主义作为理论基础的东西。这就意味着与欧洲虚无主义相比，俄国虚无主义在哲学意义上不如前者来得深入、彻底，但在生活中却具有更多的实践性、操作性。而这一点和当时俄国现代化的大背景密切相关。

此时的俄国，自十九世纪初以来的启蒙运动已经走向高潮，万众期盼的农奴制改革无论给知识分子还是给普通农民带来的失望都远多于满足，资本主义在俄国的发展虽然为俄国经济注入了活力，但却进一步拉大了贫富差距，引起了各界的不满。全国上下虽未成星火燎原之势，却也是怨声载道。为了遏制此等不满，政府不得不对民主阵营施以重压，将车尔尼雪夫斯基、皮萨列夫、米哈依洛夫等异议人士逮捕入狱，并在1866年干脆关闭了革命阵营的喉舌《现代人》和《俄罗斯言论》这两份刊物，在思想上重新回到了1855年前的尼古拉一世专制状态。防民之口，甚于防川。对于年轻的平民知识分子来说，经济上的赤贫和政治上的失语令其于绝望

---

[1] D.S. Mirsky: *A history of Russian literature--from its beginnings to 1900*, Vintage books. 1958. P.335

中产生了"打倒一切，推翻一切"的激进思想（不妨想想《罪与罚》中的拉斯科尔尼科夫）。如此一来，俄国现代化不但在经济上开始了（废除农奴制），在思想上也开始有了新的出发点。"虚无主义"这一流行已久但含糊不清的概念在"否定一切的"巴扎罗夫身上得到了鲜明的体现，因为后者恰恰体现了俄国虚无主义的两个最重要特征，即绝对的否定与纯粹的科学主义，前者是他的口号，后者是他的依靠。

《父与子》及巴扎罗夫显然是点燃俄国虚无主义之火的导火索，文学界为此展开了无休止的争论。屠格涅夫在1862年致K.K.斯卢切夫斯基的信里说："要是他（指巴扎罗夫——引者注）自称是虚无主义者，那就应当理解：革命者。"[1] 这就直接点明了俄国虚无主义的启蒙性质。1863年，作家尼·列斯科夫据此指出：虚无主义就是"社会民主的唯物主义倾向"。赫尔岑随后在1864年《秩序的确立》一文中写道，虚无主义"在严格意义上"就是"以科学、怀疑、研究取代信仰，以理解取代顺从"[2]。在这里"虚无主义"的矛头直接针对农奴制度下的"信仰"和"顺从"，启蒙理性成为了虚无主义之有力武器。

第二节　斯特拉霍夫的反虚无主义观及其发展

作为理科出身的批评家，斯特拉霍夫当然知道理性在人类进步中的作用；但同时他又认识到过分强调理性的危险性。比如，他在评论达尔文《物种起源》一书时便指出进化论是"伟大的进步"，"是自然科学在发展中迈出的巨大一步"。但斯特拉霍夫也指出这种理论存在着被绝对化乃至庸俗化的危险，对社会产生了诸多不良影响。"我们这儿一直在进行规模宏大的生存竞争，自然淘汰的法则在我们这儿得到了最充分的体现。……生

---

[1] 《屠格涅夫全集》，第12卷：书信选，张金长等译，河北教育出版社，2000年，第390页。
[2] Герцен А.И. Собор.соч.: В 30-ти т. т. 19, М., 1960. C.198.

活的主人和富贵的享受者总是那些自然的当选者，人类的完善过程也就迅速不停地前进了。"[1]

因此在一片虚无主义的喧嚣声中，斯特拉霍夫能够保持少有的冷静，对虚无主义做一个透彻的分析。对于批评家来说，虚无主义是俄国社会在面临现代化大潮时出现的一种选择，即将旧的彻底推翻，一切从头再来。如果这种选择不对，那什么是对的？批评家需要考虑的不但是虚无主义本身，而且还有反虚无主义之后俄罗斯社会的救赎之路。否则，只是以一种否定取代另一种否定，仍然摆脱不了虚无主义的怪圈。斯特拉霍夫的这些思考，主要从两个方面完成，其一是一系列的政论杂文，如《我们文学的贫困》（1868）、《论虚无主义书简》（1881）等，这属于面上的总结。其二是围绕着当时的文学论战逐步深入扩展，属于点上的展开。根据《父与子》（1862）、《罪与罚》（1867）、《战争与和平》所撰写的一系列评论文章不但体现了他对虚无主义的思考，同样也表现出他的反虚无主义发展之路。

《父与子》引起了激烈的争论，用屠格涅夫的话说："我看到许多接近和同情我的人对我表示一种近乎愤怒的冷漠，而从我所憎恶的一帮人、从敌人那里，我却受到了祝贺，他们差不多要来吻我了。"[2] 然而，评论界过多地纠缠于《父与子》的倾向问题，却使得激烈的政治论战取代了缜密的学理分析，已有的评论文章极少能令作家满意。[3] 斯特拉霍夫在这点上却另辟蹊径，透过巴扎罗夫这一形象，深入分析了俄国社会中出现的虚无主义本质及其产生根源。这种想法与同一个编辑部的陀氏可谓

---

[1] 转引自弗里德连杰尔：《陀思妥耶夫斯基与世界文学》，施元译，上海译文出版社，1997年，第223页。
[2] 屠格涅夫：《回忆录》，蒋路译，人民文学出版社，1983年，第89页。
[3] 屠格涅夫在致陀思妥耶夫斯基的信中说："除了您和鲍特金之外，似乎没有谁肯于理解我想做的一切。"可见，当时对《父与子》一书误解者甚多。参见《屠格涅夫全集》，第12卷：书信选，张金长等译，河北教育出版社，2000年，第371页。

不谋而合。[1]

首先，斯特拉霍夫指出作家的写作目的在于："从暂时的现象中指出永恒的东西，写出了一部既非进步又非保守，而是所谓经常性的小说。总之一句话，屠格涅夫拥护人类生活中的永恒的基本原则。"其次，针对皮萨列夫对《父与子》的评论[2]，斯特拉霍夫肯定了皮萨列夫对主人公形象的分析，认为巴扎罗夫是"真正的英雄"，是"俄国文学从所谓有教养的社会阶层中所塑造的第一个强有力的人物、第一个完整的性格"。然而斯特拉霍夫之高明，在于没有停留在对父与子这两代人的分析。在斯特拉霍夫看来，"两代人之间的转变——这只是小说的外在主题"[3]。衡量这两代人优劣的尺度不在于其各自的思想，而在于生活。斯特拉霍夫所谓的"生活"（жизнь），也可以译为"生命"。这一概念是批评家用以与虚无主义之"理论"（теория）相对立的。事实上，作为虚无主义者的巴扎罗夫，其迷人之处恰在于他敢于弃绝情感、艺术等这些生活最基本的因素，其悲壮之处也正在于此。但"自然的魅力、艺术的迷人、女性之爱、家庭之爱、父母之爱，甚至宗教，所有这些——都是活生生的、圆满的、强大的——构成了描绘巴扎罗夫的背景"。用评论家的话说："巴扎罗夫是一个起来对抗自己的母亲大地的巨人；无论他的力量如何巨大，它只是表明那诞生并抚育了他的力量之伟大，他是无法同母亲的力量相抗衡的。"并且，"巴扎罗夫毕竟失败了；不是被个人和生活中的偶然事件所击败，而是被这种

---

[1] 陀氏认为巴扎罗夫"虽然宣扬虚无主义但却被不安和忧闷包围着"，并称之为"伟大心灵的标志"。参见陀思妥耶夫斯基：《冬天记的夏天印象》//陀思妥耶夫斯基：《赌徒》，满涛等译，上海译文出版社，1988年，第81页。针对这一评价，屠格涅夫不但认为是"大师的敏锐洞察"和"读者的简朴理解"，而且还在给朋友的信中说道："迄今为止完全理解巴扎罗夫，即理解我的意图的只有两个人——陀思妥耶夫斯基和波特金。"参见《屠格涅夫全集》，第12卷：书信选，张金长等译，河北教育出版社，2000年，第384、370页，译文参照原文有改动。

[2] 皮萨列夫在《巴扎罗夫》（1862）中指出："巴扎罗夫没有犯错，于是小说的意义便在于：如今年轻人迷恋于极端乃至陷入极端，但这种迷恋本身揭示了生气勃勃的力量和不可动摇的理智；这种力量和这种智慧不需要旁人的任何帮助和影响，就能把年轻人引上笔直的正路，并在生活中支持他们。"参见 Д.И.Писарев. сочинения том 2.Москва. Государственное издательство художественной литературы. 1956. С.49.

[3] Н.Н. Страхов. Литературная критика.Изд-во. РХГИ. СПб. 2000. С.208.

生活的思想本身所击败。"[1]这种将生活与否定相对立的观点，在评论家这一时期的政论中也可找到对应。

在题为《我们文学的贫困》的评论文章中，斯特拉霍夫以专节论述了"虚无主义、它的产生原因及力量"。他首先指出虚无主义与生活的对立："虚无主义者：既否定俄国生活，同时也否定欧洲生活。"在接下来的分析中，斯特拉霍夫逐步对虚无主义追根溯源："虚无主义首先是某种西欧主义。""其次，虚无主义不是别的，正是极端的西欧主义，即彻底发展并达到顶点的西欧主义。"以上是就来源而言。再次，"虚无主义是对一切已形成的生活方式的否定"。当然，否定也并非全是坏事："虚无主义首先并且主要是否定，这是它基本的、正确合理的特点。"因为"怀疑主义、不信任、缺乏天真、嘲讽、无所作为的思想惰性——所有这些俄国的性格特点都能在这里得到体现。""还有，不能不看到，虚无主义尽管是在西方影响下发展的，但它的主要条件都存在于我们内部发展之特性中。它最好最重要的方面便是试图将俄国人从那些成为束缚的思想镣铐中解放出来。"[2]虚无主义之可贵在于其追求绝对自由之气概，但其最大弊端也是在于其脱离了生活本身，极力否定的姿态掩盖不住内在的虚弱。

虚无主义并非一无是处，斯特拉霍夫认为俄国的虚无主义是那些"纯粹的"西欧派影响下的直接后果。这些人把西方的某些思想、概念绝对化了，以此来否定俄国现实生活中的某些问题。类似的看法在1869年的书评里得到了再一次的强调。斯特拉霍夫为西方派史学家格拉诺夫斯基（Грановский Т.Н. 1813—1855）传记写的书评里指出："他是一个纯粹的西方派，也就是说，他是一个不言而喻的西方派，他以同样赞赏的目光看待欧洲的整个历史，看待其所有重大现象……格拉诺夫斯基的倾向可以用唯一的模式来理解：赞赏高尚美好的事物，无论它以什么形式、出现在什

---

[1] Н.Н. Страхов. Литературная критика.Изд-во. РХГИ. СПб. 2000. С.198.
[2] Там же. С.75-80.

么地方。"[1] 因为格拉诺夫斯基"赞赏高尚美好的事物",所以他对俄国的现实就持批判态度,尽管这种批判在复杂多变的俄国社会现实面前显得肤浅。由此可见,斯特拉霍夫并非一味否定虚无主义的意义,而这种辩证的看法也成为他从理论上阐释巴扎罗夫形象的依据。

应该说,斯特拉霍夫对"生活"这一概念的肯定贯穿了其六七十年代的评论文章。在评论《罪与罚》(1867)的时候,这个概念的意义得到了再次阐发。文章开篇,斯特拉霍夫首先肯定了陀氏对拉斯科尔尼科夫的描写是成功的,因为这是"第一次在我们面前展示了不幸的虚无主义者、满怀人类痛苦的虚无主义者形象"。[2] 而这种形象之所以成功,其根本原因是因为它建立在生活的基础上。不像之前的一些小说中的虚无主义者形象,多数只是理论的形象化表现,显得干瘪、没有生气。再具体到斯特拉霍夫对小说主题的理解:"作者描写的是一种极端的虚无主义,这种虚无主义已经发展到了极点,它再也无法向前发展了……表现生活和理论如何在一个人内心中进行搏斗,表现这种搏斗如何把一个人弄得筋疲力尽,表现生活如何最终获得了胜利,——这就是小说的宗旨。"[3] 理论是灰色的,而生命之树常青。应该说,斯特拉霍夫是有眼光的,他深刻地揭示出作家想要表达的主题,即虚无主义理论与生活之间的斗争。

在批评家看来,仅仅提出"生活"这个概念并指出其意义是不够的,还必须在文学作品中找到具体的形象表现,就好像巴扎罗夫成为虚无主义者的代名词。于是在批评家看来,《战争与和平》中的卡拉塔耶夫,就成了俄罗斯民族生命力的真正展示者。小说本身对卡拉塔耶夫着墨不多,但所写之处却意义重大,他是促使主人公皮埃尔发生思想转变的原因之一。这个人物"作为最深刻、最宝贵的记忆和作为一切俄罗斯的、善良的、圆

---

[1] 转引自约瑟夫·弗兰克:《陀思妥耶夫斯基:非凡的年代,1865—1871》,戴大洪译,广西师范大学出版社,2020年,第563页。

[2] *Н.Н. Страхов*. Литературная критика.Изд-во. РХГИ. СПб. 2000. С.102.

[3] Там же. С.102-104.

满的东西的化身，永远铭记在皮埃尔的心中"。正是在卡拉塔耶夫的影响下，皮埃尔"觉得，原先那个被破坏了的世界，现在又以新的美，在新的不可动摇的基础上，在他的灵魂中活动起来"[1]。卡拉塔耶夫魅力之所在，正在于他没有那么多的理论来对现实表示不满乃至否定，他对生活充满着感恩之心。所以，卡拉塔耶夫的人生是完整的、充实的，因为它建立在对热爱生活的基础之上。生活，尤其是俄罗斯的生活，这便是一切的根基。脱离了这一点，便容易受到西方的影响，从而走向虚无主义，这是斯特拉霍夫的最终结论。从中不难看出他在观念上与根基派（Почвенничество, Pochvennichestvo）的一致。

第三节　斯特拉霍夫反虚无主义的来源

所谓"根基派"（Почвенничество），或者说"土壤派"，是十九世纪中期出现在俄国思想界的一个派别，主要人物是陀思妥耶夫斯基、阿·格里高利耶夫、斯特拉霍夫等人。波兰学者拉扎利研究了这一派别的来龙去脉："这一团体的宣言是丹尼列夫斯基那本著名的《俄罗斯与欧洲》（1869），其中主要思想可称为'民族主义的泛斯拉夫主义'。'青年编辑部'是根基派的直接先驱，格里高利耶夫将两种思想融合到了一起。当然，我也将证明根基派也对'民族主义的泛斯拉夫主义'产生了影响。"[2] 该思想流派整体上既反对斯拉夫派的陈腐和守旧，也不赞成西欧派的盲目模仿西方。它主张知识分子在立足本土文化资源的基础上，有选择地接受西欧先进的思想和理念，最终服务于俄国现实。应该说，根基派走的是一条综合折衷之路，陀思妥耶夫斯基在1861年《〈时报〉的征订广告》里说："我们终于确信，我们也是一个独立的民族，一个十分独特的民族，我们

---

[1] 《列夫·托尔斯泰文集》第8卷：《战争与和平》，刘辽逸译，人民文学出版社，2000年，第1276页。
[2] *Анджей де Лазари* В кругу Феодра Достоевского: почвенничество. Москва.: 2004. С.11.

的任务是为自己建立一种新的生活方式,我们自己的,来自我国根基的,来自人民精神和人民基础的新方式。"[1]一方面强调俄罗斯民族的特性,一方面强调与人民(根基)的结合,这便是根基派的主要主张。斯特拉霍夫作为其中的重要一员,其思想也有与之类似的方面。

要完成上述的任务,首先就必须要肃清西欧思想的影响,其次要寻找能代表本民族特性的思想。因此,这两者促成了斯特拉霍夫反虚无主义观点的形成。具体来说,评论家本身对虚无主义思想就有反感。斯特拉霍夫对虚无主义的反感由来已久,按他自己的说法:"我心里对虚无主义经常抱有某种本能的反感,从1855年它明显表露出来的时候开始,我看到它在文学中的种种表现就非常愤慨。"[2]1855年俄国文坛的大事之一便是车尔尼雪夫斯基发表《艺术对现实的审美关系》,书中唯物主义横扫一切的口吻固然在青年人中大受欢迎,却也令斯特拉霍夫这样的学者颇感不快。车尔尼雪夫斯基在书中对人的自由这一问题避而不谈,以"实用价值"来定义善恶,认为人的理性会使人意识到自己的个人利益与其他人的利益达成一致,便是最有效的"实用价值",也是最大的善。这便是车尔尼雪夫斯基所宣传的"合理的利己主义"原则。斯特拉霍夫认为车尔尼雪夫斯基等人自命为"唯物主义者",动辄强调科学,鼓吹理性,但实际上他们对此的了解只是皮毛,以其昏昏,使人昭昭,岂不可笑。在斯特拉霍夫看来,人们的活动若只是停留在实践科学中,缺乏形而上的思考,只能和终日忙碌的飞禽走兽无异。在名为《论永恒真理》(1887)的书中,斯特拉霍夫感慨:"科学不包括对我们来说最重要、最本质的东西;它不包括生活。我们在科学之外发现了我们存在的最重要的组成部分——构成我们命运的那一部分,我们称之为上帝、良心、我们的幸福、我们的价值的那一部分。……由于这个原因,不仅是现实中对于这些问题的思考,不仅

---

[1] 《陀思妥耶夫斯基论艺术》,冯增义、徐振亚译,漓江出版社,1988年,第454页。
[2] 《回忆陀思妥耶夫斯基》,刘开华译,人民文学出版社,1987年,第24页。

是伟大的思想家和艺术家的高贵表达,就连任何二流的小说、任何胡编乱造的故事,都可能含有比最好的物理化学课程更吸引人的乐趣。我们每一个人都不是某一部巨大机器上的轮子;我们大部分都是外面所谓的生活的主角。"[1]

再者,理论是需要生活作为基础的,失去现实的理论只能沦为空洞无力的口号。在这方面,斯特拉霍夫受到格里高利耶夫的影响较大[2]。格里高利耶夫是俄国"有机批评"的奠基人,虽然在42岁时便英年早逝,但他的理论对后来以陀氏和斯特拉霍夫等人为主的根基派影响极大。美国学者鲍里斯·索罗金认为:斯特拉霍夫"是文学批评的有机方法方面最能干、最严谨的理论家,也是它最有影响力的支持者。瓦·瓦·罗赞诺夫认为斯特拉霍夫为普及格里高利耶夫观点所做的贡献无人能及。斯特拉霍夫尝试根据格里高利耶夫的准则为文学研究奠定坚实的基础。作为一位人文主义哲学家,斯特拉霍夫把文学研究看作是民族的一种记忆,他所秉持的这些观点和方法最大程度上反映了格里高利耶夫的思想"[3]。有机批评理论的出发点,便在于生活。正如格里高利耶夫在《有机批评的悖论》一文中说的:"我所谓有机观点的理论,就在于将创造性的、直接的、自然生命力作为出发点。"[4] 以生活为依据,格里高利耶夫进一步指出:"人民性原则与艺术原则密不可分——这正是我们的象征。在这一象征里表达的是生活的生动、新鲜和对理论的抗争。"[5] 无独有偶,斯特拉霍夫本人也曾著有

---

[1] *Страхов Н.Н.* О вечных истинах. СПб. 1887. С.54-55.См: *Долинин А. С.*Последние романы Достоевского. М.: Л. 1963. С.257.

[2] 对于两者关系问题,坊间历来认为斯特拉霍夫在许多方面受到了格里高利耶夫的影响,前者是后者"忠实的信徒",以至于具体到对某些作家作品评价时,斯特拉霍夫几乎是在重复格里高利耶夫的观点。早期的一些研究者如 Скатов Н.Н.、Гуральник У.А. 及 Горбанев Н.А. 便持此论。参见 *Гуральник У.А.*Н.Н. Страхов –литературный критик//Вопросы литературы. 1972. № 7. С.144. 又及 *Горбанев Н.А.*Литературная критика Н.Н. Страхова. Махачкала, 1988. С.4. 实际上根据两人的思想观点来看,这种说法并不准确。

[3] Boris Sorokin *Moral Regeneration: N. N. Straxov's "Organic" Critiques of War and Peace.* The Slavic and East European Journal. Vol.20, № .2(Summer, 1976), P.134.

[4] *Григорьев Аполлон.*Эстетика и критика. М.: 1980. С.145.

[5] *Григорьев Аполлон.*Письма. М.: 1999. С.185.

《作为整体的世界》，其间虽多涉及自然科学方面，但其对生活之有机理解由此亦可略见一斑。世界既然是整体的，那么它就不应该被各种理论分裂成千差万别的团体、领域、国家。世界的基础就是人，就是生命，没有人，没有人的生活，世界不复存在。

1880年，著名诗人费特翻译了德国哲学家亚瑟·叔本华（Arthur Schopenhauer, 1788—1860）的名著《作为意志和表象的世界》，斯特拉霍夫为其作序。在序言中，斯特拉霍夫通过对叔本华哲学的论述再次强调了上述观点并做了进一步的发挥："在叔本华的学说中找不到任何冷酷的枯燥无味的东西，他的每个理论原则都包含有最深刻的意义，并和自己的实际生活联系着。这样一来，简直是'建立了形而上学'。我们面对着事物本质，而这种本质就是意志。他这样巧妙地说明了本质的形式和艺术创作的生活意义，他就这样不断地说明着，最后追溯到人的最高的利益，追溯到对宗教的理解……"[1] 较之于之前强调理论与生活的对抗，斯特拉霍夫意识到了理论与生活的和谐共存，理论应该与生活相联系，并且这种联系可以追溯到宗教。这可以说是斯特拉霍夫思考的深刻化体现。

而批评家所生活的那个年代，恰是各种理论纷纷登场的时候。从较早的斯拉夫派与西欧派的争论，到自由主义、革命民主主义与保守主义的激烈斗争，俄国各阶层的精英分子各执一词，为俄国画出了各种美好的未来：有象征工业文明的水晶宫，也有体现俄国传统的村社，唯独没有人真正走进人民的生活，去了解人民所思所想。1867年7月，陀思妥耶夫斯基在谈到《烟》的时候，嘲讽屠格涅夫应该从巴黎买个望远镜，以便把俄国看得清楚些，意思便在于此。斯特拉霍夫虽然也积极参与了以上的一些论战，但究其实，他更多的是在否定而非建构各种理论体系。他所坚持的反虚无主义对他来说与其说是一种体系，毋宁说是一种态度。正如白银时代哲学

---

[1] 转引自尼·尼·古谢夫：《托尔斯泰艺术才华的顶峰》，秦得儒译，湖北人民出版社，2000年，第154页。

家拉德洛夫（Радлов Э.Л.1854—1928）所指出的："哲学家斯特拉霍夫的意义在于他的批评是否定的，而不是建构的。"[1]

或许正是有鉴于此，莫斯科心理学家学会（斯特拉霍夫在1894年被选为该学会荣誉会员）在斯特拉霍夫去世后在其通报中这样评价："作为一位学识渊博、知识多面的人，一位敏锐深邃的思想家、杰出的心理学家及美学家，尼·尼·斯特拉霍夫体现了杰出的个性——对自身信念之坚定，因此他从不害怕与科学、文学思潮中的主流做斗争，反对片刻的激情，起而捍卫那些伟大的哲学、文学现象，后者在当今遭受了嘲笑与迫害。"[2]结合斯特拉霍夫的一生来看，这个评价是恰当的。

从历史的角度来看，斯特拉霍夫对于今天的意义并不在于他所坚持的反虚无主义本身，而是在于这种坚持本身所具有的象征意义：十九世纪中后期，当虚无主义、唯物主义、实证主义以绝对正确之姿态横扫一切之际，斯特拉霍夫敢于以自由之精神、独立之人格，于一片喧嚣之中坚持己见，绝不人云亦云，表现出"千人诺诺，一士谔谔"的中流砥柱之气度。诚然，历史本身已经对虚无主义和反虚无主义做出了一个最客观的评价，今天我们的研究，目的亦不在于为研究者最后贴上某个孰是孰非的标签。相反，在这种揭示过程中我们能逐渐接近先人前贤之风格精神，并能对今日有所裨益，这方是本研究关注之所在。

---

[1] *Радлов, Э.Л.* Несколько замечаний о философии Н.Н. Страхова. СПб.: 1900. С.6.

[2] *Грот Н.Я.* Памяти Н.Н. Страхова. Вопросы философии и психологии, кн.32, 1896. С.304.

第二章　文学批评主题之二：斯特拉霍夫论俄国民族文化特性

反对虚无主义，这只是斯特拉霍夫文学批评的一个基本倾向，只是对俄国文学中一种社会思潮的否定。这种否定构成了他对彼时俄国文学界诸多文学创作的基本出发点。但是，作为一位富有创见的批评家、思想家，除了否定，还需要提供出路。虽然从纯文学的角度来说，文学的使命更多地在于提出问题，而不是解决问题。但考虑到文学在十九世纪俄国的特殊地位，文学家及文学批评家肩负的使命绝对不可能止步于对社会现状做某些批判和否定。这就要求斯特拉霍夫必须提出某些积极的、建设性的东西来取代俄国文学中流行的虚无主义倾向。事实上，这其实也是一个问题的两个方面，即俄国特色的民族文化是否定虚无主义的基础；否定虚无主义是为了更好继承和发扬俄国民族文化。所以，从斯特拉霍夫的政论来看，他始终关注的、思考的是俄国特色的民族文化建设。这主要表现在十九世纪下半期的两次争论上。

第一节　《致命的问题》及其影响

1863 年 1 月 22 日，波兰爆发了旨在反抗俄国统治，争取民族独立的运动，沙皇政府大为震惊，调集重兵剿灭，最终波兰军队在十倍于己的兵力围困下陷于失败。对于这次事件,除了卡特科夫及其《俄国导报》马上发表时事评论之外,俄国思想界一开始并无明确观点。斯特拉霍夫回忆说:"彼得堡文学界自起义之日始,几乎一致沉默,这或是因为不知说什么好,或甚至由于从自己抽象的观点出发,同情起义者的要求。这种沉默激怒了莫斯科的爱国者和政府中有爱国情绪的人。他们感到社会上存在着一种与此刻国家利益相敌对的情绪,因而对这种情绪怀着正当的愤怒。"[1] "同情起义者的"自然指车尔尼雪夫斯基等人,他们受欧风西雨之影响日久,整天谈论自由民主等问题,对同处沙皇专制下的波兰抱有同情。不过限于局势,一贯激进的《现代人》被迫保持沉默。只有远在欧洲的赫尔岑在《警钟》上发文,反对沙皇政府对波兰的武力镇压。可惜,他的声音离俄国还是远了些,并且由于立场问题,在国内应者寥寥[2]。

真正引发"波兰问题"讨论的是斯特拉霍夫。他在1863年4月份的《时报》(Время)上发表了署名为"俄罗斯人"的文章:《致命的问题》。虽然这不是思想界第一篇关于波兰事件的文章,但作者所持的立场引起了众多争议。文章从当前实际出发,指出思想界关于"波兰问题"的讨论只是停留在表面,舆论界都认为这是俄罗斯与波兰的民族主义之争,而问题的实质在于文化。"波兰人起来反对我们就是有文化的民族反对文化低甚至没文化的民族。……波兰一开始与欧洲其他地区是平等的。它和西方民族一样接受了天主教,与其他民族一样发展自己的文化生活。在科学、艺术、文学及所有文明的领域,波兰常常关注欧洲其他成员国家并与之竞争,却从未把那些落后的、异端的国家视为自己人。"[3] 在这里,所谓"落后

---

[1] *Страхов Н. Н.* Воспоминания о Федоре Михайловиче Достоевском//Ф. М. Достоевский в воспоминаниях современников. Т. 1. М., 1990. С.446.

[2] 值得一提的是,波兰事件之后,《警钟》在俄国的发行量急剧减少:"1863年底,《警钟》的发行量从2500份、2000份,跌到了500份,从此再也没有超过1000份。"参见赫尔岑:《往事与随想》(下),项星耀译,人民文学出版社,1993年,第412页。

[3] *Страхов Н.Н.* Роковой вопрос//*Страхов Н.Н.* Борьба с Западом. М.: 2010. С.38.

的、异端的国家"指的就是俄国,这也成了后来有人攻击作者不但亲波兰,而且攻击俄罗斯之依据。

斯特拉霍夫认为"波兰问题"可从两方面来看:波兰人看俄国与俄国人看波兰。波兰人之所以非要从斯拉夫大家庭中分离出来,其主要原因便在于它认为自己从文化上隶属于欧洲,它不屑与俄国这种"野蛮落后"的国家为伍。波兰人的这一看法并非没有根据:首先,波兰接受的是天主教,有别于俄国的东正教,就在欧洲影响而言,前者显然要高于后者。其次,"在科学、在艺术、在文学及在文明展现的一切中,它与欧洲大家庭中其他国家既友好又竞争,从未落后于其他国家或显得生疏"[1]。再次,由于波兰发达的文化及其天主教背景,它成为西欧文化东扩的先锋,在历史上也发挥了重要作用,比如对于乌克兰等地区的影响。因此,在批评家看来,"波兰问题"究其根本在于两种文化的矛盾,在于文明与野蛮的对抗,在于西方与东方的冲突。"波兰人满怀真诚地自认为是文明的代表,他们与我们数世纪的斗争直接被视为欧洲文化与亚洲野蛮的斗争。"[2] 值得一提的是,1869年的《朝霞》杂志刊载了丹尼列夫斯基的《俄罗斯与欧洲》,斯特拉霍夫正是该文的编辑。6年前的这篇《致命的问题》所阐述的"文明冲突论"在丹尼列夫斯基的这部书里得到了更为完整的论述。

第二个问题是俄国人看波兰。批评家认为此时此刻,在与波兰人的斗争中,我们俄罗斯人把什么作为依靠呢?"我们只有一样:我们建立了、捍卫了我们的国家,巩固了它的统一,我们组织了巨大而牢固的国家。"[3] 俄国的力量在于其军事力量。自从1812年卫国战争以来,俄国历来被视为欧洲的强国,甚至成为镇压1848年革命的"欧洲宪兵"。可在文化的冲突中,仅仅依靠国家的军事力量是不够的。在斯特拉霍夫看来,一个军事

---

[1] *Страхов Н.Н.* Роковой вопрос//*Страхов Н.Н.* Борьба с Западом. М.: 2010. C.38.
[2] Там же. C.44.
[3] Там же. C.40.

上强大的国家"只是为独立生活提供了可能性，还远非生活本身"[1]。就文化层面来说，俄国文化始终摆脱不了模仿的痕迹，从法国的古典主义、启蒙思想到德国的黑格尔哲学，思想上的俄国更多的是在模仿西方，独创性甚至比不过波兰，所以才出现了波兰的反抗。在今天看来，国家军事力量的强大和文化上的盲目崇外是十九世纪俄罗斯的一个主要矛盾，俄罗斯之所以被长期视为"欧洲的野蛮人"，其缘由也多半在此。批评家继而认为，俄国要最终解决波兰问题，首先要在文化上强调自己的特质，要告诉波兰人："你们误会了自己的伟大意义，你们被自己的波兰文明蒙蔽了双眼；在这种蒙蔽中你们不愿或不能看到，与你们斗争竞争的不是亚洲的野蛮，而是另一种文明，更坚定顽强的俄罗斯文明。"[2] 波兰并不像有些革命民主派说的那样值得同情，因为它明明是斯拉夫国家，却偏偏去寻求西欧文化作为自己的精神根基，因此它亡国了。但它的命运却可成为俄国的前车之鉴：一个大国的兴起，至少在文化上必须独立自主，走适合自己的道路。

正因为如此，斯特拉霍夫指出："我们应当以我们的文化发展来对抗波兰文化。我们的文化蕴藏了深厚的力量，它捍卫着我们的独特性和保障国家强盛。"又及："不，我们必然应该相信我们有独特文化的深厚根源，相信这一文化的力量曾是也一直是我们历史生活的主要推动力。我们多世纪以来与波兰人的斗争不单单是一系列战争，它也是两种文化的斗争：其中一种文化缓慢地发展着但更深厚，另一种虽更清楚闪耀但也更脆弱。"[3] 从政治之战到宗教之战，再到最后的文化之战，斯特拉霍夫对波兰事件的

---

[1] *Страхов Н.Н.* Роковой вопрос//*Страхов Н.Н.* Борьба с Западом. М.: 2010. С.40.

[2] Там же. С.45.

[3] *Страхов Н.Н.* Письмо к редактору «Дня» //*Страхов Н.Н.* Борьба с Западом. М.: 2010. С.56.

解读越发深入，在今天看来也颇有见地[1]。不过斯特拉霍夫在这里同时也意识到，尽管从 19 世纪 40 年代的斯拉夫派以来，思想界对于俄国文明及其前景一向态度乐观，但这种光明前景的依据在哪里，如何实现，却很少有人去考虑。斯特拉霍夫说："我们的一切都处在萌芽时期，一切处于初始的模糊的形式，一切都孕育着未来，但现在却模糊不定。"[2] 当然，在批评家看来，这种"模糊不定"正是今日俄国文化界思想界努力之所在。用斯特拉霍夫的话说："它们（俄国文明——引者注）的发展和彰显，需要几个世纪的斗争、劳动、时间、巨大的努力、泪水和鲜血。"[3]

斯特拉霍夫的本意是以波兰事件为契机，反思俄国文化身份的问题，作者在事后的解释中一再强调："波兰问题也是我们的内部问题，它应该启发我们的认识，应该清楚地教会我们：我们应该以什么为荣；对什么寄予希望；害怕什么。这是我文章的主要观点。"[4] 但这一意图却因为他写作风格的问题未能实现。要知道，斯特拉霍夫历来不是那种观点明确、文字清晰明了的批评家。他自己后来也承认："杂志查封之后，费奥多尔·米哈伊洛维奇（即陀思妥耶夫斯基——引者注）对我的文章在叙述的枯燥和抽象性方面稍有微词，对于这种批评我当时有点委屈，不过我现在乐意承认他的意见是正确的。"[5] 加上斯特拉霍夫本人对于国际事务也并不了解，写类似政论文章对他来说还是初次，难免把握不住褒贬的分寸。或许是爱之深，责之切，斯特拉霍夫在文章中过于强调波兰文化的先进，却对俄国文化批评较多。但在当时，随着卡特科夫及其《莫斯科新闻》《俄国导

---

[1] 值得一提的是，陀思妥耶夫斯基也将波兰事件看作是两种文化之战："波兰战争是两个基督教世界之间的一场战争——它是未来东正教与天主教的战争的开端。换而言之，它是斯拉夫精神与欧洲文明的战争的开端。"*Ф. М.Достоевский*. Записная книжка 1863-1864//*Ф. М.Достоевский*. Полное собрание сочинений в тридцати томах. том 20. Л:.Наука., 1980. С.170.

[2] *Страхов Н.Н.* Роковой вопрос//*Страхов Н.Н.* Борьба с Западом. М.: 2010. С.45.

[3] Там же. С.49.

[4] *Страхов Н.Н.* Письмо к редактору «Дня» //*Страхов Н.Н.* Борьба с Западом. М.: 2010. С.55.

[5] 《回忆陀思妥耶夫斯基》，刘开华译，人民文学出版社，1987 年，第 248 页。

报》的大力渲染，俄国国内的爱国主义热情高涨。正如斯特拉霍夫后来回忆说："赫尔岑彻底垮台了。1月1日开始出版的《莫斯科新闻》在现任编辑部的领导下，很快就宣布了他们迄今为止如此辉煌地发展起来的爱国主义和领导方向；总之，在最伟大的进步的陶醉之后，出现了急剧的清醒和一些混乱。在这一时期，整个俄国第一次发出了爱国主义的声音，这种爱国主义在我们的土地上是如此的强烈。"[1] 在这种敏感的舆论氛围中，斯特拉霍夫因其模糊的立场很容易被人误解，容易成为爱国主义热情的受害者。

很快，在5月22日的《莫斯科新闻》（Московские ведомости）上出现了署名卡尔·彼得森（Карл Петерсон，1811—1890）的文章对此予以反驳。此人将《致命的问题》的作者看作是"戴着面具的强盗"[2]（бандит в маске），认为他值此危急关头以"俄罗斯人"为笔名撰文歌颂波兰文化，实在是对俄罗斯民族利益的背叛。文学家、书刊检查官尼基坚科（А.В. Никитенко，1804—1877）的态度可能代表了当时绝大多数人的心情。他认为《致命问题》"质量极差"："在这篇文章中，波兰人受到赞扬，被称为文明人，而俄国人则被辱骂，被称为野蛮人。这篇文章不仅违背了我们的民族感情，而且是谎言。公众对这篇文章出现在报刊上感到震惊。"[3]

陀思妥耶夫斯基在6月17日致屠格涅夫的信里为这篇文章做了辩解："文章（作者是斯特拉霍夫）的中心思想是：波兰人居然像对待野蛮人那样蔑视我们，以自己的欧洲文明在我们面前自命不凡，因此他们和我们在道义上的（即最牢固的）长期妥协几乎是难以预计的。……很有意思的是：许多激烈反对我们的正派人都承认没有读过我们的文章。"[4]

---

[1] Страхов Н. Н. Воспоминания о Федоре Михайловиче Достоевском//Ф. М. Достоевский в воспоминаниях современников. Т. 1. М., 1990. С.470.

[2] Петерсон К. По поводу статьи: «Роковой вопрос» в журнале «Время»//Московские ведомости. 1863. 22 мая. № 109. С.3.

[3] Никитенко А. В. Дневник: в 3 т. Т. 2. 1858–1865. ГИХЛ, 1955. С.335.

[4] 陀思妥耶夫斯基：《书信选》，冯增义等译，人民文学出版社，1993年，第110页。

为了弥补自己的过错，也为了挽救《时报》，斯特拉霍夫本人也致函卡特科夫，请他在《莫斯科新闻》上刊登斯特拉霍夫的辩解之词："我努力表明，在谴责波兰人时，如果想要有充分理由地谴责，我们也应当将我们的谴责延伸到比一般更深的地方，应当将它延伸到他们最大的圣地上，延伸到他们从西方引入的文明上，延伸到他们从罗马接受的天主教上。相反，我也努力表明，我们在为自己自豪的同时，如果想要有充分理由地自豪，应当将自豪延伸到比一般更深的层次，也就是说不停留在'国家辽阔'层面上的爱国主义，而是将自己的虔诚转向俄罗斯民族起源，转向俄罗斯民族的那些精神力量，而这些精神力量毫无疑问地决定着国家力量。"[1] 此外，斯特拉霍夫还致信阿克萨科夫的《日报》（День）指出："这篇文章发自纯粹的爱国情感变化；而这就是我对您真诚的保证，我没有理由也希望永远不要有理由否认哪怕是它的一句话。文章的全部过错在于它未说完全、未表达充分，而并不在于其中写了什么伤害俄国人感情的东西。"[2]

但文人的辩解与抱怨抵挡不住政府的压力。由于《莫斯科新闻》在当时的巨大影响，此事甚至传到了亚历山大二世那里，内务大臣瓦鲁耶夫迫于压力，只能免去圣彼得堡书刊审查委员会主席采（В.А. Цеэ, 1820—1907）的职务，勒令《时报》杂志停刊，斯特拉霍夫也遭到处罚：十五年内不得在任何杂志上担任编委[3]，这极大地影响了批评家的正常生活。但是，从另外一个角度来说，正是这种抽象性、超越性使得斯特拉霍夫成为19世纪俄国思想家中较早从文化的高度来看待波兰问题的人，也使他成为较早提出建设俄国特色的文化之路的思想家。很多年以后，别尔嘉耶夫在《俄罗斯理念》（1946）中认为："十九世纪俄罗斯思想家在思考俄罗斯的

---

[1] *Страхов Н.Н.* Письмо в редакцию «Московских ведомостей» //*Страхов Н.Н.* Борьба с Западом. М.: 2010. С.50-51.

[2] *Страхов Н.Н.* Письмо к редактору «Дня» //*Страхов Н.Н.* Борьба с Западом. М.: 2010. С.54.

[3] *Страхов Н.Н.* Биография, письма и заметки из записной книжки Ф. М.Достоевского. СПб.1883. С.250.

命运和使命时经常指出，俄罗斯人力量的潜在性、非表达性和非实现性就是其伟大未来的保证。他们相信，俄罗斯人最终能够向世界说出自己的话语，表现自己。"[1] 不难猜测，这些思想家中，必然有斯特拉霍夫的名字。

第二节　民族的还是世界的——与弗拉基米尔·索洛维约夫的争论

1869年，丹尼列夫斯基的名著《俄罗斯与欧洲》首先以连载方式在斯特拉霍夫主持的《朝霞》杂志出版，1871年出版了单行本。1888年，哲学家索洛维约夫在《欧洲导报》（Вестник Европы）第2、4期上发表文章《俄罗斯与欧洲》，对丹尼列夫斯基的著作进行了严厉的批判。针对这一情况，作为作者好友兼著作出版编辑的斯特拉霍夫自然责无旁贷，必须著文迎战。1888年第6期的《俄国导报》上刊登了斯特拉霍夫的文章《我们的文化与全世界的统一》。此后，双方唇枪舌剑，你来我往，争论持续了6年之久。那么，对于一本出版于17年前的旧作，索洛维约夫为何会大动肝火，专门拿出来点名批判呢？

要回答这个问题，首先要考虑《俄罗斯与欧洲》一书的写作背景。该书创作时期正值克里米亚战争结束，一度因击败拿破仑而自信心满怀的尼古拉一世在悲愤中去世；新沙皇亚历山大二世在国内动荡、根基不稳的情况下只得与英法签下了屈辱的《巴黎和约》。俄国曾经因卫国战争的胜利而不可一世，尼古拉一世时期曾推出过以"正教、专制、人民性"三位一体的"官方民族性"以弘扬本民族文化传统，然而这一切都在塞瓦斯托波尔的沦陷中化为泡影。面对对外战争的失败，亚历山大二世政府做了深刻的反思，决定要搞改革，改变俄罗斯落后的面貌。面对这个时代主题，思

---

[1] 别尔嘉耶夫：《俄罗斯理念：19世纪和20世纪初俄罗斯思想的主要问题》，张百春译，北京大学出版社，2024年，第7页。

想界分成了不同的派别展开论战。激进的革命民主派认为之所以战争会失败，是因为学习西方还不够彻底，需要搞进一步的、全方位的改革。保守派则认为欧洲文明本身也有很多的问题，应该从本民族的传统文化中去发掘救世的良方。

在这个问题上，斯拉夫派主要代表基列耶夫斯基（Киреевский И.В., 1806—1856）的看法比较有代表性："欧洲文明获得了充分的发展，其独特意义对一些旁观者而言也是十分明显的。然而，这个充分的发展，发展结果的这种清晰性却导致了一种普遍的不满和失望的感觉。西方文明陷入不令人满意的境地，并不是因为科学在西方丧失了自己的生命力，相反，各门科学看来比任何时候都更加昌盛；也不是因为某种外部生活形式统治了人际关系或妨碍了其中的主流关系的发展。相反，与外部阻力的斗争只能加强对所喜爱的人际关系方向的偏爱；外部生活似乎从来没有如此地顺从人际关系的理智要求，如此地与之和谐一致。不满和忧郁空虚之感潜入人们的内心深处，但他们的思想没有局限于暂时的狭隘利益，这恰好是因为欧洲智慧的胜利自身暴露了其基本追求的片面性：尽管在各门科学里的个别发现和成就十分丰富，可以说，这些发现和成就具有重大意义，但是，从全部知识中所获得的普遍结论对人的内在意识而言却只有否定意义；尽管生活变得丰富多彩，其外表完善而舒适，但是，生活自身却丧失了实质意义，因为在这种生活中没有任何共同的和强大的信念，它既不能被崇高的希望所妆点，也不能被深深的同情所温暖。几个世纪的冷酷分析破坏了欧洲文明从发展之初就建立在其上的全部基础，所以，欧洲文明从中生长起来的那些基本原则对它而言是外在的、异己的、与其最高成就矛盾的。"[1]

可以说，1850—1860年代的俄罗斯上下都对欧洲充满了上述矛盾的

---

[1] 基列耶夫斯基：《论欧洲文明的特征及其与俄罗斯文明的关系》，张百春译//《世界哲学》，2005年，第5期，第70—71页。

心态，一方面承认西欧在科技、理性方面的进步，同时也对西欧文明的不足、俄罗斯文明的不足进行深刻的反省，1863年波兰事件及随之而来英法的干涉使得俄国国内民族主义情绪更为高涨。

另外，我们要看《俄罗斯与欧洲》到底写了什么。该书目前在国内虽无中译，但已有历史研究者进行了介绍及分析。正如东北师范大学张志远博士所概括的："《俄罗斯与欧洲》开篇伊始，作者丹尼列夫斯基便开宗明义阐述了对欧洲在1853年克里米亚战争和1864年普鲁士丹麦战争中截然相反的态度的强烈的抗议及深层次的分析，进而指出欧洲敌对俄罗斯的立论；并提出俄罗斯文明既不属于东方也不属于西方及俄罗斯独特性的观点；进而对俄罗斯与欧洲从政治、宗教、文化、历史发展进程等方面进行比较研究，进一步佐证俄罗斯与西欧的不同；同时又对俄罗斯十九世纪面临国内外的一系列重大问题，如彼得改革以来的欧化问题、东方问题进行了论述，观点可谓独到，发人深省；此外又提出了泛斯拉夫联盟的政治构想；最终得出俄罗斯既不属于西方也不属于东方，俄罗斯为独特的斯拉夫文化历史类型的结论。他将世界各民族划分为四个大类，即宗教、文化、政治、社会经济，共计十种类型，即"1.埃及 2.中国 3.巴比伦—腓尼基 4.印度 5.伊斯兰 6.犹太 7.希腊 8.罗马 9.新闪米特或阿拉伯 10.日耳曼—罗马或欧洲"。[1] 这就是该书的大致内容，当然书中对于上述问题还有较为详尽的论述。

《俄罗斯与欧洲》的副标题是《对斯拉夫世界与日耳曼—罗曼世界的文化和政治关系的观点》，换而言之，丹尼列夫斯基主要分析的是以俄罗斯为代表的斯拉夫世界和与英法德为代表的西欧世界的关系。这种关系，从书中的章节标题就能反映出来。该书第一章即名为"1854年、1864年，导言"，熟悉俄国史的都知道这两个年份恰恰是俄国因波兰事件及克里米

---

[1] 张志远：《丹尼列夫斯基史学思想研究》，东北师范大学博士毕业论文，2011年，第44页。

亚战争与西欧处于敌对时期。作者在书中开篇就说到了普鲁士的统一进程对欧洲均势的破坏。1864年，普鲁士与奥地利联手攻打丹麦，夺取石勒苏益格和荷尔施泰因。英法列强对此不公之事袖手旁观，再无1854年干涉俄土战争时的那种热情。对比之下，丹尼列夫斯基说："这种对人道、自由的丹麦的冷漠和对野蛮专制的土耳其的好感，对奥地利与普鲁士非正义的纵容，对俄罗斯最合法要求的极度不尊重的态度，源于何处？这事值得我们深入探究。这不是什么偶然，也不是杂志的诡辩，不是某些党派的挑衅，这是整个欧洲的集体外交行动。换而言之，这是一种普遍情绪的流露，不可能用激情、未曾思考的瞬间的兴奋影响来解释。"[1]这种情绪就是第二章所说的"敌视"。

在第二章"为何欧洲敌视俄罗斯"中，作者首先介绍了欧洲（即西欧）对俄罗斯的敌视：其一是俄罗斯不断扩张，给欧洲的安宁和独立造成了危险（"俄罗斯……充满征服欲的大国，不断地拓展自己的疆域，因而威胁到了欧洲的平静与独立。"[2]）；其二是俄国似乎是某种政治黑暗势力的代表，仇视进步与自由。接着作者便分析俄国领土之扩张完全不是西方意义上的暴力征服，而是对无人居住地的和平开发（此论从国人的角度来说实在是大谬）；俄国对西欧政治的几次介入，完全是为了维护西欧的安宁。比如1812年卫国战争后推翻拿破仑；比如1848年镇压西欧革命。丹尼列夫斯基的结论就是俄罗斯为欧洲挡住了蒙古的入侵；打破了拿破仑的野心；扑灭了1848年的革命之火，然而欧洲却始终没有把俄国乃至整个斯拉夫民族视为自己的一分子，由此他批判了欧洲中心主义，继而阐发了自己的"文化历史类型理论"[3]。可见，《俄罗斯与欧洲》一方面是强调

---

[1] Данилевский Н.Я. Россия и Европа: взгляд на культурные и политические отношения славянского мира к германо-романскому. СПб.: 1995. С.4.

[2] Там же. С.19.

[3] 丹尼列夫斯基作为一位俄国学者，对俄国的扩张史有如此观点，这不奇怪。但对于我们中国学者来说，需要认识到这一观点存在着主观片面性，俄国的对外历史绝非如丹尼列夫斯基所言那么充满美好和和平。

对西欧的敌视（或者说西欧对俄罗斯的敌视）；另一方面是强调俄罗斯文化的独特性，这是丹尼列夫斯基著作的两个基本论点。

除此之外，丹尼列夫斯基还特别指出："在我们的头脑中，西方和东方、欧洲和亚洲是某种相互对立的两极。作为西方的欧洲，代表进步和不断完善、不断前进的一极；作为东方的亚洲，则代表令现代人憎恶的落后和停滞的一极。"[1]然而，这种所谓的"进步与落后"之区分，完全是人为的。丹尼列夫斯基指出："因此，进步并不是西方或欧洲专有的特权，而停滞也不是东方或亚洲特有的烙印；无论进步还是停滞，都只是一个民族所处的那个年龄段的特征，不管这个民族在何处生活，在何处发展了它的国家制度，也不管它属于哪个族群。所以，如果说亚洲和欧洲、东方和西方确实构成了轮廓清晰的独立整体，那么属于东方和亚洲文明就不该被排斥和歧视。"[2]所谓"进步"，要看是什么样的进步，谁之进步，每个国家、每个民族都有属于自己的进步，不可以西方的进步标准来衡量一切。在萨义德"东方主义"已成学界共识的今天来看，这一观点并无不妥之处，反而因其预言性而得风气之先。事实上，当时包括陀思妥耶夫斯基等人在内的许多俄国文学家、思想家们也作如是观。

1869年3月，当《俄罗斯与欧洲》还在杂志上连载的时候，陀思妥耶夫斯基跟斯特拉霍夫说："在我看来，丹尼列夫斯基的文章越来越重要，越来越有价值。须知在今后很长的时间里它将是所有俄罗斯人的一部案头必备书。其所以如此，在很大程度上得益于它的语言明晰、通俗，虽然其方法是严格的、科学的。"[3]另一位思想家康斯坦丁·列昂季耶夫（Леонтьев К.Н., 1831—1891）则说："尼·雅·丹尼列夫斯基曾经说过：'俄国是正在出现的新世界的主导；法国是正在消逝的旧世界的代表'；他

---

[1] *Данилевский Н.Я.* Россия и Европа: взгляд на культурные и политические отношения славянского мира к германо-романскому. СПб.: 1995. С.59.

[2] Там же. С.19.

[3] 陈燊主编：《费·陀思妥耶夫斯基全集》第22卷，河北教育出版社，2010年，第641页。

说得很正确、很简洁、很漂亮。"[1]那么，面对这么多同胞的支持之声，索洛维约夫的批判是基于什么原因呢？在笔者看来，这场争论实质上是普世性与民族性之争，是宗教与民族之争，即普世的天主教价值观与俄国的东正教民族主义思想之间的矛盾。

索洛维约夫在《俄罗斯与欧洲》的一开始，就列举了丹尼列夫斯基的两部作品《俄罗斯与欧洲》《达尔文主义》，以及斯特拉霍夫的《俄国文学中与西方的斗争》，这就表明作者的论战对手是上述两人。行文伊始，索洛维约夫便从各个层面列举了丹尼列夫斯基所谓的"俄罗斯——斯拉夫文化历史类型"特色之虚无。其一，所谓"公正地保障了民众社会生活的经济制度"——农村公社与农村份地，完全不是斯拉夫文化所特有，而是"全人类历史的远古遗迹"。[2]其二，在一度被寄予厚望的科学领域，索洛维约夫的概括是"我们看到的不是完整的科学大厦，而是杂乱分布的一堆堆科学材料，科学家的著作日益变成了手工业者的粗活"[3]。其三，哲学领域的表现更差："我们在出色地理解和把握他人的哲学思想的时候，在这个领域没有创造出任何重要作品，一方面只停留在片段的素描上，另一方面，以滑稽可笑的和粗鲁的方式重复着欧洲思想的某些极端性和片面性。"[4]其四，令人赞叹的俄罗斯文学黄金时代呢？索洛维约夫认为："这个成就已经只是我们逝去的荣耀的巨大回声了。"综上，他的结论是："具有特殊的科学、哲学、文学和艺术的特殊的、欧洲之外的俄罗斯—斯拉夫文化类型，只是随意的希望和猜测的对象，因为我们的现实没有给这种独特的新文化提供任何具体保障。"[5]

---

[1] 康·尼·列昂季耶夫：《欧洲人是破坏世界的典范》//霍米亚科夫等著：《俄国思想的华章》，肖德强等译，人民出版社，2013年，第123—124页。
[2] 索洛维约夫：《俄罗斯与欧洲》，徐凤林译，河北教育出版社，2002年，第124、125页。
[3] 同上书，第129页。
[4] 同上书，第131页。
[5] 同上书，第136、137页。

皮之不存，毛将焉附。既然俄罗斯—斯拉夫文化类型并不存在，那么丹尼列夫斯基对各种文化的划分意义何在呢？因此，索洛维约夫又详细地驳斥了丹尼列夫斯基对各种文化的划分，指出他的历史文化类型理论"不能理解佛教，也不能理解伊斯兰教，更令它发愁的是，它也完全不能理解具有世界历史意义的基督教"[1]。实质上，哲学家如此否定俄罗斯民族文化之独立存在的可能性，不过是为了批判丹尼列夫斯基著作中的民族主义倾向。

我们知道，索洛维约夫起初对民族主义也并非完全持批判态度。在1877年俄土战争爆发前的《三种力量》（1877）一文中，他就大力宣扬俄罗斯民族的特殊性："只有斯拉夫民族，特别是俄罗斯，没有受到这两种低级力量的约束，因此，能够成为这三种力量的历史向导。与此同时，前两种力量已经形成了自我表现的势力范围并引导其领属下的人民走向了精神死亡和瓦解。因此，我再说一遍，这或许是历史的终结，或许是整个第三种力量的不可避免地崭露头角。斯拉夫民族或俄罗斯民族，可以成为这一力量的唯一体现者。"[2] 然而，到了十九世纪八十年代之后，索洛维约夫的"普世神权政治"（Вселенная теократия）理念已经形成，"诸教会——东正教会与天主教会的联合，依他所见，正是一项迫切需要解决的任务"[3]。在这样的背景下，原先作为民族文化特色的东正教自然也就变了性质。

在索洛维约夫看来，民族主义把俄罗斯的东正教信仰作为推行大国沙文主义的工具。"它在我们这里找到了安身立命的资本，同时又不公开背弃俄罗斯民族固有的宗教天性。它不仅承认俄罗斯民族是信仰基督教的民族，而且大言不惭地宣称，它尤其是信仰基督教的民族，教会是我们民族

---

[1] 索洛维约夫：《俄罗斯与欧洲》，徐凤林译，河北教育出版社，2002年，第157页。
[2] Соловьев В. С. Три силы// Соловьев В. С. Сочинения в двух томах. Т. 1 –М.: Правда, 1989, C.30.
[3] 阿·弗·古雷加：《俄罗斯思想及其缔造者们》，郑振东译，南京大学出版社，2018年，第123页。

生活的真正基础。但是所有这些都只不过是为了肯定,只有我们这里才有教会,我们具有基督教生活和信仰的垄断权。可见,象征宇宙统一和团结的坚若磐石的教会,对俄国来说则成了狭隘民族分立主义的保护神,有时甚至是利己主义和复仇政策的消极工具。"[1]在索洛维约夫的眼里,丹尼列夫斯基及斯特拉霍夫对俄罗斯东正教特殊使命的强调是一种狭隘民族主义观的体现,长此以往,终将发展成为君临天下的"大俄罗斯主义",这是强调"普世价值"的索洛维约夫所不能接受的。

他痛心疾首地指出:"大俄罗斯主义是十足的民族罪孽,是压在俄罗斯良心上的重负,它导致俄罗斯的精神力量陷于瘫痪。"因此,"对自己的历史罪恶痛心疾首,满足正义的要求,在抛弃大俄罗斯主义政策并无条件承认宗教自由之后,弃绝民族利己主义,这对俄国来说,才是展示和实现其真实民族思想的唯一手段。不应当忘记,这个思想不是抽象的思想或盲目的宿命,而首先是道德义务。我们知道,俄罗斯思想不可能是别的什么,而只能是基督教思想的某个特定的方面。只有当我们洞悉基督教的真正意义时,我们才能够认清我们的民族使命"[2]。因此,俄罗斯只有抛弃自己的民族特色,融入基督教之中(这里实际上指的是西欧的天主教),成为它的一部分,俄罗斯民族才能得到真正的拯救。

索洛维约夫继而指出,俄罗斯民族是根深蒂固的基督教民族,"以基督为楷模的基督教俄国,应当使国家政权(圣子的皇权)服从宇宙教会(圣父的神甫们)的权威,赋予社会自由(圣灵的影响)以应有的地位。囿于自己的专制主义的俄罗斯帝国,只能构成争斗和无穷战祸的危险。愿意敬奉宇宙教会和服务社会组织事业并保护它们的俄罗斯帝国,将把和平和幸福带给民族大家庭"。他说:"一个人很难生存",对各个民族来说也

---

[1] Вл. 索洛维约夫:《俄罗斯思想》//Вл. 索洛维约夫等:《俄罗斯思想》,贾泽林等译,浙江人民出版社,2000年,第169页。
[2] 同上书,第176页。

是如此。"俄罗斯思想、俄国的历史义务,要求我们承认,我们与基督的宇宙大家庭有着不可分割的联系,我们要把我们民族的天赋和我们帝国的一切力量,用于彻底实现社会三位一体。在那里:三个主要有机统一体中的每一个——教会、国家、社会,都是绝对自由的和强大的,而且与另两个密不可分;它不会吞噬或消灭它们,而是无条件地巩固与它们的内在联系。使上帝的圣三位一体这个真实形象在尘世重现,这就是俄罗斯思想的真谛。"[1]

综上所述,索洛维约夫的思路就是:俄罗斯民族文化没什么特色,也不可能有什么特色;过分强调俄罗斯民族文化的特色,不但是荒谬的,也是有害的;大俄罗斯主义是俄罗斯民族得到拯救的障碍。俄罗斯民族必须要与西方天主教文化结合,加入"基督的宇宙大家庭"。因为按照批评家的说法:"人间的一切权力和原则、社会和个人的一切力量都应该服从宗教的原则,在人间由精神社会即教会所代表的神的王国应该统治此世的王国。"[2] 当代俄国研究者巴鲁耶夫对比了两者的观点之后指出丹尼列夫斯基的创新性:"丹尼列夫斯基得出了一个重要结论,在当时历史学科中完全属于新的话语,对其未来发展而言是一个伟大发现,即在人类历史中没什么单线程的、单一方向的进化进程——这是一种人为的图解。民族,也像个体的人一样,有着自己的产生、发展、繁荣与衰败。一些民族形成了文化—历史类型,另一些则成为历史的民族志材料。这种历史观不再是从欧洲文明史观出发,而是从宇宙的高度,同时也是从上帝创造万物的角度,来审视人类世界及其周围的一切。"[3]

斯特拉霍夫完全不能接受索洛维约夫的批评,尽管他们曾经是关

---

[1] Вл. 索洛维约夫:《俄罗斯思想》//Вл. 索洛维约夫等:《俄罗斯思想》,贾泽林等译,浙江人民出版社,2000年,第185页。

[2] Вл. 索洛维约夫:《神人类讲座》,张百春译,华夏出版社,2003年,第15页。

[3] *Балуев Б.П.* Споры о судьбах России. Н. Я. Данилевский и его книга "Россия и Европа". Тверь.: 2001. С.90.

系比较密切的朋友[1]，尽管他此时还在与俄国自然科学家季米利亚泽夫（Тимирязев К.А.1843—1920）进行关于达尔文主义的争论。对于像斯特拉霍夫这样一位终身致力于构建俄国文化独特性的人来说，索洛维约夫的说法无疑否定了他一辈子努力的意义。在1882年推出的《俄国文学中与西方的斗争》第一卷序言里，斯特拉霍夫直接指明："我们不需要在世界上寻找任何新的因素，我们只需要用一直存在于我们民族中的精神来熏陶自己。我们的民族中蕴藏着我们民族成长、强大和发展的全部秘密。"[2]这样的观点与上文索洛维约夫的看法显然背道而驰。

对于斯特拉霍夫而言，丹尼列夫斯基"属于那些可以被称为俄罗斯土地之盐的人，属于那些不为人知的正义之士，是他们拯救了我们的祖国"。[3]在此前为《俄罗斯与欧洲》一书所写的序言《丹尼列夫斯基的生平与创作》（1888）一文中，斯特拉霍夫便已针锋相对地提出："丹尼列夫斯基的主要思想极富原创性，也非常有趣。他赋予历史的建构一种新的公式，一种更具有普遍性质的定义，他的这种新定义无疑比以前的更公正、更科学、更有利于抓住事物的真相。正是他推翻了人类发展过程具有统一线路的说法，否定了历史是某种普遍智慧、普遍文明进步的思想。丹尼列夫斯基明确指出，这种普遍文明是不存在的，只存在许多个体的文明、存在个别文化历史类型的发展。"[4]需要看到的是，由于当时持自由主义倾向的刊物数量在俄国社会中远远多于保守主义刊物，加上托尔斯泰对斯特拉霍夫的劝告，使得在整个论战里，斯特拉霍夫的文字远远不如索洛维约夫发表得多，但他所要表达的观点非常明确：一、对索洛维约夫的各种攻击进行反驳，维护丹尼列夫斯基的个人形象，充分肯定丹尼列夫斯基理论

---

[1] 1877年索洛维约夫在写给斯特拉霍夫的信中说："请原谅我如此利用您，但您是我在圣彼得堡最亲近的人，我把您看作是我的亲叔叔。" *Вл.Соловьев* Письма.Т.1. СПб.: 1908. С.1.

[2] *Страхов Н.Н.* Борьба с Западом в Нашей литературе.: Исторические и Критические Очерки. Книжка первая. Киев. 1897. С.VI.

[3] *Страхов Н.Н.* Жизнь и труды Н.Я.Данилевского//*Страхов Н.Н.* Борьба с Западом. М.: 2010. С.373.

[4] Там же. С.379.

的原创性；二、在此基础上，表达对西欧文明中心论的某种抗拒。联想到今天欧美对俄罗斯的集体制裁，这在某种意义上似乎是对一个半世纪以前思想斗争的呼应。

在索洛维约夫《俄罗斯与欧洲》发表后，斯特拉霍夫很快发表了《我们的文化与全世界的统一：论索洛维约夫文章〈俄罗斯与欧洲〉》（俄国导报，1888）予以回应。文章很长，大致分9个部分，主题先后为"指控""民族性因素""作为有机体的人类""历史中的自然系统"等，对索洛维约夫的批评作了一一回应。

斯特拉霍夫首先指出了索洛维约夫指控的用心所在："起初作者的主要目的是与'民族特殊性'论战，但很快这一论敌让位给另一个——丹尼列夫斯基的书《俄罗斯与欧洲》。问题已经不是关于该书对'民族特殊性'的有害意图，而是要在书中找出'思想的疏忽''对资料的生疏''任意的捏造'，总而言之，书中剔除了一切学术的优点。……似乎正是随着这本书的被消灭，我们的一切'民族特殊性'也就灭亡了。"[1]斯特拉霍夫认为，丹尼列夫斯基著作最主要的价值是提出了"文化历史类型理论"，这一理论在当时具有绝对的原创性，书中对俄罗斯—斯拉夫文化类型的强调最终也是服务于这一理论。然而，索洛维约夫却攻其一点，不及其余，对《俄罗斯与欧洲》一书作了偏颇的攻击。这种蓄意歪曲原作观点的态度令斯特拉霍夫极为恼火，因此他判断这场论战实际上就是民族的与普世的文化观、价值观之争，就是俄国社会中保守主义与自由主义思潮之争（争论的平台就是保守主义的《俄国导报》和自由主义的《欧洲导报》《俄罗斯思想》等，界限分明）。索洛维约夫的主题先行决定了他的论述中充满着对俄罗斯的各种攻击。斯特拉霍夫因而指出："所有的人大概可以一致认为，他的这种说法不能是说机智和准确的，其中更多的是不友善；可以

---

[1] *Страхов Н.Н.* Наша культура и всемирное единство//*Страхов Н.Н.* Борьба с Западом. М.: 2010. С.387.

肯定，没有人会到索洛维约夫的这篇文章中来了解俄罗斯科学和艺术的状况。"[1]

具体到如民族性问题，斯特拉霍夫以生动的例子说明了民族性的积极部分："因此，火灾当然是一种极大的不幸，但火本身无论如何都不是罪恶，而是一种伟大的、不可替代的财富。至于说到民族性因素，那么它的积极面也很明显。这里的积极法则就是这样：各个民族互相尊重互相热爱！不要寻求对另一个民族的统治，也别干涉它的事务！"[2] 联想到此前1853年的克里米亚战争、1863年的波兰事件，斯特拉霍夫此言应该也是有感而发。

总的来说，斯特拉霍夫在这场论战中显得较为克制，这与托尔斯泰的劝诫不无关系。早在斯特拉霍夫与季米利亚泽夫争辩时，托尔斯泰就奉劝他不要花时间在这种事情上。在索洛维约夫《与西方的虚假斗争》（俄罗斯思想，1890）发表之后，1890年9月3日，托尔斯泰在安慰的同时也劝告暴跳如雷的斯特拉霍夫："我想的跟你一样。那就趁我们还活着的时候，做一些力所能及的事情吧。为此，首要的就是不要回复索洛维约夫了。我浏览过他的文章，很吃惊：他受什么刺激了？从基调来看显然他不正确。就事情实质来说，我不知道。但说实话，我也不感兴趣。"[3] 不过当时斯特拉霍夫已经写好了回应文章《反对丹尼列夫斯基著作的新举动》（新时代，1890），因此仍发表了。当索洛维约夫的下一篇应战文章《斯特拉霍夫的幸福思想》（欧洲导报，1890）刊载之后，斯特拉霍夫听从了托尔斯泰的忠告，对此保持了沉默。不过他的沉默却让索洛维约夫误认为他已无话可说，于是就宣称辩论以自己的胜利而告终。其实，他的所谓"胜利"有很大一部分是建立在彼时俄国自由主义势力兴盛的基础之上，正

---

[1] *Страхов Н.Н.* Наша культура и всемирное единство// *Страхов Н.Н.* Борьба с Западом. М.: 2010. С.389.
[2] Там же. С.395.
[3] *Л.Н.Толстой-Н.Н. Страхов:* Полное собрание переписки в двух томах. том.2. Slavic Research Group at the University of Ottawa and State L.N.Tolstoy Museum, Moscow, 2003. С.833.

如罗赞诺夫后来评价的："索洛维约夫永远在沸腾，浪花高高扬起；斯特拉霍夫则如不动之湖，湖水深不见底。"[1] 自由主义报刊给他提供了不少发表的阵地；出版于 1890—1907 年的著名的布洛克豪斯—埃夫隆百科词典（Энциклопедический словарь Брокгауза и Ефрона，缩写为"ЭСБЕ"）又为索洛维约夫提供了编撰哲学词条的机会，使得他有机会对丹尼列夫斯基、斯特拉霍夫任意批判。如此种种，给予时人印象便是斯特拉霍夫已无力辩驳。

有关这一点，斯特拉霍夫曾对托尔斯泰抱怨："不久前索洛维约夫宣称他战胜我了，迫使我沉默了。这已是他攻击我并没有听到我答复以来的第三篇文章了。您看看，我听从了您。关于这个事我需要您的建议。"[2] 稍后索洛维约夫发表了《德国原著及俄国赝品》（欧洲导报，1890），其中提出了丹尼列夫斯基理论涉嫌抄袭德国学者的看法之后，斯特拉霍夫被对方对亡友的攻击激怒，终于按捺不住在亚斯纳亚·波利亚纳庄园写了《吕凯尔特的历史观点及丹尼列夫斯基》（俄国导报，1894），从个人交往细节到他对丹尼列夫斯基思想的把握，详细介绍了丹尼列夫斯基观点与吕凯尔特的不同，驳斥了索洛维约夫的不实之词。这也是该场论战中斯特拉霍夫的最后一次回复，此后他就因病耽误了写作，一年多之后去世。

另外值得一提的是，官方的"神助攻"在此争论过程中也发挥了负面作用。1890 年第一期的《欧洲导报》刊登了内务部长在 1889 年 12 月 15 日发布的对该刊的一封警告信，原因就在于他对索洛维约夫文章的不满："弗·索洛维约夫在《俄罗斯意识史论文集》上发表的文章，对俄罗斯教会和国家的历史发展进行了令人生气的批评，激发了人们对它们的错误想

---

[1] *Розанов В.В.* К литератуной деятельности Н.Н. Страхова//*Розанов В.В* Полное собрание сочинений в 35 томах.Том 3.О писательстве и писателях.статьи 1901-1907 гг. СПб.: 2016. C.116.

[2] *Л.Н.Толстой-Н.Н. Страхов:* Полное собрание переписки в двух томах. том.2. Slavic Research Group at the University of Ottawa and State L.N.Tolstoy Museum, Moscow, 2003. C.873.

法，动摇了人们对它们以及俄罗斯民族原则的尊重。"[1] 尽管从今天来看，这一批评也并非没有道理，但在当时在经历了灰暗的八十年代[2]之后，沙皇政府已在知识分子中公信力大跌。如此以行政命令的方式来解决思想论争，最终使得斯特拉霍夫被知识界同行视为官方代言人，可谓政治立场决定了论争的成败。

然而从今天来看，索洛维约夫对丹尼列夫斯基及斯特拉霍夫的批判并不完全准确，他所提出的解决之道——神权政治也并不具有现实中的可操作性。且不说索洛维约夫对中国文化的批判是大谬[3]，即便他对俄国文化的认知也有不少偏激之处[4]。斯特拉霍夫去世于1896年，索洛维约夫去世于1900年，两人都应该或多或少地感受到了白银时代俄国文化已经喷发出来的旺盛生命力和创造力。不知索洛维约夫面对"俄国文化的文艺复兴"时，如何还能坚持以往"俄罗斯文化没有前途"这一论断？

从他提出的解决方案来看，教会的联合最终不过归结为善良的意志行为；能够体现第三力量的俄罗斯民族的所有努力也不过是被简单地归结为放弃自己的民族利己主义，仅此而已。至于为何放弃，如何放弃，放弃了之后又如何，种种问题，均未有确切的答复。他的神权政治方案，正如别尔嘉耶夫说："他的神权政治是真正宗教的乌托邦，它是按照非常理性主

---

[1] Вестник Европы.1890. Янв. С.1. См. *Фатеев В.А.* Н.Н. Страхов. Личность. Творчество. Эпоха. СПб.: Издательство «Пушкинский Дом», 2021. С.480-481.

[2] 米尔斯基在《俄国文学史》里将这一时期称为："政治生活的反动时期"。参见德·斯·米尔斯基：《俄国文学史》，刘文飞译，商务印书馆，2020年，第447页。

[3] 索洛维约夫认为："伟大的'中华帝国'（尽管丹尼列夫斯基对它颇为同情）没有赋予，也许也不会赋予世界以任何高尚思想和任何伟大功绩；它没有也不会给人类精神的共同财富作出任何永恒的贡献，但这并不妨碍中国成为十分独特的和很善于发明的民族。"参见索洛维约夫：《俄罗斯与欧洲》，徐凤林译，河北教育出版社，2002年，第138页。这一观点显然来自黑格尔在《历史哲学》里对中国的看法。

[4] 比如，索洛维约夫的中学同学，后来的科学院通讯院士卡列耶夫（Кареев Н.И., 1850—1931）就在1884年华沙的演讲中公开强调了俄罗斯科学的民族性："这里我想使你们相信：正是俄国科学具有最大的冷静和视野极大开阔的特点。这并不是什么幻觉当成真实的那种盲目爱国主义，我把幻想与现实区别开来，我谈的与其说是从前和现在的俄国科学，不如说是有关它的未来发展。"参见卡列耶夫：《论俄国科学的精神》//Вл. 索洛维约夫等：《俄罗斯思想》，贾泽林等译，浙江人民出版社，2000年，第144页。

义的方式，根据沙皇、最高司祭和先知的三一图示建立的。"[1] 索洛维约夫对神权政治大一统的认识，很大程度上体现了他的美好愿望，但考虑到当时欧洲及世界各国民族主义兴起的背景，这一见解未免有些不合时宜。譬如，当时的教宗利奥十三世就《俄罗斯思想》一书指出："思想非常好！但如果没有奇迹出现的话，这是不可能实现的。"[2]

  罗赞诺夫在1902年的时候专门撰文回顾了这个问题并做了以下结论："遗憾的是，弗·索洛维约夫对于人的心理的种种复杂性——这实际上也是人类历史的复杂性——采取了一种过于简单和肤浅的态度，就像一名手持执行文书的法警。他直接而明确地要求'能够转变成所有人的'俄罗斯人，哪怕首先变成天主教徒也行。结果他受到了无情的嘲笑和严厉的驳斥，从此他的声望和威信开始下降。"[3] 所幸，索洛维约夫在1900年去世了，未能看到罗赞诺夫所说的这一局面，倒是另一位宗教哲学家舍斯托夫的话为罗赞诺夫做了证明："索洛维约夫接受斯拉夫派的思想，因为他在他们身上找到了最高真理，他把对这个真理的探索看作是自己生活的意义和使命。然而，当良心提出要求时，他果断地离开了他们。因此，索洛维约夫被称为变节者和叛徒。"[4]

  到底是要普世性还是民族性，这个问题直到今天也没有一个确切的解答，因此也不好简单地说斯特拉霍夫与索洛维约夫到底孰对孰错。当代著名的俄国思想史研究者孔达科夫（Кондаков И.В.）的看法或许可以有助于我们今天加深对这一问题的思考：

  "但是，无论就民族文明含义还是宇宙政治含义而言，人们对俄罗斯

---

[1]　别尔嘉耶夫：《俄罗斯理念：19世纪和20世纪初俄罗斯思想的主要问题》，张百春译，北京大学出版社，2024年，第164页。

[2]　Вл. Соловьев Пьсима. Т. 4. Петербург.: 1923. С.119.

[3]　瓦·瓦·罗扎诺夫：《陀思妥耶夫斯基与索洛维约夫之间的龃龉》//索洛维约夫等：《精神领袖：俄国思想家论陀思妥耶夫斯基》，徐振亚等译，上海译文出版社，2009年，第244页。

[4]　舍斯托夫：《思辨与启示》，方珊等译，上海人民出版社，2005年，第3—4页。

和俄罗斯文化参与世界'大一统'（Вл.索洛维约夫语）文化的理解并不是一致的。俄罗斯文化及其相对于世界的'外位性'（按照 Вл.索洛维约夫的观点，它是与东西方并存的'第三种力量'），同时也囊括了整个人类（陀思妥耶夫斯基称之为'普世的同情心'）。著名的俄罗斯侨民思想家 Г.费多托夫把'俄罗斯性'（即俄罗斯民族心态）描绘成椭圆形，具有双中心，这是不无道理的。在心态上，俄罗斯觉得自己既属于西方，又属于东方。它对东西方因素兼容并蓄，它直接'插入'世界人类共同体，尽管它本身具有民族和社会文化多样性的矛盾，是'五彩斑斓的复杂性'的范例（К.列昂季耶夫语），展现出各种因素之间的'不可分割性和不可融合性'（А.勃洛克）。就这样，俄罗斯成为一个无形的完整世界，而这个整体就是由东方和西方，或者说是东西方因素叠加而成的。俄罗斯就是'大世界中的小世界'，就是一个完整的人类的世界，从这个意义上说，它不啻为'多种矛盾的大一统'，一个'完整的世界'。"

　　作为一个整体的俄罗斯文化（而且这是一种多民族文化）就其结构和含义的复杂程度来说，完全可以与世界文化相提并论。一些俄罗斯思想家反思本民族文化的时候，总乐于发现俄罗斯文化中具有世界历史规模和意义的一些现象。这些现象不仅反映并丰富了全人类的文化经验，而且为全人类开辟了新的道路（如伊拉里昂、费洛菲伊、Н.果戈理、В.别林斯基、А.赫尔岑、Л.托尔斯泰、Ф.陀思妥耶夫斯基、Н.丹尼列夫斯基、В.索洛维约夫、Д.梅列日科夫斯基、Н.别尔嘉耶夫等）。还有一些人认为，俄罗斯文化和社会经验的独特性在于，俄罗斯出色地摆脱了东西方传统。这不仅使俄罗斯文化在各种民族文化中脱颖而出，而且在世界文化中也独树一帜（如阿瓦库姆、Ю.克里扎尼奇、Н.卡拉姆津、П.恰达耶夫、Н.车尔尼雪夫斯基、К.列昂季耶夫、Д.皮萨列夫、В.克柳切夫斯基、В.罗赞诺夫、

B. 列宁、Л. 舍斯托夫的思想）。"[1] 孔达科夫在这里以报菜名的方式列举了俄国思想史上对"俄罗斯与世界"这一问题的多重解答。那么，到底是民族的，还是世界的；或者说，越是民族的，就越是世界的？时至今日，这个曾令无数思想家绞尽脑汁的问题似乎也没有一个完美的定论。但可以肯定的是，俄罗斯文化是独特的，不能简单地以东方或西方来度量。或者说，它既是东方的，也是西方的，既是俄罗斯的，也是世界的。

因此从今天来看，《俄罗斯与欧洲》一书以及围绕该书展开的这场争论，宣传了丹尼列夫斯基及其著作。正如白银时代的哲学家、圣彼得堡大学教授维京斯基（Введенский А.И. 1856—1925）所说的："丹尼列夫斯基的名著《俄罗斯与欧洲》被我们的有识之士所关注、欣赏和阅读，仅此一点就是斯特拉霍夫的巨大功绩。"[2] 另一方面，这场争论凸显了俄罗斯文化的这种独特性，将学术界对"俄罗斯思想"这一范畴的认识推进了一大步。正如有学者指出的："著名泛斯拉夫主义思想家丹尼列夫斯基从俄罗斯所处国际环境以及外交形势出发，将俄罗斯视为一种独特的文化历史类型，在与世界上其他文化历史类型相比较中提升俄罗斯在世界中的重要性，强调俄罗斯的优越性。其主张俄罗斯不应该干涉与自身利益无关的欧洲事务，而应专心于斯拉夫联盟的巩固，从而向求索中的俄罗斯人开启了新的视野。至此，俄罗斯思想这一命题不再纠缠于俄罗斯是属于东方还是属于西方的陈旧话题，缠绕在俄罗斯精神的藩篱也迎刃而解。故'俄罗斯思想'取得了新的发展，迎来了新的时期。"[3] 从前文所述来看，这也是斯特拉霍夫借助这一论战所试图达到的目的之一。

---

[1] И. 孔达科夫：《东西方之间的俄罗斯》，郭小丽译 //《俄罗斯研究》，2010 年第 4 期，第 7—8 页。

[2] Введенский А. И. Памяти Н. Н. Страхова (ум. 24 января 1896 г.)//Богословский вестник 1896. Т. 1. No 3. С.488.

[3] 张志远：《丹尼列夫斯基史学思想研究》，东北师范大学博士毕业论文，2011 年，第 72 页。

第三章 戏仿与文学传统——斯特拉霍夫论普希金

1880年，斯特拉霍夫作为帝国公共图书馆的代表参加了在莫斯科举办的普希金雕像揭幕仪式。这是俄罗斯历史上第一次为一位诗人建造雕像，并且完全由民间集资，标志着普希金"文学之父"地位的最终确立。和许多人一样，斯特拉霍夫为诗人终于得到全社会的承认而感到由衷的高兴。但八年之后，他却认为："并不是我们为普希金建造了纪念像并举办了节日；确切地说是他为我们建造和举办，他给予了我们三天纯粹的'激动'，在我们心中燃起了最灿烂的火花，虽然这火花只是暂时的。"[1]这一评价把后人对普希金的追崇转变为普希金为后人提供机会。这种主次之变，从另一个角度揭示出了斯特拉霍夫对普希金的独特理解。这种理解是建立在批评家对普希金长期研究的基础之上的。

斯特拉霍夫对普希金的关注由来已久，早在1865年他就写过关于普希金的文章：《几句迟到的话》。从他去世后出版的《关于普希金的札记及其他诗人》（1897）来看，斯特拉霍夫至少写过6篇关于普希金或长或短的文章，内容涉及诗人的意义、诗歌技巧及戏剧艺术等方面，126页的篇

---

[1] *Страхов Н.Н.* Заметки о Пушкине и других поэтах. Киев.: 1897. С.125.

幅在今天看来也不失为一册短小精悍的普希金研究专著。除此之外，在有关托尔斯泰的文章中也出现相当篇幅的文字论及普希金。本章便试图立足于这些被冷落已久的文字，以细读之法从中发掘斯特拉霍夫对普希金的一些真知灼见，以献芹于方家。

第一节　斯特拉霍夫的普希金研究

在笔者看来，斯特拉霍夫对于普希金研究的独到之处在于作品和文学史两方面：一是微观上他提出了普希金与戏仿（пародия; parody）的问题；二是宏观上他建构起了普希金与托尔斯泰之间的文学传统传承。这两点尤其是第二点，历来为评论界所忽视，下面试分述之。

戏仿一词源于亚里士多德《诗学》第二章，意即对史诗的滑稽模仿和改写。文艺复兴之后，文学界更多地强调其戏谑嘲笑的一面。进入二十世纪后，戏仿获得了新生，被视为后现代文学的一种重要手法。斯特拉霍夫在十九世纪中期重提戏仿，倒不能说明他是后现代主义的先驱，很大程度上只是出于对该词的独到理解。他在《关于普希金札记及其他》的开篇里对戏仿做了较为详细的界定："如同在真理面前揭露虚伪，戏仿是一件极有诗意的事情，引发真正的诗意需求，需要很高的天赋。在这个意义上，普希金的戏仿是深度和技巧非常惊人的模仿，是有史以来最好的戏仿。"[1]

从今天来看，戏仿问题可分为两个方面，即一是"戏"，荒诞不经的态度和滑稽幽默的手法；二是"仿"，即对国内外前辈的学习和借鉴。后者同时也关系到诗人的民族性和独创性问题。评论界就这一问题在普希金生前就有过争论。比如斯拉夫派的基列耶夫斯基（Киреевский И.В. 1806-1856）就把普希金的创作分为三个阶段，即"意大利—法国学派时期""拜

---

[1] *Страхов Н.Н.* Заметки о Пушкине и других поэтах. Киев.: 1897. C.28.

伦诗歌的回声"及"俄罗斯—普希金时期"。换而言之，普希金的创作有三分之二都是建立在意大利、法国和英国诗人的借鉴模仿之上，只有到了晚期才表达出了"那种充满俄罗斯民歌旋律的，俄罗斯人民心中常常涌现的，并且可以称为他们内心生活的中心的感情"。[1] 与此形成对照的是果戈理等人的看法："他一开始就是个民族诗人，因为真正的民族性不在于描写俄罗斯的无袖长衣，而在于表现民族精神本身。"[2]

斯特拉霍夫回避了上述关于诗人民族性、独创性问题的争论，而是立足创作本身，从文学形式的角度去审视普希金的模仿问题。斯特拉霍夫指出："普希金不是一个创新者。他没有甚至也没有尝试去建立一种新的文学形式。他准确地写下了那些哀歌、寄语、诗歌、十四行诗、长篇小说等当时我们国内外文学界都在写的东西。《叶甫盖尼·奥涅金》有着拜伦作品的形式；《上尉的女儿》则来自瓦尔特·司格特的小说；《鲍里斯·戈都诺夫》与莎士比亚悲剧有着明显的相似之处。"[3] 换言之，斯特拉霍夫把一个涉及作家文学定位、创作来源等因素的复杂问题缩减为戏仿这一个纯文学手法的问题。这并非批评家的避重就轻，而是他论述普希金的一个循序渐进过程。事实上只有文学形式这样的外部问题论证好了，才能进一步拓展到作品主题、人物形象等内部要素。

批评家指出："普希金写了两部模仿文，一部是《戈留欣诺村的历史》，模仿卡拉姆津的《俄罗斯国家史》；另一部是'模仿但丁'，构成了对《神曲》的模仿。据我所知，这些作品的意义从来没被指出来过。"[4] 众所周知，卡拉姆津出版《俄罗斯国家史》是十九世纪上半期俄国社会中的一桩大事，卡拉姆津对俄罗斯历史的整理与书写就像是"哥伦布发现美洲大

---

[1] 伊·瓦·基列耶夫斯基：《略论普希金诗歌的性质》，载张铁夫编选：《普希金研究文集》，译林出版社，2014年，第20页。
[2] 果戈理：《关于普希金的几句话》，载张铁夫编选：《普希金研究文集》，译林出版社，2014年，第24页。
[3] Страхов Н.Н. Заметки о Пушкине и других поэтах. Киев.: 1897. С.37.
[4] Там же. С.27.

陆"[1]一般意义深远。在这个背景下,普希金以一个小村庄的历史书写来戏仿俄罗斯国家的发展历史,意欲何为呢?斯特拉霍夫认为这是普希金由此颠覆了卡拉姆津那种源自西方的宏观历史叙事。用斯特拉霍夫的话说:"他大胆的顽皮和欢乐程度,远远超过了我们现代虚无主义者的大胆和放肆。他敢于嘲笑我们的编年史以及卡拉姆津的伟大著作——毫无疑问,这本是俄罗斯文学在普希金之前最伟大的作品。"[2]批评家先后对比了两部作品在指导思想、具体写作等方面的相似之处,认为:同样是谈祖辈们过去的事情,"卡拉姆津显然在用别人的标准衡量这段历史,使之陷入赋予虚伪的色彩之中。普希金深刻地感受到了这种虚伪,并试图做出一些符合真实的细节改变"。[3]从历史叙事的角度来看,卡拉姆津为国著史自然有功,但他的历史前几部分多半采用了西方史学的标准,因此在当时也引起了较多的争议。俄罗斯史学界"国家学派"(Государственная школа)的代表之一、著名史学家卡维林(Кавелин К.Д. 1818—1885)就指出:"他给自己提出了一个不可能完成的任务——真实而准确地叙述俄国历史,却是从西欧历史的观点来看待问题。"[4]斯特拉霍夫认为普希金的戏仿之作虽然篇幅不大,影响也不可与《俄罗斯国家史》相提并论,但仍然体现了普希金的一些独到之处。用批评家的话说就是:"当许多诗人致力于以情感的堆砌和极端的臆造令读者印象深刻时,普希金则变得越来越简单而真诚。"[5]相较于陀思妥耶夫斯基的深刻和托尔斯泰的广阔,普希金的作品篇幅不长,也没有后者背负着的沉重使命感。然而,恰恰是诗人作品里所体现出的那种"简单而真诚"给予了读者最大程度的放松,使得普希金如

---

[1] Козлов В.П. «История государства Российского» Н. М.Карамзина в оценках современников. М.: Наука, 1989. С.3.

[2] *Страхов Н.Н.* Заметки о Пушкине и других поэтах. Киев.: 1897. С.31.

[3] Там же. С.31.

[4] Кавелин К.Д. Собрание сочинений. С-Пб.: Т.1. 1897. С.263.

[5] *Страхов Н.Н.* Заметки о Пушкине и других поэтах. Киев.: 1897. С.59.

古希腊艺术那般成为了十九世纪俄罗斯文学的"一种规范和高不可及的范本"。[1]斯特拉霍夫的这篇文章写于1860年代，正值西欧的虚无主义理论横扫一切之际，普希金的意义因而有了更为清晰的展现："普希金是一个完全的作家，同时也是一个完全的人，是'人'这个词的最佳含义。"[2]斯特拉霍夫此后一直强调的"生命"与"理论"的对抗在这里得到了鲜明的体现。

普希金不但在戏仿问题上有所创新，更为后来的俄国文学开辟了诸多主题及领域，如小人物主题、多余人主题等。在斯特拉霍夫看来，还有一个文学传统同样值得后来者关注，这就是他所谓的俄国文学中"家庭纪事"（хроника семейная）的文学传统。这个传统的发现者是斯特拉霍夫的好朋友、根基派批评家格里高利耶夫（Аполлон Григорьев, 1822—1864），但斯特拉霍夫从"家庭"与"纪事"两方面进行了深入的论述："第一是纪事，即简单朴素的故事，没有各种开端和复杂的冒险，也没有表面上的统一与联系。这一形式显然比小说简单，更贴近现实，贴近真理。它希望大家把它看作往事而不是某种简单的可能性。第二是家庭旧事，即不是读者寄予全部注意力的某个人的奇遇，而是对于整个家庭来说多少比较重要的事件。"[3]批评家在界定《战争与和平》的体裁时，特地指出要从文学史上去寻找相关的传承。"在俄国文学中有这样的经典之作，《战争与和平》与之存在着相较于其他任何作品都要多的共同点。这就是普希金的《上尉的女儿》。相似点既在于外部风格、基调本身及叙述对象，但更主要的是两部作品内在的精神。"[4]

斯特拉霍夫认为《上尉的女儿》和《战争与和平》一样，都不属于真

---

[1] 马克思、恩格斯：《马克思恩格斯文集》（第8卷），中共中央马克思恩格斯列宁斯大林著作编译局编译，人民出版社，2009年，第35页。

[2] Страхов Н.Н. Заметки о Пушкине и других поэтах. Киев.: 1897. С.71.

[3] Страхов Н.Н. Критические статьи об И. С.Тургеневе и Л.Н.Толстом(1862-1885). Киев. 1901. С.223.

[4] Там же. С.221.

正的历史小说，而是以历史为背景的家庭纪事，只不过普希金描写的是格里涅夫家的恩爱情仇，托尔斯泰则写了四大家族在卫国战争背景下的风云变幻。"历史人物如普加乔夫、叶卡捷琳娜女皇在普希金作品的某些场景里偶尔出现，就像《战争与和平》中的库图佐夫、拿破仑等人。作品主要的注意力集中在格里涅夫和米隆诺夫等个人生活中的事件上。历史事件只是因为涉及这些普通人的生活才得以被描写。"[1] 当然，在斯特拉霍夫看来，历史事件与家庭纪事的相似只是外在的，要想真正把握两部作品的内在精神，必须要先回到普希金，重新审视他创作历程上的某个转折。这种转折首先体现在对别尔金这一人物的塑造上。

伊凡·彼得罗维奇·别尔金是《别尔金小说集》中一位大智若愚的年轻乡村地主。对于熟悉普希金创作的人来说，别尔金这一形象的出现难免有些意外。在此之前，普希金是作为拜伦的模仿者、沙皇专制的批评者、西伯利亚囚徒们的支持者出现的。他的诗歌洋溢着青春与反抗的激情。然而，用斯特拉霍夫的话说："普希金的别尔金是什么人呢？"[2] 批评家借用了格里高利耶夫的话来回答这个问题："普希金的别尔金是一种朴实清醒的阐释，是一种健全的情感，温顺而又谦恭，决不能容忍我们对自身广泛理解力和情感的滥用。"[3] 别尔金似乎意味着人到中年的普希金向俄罗斯本土文化的回归。他仿佛厌倦了无休无止的拜伦式的抗议和批判，试图通过别尔金这样温和又接地气的形象与这个世界、与俄罗斯的生活妥协。更有可能的是，普希金对于西方、对于俄罗斯有了更为深刻的认识，别尔金就是这一认识的最终结果。"普希金以一种诗歌对抗另一种诗歌；以别尔金对抗拜伦。伟大的诗人从高处走了下来，走近他不由自主地热爱着的贫困现实环境，现实为他打开了一切蕴含其中的诗歌。……普希金便是通过

---

[1] *Страхов Н.Н.* Критические статьи об И. С.Тургеневе и Л.Н.Толстом(1862-1885). Киев. 1901. С.222.

[2] Там же. С.233.

[3] *Григорьев Аполлон* Литературная критика. М.: 1967. С.182.

塑造这一典型完成了伟大的诗学功绩。因为要理解目标，就需要以合适的方式去接近它。普希金找到了这一方式去接近俄国现实，后者对他来说完全是未知的，需要他所有的敏锐和真诚。"[1] 在这样的阐释下，普希金等于说是从学习西方到回头审视俄罗斯，从拜伦的模仿者转为俄罗斯生活的展现者，用格里高利耶夫的话说："普希金是我们的一切。普希金是我们一切的心灵特性以及我们与其他世界冲突之后仍保持心灵特性的代表。"[2]

那么俄罗斯人的"心灵特性"又是怎样的呢？这个问题的答案包含在文章的余下部分。发表于1869年的这篇文章属于斯特拉霍夫的托尔斯泰批评四部曲之一，最终的论述对象是托尔斯泰及其《战争与和平》。普希金及其《上尉的女儿》作为托尔斯泰的前驱在文章前几章得到了详细的阐述。斯特拉霍夫不但界定了"家庭纪事"这个普希金开创的叙事传统，而且也通过对普希金创作历程的回顾挖掘出诗人与俄国人心灵的关系。在接下来的论述中，斯特拉霍夫通过对《战争与和平》的分析，论述了他心目中的俄国人心灵。

斯特拉霍夫认为："……法军代表了一种世界主义思想，他们动用暴力，杀戮其他民族；俄军代表了一种民族的思想，他们热心捍卫一种独特的天然形成的生活制度和精神。他们正是在博罗季诺这个战场上提出了民族的问题，俄国人赞成民族性并首次解决了这个问题。"[3] 法国所代表的近代西方世界，信奉的是不断扩张、努力进取的"浮士德精神"，他在发展自身的同时，也给世界带来灾难。相应的，俄罗斯的民族精神（不妨可称为"别尔金精神"）强调的是热爱生命，与世界的和谐共存。这一精神根基便在于"独特的天然形成的生活制度和精神"，它的外在体现便是那种"淳朴、善良和真实"的"俄罗斯英雄主义"。批评家不厌其烦地多次

---

[1] *Страхов Н.Н.* Критические статьи об И. С.Тургеневе и Л.Н.Толстом(1862-1885). Киев. 1901. С.233.

[2] *Григорьев Аполлон* Литературная критика. М.: 1967. С.166.

[3] *Страхов Н.Н.* Критические статьи об И. С.Тургеневе и Л.Н.Толстом(1862-1885). Киев. 1901. С.213.

指出："《战争与和平》的全部内容似乎就在于证明谦恭的英雄主义比积极的英雄主义优越，积极的英雄主义不但到处遭到失败，而且显得可笑，不仅软弱无力，而且极为有害。"[1] 这两种精神的对立不正相当于普希金创作生涯里拜伦与别尔金的对比吗？从这个意义上说，托尔斯泰在小说里塑造的这个主题，在根本上把握住了普希金晚期的"内在精神"。

对于斯特拉霍夫指出的这一点，罗赞诺夫在《斯特拉霍夫的文学个性》（1890）一文中予以确认："主要的斯拉夫派承认天才却病态的果戈理为我们文学中最伟大的人物，因为果戈理的否定与他们的否定一致。但斯特拉霍夫先生所属这一派别的分支却提到了普希金。这位诗人的明朗和冷静，以及他广泛的同情心，更符合这个斯拉夫主义分支理想的积极特征。"……这位诗人的清晰与安静正好是他（斯特拉霍夫——引者注）喜欢的范畴，也更符合斯拉夫派这一脉的正面性格……普希金成为斯拉夫主义者喜欢和阐释的中心。在普希金的著名诗作《重生》中，他们看见了每个多少有些才华的俄罗斯心灵已说出的命运：为追求理想而长期漂泊，对其他民族上帝表现出狂热、无止境崇拜，当精疲力竭之际，重返本民族的理想。[2]

第二节　斯特拉霍夫普希金研究的背景

当代俄罗斯研究者玛列茨卡娅曾在她的副博士论文里指出："斯特拉霍夫关于普希金本身的文章就其实质而言并无太多新意，只是在重复阿·格里高利耶夫普希金文章的主要观点和别林斯基普希金系列文章的主题及个别论点。但当时的环境赋予了斯特拉霍夫文章特殊的力量。当时第

---

[1] *Страхов Н.Н.* Критические статьи об И. С.Тургеневе и Л.Н.Толстом(1862-1885). Киев. 1901. С.284-285.

[2] *Розанов В.В.* Литературная личность Н.Н. Страхова.//*Розанов В.В.*Легенда о Великом инквизиторе Ф.М. Достоевского. Лит.очерки.О писательстве и писателях. М.: 1996. С.232.

一次出现了这样的情况：普希金的名字遭受了冷落，甚至遭到了来自《俄罗斯话语》（首先是皮萨列夫）的直接攻击。"[1] 此说有一定道理，但并不全面。笔者以为斯特拉霍夫的普希金研究意义除了上述反驳当时评论界激进派对普希金的攻击之外，也是出于对此前普希金研究侧重西欧派倾向的一个补充。

1855年安年科夫主编的普希金文集出版，这一事件使得俄国文学界对二十年前去世的普希金再度产生了兴趣。车尔尼雪夫斯基、卡特科夫等各种思想倾向的批评家纷纷作文，抢夺对普希金的阐释权。革命民主派的车尔尼雪夫斯基一连写了4篇文章，一方面强调了普希金在艺术上的造诣，一方面却认为诗人没有对生活的看法，所以只能将才能运用在诗歌的形式上。"但是的确，普希金作品的最重要意义——就是它们是美的，或者用现在的话来说，它们是富于艺术性的。普希金并不是一个像拜伦似的对生活有一定看法的诗人，甚至也不像一般的思想诗人，不像歌德与席勒似的。"[2] 此种情形正如我们有研究者概括的：莱蒙托夫、果戈理、陀思妥耶夫斯基等继承者"迫使读者去窥探人本性的阴暗幽曲之处，这在相当长的时间里减弱了人们对普希金那种'透明的清晰'的兴趣"[3]。

进入六十年代之后，皮萨列夫又开始了对普希金的攻击。尽管他对普希金的批判历来被文学史家视为一种极端的表现，但他那篇名为《普希金与别林斯基》（1865，译成中文足有8万字）的长文在当时仍有不可低估的影响。在文章里，皮萨列夫对普希金形象进行了彻头彻尾的颠覆。在他看来，普希金之辈所谓权威，盛名之下，其实难副。因为从内容来看，"普希金究竟发现了哪些人类痛苦而必定要书写一番呢？第一是无聊和忧郁；第二是不幸的爱情；第三是……第三……没有了，在二十年代的俄国社会

---

[1] *Малецкая Ж.В.* Н.Н. Страхов-критик И. С.Тургенева и Л.Н.Тостого: дисс.канд.ф.наук./-Махачкала, 2008. C.106.

[2] 《车尔尼雪夫斯基论文学》（中卷），辛未艾译，上海译文出版社，1979年，第252页。

[3] 孙绳武等主编：《普希金与我》，人民文学出版社，1999年，第207页。

里居然再也没有别的痛苦了"[1]。在这个基础上,《叶甫盖尼·奥涅金》这部所谓的"俄国生活百科全书",在皮萨列夫看来,实质上反映的社会现象是极为有限的。在当时的俄罗斯文坛,"普希金的名字已经成为不可救药的浪漫主义者和文学庸人们的旗帜。……这些浪漫主义者和庸人们过分颂扬温柔多情的普希金,几乎完全忽略了格里鲍耶多夫,几乎把果戈理看作仇敌[2]。"对此,难道还要听之任之,由他去影响一代又一代的年轻人吗?

斯特拉霍夫非常反感这种激进的观点。1865年的时候,批评家写道:"我们仍然没有和诗人亲密起来;他在我们中间仍然像另类一样忍受着不被了解的委屈。"[3]针对这一现象,斯特拉霍夫接连写了数篇文章加以辩驳。仅以刊登在《祖国纪事》(1867年,第12期)上的文章《我们文学的瑰宝》为例,文章第一句话就是:"我们的文学贫乏,可我们拥有普希金。"[4]此等判断,颇有"天不生仲尼,万古长如夜"之意。斯特拉霍夫对普希金文学意义之推崇,由此可见一斑。接着,批评家针锋相对地分析了普希金的意义。其一,普希金是俄罗斯标准语言的创立者。斯特拉霍夫借用某著名语文学家的话说:"一切俄语诗歌在普希金的诗歌语言中达到了最终平衡。"并且,"普希金之后的俄罗斯文学再好不过地证实了这些事情。我们的语言完全没有发生本质的转变……"[5]其二,批评家借用了德国批评家瓦伦哈根·冯·恩泽(Варнхагена фон-Энзе,1785—1858)的评价,指出普希金之于俄国,恰如歌德、席勒之于德国、拜伦之于英国。"从瓦伦哈根·冯·恩泽的话中可以清楚地看出,无论是精神还是形

---

[1] *Д.И.Писарев.* сочинения том 3.Москва. 1956. C.357.

[2] Там же. C.364、363.

[3] *Страхов Н.Н.*Заметки о Пушкине и других поэтах. Киев.: 1897. C.16.

[4] Там же. C.17.

[5] Там же. C.21-22. 根据书中注释,斯特拉霍夫在这里引用了卡特科夫在1855年发表的长文《普希金》中的结论。卡特科夫曾于1845年以《斯拉夫—俄语中的基础与形式》获得硕士学位,在当时被视为著名语文学者。

式，普希金的诗歌都是最贴近真正诗歌典范的，用最纯洁的形式体现出最纯正（最和谐的）精神。"[1] 正因如此，"无论其他诗人的作品多么庄严和意味深长，普希金对每一个人来说都是不可比拟的诗人，可以这么说，他是最富有诗意的诗人"[2]。斯特拉霍夫在这里一再强调普希金的"纯正"（чистый）、"和谐"（гармонический）和"诗意"（поэтичный），其目的正是针对激进派批评家硬要把思想掺和到创作中去的不纯正、不和谐、不诗意的做法。诗歌是否一定需要思想？这个问题实际上在俄罗斯文学界已经争论了许多年，涅克拉索夫那一句"你可以不做诗人 / 但是必须做一个公民"[3] 的诗广为流传。斯特拉霍夫在这里的答复，跟十年前另一位批评家波特金（Боткин В.П. 1812—1869）有相通之处。后者声称："诗歌是一种推动人实现表达自己感觉和观点这一天生愿望的动力……真正的诗人充满着表达自己灵魂内在生命的无目的的愿望"，这正是"诗之为诗的最主要条件"[4]。虽然波特金在文学批评史上以"唯美派"著称，但他在这里对"灵魂内在生命"及"无目的"的强调，符合了斯特拉霍夫对普希金诗歌的认知："普希金是一位非常简单而真诚的人，他写的东西是他内心的直接表现。"[5] 其三，由对诗歌的看法，斯特拉霍夫拓展到对俄国文学的整体看法："同时还要注意到，普希金是我们文学中最伟大的代表，体现出了我们文学的所有特征。"[6] 批评家指出，俄国作家们的特点就是"快速简洁的表达、生动的形象和最简单话语流露出的自然"[7]。因为上述特征，俄国作家（尤其是托尔斯泰、陀思妥耶夫斯基之前）并不一定以篇幅见长，却反而能表达更多深刻的东西。这一论述一来是对普希金及其代

---

[1] *Страхов Н.Н.* Заметки о Пушкине и других поэтах. Киев.: 1897. С.26.

[2] Там же. С.26.

[3] 《涅克拉索夫文集》第 1 卷：抒情诗，魏荒弩译，上海译文出版社，1992 年，第 324 页。

[4] *Боткин В.П.* Литературная критика, публицистика, письма. Москва. 1984. С.202.

[5] *Страхов Н.Н.* Заметки о Пушкине и других поэтах. Киев.: 1897. С.68.

[6] Там же. С.26.

[7] Там же. С.26.

表的俄国文学作概括，另外也是对有些人批评普希金没有写出鸿篇巨著的反驳。

斯特拉霍夫认为此前的普希金研究以别林斯基、安年科夫为代表，多半是从西方派的角度去阐释普希金，论及他与拜伦的关系等，鲜有从俄国文学本身发展特点去看待普希金的著作。斯特拉霍夫并不回避别林斯基对普希金研究的贡献，但同时也指出了他的偏颇："别林斯基在我们的文学界第一次对普希金作品的艺术优点做了清楚确定的评价。……在别林斯基关于普希金的书里，与那些准确而完美的思想并列着的是许多错误、混乱的观点。譬如，有关达吉雅娜的第九篇文章便是如此。"[1] 斯特拉霍夫这里涉及的是对于达吉雅娜形象的界定。别林斯基在称颂了女主人公的诸多优点后话锋一转："达吉雅娜不喜欢上流社会，认为永远离开它而隐遁到乡下去是最大的幸福；可是只要她暂时还留在上流社会，上流社会的意见就得永远是她的偶像，对上流社会的裁判的恐惧，就将永远是她的美德……"[2] 在别林斯基看来，这是达吉雅娜的懦弱，更是普希金的不足。普希金就是一个"俄国地主……他攻击这个阶级所有的一切违反人性的地方；可是这个阶级的原则对于他却是永恒的真理……这便是《奥涅金》里有许多地方今天已经陈腐过时的原因"[3]。对于别林斯基的这一立论，斯特拉霍夫予以毫不客气的批判："似乎对于普希金来说，农奴制便是永恒的真理——这是何等的误解！何等尖刻而不公平的结论！"[4] 1880年，斯特拉霍夫的根基派好友——陀思妥耶夫斯基在那篇著名的《普希金讲话》里也有相同的回应：达吉雅娜是俄罗斯妇女"正面的、无比完美的

---

[1] *Страхов Н.Н.* Критические статьи об И. С.Тургеневе и Л.Н.Толстом(1862-1885). Киев. 1901. С.225-226.

[2] 《别林斯基选集》第4卷，满涛、辛未艾译，上海译文出版社，1990年，第625页。

[3] 同上书，第627页。

[4] *Страхов Н.Н.* Критические статьи об И. С.Тургеневе и Л.Н.Толстом(1862-1885). Киев. 1901. С.238.

典型"[1]。不难看出，批评家与别林斯基的最大分歧在于如何看待农奴制的问题。作为一个深受启蒙思想影响的西欧派，别林斯基将农奴制视为愚昧、落后的象征。但斯特拉霍夫则不然，他从俄国文化特性出发，看到了普希金与农奴制的复杂关系并没有像别林斯基所说的那么简单化，也意识到了农奴制与东正教密不可分的关系。俄罗斯文化并不像西方文化那样强调个体幸福，无论是强调救赎的弥赛亚精神，还是强调统一与自由结合的聚合性（Соборность），共同之处都在于集体意识，即救赎是集体的救赎，个人需要与集体结合方能找到自由。这也是陀思妥耶夫斯基在演讲中反复提及的达吉雅娜没有只顾自己的幸福迈出与奥涅金私奔的那一步原因之所在。从今天来看，斯特拉霍夫的这一思考似乎比别林斯基单纯的否定要来得深刻一些。

多年以后，斯特拉霍夫在回顾这场有关普希金的争论时如此说道："显然，西欧派和斯拉夫派都同样被打败了；斯拉夫派应该承认我们的诗人是俄国精神的伟大体现者，而西欧派虽然总是歌颂普希金，也应该意识到他们并未看到普希金的所有价值。就这样，在这场和平的角逐中两个派别都欣然承认自己输了。"[2] 获胜的当然是斯特拉霍夫及其思想同道陀思妥耶夫斯基、格里高利耶夫。他们立足俄罗斯现实，既看到了普希金及其创作的伟大意义，捍卫了普希金的文学地位，也因此弥补了此前普希金研究的某些不足。

第三节　斯特拉霍夫普希金研究的根源及影响

如果说斯特拉霍夫的普希金研究仅仅停留在上述层面，那他充其量也不过是漫长的普希金研究者名单上一个普通名字，未必值得我们去重新发

---

[1] 陈燊主编：《费·陀思妥耶夫斯基全集》第 20 卷，河北教育出版社，2010 年，第 993 页。
[2] Страхов Н.Н. Заметки о Пушкине и других поэтах. Киев.: 1897. С.119.

掘。事实上，斯特拉霍夫的普希金研究除了填补西欧派、斯拉夫派的不足之外，更是批评家对十九世纪俄国文学民族性的思考结果。

在关于托尔斯泰的长文中，斯特拉霍夫通过对格里高利耶夫文学批评的盖棺论定，来实现从普希金过渡到《战争与和平》。斯特拉霍夫着重指出：在别林斯基和安年科夫之后，从俄国的角度来阐释普希金的人是阿波隆·格里高利耶夫。他甚至将后者称为"我们最好的批评家，俄国批评的真正创立者"[1]，地位远在别林斯基之上。斯特拉霍夫在文章里引入了"民族性"的原则，将格里高利耶夫批评与法国文学批评家丹纳的"种族、环境及时代"三原则联系起来。其中，斯特拉霍夫最看重的就是格里高利耶夫文学批评的"民族性"。

格里高利耶夫的民族性是什么？那就是强调以俄罗斯的生活对抗西欧的理论，强调温顺、服从和牺牲的东正教精神。仅以普希金研究为例，格里高利耶夫在《人民性与文学》（1861）中指出："普希金是我们精神生活的全部因素，是我们精神过程的反映和表达者，他是那么神秘，就像我们的生活本身一样。"[2]"神秘"是普希金的特点，也是东正教的特色。白银时代的宗教哲学家谢·布尔加科夫说："神秘体验是东正教的空气，它像大气一样在东正教的周围，虽然密度不同，但总在运动。"[3]别尔金的妥协与温顺一方面是个人生活阅历所致，另一方面仍然受到了东正教文化的很大影响。要知道，"东正教徒的基本性格特点是由温顺和爱决定的。由此就产生了他们的谦逊、真实和朴实，这和罗马天主教所固有的改宗精神和内在强制性（compelle intrare）是格格不入的"[4]。

事实上，从抗议到妥协，从英雄到凡人，格里高利耶夫认为这是个奇怪的过程："一个伟大的抗议者变成了伊凡·彼得罗维奇·别尔金这样

---

[1] *Страхов Н.Н.* Критические статьи об И. С.Тургеневе и Л.Н.Толстом(1862-1885). Киев. 1901. С.236.
[2] 冯春编选：《普希金评论集》，上海译文出版社，1993年，第450页。
[3] 布尔加科夫：《东正教教会学说概要》，徐凤林译，商务印书馆，2001年，第179页。
[4] 同上书，第194页。

渺小的人，变成一个虽然有点讽刺意味，但仍然屈服于他周围的现实的人……"[1] 现在看来，这样的转折并不奇怪。纵观俄国文学史，许多作家批评家年轻时激进、崇尚西方，到中年之后立场逐渐温和甚至保守化，转向宗教。普希金正是通过别尔金这个人物体现了他对东正教的某种回归，对俄罗斯文化特性的认识。因此在斯特拉霍夫的阐释中，发现别尔金的意义成为了格里高利耶夫的主要贡献。在此基础上，斯特拉霍夫把普希金的思想转向看作是俄国文学与西方斗争的象征之一，这可以说是他的一个创见。正如他在那本《俄国文学中与西方的斗争》（1887）前言里所说的："我们无须寻求任何新的、在世界上还无先例的原则，我们应当只为那一精神所渗透，即在我们人民中生长并自身包含了我们土地的成长、力量和发展的所有奥秘的精神。"[2] 斯特拉霍夫对民族精神的强调在罗赞诺夫那里得到了回应："另一种美的典型，他（即普希金——引者注）曾经崇拜过并且也像其他诗人那样洒过爱情之泪的典型，终于被形成于我们的生活、从我国现实中生产出来的精神美的典型战胜了。那种冷静简单的对待现实的态度自那时起已成了我国文学中占统治地位的态度，就源于此，源于普希金后期的创作活动。"[3]

正如斯特拉霍夫传记的作者、美国学者琳达·格斯坦因（Linda Gerstein）所指出："作为一位作家，他的主题是俄国必须从西方文化的统治下获得解救，从而发掘自身的个性。"[4] 换言之，斯特拉霍夫一生执着的主题是俄国要摆脱西方文化的影响，确立起自身的文化特性，这一特性从现有的材料来判断主要是以东正教为核心的。在《关于普希金的肖像》（1877）一文中，斯特拉霍夫比较了普希金两个时期的不同，也谈到了普

---

[1] 冯春编选：《普希金评论集》，上海译文出版社，1993年，第450页。

[2] *Страхов Н.Н.* Борьба с западом в нашей литературе.книжка первая.Санкт-Петербург.: 1887. C. Ⅳ - Ⅴ .

[3] 瓦·瓦·罗扎诺夫：《陀思妥耶夫斯基启示录——罗扎诺夫文选》，田全金译，华东师范大学出版社，2013年，第15页。

[4] Linda Gerstein: *Nikolai Strakhov.* Harvard University Press. 1971.p.102.

希金的爱国主义问题。在批评家看来，诗人年轻的时候也很激进："普希金 20 岁（1819）的时候，曾是自由的狂热拥护者，痛恨农奴制。"[1]诗人对西欧的自由进步理论一度抱有诸多美好的想象，但1830年波兰起义以及西欧的干涉教育了他，使他开始考虑俄国文化独特性的问题。"他第一个真正明白，欧洲对于我们是另一个世界，于是对欧洲说了从没有人说过的话……他从内心感受到：我们的力量在于齐心协力和自我牺牲，这种自我牺牲体现在我们对沙皇的服从中。"[2]这里说的是普希金对俄国文化特性的理解，其中所指出的"齐心协力和自我牺牲""对沙皇的服从"既是彼时普希金的观点，也是斯特拉霍夫的总结。

需要指出的是，普希金是俄国文学之父，但既为"之父"，也往往意味着在许多问题上的浅尝辄止，仅有开创而无深入。他对西方文明有批判，对东正教有某种回归，但突如其来的死亡打断了这一过程，因此他的宗教意识即便存在，也是非常淡薄的。津科夫斯基（Зеньковский В.В., 1881—1962）在他的《俄国思想家与欧洲》（1926）里几乎列举了诸多扎根东正教批判西方的俄国文学大家，但偏偏没有普希金的名字，这在某种程度上也说明了这一点。"卢梭主义的、世界悲伤的以及早期浪漫主义的主题开始经常与对西方文明结果的真正批判交织在一起。当然，所有这一切都只是后来得到充分表现的东西的萌芽，但是没有这些萌芽就不会有这些后来的思潮。"[3]普希金就是上述批判西方文明结果的"萌芽"之一，类似的批判还体现在1836年他与恰达耶夫的争论上。针对恰达耶夫对俄国历史和文化的批判，普希金提出俄国具有特殊的历史使命，也有自己辉煌的历史，彼得大帝一个人便是完整的一部世界历史。批评家正是看到了普希金对俄国的热爱甚至是偏爱，才指出："我们认为只有在普希金和托尔斯泰

---

[1] *Страхов Н.Н.* Заметки о Пушкине и других поэтах. Киев.: 1897. С.7.
[2] Там же. С.72.
[3] 津科夫斯基：《俄国思想家与欧洲》，徐文静译，上海三联书店，2016年，第40页。

那里才能学到真正的爱国主义。"[1]

应该说，斯特拉霍夫的普希金研究主要继承了格里高利耶夫的观点，但做到了青出于蓝而胜于蓝。格里高利耶夫英年早逝（1864年在圣彼得堡去世），斯特拉霍夫的贡献就在于延续了、深化了前者的思考。斯特拉霍夫不但揭示出普希金创作中的戏仿特色，也对别尔金这一人物提出了更深刻的认识；不但论述了普希金确立的"家庭纪事"传统及其传承，更由此延伸到这一传统与俄国文学民族性、宗教性的关系。他把屠格涅夫、皮谢姆斯基、托尔斯泰及其创作纳入了这一传统，使得它不仅仅是普希金一个人的特色，而是成为了整个19世纪俄罗斯文学的传统。

由此可见，斯特拉霍夫的研究遗产理应在普希金研究中乃至整个俄国民族文化建设之中占据一席之地。正如当代俄国哲学家伊里因在那本《俄国哲学的悲剧》（2008）中指出的："斯特拉霍夫以几乎全面的完整性和罕见的明晰性勾勒出了俄国哲学的问题范围，因此成为了这一哲学领域的第一位经典大家。……或完全简单地说：斯特拉霍夫——我们哲学的一切。"[2] 尽管伊里因这里谈的是斯特拉霍夫的哲学成就，但同样也适用于文学批评领域。遗憾的是，批评家有关普希金的文字在苏联时代乏人问津，其中原因是多方面的。时至今日，仅就笔者资料所及，关于普希金的各种年谱、批评文集里，尚未收入斯特拉霍夫的相关论述，对这些批评的批评在学术界更是罕见[3]。如此想来，这也是本章研究的一点价值之所在。

---

[1] *Страхов Н.Н.* Заметки о Пушкине и других поэтах. Киев.: 1897. С.73-74.

[2] *Ильин Н.П.* Трагедия русской философии СПб.: изд-во Айрис-пресс, 2008. С.539-540.

[3] 通常来说，苏联时期的普希金研究限于意识形态问题避免提及斯特拉霍夫，这可以理解。但解体之后，斯特拉霍夫仍未得到普希金研究界的关注，这是令人奇怪的。譬如出版于1999年的4卷本《普希金生平与创作年谱》(Летопись жизни и творчества А.С.Пушкина. М.: 1999) 里根本没有提及斯特拉霍夫的名字。2005年，由莫斯科大学出版社和科学出版社联合出版的《关于普希金的俄国批评：文选及评论》(Русская критика о Пушкине. М.: 2005) 收入了另一位保守派人士卡特科夫的文章，但斯特拉霍夫仍不见踪迹。著名普希金专家福米切夫出版于2007年的《普希金展望》(Фомичев С.А. - Пушкинская перспектива. М.: 2007) 也没出现斯特拉霍夫的名字。笔者认为，这种忽略很大程度上一方面固然是因为斯特拉霍夫的普希金研究缺乏完全意义上的原创性，但也和学术界对斯特拉霍夫的文学遗产尚缺乏完整的把握有关。

第四章　一位西欧派的没落——斯特拉霍夫论屠格涅夫

显然，斯特拉霍夫是凭借评论屠格涅夫的《父与子》走上文坛的，尽管知名度不高，但他独特的视角、新颖的结论却使得他明显有别于其他侧重于派系之争的批评家们，也得到了作家本人的认可。但很快，随着《烟》的出版，斯特拉霍夫对屠格涅夫的态度也发生了改变。这种改变实质上包含着彼时俄国思想领域"根基派"与"西欧派"的观点分歧。考虑到斯特拉霍夫与革命民主主义者如车尔尼雪夫斯基等人的论战，苏联时期的屠格涅夫研究界往往避免提及他的名字，更不愿去深入研究他的有关文字[1]。在本章中，笔者拟以斯特拉霍夫论述屠格涅夫的6篇文章为基础，结合1860年代俄国思想界的形势变化，一方面介绍斯特拉霍夫的屠格涅夫观；另一方面也打算从这一发展中发掘斯特拉霍夫自身思想变化的内在原因，揭示批评家批评风格的形成过程。

---

[1] 出版于1953年的《俄国批评中的屠格涅夫》因为时代原因没有收入斯特拉霍夫的文章，那倒可以理解。但此后俄罗斯科学院俄国文学研究所（普希金之家）自1964—1969年间接连推出《屠格涅夫论文集》5卷（Тургеневский сборник: материалы к полному собранию сочинений и писем И. С.Тургенева, 1-5），2009—2012年又接连推出《屠格涅夫：新资料与研究》3卷（И. С.Тургенев: новые исследования и материалы, 1-3），里面虽有多处提及斯特拉霍夫，但皆为资料方面的收录。2020年，俄罗斯学术研究院文化研究中心主任可可什涅娃（Кокшенева К.А.）有一篇文章涉及了这一话题。详见 *Кокшенева, К. А.* Критические статьи Н.Н. Страхова о творчестве И.С. Тургенева//Культурное наследие России. 2020. № 2(29). С.27-32.

第一节　关于《父与子》

1862年，著名的政论家、《俄国导报》主编米·卡特科夫（М.Н. Катков, 1818—1887）在评论刚出版不久的《父与子》时指出："屠格涅夫的作品处在一个完全特殊的环境中。他的作品来源于当前的生活，却再一次进入生活，并在各个方面引发实际行为，而这种实际行为未必是我们的文学作品引发的那种。"[1] 卡特科夫在这里指的是《父与子》在俄国社会各界所引起的激烈争论，甚至包括作品中所蕴含的虚无主义思想对年轻人的影响。有关这场论战，俄罗斯学术界已有了非常丰富的研究，此处不拟展开[2]。

有关这场论战的热烈与复杂程度，屠格涅夫曾在回忆录里说起："我发现许多接近和同情我的人很冷淡，甚至达到愤怒的程度；我从与我敌对的阵营的人、从敌人那里受到祝贺，他们几乎要来吻我。"[3] 斯特拉霍夫也在1887年曾回忆这一时期："那是一个文学恐怖的年代，作家们被折磨，被剥夺所谓公民荣誉。"[4] 然而，评论界过多地纠缠于《父与子》的倾向问题，却使得激烈的论战取代了缜密的分析，已有的评论文章极少能令作家满意。[5] 斯特拉霍夫倒是另辟蹊径，透过巴扎罗夫这一形象，深入

---

[1] *Катков М.Н.* Собрание сочинений: В 6 т. Т.1. Заслуга Пушкина: О литераторах и литературе. СПб:, ООО"Издательство "Росток"», 2010. С.466.

[2] 关于《父与子》展开论战的问题，苏俄学术界已有多种著述涉及：如 *Фридленлер Г. М.* К спорам об «Отцах и детях»//Русская литература. 1959. № 2. С.131-148. 及 *Пустовойт П.Г.* Роман И. С.Тургенева «Отцы и дети» и идейная борьба 60-х годов ⅩⅨ века. М. 1965. 又及 *Бялый Г.А.* Роман И. С.Тургенева «Отцы и дети». Л. 1968. 等不一而足。但可能因时代关系，这些著述基本没有涉及斯特拉霍夫。只有到了1986年，斯特拉霍夫的两篇文章才出现在下列文选中：*Сухих И.Н.* Роман И. С.Тургенева «Отцы и дети» в русской критике.Л. 1986.

[3]《屠格涅夫全集》第11卷，张捷等译，河北教育出版社，2000年，第588页。

[4] *Страхов Н.Н.* Критические статьи об И. С.Тургеневе и Л.Н.Толстом (1862-1885) Издание четвертое. Киев. 1901. С.Ⅺ.

[5] 屠格涅夫在致陀思妥耶夫斯基的信中说：声称："除了您和鲍特金之外，似乎没有谁肯于理解我想做的一切。"可见，当时对《父与子》一书误解者甚多。参见《屠格涅夫全集》第12卷：书信选，张金长等译，河北教育出版社，2000年，第393页。

分析了俄国社会中出现的虚无主义本质及其产生根源，并且进一步指出了小说的真正主角不是巴扎罗夫这位新人，而是他背后的生活，就像《钦差大臣》里的真正主角是来自观众的"笑声"一样。这种想法与同一个编辑部的陀思妥耶夫斯基有诸多共鸣。[1]

斯特拉霍夫这篇文章发表于1862年4月的《时代》（Время）杂志。文章一开始，斯特拉霍夫提出了几个问题："巴扎罗夫们到底在哪里呢？谁见过巴扎罗夫们？我们之中谁是巴扎罗夫？最后，巴扎罗夫这样的人真的存在吗？"[2] 批评家认为：巴扎罗夫这一形象很真实，不可能是虚构的。但同时巴扎罗夫又是一位新出现的人物，很多特性发展得并不完整。俄国社会里可能存在着半个或四分之一的巴扎罗夫。"我们凑近一点看，巴扎罗夫所代表的观念体系、思想圈子或多或少地鲜明体现在我们的文学中。"[3] 其中之代表，便是《俄国言论》杂志的皮萨列夫（Д.И. Писарев，1840—1868）和《现代人》杂志的安东诺维奇（М.А. Антонович，1835—1918）。斯特拉霍夫认为：无论是《现代人》宣称的"以读者之名处死屠格涅夫先生，毫无怜悯当即击毙"[4]，还是《俄国言论》对屠格涅夫及其小说发自内心的赞扬，都说明了一件事，即巴扎罗夫"即使不存在现实中，也有存在的可能性。屠格涅夫对他们的了解至少像他们了解自己一样"[5]。

---

[1] 陀思妥耶夫斯基认为巴扎罗夫"虽然宣扬虚无主义但却被不安和忧闷包围着"，并称之为"伟大心灵的标志"。参见陀思妥耶夫斯基：《冬天记的夏天印象》//陀思妥耶夫斯基：《赌徒》，满涛等译，上海译文出版社，1988年，第81页。针对这一评价，屠格涅夫不但认为是"大师的敏锐洞察"和"读者的简朴理解"，而且还在给朋友的信中说道："迄今为止完全理解巴扎罗夫，即理解我的意图的只有两个人——陀思妥耶夫斯基和波特金。"参见《屠格涅夫全集》，第12卷：书信选，张金长等译，河北教育出版社，2000年，第384、392页，译文参照原文有改动。

[2] Страхов Н.Н. Критические статьи об И. С.Тургеневе и Л.Н.Толстом (1862-1885) Издание четвертое. Киев. 1901. С.4.

[3] Там же. С.6.

[4] Там же. С.7.

[5] Там же. С.9.

针对皮萨列夫对《父与子》的评论[1]，斯特拉霍夫肯定了皮萨列夫对主人公形象的分析，认为巴扎罗夫是"真正的英雄"，是"俄国文学从所谓有教养的社会阶层中所塑造的第一个强有力的人物，第一个完整的性格"[2]。那些反对屠格涅夫的人，"他们没有注意到，巴扎罗夫生活的深刻性、他形象的完整性、他特别的坚强和彻底赋予了他多么伟大的意义……"[3]

然而斯特拉霍夫文学批评之高明，在于他没有停留在对父与子这两代人的分析，没有纠结于小说是"进步还是反动"这一问题。在斯特拉霍夫看来："屠格涅夫心怀创造一部各种倾向小说的要求和胆识。作为永恒真理和永恒之美的崇拜者，他的崇高目标就是从暂时的现象中指出永恒的东西，写出了一部既非进步又非保守，而是所谓经常性的小说。"[4] 在"经常性"（всегдашний）小说这一大框架下，之前评论家们所关注的"两代人之间的转变——这只是小说的外在主题"[5]。因为随着西方思想在俄国的流传，父辈与子辈之间的矛盾越发尖锐，如何判断其对错，好坏越发成为一个问题。斯特拉霍夫认为，屠格涅夫对此的回应是以两代人的共同生活为标准衡量彼此的优劣。"屠格涅夫的同一尺度、总体观点就是最广泛最完整意义上的人类生活。"[6] 谁更贴近生活，谁就更具有生命力。"自然的魅力、艺术的迷人、女性之爱、家庭之爱、父母之爱，甚至宗教，所有这些——都是活生生的、圆满的、强大的——构成了描绘巴扎罗夫的背

---

[1] 皮萨列夫在《巴扎罗夫》（1862）中指出："巴扎罗夫没有犯错，于是小说的意义便在于：如今年轻人迷恋于极端乃至陷入极端，但这种迷恋本身揭示了生气勃勃的力量和不可动摇的理智；这种力量和这种智慧不需要旁人的任何帮助和影响，就能把年轻人引上笔直的正路，并在生活中支持他们。"参见 Писарев Д.И. Сочинения в 4 т.Т.2.Москва.: Государственное издательство художественной литературы. 1956. С.49.

[2] Страхов Н.Н. Критические статьи об И. С.Тургеневе и Л.Н.Толстом(1862-1885) Издание четвертое. Киев. 1901. С.24.

[3] Там же. С.5.

[4] Там же. С.33.

[5] Там же. С.33.

[6] Там же. С.34.

景。"[1] 作为虚无主义者的巴扎罗夫，其迷人之处恰恰在于他敢于弃绝情感、艺术等这些生活最基本的因素，其悲壮之处也正在于此。他讨厌艺术，怀疑诗歌，是因为他觉得艺术或情感会使人失去勇气，因此他的讨厌反而是从反面证明了艺术和情感的威力。用批评家的话说："巴扎罗夫是一个起来对抗自己的母亲大地的巨人；无论他的力量如何巨大，它只是表明那诞生并抚育了他的力量之伟大，他是无法同母亲的力量相抗衡的。"并且，"巴扎罗夫毕竟失败了；不是被个人和生活中的偶然事件所击败，而是被这种生活的思想本身所击败"[2]。

批评家从"生活"这一基本原则而非简单的"进步"或"反动"出发，对《父与子》做出判断，这是斯特拉霍夫的独创之处，也是他所认为的屠格涅夫的创作特色。斯特拉霍夫甚至将"生活"与果戈理《钦差大臣》里唯一正面人物——笑相提并论，认为"生活"才是小说的最高主人公。"果戈理谈到自己的《钦差大臣》时说，其中只有一个正面人物——笑。那么正是在《父与子》里可以说，也只有一个人物高于一切甚至高于巴扎罗夫，那就是生活。"[3] 生活是什么？按照斯特拉霍夫的理解，那就是喜怒哀乐、盛衰枯荣那些"永恒原则"，"那些形式变幻无穷，本质却始终如一的东西"[4]。

斯特拉霍夫对"生活"的强调，与他彼时所结交的"根基派"，尤其是阿波隆·格里高利耶夫（Аполлон Григорьев, 1822—1864）的影响关系较大。格里高利耶夫在《有机批评的悖论：致Ф. М. 陀思妥耶夫斯基的信》（1864）中指出："有机观点与片面的历史观点最本质的区别就在于前者，即有机观点——把创造性的、直接的、自然的生命力作为出发

---

[1] *Страхов Н.Н.* Критические статьи об И. С. Тургеневе и Л.Н. Толстом(1862-1885) Издание четвертое. Киев. 1901. C.34.

[2] Там же. C.37.

[3] Там же. C.37.

[4] Там же. C.36.

点。"[1] 在有机观点影响下的艺术的最大的特点就是真实可感。用格里高利耶夫的话说："艺术作为生命真实的表达，一分钟也不能成为不真实的，在真实中包含着它的真诚、它的道德、它的客观性。"[2] 按斯特拉霍夫的观点，《父与子》对于巴扎罗夫的描写完全是真诚的、道德的，同时也是客观的。这就是他对屠格涅夫及其《父与子》持肯定态度的原因。值得一提的是，斯特拉霍夫对《父与子》的见解不但在当时得到了屠格涅夫等人的赞赏，而且在半个世纪之后得到了著名革命评论家卢那察尔斯基（Луначарский А.В. 1875—1933）的认可："我们也应该顺便提一提斯特拉霍夫的卓见：他认为巴扎罗夫是一个有深沉性格的人。例如，这样的见解是很精辟的：'巴扎罗夫渴望爱别人。如果说这种渴望是表现为凶狠的话，那末，这凶狠只是爱的反面罢了。'"[3]

二十多年后，在回忆陀思妥耶夫斯基的文字里，斯特拉霍夫回顾了这一往事："屠格涅夫时常观察我们这里大多数人的情绪变化，注意考察当代英雄的理想，那是在先进的文学小组里形成的理想：这一回他有了重大的发现，刻画了一个典型（先前几乎谁也不曾留意过），这下子大家豁然开朗，发现自己周围就有这样的典型。大家大为惊讶，引起一片混乱，因为被描写的人不知所措，起先他们不愿在小说中认出自己，尽管作者根本没有以绝对恶感的态度去对待他们。"[4] 不难看出，这个时期的批评家对屠格涅夫及《父与子》总体上给予了较高的评价。在二十多年后的回忆中，斯特拉霍夫依然认为："《父与子》自然是屠格涅夫的最出色的作品，不是在艺术性方面，而是在富有政论色彩的态度上。"[5] 不过，

---

[1] *Аполлон Григорьев* Эстетика и критика.Москва.: 1980. С.145.

[2] Там же. С.116.

[3] 卢那察尔斯基：《论俄罗斯古典作家》，蒋路译，人民文学出版社，1958年，第92页。

[4] 尼·尼·斯特拉霍夫：《回忆费·米·陀思妥耶夫斯基》//阿·谢·多利宁编：《同时代人回忆陀思妥耶夫斯基》，翁文达译，广西师范大学出版社，2014年，第237—238页。

[5] 同上书，第237页。

批评家对屠格涅夫的评价很快有了改变，原因在于作家在1867年3月发表了《烟》。

第二节　关于《烟》及其他

关于《烟》的评论文章刊登于1867年5月的《祖国纪事》（Отечественные Записки）。在斯特拉霍夫的屠格涅夫评论系列中，这篇文章起到了一个转折性的作用。正如作者在文中多次指出："风向变了！"（Ветер переменился!）这里的"风向"既是指屠格涅夫创作的转向，又指整个俄国社会舆论热点的转变，同时也是批评家对屠格涅夫评价的转折。

关于这个转折，事实上屠格涅夫自己也意识到了。《烟》出版后，批评界对该书多有贬低，丘特切夫、陀思妥耶夫斯基等文学同道对此大为不满，也通过各种途径向屠格涅夫做了表示。屠格涅夫所器重的青年批评家皮萨列夫更是发出了"伊凡·谢尔盖耶维奇，巴扎罗夫在哪里？"[1]的呼声。1867年5月23日，屠格涅夫对皮萨列夫的信做了回复，信中提到波图金这一著名的西方派人物时说："可能，只有我一个人珍惜这个人物。现在，斯拉夫的狂热正在我们国内猖獗一时，在这种情况下，有人指责波图金，我倒很高兴。我对我自己恰恰能在这个时候竖起我的'文明'这一面大旗深感欣慰……"[2]这里的意思非常明显：在作家看来，1867年的时候，"斯拉夫的狂热"取代了曾经的西欧派热潮。作为一位资深西欧派作家，屠格涅夫需要以一个极端的西欧派形象对这种狂热进行校正。

小说中的波图金就是这样一个无比崇拜西方、贬低俄罗斯的人物。他那段对俄罗斯文明的著名评论在当时引起了轩然大波："……假如下一道

---

[1] Писарев Д.И. Сочинения в 4 т.Т.4.Москва.: Государственное издательство художественной литературы. 1956. С.423.

[2] И. С.Тургенев Полное собрание сочинений и писем в 30 томах Письма Том седьмой. 1866-июнь1867. Москва.: 1990. С.209.

命令，凡是从地球上消失的民族必须立即把自己的发明创造统统搬出水晶宫，那么我们的祖国，信奉东正教的俄罗斯，肯定会惭愧得无地自容，因为俄罗斯连一只钉子、一枚别针都无法带走，一切都会原封不动地留在原地，因为即使像茶炊、树皮鞋、车辄和鞭子这些著名的产品也不是我们发明的。"[1] 在波图金的眼里，俄罗斯文明对人类社会没有任何贡献，这种极端的看法很容易，也确实引起了俄国思想界文学界的普遍不满。1867年6月15日，著名诗人费特在给托尔斯泰写信说："您读过声名狼藉的《烟》了吗？我有一把衡量的尺子。没有艺术情趣？——缺少闲情逸致？——一堆破烂。形式？身子只有指甲般大小，胡子却有一肘长。胡子包括了对整个俄罗斯的谩骂，且是在所有俄罗斯人都在努力想做个俄罗斯人的时刻。"[2] 托尔斯泰在回信里虽未提及屠格涅夫的政治倾向，但也对小说做了彻底的否定："关于《烟》，我想，诗的力量寓于爱，诗的力量之所向取决于性格。没有爱的力量便没有诗。力之所向不当，说明诗人性格软弱，令人生厌。《烟》几乎没有任何爱，也几乎没有诗意。只有轻佻与儿戏般的'通奸'的爱，因此这部小说的诗意是可厌的。"[3] 即便是同为西欧派，一向支持屠格涅夫的赫尔岑也写信给作家说："我必须承认，你的波图金使我讨厌，你为什么不删去一半的废话？"但屠格涅夫对此的回答却是："波图金使你讨厌，你遗憾我没有删去他一半的话，但想象一下，我认为他说得还是太少。针对这一人物的怒气如此之多，这个事实让我更加确信这一点。"[4]

正是屠格涅夫的这种极度西化态度令斯特拉霍夫无法接受。按照批评家后来的回忆，他本寄希望于屠格涅夫去描写欧洲人的各种贪婪无耻：

---

[1]《屠格涅夫全集》第4卷，徐振亚等译，河北教育出版社，2000年，第94页。
[2] 苏·阿·罗扎诺娃编：《思想通信——列·尼·托尔斯泰与俄罗斯作家》（上），马肇元等译，文化艺术出版社，1997年，第409页。
[3]《列夫·托尔斯泰文集》第16卷：书信，周圣等译，人民文学出版社，2000年，第114页。
[4] И. С.Тургенев Полное собрание сочинений и писем в 30 томах Письма Том седьмой 1866-июнь1867. Москва.: 1990. С.201.

"他（指屠格涅夫）拜访了《当代》编辑部，遇到我们正好都在编辑部。他请米哈伊尔·米哈伊洛维奇、费道尔·米哈伊洛维奇与我到他下榻的克列雅旅馆（如今的欧洲旅馆）去午餐。已经掀起的一股反对他的风潮显然使他颇为不安。席间他的谈话极其热烈，生动迷人，主要话题是外国人对待侨居国外的俄国人的态度问题。他详细描述外国人如何使用卑鄙、狡猾的手段，欺骗俄国人，诈取钱财，搞到遗嘱，捞到好处等等，讲得极为生动。后来我多次想起这一番话，他长期居住在国外，类似这样的细致的观察必定是不少的，我惋惜的是他始终没有诉诸文字。"[1]这是斯特拉霍夫对屠格涅夫在未来创作的一种期望，即从批判虚无主义到批判虚无主义的起源地——西欧社会，这想来也是符合逻辑的。谁知道屠格涅夫的下一部作品反而将批判的矛头对准了俄罗斯民族。这是令斯特拉霍夫万万没有想到的。

如果说在之前的《父与子》评论文章里，斯特拉霍夫还将屠格涅夫视为"天才作家的典范，具有十足的灵活性、深刻的敏感性和对当代生活深深的热爱"[2]，那么在关于《烟》的文章里，斯特拉霍夫对屠格涅夫就不无揶揄之意了。在概括了故事情节并对主人公利特维诺夫的无能作了一番讽刺之后，批评家马上提出了疑问："这个故事要教导我们什么呢？故事里的谁该得到同情，谁又该被批判呢？"[3]斯特拉霍夫借波图金的一句话来概括小说的主题："男人软弱而女人强大。自然界有我们不可捉摸的逻辑，这是故事给我们的唯一教诲。"[4]问题在于：软弱的男人这一回倒反而做了归家的浪子，获得了幸福。既然结局是幸福的，那小说中那种"一切如烟"的颓废又是从何而来呢？"'烟，烟。'他重复了好几次。他突

---

[1]　斯特拉霍夫：《回忆费道尔·米哈伊洛维奇·陀思妥耶夫斯基》//《残酷的天才》（上），翁文达译，上海译文出版社，1989年，第358页。

[2]　Страхов Н.Н. Критические статьи об И. С.Тургеневе и Л.Н.Толстом(1862-1885) Издание четвертое. Киев. 1901. С.5.

[3]　Там же. С.50.

[4]　Там же. С.51.

然觉得一切都是烟,个人的生活,俄国的生活,人世间的一切,尤其是俄国的一切,统统都是烟。"[1] 在这里,斯特拉霍夫像一位认真的文学侦探一样,带领读者层层深入地剖析《烟》的诸多不合理之处,并试图找到原因。

"另一股风吹来——一切又都奔向相反的方向,接着还是那种无休无止、令人忧虑不安却又纯属多余的游戏。"[2] 在小说里,正是从这句话之后,利特维诺夫的思绪从自然界风景转向了社会思潮的变迁:古巴廖夫那里的争论、政府要员的议论,甚至波图金的那套理论……也正是这句话让斯特拉霍夫得到了启发。"风向变了!这就是在屠格涅夫先生而非利特维诺夫眼里一切如烟的原因。就是这句话揭示了小说的所有意义,它是揭开谜底的钥匙。"[3] 这里的风向实际上指的就是俄国社会的思潮。借用斯特拉霍夫的话说:"用文学的套话来说,1862 年之前我们所有人或多或少都是西欧派,那一年之后我们所有人又或多或少成了斯拉夫派。"[4] 那么,1862 年究竟发生了什么呢?

根据斯特拉霍夫个人回忆:自 1861 年底闹起来的彼得堡大学学潮,到 1862 年 3 月 2 日的"文学音乐晚会"达到了一个顶点。以西欧理性、进步思想为指导的知识分子通过这一晚会向官方示威,"展示所有先进的、进步的文学力量"。斯特拉霍夫认为:"这个晚会是我们社会自由主义运动所达到最高点,也是我们非常轻松的革命的顶点。"[5] 在此之后,官方与知识界的矛盾迅速激化。1862 年 5 月彼得堡阿普拉克辛商场发生大火,整个彼得堡为"虚无主义者"纵火的传言而惴惴不安。同时社会上还出现了

---

[1]《屠格涅夫全集》第 4 卷,徐振亚等译,河北教育出版社,2000 年,第 178 页。
[2] 同上书,第 178 页。
[3] Страхов Н.Н. Критические статьи об И. С.Тургеневе и Л.Н.Толстом(1862-1885) Издание четвертое. Киев. 1901. С.56.
[4] Там же. С.59.
[5] 斯特拉霍夫:《回忆费道尔·米哈伊洛维奇·陀思妥耶夫斯基》//《残酷的天才》(上),翁文达译,上海译文出版社,1989 年第 354 页。

题为《青年俄罗斯》的传单,其中有号召青年一代"拿起斧头来!""整个罗曼诺夫皇室将拿自己的头颅来赎罪!"[1]之类的煽动性语言。此等过激言论的后果便是车尔尼雪夫斯基、皮萨列夫等人的被捕;两份进步刊物《现代人》及《俄国言论》被官方封杀。在随后的1863年,波兰起义及西欧国家因此对俄罗斯的干涉,更激起了俄国知识界爱国主义热情的集体反弹。因此,在这样的背景下,社会思潮的主旋律不再是屠格涅夫创作《父与子》时的"虚无主义",而是强调俄国国家利益、文化特性的"民族性"。

然而屠格涅夫似乎并不了解这一点。或者说,他因为了解了这一点,因而对文学的前途、民族的未来更为失望,继而从批判的角度对"民族性"做了自己的阐发。应该指出,这个时期的屠格涅夫对俄罗斯文学及其前景是颇为失望的。他在1868年致著名诗人波隆斯基(Полонский Я.П. 1819—1898)的信里抱怨:"缺乏天才,尤其是有作诗才能的天才,这正是我们的不幸。列夫·托尔斯泰之后,再没有出现过什么作品,要知道他的第一部作品是1852年出版的呀!不能否认斯列普佐夫们、列舍特尼科夫们、乌斯宾斯基们等所有这些人的才能,然而思想、力量、想象究竟在哪里?想象力在哪里?他们不能想象出任何东西,大概他们甚至为此而高兴呢!因为他们认为:我们这样更接近真实。"[2]既然俄国当时的文学家都是"无核之果",那么屠格涅夫的失望也就显而易见了。他要借助西方文明来审视俄罗斯文明,借助波图金这样的西欧派对俄罗斯的民族性做严厉的批判。

与此同时,屠格涅夫的西方派立场使其对斯拉夫派充满了偏见。正如他在《关于〈父与子〉的回忆》(1869)中所提到的:"顺便说一下,斯

---

[1] 彼·格·扎伊奇涅夫斯基:《青年俄罗斯》//《俄国民粹派文选》,中共中央马恩列斯著作编译局、国际共运史研究室编译,人民出版社,1983年,第23、24页。
[2] 《屠格涅夫全集》第12卷,张捷等译,河北教育出版社,2000年,第420页。

拉夫主义者无疑是有才华的，但是他们之中没有一个人写出任何有生命的东西。……他们之中没有一个人能够摘下——哪怕只摘下一会儿——自己的有色眼镜。"[1] 具体到曾经视其为知音的斯特拉霍夫，屠格涅夫也是持类似看法："至于斯特拉霍夫，那当然是一位善良而又聪明的人，然而他的批判理解力却比最后一个楚赫族道路守护者还要少。哪里掺和了斯拉夫主义，哪里就没有批判理解力这种好东西。"[2]

对于作家的这种态度转变，斯特拉霍夫看在眼里。在1869年9月的《朝霞》杂志上，他明确指出了这一点："屠格涅夫先生怀疑地看着我们新的进步，看着那个以民族性为号召的倾向。我们对他大发雷霆，似乎不知道他才能的特点。即便虚无主义大行其道时，屠格涅夫也从未臣服于它，相反给它取了名字并作了揭示。现在时代变了，屠格涅夫先生以其惊人的敏感，清楚地看到了我们近年来思想生活中意义最重大的现象就是转向了民族性。"[3] 批评家写于这时期的文章实际上有两篇，名为《捍卫屠格涅夫：致〈朝霞〉编辑部的信》及《再捍卫屠格涅夫：因其作品第一卷出版致〈朝霞〉编辑部》。从题目来说是"捍卫"，实质上不如说是"反对"屠格涅夫。因为在这两篇文章里，斯特拉霍夫虽然为屠格涅夫主题的多变作辩护，但通过辩护（更确切地说是辨析）却阐明了屠格涅夫的创作本质。斯特拉霍夫认为"就本质而言，他总是始终如一；就本质而言，他从未顺从于一切，总是否定性地看着现象本身，后者为他提供了生动敏感的趣味"[4]。因此，没有必要指责屠格涅夫在《烟》里对俄罗斯"民族性"的认识，因为他本身就属于西欧派，长期所受的西方文化熏陶使之不可能对

---

[1] 《屠格涅夫全集》第11卷，张捷等译，河北教育出版社，2000年，第595页。

[2] *И. С.Тургенев* Полное собрание сочинений и писем в 30 томах Письма Том девятый. Июнь 1868-май 1869.Москва.: 1995. С.204.

[3] *Страхов Н.Н.* Критические статьи об И. С.Тургеневе и Л.Н.Толстом(1862-1885) Издание четвертое. Киев. 1901. С.79.

[4] *Страхов Н.Н.* Критические статьи об И. С.Тургеневе и Л.Н.Толстом(1862-1885) Издание четвертое. Киев. 1901. С.79.

俄罗斯产生好感。

因此，批评家的这种所谓"辩护"实际上是与作家划清界限，因为他本人在1862年后思想倾向方面也有了新的变化。斯特拉霍夫历来对俄国激进派运动持反对态度。按他自己的说法："可以说，我对虚无主义常有一种本能的厌恶，从1855年起，当虚无主义开始引人注目地出来发表意见的时候，我便十分愤怒地看着它在文学中表现出来。"[1] 进入1860年代之后，因农奴制改革并不彻底，俄国社会反对情绪日益高涨，车尔尼雪夫斯基及杜勃罗留波夫、皮萨列夫等意见领袖及其推崇的西方思想在俄国青年人中大有市场。这是斯特拉霍夫这样的斯拉夫派批评家所不愿看到的。如果说《父与子》还因为屠格涅夫并不明朗的立场得到批评家支持的话，那么在《烟》当中对俄罗斯文明的批判则是斯特拉霍夫难以忍受的。因为在经历了1863年的波兰事件之后，斯特拉霍夫已经成为了一位彻头彻尾的"斯拉夫主义者"。批评家本人在因波兰事件而起的《致命的问题》一文中对波兰的天主教文明与俄国的东正教文明有深刻的比较。斯特拉霍夫认为俄罗斯文明"不是亚洲的野蛮，而是另一种文明，更坚定顽强的俄罗斯文明"[2]。也许不是巧合，1869年的《朝霞》杂志刊载了丹尼列夫斯基（Н.Я. Данилевский, 1822—1885）的《俄罗斯与欧洲》（Россия и Европа），斯特拉霍夫正是该文的编辑。从斯特拉霍夫对此书的推崇乃至于晚年不惜与索洛维约夫展开论战的情况来看，批评家对俄罗斯文明独特性甚至是优越性的强调是无可置疑的。这一点显然与身为资深西欧派的屠格涅夫形成了冲突。

1887年9月，在《关于屠格涅夫及托尔斯泰的批评文集（1862—1885）》出第二版的时候，斯特拉霍夫在前言里解释了他对屠格涅夫前后

---

[1] 斯特拉霍夫：《回忆费道尔·米哈伊洛维奇·陀思妥耶夫斯基》//《残酷的天才》（上），翁文达译，上海译文出版社，1989年，第356页。

[2] *Страхов Н.Н.* Роковой вопрос // *Страхов Н.Н.* Борьба с Западом. М.: 2010. C.45.

第四章　一位西欧派的没落——斯特拉霍夫论屠格涅夫

态度改变的原因："显然，我在评论《父与子》的时候对屠格涅夫及随之而来的虚无主义做了理想化。我把作者看作是一位真正的诗人；将虚无主义视为真正的思想转折。……然而，屠格涅夫实质上不愿也不能成为我在《父与子》里高度赞扬的那种享有自由与高水平的艺术家。他无可救药地陷入了对进步的崇拜。对他来说，那种进步就是他自幼受教育的文学圈子里所出现的运动。"[1] 批评家对进步的反思、对迷信"进步"的思想者的反思，实际上在1871年就开始了。

第三节 《屠格涅夫的最新作品》及《关于屠格涅夫的追思会》

1870年代，屠格涅夫久居国外，创作渐少，逐渐淡出舆论中心，但斯特拉霍夫仍然密切关注着作家为数不多的中短篇作品及散文诗。但事实上，这个时期屠格涅夫的作品已不再是批评家注意的焦点。相反，斯特拉霍夫更注重从屠格涅夫文学命运的变迁来审视一位西欧派作家思想的成因，通过对西欧派观点的批评建立起斯拉夫派的批评观。发表于1871年的《屠格涅夫的最新作品》一文正是这种思考的体现。

批评家一开始就谈到作家影响力消退的问题。通过立场不明的《父与子》和批判俄国文化的《烟》，屠格涅夫激怒了当时俄国思想界的两大派别，即斯拉夫派和西欧派。问题在于：作家事实上并没有意识到这一点。他在《关于〈父与子〉的回忆》中仍然对自己的遭遇深感委屈。原因何在呢？斯特拉霍夫援引了德国学者施密特（Julian Schmidt, 1818—1886）的观点，后者认为"俄国的青年一代没有理由对《父与子》生气"[2]。因为

---

[1] Страхов Н.Н. Критические статьи об И. С.Тургеневе и Л.Н.Толстом(1862-1885) Издание четвертое. Киев. 1901. С. Ⅹ - Ⅻ .

[2] Там же. С.105.

"我们的虚无主义确实是我们崇拜欧洲的结果,欧洲从中认出了与自己血肉相连的孩子"[1]。

然而在斯特拉霍夫看来,这恰恰就是屠格涅夫的失败之处:"屠格涅夫错了,他试图将欧洲发展的公式运用到我们身上。"[2] 正是在这种情形下,屠格涅夫才通过《烟》对俄国的一切予以强烈的批判。屠格涅夫自称是西欧派,在《回忆录》里一再为西欧派辩护。但所谓的"西欧"又能给予他什么呢?斯特拉霍夫立足于屠格涅夫的诸多作品,认为作家许多作品中的西欧派形象都不佳(如《贵族之家》里的潘辛、《烟》里的波图金),除了批判俄国文化之外,似乎并未提出太多建设性的主张。相反,倒是一些富有俄罗斯特色的女性形象更能给人以正能量。这种人物设置的矛盾实质上体现了作家思想的矛盾,也折射了西欧文化在当时的某种没落。"于是,肤浅的虚无主义和肤浅的叔本华主义就是目前欧洲能给予我们的一切;就是像屠格涅夫那样开明又敏锐的西欧派从欧洲所能效法的一切。"[3] 问题进一步展开了:批评家在这里质疑的已不仅是一位作家思想的贫乏,更指出这种贫乏源自思想的母体——西欧。联系到彼时俄国思想家们对西欧文化的批评,斯特拉霍夫的这一结论也在情理之中。[4]

西欧无法为屠格涅夫提供有意义的思想出路,这就导致了屠格涅夫思想上的虚无主义,甚至是怀疑主义。批评家说:"我们觉得最好把屠格涅夫称为怀疑主义者。"[5] 但需要声明的是:"屠格涅夫首先是艺术家。他的怀疑主义是艺术的怀疑主义,他的否定具有艺术的倾向,即并非涉及

---

[1] *Страхов Н.Н.* Критические статьи об И. С.Тургеневе и Л.Н.Толстом(1862-1885) Издание четвертое. Киев. 1901. С.106.

[2] Там же. С.108.

[3] Там же. С.120.

[4] 比如 Н.Я. 丹尼列夫斯基的《俄国与欧洲》(1869)、Вл. 索洛维约夫的《西方哲学的危机》(1874)等著作都体现出类似倾向。

[5] *Страхов Н.Н.* Критические статьи об И. С.Тургеневе и Л.Н.Толстом(1862-1885) Издание четвертое. Киев. 1901. С.124.

私人因素及临时秩序——涉及了人类整体的心灵结构,涉及对真善美的躲避。"[1] 从虚无主义到西欧派,再到怀疑主义和理想主义,斯特拉霍夫在文章里不断给屠格涅夫贴标签,又不断地予以否定,这种否定之否定的过程实质上也是批评家认识逐渐深化的过程。事实上,传统的屠格涅夫批评历来将其视为一位温和的自由主义作家,或强调他的艺术方面,或强调他的现实方面。如普列汉诺夫就认为:"屠格涅夫是作为一个艺术家,而且几乎只是作为一个艺术家看待生活现象的;甚至在他写最激动人心的题材的地方,他对于美学也比对于'问题'感到更大的兴趣。"[2] 苏联时期的屠格涅夫专家普斯托沃依特(Пустовойт П.Г. 1918—2006)则强调:"屠格涅夫的作品具有迫切的现实意义,他总是异常迅速地抓住新的社会要求和社会思想,他以他那高度艺术性的作品对当时一切激烈的社会的事件做出适时的反应。"[3] 但我们若重新回顾斯特拉霍夫这些被遗忘多年的文字,就会发现对于同样的屠格涅夫创作,不同的批评家完全可以得出背道而驰的结论。坊间流行将屠格涅夫称为"艺术编年史家",这在斯特拉霍夫看来不过是对流行思潮的无原则追捧。在一年前的1870年第1期《朝霞》杂志上,斯特拉霍夫在论及托尔斯泰《战争与和平》时就已顺便提及这一问题。他毫不客气地指出:"屠格涅夫没有自主性,因而也没有任何的独立性;作为对别人观点和情绪的回声,屠格涅夫至今也没能形成超越自己描述现象的观点。在虚无主义盛行的时期,他写了《父与子》,在爱国主义盛行的时期他写了《烟》,那又怎样呢?如果一个人总是被反对流行思潮的需求引导,那么他总是受制于流行,他所说的不是自己,反而是这些

---

[1] *Страхов Н.Н.* Критические статьи об И. С.Тургеневе и Л.Н.Толстом(1862-1885) Издание четвертое. Киев. 1901. C.126.

[2] 普列汉诺夫:《格·伊·乌斯宾斯基》//《普列汉诺夫美学论文集》(1),曹葆华译,人民出版社,第6页。

[3] 普斯托沃依特:《屠格涅夫评传》,韩凌译,人民文学出版社,1959年,第182页。

反对意见借他之口而说。"[1]

如果不考虑斯特拉霍夫后来在书信及回忆录中的相关文字，那么发表于1883年12月1日《罗斯》（Русь）上的《关于屠格涅夫的追思会》可谓是这位批评家对屠格涅夫的盖棺定论了。文章本身并不长，相对于之前的那篇《屠格涅夫的最新作品》，在立论上更进了一步。批评家一开始谈到了屠格涅夫葬礼的情景。由于评论界对作家的评价呈两极分化，因此"就其本身来说留下了最忧郁的印象"[2]。为何会有人对屠格涅夫不满呢？要知道，"屠格涅夫在长达25年里一直是公众的宠儿。25年来，他被视为俄国作家第一人，是普希金、莱蒙托夫和果戈理直接的，也是最有资格的接班人"[3]。对于作家的"失宠"，斯特拉霍夫提出的解释是："就艺术性，即形象的生动性、鲜明性和深刻性来说，屠格涅夫不仅不如托尔斯泰、冈察洛夫或者奥斯特洛夫斯基，也比不过陀思妥耶夫斯基和皮谢姆斯基。屠格涅夫没有真正的艺术（就完整的意义上的创作这个词而言）。"[4]这种评价相对于后世将屠格涅夫视为俄国文学三巨头之一来说，显然是有所贬低了。事实上，斯特拉霍夫在这里谈到的"艺术"，并非指作家的写作技巧，而是指作家自身的创作理念。

斯特拉霍夫进一步指出："他的突出特点并不在于选择目标，而在于如何对待目标。这种对待就是完全的服从，它真诚、自然，并非出于算计或吸引，而是直接源自作家温柔的天性。"[5]批评家在这里重复了他此前的观点：屠格涅夫由于个性问题，始终与俄国知识分子主流保持一致，积极地描写不同时代的"当代英雄"，这一方面固然能引领风气之先，但同

---

[1] Страхов Н.Н. Критические статьи об И. С.Тургеневе и Л.Н.Толстом(1862-1885) Издание четвертое. Киев. 1901. С.305-306.

[2] Там же С.132.

[3] Там же С.133.

[4] Там же С.133.

[5] Там же С.134.

时也在很大程度上丧失了一个作家独立的自我。我们可以在契诃夫的名剧《海鸥》（1896）里找到类似的共鸣。名作家特利果陵的创作似乎贴近社会，而且不无文采。但他的创作是为了满足社会的需要，用他的话说是："……我觉得如果我是一个作家，我就得谈人民，谈他们的苦难，谈他们的未来，谈科学，谈人权，等等，等等，我就样样都谈……"[1]虽然特利果陵总是在写，看似很有责任感，却只是为了迎合社会的要求。当一个作家忽略自己的思想性，或者说知识分子一贯坚持的独立立场，那么这个作家的前途也是堪忧的。这就是为什么别人对他的评价往往是："光是挺可爱，有才气，挺可爱，有才气，别的什么也没有。"[2]在斯特拉霍夫看来，屠格涅夫所呈现出的也正是这么一种状态。不妨插一句，批评家的这一看法实际上跟当时托尔斯泰的认识非常接近。托尔斯泰也曾评价屠格涅夫的《处女地》，结论是"枯燥无味，无法卒读"。并且，托尔斯泰认为："只在一个方面他是高手，那就是对大自然的描写，在他之后，谁要触及这方面都会感到为难。两三笔一勾，便芳香四溢。这样的描写有一两页，也只有这点还确实行。"[3]

然而，屠格涅夫政治观点的多变、对大众口味的迎合不仅仅是出于性格上的软弱，同时也是因为他自幼深受西方教育的影响，批评家称之为"这一教育最纯粹、最完整最真诚的代表。在他身上没有什么原创，没有坚定的连续性，没有深刻的使命，但与此同时却有那么多的机智、教养、品味和艺术才华，以至于它们可与我们受教育阶层的心态和思想生活合而为一"[4]。按照批评家一贯的反西方立场，屠格涅夫的这种西化背景自然使他看不到俄国人民的内在力量，也让他一辈子都没能在心灵上回到俄罗

---

[1] 契诃夫：《海鸥》//《契诃夫文集》，第12卷，汝龙译，上海译文出版社，1997年，第158页。

[2] 同上书。

[3] 苏·阿·罗扎诺娃编：《思想通信——列·尼·托尔斯泰与俄罗斯作家》（上），马肇元等译，文化艺术出版社，1997年，第512页。

[4] Страхов Н.Н. Критические статьи об И. С.Тургеневе и Л.Н.Толстом(1862-1885) Издание четвертое. Киев. 1901. С.137.

斯。屠格涅夫在晚年散文诗里再三歌颂的"俄罗斯语言"就是他"唯一理解的民族精神的表现"。[1] 除此之外，俄罗斯人民日常生活中的宗教等因素，在屠格涅夫的作品里极少得到体现。"他在人际关系上的可爱是纯俄罗斯的。单纯、水晶般明晰的心灵、金子般的心——这显然是善良而温和的屠格涅夫所具备的高于其他一切优点的东西。"[2] 从另一个角度说，也正是因为对俄罗斯力量缺乏了解，屠格涅夫晚年才那么忧郁，在他的笔下俄罗斯成了"一个没有灵魂的、巨大而可怕的躯体，没有发展，只是偶然地汇聚到一起"[3]。因此，斯特拉霍夫最后宣称："不能把屠格涅夫称为表达自己民族精神的作家。……屠格涅夫只是我们文化阶层的歌手而已。"[4] 这个阶层在当时深受西欧文化的影响，已经与民族的根基脱节了。

批评家的这一论断在白银时代的梅列日科夫斯基那里得到了共鸣。1893年，在对比俄国文学三座高峰时，梅列日科夫斯基对屠格涅夫曾有如下论断："屠格涅夫主要是一位艺术家；他的力量，同时也是他的某种局限就在于此。美的享受太容易使他与生活协调了。他窥探大自然心灵的眼光要比窥探人的心灵的眼光更为深刻和敏锐。作为心理学家，他不如托尔斯泰和陀思妥耶夫斯基。可是他对整个世界（人只是其中的一小部分）的生命有那样的理解，人生道路是那样的纯洁，他的言语是那样富于音乐性！当你长期欣赏这种使人平和的诗篇的时候，就会觉得，生命本身仅仅是为了能够享受她的美而存在的。"[5] 梅列日科夫斯基倒没有像斯特拉霍夫那样从西欧派的角度来衡量屠格涅夫创作之优劣，但是屠格涅夫不够深刻，容易满足于生活的享受，说到底与他的个性、与他的西欧派立场有着

---

[1] *Страхов Н.Н.* Критические статьи об И. С.Тургеневе и Л.Н.Толстом(1862-1885) Издание четвертое. Киев. 1901. C.138.

[2] Там же. C.138.

[3] Там же. C.140.

[4] Там же. C.138-139.

[5] 德·梅列日科夫斯基：《陀思妥耶夫斯基》// 索洛维约夫等：《精神领袖：俄国思想家论陀思妥耶夫斯基》，徐振亚等译，上海译文出版社，2009年，第263页。

内在联系。因此从这一点来说，斯特拉霍夫的阐释也颇有预见性。

从 1862—1883 年，斯特拉霍夫与屠格涅夫相识二十余载，为后者写过 6 篇评论文章，其间评价由赞到贬，分歧越来越大，言辞越来越尖刻，此中缘由虽然看似与个人的思想变化有密切联系，但更重要的是折射出了俄国思想界 1860 年代之后的分歧。以赛亚·伯林在《俄国思想家》里把 1840 年代视为俄国知识阶层诞生的时期，这当然没错。但诞生之后是成长，成长之后便是分歧和矛盾。且不说伯林重点分析的四十年代人和六十年代人的斗争，即便在四十年代人中，经历了 1862 年农奴制改革、1863 年波兰事件等种种问题后，他们对于社会进步、俄国出路等这类社会问题所持的观点也大相径庭。斯特拉霍夫与屠格涅夫只是其中两位较有代表性的人物而已。

我们今天去重新翻检斯特拉霍夫的一些旧文字，并非仅仅打算为其正名，赋予其"屠格涅夫批评家"的头衔，更希望试图借助他对屠格涅夫的独特理解，来把握十九世纪中后期俄国作家与批评家渐行渐远的轨迹。正如有俄国学者指出的"屠格涅夫与虚无主义、屠格涅夫与欧洲——这是斯特拉霍夫批评最重要的主题"[1]。事实上，虚无主义源自欧洲，这个主题归根到底就是"俄国与西方"这一命题，这也决定了作家与批评家彼此关系的发展轨迹。到底是像彼得大帝那样全盘西化以求迅速追上西方，还是在"正教、专制、民族性"的基础上走俄国自己的发展道路，斯特拉霍夫和屠格涅夫各有各的抉择。作为他国的研究者，我们可能无法最终判断作家与批评家究竟孰对孰错。但在笔者看来，斯特拉霍夫对西方文化的反思，对本国文化民族性的强调，这一点即便到了今天也还是值得肯定的。

---

[1] *Кокшенева, К. А.* Критические статьи Н.Н. Страхова о творчестве И. С.Тургенева//Культурное наследие России. 2020. № 2(29).-С.28.

第五章　另一位西欧派的回归——斯特拉霍夫论赫尔岑

在尼古拉·斯特拉霍夫整个的文学批评遗产中，关于赫尔岑的评论占据了一个极为突出的位置。批评家晚年的三大卷《俄国文学中与西方的斗争》中的第一卷就以近三分之一的篇幅分析了赫尔岑。然而基于资料及意识形态等原因，国内外学术界对这一问题却甚少关注[1]。从今天来看，斯特拉霍夫与赫尔岑的关系非常值得深思。正如前文所述，斯特拉霍夫的主题是俄国要摆脱西方文化的影响，确立起自身的文化特性。如果说，斯特拉霍夫对托尔斯泰的几篇评论树立了作家俄国文学民族性的体现者地位；那么他对赫尔岑的评价则勾勒了一位资深的对西方的想象破灭的西欧派。这一破一立，不但形成了斯特拉霍夫文学批评中一个重要的主题："俄国文学中与西方的斗争"，同时也体现了斯特拉霍夫对俄国文化独特性的最终认识。

---

[1]　著名陀学家多利宁提及这一问题。参见 *Долинин А. С.* Последние романы Достоевского. М.: Л. 1963. C.226, 334-335. 此后萨拉托夫国立大学教授安东诺娃在她的专著里也有提及，但仅限于斯特拉霍夫对赫尔岑前期小说的评价问题。参见 *Антонова Г.Н.* Герцен и русская критика 50—60-х годов XIX века. Саратов.:, 1989. C.160-169.

第一节　斯特拉霍夫论赫尔岑

1870年1月21日，赫尔岑在巴黎去世。消息传至俄国，却无太多反响，即使有提及者，也多半聚焦于政治活动家赫尔岑。毕竟，作为一位老牌的流亡派，赫尔岑的黄金时代早已过去。在1863年波兰事件之后，赫尔岑及其《警钟》因为支持波兰独立而在俄国民众中声望大跌。赫尔岑在《往事与随想》里回忆说："1863年底，《警钟》的发行量从2500份、2000份，跌到了500份，从此再也没有超过1000份。"[1] 列宁后来论及此事时曾说："赫尔岑挽救了俄国民主派的名誉。"[2] 这话也从反面证实了赫尔岑等人在当时的孤立状况。然而，赫尔岑毕竟是在俄国思想史、文学史上留下重大影响的人物，对于他在1848年革命后的思想转变，此时的俄国仍然有人在默默关注并加以认真研究，斯特拉霍夫便是其中的一位。1870年3、4、12期的《朝霞》杂志很快发表了他的长文《赫尔岑》[3]，全文共分三章，按1887年的单行本版本来看，长达168页，分别题为"赫尔岑的文学作品""对西方丧失信念"以及"与西方思想的斗争·对俄国的信念"。从标题不难看出：在斯特拉霍夫的阐释中，赫尔岑走过了从流亡到回归的道路，即抨击俄国——抨击西方——回归俄国。这个过程，体现了赫尔岑对俄国及西方思想的逐步认识，斯特拉霍夫将其解读为："与欧洲观念的斗争是赫尔岑主要的任务与功绩。"[4]

文章一开篇就指出时人对赫尔岑的诸多误解，即都将其看作是一位

---

[1] 赫尔岑：《往事与随想》（下），项星耀译，人民文学出版社，1998年，第412页。

[2] 列宁：《纪念赫尔岑》// 列宁：《列宁论文学与艺术》，人民文学出版社，1983年，第130页。

[3] 斯特拉霍夫这篇长文最早有两个版本：一是1870年在《朝霞》杂志上发表的名为《赫尔岑》，具有悼文的性质；二是1887年在圣彼得堡出版的三卷本《俄国文学中与西方的斗争》第一卷中名为《赫尔岑的文学活动》。本文引用的是后一版本，为论述方便，文中简称《赫尔岑》。

[4] Страхов Н.Н. Борьба с Западом в Нашей литературе.: Исторические и Критические Очерки. Книжка первая. Киев. 1897. С.122、120.

政治活动家，而忽略了他作为文学家的一面。斯特拉霍夫将赫尔岑身份定位为"文学家与宣传家"，并且"赫尔岑不是简单的宣传家；他首先是文学家，即思想和观点的持有者，对他来说，说出这些思想观点才是主要的使命。宣传家的角色只是部分与其观点相合，大部分与之激烈冲突"[1]。需要指出的是：虽然斯特拉霍夫将赫尔岑首先定义为文学家，但他的关注点却并不在文学方面，而是在他所谓的"思想和观点"上。在这样的前提下，《赫尔岑》的第一章便是批评家对赫尔岑主要文学作品的逐一点评，概括其中蕴含的思想历程，最终得出作者的一个基本认识，即赫尔岑是一位悲观主义者。

批评家从《一个青年人的回忆录》（1840）开始谈起。重点在于介绍小说主人公与波兰人特伦任斯基的关于歌德的不同看法，在这里响起了作者怀疑主义的第一声叹息。特伦任斯基见过两次歌德，这对崇拜歌德的"我"来说显然非同寻常。但事实正好相反：歌德给人留下的是一副不问苍生疾苦、高高在上的印象。正如斯特拉霍夫指出的："故事的意义与赫尔岑的诸多内心渴望一致，是相当多元的。第一，有对权威的否定……第二，有对现实利益、对于诗人和思想家相对立的活生生的人的同情。"[2]在斯特拉霍夫看来，赫尔岑此时已意识到了生活与理论之间的冲突性：如果强调理论至上，那就需要像歌德一样回避生活，如此方能取得理论的纯粹性；反之则必然导致痛苦，因为生活的丰富多彩是任何一种理论都无法涵盖的。正如歌德在《浮士德》里所说："理论全是灰色，敬爱的朋友，生命的金树才是常青。"[3]

在对《谁之罪？》的分析中，斯特拉霍夫进一步指出了赫尔岑创作的主题：生活的偶然性与人性的荒诞。对于上述主题，赫尔岑在《关于一部

---

[1] *Страхов Н.Н.* Борьба с Западом в Нашей литературе.: Исторические и Критические Очерки. Книжка первая. Киев. 1897. С.2.

[2] Там же. С.13.

[3] 歌德：《浮士德》，钱春绮译，上海译文出版社，1999年，第106页。

戏剧》里提出了三种解决方案：一是斯多葛派的形式主义；二是宗教；三是公共利益。斯特拉霍夫最赞赏的是宗教："这个方案显然是最完整的、最清晰的也是最令人满意的。"正如赫尔岑所言："宗教走向另一个世界，尘世的热情可藏匿其中。……宗教是人控制热情的唯一的、自由的宝贵道路。"[1] 宗教使得人的心灵打破了个人的封闭，与永恒世界结合起来。然而，在宗教的永恒世界与个人的心灵世界之间存在着一个现实的社会。个人如何通过社会与永恒联系，这是一个新的问题。这就涉及第三点，即公共利益。将个人与社会福祉相联系，这是启蒙时代以来较有代表性的一种思想观念。然而在赫尔岑这个时代，"周围的一切都遭到批评家质疑的目光。这是过渡时代的病症"[2]。一切都在变动，包括公共利益本身。这就注定了所谓的个人投身于公共利益的方案在当时注定是一种纯理论上的解决方案[3]。可能正出于此，斯特拉霍夫才说："赫尔岑的公式具有过于宽泛的意义因而毫不能概括他个人的思想。"[4]

斯特拉霍夫接下来还分析了《克鲁波夫医生》等作品，但主要观点还是与上文所述一致，即他在论文第一章最后一节"赫尔岑的主要发现"里概括的："我们至此分析的主要是赫尔岑的文学作品，因而在其中体现的是他对生活的总体看法，总体倾向。我们认为我们已经清楚地证明了这一倾向的主要特点是悲观主义。"[5]

第二章"对西方丧失信念"首先谈的是"何为西方"或者说俄国知识分子想象西方的由来。斯特拉霍夫在这里先后评论了斯拉夫派及黑格尔

---

[1] *Страхов Н.Н.* Борьба с Западом в Нашей литературе.: Исторические и Критические Очерки. Книжка первая. Киев. 1897. C.31.

[2] Там же. C.35.

[3] 这就像伏尔泰的《老实人》最后说"种自己的园地要紧"，歌德塑造的浮士德最后在改造自然、填海造田的伟大事业中找到了人生的意义一样，都体现了启蒙方案在理论中的可能性。因为在当时的欧洲环境下，没有园地可以自由耕作，没有海边可以围海造田。

[4] *Страхов Н.Н.* Борьба с Западом в Нашей литературе.: Исторические и Критические Очерки. Книжка первая. Киев. 1897. C.35.

[5] Там же. C.52.

主义的问题，实际上介绍了赫尔岑思想的成长背景。值得一提的是，斯特拉霍夫在这里指出："在所有无休止谈论西方、拜倒于西方的人之中，赫尔岑是一个真正成熟的人，对于西方作出了独立的评价。对于格拉诺夫斯基和别林斯基来说，西方是融合了自己想象的遥远的他者世界；对于赫尔岑来说，西方就是他的祖国，他满怀自信、毫不怯弱地谈论它并生活于其中。"[1] 这就使得赫尔岑的西方想象在当时的俄国知识界更具有真实性和代表性。然而恰恰是这样的祖国在1848年之后给予了赫尔岑重重一击，使他一下子不知所措，这一点在他的《彼岸书》里流露得特别明显："长期以来我们研究了欧洲衰落的机制——在它的所有阶层所有地方都发现了死亡的气息，只有远处偶尔听到预言。我们起初也希望过、相信过，努力地去相信。垂死的斗争如此迅速地改变了一个又一个的特点以至于不能自我欺骗了。生活像黎明前窗户里透出的最后一丝灯光渐渐熄灭了。我们被打败了，被吓坏了。对于死亡的可怕成就，我们袖手旁观。我们在二月革命中看到了什么？完全可以说，两年前我们还年轻，而现在却老了。"[2] 这应该是赫尔岑对自己多年来思想的一个总结，从中不难看出他的悲观乃至绝望心态，而这恰恰是斯特拉霍夫在下文所要揭示的："由此，赫尔岑走向了完全的绝望。他是我们第一个对西方绝望的西方派。"[3] 然而人毕竟还要生存，绝望方能促生希望。正是在绝望的逼迫下，赫尔岑思想有了一个质的转变，即第三章的题目"与西方思想的斗争·对俄国的信念"。

这一章实际上也是斯特拉霍夫论述的重点，因为他要借赫尔岑的选择提出俄国文化的出路问题。因此第一节的题目就是"我们问题中最本质的一个问题"——"我们的精神独特性问题。我们俄罗斯人是什么人？

---

[1] *Страхов Н.Н.* Борьба с Западом в Нашей литературе.: Исторические и Критические Очерки. Книжка первая. Киев. 1897. С.62.

[2] *А.И.Герцен* Полное собрание сочинений в тридцати томах том 16.Москва. 1959., С.116-117.

[3] *Страхов Н.Н.* Борьба с Западом в Нашей литературе.: Исторические и Критические Очерки. Книжка первая. Киев. 1897. С.97.

我们在思想和道德方面是否形成一个独特的民族，能在自己的历史里发现特殊的元素以供创造特殊的文化？或者我们应该保留相同的主张，一切服从欧洲，就像比利时对法国的关系？"[1] 所以，斯特拉霍夫谈的是赫尔岑，真正着眼的是俄国文化独特性的问题。赫尔岑的抉择对这个问题做了最好的回答，用他的话说是："对俄国的信念——在道德崩溃的边缘拯救了我。"[2]

那么，什么是"对俄国的信念"呢？斯特拉霍夫借助赫尔岑的《彼岸书》（1851）做出了解释。首先，斯特拉霍夫指出："在赫尔岑的一生中没有什么事件比这次斗争更重要；在他的作品里，没有哪一本书可与《彼岸书》相提并论。"[3] 其次，"在这本书里，他论述了自己对俄国人民的一些斯拉夫派的观点。他指出了东正教高于天主教，指出了俄国缺乏封建主义却保存了农村村社等方面"[4]。换而言之，"对俄国的信念"体现在东正教的优越性，体现在村社的独特性等方面。对于东正教的问题，赫尔岑谈得比较含糊："我觉得在俄国生活中有一种高于社会、强于国家的东西。这种东西不可言传，更难阐明。我说的是那种内部的、没有完全被意识到的力量。它如此神奇地挽救了金帐汗国和德国官僚桎梏下的俄国人民，他们被东方鞑靼人的鞭子和西方下士的棍棒折磨。这种内部力量保存了俄国农民在农奴制状态下受到侮辱性压迫之后仍具有的完美的开朗的特性，和活跃的头脑。这种力量使得一百年之后俄国社会仍能以普希金这一伟大人物来回应沙皇发布的命令。最后，这是一种活跃在我们心中的力量和信念。"[5]

---

[1] *Страхов Н.Н.* Борьба с Западом в Нашей литературе.: Исторические и Критические Очерки. Книжка первая. Киев. 1897. С.106.

[2] Там же. С.111.

[3] Там же. С.277.

[4] Там же. С.278.

[5] Там же. С.278-279.

虽然文中并没有提到东正教，但结合俄罗斯文化发展的历史，似乎除了东正教也没什么精神力量可以起到如此之大的作用。不妨比较一下东正教哲学家谢·布尔加科夫对东正教心灵的论述："这颗心灵所寻求的神圣性（俄罗斯人民在'神圣的罗斯'这个名称中表达了自己的追求）就是最大的容忍和自我牺牲。……此神圣性中有一种最内在的，同时也是英雄主义的成分：宗教意志和修行的全部力量就在于力图脱掉自己的自然形象，戴上基督的形象。"[1] 同样是受苦受难，同样是创造英雄事迹，两位思想家在这里论述的是同一个对象。虽然东正教没有天主教那样注重外在的仪式，但它所具有的强大精神力量却是俄国人民的力量源泉。东正教这种不可言说的神秘性，一方面构成了它的特色，另一方面也是它高于天主教的优越之处："在诸多宗教类型中，东正教的特点是没有充分的现实性和外部表现，但正因如此，其中基督启示的天上真理最少被歪曲。"[2]

既然意识到了对俄国的信念的特殊（或者说优越）之处，那么俄罗斯该往何处去；俄罗斯文化的特殊性在哪里？答案也就呼之欲出了。在1854年2月所写的《旧世界与俄罗斯》一文中，赫尔岑提出："自然产生了一个问题——俄国是否应该重复欧洲发展的一切阶段？或者它应该走一条不同的革命道路？我坚决反对重复欧洲人的老路。……人民不需要重新开始这种痛苦的努力，他们为什么要为那些我们遇到的、只能是引起其他问题和激起其他渴望而无法彻底解决的问题而流血呢？"[3] 赫尔岑的结论是回到俄国本身，走一条有俄国特色的政治、文化建设之路，就像别尔嘉耶夫在多年后所说的赫尔岑"越出了西方主义的营垒而捍卫了俄罗斯的特殊道路"[4]。这一点，正是斯特拉霍夫写作该文之用意。

---

[1] 布尔加科夫：《东正教教会学说概要》，徐凤林译，商务印书馆，2001年，第188页。

[2] 别尔嘉耶夫：《东正教的真理》，转引自布尔加科夫：《东正教教会学说概要》，徐凤林译，商务印书馆，2001年第4页。

[3] Герцен А.И. Полное собрание сочинений в тридцати томах том 16.Москва. 1959., С.186.

[4] Бердяев Н.А. Русская идея.Париж.YMCA-Press. 1971. С.66.

第二节　赫尔岑与虚无主义者的出路

在赫尔岑去世之后，为了防止激进派刊物借机宣传赫尔岑，引起社会思想混乱，彼得堡书刊检查委员会急匆匆出台了通知："对于有关赫尔岑去世消息的文章，委员会若在书刊检查出版物中发现有同情赫尔岑这一公认的国家罪人的内容，当认为完全不宜出版。委员会只允许文章谈到赫尔岑去世这一事实及他在俄国出版过的著作。"[1] 这一通知使得当时对赫尔岑的评论文章多半停留在对他政治活动的批判上。斯特拉霍夫的长文却别具一格，跳出了政治论争的束缚，不仅打破规定提到了赫尔岑在国外出版的各种著作，而且还不厌其烦地解读他的思想。其用意一方面在于通过赫尔岑的历程展示俄国应该走的发展道路，另一方面也隐藏着斯特拉霍夫对虚无主义问题的深刻思考。从破灭到回归，这是一个问题的两个方面。虚无主义的破灭就必然为回归俄国、立足俄国土壤创造条件。赫尔岑是虚无主义的典型代表，解读他的思想历程，就等于是剖析了虚无主义从诞生到破灭的全过程。事实上，斯特拉霍夫对虚无主义这一问题的关注由来已久。

在题为《我们文学的贫困》（1868）的系列文章中，斯特拉霍夫以专节论述了"虚无主义。它产生的原因及力量"。他首先指出虚无主义与生活的对立："虚无主义者：既否定俄国生活，同时也否定欧洲生活。"在接下来的分析中，斯特拉霍夫逐步对虚无主义追根溯源："虚无主义首先是某种西欧主义。""其次，虚无主义不是别的，正是极端的西欧主义，即彻底发展并达到顶点的西欧主义。"以上是就来源而言。再次，"虚无主义是对一切已形成的生活方式的否定"[2]。相应的，在斯特拉霍夫看来，

---

[1] 转引自 *Пекарь М.К.* Отклики русской печати на смерти А.И.Герцена//Общественная мысль в России 19 в. Л.: 1986. С.110.

[2] *Н.Н. Страхов.* Бедность нашей литературы. критический и исторический очерк. СПб. 1868. С.45-54.

赫尔岑的虚无主义就是这种极端崇拜西欧导致的后果，是"纯粹的虚无主义"，"否定、完全纯粹的虚无主义构成了赫尔岑直至生命最后一息的思想倾向"[1]。多年之后，津科夫斯基对斯特拉霍夫的这一判断做了总结："在斯特拉霍夫非常详细并带着爱戴之情加以叙述的赫尔岑身上，他已经看到了虚无主义的表达，他认为赫尔岑的精神之路就是虚无主义的两个阶段：'首先是否定自己，然后是否定他人：这也是现代的虚无主义'；赫尔岑的虚无主义与'流行的虚无主义'有着显著的不同，——我们在赫尔岑的虚无主义中看到了虚无主义最重要和最崇高的形式。"[2] 不难发现，津科夫斯基在这里所谓的"虚无主义最重要和最崇高的形式"显然就是指斯特拉霍夫所说的"否定、完全纯粹的虚无主义"。

应该说，斯特拉霍夫对虚无主义及赫尔岑西方想象的把握极为准确，但就像医生治病一样，仅仅把握病情是不够的，还需要提出治疗方案。这就涉及批评家与宗教的问题。

学术界对于斯特拉霍夫与宗教这一问题历来众说纷纭[3]。考虑到他的自然科学出身及浓重的黑格尔哲学信徒色彩，有些学者认为斯特拉霍夫并非虔诚的东正教教徒，最多是个"宗教怀疑论者"。根据俄国文化活动家乌赫托姆斯基公爵（Князь Э.Э. Ухтомский, 1861—1921）回忆："他从未听斯特拉霍夫提过一个字的宗教，他觉得后者更像是'伏尔泰主义者''十八世纪的思想家'。"[4] 但实际上，作为一位从小在教会学堂长大的人，斯特拉霍夫骨子里的宗教情结是根深蒂固的。1886年8月，他在写给托尔斯泰的信里坦言："要是我能最后再写一本关于如何寻找上帝、想

---

[1] *Страхов Н.Н.* Борьба с Западом в Нашей литературе.: Исторические и Критические Очерки. Книжка первая. Киев. 1897. С.142.

[2] 津科夫斯基：《俄国思想家与欧洲》，徐文静译，上海三联书店，2016年，第149页。

[3] 关于斯特拉霍夫与宗教的问题，可参考当代俄国学者法捷耶夫的文章：*Фатеев В.А.* Религиозные воззрение Н.Н. Страхова. //*С.М. Климова* и др. Н.Н. Страхов в диалогах с современниками. Философия как культура понимания. - СПб.; 2010.

[4] *Лукьянов С.М.* Запись бесед с Э.Э. Ухтомским//Российский Архив. М. 1992. Вып. II–III. С.398.

方设法颂扬上帝、竭尽所能去认识上帝的书，那我就心满意足了。"[1] 另外一个更直接的证据是：1890 年，斯特拉霍夫的学生、思想家罗赞诺夫曾直接问前者："我在文章里将您的思想、学术和文学探索的中心定义为宗教性的，对吗？"斯特拉霍夫的回答是："我不知道您如何写我的宗教性，但当然您是对的，因为一切严肃的探索最终都会走向宗教。"[2] 正如罗赞诺夫后来总结的：斯特拉霍夫作品是以东正教为中心的，"只不过他是一位哲学家—观察者，不但害怕对信仰问题做出绝对的结论，而且害怕做直接的详尽揭示的结论"[3]。罗赞诺夫的说法自然不是定论，也大有讨论的空间。但若考察斯特拉霍夫的著述，我们不难发现批评家与宗教关系极为密切，这种关系自然也体现在他的文章里。

就以上述关于赫尔岑的文章为例，斯特拉霍夫对赫尔岑所提及的以宗教来解决生活偶然性和人生荒诞性问题颇为推崇，以至于他在文中还特地插入了对托尔斯泰《战争与和平》中的士兵普拉东·卡拉塔耶夫形象的论述，认为"他代表了对赫尔岑为之痛苦的那个任务的生动的解决"[4]。斯特拉霍夫后来专门指出："涉及士兵卡拉塔耶夫的少许章节在整个故事的内部联系上有着极为重要的意义，几乎盖过了我们描写平民百姓内心生活和日常生活的所有文学作品。"[5] 原因就在于卡拉塔耶夫是富有东正教色彩的俄罗斯精神化身。托尔斯泰描写他总是把"农民"这个词说成"基督徒"这种小小的暗示之外，更重要的是卡拉塔耶夫所体现的"聚合性"

---

[1] *Л.Н.Толстой-Н.Н. Страхов:* Полное собрание переписки в двух томах. том.2. Slavic Research Group at the University of Ottawa and State L.N.Tolstoy Museum, Moscow, 2003. C.712.

[2] *Розанов В.В.* Литературные изгнанники. Н.Н. Страхов. К.Н. Леонтьев. М.: 2001. C.60.

[3] Там же. C.117. 罗赞诺夫后来还多次提及这个问题："正如我所说，他对宗教的态度是饱满的，但不是鲜明的，不是强烈的；信仰的形式是完整的，不是破碎的，但其中有一种平淡，就像饱满的面容在微弱透出的底片上显得平淡。"СМ: Розанов В.В. Н.Н. Страхов//*Розанов В.В.*Легенда о Великом инквизиторе Ф. М. Достоевского.Лит.очерки.О писательстве и писателях. М.: 1996. C.356.

[4] *Страхов Н.Н.* Борьба с Западом в Нашей литературе.: Исторические и Критические Очерки. Книжка первая. Киев.: 1897. C.34.

[5] *Страхов Н.Н.* Критические статьи об И. С.Тургеневе и Л.Н.Толстом(1862-1885) Издание четвертое. Киев.: 1901. C.270.

（Соборность）因素："照他看来，他的生活作为个别现象，就没有意义。他只有作为他经常感觉到的那种整体的一部分，才有意义。他的语言和动作从他身上流出来，正像香味从花上分泌出来那样均匀、必然和直接。"[1]聚合性因素强调保持个性的基础上达到同一。个人的生活如果不跟集体结合在一起就没有意义。在著名思想家霍米雅科夫（Хомяков А.С. 1804—1860）看来，"这种结合是建立在爱上帝及其真理、爱上帝者之间互爱基础之上的，在天主教那里只有统一而无自由；而在新教那里只有自由而无统一，在这些宗教信仰中实现的仅是外在统一和外在的自由"[2]。在小说里，卡拉塔耶夫正是这样一位既爱上帝和真理，又爱同伴的聚合性精神化身。

卡拉塔耶夫在别人的眼里只是一个最最普通的士兵，唯独对于皮埃尔却有着超乎寻常的意义，皮埃尔身上有着赫尔岑般的绝望。这种绝望只有在与卡拉塔耶夫那种知天应命、与世无争的精神和谐对照下才显得有意义。因此，正是在卡拉塔耶夫的影响下，皮埃尔"觉得，原先那个被破坏了的世界，现在又以新的美，在新的不可动摇的基础上，在他的灵魂中活动起来"[3]。这样的回归，难道不是虚无主义者西方梦碎之后的最好结果吗？

斯特拉霍夫对卡拉塔耶夫这一形象的认识，实质上体现了他和托尔斯泰在宗教方面某些比较相近的认识。正如那位波兰研究者拉扎利指出的："然而，不管何种程度上，抛弃教会教条都没有使托尔斯泰或斯特拉霍夫拒绝那样的信仰。两位思想家都在寻找自己的上帝之路。托尔斯泰的无政府主义和斯特拉霍夫的根基派理性主义如果不是说宗教性的，那或多或少也是与宗教有关的世界观。"[4]

---

[1]《列夫·托尔斯泰文集》第8卷：《战争与和平》，刘辽逸译，人民文学出版社，2000年，第1279页。
[2] 洛斯基：《俄国哲学史》，贾泽林等译，浙江人民出版社，1999年，第31页。
[3]《列夫·托尔斯泰文集》第8卷：《战争与和平》，刘辽逸译，人民文学出版社，2000年，第1276页。
[4] *Анджей де Лазари* В кругу Феодра Достоевского: почвенничество.Москва.: 2004. C.130.

第三节 《赫尔岑》的影响

根据档案记录,《赫尔岑》一度令当时圣彼得堡的书刊检查官陷入进退两难的境地。因为就文章所涉及内容而言,该文违禁之处甚多,不但对赫尔岑没有大加批判,而且还引用了大量赫尔岑在海外发表的文字。但从另一方面来看,《赫尔岑》最终目的并非为逝者做宣传。该文最终经国家出版事务主管委员会委员叶列涅夫(Еленев Ф.П. 1827—1902)及福克斯(Фукс В.Я. 1829—1891)一致肯定后才予以通过。应该说,两人看到了斯特拉霍夫文章的意义,比如叶列涅夫就指出:"文章目的是要证明赫尔岑在自己文学政治生涯的最后对民主的革命的欧洲表示失望,他坚信俄国生活中的民族因素……尽管这一观点与赫尔岑整个活动明显矛盾因而并不准确,但这篇文章政治倾向并非有害……所引用的赫尔岑著作只是证明文章作者的预设观点……"[1] 有鉴于如此判断,文章在发表后并未受到官方的打击。但应当指出,在《赫尔岑》发表之后的很长一段时间里,评论界的关注焦点却并未落在"与西方斗争"这一核心观点上。

对于文章首先做出反响的是侨居国外的陀思妥耶夫斯基。1870年3月24日,陀思妥耶夫斯基致斯特拉霍夫的信中提及了后者关于赫尔岑的文章:"我极其满意地读完了《朝霞》第3期,迫不及待地等待着读您的文章的续篇,以便全部理解其中所谈的东西。我预感到,您主要是想把赫尔岑表现为一个西欧派,并在与俄罗斯相对比中谈谈西方,是吗?您极其成功地展示了赫尔岑的主要观点——悲观主义。"[2] 陀思妥耶夫斯基抓住了《赫尔岑》一文的关键之处,即一个西欧派与俄罗斯的关系。但是,陀思妥耶夫斯基并非完全支持斯特拉霍夫的观点。在同一封信中,他提出了

---

[1] 转引自 *Пекарь М.К.* Отклики русской печати на смерти А.И.Герцена//Общественная мысль в России 19 в. Л.: 1986. C.119.

[2] 陈燊主编:《费·陀思妥耶夫斯基全集》第22卷,河北教育出版社,2010年,第720—721页。

以下问题:"顺便说说(虽然这并不包含在您的文章的题目之中),在判断和确定赫尔岑的全部活动的主要实质上是否还存在着另一种观点,即认为他时时处处主要是一个诗人。"[1] 然而斯特拉霍夫在文章中提到,他写作的目的是"恢复赫尔岑文学活动的意义"[2]。换而言之,他要指出文学活动背后的意义,即赫尔岑与西方斗争的意义。这一点,恐怕是陀思妥耶夫斯基没有想到的。因为他更多地侧重于赫尔岑与本国"土壤"的脱节:"历史仿佛注定要通过赫尔岑这个最鲜明的人物类型表明我们的有教养阶层中的大多数人与人民之间的这种裂痕。"[3] 尽管存在着上述分歧,陀思妥耶夫斯基仍然表示"极其满意",甚至在《少年》中塑造了一个赫尔岑式的人物以示回应。[4]

可能因为陀思妥耶夫斯基及诸多朋友的表扬,斯特拉霍夫本人对这篇文章也颇为自得,以至于他主动向托尔斯泰推荐:"关于赫尔岑的文章以其理解的深刻性令那些熟知赫尔岑并爱着他的人大为惊讶……"[5] 较之于陀思妥耶夫斯基,托尔斯泰倒是强调了赫尔岑与西方的斗争问题,因而更贴近斯特拉霍夫的原意。1888年,托尔斯泰在致切尔特科夫的信里提到赫尔岑,其看法明显带有斯特拉霍夫的影响:"我在读赫尔岑,非常愉快但也痛心地看到他的作品被禁止出版。第一,作为一位文学家,他即使不高于,也相当于我们的一流作家;第二,假如他的作品从五十年代起就成为年青一代思想中不可分割的部分,那我们就不会有什么革命虚无主义者了。证明革命理论的毫无根据,只要阅读赫尔岑就行了,就像一切的暴力

---

[1] 陈燊主编:《费·陀思妥耶夫斯基全集》第22卷,河北教育出版社,2010年,第721页。

[2] *Страхов Н.Н.* Борьба с Западом в Нашей литературе.: Исторические и Критические Очерки. Книжка первая. Киев. 1897. C.54.

[3] 陈燊主编:《费·陀思妥耶夫斯基全集》第19卷,河北教育出版社,2010年,第8页。

[4] 有关《少年》中维尔希洛夫与赫尔岑的对应关系,参见 *Долинин А. С.* Последние романы Достоевского. М.: Л. 1963. C.104-112. 以及 *Кантор В.* Трагические герои Достоевского в контексте русской судьбы (Роман «Подросток») // Вопросы Литературы 2008-г. № 6.

[5] *Л.Н.Толстой-Н.Н. Страхов:* Полное собрание переписки в двух томах. том.1. Slavic Research Group at the University of Ottawa and State L.N.Tolstoy Museum, Moscow, 2003. C.134.

只需用暴力的目的来否定罢了。"[1]赫尔岑是俄国社会应对西方革命理论的解药,这种理解跟斯特拉霍夫在文章中提出的观点如出一辙。什克洛夫斯基在他为托尔斯泰写的传记里看到了这一点:"根据托尔斯泰的意见,赫尔岑之所以重要,是因为他是一个同'西欧革命理论'斗争的人。这是托尔斯泰的一种解释:他想把赫尔岑变成他的同路人。"[2]可以大胆推测一下,假如什克洛夫斯基能看到《赫尔岑》,他就会认识到这一观点的首创权恐怕要归属于斯特拉霍夫,而非托尔斯泰。

二十世纪初,赫尔岑研究者们极少提及斯特拉霍夫的这篇长文。1922年,多利宁写了《陀思妥耶夫斯基与赫尔岑》,其中涉及斯特拉霍夫对赫尔岑的评价,但也寥寥数语一带而过。其余赫尔岑研究者们即便偶尔提及,也都认为斯特拉霍夫过于夸大了赫尔岑的悲观主义情绪[3]。因为按照列宁的基调,尽管赫尔岑有诸多不足,但毕竟是属于"十九世纪前半期贵族地主革命家那一代的人物"[4],完全将其归结为"悲观主义"显然不利于塑造赫尔岑的革命家形象。除此之外,马克思主义也是来自西欧的理论,借助于传统的东正教思想高喊与之斗争岂不是彻头彻尾的反动分子吗?不过,远在大洋彼岸的琳达·格斯坦因倒是指出了斯特拉霍夫这篇文章的独到之处。在文初提及的那本传记里,格斯坦因除了指出"对俄罗斯人来说,赫尔岑是'与西方斗争'的完美典范"之外,还认为"斯特拉霍夫是第一位看到赫尔岑身上斯拉夫主义一面的人"[5]。除此之外,还有老一辈的学者图尼曼诺夫(Туниманов В.А. 1937—2006)对《赫尔岑》说了几句公道话:"斯特拉霍夫的这部著作属于批评家最有才气最鲜明的著作。

---

[1] *Толстой Л.Н.* Полное собрание сочинений: в 90 т. М.; Л. 1928–1959.Т. 86. С.121—122.
[2] 什克洛夫斯基:《列夫·托尔斯泰传》,安国梁等译,海燕出版社,2005年,第583页。
[3] 有苏联研究者认为:"赫尔岑的悲观言论在斯特拉霍夫的论述中显得过多了,并转变为他思想的主要特点。"参见 *М.И. Гиллельсон, Е.Н. Дрыжакова, М.К. Перкаль.* А.И. Герцен. Семинарий. М.-Л. 1965. С.86.
[4] 列宁:《列宁论文学与艺术》,中国社会科学院文学研究所文艺理论研究室编,人民文学出版社,1983年,第125页。
[5] Linda Gerstein: *Nikolai Strakhov*. Harvard University Press. 1971.p.128.

斯特拉霍夫完全有权力为他关于赫尔岑的文章及同时代人对此的反响而骄傲……"[1]不过图尼曼诺夫也是在1987年才作此结论了。

进入二十一世纪之后，俄国社会保守主义思潮再度兴起，斯特拉霍夫以其鲜明的反西方立场进入了读者的视野。2003年，哲学家伊里因在强调理解俄罗斯的时候就提到了斯特拉霍夫对赫尔岑的这一阐释并做了详细的论述："斯特拉霍夫以赫尔岑开启了与西方'斗争'的第一部分。他对赫尔岑创作命运的详细研究，无疑是关于这位俄国最伟大'西欧派'一切著述中的最佳作品。这位西欧派最终完成了反对西方的'愤怒之举'，并在对俄国的信仰中找到了自己唯一的依靠，但他不能通过理解俄罗斯来确认这份信仰，直到生命最终也只能借助于'于他而言完全陌生的、完全二手的思想'。在斯特拉霍夫看来，没有与理解相联系的信仰就构成了亚历山大·赫尔岑的悲剧。"[2]从乏人问津到"最佳作品"，这说明《赫尔岑》在当今俄国学术界的影响力提升。法捷耶夫高度评价了斯特拉霍夫这书在赫尔岑研究中的意义："大多数人论及他的《俄国文学中与西方的斗争》时都认为这本哲学政论著作从一个不同寻常的侧面描绘了赫尔岑的性格，同时又是如此令人信服，以至于后来所有关于赫尔岑的著作都提到了斯特拉霍夫，甚至借用了他的观点。"[3]另外一个相关的例子就是2010年由俄罗斯文明学院出版的文集即以《与西方的斗争》为名，同样以《赫尔岑》一文为主干，这充分体现了俄国思想界对斯特拉霍夫这篇文章的认可。

正如本章开篇所说，斯特拉霍夫以赫尔岑为典型，试图论述的是一位资深西方派想象西方的破灭。因为是"破灭"，所以《赫尔岑》一文事实上并未提出太多建设性的结论。对于斯特拉霍夫而言，赫尔岑的思想转向

---

[1] *Туниманов В.А.* «Вольное слово» А.И.Герцена и русская литературная мысль XIX века//Русская литература. 1987. № 1. С.104.

[2] *Ильин Н.П.* Понять Россию.(Н.Н. Страхов)//Российский консерватизм в литературе и общественной мысли ⅩⅨ века. М.: ИМЛИ РАН, 2003. С.20.

[3] *Фатеев В.А.* Н. Н. Страхов. Личность. Творчество. Эпоха.. СПб.: Издательство «Пушкинский Дом», 2021. С.565.

只是一个引子，文章重点在于指出赫尔岑对西方想象的形成过程、原因以及最终的破灭。至于转向之后如何，斯特拉霍夫在这里只是简单涉及，并未做进一步的论述。二十世纪的宗教哲学家瓦·津科夫斯基看到了这一点："斯特拉霍夫毕竟只处于通向这一目标的中途，他初次在'根基性'里迸发的神秘主义已与理性主义的残余共存了。"[1] 这种论述的不完整性，或者说开放性，实际上也构成了斯特拉霍夫一贯的文学批评风格，恰如罗赞诺夫所指出的："'简论''概要'或者如他两次用来命名自己文章的'正确提出问题的尝试'——这是用以表达其思想最常见也是最方便的形式。"[2]

从今天的角度来看，斯特拉霍夫对赫尔岑的转向可能存在着某些"过度阐释"的地方：比如对于东正教的理解、对于斯拉夫派思想的认同，有些并不符合赫尔岑本人在《往事与随想》中的表述。但问题显然不仅仅在斯特拉霍夫身上。要知道，赫尔岑本人就是一个相当矛盾的人，在不同时期对某些问题的矛盾性表述，既可以看作是思想家复杂个性的体现，也可以被视为他本人思想的不断自我否定和发展。1852年，赫尔岑在给好友赖赫尔（Рейхель М.К. 1823—1916）的信里坦言："是的，我终生都保持着那种运动着的、革命的天性，'始终在运动'（原文为拉丁文），就像我在报上说的。这种痛苦的、流浪的因素将我从悲剧和可怕的事件中拯救出来了。"[3] 赫尔岑受1848年革命失败的影响，对西欧失去信心转而寄希望于俄国的村社，这是不争的史实。对这一历史事件最权威的解释是："一八四八年以后，赫尔岑的精神破产，他的深厚的怀疑论和悲观论，表明资产阶级的社会主义幻想的破产。……当他在六十年代看见了革命的人民时，他就无畏地站到革命民主派方面来反对自由主义了。"[4] 从这个角

---

[1] Зеньковский В.В. История русской философии. М.: Академический проект, Раритет, 2001. С.395.

[2] Розанов В.В. Литературные Изгнанники: Воспоминания.Письма. М.: Аграф. 2000., С.12-13.

[3] .Герцен А.И. Полное собрание сочинений в тридцати томах том 24.Москва. 1961. С.374-375.

[4] 列宁：《纪念赫尔岑》// 列宁：《列宁论文学与艺术》，人民文学出版社，1983年，第126、131页。

度看，斯特拉霍夫攻其一点，不及其余，主要强调赫尔岑晚年思想转向中的俄国性（更确切地说，东正教因素），实际上是把握了他一生思想的核心部分，可谓极具思想前瞻性。这即便有些片面，但也属于深刻的片面性。有关这一点，二十世纪的谢·布尔加科夫、津科夫斯基等思想大家都对此予以承认："……赫尔岑终其一生实质上都是一个宗教思想家，因为对宗教设定而言（且仅针对它而言），理论和价值因素在理解存在时以内在不可分割性为特点，因此在研究赫尔岑时应当从分析他的宗教意识和宗教观念出发，重构他的思想。"[1]

最后，虽然在斯特拉霍夫的思想探索生涯中，《赫尔岑》只是他反思俄国民族文化特性的阶段成果之一，但在今天看来，如何破除对西方文化的盲目崇拜，在本国的土壤上建设有民族特色的文化，这种思路对崛起中的中国来说同样富有现实参考意义。

---

[1] *Зеньковский В.В.* История русской философии. М.: Академический проект, Раритет, 2001. С.274.

第六章　论斯特拉霍夫对陀思妥耶夫斯基的阐释

严格说来,"陀思妥耶夫斯基与斯特拉霍夫"这个话题在陀学界并不新鲜。早在二十世纪三十年代,就有奇热夫斯基（Д.И. Чижевский, 1894—1977）在《黑格尔在俄国》（巴黎,1939）一书中以专章论述,将斯特拉霍夫称为陀思妥耶夫斯基的"长期的哲学信息员"[1]（долго был философским информатором）。在此后苏联的陀学权威多利宁也写过名为《陀思妥耶夫斯基与斯特拉霍夫》（1940）的文章,对两者之间的关系做了一番并非公正的梳理。此外,还有二十世纪七十年代的"文学遗产"丛书第83卷里有罗森布柳姆（Розенблюм Л. М. 1939—2011）的文章《陀思妥耶夫斯基的创作日记》,其中也对两者之间的关系进行了梳理。考虑到苏联官方意识形态对陀思妥耶夫斯基的冷处理[2],无论是在巴黎的奇热夫斯基,还是莫斯科的多利宁、罗森布柳姆,他们的著述在发表之后,基本上没有什么回应。其中原因,既有技术层面（斯特拉霍夫的著作在苏联极少出版）,也有思想层面（斯特拉霍夫在苏联时期长期被视为思想上的保

---

[1] Чижевский Д.И. Гегель в России. Санкт-Петербург.: «Наука». 2007. С.302.
[2] 有关这一问题,参见 Marc Slonim. *Dostoevsky under the Soviets. Russian Review*, Vol.10, № .2 (Apr. 1951) pp.118-130.

守主义者），甚至还有情感方面（斯特拉霍夫在作家去世后曾对陀氏有许多攻击之词）。

从今天来看，上述两位对这一问题的思考，主要集中在作家与批评家的关系层面。比如说，多利宁的长文就以斯特拉霍夫回忆陀思妥耶夫斯基为基础，逐步分析，揭示出他认为的其中谬误之处，字里行间对斯特拉霍夫也充满了批判，但对斯特拉霍夫有关陀思妥耶夫斯基的论述文字却不置一词。这种态度直接影响到了后来留利科夫（Рюриков Б.С., 1909—1969）编写《同时代人回忆陀思妥耶夫斯基》时的态度。后者在序言里就指出："陀思妥耶夫斯基去世后不久出版了《费·米·陀思妥耶夫斯基笔记本中的札记、书信和传记材料摘录》一书，书中收了奥·米勒和尼·斯特拉霍夫的文章。这两篇文章是为陀思妥耶夫斯基作传记的最初尝试。这是怀着多么大的成见，粗暴地进行歪曲的'尝试'！"[1]

继而在收录的斯特拉霍夫回忆录编者按里，留利科夫进一步指出："因此，为了判明真相，倒是极有必要尽可能小心谨慎地去研究斯特拉霍夫所说的那些事实，必须从可靠性的观点出发来分清事实，尤其是与陀思妥耶夫斯基的社会政治信仰有关的事实。问题与其说是在于事实本身，倒不如说是在于带着一定的目的对事实作与众不同的解释。这尤其是指斯特拉霍夫回忆录的头几章——关于陀思妥耶夫斯基的杂志的历史。"[2]

事实上，回忆录已是作家身后之事，斯特拉霍夫之所以得到作家认同并引为知己，跟他对陀氏作品的深刻把握和精妙阐释是分不开的。任何批评家忽略了这一点，便会造成他对斯特拉霍夫评论的片面化。由于目前科学院版的斯特拉霍夫全集正在整理之中，仅就笔者资料所及，除了众所皆知的《陀思妥耶夫斯基的传记、书信和记事札记》（圣彼得堡，1883）之

---

[1] 留利科夫：《陀思妥耶夫斯基与同时代人》// 阿·谢·多利宁编：《同时代人回忆陀思妥耶夫斯基》，翁文达译，广西师范大学出版社，2014年，第26页。

[2] 尼·尼·斯特拉霍夫：《回忆费·米·陀思妥耶夫斯基》// 阿·谢·多利宁编：《同时代人回忆陀思妥耶夫斯基》，翁文达译，广西师范大学出版社，2014年，第258页。

外，斯特拉霍夫关于作家的主要评论是发表于《祖国纪事》长达二十多页的《陀思妥耶夫斯基：罪与罚》（1867年第3、4期），以及苏联科学院俄国文学研究所出版的历史档案刊物《六十年代：关于文学史与社会运动的材料》（Шестидесятые годы - Материалы по истории литературы и общественному движению, 1940）中所收入的斯特拉霍夫致陀思妥耶夫斯基的书信。除此之外，剩下的就是批评家在跟托尔斯泰、罗赞诺夫等人的书信中零散讨论陀思妥耶夫斯基的篇章。本章的论述即以此为基础，结合其他材料加以展开。

第一节　关于《罪与罚》的评论

《罪与罚》从1866年1月开始刊登在《俄国导报》上，直到1867年2月才连载结束。小说自刊登之日起，就引起了俄国批评界的热烈反响，批评与赞扬的都不在少数。热烈的反响说明小说本身价值之所在。描写"当代英雄"历来是十九世纪俄罗斯文学的一个使命。正如弗里德连杰尔指出的："从普希金时代开始，在俄国文学中有两个初初看来极端对立而实际上相互联系、相互补充的主题密切地交织在一起：捍卫个人权利的主题和批判地分析、揭露资产阶级个人主义哲学和道德（'只为自己'追求自由的人的道德）的主题。"[1]从最早的普希金笔下的叶甫盖尼·奥涅金，到后来屠格涅夫作品中的各类"新人"，虽然粗看不是一回事，但实际上彼此之间存在着内在联系，都是属于引领时代潮流的英雄人物。小说主人公拉斯科尔尼科夫作为一位走上犯罪道路的年轻大学生，他的特殊遭遇和非凡思想必然会引起评论界的极大关注。

《呼声报》（Голос）在小说刊登十多天后就发表评论，指出：《罪与

---

[1] 弗里德连杰尔：《陀思妥耶夫斯基的现实主义》，陆人豪译，安徽文艺出版社，1994年，第109页。

罚》"将成为《死屋手记》作者的一部力作。……作者以令人震撼的真实、精确的细节来讲述作为小说基础的可怕犯罪,以至于您不由体验到这个戏剧的波折及其一切心理动机,感受到从犯罪想法的最初萌芽到最终发展在其心灵中的细微的曲折变化"[1]。这类批评主要还是集中在作品的艺术性方面来谈,强调《罪与罚》本身的戏剧性以及心理描写特色,类似的看法在后来一些研究者的著述中也得到了某些回应。如卢那察尔斯基就指出:"他所有的中篇和长篇小说,都是一道倾泻他的亲身感受的火热的河流。这是他的灵魂奥秘的连续的对白。这是披肝沥胆的热烈渴望。"[2] 这里的"火热的河流""披肝沥胆的热烈渴望"都说明了陀思妥耶夫斯基的创作(包括《罪与罚》在内)给人带来的心理震撼力。

然而心理描写毕竟只是艺术手段,归根到底是为了小说的主题服务。小说的主题是什么? 当时的评论界也有提及。1867 年 3 月 1 日的《现代人》发表了叶利赛耶夫(Елисеев Г.З.1821—1891)的批判性文章,指出小说的主题在于诽谤当代年轻人。叶利赛耶夫是从自然派小说家的艺术性谈起的,认为他们的文学作品需要反映生活的真实一面,但陀思妥耶夫斯基显然违背了这个规则。叶利赛耶夫在文章里质问作者:"什么时候有过大学生图财害命的事情? 即便有过,这又如何证明所有大学生都有这样的情绪呢?"又及:"拉斯科尔尼科夫并非典型,而是一个孤立的、特殊的,甚至根本不存在的现象。"[3] 此外,皮萨列夫的文章《为生活而斗争》(1867)也从"现实的批评"的角度(即作者在文章开头就声明的不问作家个人信仰、倾向,只看作品进行分析的方法)分析了拉斯科尔尼科夫的悲剧之形成:"谁要不能吃穿得像个人,他就不应该有人一样的思想和感情。不然的话,他如果以行动赢取人的思想和感情,这行动必然造成个人

---

[1] Летопись жизни и творчества Ф. М.Достоевского. том.2. 1865-1874. Санкт-Петербург:, 1999. C.56.

[2] 卢那察尔斯基:《论文学》,蒋路译,人民文学出版社,1978 年,第 213 页。

[3] Елисеев Г.З. О романе «Преступление и наказание»//Критика 60-х годов XIX века. M.: 2003. C.353.

与社会之间的冲突。"[1]换句话说，拉斯科尔尼科夫是走投无路，为了生存，为了活得像个人，才走上犯罪的道路。文章矛头之所向，显然是那个不把人当人的社会。从今天来看，皮萨列夫的解释不是没有道理。但问题在于，如果按照这一解释来看，《罪与罚》不过是与同时期出现的许多俄国批判现实主义小说一样，成为暴露社会黑暗的平庸之作[2]。

根据格罗斯曼的研究，《罪与罚》的主题由来已久。譬如，在西伯利亚服苦役时听说的杀人犯故事，普希金长诗《茨冈》中的阿乐哥形象，甚至包括当时俄国社会中的一些相关新闻，以及自己与莫斯科姑妈库马宁娜的复杂关系等，如此种种，导致了作家在1865年威斯巴登赌场输钱之后最终萌发了创意。用格罗斯曼的话说："他头脑中早已酝酿成熟的一些想法，在钱财发生困难的关键时刻又同某一种新思想结合在一起，并把刑事犯罪的构思提到了首位。"[3]

这里的"新思想"指的是什么呢？不妨关注一下：1860年代中期，拿破仑三世的著作《尤里·凯撒》在俄国出版，影响甚大。书中宣扬了天才与庸众的对立，天才、强人可以为所欲为，而普通人只能成为前者成功的材料或基石。应该说，陀思妥耶夫斯基早在西伯利亚时期就很关注这类"天才""强人"，然而正是《尤里·凯撒》的出版使得作家重新关注起这类思想来。如彭克巽指出的："因此，或许，对拿破仑三世《尤里·凯撒》'序言'的讨论促使陀氏去思考。"[4]这一观点显然也有同时代人注意到了。1865年第3期的《祖国纪事》上有文章指出："凯撒主义的问题就是拿破仑主义的问题……这部著作与其说有学术价值，不如说有政治意

---

[1] Писарев Д.И.Литературная критика в 3-томах.Том.3. Ленинград.: 1981. С.210.

[2] 赘言一句，此后苏联时期对《罪与罚》的解读基本上按这一路数进行，如叶尔米洛夫所言："《罪与罚》是一部为人类感到伟大的隐痛的书，是揭露资本主义社会凶残不仁的强有力的世界文学作品之一。"参见叶尔米洛夫：《陀思妥耶夫斯基论》，满涛译，上海译文出版社，1985年，第156页。由于它的政治正确性，加上故事情节相对强些，该书成为陀思妥耶夫斯基著作中最为流行的一部。

[3] 格罗斯曼：《陀思妥耶夫斯基传》，王健夫译，外国文学出版社，1987年，第442—443页。

[4] 彭克巽：《陀思妥耶夫斯基小说艺术研究》，北京大学出版社，2006年，第152页。

义……作者笔下的历史在某种程度上是一种坦白和预示……"[1]

这种"强人哲学"与当时西欧思想界流行的社会进化论有着密切的关系。早在《罪与罚》发表之前的《时代》杂志上就刊登了斯特拉霍夫写的一篇书评《不良的征兆》（1862），评价了达尔文《物种起源》及其法文序言。该书的法文本译者罗耶（Clémence Augustine Royer, 1830—1902）在序言里指出："当我们在不久的将来把自然选择应用于人类的时候，我们会惊讶地、伤心地发现，迄今为止，我们的政治法律和民法，以至于我们的宗教道德都是错误的。为了确信这一点，只需指出宗教道德的不算最严重的缺点之一，即过高地评价同情心、慈悲心和博爱精神（我们基督时代始终认为社会美德的理想就在于此），还有过高地评价自我牺牲精神（这种自我牺牲精神在于随时随地为弱者牺牲强者，为恶人牺牲善者，为有缺陷的虚弱的人牺牲身心素质俱佳的人）。从这种对弱者、病者、不可救药者甚至恶棍，一句话，对所有这些天生没出息的人，提供这种特殊的违反理智的保护，会有什么结果呢？结果就是他们所遭受的灾难变得根深蒂固，而且无限地加重了。靠了善，恶非但没有减少，反而变本加厉。世界上不能依靠自己的能力生活的人还少吗！他们把自己的全部重量压在他人健壮的双臂上，身为自我的累赘和他们萎靡地生活在其中的社会上其他成员的累赘，却在太阳下占据了比三个健壮人所需的还要多的地盘。假如不是这样，这些健壮的人本来不仅能够全力满足自己的需要，还可以生产出大大超出他们本身需要的、供享受的东西，人们是否认真地考虑过这一点呢？"[2] 人需要靠自己对社会的贡献来享受相应的生活，如果只是社会的累赘，那么这样的人是没必要活着的。这是鲁阿耶的看法，也是"物竞天择"的社会达尔文主义的观点体现。如果按照这样的想法，人存在的价值

---

[1] 转引自波诺马廖娃：《陀思妥耶夫斯基：我探索人生奥秘》，张变革等译，商务印书馆，2011年，第138页。

[2] 转引自弗里德连杰尔：《陀思妥耶夫斯基的现实主义》，陆人豪译，安徽文艺出版社，1994年，第154—155页。

可以按照其贡献来衡量,这就完全剥夺了人道主义的存在空间,将人彻底物化了。

斯特拉霍夫对上述社会达尔文主义的言论是持警惕心理的,他认为罗耶的文章象征着西欧思想的堕落。他指出:"看来,我们并没有过分夸大同情心、慈悲心和自我牺牲精神的意义。为了我们的进步和发展,我们干得当然一点也不比动植物差。我们生育了相当多的后代,而且不仅为了生活资料,也为了其他福利不断进行紧张的斗争。只要稍微留意看看事实,就会很容易相信,我们所进行的斗争是如此激烈、多样和复杂,这样的斗争在动植物中是不可能有的。我们始终进行着最最令人目眩的生存竞争,自然选择的法则常常得到最充分的运用。强者压迫弱者,富人压迫穷人。在这场斗争中,从最小的特权中通常可以得到这种特权可能获得的最大好处。受害者死去无数。在生活的宴席上,没有位置的人们只能以某种方式离开战场,于是,自然的宠儿永远是生活的主宰和既得利益者,改良人种的进步进展迅速,而且永不停顿。"[1]

事实上,对于陀思妥耶夫斯基本人来说,他这一时期的主要任务也是揭露虚无主义,正是在这点上双方达成了共识。考虑到1860年代以来斯特拉霍夫与陀思妥耶夫斯基的密切交往,斯特拉霍夫对社会达尔文主义的批判必然会对陀思妥耶夫斯基的创作产生潜在的影响。这种影响,也为以后斯特拉霍夫在理解和评论《罪与罚》之时奠定了可靠的基础。

第二节 真正的虚无主义者与苦难

在这样的背景下,较之于同时期的其他文章,斯特拉霍夫的评论无论就角度还是就内容而言,都与作者更有共鸣了。根据陀学专家别洛夫

---

[1] 转引自弗里德连杰尔:《陀思妥耶夫斯基的现实主义》,陆人豪译,安徽文艺出版社,1994年,第156—157页。

（Белов С.В. 1936— ）和图尼曼诺夫的考证，陀思妥耶夫斯基与斯特拉霍夫最早相识于 1859 年，彼时陀思妥耶夫斯基刚从西伯利亚回来不久。陀思妥耶夫斯基很了解斯特拉霍夫并对他有着高度评价："您是对我人生最有影响的人之一，我真诚地爱您和同情您。"[1] 客观地说，这种评价一方面是因为斯特拉霍夫温顺和善的性格令作家感到欢喜，另一方面也是考虑到批评家对他思想的充分理解，尤其是在《罪与罚》这部作品上。正如弗兰克指出的："整个六十年代，陀思妥耶夫斯基一直努力揭露俄国虚无主义思想——它完全是土生土长的边沁功利主义、无神论和空想社会主义的大杂烩——所产生的道德—社会恶果。虚无主义的目的不仅是反对沙皇政权的专制统治，还要以一种基于'理性利己主义'的道德观念取代从福音书和耶稣基督的教义那里继承而来的道德理想。"[2]

1866—1867 年间，斯特拉霍夫在出版商克拉耶夫斯基（Краевский А.А. 1810—1889）的《祖国纪事》做编辑，针对《罪与罚》所引发的争议，批评家一连写了三篇关于陀思妥耶夫斯基的文章。

在第一篇文章里，斯特拉霍夫首先为陀思妥耶夫斯基辩护，驳斥了当时两位批评家叶利赛耶夫和苏沃林的观点，同时也指出陀思妥耶夫斯基的创作特点在于揭示被侮辱与被损害者的内心世界中的人类情感。叶利赛耶夫认为："这清楚地展现了构成陀思妥耶夫斯基先生小说基础的，是他所提出或接受的这一事实：在大学生团体中存在了一种杀人抢劫的企图，存在着一种原则。"[3] 斯特拉霍夫认为这种阐释不仅曲解了作家原意，在某种意义上更把作家和大学生对立起来，破坏了作家的公众形象。苏沃林虽是打着为作家辩护的旗号发表评论，但他说拉斯科尔尼科夫是个病人，"想象自己为了自认为的那些崇高目标而杀人，这完全不是犯罪……因此，陀

---

[1] Ф. М.Достоевский. Полное собрание сочинений в тридцати томах. том 29(1). Л:.Наука., 1986. С.216.

[2] 约瑟夫·弗兰克：《陀思妥耶夫斯基：文学的巅峰，1871—1881》，戴大洪译，广西师范大学出版社，2022 年，第 85 页。

[3] Н.Н. Страхов. Литературная критика. СПб. РХГИ. 2000. С.96.

思妥耶夫斯基先生只不过为我们写了某个疯子的故事"[1]，谈不上对年青一代的攻击。这种解释在斯特拉霍夫看来完全低估了这个人物形象的意义，也肤浅地理解了小说本身。苏沃林这种解释的出现，主要是他不理解小说的真正意义："批评家决定曲解小说的主要原因在于他害怕直接谈论小说，他害怕小说的主题思想会使青年一代被指责有抢劫杀人的意图。他为青年一代和陀思妥耶夫斯基担心，也确信向我们展示这种荒唐事会遭到指责。"[2]但事实上，这样看似善意的解释不但没有揭示出陀思妥耶夫斯基的真正用意，反而给小说家带来了不必要的麻烦。

对于《罪与罚》，斯特拉霍夫一下子就抓住了小说的关键所在，即关于"新人"的论争："俄罗斯文学被有关新人的思想搅扰了……第一个开辟这项事业的是敏感的屠格涅夫，他打算在巴扎罗夫身上描绘一个新人。然后皮谢姆斯基写了《浑浊的海》，其中随着情节必需的进展，出现了新人的身影……《俄罗斯导报》刊登了《马廖沃》，而《现代人》则刊登了《怎么办？》，《祖国纪事》刊登了《在故乡》，《时世》刊登了《怪事》，还有《阅读文库》刚结束了《无路可走》的连载。这一切都围绕着一个中心点，也就是新人的形象；而如果我们继续按同样的道路前进，那么显然，还会有不少同类小说在前面等着我们。"[3]那么，陀思妥耶夫斯基笔下的新人又如何呢？围绕这个问题，批评家在此后的文章里展开了详细的论述。

斯特拉霍夫认为：《罪与罚》创造了全新的虚无主义者形象。之前小说中的"虚无主义者对我们来说是某种可笑可恶可鄙又令人生厌的东西。总而言之，小说对他们的表现就本质而言无法激起我们的同情，反而激起

---

[1] *Н.Н. Страхов*. Литературная критика. СПб. РХГИ. 2000. С.98、99.
[2] Там же. С.100.
[3] 转引自列·彼·格罗斯曼：《〈罪与罚〉的城与人》，糜绪洋译 // 费奥多尔·陀思妥耶夫斯基：《罪与罚》（学术评论版），曹国维译，广西师范大学出版社，2019年，第635页。

第六章　论斯特拉霍夫对陀思妥耶夫斯基的阐释 | 149

我们的嘲笑和不满"[1]。相比之下，陀思妥耶夫斯基描写的虚无主义者有信念，有人性的复杂面，因而更为真实。用斯特拉霍夫的话说："他的拉斯科尔尼科夫苦于自己青年时的懦弱与利己主义，但对我们来说却是一个思想坚定、心怀火热的人。这不是一个没血没肉的空谈者，他是一个真正的人。虽然他创造了自己的理论，但这是他生病的时候受控于意识所做的事，相对于亲吻女士的手给自己带来的屈辱或者其他类似的事情，这个理论对生活的否定更深入、彻底。"[2]宗教哲学家梅列日科夫斯基在后来也提到了小说主人公的复杂性："拉斯科尔尼科夫就是属于罗伯斯庇尔、加尔文、托尔克马达一类的思想狂热者，但并不完全，只是他全部身心的一个方面。……他希望成为一个伟大的狂热者——这是他的理想。……不过思想狂热只是他性格的一个方面。他既有温柔，也有爱、对人们的同情、感动的眼泪。这也就是他的弱点，是使他毁灭的原因。"[3]因此，在《罪与罚》里，虚无主义者不再是一个喜剧性的人物，他被赋予了悲剧色彩，因而也具有了更为深刻的内涵。这种内涵就在于主人公拉斯科尔尼科夫对生活本质的疏远："比起其他描写虚无主义的作家来说，陀思妥耶夫斯基塑造的虚无主义者更彻底地与社会脱节。作家的目的在于将这与生活如此脱节的人所遭受的痛苦描写出来。很显然，作者满怀同情来塑造他的主人公。这不是对青年一代的嘲笑，不是责备或控诉，而是为之哭泣。"[4]人与生活的疏远以及对生活的最终回归，在斯特拉霍夫看来，是小说最要紧的事："对道德最反常的理解及此后心灵对真正人类情感与观念的回归——这是陀思妥耶夫斯基先生创作小说的总主题。"[5]

---

[1] *Н.Н. Страхов*. Литературная критика. СПб. РХГИ. 2000. С.100.
[2] Там же.
[3] 德·谢·梅列日科夫斯基：《论陀思妥耶夫斯基的〈罪与罚〉》，冯增义译 // 费奥多尔·陀思妥耶夫斯基：《罪与罚》（学术评论版），曹国维译，广西师范大学出版社，2019年第592、593页。
[4] *Н.Н. Страхов*. Литературная критика. СПб. РХГИ. 2000. С.101.
[5] Там же. С.110.

斯特拉霍夫在此基础上指出了作家对虚无主义者及其背后青年一代的深深同情。至于当时的评论界之所以不能理解作家的良苦用心，原因归根结底在于："这一切只是因为这是一种看待虚无主义者和虚无主义的新视角，人们并不能一下子理解。"[1]

这种"看待虚无主义者和虚无主义的新视角"，其意义就在于："作者描写的是一种极端的虚无主义，这种虚无主义已经发展到了极点，它再也无法向前发展了……表现生活和理论如何在一个人内心中进行搏斗，表现这种搏斗如何把一个人弄得精疲力尽，表现生活如何最终获得了胜利，——这就是小说的宗旨。"[2] 由此，小说的主题也就呼之而出了——理论与生活的斗争。主人公就是因为过于痴迷理论，而忽视了生活的因素。"他被诱使去打破原则，使他做那些最为禁止的事情。理论家不知道他在打破原则的同时也会把自己心灵的生活毁掉。同时，他也因为自己遭受的可怕痛苦才明白他犯下了什么样的罪过。"[3]

斯特拉霍夫在文章中详细分析了小说主人公坚持的理论，将它分为三部分：其一，即"在意识到自己智力上的优势后，就用一种自满、鄙视的态度看待别人"[4]。其二，"以一种新的观点来看待历史和人类事业的进程，该观点直接来自对其他人的鄙视"[5]。其三，斯特拉霍夫借用拉斯科尔尼科夫的一段独白，揭示出主人公对空想社会主义所宣传的"共同幸福"思想的嘲讽。这三个部分共同组成了主人公犯罪的理论基础。自我的优越感使之傲视同人，也对人类历史以及未来的大同世界有了新的看法。在这里，我们不难看出拉斯科尔尼科夫与此前《地下室手记》主人公的联系，也可以注意到此后斯塔夫罗金"人神"思想在拉斯科尔尼科夫身上的

---

[1] *Н.Н. Страхов*. Литературная критика. СПб. РХГИ. 2000. С.103.
[2] Там же. С.102、104.
[3] Там же. С.110.
[4] Там же. С.107.
[5] Там же. С.108.

萌芽。因此，斯特拉霍夫对小说主人公理论的剖析，能够联系作家以往的创作，同时又具有某些预言性，这在当时的评论中是不多见的。

斯特拉霍夫关于《罪与罚》的最后一篇文章，重在论述小说的艺术结构及意义。如果说上一篇文章谈论的是作为虚无主义者的拉斯科尔尼科夫以及他的理论支柱，那么这一篇则聚焦在小说要描述的事件上。

批评家首先指出："该小说的重点不在于塑造一个众所周知的人物形象。该小说的目的不是塑造一个新的人物类型，不是给读者呈现一个可怜又犯了法的人物，也不是对《死屋手记》或者《父与子》中人物形象的再现。整部小说围绕着一件事展开，并相继引发了其他事情，最后主人公实现了精神上的复活。因此，小说不是以人物的名字命名的，而是以小说中发生的事件命名，所以很明了，该小说就是描写罪与罚具体是怎么进行的。"[1]

所以，在批评家看来，陀思妥耶夫斯基善于叙述事件，以一件事情去触动读者的内心，而不是塑造一个典型人物形象。这点在作家的很多小说中都能得到体现。斯特拉霍夫首先叙述了主人公出场时的情况：举目无亲，穷困潦倒，于偶然中听到"超人理论"，由此萌发了杀人济世的念头。在杀人之后他又受到了恐惧及良心的双重折腾。如此种种，诚如批评家所言："小说结构和内容看似简单，实则非常合理并具有艺术性。"[2] 在今天看来，《罪与罚》的叙事侧重人物心理描写，小说的结构和内容相对陀思妥耶夫斯基后来的作品来说还是简单的。这也使得小说在陀氏的五大巨作（пятикнижия）中可读性较强。斯特拉霍夫也指出了这一点："因此，小说的中心部分是对拉斯科尔尼科夫因为自己的犯罪行为所经受的折磨和十分痛苦、恐惧的心理活动的描写，在这个过程中，主人公的良知逐渐被唤醒。一直以来，陀思妥耶夫斯基根据自己的经历和感受创作了很多类似于

---

[1] *Н.Н. Страхов*. Литературная критика. СПб. РХГИ. 2000. С.111.
[2] Там же. С.115.

《罪与罚》小说主题的作品，作家对同一类情感各种可能的变化进行了描写。这体现了他所有小说的单调性，尽管不失其可读性。"[1]

斯特拉霍夫在文章的最后总结小说意义："那么，这部小说最主要的意义在哪？当看到拉斯科尔尼科夫实施犯罪行为之后，读者又会期待什么情节呢？读者会期待拉斯科尔尼科夫内心的转变，期待他真正人类情感和思维方式的复苏。拉斯科尔尼科夫之前想打破的原则也应该在他心中复苏，并比之前具有更大的力量。"[2] 换而言之，拉斯科尔尼科夫对原则的打破与重新敬畏，这是一个否定之否定的过程。正是在这个主人公受罚的过程中，俄罗斯文化、俄罗斯人的宗教特性得以显现。这里的"原则"虽然批评家始终没有言明，但我们不难判断出实际上是蕴藏于俄罗斯人内心的深深的宗教感。由犯罪到受罚，到重生，体现了俄罗斯文化中对苦难的认识。就像批评家概括小说主人公形象时说的："拉斯科尔尼科夫是一个地道的俄罗斯人，他那迷失的思想让他一直走到那条路的尽头。这是俄罗斯人的特性，遇到不顺时，他会使自己的思想具有宗教性，认为这是自己遇上倒霉事的原因。"[3] 应该说，批评家对俄罗斯人苦难意识的认识，跟陀思妥耶夫斯基本人的理解比较一致。

可能是因为作家自己的一生坎坷，他对俄罗斯民族生活中的苦难有着深刻的认识。在悼念去世的涅克拉索夫时，陀思妥耶夫斯基曾说过："这是一生都带着创伤的心灵，这个没有愈合的伤痕就是他的全部诗歌的创作源泉……"[4] 国家不幸诗家幸。如果辩证地看，苦难对于文学家来说未必不是好事。再抽象一点地看，多难兴邦，大到一个国家、一个民族，小到一个团体、一个人，总要经过各种残酷的考验，才能获得解放和成功。在《罪与罚》创作笔记中作家这样写道：

---

[1] *Н.Н. Страхов*. Литературная критика. СПб. РХГИ. 2000. С.118.
[2] Там же. С.122.
[3] Там же. С.123.
[4] 陈燊主编：《费·陀思妥耶夫斯基全集》第 20 卷，河北教育出版社，2010 年，第 937 页。

"幸福不在舒适之中,幸福靠苦难来弥补和补偿。人不是为幸福而生的,人总是要依靠苦难来赢得自己的幸福,这里没有任何不公正,因为生活的名称和意识(即由人的肉体和精神体会到的感受)要靠 pro 和 contra(赞成与反对)的经验来获得,靠苦难来获得,这是我们这个星球的法则。而这种在生活过程中感受的直接的意识是一种巨大的喜悦,为了这种喜悦可以付出长年累月的苦难。"[1] 这也就是后来别尔嘉耶夫说的:"陀思妥耶夫斯基相信苦难之救赎与复活的力量。对于他来说,生命首先是通过苦难来赎自己的罪。"[2]

在小说中,不少人都是在受难。拉斯科尔尼科夫、索尼娅、马尔梅拉多夫等,他们的痛苦不能简单地被看作是对社会的控诉,在更高意义上应该是灵魂的救赎。从这个意义上说,《罪与罚》也是俄罗斯版的《悲惨世界》。罗赞诺夫说:"要知道拉斯科尔尼科夫之所以让我们的思想无法平静,是因为他很有魅力,索尼娅之所以吸引人心,是因为她真的'很圣洁'……这一切都是真理。"[3] "魅力"和"圣洁"都是建立在他们所承担的苦难之上,因为苦难,所以深刻。

理论是灰色的,而生命之树常青。应该说,斯特拉霍夫是有眼光的,他深刻地揭示出作家想要表达的主题,即否定一切的虚无主义理论与活生生的生命之间的斗争。而这种斗争,最终是以回归宗教为结局的,无论这一理论是多么完备,多么充满严密的逻辑性。他的这种阐释不但得到了作家本人的首肯,也得到了后来陀学界的认可。格罗斯曼这样评价他对陀思妥耶夫斯基的解读:"在同时代人中,最能充分理解这一形象(指拉斯科尔尼科夫——引者注)实质的是陀思妥耶夫斯基最亲密的战友尼·尼·斯

---

[1] Достоевские Ф. М.Собрание сочинений (в десяти томах). М. Художественная литература, Т.5, 1958. С.581.

[2] 别尔嘉耶夫:《陀思妥耶夫斯基的世界观》,耿海英译,广西师范大学出版社,2008 年,第 58 页。

[3] 瓦·瓦·罗扎诺夫:《关于陀思妥耶夫斯基的讲座》//索洛维约夫等:《精神领袖:俄国思想家论陀思妥耶夫斯基》,徐振亚等译,上海译文出版社,2009 年,第 244 页。

特拉霍夫。"[1] 这应该算是对斯特拉霍夫文学批评的一大肯定了。

第三节　真实与幻想性：关于《白痴》的争论

尽管斯特拉霍夫与陀思妥耶夫斯基在《罪与罚》的阐释问题上取得了某种一致，但我们需要看到，陀思妥耶夫斯基与斯特拉霍夫的分歧始终存在，这是由彼此世界观决定的，一生并无太大变化。众所周知，陀思妥耶夫斯基一辈子都在追求某种终极目标作为自己的信仰，尽管他也说过："我是世纪的产儿，迄今为止，甚至直到我去世，我都会是缺乏信仰和彷徨怀疑的产儿（我知道这一点）。"[2] 这种"缺乏信仰和彷徨怀疑"在作品中就表现为人物的分裂、灵与肉双重甚至多重性的争斗，作家陀思妥耶夫斯基的伟大就在于他在作品中揭示了这种无情的斗争，在这种残酷的斗争中表达了对人类深深的热爱。结合作家的一生来看，很难说这种斗争的最终结果究竟如何，但可以确定的是，作家始终在矛盾痛苦之中寻找终极救赎，不管是"美将拯救世界"还是阿廖沙那种淳朴的宗教思想，都证明了这一点。

相形之下，斯特拉霍夫一生擅长于纯理论的思辨工作，致力于与同时代人的对话。他仿如一位不问人间疾苦的隐士，既不追求著书立说，更不愿过多地介入生活。他自己承认："不信哲学，不信经济学，不信人类文明的任何领域，因为我不相信人，我对人感到恐惧。"[3] 他的学生罗赞诺夫曾指出："斯特拉霍夫永远在修饰、丰富别人的思想、别人的观点、别人的意图和情感。终其一生，他所有的工作在所有他为之努力过的领域——生物学、力学、心理学、形而上学——都是批判性的，他毫无决断，

---

[1] 格罗斯曼：《陀思妥耶夫斯基传》，王健夫译，外国文学出版社，1987年，第449页。
[2] Ф. М.Достоевский. Полное собрание сочинений в тридцати томах. том 28(1). Л:.Наука., 1985. C.176.
[3] Литературное наследство. Т.86.Ф. М. Достоевский. Новые материалы и исследования. М.: Наука, 1973. C.562.

甚至毫无创造的愿望。"[1] 对于罗赞诺夫所说的这种生活态度，陀思妥耶夫斯基很有看法。他在 1869 年 3 月 10 日的信中告诫过斯特拉霍夫："您的语言和阐述要比格里高利耶夫好得多。文章异常明晰，但自始至终的平静使您的文章显得抽象。需要激动，有时需要鞭挞，需要屈尊俯就，议论一些最个别的现实的和迫切的小事情。"[2] 因"平静"而使文章"抽象"，究其根源在于对人类缺乏信任、对生活缺乏热情。斯特拉霍夫自身也意识到这一点，他曾在给陀思妥耶夫斯基的信里提到："有一次我们在佛罗伦萨散步时……您十分激动地指责我，说我的思想倾向中有缺陷，您讨厌它、鄙视它，并将一辈子为之不安。"[3] 这里"思想倾向中有缺陷"，指的仍然是斯特拉霍夫对文学的客观冷静、对生活的消极态度。这种态度，在着力于分析现代人内心分裂并试图从中寻得救世之道的陀思妥耶夫斯基看来，显然是要加以"讨厌"和"鄙视"的。

然而，1862 年 5 月发生在佛罗伦萨的这场争论，不仅仅是因为斯特拉霍夫的消极态度，正如评论家罗森布柳姆指出的："佛罗伦萨的争论触及了陀思妥耶夫斯基世界观及其创作的最主要问题之一……"[4] 这个问题按照国际陀思妥耶夫斯基学会主席扎哈罗夫（Захаров В.Н.）的说法来看，就是"二二得几"的问题。扎哈罗夫指出："这个世界中，二二得几不是算术问题，而是诗学问题，确切地说，是诗人学问题。陀思妥耶夫斯基并不想向读者证明二二得四（像斯特拉霍夫所做的那样），陀思妥耶夫斯基想以悖论引发读者的好奇，以荒诞的论断吸引读者注意。对这个问题的回

---

[1] Розанов В.В. Литературные Изгнанники: Воспоминания.Письма. М.: Аграф. 2000., С.11.

[2] Ф. М.Достоевский. Полное собрание сочинений в тридцати томах. том 29(1). Л.:Наука., 1986. С.18.

[3] Литературное наследство. Т.86.Ф. М. Достоевский. Новые материалы и исследования. М.: Наука, 1973. С.686.

[4] Литературное наследство. Том 83. Неизданный Достоевский—Записные книжки и тетради 1860–1881 гг. М.: Наука. 1971. С.18.

答显示出陀思妥耶夫斯基与斯特拉霍夫世界观和美学观的巨大分歧。"[1] 斯特拉霍夫强调"二二得四",陀思妥耶夫斯基则捍卫"二二得几"的自由,甚至在《地下室手记》里说:"二乘二等于五有时也是个非常可爱的小东西呢。"[2] 由此不难断定,"二二得几"实质上是有关人的本质问题。斯特拉霍夫坚持的是人的理性,陀思妥耶夫斯基则捍卫人之为人的自由。更进一步地说:"对斯特拉霍夫而言,人是卑劣的,对陀思妥耶夫斯基而言,人是罪人,但能够如米佳·卡拉马佐夫那样重复席勒的诗句,'从灵魂的卑微中'重建人。对斯特拉霍夫而言,罪和卑劣是对人的判决;而对陀思妥耶夫斯基,承认罪和卑劣是恢复人身上的人的开始。"[3]

在这样的思想分歧背景下,斯特拉霍夫对作家创作的肯定很快不见了,取而代之的是他对《白痴》的批评。当然,斯特拉霍夫一开始对《白痴》也持肯定态度。在1868年3月中旬的信里,斯特拉霍夫对该书颇多赞誉:"您的《白痴》几乎比您所写的一切都令我感兴趣。多么美好的思想!从孩童的心灵中可见到智者与理性人士无法触及的智慧——这样我就明白了您的任务。您徒劳地害怕一蹶不振。我觉得,自从《罪与罚》之后,您的风格就最终确立了。我在《白痴》的第一部分里没有找到任何缺点。"[4] 在1869年1月31日的信里,斯特拉霍夫还向作家承诺:"我向您保证写一下《白痴》,我是满怀渴望和最大的关注去阅读它的。"[5] 最终,由于两人思想的分歧加上杂事缠身,这一承诺并未兑现。关于《白痴》,他们的分歧何在呢?笔者以为,两人在"真实"这个基本问题上出

---

[1] 弗·尼·扎哈罗夫:《二二得几,或陀思妥耶夫斯基诗学明确性中尚未明确的内容》,张变革译 // 张变革主编:《当代国际学者论陀思妥耶夫斯基》,北京大学出版社,2014年,第57页。

[2] 陈燊主编:《费·陀思妥耶夫斯基全集》第6卷,河北教育出版社,2010年,第201页。

[3] 弗·尼·扎哈罗夫:《二二得几,或陀思妥耶夫斯基诗学明确性中尚未明确的内容》,张变革译 // 张变革主编:《当代国际学者论陀思妥耶夫斯基》,北京大学出版社,2014年,第54页。

[4] Письма Н.Н. Страхова Ф. М.Достоевскому//Шестидесятые годы - Материалы по истории литературы и общественному движению/АН СССР, Институт русской литературы (Пушкинский Дом); под ред. Н. К. Пиксанова и О. В. Цехновицера – М. Издательство Академии наук СССР, 1940. С.258-259.

[5] Там же. С.262.

现了分歧。

在1869年1月的评论《战争与和平》的第一篇文章里，斯特拉霍夫把《战争与和平》和另一些小说作了对比："托尔斯泰伯爵没有竭力用任何复杂神秘的离奇情节、肮脏可怕的片段、可怕心灵的痛苦的描写（着重号为引者所加）去吸引读者，最后，也没有用任何大胆的新倾向，没有使用任何一种刺激读者的思想或者想象力的方法，没有过于敏感地用描写来刺激未经历过的生活的好奇心。"[1] 文中虽然没有点名，但从《白痴》里的种种场景、心理描写等不难看出斯特拉霍夫对陀思妥耶夫斯基所谓"幻想性小说"的批评。正因如此，1869年2月，作家写信给斯特拉霍夫，为自己作品中的"幻想性"辩护："我有自己独特的对（艺术中）现实性的看法，那些多数人称为几乎例外和幻想的东西，对我来说有时恰恰构成现实的本质。现象的平凡性和对这些现象的公式化观点，在我看来还不是现实主义，而且甚至是相反。……难道我幻想的《白痴》不是现实，而且不是最平凡的现实吗！是的，正是现在，在我们脱离了土地的社会阶层中，应当会有这样一些性格，这些阶层在现实中成为幻想性的。"[2] 此时的陀思妥耶夫斯基因为读过了《朝霞》上发表的斯特拉霍夫论《战争与和平》的第一篇文章，已经意识到两者之间的思想分歧。1869年3月8日，在给索·亚·伊万诺娃的信里，作家提及："斯特拉霍夫想将他分析《白痴》的意见给我寄来，而他并不属于我的赞扬者之列。"[3] 由于种种原因，斯特拉霍夫对《白痴》的意见实际上要到了1871年2月22日才在信里得以完整阐释。笔者仅将信中相关部分试译如下：

"很明显，就思想的丰富性和多样性而言，您是我们的第一人，即便托尔斯泰本人与您相比也显得单调。这一点与您的一切作品都有一种特

---

[1] *Страхов Н.Н.* Критические статьи об И. С.Тургеневе и Л.Н.Толстом(1862-1885) Издание четвертое. Киев. 1901. С.187.

[2] *Ф. М.Достоевский.* Полное собрание сочинений в тридцати томах. том 29(1). Л:.Наука., 1986. С.19.

[3] 陈燊主编：《费·陀思妥耶夫斯基全集》第22卷，河北教育出版社，2010年，第632页。

殊、激烈的基调并不矛盾。但同样明显的是：您主要为上流社会的人写作，您的作品过于堆砌、过于复杂了。如果您的故事结构能简单些的话，它们的影响就会更有力。例如《赌徒》《永恒的丈夫》就给人以非常明确的印象。您在《白痴》里放进去的一切都白白地消失了。这个不足当然与您的优点共存。机灵的法国人或德国人，他们的内容只有您的十分之一，却在全世界获得荣誉并以一流大师的身份进入世界文学史。我觉得这一切的秘密都在于弱化创作，减少细节分析，把二十个形象和上百个场景替换为一个形象和十来个场景。请原谅，费多尔·米哈伊洛维奇，但我认为您至今还未学会操纵您的才能，使之对公众发挥最大的影响。至于伟大的秘密，我觉得可以给您提供一个最荒诞的建议——不要再做您自己，不要做陀思妥耶夫斯基。不过我想，通过这一方式您还是会理解我的思想。"[1]

斯特拉霍夫在这里不仅对作家的创作提出了批评，而且作为朋友也给出了他认为可行的意见。首先，他强调作家创作中思想的丰富多彩，基调突出。这个概括显然对的。陀思妥耶夫斯基小说中思想的丰富性有目共睹，以至于白银时代的恩格尔哈特（Энгельгардт Б. М. 1887—1942）直接就把陀思妥耶夫斯基的小说称为"关于思想的小说"，并说"他的主人公是思想"[2]。其次，斯特拉霍夫指出作家的创作"过于堆砌，过于复杂了"，这在此后的陀学界也得到了公认。众所周知，陀思妥耶夫斯基写作时满怀激情，下笔万言滔滔不绝，虽以后几经修改，但仍有粗糙重复的地方。一般读者去看陀思妥耶夫斯基的作品，往往会被他的长篇大论所吓倒。不妨以《少年》中的一段为例："可我为什么急于去找他呢？请你们想想：现在，就在我记述这些事的时刻，我觉得当时我已经知道了一切详情，并且知道

---

[1] Письма Н.Н. Страхова Ф. М.Достоевскому//Шестидесятые годы - Материалы по истории литературы и общественному движению/АН СССР, Институт русской литературы (Пушкинский Дом); под ред. Н. К. Пиксанова и О. В. Цехновицера – М. Издательство Академии наук СССР, 1940. C.271.
[2] 恩格尔哈特：《陀思妥耶夫斯基的思想意识小说》，杨伟民译 // 索洛维约夫等：《精神领袖：俄罗斯思想家论陀思妥耶夫斯基》，徐振亚等译，上海译文出版社，2009年，第547、548页。

我为什么急于去找他，然而当时我毕竟还一无所知呢。这情形或许读者自会明白。"[1]作者的意思是主人公当时不明白，但事后写下来的时候是明白的，但那也是"我觉得"，不确定。整体的表达有点绕口，读起来难免吃力。除此之外，《少年》里还充斥着类似的话："关于这一点我现在不说，留到以后再说。""这儿有一个情节我要略去，还是以后在适当的地方再说为好。"隔两页："我要再说一遍：有一个情节我上面略过没谈……可是我已经说过，这个情节留到以后再解释。"结果读者直到最后也没见到这"情节"，很有可能作家写到最后，自己都忘了还有这么多的坑需要填。对于这个问题，作家自己也在给卡特科夫的信里承认过："已经有二十年我痛苦地感觉到我在写作上的一个缺陷——啰嗦冗长，而且比所有的人都更清楚地看到这个毛病，可我无论如何不能改正。"[2]所以，美国学者特拉斯对此也有批评："如果说理想的小说结构是合理的布置和节制的线性情节发展，那么陀思妥耶夫斯基的小说就充满了太多的次要刻画、次要情节、强加的轶事、哲学对话、叙述者的随笔和其他离题，这些都很难说是合理建构的。"[3]当然，假如我们考虑到陀思妥耶夫斯基作品思想的深邃，考虑到其经常为了稿费赶稿子，自身也有癫痫症等原因，就会理解他小说的叙事和情节的连贯性时常被打破，时常插入多种文体，节奏显得缓慢而凝重。

正如回忆录里指出的，斯特拉霍夫认为作家过于强调思想，强调小说的社会影响力，因而忽略了艺术上的一些精雕细琢："对他来说，重要的是打动读者，表达自己的思想，对某一方面产生影响。重要的不是作品本身，而是作品发表的时刻和影响，哪怕是不充分的影响。从这一意义上说，

---

[1] 陈燊主编：《费·陀思妥耶夫斯基全集》第14卷，河北教育出版社，2010年，第543页。
[2] 陈燊主编：《费·陀思妥耶夫斯基全集》第21卷，河北教育出版社，2010年，第457页。
[3] Victor Terras. *Reading Dostoevsky*. The University of Wisconsin Press, 1998. P.4-5.

他完全是个新闻记者,是个纯艺术理论的背叛者。"[1] 然而在今天看来,陀思妥耶夫斯基小说的这些特点,只是按照传统的现实主义小说标准来看,才是缺点。无论是斯特拉霍夫,还是特拉斯,都没有意识到陀思妥耶夫斯基所谓"最高意义上的现实主义者"（Реалист в высшем смысле）[2] 的深刻含义。斯特拉霍夫在此提出来,只能说他站在理性的角度,不理解更不愿意接受现代主义小说的萌芽。从斯特拉霍夫所说的来看,他最有可能的想法是：陀思妥耶夫斯基思想的深奥、结构的复杂堆砌,不利于他成为世界一流作家。因此,他建议作家放低姿态,不要那么居高临下,那么喋喋不休地说教,如此方能成为读者的"精神领袖"。

那么陀思妥耶夫斯基对此是怎么想的？首先,对于斯特拉霍夫的批评,作家有些地方自己也有同感。譬如,他跟索·亚·伊万诺娃（1869年1月25日）坦言："但我并不满意这部长篇小说,它未能表达出我想要表达的东西的十分之一,虽说我至今仍不否定它并且喜爱我的未能圆满表达的思想。"[3] 其次,关于他与同时代现实主义作家的比较问题,陀思妥耶夫斯基在给迈科夫的信里（1868年12月11日）专门吐露了自己的心声："我对现实和现实主义的理解,完全不同于我国的现实主义者们和批评家们的理解。我的理想主义比他们更现实。上帝啊！把我们大家、我们这些俄罗斯人在近十年来在精神发展上所体验到的东西清楚而又明确地讲一讲,——难道现实主义者们就不会大喊大叫说这是古怪的举动吗？！然而这却是古已有之的真正的现实主义！这才是现实主义,不过它更深刻,而他们的现实主义则是很肤浅的。"[4]

如果说斯特拉霍夫从具体现实描写和批判的立足点去督促陀思妥耶

---

[1] 尼·尼·斯特拉霍夫：《回忆费·米·陀思妥耶夫斯基》//阿·谢·多利宁编：《同时代人回忆陀思妥耶夫斯基》,翁文达译,广西师范大学出版社,2014年,第225页。

[2] Ф. М.Достоевский. Полное собрание сочинений в тридцати томах. том 27. Л:.Наука., 1984. C.65.

[3] 陈燊主编：《费·陀思妥耶夫斯基全集》第22卷,河北教育出版社,2010年,第611页。

[4] 陈燊主编：《费·陀思妥耶夫斯基全集》第21卷,河北教育出版社,2010年,第598页。

夫斯基改变写作重心，那么陀思妥耶夫斯基则是再明确不过地表明了：他所关注的不是俄国的历史，而是俄国人的精神成长史、思想变迁史。精神、思想的捕捉不能像传统现实主义那样描写几个人物，几件事情就能做到，它必须要在众声喧哗之中，通过诸多戏剧化的场面，借助各种看似幻想的人物才能有所斩获。这就决定了他与斯特拉霍夫在基本的问题上有了分歧。

此外，不妨注意一下他们通信的时间。作家给迈科夫的上述信件是1868年12月。1869年2月，作家致函斯特拉霍夫，为自己创作的"幻想性"辩护。在上述交流的基础上，1871年的2月，斯特拉霍夫写信给作家，仍然坚持自己对《白痴》以至于作家整个创作的批评，这就只能说明一点：两人在"真实"这个问题上始终没有达成一致。

著名陀学家图尼曼诺夫曾指出："正是针对那种视理性、科学和现实主义具有无穷力量的流行信念，陀思妥耶夫斯基提出了关于生活、历史和艺术中幻想和理想方面的见解与之对抗。在美学方面，他以自己幻想的'最高意义上的现实主义'对抗当时那种万能的现实主义……"[1]这种"万能的现实主义"，想必指的就是斯特拉霍夫所坚持的理性至上主义吧？从这一点来说，我们不能不认为，斯特拉霍夫对作家的阐释实质上失败了，他没有能跟上作家的思路，因此越到后来，两人之间的分歧越大，联系也就越少。

不妨多说一句，关于小说艺术中的幻想性，陀氏在晚年有一段精辟的论述。1880年6月，他在给女歌手阿巴扎（Абаза, 1830—1915）的回信中评论她所写的幻想性作品文稿时说："艺术中幻想的东西具有界线和规则。幻想的东西应当同现实的东西相交接，以致您几乎要相信它。普希金给予我们几乎所有的艺术形式。他写的《黑桃皇后》——是幻想性艺术的高

---

[1] Туниманов В.А. Портрет с бородавками（"Бобок"）и вопрос о "реализме" в искусстве//Достоевский. Материалы и исследования. Т.14. СПб.:. Наука. 1997. С.174.

峰。而您会相信格尔曼真的有过幻象，而这正是与他的世界观相适应的幻象，然而，在中篇小说的结尾，即读到这里时，您不知道如何判断：这个幻象是来自格尔曼的天性，还是他确实是那些接触到另一个世界，邪恶的、与人类敌对的精灵们的世界的人们之一。（注意：招魂术及其学说）而这正是艺术！"[1] 可惜的是，斯特拉霍夫始终没有能接受作家的这一观点。

第四节 病态与狂热：斯特拉霍夫的盖棺论定

由于彼此在基本问题上的分歧，斯特拉霍夫对于《卡拉马佐夫兄弟》没有花费很多精力去评论，只是在《对当下文学的看法》（罗斯，1883）花了两页篇幅做了点评。批评家肯定了小说的主题思想，即反对虚无主义思想以及回归宗教，同时又指出了它的艺术不足："按作者惯例，整个小说带有一些离奇的色调，即事件和相遇以一种不自然的飞快速度以及部分的随心所欲一个接一个地发生。……因此故事的内外因素不正常地结合在一起，除此之外，还以新的形式不停地重复。但这些内外因素就其本身来说是陀思妥耶夫斯基力量之所在，也是他用以描绘场景的现实主义信念基础。他装样子摆出来的心灵运动，真实无可抗拒地吸引了读者，即使故事外在不足依然存在。"[2] 批评家在这里讲得也有道理，但很大程度上只是重复了之前他对陀思妥耶夫斯基作品在艺术上的不理解。

1894 年，在评价罗赞诺夫的《宗教大法官》时，斯特拉霍夫又回忆起这位去世多年的老友："我们在任何时候都不会像陀思妥耶夫斯基一般沉迷其中。他全身心地使自己处于病态的心理，从《罪与罚》开始，他给我们展示了一群虚无主义者，描写出他们紧张的状态、行为以及命运。"[3]

---

[1] Ф.М. Достоевский. Полное собрание сочинений в тридцати томах. том 30(1). Л.:Наука., 1988. С.192.
[2] Н.Н. Страхов. Литературная критика. СПб. РХГИ. 2000. С.356.
[3] Там же. С.413.

在这里，斯特拉霍夫确认了陀思妥耶夫斯基"病态的心理"，即他认为作家在写作的时候，无论是他笔下的人物，还是他本人，都是不正常的。这一论断，显然违背了斯特拉霍夫自己此前对《罪与罚》的认定。

问题就出在这个"病态的心理"上。对于斯特拉霍夫来说，友情是友情，原则是原则。尽管他在给托尔斯泰的信里表达了对亡友深深的怀念，但他无法接受陀思妥耶夫斯基小说所描写的人格分裂，更无法接受作家在生活中的各种习性（如赌博、疯狂的恋爱、暴躁焦虑），这些特点与小说中所传达的作家形象差别极大，同时陀思妥耶夫斯基的这种非理性行为对于始终追求理性化生活的斯特拉霍夫来说，显然是一种痛苦和折磨。对于这种现实与文学的矛盾，斯特拉霍夫的解释是："出于这种本性，他就好作甜蜜的感伤、崇高和人道的幻想，而这种幻想就是他的目标、他的文学事业和道路。实际上他的所有小说都是自我辩解，它们证明在一个人身上，高尚的品质和各种卑鄙的行为可以共存。"[1] 这恰恰是批评家不能理解，也无法接受的。

在 1883 年 11 月 28 日那封著名的书信里，斯特拉霍夫对陀思妥耶夫斯基做了完全否定的评价："深交，可以了解一个人的特点，以后可以为了有这个特点而宽恕他的一切。真正善心的抬头，真正的温情火花的闪现，甚至只有一瞬间真正的忏悔，就可以挽回一切。倘若我能回想起陀思妥耶夫斯基有一点近似这样的事情，我也会宽恕他，并为他高兴的。可是他只颂扬自己是完人，他只有文字上的假人道主义——天啊！这真是令人讨厌！这是个十足的小人，为人所不齿。他还自以为是讨人喜欢的人，是英雄呢，他只爱他自己。"斯特拉霍夫说他在为作家写传记时"一直在做思想斗争，同自己心中升腾起来的厌恶心理做斗争"[2]。事实上，从后来者的眼光来看，斯特拉霍夫这里所说的一切显然有些夸大其词了。陀思

---

[1] Переписка Л.Н. Толстого с Н.Н. Страховым, т.II. СПб. изд. Толстовского музея, 1914, С.308.

[2] Там же. С.307.

耶夫斯基人品是否真如他所说这么恶劣，这在过去近二十年的交往中可以验证。斯特拉霍夫早不说晚不说，在作家去世后再跟人抱怨，只能说他夹杂着一些个人情绪，心中怨气至深，可见一斑。

类似看法直到斯特拉霍夫的晚年稍有淡化。他在跟罗赞诺夫的信中仍然流露："有件事令我高兴：您开始感觉到陀思妥耶夫斯基的病态，在我看来，他对很多人有害；我认为对您——现在可以说了——也有害。他去舔别人的伤口，以此使自己痛苦并证明，这就是真正的生活、真正的人。当然，在每个问题上他都动摇，思考是否需要。"[1] 相对于给托尔斯泰的信里那种怨妇式的指责，这里斯特拉霍夫倒是从严肃的角度来看待陀思妥耶夫斯基的缺陷了。不过，尽管如此，他仍然将陀思妥耶夫斯基看作是一个充满狂热的人："陀思妥耶夫斯基到底是什么样的人呢？在某种程度上，在某种形式上，他是一位斯拉夫派，他是一位斯拉夫主义的狂热崇拜者。"[2] 狂热，与理性从来就不是一路人。

在两人关系这个问题上，我们不能轻易地说谁对谁错。就现实层面来说，上述斯特拉霍夫的评价即便有言过其实之处，那也多半事出有因。陀思妥耶夫斯基夫人安娜曾因斯特拉霍夫这事专门写了公开信，为丈夫讨还公道，并在日记和书信里做了许多修改工作，以便维护丈夫的形象。这实际上反而说明了陀思妥耶夫斯基在生活中确实有值得非议之处，否则安娜也不必如此纠结，乃至去修改日记及书信。从更深的层面上说，这更是彼此双方理念不同导致的结果。陀思妥耶夫斯基写的是现代化背景下人的分裂，这当然是一种真实，用他的话说他是"最高意义上的现实主义者"。但斯特拉霍夫作为黑格尔古典哲学的追随者，从来就不赞成人的内心分裂。俄罗斯学者阿夫杰耶娃（Авдеева Л.Р.）认为："斯特拉霍夫的哲学观是在十九世纪下半期自然科学的发展、德国古典哲学（尤其是黑格尔哲

---

[1] *Розанов В.В.* Литературные Изгнанники: Воспоминания.Письма. М.: Аграф. 2000., С.106.

[2] *Н.Н. Страхов.* Литературная критика. СПб. РХГИ. 2000. С.361.

学）及以斯拉夫派为代表的祖国思想传统影响下形成的。"[1] 从他的著作《作为整体的世界》中可以看出，他赞成的是人与社会、人与人、人与自身之间的对话，由此构成一个和谐共存的整体。道不同，不相为谋，根据30卷本的科学院版作家全集所显示，从1875年后，陀思妥耶夫斯基跟斯特拉霍夫虽偶有见面，但陀思妥耶夫斯基再也没给斯特拉霍夫写过信，两人的友谊似乎从此结束。

  造就一位文学大师需要作家本人无数的辛劳，也需要无数人背后默默地奉献。正如格罗斯曼说，陀思妥耶夫斯基"哲学观的最终体系的形成应当归功于 Н.Н. 斯特拉霍夫，他的美学观趋于成熟，有赖于斯特拉霍夫和 А. П. 格里高利耶夫"[2]。尽管，在作家创作的后期，斯特拉霍夫因为观念不同与之分道扬镳，但我们仍不能忽视他在陀思妥耶夫斯基研究中的作用。在斯特拉霍夫——这一作家的旧友因为种种原因在文学史上被迫沉寂多年之后，我们也可以应该将其文学遗产整理出来，以便从一个新的角度去认识陀思妥耶夫斯基的创作。与此同时反过来说，我们也需要以陀思妥耶夫斯基的创作为分析材料，结合批评家的具体实践，分析两人交往中的细节，进而把握斯特拉霍夫文学批评、文学观念的一些特色。如此，方能有一个益发趋向完整的十九世纪俄国文学全景图。

---

[1] *Авдеева Л.Р.* Русские мыслители: Ап.А.Григорьев, Н.Я.Данилевский, Н.Н. Страхов. Издательство Московского университета. 1992. С.111.

[2] *Гроссман Л.П.* Путь Достоевского. М.: Современные проблемы, 1928, С.163.

第七章　生命意识与民族根基：斯特拉霍夫对托尔斯泰的阐释

斯特拉霍夫与托尔斯泰的关系在托尔斯泰研究中很受关注。早在1914年，著名历史学家、档案学家莫德扎列夫斯基（Модзалевский Б.Л. 1874—1928）就组织出版了近五百页的《托尔斯泰与斯特拉霍夫通信集》（圣彼得堡，1914），该版本后来被收入了托尔斯泰百年纪念版全集。尽管如此，对于两人之间关系、观点的系统梳理、分析却始终难得一见。在2003年出版的《托尔斯泰与斯特拉霍夫通信全集》序言中，素以研究托尔斯泰而闻名的加拿大学者东斯科夫（A.Donskov）曾说："令人惊讶的是，迄今对于斯特拉霍夫生平与著作的学术研究是如此之少，尤其在涉及他与陀思妥耶夫斯基及托尔斯泰文学联系中所起的重要作用方面。"[1]

然而，斯特拉霍夫又绝非无足轻重，他是作家生活中的知己，被称为"少数几个深刻了解托尔斯泰的人之一""敏锐而聪明的鉴赏家"。[2]另一方面，作为19世纪著名文学批评家，斯特拉霍夫最突出的贡献就在于他对托尔斯泰中后期作品的阐释。正如俄罗斯学者斯卡托夫指出的："发

---

[1] *Л.Н.Толстой-Н.Н. Страхов*: Полное собрание переписки в двух томах. том.1. Slavic Research Group at the University of Ottawa and State L.N.Tolstoy Museum, Moscow, 2003. C. ⅩⅤ．

[2] 亚·列·托尔斯泰娅：《父亲》上册，秦得儒等译，上海译文出版社，1985年，第375、402页。

现并确定这个时期的托尔斯泰——这一荣誉很大程度上应归功于斯特拉霍夫。"[1]

第一节 从相识到相知

根据托尔斯泰次子的回忆，作家本人其实并不喜欢那种文坛上的职业批评家："爸爸根本不喜欢评论家，认为只有那些自己什么也创作不出来的人才做这一行当。爸爸说职业评论家是'傻子评论智者'，但他像对待思想深刻的思想家那样尊重斯特拉霍夫。"[2] 因此，斯特拉霍夫的阐释能够得到托尔斯泰本人的肯定，唯一的解释就是他的阐释深得作家之心。1877年4月，托尔斯泰在给后者的信中说："我害怕评论，也不喜欢评论，更不喜欢赞扬，但不是指您的。您的评论和赞扬使我高兴并鼓舞我写作。"[3] 托尔斯泰甚至根据斯特拉霍夫的意见对《战争与和平》进行了修改。至于在后来的《安娜·卡列尼娜》创作中，斯特拉霍夫更是既帮助修改，又给予支持，可谓功莫大焉。

根据斯特拉霍夫自述，两人最初属于文字之交。据有关专家的考证，斯特拉霍夫早在1866年就写了关于托尔斯泰《童年》《少年》《青年》三部曲的评论文章，只不过影响不大，未能引起作家的注意。真正令托尔斯泰注意到批评家的是后者在1866—1869年间所写的论《战争与和平》的文章。正如托尔斯泰妻妹塔·库兹明斯卡娅（Кузминская Т.А., 1846—1925）回忆，托尔斯泰认为："斯特拉霍夫以自己的评论赋予了《战争与和平》这部小说以崇高意义，并且永远使这一意义确定了下来"[4]。与此

---

[1] *Страхов Н.Н.* Литературная критика.Изд-во. РХГИ. СПб. 2000. С.34.

[2] 伊·托尔斯泰：《托尔斯泰次子回忆录》，梁小楠等译，北京大学出版社，2016年，第116页。

[3] *Л.Н.Толстой-Н.Н. Страхов:* Полное собрание переписки в двух томах. том.1. Slavic Research Group at the University of Ottawa and State L.N.Tolstoy Museum, Moscow, 2003. С.331.

[4] 塔·库兹明斯卡娅：《托尔斯泰妻妹回忆录》，辛守魁等译，北京大学出版社，2016年，第347页。

同时，斯特拉霍夫此时正好主持《朝霞》杂志，也希望托尔斯泰能成为撰稿人。两人的交往情况可以从这一时期托尔斯泰写给朋友们的书信里略知一二。1874年7月，作家写信告诉费特："七月初斯特拉霍夫大约要来，我很喜欢他。"又及："日前斯特拉霍夫曾在我处作客五天，别看他说话笨拙，可我却得到了充分的乐趣……"[1] 从1871年六七月间，斯特拉霍夫第一次登门拜访托尔斯泰开始，到1896年年初斯特拉霍夫去世，两人的友谊持续了四分之一个世纪。斯特拉霍夫以托尔斯泰为友为师，托尔斯泰也将其视为精神上的伙伴。两人在文学上的互相欣赏构成了其相识相知的基础，尽管在后期他们也出现了一些争论。总体上，斯特拉霍夫的文学批评以及通信集可以说是当今托学研究中不可忽略的部分。

此外，托尔斯泰对斯特拉霍夫精神面貌的概括对我们今天认识批评家也有很好的借鉴意义。在相见不久后的1871年9月13日，托尔斯泰在给斯特拉霍夫的信里提到了自己对他的印象："您知道您最令我惊讶的是什么？那就是您的面部表情。曾有一次，您不知我在书房，从花园走进阳台大门，此时，您那种陌生的专注又严肃的表情向我解释了您的一切（当然也借助您的所著所言）。我深信您天生是从事纯粹哲学工作的，我是说摆脱现代生活意义上的纯粹，而不是在摆脱诗意的宗教的解释事物意义上的那种纯粹。因为纯理性的哲学是西方畸形的产物。可是希腊人——柏拉图，叔本华，俄国思想家，都不是这样理解它的。您有一种我在任何一个俄罗斯人身上都看不到的品质，即在阐明事物的明确性和简洁性之时，有一种和力量相结合的柔和性。您不是用牙齿，而是用柔软有力的手指来撕扯……"[2] 托尔斯泰在这里讲的，实质上就是后来许多人指出的斯特拉霍夫性格中最突出的特点，即善于哲学思辨，沉默内向，这一评价也足以现

---

[1] 苏·阿·罗扎诺娃编：《思想通信——列·尼·托尔斯泰与俄罗斯作家》（上），马肇元等译，文化艺术出版社，1997年，第466、467页。

[2] *Л.Н.Толстой-Н.Н. Страхов*: Полное собрание переписки в двух томах. том.1. Slavic Research Group at the University of Ottawa and State L.N.Tolstoy Museum, Moscow, 2003. C.15.

出托尔斯泰的识人之能。

斯特拉霍夫文学主题之一便是在与西方思潮的斗争中确立俄罗斯文化的特色。具体到托尔斯泰这一个案，斯特拉霍夫对作家的阐释与维护实质上也是在与西欧派、自由派作斗争。正如苏联时期的研究者巴巴耶夫（Бабаев Э.Г. 1927—1995）所指出的："保卫托尔斯泰免于同时代批评家的攻击对斯特拉霍夫来说也是'与西方斗争'的形式之一。"[1]

这一点在批评家的身后遗作《俄国文学中与西方的斗争：历史与批评随笔》[2]中得以鲜明体现。在笔者看来，这个主题分为两步：其一是"破"——摆脱西方思想的影响；其二是"立"——确立俄罗斯文化自身的特性。从反虚无主义到根基主义，实际上正是这个主题的具体体现。

十九世纪五十年代末，正在为《火炬》杂志撰稿的斯特拉霍夫认识了从西伯利亚流放归来的陀思妥耶夫斯基，在其鼓励下开始积极参与文学评论工作，成为"根基派"（Почвенничество）的著名理论家之一[3]。从这个时期开始，斯特拉霍夫与格里高利耶夫、陀思妥耶夫斯基兄弟等一起，参与了六十年代俄国思想界的多次争论，对虚无主义思潮做了有力的反驳。客观地说，斯特拉霍夫并不全盘否定虚无主义。然而在他看来，一种有价值的否定最终要以某种更具积极性的价值观为寄托，否则容易陷入否

---

[1] Бабаев Э.Г. Лев Толстой и русская журналистика его эпохи.Издательства МГУ, 1978. С.92.

[2] 该书共3卷，出版于1882—1895年间，基本收入了1870年代后斯特拉霍夫在文学、文化方面的文章。1969年，海牙的莫顿（Mouton）出版社出了影印版，2010年莫斯科俄罗斯文明学院（Институт Русской Цивилизации）又出版了同名选集，但内容有较大变化。

[3] 著名哲学家弗拉基米尔·索洛维约夫将斯特拉霍夫称为"不仅是一个西方主义者，而且是一个极端的和片面的西方主义者"。参见弗拉基米尔·索洛维约夫：《俄罗斯与欧洲》，徐凤林译，河北教育出版社，2002年，第172页。笔者以为索洛维约夫这句话更多出于与斯特拉霍夫论争，同时也强调了斯特拉霍夫的自然知识背景，但事实上未必准确。因为斯特拉霍夫后来自己说："作为根基派，阿波隆·格里高利耶夫和陀思妥耶夫斯基常常强调他们既非西欧派，亦非斯拉夫派……我认为很有必要将我自己直接定义为斯拉夫派。"转引自 Письма Н.Н. Страхова Ф. М.Достоевскому//Шестидесятые годы - Материалы по истории литературы и общественному движению/АН СССР, Институт русской литературы (Пушкинский Дом); под ред. Н. К. Пиксанова и О. В. Цехновицера – М. Издательство Академии наук СССР, 1940. С.256. 他的这番表白表明了他最终的立足点还是在俄国文化本身。此外，斯特拉霍夫也跟托尔斯泰表明过自己的思想立场："我们是保守派，是斯拉夫派及诸如此类，我们只知道什么事不要做。"参见 Переписка Л.Н. Толстого с Н.Н. Страховым. СПб.: 1914. С.72.

定的怪圈。在他看来，"否定、怀疑、好学——这只是自由思想工作的第一步，不可避免的条件。之后将是第二步：以积极的思考走出否定，将认识提高到更高的层次"[1]。如果说，虚无主义只是十九世纪六十年代俄国文化思潮并不成熟的一种走向，那么反虚无主义最终需要提出更有建设性的思想方能取而代之。在这个问题上，斯特拉霍夫提出了以本民族文化为本，借鉴西欧文化，走有俄罗斯特色的文化建设之路。这种观点，在他著名的政论文章《致命的问题》中得到完整的表达。

1863年，波兰爆发争取独立的斗争，俄国文化界多数人士爱国心切，纷纷对波兰表示谴责。与那些非此即彼的立场不同，斯特拉霍夫选择了从文化角度来审读这次波兰事件。他在4月份的《时报》（Время）上发表了署名为"俄罗斯人"的文章《致命的问题》。文章从当前波兰问题出发，指出两派的争论只是停留在问题的表面，而问题的实质在于文化。"波兰人起来反对我们就是有文化的民族反对文化低，甚至没文化的民族。……波兰一开始与欧洲其他地区是平等的。它和西方民族一样接受了天主教，与其他民族一样发展自己的文化生活。在科学、艺术、文学及所有文明的领域，波兰常常关注欧洲其他成员国家并与之竞争，从未把那些落后的、异端的国家视为自己人。"[2]在这里，所谓"落后的、异端的国家"指的就是俄国。

事实上，十九世纪俄罗斯的一个主要悖论是国家政治军事实力的强大和文化上的盲目崇外。俄国以强大的武力征服波兰，甚至成为"欧洲的宪兵"。可就文化层面而言，俄国更多的是在模仿西方，思想独创性甚至比不过波兰，所以波兰才会反抗。因此，批评家认为，俄国要最终解决波兰

---

[1] *Страхов Н.Н.* Критические статьи об И. С.Тургеневе и Л.Н.Толстом(1862-1885) Издание четвертое. Киев. 1901. C.IX.

[2] *Страхов Н.Н.* Борьба с Западом в Нашей литературе.: Исторические и Критические Очерки. Кн.2. Киев. 1897. С.92—93.

问题，首先要在文化上强调自己的特质，摆脱西方的影响。波兰并不像有些革命民主派说的那样值得同情，因为它明明是斯拉夫国家，却偏偏去寻求西欧文化作为自己的精神根基，因此它亡国了。但它的命运却可成为俄国的前车之鉴：大国的崛起，至少在文化上必须独立自主，走适合自己的道路。应该说，斯特拉霍夫的思考跳出了现实政治层面，真正从文化冲突的高度来看待波兰问题，这显然是一种超越。[1]

文化不是一个空洞的名词，它必须有具体内容来做支撑。对于批评家来说，若无本土作家的创作实践作为依据，坚持本土文化立场便是一句空话。因此，俄国精神的独特性必须在文坛找到合适的代言人。此时，在文坛上声名鹊起的托尔斯泰进入了批评家的视野，此时托尔斯泰已发表了《塞瓦斯托波尔故事》《战争与和平》等一系列作品，隐隐有大师之相。更重要的是，作家在作品中所流露出的生命意识与民族精神唤起了批评家的共鸣。因此，正如津科夫斯基指出的："斯特拉霍夫在《同西方的斗争》前言中写道：'我们无需寻找任何新的、在世界上还无先例的原则，我们应当只被那一精神所渗透，即在我们人民当中生长并且自身就包含了我们土地之成长、力量和发展的所有奥秘的精神。' Л.Н. 托尔斯泰在自身当中十分鲜明、生动地实现了这一对'人民真理'的向往。"[2] 斯特拉霍夫以此为契机，开始了他对托尔斯泰的阐释之路。这种阐释的意义，正如斯特拉霍夫本人坦言："不在于我最早宣称托尔斯泰为天才并将其归于伟大俄国作家之列，更主要的在于我对作家精神的理解、与其内在的共鸣，这为大家揭示了作品的深度。请读者来判断，我对托尔斯泰意义的理解是否正

---

[1] 值得一提的是，文章脱离现实，主旨晦涩不清，尤其是文章中对俄国文化的批评最终在俄国知识界引起了轩然大波，甚至惊动了政府。最终的结果是《时报》杂志被勒令停刊，斯特拉霍夫也遭到处罚：15 年内不得在任何杂志上担任编委。参见：Страхов Н.Н.Биография, письма и заметки из записной книжки Ф. М.Достоевского. СПб. 1883. С.250.

[2] 津科夫斯基：《俄国思想家与欧洲》，徐文静译，上海三联书店，2016 年，第 151 页。

确完整。"[1]

在论述《战争与和平》之前,斯特拉霍夫首先对作家的早期创作做了一番探究。他撰写的这篇《列·尼·托尔斯泰伯爵的著作》(1866)历来关注者不多,但实际上若与车尔尼雪夫斯基等人的文章加以对照,不难看出批评家的匠心所在。

第二节 斯特拉霍夫对托尔斯泰早期作品的评论

今天,托尔斯泰作为史诗诗人和心理诗人的评价已成为学术界的定论,"心理诗人"这一称呼的发明权也公认属于革命民主主义批评家车尔尼雪夫斯基。他在1856年的文章《童年与少年·战争小说集》里写道:"……而托尔斯泰伯爵最感到兴味的却是心理过程本身、心理过程的形式、心理过程的规律,用明确的术语来表达,这就是心灵的辩证法。"[2] 除此之外,正如车尔尼雪夫斯基所说,托尔斯泰的另一特色在于作品中的"纯洁的道德感":"在托尔斯泰伯爵的才能中还有另外一种通过他的非常突出的生气蓬勃的精神,——道德感情的纯洁化使他的作品有了一种完全独特的价值力量。"[3] 以上两点可谓对托尔斯泰初期创作特点的一个深刻归纳。无论是"心灵辩证法",还是"纯洁的道德感"都成为此后托学研究的经典概念。后来的俄国第一位马克思主义者、文学批评家普列汉诺夫就对车尔尼雪夫斯基的评价赞不绝口:"……而从车尔尼雪夫斯基方面,不仅善于充分评价托尔斯泰的才华,而且还能敏锐地看出他的最出色的特征。这的确是一桩重大的文学功勋。"[4] 类似的观点在当代俄苏

---

[1] Страхов Н.Н. Критические статьи об И. С.Тургеневе и Л.Н.Толстом(1862-1885) Издание четвертое. Киев. 1901. С.Ⅲ.
[2] 车尔尼雪夫斯基:《论文学》,下卷第一册,辛未艾译,上海译文出版社1982年,第261页。
[3] 同上书,第268页。
[4] 倪蕊琴编选:《俄国作家批评家论列夫·托尔斯泰》,中国社会科学出版社,1982年,第256页。

第七章 生命意识与民族根基:斯特拉霍夫对托尔斯泰的阐释 | 173

研究界也成为定律。苏联批评家赫拉普钦科说："史诗性叙事和心理描写，这是托尔斯泰反映生活的两个不同的、但有时又是相互紧密联系的方面。"[1]

不过需要指出的是，当时文坛有激进派与唯美派论战，出于团结托尔斯泰的需要，车尔尼雪夫斯基在文章中仅仅强调了作为艺术手法的"心灵辩证法"和作为作品基调的"纯洁的道德感"，对作品的思想内容却有意忽略了。正如韦勒克指出的："车尔尼雪夫斯基赞扬了托尔斯泰的道德纯洁之后，笔锋突然一转，为托尔斯泰的童年主题辩护，令人不知所云。"[2] 正因如此，在此后的很长一段时间里，俄国评论界对于托尔斯泰的创作由"纯洁的道德感"逐渐转向宗教神秘主义、虚无主义时，便显得不知所措，乃至无法理解。只有斯特拉霍夫是例外。他评论托翁是在1866年，已过了争论高潮期。因此他的评论相对客观平静，没有受车尔尼雪夫斯基的影响，除了强调作家的创作特色在于"异常细腻和真实的心灵活动的描绘"之外，更进一步追问思想内容方面的问题："诗人追求的是什么？""答案只有一个：艺术家追求留存在人的心灵中的美——追求每一个描绘的人物身上天赋的人的尊严，总之，努力找到并确切地断定，人的理想的企求在现实生活中如何以及在多大程度上得到实现。"[3]"人的尊严""人的理想的企求"——这一切以人为本的理念构成了斯特拉霍夫论述托尔斯泰的最初切入点。由此，他进入了托尔斯泰的创作世界。

在批评家看来，托尔斯泰的天才创作力量来源于"生活的信念"和"对人民的热爱"。有了"生活"和"人民"，一个作家就有了根本的创作根基。在第一篇关于托尔斯泰的文章《列·尼·托尔斯泰伯爵的著作》里，批评家首先介绍了屠格涅夫的小说《够了》（1865）及皮谢姆斯基的《俄

---

[1] 赫拉普钦科：《艺术家托尔斯泰》，张捷等译，上海译文出版社，1987年，第446页。
[2] 雷纳·韦勒克：《近代文学批评史》第4卷，杨自伍译，上海译文出版社，2009年，第333页。
[3] Страхов Н.Н. Критические статьи об И. С.Тургеневе и Л.Н.Толстом(1862-1885) Издание четвертое. Киев. 1901. C.195, 196.

国的骗子》（1865），前者体现了屠格涅夫深深的颓废乃至虚无："屠格涅夫在他的《够了》中向我们揭示了什么呢？俄罗斯人，艺术家，他的光都熄灭了，离开了他的心，他把无用的手交叉放在空荡荡的胸口。"[1] 后者则反映了作家愤世嫉俗的心态："皮谢姆斯基的道路——描述庸俗者的庸俗，尤其是在被高雅、智慧、优雅的虚伪光环遮蔽之下。皮谢姆斯基常常描写虚伪，毫不留情地揭露隐藏在虚伪之下的东西。"[2] 事实上，多余人的颓废与恨世者的批判——这也是当时俄罗斯文坛常见的两种文学主题，换句话说，即是俄罗斯文学中老生常谈的"怎么办？"问题。然而，提出问题固然是解决问题的一半，但终究还是要解决全部才好。从这一点来说，屠格涅夫和皮谢姆斯基属于提问题的人，托尔斯泰则只是答题人之一，斯特拉霍夫作为批评家对托尔斯泰的答案打了高分。

斯特拉霍夫认为：相较于前两者，"只有托尔斯泰伯爵直接提出了令我们关注的任务，即直接描绘那些人，他们缺乏理想却努力追寻思想与情感的美好表达，并在这种追寻中为之痛苦"[3]。换言之，在当时那么多文学家揭露社会阴暗面，甚至对社会产生绝望的时候，托尔斯泰作品的人物努力追寻生活的意义，这一点首先就值得肯定。批评家比较了托尔斯泰作品中的人物与之前奥涅金、毕巧林等人的区别："伟大的奥涅金，卑微的毕巧林，尽管忧愁、痛苦，然而他们仍然存活于同一个社会中，并在其中成长。但是托尔斯泰伯爵的主人公就不一样了。这些主人公很早就开始与那些社会习以为常的概念不和，他们脱离了自己的圈子，走上了各种可能的道路，为了自己寻找另一种人生。"[4]

另外，"托尔斯泰伯爵作品的主人公通常都是抗议者，也就意味着他

---

[1] *Страхов Н.Н.* Критические статьи об И. С.Тургеневе и Л.Н.Толстом(1862-1885) Издание четвертое. Киев. 1901. С.146.

[2] Там же. С.149.

[3] Там же. С.151.

[4] Там же. С.159-160.

们迅速地否认自己的阶层,很快发现在这个阶层中无法获得心灵的满足。因此他们奔向了生活,怀着崇高但完全模糊的志向"[1]。所以,当面对生活庸俗面和、暗面的时候,是同流合污,自甘堕落,还是自暴自弃,怨天尤人,这是个问题。知其不可而为之——托尔斯泰塑造的人物在当时的文坛上应该较有积极意义,尽管未必有创意。

"托尔斯泰伯爵的人物究竟干些什么呢?他们的确在世上游荡,怀着自己的理想,寻找生活美好的一面。"[2]批评家这里对作家早期作品人物的概括,在二十世纪的研究中得到了更为深刻的解释:"年轻的托尔斯泰的主人公(从《童年》和《少年》开始)与陀思妥耶夫斯基的主人公一样,是内心公正无私的人,他们与世无争,也不追求财产、功名或其他外在的目的,就像法国长篇小说家司汤达和巴尔扎克的主人公那样。使俄国长篇小说家的主人公激动不已的首先是真理,是谋取社会公道并使信念与生活相协调的途径问题,是他们对待他人的态度的道德内涵,而不是较狭隘和较'个别'的目的与利益。"[3]换而言之,斯特拉霍夫所谓"生活美好的一面"在弗里德连杰尔的解释中便是"真理",是走向真理的"途径",也是与人共处的"道德内涵"。此外,斯特拉霍夫所谓的"生活"(жизнь),也可以译为"生命"。这一概念是斯特拉霍夫用以与虚无主义的"理论"(теория)相对立的。在接下来的几篇文章里,"生活"这个概念将会一再出现。[4]在今天看来,追寻生活或生命的美好,在一定程度上也就相当于追求生命的真理吧!

然而,托尔斯泰主人公们一心追求的生活却往往未能赋予他们多少美

---

[1] Страхов Н.Н. Критические статьи об И. С.Тургеневе и Л.Н.Толстом(1862-1885) Издание четвертое. Киев. 1901. С.154.

[2] Там же. С.168.

[3] 弗里德连杰尔:《陀思妥耶夫斯基与世界文学》,施元译,上海译文出版社,1997年,第166页。

[4] 斯特拉霍夫对"生活"的强调,实质上成为后来托学研究的一个切入点。苏联著名的托学专家米·赫拉普钦科便说:"对生活的史诗式的反映和对待生活现象的有鲜明个性的态度相结合,是托尔斯泰的一个巨大的创作成果。"参见米·赫拉普钦科:《艺术创作,现实,人》,刘逢祺等译,上海译文出版社,1999年,第136页。

好的东西。无论是《青年》中的尼古拉·伊尔捷尼耶夫，还是《一个地主的早晨》里的聂赫留朵夫，似乎都没有找寻到生活的真理之所在，只留下了痛苦和无奈。谁之罪，问题在哪里？按照通常的说法来讲，那就是所处的社会出了问题。就像法国启蒙哲学家卢梭在那本《爱弥儿》（1757）第一卷里说的："出自造物主之手的东西，都是好的，而一到了人的手里，就全变坏了。……偏见、权威、需要、先例以及压在我们身上的一切社会制度都将扼杀他的天性，而不会给他添加什么东西。他的天性将像一株偶然生长在大路上的树苗，让行人碰来撞去，东弯西扭，不久就弄死了。"[1] 卢梭的社会批判思想在十九世纪的俄国颇有市场，即便是托尔斯泰也对此极为推崇。但斯特拉霍夫对这一问题却有另外的看法。

他在文章末尾回答说："如果我们想要研究作者最关注的主人公（即我们社会的孩子们，伊尔捷尼耶夫们，奥列宁们，聂赫留朵夫公爵们，等等）的心灵生活的其他特点，我们就要长期地从托尔斯泰作品那样的书里获取丰富的诗意和观察力。他们都病了，这些人生了同一种病——心灵的空虚和死亡。但他们的心灵中毫无疑问隐藏着高尚的火花，它们努力地发光，但是不知为何没有找到心中火焰的精神食粮。如果这种火花突然迸发，那么它就会照亮美好的心灵生活；对这种生活的追求构成了这些心灵的痛苦。"[2] 可以看出，斯特拉霍夫认为并非社会有问题，而是主人公们自己生病了。当然，如果进一步往里论述，人的心灵之病也是来自社会黑暗落后的一面。但斯特拉霍夫在这里首先强调人自己的问题，这实际上与陀思妥耶夫斯基创作时侧重人的内心这一趋向是符合的。同样是一个身处绝境的穷人，有的人可以默默忍受，如杰武什金那样竭尽所能去温暖别人；也有的会像拉斯科尔尼科夫那样，以社会正义的名义，向高利贷老太婆举起

---

[1] 卢梭：《爱弥儿：论教育》（上卷），李平沤译，商务印书馆，2009年，第5页。
[2] Страхов Н.Н. Критические статьи об И. С.Тургеневе и Л.Н.Толстом(1862-1885) Издание четвертое. Киев. 1901. С.177-178.

了斧头。因此，指责社会、把一切问题归结为社会，这是容易的，但这不是面对问题时的积极做法。"空虚和心灵的死亡"需要批评者深入人物的内心，细细琢磨，从而从俄罗斯的传统价值观念中觅得真正的解救之道。这是斯特拉霍夫的深度，也是他获得托尔斯泰青睐的原因之一。

根据托尔斯泰家人的回忆，作家关注过斯特拉霍夫的这篇文章，并予以了高度评价："这是唯一的一位从来也没有见到过我而又如此准确地理解我的人，早在过去他发表在《祖国纪事》上的那篇文章就已经向我证实了这一点。"[1] 需要指出的是，斯特拉霍夫对托尔斯泰的理解有些地方也并非原创，而是受到了阿·格里高利耶夫的影响。后者虽然英年早逝（1864年去世，年仅42岁），但在托尔斯泰早期作品的评论方面也有多篇文章，新见迭出，其中《托尔斯泰伯爵及其作品：我们批评界所忽视的现代文学图景》（1862）值得一看。

格里高利耶夫首先指出批评界对托尔斯泰的忽视，即仅仅予以表面上的欢迎和接受，却没有真正理解作家。譬如，说到作家的"心灵辩证法"及"纯洁的道德感"，车尔尼雪夫斯基写了很多，但偏偏没写这些特点到底是怎么来的。格里高利耶夫说："托尔斯泰最引人注目的地方就是对情感冲动的细致分析和对所有虚伪的敌视，不管这些虚伪如何发展以及呈现出什么模样。他十分突出的就是作为一个作家非同寻常的饱满心理分析技巧。他第一个大胆说出自己情感的好恶（此前的艺术家们始终保持沉默），同时带着对生活真理和内在世界道德纯洁性近乎天真的爱——这使得他和伪善得以严格区分。托尔斯泰作为艺术家既具有真诚的天性又具有无可争议的生命感；类似在心理技巧上的真诚在其他作家中少有，即便外国作家中也不多见。"[2] 但这种"天性"（натура）、"生命感"（чутье жизни）以及"真诚"（искренность）在《现代人》批评家那里却有意无意地被

---

[1] 塔·库兹明斯卡娅：《托尔斯泰妻妹回忆录》，辛守魁等译，北京大学出版社，2016年，第347页。
[2] Аполлон Григорьев Ранние произведения Гр.Л.Н. Толстого. М.: 1916. С.5-6.

忽略了。因为托尔斯泰创作中所体现出的天性和道德,正是俄罗斯宗法制社会所秉持的传统价值观念。《现代人》杂志的批评家们崇尚西方价值,因此两者必然会发生冲突,事实也正是如此。当托尔斯泰发表旨在批评西方文明的《卢塞恩》(1857)等作品时,《现代人》杂志对此保持了难得的沉默。

斯特拉霍夫正是在这些问题上继承了格里高利耶夫的观点,并做了进一步的阐释。也正因如此,后来的研究者如沃隆斯基(Волынский А.Л.)等人就把斯特拉霍夫称为格里高利耶夫"忠实的朋友、学生和天才的继承者"[1],以为斯特拉霍夫无非是炒前人的观点冷饭罢了,实则绝非如此。倒是批评家的好朋友尼科尔斯基为他说了公道话:"斯特拉霍夫个人的美学理解、分寸感、整个的品味无可比拟地比他的前辈更敏感,更精确。因此,如果说格里高利耶夫确立了关于俄国文学进程与任务的正确观点的话,那么斯特拉霍夫则在具体问题上——尤其是关于托尔斯泰伯爵及普希金抒情诗方面做了一些新的、独创的因而也是极为真实的结论。"[2] 那么,斯特拉霍夫这些"新的、独创的因而也是极为真实的结论"体现在哪里呢?这就涉及对《战争与和平》的阐释了。

第三节 对《战争与和平》(1863—1869)的阐释

当代俄国文学研究者叶戈罗夫(Егоров Б.Ф.)曾认为,十九世纪的俄国文学批评界"对于俄罗斯文学两位天才——托尔斯泰和陀思妥耶夫斯基的小说没有做好迎接的准备,所有深刻的文章都出现于二十世纪"[3]。如果考虑到斯特拉霍夫的批评文章,这一论断自然失之偏颇。但《战争与

---

[1] Волынский А.Л. Русские критики. Литературные очерки. СПб.: 1896. С.639.
[2] Никольский Б.В. Николай Николаевич Страхов: Критико-биографический очерк. СПб.: 1896. С.268.
[3] Егоров Б.Ф. О мастерстве литературной критики: Жанры.Композиция. Стиль.Л. 1980. С.41.

和平》出版后所遭遇的否定性批评,却也能证明叶戈罗夫此言非虚。有的批评家从人物形象来大加抨击。如瓦·别尔维(Берви-Флеровский В.В., 1829—1918)的文章《优雅的小说家及其优雅的批评》(1868)就认为《战争与和平》中"所有的登场人物……粗暴、污秽",安德烈公爵是一个"污秽、粗暴、没有心肝的机械人",总之那里出现的是"一幕幕令人恶心的污秽场景"[1]。也有的批评家如德普列(Де-Пуле М.Н., 1822—1885)则是从小说结构方面来看的:

"……在公正地考察托尔斯泰伯爵的长篇小说时,我们发现它远非完美无缺。它与其说使我们想起瓦尔特·司各特或狄更斯的许多艺术性长篇小说(它们也都有丰富的场景和众多的人物,而且是正确而和谐地组织结构而成),还不如说使我们想起中世纪的宗教神秘剧和传奇故事(在这种作品里,无数插曲叠床架屋般地堆砌起来,人物像在神灯里一样不断变化,有时莫名其妙地出现,有时无影无踪地消失……)。"[2] 作为一部大部头的文学巨作,小说里的人物众多、情节多重在今天看来,是完全可以理解的。但不能不看到,在十九世纪中期的俄国,多数文学批评家对于这种史诗小说(Роман-эпопея)尚不熟悉,只能用传统的成长小说或教育小说的框架来衡量,结果自然对枝繁叶茂的史诗小说大加批判了。

还有一些评论文章可能是站在纯文学的角度来看小说,认为作家对历史的真实描绘,对历史人物历史事件的评论是对文学的直接入侵,损害了作品的艺术性:

"……托尔斯泰伯爵的长篇小说的主要不足,在于有意无意间忘掉了艺术的起码常识,在于破坏了诗学创作的极限。作者不仅力求控制历史,使历史隶属于自身,而且在他觉得似乎是胜利在握而沾沾自喜时,差点把

---

[1] 转引自苏·阿·罗扎诺娃编:《思想通信——列·尼·托尔斯泰与俄罗斯作家》(上),马肇元等译,文化艺术出版社,1997年,第426页。
[2] 转引自什克洛夫斯基:《列夫·托尔斯泰传》,安国梁等译,海燕出版社,2005年,第386页。

理论论文,即艺术作品中丑的因素引进了他的作品里,泥土、砖瓦和大理石、青铜并然杂陈……

"……托尔斯泰伯爵的错误,在于他在他的书里用了过多的篇幅去描写真实的历史事件和刻画真实的历史人物,因此破坏了作品布局上的艺术平衡,丧失了维系作品的统一性。"[1]

上述说法虽然出发点不同,但从它们的基本判断来看,都对《战争与和平》持否定态度。因此,传统评价标准与小说的创新性发生冲突,这也恰恰说明了彼时的俄国批评界是"老革命遇上了新问题",由此就愈发现出斯特拉霍夫批评之可贵。二十世纪的苏联评论家金兹堡(Гинзбург Л.Я, 1902—1990)曾说:"现在看起来,对《战争与和平》的评论就像流氓行为。没有一个人(除了斯特拉霍夫)懂得它。"[2] 另一位托学大家古谢夫则说:"1869—1870 年,尼·尼·斯特拉霍夫在《朝霞》上发表 4 篇论文,对《战争与和平》第一次作了详细的分析。这种分析像文学作品一样,直到现在对《战争与和平》的性质和最主要的本质还是一种最好最充分有力最清楚的阐述。"[3] 可见,在今天的托学研究中,斯特拉霍夫对《战争与和平》的阐释已成为文学批评的经典。在给托尔斯泰的信里,一向谦虚的批评家将其称为"四部曲批评史诗"(критическая поэма в четырех песнях)[4],可见他对这文章的满意度。

批评家的第二、三篇文章是《论〈战争与和平〉1—4 卷》(1869),主题仍然是生活,尤其是俄国人的生活。值得注意的是,尽管小说以 1812 年战争为背景,但斯特拉霍夫没有像同时代人那样将该作视为历史小说或者自然派所谓的"揭露小说",尽管他也曾说过:"如果有人打算写关于

---

[1] 转引自什克洛夫斯基:《列夫·托尔斯泰传》,安国梁等译,海燕出版社,2005 年,第 387 页。
[2] Гинзбург Л.Я. Литература в поисках реальности.Л. 1987. C.114.
[3] 尼·尼·古谢夫:《托尔斯泰艺术才华的顶峰》,秦得儒译,湖北人民出版社,2000 年,第 125 页。
[4] Страхов Н.Н.: Полное собрание переписки в двух томах. том.1. Slavic Research Group at the University of Ottawa and State L.N.Tolstoy Museum, Moscow, 2003. C.138.

《战争与和平》的文章,类似杜勃罗留波夫的文章《黑暗王国的一线光明》,那么在托尔斯泰的作品中能找到符合这个主题的大量资料。"[1] 这固然与他看问题喜好抽象有关,但也确实体现了批评家的独到眼光。

按照斯特拉霍夫的理解,1812 年战争之所以被选作小说背景,只因为这个阶段是俄罗斯民众生命力迸发的最明显时期。作家的描写对象就是俄罗斯人的这种生命意识。在小说中,它被表现为"纯正的俄罗斯英雄主义,在生活的一切领域内的纯正的俄罗斯式英雄行为,——这就是托尔斯泰伯爵所赐予我们的,这也就是《战争与和平》的主要对象"[2]。俄罗斯人的生命意识具体表现在"淳朴、善良和真实"这三个方面。小说的意义也正是在于:"淳朴、善良和真实在一八一二年战胜了违反淳朴、充满了恶和虚伪的力量。"[3] 在斯特拉霍夫看来,"俄罗斯的精神境界比较淳朴、谦逊,它表现为一种和谐,一种力的平衡"[4]。与此相比,十九世纪下半期的西欧已找不到这种"和谐"与"平衡"。斯特拉霍夫此种观点虽有民族情感在内,但他对西欧文化的评论却非空穴来风。它上可追溯到赫尔岑对西欧市民阶级的批判,及斯拉夫派对俄国村社的赞美,下可联系至尼采、斯宾格勒对欧洲文明堕落的抨击。时隔不久,就有尼采高呼"上帝死了""回到酒神精神"与之遥相呼应。上帝因何而死,西方为何没落,不正是由于科学理性的过度发展,打破了原有的和谐与平衡吗?

不过在批评家看来,仅仅提出"生活"这个概念并指出其意义是不够的,还必须在文学作品中找到具体的形象表现,就好像《父与子》中的巴扎罗夫成为虚无主义者的代名词。于是在批评家看来,《战争与和平》中的卡拉塔耶夫,就成了俄罗斯民族生命力的真正展示者。斯特拉霍夫指

---

[1] *Страхов Н.Н.* Критические статьи об И. С.Тургеневе и Л.Н.Толстом(1862-1885) Издание четвертое. Киев. 1901. С.192.

[2] Там же. С.282.

[3] Там же. С.281.

[4] Там же. С.282.

出:"涉及士兵卡拉塔耶夫的少许章节在整个故事的内部联系上有着极为重要的意义,几乎盖过了我们描写平民百姓内心生活和日常生活的所有文学作品。"[1] 小说本身对卡拉塔耶夫着墨不多,但所写之处却意义重大,他是促使主人公皮埃尔发生思想转变的原因之一。这个人物"作为最深刻、最宝贵的记忆和作为一切俄罗斯的、善良的、圆满的东西的化身,被永远铭记在皮埃尔的心中"。正是在卡拉塔耶夫的影响下,皮埃尔"觉得,原先那个被破坏了的世界,现在又以新的美,在新的不可动摇的基础上,在他的灵魂中活动起来"[2]。作为俄国"平民百姓"的代表,卡拉塔耶夫魅力之所在,正在于他没有那么多的理论来对现实表示不满乃至否定,他对生活充满着感恩之心[3]。

没有理论,其实就是最大的理论。莫斯科大学教授林科夫（Линков В.Я.）就说卡拉塔耶夫"并不具有某种可以离开他,独自存在于书上的理论。事实上,他对皮埃尔的影响,就像大自然和天空对安德烈的影响一样。说起来,他没有在谈话中告诉皮埃尔什么,他用自己整个的生命存在影响了后者"[4]。所以,卡拉塔耶夫的人生是简单的,也是充实的,因为它建立在对生活热爱的基础之上。与此相对应的,有的人物即使满怀高尚的理论,在生活中甘于自我牺牲,但因脱离了真正的生活,在作家看来也算不上"真正的人"。罗斯托夫家的表妹索尼娅便是如此,她主动放弃婚约,成全罗斯托夫与玛丽亚的婚事。这样的人却被作家视为"一朵不结果的花",丧失了真正的生命力。这一点也与托尔斯泰对人的二重性思考有关:"人身上存在着动物性,只有动物性,那不是人的生活。只按照上帝

---

[1] Страхов Н.Н. Критические статьи об И. С.Тургеневе и Л.Н.Толстом(1862-1885) Издание четвертое. Киев. 1901. С.270.

[2] 《列夫·托尔斯泰文集》第8卷:《战争与和平》,刘辽逸译,人民文学出版社,2000年,第1276页。

[3] 巴赫金说:"卡拉塔耶夫,这就是单纯。"又说单纯就是"对不必要的复杂化的揭露"。参见:《巴赫金全集》第7卷,万海松等译,河北教育出版社,2009年,第54页。

[4] Линков В.Я. История русской литературы XIX века в идеях, М.: 2008. С.93.

的意志生活，那也不是人的生活。"[1]

然而，如果仅仅将托尔斯泰看作是俄罗斯民族生活的展示者，那么作家在俄国文学史乃至世界文学史上的意义仍未得到揭示，1812年卫国战争也只是沦落为作家笔下重现俄国特性的一次历史事件。因此，在第四篇文章（即《论〈战争与和平〉五、六卷》）里，斯特拉霍夫进行了更深一步的论述。在大致介绍完五、六卷的内容之后，批评家概括道：

人类生活的一幅完整的图画。
当时俄国的一幅完整的图画。
所谓历史和人民斗争的一幅完整的图画。
包含着人们的幸福和伟大、痛苦和屈辱的一幅完整的图画。
这就是《战争与和平》。[2]

紧接着，斯特拉霍夫就追问："伟大作品的思想是什么呢？"[3]对于这个问题，批评家没有直接回答，只是指出了小说的高度及作家的关注对象："《战争与和平》到达了人类思想和感觉的最高峰，普通人是难以达到的。……历史的思想，人民的力量，死亡的秘密，爱的本质，家庭生活等等——这正是托尔斯泰的关注对象。"[4]那么，这样的对象在俄国文学中的意义何在呢？批评家随即回顾了俄国文学发展的历程："我们的独特的文学奠基者——普希金在自己伟大的心灵中对所有形式的伟大、所有形式的英雄主义都给予了赞许，这也是为什么他能够理解俄罗斯理想，为什

---

[1] *Л.Н.Толстой* Полное собрание в 90 т. Т.28.Царство Божие внутри вас.(1890-1893).М:. 1957. С.77.

[2] *Страхов Н.Н.* Критические статьи об И. С.Тургеневе и Л.Н.Толстом(1862-1885) Издание четвертое. Киев. 1901. С.277.

[3] Там же. С.277.

[4] Там же. С.278、279.

么他能够被称为俄罗斯文学的奠基人。"[1] 之后是果戈理："果戈理开始否定这种生活，这种绝不会将自己的积极方面展现给他的生活。"果戈理将俄国文学的使命感、宗教感带入了文学，同时他对社会的各种否定在某种程度上也起到了消极作用。因此，"果戈理之后整个文学的任务在于：探寻俄罗斯的英雄主义，消除果戈理那种对待生活的负面的态度，更加正确、通过更加广泛的形式了解俄罗斯的现实。……"[2] 于是，在文坛的一片否定声中，"……托尔斯泰第一个完成了任务。他第一个克服了所有困难，清除并且战胜了自己心灵中的否定的过程，从中解脱出来，开始创造体现俄罗斯生活积极面的形象"[3]。

如此，托尔斯泰小说的意义就体现出来了。当大家都在描绘社会阴暗面、抨击社会的时候，他开始寻找并"开始创造体现俄罗斯生活积极面的形象"，并且他还成功地在俄罗斯生活中找到了这一理想："这一理想，按作者本人所提供的公式来说，便是淳朴、善良和真实。"[4] 在斯特拉霍夫的理解中，"淳朴、善良和真实"属于俄罗斯，是俄罗斯民族文化的展现，也可以推广到西方去，用这种精神去对抗日益流行的功利主义思潮。批评家在文章结尾为俄罗斯文学出现《战争与和平》这样的作品感到由衷的高兴。用他的话说："这本书是我们文化的可靠成果，就像普希金的作品那样持久和不可动摇。"[5] 此外，《战争与和平》的出现使得俄国文学终于有底气与西欧文学并驾齐驱，甚至可以说超过了西欧。"现今的西方文学没有展现出任何和我们现在所掌握的东西相同的甚至是相近的东西。"[6]

不难看出，斯特拉霍夫对托尔斯泰阐释的意义便在于：他不但揭示

---

[1] *Страхов Н.Н.* Критические статьи об И. С.Тургеневе и Л.Н.Толстом(1862-1885) Издание четвертое. Киев. 1901. C.282.

[2] Там же. C.283.

[3] Там же. C.283.

[4] Там же. C.281.

[5] Там же. C.309.

[6] Там же. C.308.

了作家创作的核心概念——生活,而且还进一步指出:这种"俄罗斯的生活"是俄罗斯民族存在的根基;不但强调《战争与和平》自身的价值,而且还从俄国民族文学的崛起来看待小说的历史性意义。从该书的创作史也可知道,作家之意不仅在于追述历史上的贵族人物,更在反思当下的俄罗斯社会,为俄罗斯民族确立当代英雄的典范。二十世纪法国作家罗曼·罗兰指出:"的确,《战争与和平》一书底光荣,便在于整个历史时代底复活,民族移植和国家争战底追怀。"[1]可以说,《战争与和平》是俄国人寻找民族自我、发掘民族根基的最初尝试。在批评家看来,这种努力的结果——《战争与和平》就是"与西方斗争的一种新武器"[2]。在小说中,斗争焦点在于民族的对抗,即1812年的卫国战争,尤以博罗季诺战役为最。

斯特拉霍夫认为:"战争从俄国这方面来说是防卫性质,因此具有神圣的民族特征;从法国那方来讲是进攻性的,具有暴力和非正义的特征。……法军代表了一种世界主义思想,他们动用暴力,杀戮其他民族;俄军代表了一种民族的思想,他们热心捍卫一种独特的天然形成的生活制度和精神。正是博罗季诺这个战场提出了民族的问题,俄国人赞成民族性并首次解决了这个问题。"[3]法国所代表的近代西方世界,信奉的是不断扩张,努力进取的"浮士德精神",在发展自身的同时,却也给世界带来灾难。相应的,俄罗斯民族强调的是热爱生命,与世界的和谐共存,其根基便在于"独特的天然形成的生活制度和精神",这种根基的外在体现便是那种"淳朴、善良和真实"的"俄罗斯英雄主义"。

具体到人物形象的话,我们不妨回想一下托尔斯泰对卡拉塔耶夫的描绘:"第二天天一亮,皮埃尔看见他的邻人,最初圆的印象完全得到证实:普拉东整个身形——穿的腰间束着绳子的法国军外套,戴的制帽和脚

---

[1] 罗曼·罗兰:《托尔斯泰传》,傅雷译,商务印书馆,1998年,第47页。

[2] Страхов Н.Н. Критические статьи об И. С.Тургеневе и Л.Н.Толстом(1862-1885) Издание четвертое. Киев. 1901. C.296.

[3] Там же. C.213.

上的树皮鞋,全是圆的,脑袋滚圆滚圆的,背、胸、肩,甚至那两只经常要拥抱什么的手,都是圆圆的;愉快的笑脸和柔和的栗色的大眼睛也是圆的。"[1]圆润在某种意义上说既意味着完整(полнота)、和谐,也象征着没有锋芒,不会咄咄逼人。就像林科夫说的:"在《战争与和平》中,托尔斯泰的人物都追求一种和谐,没有这种和谐就不可能有快乐的生活。但任何人都没有达到卡拉塔耶夫身上那种圆满……在他身上,一切都是本然的,一切都是相称的,一切都是和谐的。"[2]

类似的形象描写还发生在俄军统帅库图佐夫身上。梅列日科夫斯基在后来的《托尔斯泰与陀思妥耶夫斯基》中指出了库图佐夫与拿破仑的对立:"这位英雄,在托尔斯泰看来,首先是俄罗斯的、民族的英雄,是不行动的、无为的英雄;与其对立的是西方文化中的虽然活动,却徒劳无功、轻率、勇猛、过于自信的英雄——拿破仑。"[3]作者以安德烈公爵的眼光来看:"安德烈公爵怎么也说不清那是怎么一来和由于什么缘故就产生了一种效果;但是,在同库图佐夫会见后回到团里,对于整个战局和受此重任的人,他都放了心。他越是看到在这个老人身上没有个人的东西,仿佛有的只是热情奔放的习惯,而缺少分析事件和作出结论的才智,只有静观事件趋向的能力,他就越加放心,觉得一切都会安排妥帖的。'他没有任何个人的东西。他什么也不思考,他什么也不做,'安德烈公爵想道,'可是他听取一切,记取一切,把一切都安排得妥妥帖帖,对有益的事情他不妨碍;对有害的事情,他不纵容。他懂得,有一种东西比他的意志更强,更重要——这就是事件的必然过程。他善于观察这些事件,善于理解这些事件的意义,由于对这些事件的理解,他善于放弃对那些事件的干预,放弃那本来别有打算的个人意志。"[4]笨拙、老迈、善于观察和倾听,这就

---

[1] 《列夫·托尔斯泰文集》第8卷:《战争与和平》,刘辽逸译,人民文学出版社,2000年,第1276页。
[2] Линков В.Я. История русской литературы XIX века в идеях, М.: 2008. С.93.
[3] 梅列日科夫斯基:《托尔斯泰与陀思妥耶夫斯基》,杨德友译,华夏出版社,2009年,第149页。
[4] 《列夫·托尔斯泰文集》第8卷:《战争与和平》,刘辽逸译,人民文学出版社,2000年,第1276页。

是库图佐夫给人最深刻的印象，这种印象初看可能并不令人激昂振奋，但细品却令人感到安心。这便是斯特拉霍夫所谓的"俄罗斯英雄主义"的力量之所在。

斯特拉霍夫不厌其烦地多次指出："《战争与和平》的全部内容似乎就在于证明谦恭的英雄主义比积极的英雄主义优越，积极的英雄主义不但到处遭到失败，而且显得可笑，不仅软弱无力，而且极为有害。"[1] 看似憨憨傻傻的库图佐夫打败了横扫欧洲不可一世的拿破仑，这是俄罗斯民族特性最有力的表现。事实上，这种与西方世界全然不同的民族特性，在斯特拉霍夫等"根基派"看来，恰恰成为俄罗斯能拯救世界，成为第三罗马的原因之一。托尔斯泰晚年提倡的托尔斯泰主义，在很大程度上也是建立在俄罗斯民族这种淳朴善良、善于忍耐的基础之上。

当然，从另一个角度来说，托尔斯泰在小说中对民族文化根基的赞誉、对俄罗斯民族性消极面的强调也引起了部分文学研究者的不满。譬如，著名的俄国文学史家奥夫夏尼科－库利科夫斯基（Овсянико-Куликовский Д.Н.1853—1920）就在他有关托尔斯泰的著作里大发牢骚："凡是历史学家们称为伟大的、有特别意义的、历史上重要的、'划时代'的东西，这位伟大的艺术家都认为是微不足道的、言过其实的和虚有其表的。历史上的'英雄们'、战争与和平的'英雄们'在他笔下都黯然失色。他们之中被突出的和受到赞誉的只有一个人——库图佐夫，而且是因为他什么也没有做。所有那些做过一些事的，有所行动的，作为领袖、首创者、统帅和革新家出现的，他们都不是'真正的'人，而是一些小丑、阴谋家、庸夫俗子和微不足道的小人。"[2] 还有一位作家、科学院院士尼基坚科

---

[1] *Страхов Н.Н.* Критические статьи об И. С.Тургеневе и Л.Н.Толстом(1862-1885) Издание четвертое. Киев. 1901. С.284-285.

[2] 奥夫夏尼科－库利科夫斯基：《列夫·尼古拉耶维奇·托尔斯泰及其艺术活动概要和宗教道德思想评价》，圣彼得堡，1911年，第18页。转引自赫拉普钦科：《艺术家托尔斯泰》，刘逢祺等译，上海译文出版社，1987年，第372页。

（Никитенко А.В.1804—1877）对于托尔斯泰的类似描写也大不以为然。他在日记里写道："如此，托尔斯泰就遭到了两方面的攻击：一方面是维亚泽姆斯基公爵，另一方面是诺罗夫，卫国战争的目击者。不过的确，您丝毫不是什么伟大的艺术家，您自己也不要以为是什么伟大的哲学家，完全可以毫无顾忌地轻视自己的祖国和它光荣史上最好的一页。"[1] 看来，斯特拉霍夫的阐释很好地揭示了艺术家与历史学家着眼点的不同，也强调了托尔斯泰创作中民族根基的一面。

不过，支持斯特拉霍夫这个观点的也不在少数，其中包括陀思妥耶夫斯基。后者在信中予以高度评价："您在读到博罗季诺会战时所说的一番话既表达了托尔斯泰思想的全部实质，也表达了您对托尔斯泰的看法。似乎不可能比这表达得更清楚了。民族的俄罗斯的思想几乎表述得淋漓尽致。"[2] 在批评家看来，《战争与和平》不但体现了俄罗斯思想与西方思想的斗争，这部作品本身的出现，就标志着"俄罗斯文学在长期偏离正道，将各种病毒带入肌体并引发各种症状之后，最终恢复健康"[3]。而决定其健康的根源便在于生活，尤其是俄罗斯的生活。只有与俄罗斯生活建立直接的联系，才能避免西方的影响，避免虚无主义，这是斯特拉霍夫的最终结论。

应该说，斯特拉霍夫的文章在确立托尔斯泰文学地位的问题上意义非凡。托学专家古谢夫对此有高度评价："从尼·尼·斯特拉霍夫论文的力量、胆量和思想的深刻性来看，如果抛弃某些夸张的话，可以说这篇文章的发表，就表明它超过了一切评论《战争与和平》的文章。"[4]

《战争与和平》体现了俄罗斯民族最旺盛的生命力，具有最鲜明的民

---

[1] Никитенко А.В. Дневник в 3 томах.Т.3.1866-1877. М.: 1956. С.132.

[2] 陈燊主编：《费·陀思妥耶夫斯基全集》，第22卷，河北教育出版社，2010年，第619页。

[3] *Страхов Н.Н.* Критические статьи об И. С.Тургеневе и Л.Н.Толстом(1862-1885) Издание четвертое. Киев. 1901. С.308.

[4] 尼·尼·古谢夫：《托尔斯泰艺术才华的顶峰》，秦得儒译，湖北人民出版社，2000年，第127—128页。

族色彩，创造了这一切的托尔斯泰自然也成为俄国文学民族性的体现者。1884年，法国批评家，后来的法兰西学士院院士沃盖（Эжен Мельхиор де Вогюэ, 1848—1910）在《罗斯》（Русь）报上发文谈及托尔斯泰[1]，针对他的某些观点，斯特拉霍夫进行了详尽的剖析。在文章最后，斯特拉霍夫指出："宗教，的确是我们民族的灵魂，而圣人则是它的最高理想。我们的力量与我们的救赎就在这深刻的民族生活之中。……列·尼·托尔斯泰显然是其直接的表达者和代表者之一，因此对我们来说，无论他的创作怎样模糊、片面甚至错误，都极为重要并富有教诲。"[2]

在这个问题上，批评家甚至与相知多年的老朋友陀思妥耶夫斯基产生了分歧[3]。在1868年年底给斯特拉霍夫的信里，陀思妥耶夫斯基指出："我发现，您非常崇敬列夫·托尔斯泰。我同意，他有他自己的话说，不过少了一点。话还得说回来，我认为，在所有我们这些人中他已经说出了最独特的话，因此关于他还是值得一谈。"[4]作家在这里提出两点：一、托尔斯泰是独特的；二、托尔斯泰的独特性尚不明显。这显然是对斯特拉霍夫将托尔斯泰推崇为俄国文学民族性体现者的一种有限认可。陀思妥耶夫斯基这一看法终生未变，尤其在后来斯特拉霍夫将托尔斯泰与伏尔泰、普希金等大师相提并论时，陀思妥耶夫斯基更是无法接受："您文章中有两行谈及托尔斯泰的文字是我所不能完全同意的。您说，列夫·托尔斯泰

---

[1] 此文两年后成为沃盖专著《俄国小说》之一部分。此书声誉颇佳，促进了欧洲知识界对俄国文学的认识。另，沃盖此文也有部分中译文，收录在陈燊编选：《欧美作家论列夫·托尔斯泰》，中国社会科学出版社，1983年，第3—28页。

[2] Страхов Н.Н. Критические статьи об И. С.Тургеневе и Л.Н.Толстом(1862-1885) Издание четвертое. Киев. 1901. С.387.

[3] 国外学界至今没有整理出斯特拉霍夫与陀思妥耶夫斯基的完整通信集，只有1940年的《六十年代人》资料集中收录了斯特拉霍夫写给作家的22封书信。但在1868年11月24日的信里，斯特拉霍夫只是提到了他在写关于托尔斯泰的文章。陀思妥耶夫斯基很可能是看到了之前发表的关于《战争与和平》的文章，才有文中的看法。参见 Шестидесятые годы - Материалы по истории литературы и общественному движению/АН СССР, Институт русской литературы (Пушкинский Дом); под ред. Н. К. Пиксанова и О. В. Цехновицера – М. Издательство Академии наук СССР, 1940. С.259-261.

[4] 陈燊主编：《费·陀思妥耶夫斯基全集》，第21卷，河北教育出版社，2010年，第606页。

堪与我国文学中一切伟大现象相媲美。绝对不能这么说！"[1] 当然，两人对托尔斯泰评价的不同，是否也有作家文人相轻的成分，这是另一个值得探讨的问题。

俄国当代学者马尔切夫斯基（Н.Мальчевский）认为斯特拉霍夫是在别车杜等人的"革命性"哲学与十九世纪、二十世纪之交的"宗教性"哲学之间另辟了一条属于自己的理性主义哲学之路。对于他来说，斯特拉霍夫是"独立俄国哲学的第一批代表之一"。[2] 笔者以为，这条独特的理性主义之路，就其文学层面而言，最充分地表现于对托尔斯泰的论述之中。从对作家作品中生命意识的发掘，到将生命意识确立为俄罗斯民族的根基之所在，最终确立托尔斯泰作为民族根基的表现者——这便是斯特拉霍夫对托尔斯泰的阐释之路，也是他寻找俄罗斯民族特性的努力之路。

第四节　对《安娜·卡列尼娜》（1873—1877）的意见及阐释

可能是因为过于熟悉的缘故（这个"熟悉"既指批评家与托尔斯泰的熟识，又指批评家直接参与了《安娜·卡列尼娜》的创作），斯特拉霍夫对于小说没有发表过多的评论，只在《对当下俄国文学的看法》（1883）这篇概述性文章里作了一些分析，并将其与屠格涅夫、陀思妥耶夫斯基的同时期小说作了对比。不过，纵观十九世纪七八十年代两人的书信，结合上述文章，我们不难发现斯特拉霍夫对小说的创作过程具有不可或缺的影响，对于小说的内涵也有较为精到的见解，这一点在以往的托学研究中尚不为人关注。

1870年代，正好是托尔斯泰思想陷入危机的时刻。"文学到底有什

---

[1] 陈燊主编：《费·陀思妥耶夫斯基全集》，第22卷，河北教育出版社，2010年，第723页。
[2] Мальчевский Н. К истории русской философии//Логос: С-Петерб.чтения по филоС.Культуры. Кн.2 Руссий духовный опыт. СПб. 1992. С.34.

么用？""人活着为了什么？"种种问题困扰着托尔斯泰。作家的创作似乎进入了一个瓶颈期，有许多曾经的构想都未能实现。这令他极为焦躁甚至痛苦。在1870年11月25日给斯特拉霍夫的信里，托尔斯泰说："我处在一种痛苦的状态中——怀疑，大胆设想着无法实现或无力实现的事情，不相信自己，但同时内心又在进行着顽强的工作。也许，这种状态正预示着满怀信心的幸福劳动已为期不远，一如不久前我所经历过的那样，但也可能我从此就再也写不出任何东西了。"[1]作家甚至丢下《安娜·卡列尼娜》的创作，转向平民的启蒙教育，通过编写识字课本、创办学校等方式来努力探索人生的意义。1874年年初，托尔斯泰向莫斯科启蒙教育委员会建议使用并推广他的识字教学法，并进行了竞赛性的实验，最终因效果不明显遭到了教育界多数人的反对。作家对此极为不满，试图写文章反驳那些反对他的人。

斯特拉霍夫在信中劝作家："您所写的关于教育者一事非常真实。您涉及一个我非常熟悉的世界，尽管我一直对它敬而远之，视之为一派胡言，也没有可靠的参照物加以判断。……总之，除了对德国的虚假教育学深恶痛绝之外，我对这里的一切都一无所知，我对所有这些以难以理解的狂热谈论他们所不了解的东西的人深感厌恶。

而您打算与这个讨厌的东西作斗争。坦白说，我为您感到难过。我完全同情您，会怀着浓厚的兴趣关注您，我相信您会有时间说出精彩的话。但，列夫·尼古拉耶维奇，您要想一想——他们有无数的人；要知道，他们既愚蠢又狂热；要知道，我们整个进步报刊都会支持他们。如果您的精力和时间都浪费在分析和反映所有的肮脏之事物上，如果一些废话占据了您的注意力，产生了远超于它本身的影响，我会感到痛心。……我只把这件事看作是一场大战，您可以在这场战斗中尽情挥洒您的力气。但即使您

---

[1] *Л.Н.Толстой-Н.Н. Страхов:* Полное собрание переписки в двух томах. том.1. Slavic Research Group at the University of Ottawa and State L.N.Tolstoy Museum, Moscow, 2003. C.9.

战斗到生命的最后一刻,您能消灭的对手人数和力量也没多少。"[1] 批评家在这里既指明了自由派的强大,主张不宜直接对抗;又规劝托尔斯泰不要在无谓的争论上浪费精力,可谓用心良苦。虽然他的劝阻一时没起到作用,但不能否认正是斯特拉霍夫、费特以及晚年的屠格涅夫等几位好友的不断鼓励、积极干预,才使得作家对创作重拾写作信心,并逐渐回归到文学的道路上来。有意思的是,十余年后风水轮流转,恰恰是托尔斯泰奉劝斯特拉霍夫不要再把时间和精力浪费在与索洛维约夫的争论上了。

1874年夏天,斯特拉霍夫致信托尔斯泰,鼓励他完成《安娜·卡列尼娜》,并且对小说的主题做了大胆的预言。信中说:"我从未忘记过您的小说。每次,无论您写什么,我都会被一种奇妙的新鲜感和完美的独创性所震撼,仿佛从一个文学时期突然跳到了另一个文学时期。您曾正确地指出,您的小说有些地方很像《战争与和平》。但这只是在主题相似的地方;一旦主题不同,它就会以一种文学史上从未见过的新面貌出现。……您掌握了一个很高明的角度,这在每一个字、每一个细节中都能感受到,对此您可能没有予以应有的评价,也许没有注意到。阅读屠格涅夫《烟》那样关于上流社会的故事,是非常令人厌恶的。您会觉得他在谴责次要的事情而非主要事情的时候没有道德支撑点,例如,激情受到谴责,因为它不够强烈和一致,而不是因为它是激情。他满怀厌恶看着他的将军们,因为他们唱歌跑调,法语说得不够好,举止不够优雅等等。在他那儿没有一个简单而真实的人性标准。您有最充分的义务出版您的小说,以便立即摧毁所有这些类似的虚伪。"[2] 这里确实体现了斯特拉霍夫作为一位优秀批评家敏锐的眼光。在小说尚未完稿之时,他就已经看到了《安娜·卡列尼娜》较之于《战争与和平》的主题变化。这变化就是从《战争与和平》中的民

---

[1] *Л.Н.Толстой-Н.Н. Страхов:* Полное собрание переписки в двух томах. том.1. Slavic Research Group at the University of Ottawa and State L.N.Tolstoy Museum, Moscow, 2003. C.160-161.

[2] Там же. C.171-172.

族—历史转变到《安娜·卡列尼娜》中的家庭—现实,描写的对象由此前的贵族群体英雄转变为深陷激情之中的贵族男女。但不变的是斯特拉霍夫始终推崇的"真正淳朴的人道的标准"。

1875年初,在小说陆续发表之后,也有其他评论家注意到了这一点,但没有说到重点。譬如,评论家丘伊科(Чуйко В.В.1839—1899)就指出:"理解列·尼·托尔斯泰是一位艺术家的时候已经到来了,他终归不走陈旧熟悉的小径,而在探索艺术的新道路与新观点,他不是运用现成手法和接受某些现成信仰结论的守旧的模仿者。他多半是一个充满朝气的观察者,把自己的天性和自己思维方式的特征差不多归结到科学研究之中。就天性来说,他是一位现实主义者;就一般世界观来说,他是一位宿命论者,他从这双重的角度,观察一个人的心理活动的机制。"[1] 丘伊科指出了托尔斯泰的创新,认为他是从"现实主义"和"宿命论"两方面来看待人物心理。这种说法,自然也能成为一家之言,但似乎没有抓住《安娜·卡列尼娜》的真正创新之处。

由于创作的压力过大,托尔斯泰创作《安娜·卡列尼娜》的过程是曲折反复的。1876年4月9日,他在给斯特拉霍夫的信中写道:"我满怀恐惧地感到自己正在进入一种夏日状态:我讨厌自己写的东西,现在我面前放着四月号的校对稿,我担心自己无力校对它们。书里的一切都很差,都需要重写,重写一切排印好的东西。要完全涂抹掉,抛弃一切,并对自己说:这是有罪的,别再写下去了,尽量写点新的而不是那种不连贯的东西。这就是我现在的状态,非常令人不悦。我担心您没有心情回复这封信,也担心您对这封信不感兴趣。如果是这样的话,请不要写信给我,像往常一样偶尔给我写封信就可以了。也不要赞美我的小说。"[2] 对于老朋友的

---

[1] 转引自古谢夫:《〈安娜·卡列尼娜〉创作过程概要》,雷成德译,内蒙古教育出版社,1993年,第152页。
[2] *Л.Н.Толстой-Н.Н. Страхов:* Полное собрание переписки в двух томах. том.1. Slavic Research Group at the University of Ottawa and State L.N.Tolstoy Museum, Moscow, 2003. C.259.

灰心丧气，斯特拉霍夫再次予以积极的意见和热情的鼓舞予以回应。"我关注着您，看到您这位大师在完成这部作品时的所有不情愿、所有挣扎；然而你却获得了一位大师应该得到的东西：一切都是真实的，一切都是鲜活的，一切都是深刻的。渥伦斯基对您来说是最难的，奥布隆斯基是最容易的，然而渥伦斯基的形象却无可指摘。……《战争与和平》在我心目中的地位逐年提高（我相信在您心目中也是如此）；我相信《安娜·卡列尼娜》也会如此，很久很久以后，读者们会记得他们如此迫不及待地等待《俄国导报》时候，就像我不能忘记《战争与和平》问世的时候一样。……我相信——您是因为在技巧方面的斗争深感疲惫而陷入苦闷。"[1]

斯特拉霍夫不仅作为朋友对作家作品予以了热情洋溢的鼓励和支持，也作为一位职业批评家对作家创作做了颇有见地的评价。这种评价最大的作用就是为作家所采用，对作品的最终成形起到了关键的作用。

1876年4月的信中，批评家首先指出了作品的一些不足："主要不足是作品的冷漠，换言之，故事基调冷淡。……其次，或者因上一不足导致在描写富有感染力的场面时略有枯燥。……还有一些滑稽的地方并非很滑稽，但一旦可笑起来，就可笑得可怕。"[2] 可以想见，托尔斯泰接受了斯特拉霍夫的这些批评。于是到了1877年1月3日，斯特拉霍夫看完了《安娜·卡列尼娜》的第五部之后，感受就变了："我似乎直接感受到了每一个字——故事讲得那么清晰、生动。我很少经历过这样的快乐，笑得这么开心，哭得这么开心。卡列尼娜与她儿子的会面——真是一个奇迹！然后激情的涌入和不良本能的觉醒——一切都令人惊奇。它是多么熟悉，又是多么全新！有些台词让我退缩并转身——它们的真实性和深度让我震

---

[1] *Л.Н.Толстой-Н.Н. Страхов:* Полное собрание переписки в двух томах. том.1. Slavic Research Group at the University of Ottawa and State L.N.Tolstoy Museum, Moscow, 2003. C.264-265.

[2] Там же. C.264.

惊。"[1]作者在这里强调了小说的真实性和深刻性。在此后的书信里,两人还就这一问题作过多次交流。

由安娜这个人物形象,托尔斯泰谈到了生活与艺术中的虚伪:"不管这样说有多么庸俗,但在生活中,尤其是在艺术中,只需要一个否定的品质——不撒谎。在生活中,谎言是令人厌恶的,但它并没有摧毁生活,而是生活被丑恶玷污了。但在生活之下仍然是生活的真相,因为总有人想把随便什么——痛苦或快乐——东西强加于人。但在艺术中,谎言会破坏现象之间的整个联系,一切都会化为粉末。……我很想结束这部作品并开始新的创作。"[2]托尔斯泰在这里谈到的是安娜本人对生活的认识。对安娜来说,虚伪不是她的本性,但她所处的上流社会却以虚伪为生存之道,她在真实的自我和虚伪的社会之间挣扎。安娜把渥龙斯基的爱情看作是人生的唯一真实、最大希望。然而希望越大,失望越大。到最后安娜发现所谓爱情不过是一场虚幻。于是,她怀着这种对社会的绝望走上了不归路。可以看出,自身即为上流社会一分子的托尔斯泰对于这个问题的认识是极为深刻的。

1877年1月29日,斯特拉霍夫回复说:"您说真实性是艺术的基本要求,这表达了您的本性。在这一点上,您比任何人都更加严谨,因此您的话就像利箭一样刺入人们的心灵。为此,我非常爱您,无人能及。"[3]

看到《安娜·卡列尼娜》这一特点的,不仅是斯特拉霍夫。另一位俄国文学批评家列昂季耶夫也有类似看法。他在那本颇为出名的《论列·尼·托尔斯泰伯爵的小说:分析、风格和思潮》(1890)中开篇就说:"……这部小说的形式如此完美,从它特有的真实性和诗意的深刻性来说,在十九世纪欧洲文学中没有任何一部作品能与它相比。从这方面说,

---

[1] *Л.Н.Толстой-Н.Н. Страхов:* Полное собрание переписки в двух томах. том.1. Slavic Research Group at the University of Ottawa and State L.N.Tolstoy Museum, Moscow, 2003. C.298.

[2] Там же. C.306.

[3] Там же. C.307.

它是高于《战争与和平》的。"[1] 可见，斯特拉霍夫的观点在彼时的俄国文学界颇有共鸣。事实上，结合之前斯特拉霍夫对陀思妥耶夫斯基《白痴》"幻想性"的批评，我们可以看出，托尔斯泰和陀思妥耶夫斯基在描写俄国社会生活的细节方面各有擅长，都比较强调真实，但最大的问题在于：托尔斯泰对安娜在小说里的行为是有自己看法的："伸冤在我，我必报应"，这只是作家对安娜命运的解释，但整个的小说主题、叙事掌握在作家的理性之中。陀思妥耶夫斯基对《白痴》以及此后的《卡拉马佐夫兄弟》等则采用了复调的手法，小说中掺杂了各种社会思潮，众声喧哗，作者对此却不予置评，置身事外。在独白和复调之间，深受黑格尔哲学熏陶的斯特拉霍夫更倾向于前者。道不同，不相为谋。这是斯特拉霍夫后来之所以疏远陀思妥耶夫斯基、亲近托尔斯泰的根本原因。

除此之外，斯特拉霍夫在 1877 年五月及九月致信作家，谈到他对安娜之死的看法："但您夺走了我三年前在你的办公室所经历的、现在我正在等待的温柔。您毫无怜悯；在安娜去世的那一刻都没有原谅她；她的痛苦和怨恨一直持续到最后一刻，而在我看来，您删掉了一些可以缓和她的心灵、同情自己的段落。因此，我没有大哭，而是非常痛苦地思考。是的，这比我想象的更真实。这非常真实，甚至更可怕。"[2] 又及："人们对您的责难中，仅有一点有意义。大家都注意到您不想在安娜之死上多费口舌。您跟我说，您讨厌和那种令人激动的同情心打交道。我至今还不理解支配您的那种情感。但我想请您帮帮我。死亡场面最后的稿子就是这样严酷，以至于令人感到恐怖。"[3]

小说在报刊上发表时的版本如下：

"第一辆车厢过去了，第二辆车厢刚刚开到跟前，她扔掉了手上的

---

[1] Леонтьев К.Н. О романах гр.Л.Н. Толстого: Анализ, стиль и веяние. Критический этюд. М.: 1911. С.11.
[2] Л.Н.Толстой-Н.Н. Страхов: Полное собрание переписки в двух томах. том.1. Slavic Research Group at the University of Ottawa and State L.N.Tolstoy Museum, Moscow, 2003. С.333.
[3] Там же. С.364.

红提包,朝车前走得更近了,朝下面望了一眼,她感觉到做完了一件重要的、比她一生希望做的任何事情都更加重要的事情,她习惯地举起手来,划了十字,双手支在铁轨底下的枕木上,双膝跪倒,弯下头去,双手交叉做出十字的标志,这个习惯的手势在她内心唤起重要的生活时刻,尤其是有关少女时期的一系列回忆。她觉得她热爱生活,好像以前从来没有这样热爱过一样。'我在哪里?我在做什么?为什么要这样做?'她要站起身子来。但是,一个巨大的,不容撼动的东西无情地遏住了她,从她背上推了一下,拖拉着她。'天哪,饶恕我的一切吧!'她说。她只看到就近的一片肮脏的砂粒和煤渣。她的脸面倒在砂粒和煤渣上。一个口里咕咕哝哝的小个子农民在铁路上干活。照着她阅读那册充满苦难、惊惶、欺骗与罪恶的书本的蜡烛破裂了,开始变得暗淡起来,忽然闪亮了一下,随后便永远地熄灭了……"[1]

根据苏联时期著名托学专家古谢夫(Гусев Н.Н.,1882—1967)、日丹诺夫(Жданов В.А.1898—1971)的研究,批评家的这一看法得到了托尔斯泰的高度重视,最终在单行本中做了修改。以下是古谢夫所作的对比:

> 斯特拉霍夫这些信对托尔斯泰产生了某些影响,他写了一份自杀情节的新手稿,稍稍接近了斯特拉霍夫所希望的那个写法。主要的变化和补充在于:改变了"划十字的习惯姿势"等等,把"先前从来也没有爱过她"最后改写成:"划十字的习惯姿势在她心中引起整整一系列少年和童年时代的回忆,突然覆盖她的全部黑暗一瞬间都撕破了,生活向她显示出她全部过去的欢乐。"在安娜头脑里,隐约出现的问题:"我在哪里?我在做什么?为什么呀!"补充了"但是她目不转睛地盯着开过来的第二辆车厢的车轮,恰好在她走到两个轮子中间,她就抛掉了红手提包,缩着脖子,投到车厢下面,她的双手被压

---

[1] 转引自古谢夫:《〈安娜·卡列尼娜〉创作过程概要》,雷成德译,内蒙古教育出版社,1993年,第73—74页。

住了,仿佛准备立即站立起来,以缓慢轻柔的动作跪倒下去,在同一瞬间,一想到她在做什么,她吓得毛骨悚然"。在"她说"这句话之后,又添补了一句"感觉到无法挣扎"。

把最末一段写成这样:"她曾借着它的烛光浏览过充满了苦难、虚伪、悲哀和罪恶的书籍,比以往更加明亮地闪烁起来,为她照亮了以前笼罩在黑暗中的一切,摇曳起来,开始昏暗下去,永远熄灭了。"

长篇小说就这样结束,尾声便继之而来。[1]

正如德国文学批评家莱辛在《拉奥孔》里说的:"……在自然(现实生活)中,表现痛苦的狂号狂叫对于视觉和听觉本来是会引起反感的。"[2]对于安娜这么一位气质高贵、热情洋溢的女主角,到最后居然是这样的一个悲惨结局,美丽的容颜居然与"肮脏的砂粒和煤渣"为伍。这种过于自然主义的描绘确实容易令读者感到不适。不难看出,新的修改缓和了安娜之死的悲惨性,令读者在扼腕叹息之时不至于因为血腥场面而不忍卒读。因此,斯特拉霍夫的建议从文学审美的角度来说颇有价值。

不过,当时俄国评论界对《安娜·卡列尼娜》的评价出现了一个令现代人啼笑皆非的局面。《战争与和平》是关于1812年的历史,是关于过去的书。评论界却非要将它说成是现代的;《安娜·卡列尼娜》是关于现代家庭生活的书,评论界却认定这是关于过去的"古老优美文化传统"的书。著名的保守派批评瓦·格·阿夫谢延科(Авсеенко В.Г., 1842—1913)曾有多篇文章论及《安娜·卡列尼娜》,不过其关注点在于上流社会中那些具有传统文化价值观的贵族,倒也别具新意。他在文中指出:"列·托尔斯泰伯爵天才不同凡响的特征……正好在于他在新的社会层次中善于发现那些保存着古老优美文化传统的人们,《战争与和平》的作者在当代现

---

[1] 古谢夫:《〈安娜·卡列尼娜〉创作过程概要》,雷成德译,内蒙古教育出版社,1993年,第74、75页。
[2] 莱辛:《拉奥孔》,朱光潜译,人民文学出版社,1984年,第23—24页。

实的低水平上善于寻找被分化出来的最高层，这个最高层次的人们依靠人类纯洁的兴趣生活，接近崇高的感情和浪漫的想望。……生活的全部迷人之处正好在于保留过去生活的魅力，维护旧习惯的生命力。"[1]1875年3月20日，斯特拉霍夫写信告知托尔斯泰评论界对小说的看法："众说纷纭，无从一一转述。指责您厚颜无耻窥视吉蒂，描写道德堕落的场面……今晚我倒是听到了一个十分聪明的议论：您的客观性达到了如此高度，以至看了您对主人公的道德审判，都让人感到胆战心惊……"[2]以上种种，虽看似纷繁热闹，实则却都没有看到《安娜·卡列尼娜》的创新意义。

难怪到了1876年的2月5日，斯特拉霍夫不禁向托尔斯泰感慨："人们不理解您，却在模仿您。观点太高深，大多数人几乎达不到那种思想境界——人们只能从表面上模仿您——这一切使我深感痛苦……"[3]那么，具体到批评家本人，他又是如何看待《安娜·卡列尼娜》——这部他亲自参与创作和修改的小说呢？

1883年，批评家在《对当下俄国文学的看法》一文中专门提到了《安娜·卡列尼娜》。作者在文章里首先批评了当前俄国知识界的现状，即对西方长期以来的盲目崇拜以及斯拉夫派的出现，对民族特性的坚持等。他列举了屠格涅夫的《处女地》（1877）、托尔斯泰《安娜·卡列尼娜》以及陀思妥耶夫斯基的《卡拉马佐夫兄弟》（1881）作为近年来俄国文学界的显著现象加以讨论，"以得出对我们受教育阶层思想状态有趣的说明"[4]。对于《安娜·卡列尼娜》，批评家一开头就说："《安娜·卡列尼娜》不是一部没有艺术缺点的作品，但同时也具有很高的艺术优点。首先，

---

[1] 转引自古谢夫：《〈安娜·卡列尼娜〉创作过程概要》，雷成德译，内蒙古教育出版社，1993年，第154、155页。

[2] Л.Н.Толстой-Н.Н. Страхов: Полное собрание переписки в двух томах. том.1. Slavic Research Group at the University of Ottawa and State L.N.Tolstoy Museum, Moscow, 2003. C.202-203.

[3] Там же. C.247.

[4] Страхов Н.Н. Критические статьи об И. С.Тургеневе и Л.Н.Толстом(1862-1885) Издание четвертое. Киев. 1901. C.348.

它的对象如此简单又普遍,以至于许多人很久都不觉得它有趣,也不能想象小说里有现实性和教诲性。"[1]

斯特拉霍夫指出小说分为两大部分,即安娜和列文的双线故事,尽管外表联系不太紧密,但内部是统一的。小说分别描写了城市的贵族生活及乡村的地主、农民生活。"作家最伟大的原创性就在于作家通过对这些寻常生活事件鲜明又有深度的刻画,使之获得震撼的思想与兴趣。"[2]首先的震撼来自安娜,她激情洋溢的一生令人印象深刻。"《安娜·卡列尼娜》属于极为罕见的作品,其中真正描绘了爱的激情。虽然爱与痛苦构成了中短篇小说不变的主题,作家们通常也满足于将年轻的情侣搬上舞台,谈谈各种形式的相遇、谈话,满足读者对主人公们在相遇和谈话时候那份情感和激动的想象。在《安娜·卡列尼娜》中恰好相反,正是激情的心灵进程得到了准确描绘。"[3]批评家在这里对心灵激情的分析,实质上跟1856年车尔尼雪夫斯基对"心灵辩证法"的分析有点接近,当然限于篇幅,斯特拉霍夫对此没有作更深入的分析。这一观点,他在1874年给作家的信里已经提及:"卡列尼娜激情的发展是一种不可思议的怪事……她内心激情发展的过程,完全说明了这个重要问题。安娜在完全沉溺于激情中时,自己被利己主义的思想杀害了。"[4]时隔多年,批评家再一次指出托尔斯泰作品的创新:"安娜不是死于受辱或不幸,而是死于自己的爱情。"[5]

小说中另一个主人公是列文。列文兄弟三人有斯拉夫派,有虚无主

---

[1] *Страхов Н.Н.* Критические статьи об И. С.Тургеневе и Л.Н.Толстом(1862-1885) Издание четвертое. Киев. 1901. С.357.

[2] Там же. С.357.

[3] Там же. С.358.

[4] *Л.Н.Толстой-Н.Н. Страхов:* Полное собрание переписки в двух томах. том.1. Slavic Research Group at the University of Ottawa and State L.N.Tolstoy Museum, Moscow, 2003. С.171.

[5] *Страхов Н.Н.* Критические статьи об И. С.Тургеневе и Л.Н.Толстом(1862-1885) Издание четвертое. Киев. 1901. С.359.

义者，也有列文这样的乡村地主。在斯特拉霍夫看来，这样的角色设计实际上有助于最大可能地涵盖俄罗斯社会各种思潮。列文是作家最喜欢的人（或者说是作家的代言人），他衣食无忧，家庭美满，正如作家本人一样。然而，列文却发现了这种安逸生活的空虚，"小说中最好的人却最不能与周围生活融为一体"。[1] 原因在于："列文觉得，他处于偶然性的统治之下，他的生命之线每一分钟都可能像纤细的蛛丝被轻易折断。"[2]

于是，在斯特拉霍夫的阐释下，列文的这种苦恼就不再是他一个人的苦恼了，而是整个人类世界对人生意义的追寻了。

第五节　未完成的对话——斯特拉霍夫与托尔斯泰的争论

《安娜·卡列尼娜》的结尾描述了列文"最苦恼的一天"："列文翻来覆去老想着他当时很关心的那个问题，在一切里寻找着同这个问题有关系的东西：'我到底是什么？我在哪里呢？我为什么在这里？'"[3] 虽然他后来从与农夫费奥多尔的谈话中受到启发，认识到"活着不是为了自己的需要，而是为了上帝！"[4] 但是，列文的问题正如作家本人一样，终究没有得到彻底的解决。在此后的数十年里，托尔斯泰仍在孜孜不倦地探索人生的终极问题，也正是这种探索，使他与原本志同道合的斯特拉霍夫分歧越来越大，最终发生了一场思想上的争论。结果虽因友情的缘故而暂停，但这种争论对于托尔斯泰本人来说也是一种不断深化思考的催化剂。托学研究者们在关注托尔斯泰思想转变问题时，不能忽视斯特拉霍夫的这一催化剂作用。

---

[1] *Страхов Н.Н.* Критические статьи об И. С.Тургеневе и Л.Н.Толстом(1862-1885) Издание четвертое. Киев. 1901. С.360.

[2] Там же. С.361.

[3] 《列夫·托尔斯泰文集》，第10卷，周扬等译，人民文学出版社，2000年，第1063页。

[4] 同上书，第1066页。

不过长期以来，学术界都将斯特拉霍夫视为托尔斯泰的好友，认为他完全拜倒在作家的天才面前，实际上这种说法并不准确[1]。斯特拉霍夫对托尔斯泰的高度评价，并不意味着他全盘接受后者的观点。随着时间的推移，特别是随着托尔斯泰思想的深化，两人之间产生了深刻的裂痕并最终使得和谐的作家—批评家关系走向冷淡。最早发现这一问题并加以论述的可能是与斯特拉霍夫相交匪浅的罗赞诺夫。他在《现代世界》（Современный мир）1913年11—12月杂志上发文《托尔斯泰与斯特拉霍夫的思想论争》，揭开了两人亲密关系背后的思想分歧："唉，他们的'友谊'并没有形成'指南针和火车头'那样的和谐。现在时过境迁，回头看的话可以看到托尔斯泰的'创新'实质上是'虚无主义'的延续，斯特拉霍夫一生都在与虚无主义作战。斯特拉霍夫只是被包裹着托尔斯泰虚无主义的宗教迷雾欺骗了。"[2] 换而言之，托尔斯泰从一开始的理性（这也是他与斯特拉霍夫相处融洽的基础）转向了虚无主义的"非理性"，这是两人后来渐行渐远的根本原因。

英国传记作者莫德（Aylmer Maude, 1858—1938）指出："大约从一八七八年以后，托尔斯泰有了自信心，形成了他的世界观，他开始考察并判断人类的思想与活动的每一个重要的方面。"[3] 托尔斯泰世界观的形成，这是一百多年来托学界颇费思量的一个话题：有的从政治斗争的角度来阐释；也有的从艺术层面进行论述；也有的从宗教哲学角度来分类；还有的则是从理性与非理性的方面来审视。

譬如，来自革命导师列宁的经典论述是这样的："托尔斯泰的作品、观点、学说、学派中的矛盾的确是显著的。一方面，是一个天才的艺术家，

---

[1] 譬如，津科夫斯基就认为斯特拉霍夫是托尔斯泰"狂热的崇拜者"："如斯特拉霍夫与托尔斯泰最为有趣的书信所表明的：斯特拉霍夫显然处于后者的强烈影响之下。"参见 Зеньковский В.В. История русской философии. М.: Академический проект, Раритет, 2001. С.392.

[2] Розанов В. В. Народная душа и сила национальности. М.; 2012. С.614.

[3] 莫德：《托尔斯泰传》（上），宋蜀碧等译，北京十月文艺出版社，2001年，第504页。

不仅创作了无与伦比的俄国生活的图画，而且创作了世界文学中第一流的作品；另一方面，是一个发狂地笃信基督的地主。一方面，他对社会上的撒谎和虚伪作了非常有力的、直率的、真诚的抗议；另一方面，是一个'托尔斯泰主义者'，一个颓唐的、歇斯底里的可怜虫，所谓俄国的知识分子，这种人当众捶着自己的胸膛说：'我卑鄙，我下流，可是我在进行道德上的自我修养；我再也不吃肉了，我现在只吃米粉团子。'一方面，他无情地批判了资本主义的剥削，揭露了政府的暴虐以及法庭和国家管理机关滑稽剧，暴露了财富的增加和文明的成就同工人群众的穷困、野蛮和痛苦的加剧之间极其深刻的矛盾；另一方面，他狂热地鼓吹'不用暴力抵抗邪恶'。一方面，他是最清醒的现实主义，撕下了一切假面具；另一方面，他鼓吹世界上最卑鄙龌龊的东西之一，即宗教，力求让有道德信念的僧侣代替有官职的僧侣，这就是说，培养一种最精巧的因而是特别恶劣的僧侣主义。"[1]很显然，列宁在这里借鉴了恩格斯对歌德的评价模式[2]，这一评价当然是准确的，因而长期以来被视为对托尔斯泰的经典评价，也是很长一段时间里苏联托学研究的基调。

从艺术的角度来看，当代文学批评家乔治·斯坦纳（George Steiner）认为："对具体事物的整体感知是托尔斯泰小说艺术的典型特征，体现出他无与伦比的具体性。在他的小说中，世界的每个部分都是独特的，以具有个性的立体感，展现在读者面前。但是，托尔斯泰同时带着强烈的愿望，试图获得对上帝之道的终极理解，获得对上帝之道的全面的有理有据的揭示。正是这种愿望驱使他投身于具有论战和阐释性质的艰苦劳动。"[3]小

---

[1] 列宁：《列夫·托尔斯泰是俄国革命的镜子》//列宁：《列宁论文学与艺术》，人民文学出版社，1983年，第202—203页。

[2] 即那句脍炙人口的评论："在他心中经常进行着天才诗人和法兰克福市议员的谨慎的儿子、可敬的魏玛的枢密顾问之间的斗争，前者厌恶周围环境的鄙俗气，而后者却不得不对这种鄙俗气妥协、迁就。因此，歌德有时非常伟大，有时极为渺小；有时是叛逆的、爱嘲笑的、鄙视世界的天才，有时则是谨小慎微、事事知足、胸襟狭隘的庸人。"参见里夫希茨主编：《马克思恩格斯论艺术》，第2卷，人民文学出版社，1982年，第370页。

[3] 乔治·斯坦纳：《托尔斯泰或陀思妥耶夫斯基》，严忠志译，浙江大学出版社，2011年，第215页。

说艺术特征是一方面，对上帝之道的追求又是一方面。在小说中，托尔斯泰强调的是生活的丰富多彩，但在思想上，他追求一元以蔽之的"终极理解"。斯坦纳在这里揭示的这种矛盾实质上就是伯林所谓的狐狸与刺猬之争。反过来对批评家来说，斯特拉霍夫接受的是托尔斯泰对生活的具体化描绘，但不接受他试图概括的一元论主题。

著名思想家、文学批评家巴赫金是从宗教哲学层面来理解托尔斯泰的。他认为托尔斯泰的宗教哲学由两大部分组成："在托尔斯泰的宗教世界观中要注意到两种因素的斗争。一种因素就其思想内涵及其阶级本质来说，接近欧洲新教徒（加尔文教徒）的教派。这一教派珍惜世间的才华，崇尚有效的劳动，企盼美好的生活、经营的兴旺。另一种因素与东方宗教特别是佛教诸教派有着深刻的渊源关系……这两种因素在托尔斯泰的世界观里进行着激烈的斗争，而取胜的是后者，即东方的、云游四方的因素。"[1]那么，从巴赫金这个角度来说，是否可以认为深受黑格尔哲学影响的斯特拉霍夫，因为欧洲新教徒思想而与托尔斯泰接近，又因为东方思想的虚无缥缈与作家拉开了距离？不过巴赫金继而又指出："一些人把握了托尔斯泰那积极的新教因素，却不承认他的东方式激进主义及出世无为思想。另一些人则相反，关注他学说中的东方因素。后一种人能较为正确地理解晚年遁世的托尔斯泰。"[2]巴赫金在这里强调的是托尔斯泰宗教思想来源，本研究所要分析的是其结果。从托尔斯泰晚年来说，他思想中的所谓"东方式激进主义"实际上就是指对教会、对专制等一切社会存在的反对，即虚无主义思想，这是他思想的主流。至于"出世无为思想"则更多的是一种"非暴力抗恶"的手段，托尔斯泰通过这种手段来完成对社会体制彻底的颠覆。斯特拉霍夫可以接受作家对社会及教会的批判，但恐怕不能接受这种完全的推翻。

---

[1] 钱中文主编：《巴赫金全集》，第3卷，白春仁等译，河北教育出版社，2009年，第9页。
[2] 同上书，第10页。

应当说，上述论述都各有擅长，如同多棱镜从不同的角度对托尔斯泰的世界观变化作出了各自深刻的阐释。但是回归到本文所要谈论的斯特拉霍夫与托尔斯泰的对话焦点，我们或许会发现，两人的矛盾并不在于上述各个角度，尽管与其不无联系。斯特拉霍夫是理性的，尽管他骨子里有非常浓厚的宗教意识。当代俄国哲学家伊里因在《俄罗斯哲学的悲剧》（2008）中指出："强调一下：无论这样那样的研究者们如何写斯特拉霍夫，他直到临终都是一位理性主义者——就这个词普通和基本的意义而言。"[1] 相比之下，托尔斯泰的世界观经历了一个从理性到非理性的重大转折，他的宗教对他来说只是一种掩饰，是虚无主义的代名词，然而不同时期的批评家却对这个转折赋予了不同的解释。

白银时代的梅列日科夫斯基对托尔斯泰有过一个判断："列夫·托尔斯泰是一股巨大的、非理性的力量。和谐被打破了；没有静观的、平静的享受——这是宏伟壮丽的生命，具有原始的充实，具有略带野性的但非常充沛的精力。"[2] 在这里，批评家虽未明说，但不难推断：托尔斯泰由前期对生活（生命）的侧重，已经转向非理性的虚无主义精神了。可苏联文学批评家赫拉普钦科（Храпченко М.Б, 1904—1986）在谈到八九十年代的托尔斯泰时却指出："如果说在《战争与和平》的政论性插叙中托尔斯泰强调生活运动的非偶然性，否定理性是历史事件的根源和原因，不承认它是社会现象、生活现象的内在准则的话，那么现在他坚决强调理性作为社会发展的基础和人类生活准则的决定性意义。"[3] 那么，托尔斯泰到底是转向理性还是非理性呢？

或许可以这样认为：托尔斯泰对社会现实、对东正教的否定所依仗的武器就是他的理性。理性告诉他生活、现实应当是什么样。对于这一点，

---

[1] Ильин, Н.П. Трагедия русской философии. М.: Айрис-Пресс, 2008. С.440.
[2] 德·梅列日科夫斯基：《陀思妥耶夫斯基》// 索洛维约夫等著：《精神领袖：俄国思想家论陀思妥耶夫斯基》，徐振亚等译，上海译文出版社，2009年，第263页。
[3] 赫拉普钦科：《艺术家托尔斯泰》，刘逢祺等译，上海译文出版社，1987年，第244页。

作家自己也有类似表述。托尔斯泰在1895年10月致缅什科夫的信里指出:"理性——这是给予人的一种工具,让他用来完成自己的使命或者实现生活的法则。由于所有的人具有同一个生活法则,因此所有的人也具有同一个理性,虽然它在不同人的身上有着不同程度的表现……生活是一种不停顿的运动,或者更准确地说是一种紧张状态;理性在揭示运动的路线的同时,为这种运动提供方向,或使这种紧张状态转变为运动……在我们这个时代,理性所指出的生活目的在于使人和本质统一起来;而理性所指出的达到这个目的的手段,就是消除迷信、谬误和诱惑,这些东西都阻碍人表现出来他们生活的主要本性——爱。"[1]作家的老友、大诗人费特也指出:"诚然,举例说,在您身上我感到可贵的不是诗人托尔斯泰,而主要是您那生动、深刻、目光敏锐、出类拔萃的理智。"[2]

但是,托尔斯泰过于侧重理性,强调生活的理想化,这就导致了他对现存的社会制度、宗教机构持完全不信任的态度,他提出"天国在你们心中"(Царствие Божие внутри вас),要以自己的方式来构建美好社会,真正走向上帝,这显然是对社会体制、对教会权威的彻底否定。换句话说,这是以理性为武器进行的非理性反抗。具体到教义上的分歧,当代俄罗斯圣吉洪人文大学副校长格奥尔吉·奥列汉诺夫司祭(Протоиерей Г.Л.Ореханов)曾言:"在宗教方面,列夫·托尔斯泰的一个基本思想是,世界上所有宗教从根本上来说都是一致的。……东正教会无论如何是不会认可托尔斯泰的这一观点的。首先,在东正教看来,对于宗教信仰而言,最为重要的,这也正是为托尔斯泰所忽视的,即它的教义,诸如基督复活、基督受难之救赎性质等的教义以及关于来世命运的教义等。从这一观点来看,世界上的各种宗教对于上述问题作出了完全不同的回答。正因为如此,

---

[1] 转引自赫拉普钦科:《艺术家托尔斯泰》,刘逢祺等译,上海译文出版社,1987年,第244页。
[2] 苏·阿·罗扎诺娃编:《思想通信——列·尼·托尔斯泰与俄罗斯作家》(上),马肇元等译,文化艺术出版社,1997年,第490页。

如果对托尔斯泰而言各种信仰都是统一的话，那么对东正教而言更为重要的则是不同的宗教中各自在形而上问题上有着差别的东西。"[1]

从今天来看，托尔斯泰的这种做法并非毫无道理，他追求的是索洛维约夫似的世界大一统。所有的宗教在他看来只有形式的差别，却无本质的不同。实际上，他是站在世界大同的未来视角回望他那个时代。这一角度，正如徐凤林在评价"勿以暴力抗恶"时所指出的："托尔斯泰的这种非对抗伦理学可以说是一种最高纲领的道德学说，是人类最高的道德理想，或者说，是人类基本道德的最纯粹化、理性化，把道德推到了顶点。它不是关于社会现实的理论，但不应该说它是错误的、不合理的。它是一种应有之物。"[2] "应有之物"即表示有待实现但尚未实现的理想，它与当时的具体环境是脱节的。这种非理性的理想在斯特拉霍夫看来，与十九世纪六十年代别车杜理论、与十九世纪七十年代的索洛维约夫哲学没什么不同（不妨联想托尔斯泰对莎士比亚的否定），是另一种形式的虚无主义。

事实上，托尔斯泰思想中的虚无主义一面早已为当时研究者所揭示。如法国历史学家、文学批评家德·沃盖就在他的《俄国小说》（1886）中从神秘主义和虚无主义两方面来定义作家的思想特点："他（指托尔斯泰）最早而又最丰富多彩地成为这种虚无主义的心灵状态的表达者和宣传者。"[3] 稍后，别尔嘉耶夫也看到了这一点："托尔斯泰因此而依然是典型的俄罗斯人，是虚无主义者。他对待历史和文化是虚无主义的，对待自己的创作也是虚无主义的。"[4]

斯特拉霍夫与托尔斯泰交好的思想基础就在于理性，在于对生活的热爱，在于共同的思想探索。托尔斯泰曾不无自得地说到他与斯特拉霍夫

---

[1] 张兴宇：《托尔斯泰与东正教会的分歧何在？——与东正教司祭格奥尔吉·奥列汉诺夫谈列夫·托尔斯泰》//《俄罗斯文艺》，2010年，第3期，第87—88页。

[2] 徐凤林：《非暴力伦理学与强力抗恶之辩》//《学术交流》，2018年，第5期，第181页。

[3] 倪蕊琴编选：《俄国作家批评家论列夫·托尔斯泰》，中国社会科学出版社，1982年，第3页。

[4] 别尔嘉耶夫：《别尔嘉耶夫文集》第1卷·文化的哲学，于培才译，上海人民出版社，2007年，第319页。

的默契："我和他彼此在宗教观点上非常相似。我们俩都相信：哲学什么也给不了，没有宗教没法生活，但又不可能去信仰。"[1]现在，托尔斯泰的思想变化了，他还是希望找到一种信仰，只不过这是一种自创的信仰。从斯特拉霍夫的角度来说，作为一位终生与虚无主义作斗争的理论家，他不可能对托尔斯泰晚期思想中的虚无主义熟视无睹，由此也产生了他们之间的思想矛盾及学术对话。斯特拉霍夫与托尔斯泰关于虚无主义的矛盾在《安娜·卡列尼娜》之后便出现了，起源是查苏利奇审判案件，并在斯特拉霍夫写作《虚无主义书简》时达到了顶峰。

1876年的12月6日，在彼得堡的喀山大教堂广场上举行了由"土地自由"社组织的示威游行，众多知识分子和大学生高举红旗，激烈抨击政治犯监狱中的迫害行为，普列汉诺夫发表了演说，号召进行斗争。此次游行遭到了当局的严厉镇压，大学生博戈留波夫等人被捕，不久被宣布为"犯罪集团"，并由枢密院特别会议判处流放；1877年7月13日在彼得堡进行了著名的"193人案件"审判。就是在这次审判中，根据彼得堡军事总督特列波夫将军的命令，大学生博戈留波夫被严刑拷打，只因后者没有在他面前脱帽行礼；1878年1月24日，查苏利奇因此事而萌生不忿，伺机拔枪重伤特列波夫。查苏利奇本人当场被捕，但从此也名扬天下。正如其战友司特普尼亚克在那本《地下的俄罗斯》中说的："在前一天沙苏利奇（即查苏利奇——笔者按）的姓名还是绝对地无人知道，第二天枪声一响，沙苏利奇大露了头角。在此后的几个月内她的名字遍传人口，激动了全欧美的豪侠的心灵，而且变成了英勇与牺牲的象征。"[2]

使查苏利奇更为名声大振的是几个月后的公开审判。这种审判在某种意义上成了她的一场个人秀，也使得正义与法律之争达到一个最高点。

---

[1] Толстой, Л.Н. Переписка Л.Н. Толстого с Н.Н. Страховым (1870-1894)//Л.Н. Толстой；с предисл. и прим. Б.Л. Модзалевского. СПб.: О-во Толстов. музея, 1914. С.8.

[2] 司特普尼亚克：《地下的俄罗斯》//《巴金译文全集》第8卷，人民文学出版社，1997年，第98页。

担任此次主审法官的是俄国著名的自由派法学家科尼（Кони А.Ф.1844—1927）。在19世纪的俄罗斯，科尼也算是博学多才的人物，与包括托尔斯泰在内的诸多文学界大腕儿交情甚好，托尔斯泰小说《复活》中的题材便是此君提供。还是回到查苏利奇。根据格罗斯曼在《陀思妥耶夫斯基传》里的相关描写："……发出了威严可怕的'审判开始'的声音，以阿·费·科尼为首的法官们在一条弓形长桌后面的大红椅上就座，两边是陪审员的座位，这次被选为陪审员的看来都是一些中级官员（执行政府的必要决定的'可靠因素'）。……好像'整个彼得堡'——政府官员、社会活动家、科学和文艺界人士，都云集在这里参加某种盛大的庆典。"[1]这确实是俄国知识分子的庆典，在社会舆论的强大压力下，查苏利奇被无罪释放，民众一片欢腾。著名思想家列昂季耶夫（Леонтьев К.Н.1831—1891）对此评论说："宣告她无罪，为她热烈欢呼。彼得堡的报纸上写着，她的刺杀作为转折点具有重要意义，这以后或者是完全不会再有政治犯，或者是政治犯们有权且不受处罚地对上级动粗……根本不是在审判杀人犯，不是在审判薇拉·查苏利奇，而是在审判她的牺牲品，即特列波夫……人们把薇拉·查苏利奇抱在怀里……所有公民的生命都有了保障，沙皇和他的近臣们却被排除在外。"[2]法律原本是用以维系一个社会正常运转的保障，但在民意的裹挟之下也不复往日的尊严。如此下去，国将不国，民无宁日。

斯特拉霍夫同样对此忧心忡忡。他在1878年4月2日给托尔斯泰的信里说："人类审判的这场喜剧令我非常激动。法官们显然没有任何与法官这一称号相符的素质，头脑里也没有一点儿足以完成审判的原则。查苏利奇是一个黑黑的、身材瘦弱、娇小的丑姑娘，说话很温柔。大家都恭敬地对待她，一切都是为她声辩，大家以一种不可思议的狂喜为她辩护。所

---

[1] 格罗斯曼：《陀思妥耶夫斯基传》，王健夫译，外国文学出版社，第688—689页。
[2] Леонтьев К.Н.Записки отшельника. М.: 1992. С.343-344.

有这一切对我来说都是对最神圣之物的侮辱。我沉思良久,得出如此结论,即便我也有权发言,我也得保持沉默,因为我看不到真正的道路,只看到迷路的人们。"[1]一周之后,斯特拉霍夫又在信里说:"我终于想明白了那种席卷全城的糊里糊涂的欢乐,对法官和报人们来说,查苏利奇是女英雄;就他们的理解来说,她所做的一切不是犯罪,而是功绩。大部分的普通人只是为了给残酷的上司狠狠一击而高兴。年轻人心里的骚动是残酷的。我后来想起这一代不幸的年轻人受的什么教育,如何被戏弄、刁难、排挤,他们没有受到过别的观念、别的道德标准的教诲(这样的观念和道德标准教育者也没有,领导们也没有),我觉得很遗憾很矛盾。一个多么凄凉的时代啊!"[2]

斯特拉霍夫在这里的担忧是有根据的。就他本人而言,自1845年赴圣彼得堡大学读书以来,他对虚无主义始终保持着高度关注,熟悉这一思潮的每一个代表及其观点。用他的话说:"圣彼得堡人士以其思想、心灵气质及神学院精神给予了我们车尔尼雪夫斯基、安东诺维奇、杜勃罗留波夫、布拉戈斯维特洛夫、叶利赛耶夫这些虚无主义的主要传教士——我对他们都很了解,看到了他们的发展,追踪他们的文学运动,我自己也曾冒险进入这个领域。三十六年来,我一直在这些人、这个团体、这一思想和文学运动中寻找——寻找真正的思想、真正的情感、真正的事业——但我没有找到,我的厌恶感越来越强,当我看到这三十六年来只有虚无主义在成长,三十六年来只有虚无主义才能被寄予希望,而其他的都在消逝和枯萎时,我被悲伤和恐惧所笼罩。"[3]

从历史来看,1881年之前的俄罗斯,虚无主义及此后的激进主义自

---

[1] *Л.Н.Толстой-Н.Н. Страхов:* Полное собрание переписки в двух томах. том.1. Slavic Research Group at the University of Ottawa and State L.N.Tolstoy Museum, Moscow, 2003. C.421.

[2] Там же. C.425.

[3] Там же. C.606.

然是主流，但也谈不上是黑暗一片。紧随着1861年的农奴制改革，1864年俄国还进行了意义重大的司法制度改革，建立了陪审团及法官独立等制度，这使得俄国农奴制改革之后社会尚能保持稳定的根基。著名作家弗·纳博科夫曾说：虽然沙皇个个都很无能野蛮，"但亚历山大改革以后的俄国法律制度却非常了不起，绝不只是纸上谈兵"[1]。但查苏利奇事件打破了这一平衡，社会日趋激进，民众与政府走上了彻底对抗的道路。社会上有刺杀沙皇者，有刺杀首相者，整个俄国为一种盲目的反政府情绪所主导。人民与政府的合作希望日渐渺茫，暴力革命的思想占据上风。斯特拉霍夫所担心的，正在于此。

托尔斯泰一开始跟斯特拉霍夫想法比较接近。他在回信中说："查苏利奇事件不是一个笑话。这种胡说八道和荒谬并非平白无故在人类身上发现。这是我们还不明白的队伍中的头一批人。但这是个重要的事情。……这有点像革命的征兆。你说你得保持沉默，因为你没看到真正的道路，这是对的。但我奇怪（着重号为引者所加）的是，你怎么会没有看到。"[2] 问题就在于托尔斯泰的"奇怪"。因为托尔斯泰虽然也不认为革命是正确的出路，但此时的他正在努力寻找，并且对将要寻找到的结果充满信心。根据他同时代人的回忆，托尔斯泰曾说过："我只知道我们走惯了的这条道路会把我们引向深渊，可是我不知道还有什么别的路可走。应该探索，应该走出另外一条路来，可是这条路在哪里——生活本身会指出来的。"[3] 对于托尔斯泰的这个"奇怪"，斯特拉霍夫同样表现出了疑惑与失落。

"我不理解您，尊敬的列夫·尼古拉耶维奇，不理解您关于我的个人想法。不管我如何努力钻进您的字里行间，仍一无所获。但我明白您对

---

[1] *The Nabokov-Wilson Letters, 1940-1971* edited by Simon Karlinsky. N.Y.: Harper & Row, 1979. P. 195-196.

[2] Л.Н.Толстой-Н.Н. Страхов: Полное собрание переписки в двух томах. том.1. Slavic Research Group at the University of Ottawa and State L.N.Tolstoy Museum, Moscow, 2003. C.423.

[3] 弗·费·拉祖斯基：《日记》// 日尔凯维奇等：《同时代人回忆托尔斯泰》（下），周敏显等译，上海译文出版社，1984年，第88页。

我的总体印象。您对我有所期待。您认为这些思想和欲望的萌芽将会发展并向某处扩张,但什么也没有。这是事实,我什么也没带给您,也没帮助您。我一直在犹豫、消极,无法确立某种坚定的信仰和热烈地投身于某种思想。是的,这就是我。我怀着困惑逐一思考古人与今人的所有观点,怀着顽强的注意力寻找,希望可以在哪里暂停,但什么也没找到。"[1] 斯特拉霍夫在这封类似于自白书的信中谈到了自己思想探索上的困惑,语气之真诚令托尔斯泰颇感惭愧。托尔斯泰随后进行了道歉和解释。"您这是在翻检别人的观点并在其中寻找(不准确)伪知识。即我想说的是,迎合别人的观点,假装知道,却失去了与自身的和谐。您的一生已过三分之二,您以什么为指导,以什么判断好坏?您不要去问别人怎么说,您告诉自己,告诉我们。"[2] 对于作家来说,道歉是次要的,关键是解释,或者说争论。尽管他在信末也说:"非常希望您能同意我。我相信您不会生我的气。我一切的罪过就在于我太爱您的思想,您的心灵,对您期待太多,太匆忙地断定您对我的要求不满意的原因。"[3]

如此往复的通信还有许多,其中也涉及不少别的事情。但从上述几封信里我们不难发现斯特拉霍夫与托尔斯泰的矛盾所在。斯特拉霍夫性格温和,一生谨慎,以阐释他人思想为业,尽管他的目的是为自己寻得心灵的安宁。托尔斯泰则不同,他是开山立派的一代文宗,气势磅礴,一心只求立德立言。说到底,这两者气质完全不同,只是因为文学和文学批评才走到了一起,成为知己。但当托尔斯泰不满足于文学创作,有了更高的思想追求之后,斯特拉霍夫显然又陷入了此前跟陀思妥耶夫斯基相处时的困境。他发现自己追不上托尔斯泰的步伐了。正如二十世纪文学理论大家什克洛夫斯基(Шкловский В.Б.1893—1984)指出:"能够和托尔斯泰一起

---

[1] *Л.Н.Толстой-Н.Н. Страхов:* Полное собрание переписки в двух томах. том.1. Slavic Research Group at the University of Ottawa and State L.N.Tolstoy Museum, Moscow, 2003. C.428.

[2] Там же. C.429.

[3] Там же. C.430.

走到底的人极为罕见。许多人都离他而去，因为他的道路非同一般，他是一个不可靠的旅伴。"[1]

另外一个矛盾即前面提到过的，托尔斯泰思想发展到后来，有虚无主义的苗头。就像后来德国的文化理论家斯宾格勒（Oswald Spengler, 1880—1936）说："托尔斯泰的基督教只是一种误解。他谈论的是基督，意指的却是马克思。"[2] 在笔者看来，两人思想上的最终决裂应该发生在1881年3月13日亚历山大二世的被刺。和陀思妥耶夫斯基一样，斯特拉霍夫对"解放者沙皇"颇有好感，在得知噩耗之后极度震惊："多大的打击啊，尊敬的列夫·尼古拉耶维奇！我至今还没安定下来，也不知该怎么办。一位老人被毫无人性地杀害了，他本来梦想着成为世界上最自由主义、最有益的沙皇。理论上的谋杀不是出于愤怒，也不是出于现实的需要，只是因为在思想上看起来好。一切都把我激怒了：安宁、幸灾乐祸甚至遗憾。"[3] 斯特拉霍夫是思想上的保守派，对于当时的现实有自己的认识。面对民意党人的各种政治暗杀，亚历山大二世设立了最高行政委员会，任命亚美尼亚裔的洛里斯—梅利柯夫伯爵（Лорис-Меликов М.Т. 1824—1888）担任主席。后者呼吁社会与政府团结起来与恐怖分子作斗争，甚至出面与几家主要报刊的编辑面谈，请他们不要给民众火上浇油。对于大学生，洛里斯—梅利柯夫也采取怀柔政策，允许集会、办俱乐部和阅览室等等。一时之间，俄国安静下来了，沙皇也开始着手推动国务委员会的立法工作。这时候感到紧张的是民意党人。包括热利亚波夫（Желябов А.И.1851—1881）在内的核心人物纷纷被捕，民众对他们越来越不感兴趣。以索菲亚·佩罗夫斯卡娅（Перовская С.Л.1853—1881）为首的几个

---

[1] 什克洛夫斯基:《列夫·托尔斯泰传》,安国梁等译,海燕出版社,2005年,第515页。

[2] 奥斯瓦尔德·斯宾格勒:《西方的没落——第二卷：世界历史的透视》,吴琼译,上海三联书店,2006年,第175页。

[3] *Л.Н.Толстой-Н.Н. Страхов:* Полное собрание переписки в двух томах. том.2. Slavic Research Group at the University of Ottawa and State L.N.Tolstoy Museum, Moscow, 2003. C.594.

民意党人在 1881 年 3 月 1 日做了最后一搏,终于刺杀了亚历山大二世,使得整个俄国政治形势发生了大逆转,官方和社会陷入彻底的对立之中,改良之路被彻底中断。面对此情此景,身为保守派的斯特拉霍夫怎么不愤怒呢?

面对斯特拉霍夫的愤怒,托尔斯泰做的第一件事是请他帮忙转交给新沙皇亚历山大三世的求情信,请求赦免凶手。尽管不赞成,斯特拉霍夫还是尽了朋友的本分,将此信转交上去,新沙皇的回复如下:"如果罪行是对我犯下的,我有权赦免罪犯;但是对先帝犯下的罪行,我无权赦免。"[1]4 月 3 日,五名涉案者被处死。

此后,对于斯特拉霍夫接连出版《论虚无主义书简》,其中充满了对暗杀者们的批判,托尔斯泰以揶揄挖苦来予以回应:"从来没有恶棍,过去和现在有的只是两种原则的斗争,从道德观点剖析这一斗争时,只能判断斗争双方中哪一方离善和真更远;然而不可能忘掉斗争。"托尔斯泰斥责斯特拉霍夫说:"这实在太蠢了,连反对都难为情的。我将证实我是了解斯特拉霍夫及其理想的,因为我了解他每天去图书馆,每天戴黑帽子、穿灰大衣。所以,斯特拉霍夫的理想是:进图书馆,穿灰大衣和有斯特拉霍夫精神。两种偶然的、最外在的形式——专制政治和东正教,外加毫无意义的民族性,被说成是理想。"[2]

托尔斯泰知道,如果作一深入的思考,应当得出同斯特拉霍夫有关虚无主义者的论述完全相反的结论:"那些都是恶棍,然而就是这些恶棍却是唯一有所信仰的人——纵然他们的信仰是错误的,但毕竟是唯一有所信仰的人,并且为了天国的幽微的东西而牺牲自己的肉体。"[3]如果说托尔

---

[1] 转引自亚·托尔斯塔娅:《天地有正义——列夫·托尔斯泰的生平》,启篁等译,湖南文艺出版社,1992 年,第 404 页。

[2] *Л.Н.Толстой-Н.Н. Страхов:* Полное собрание переписки в двух томах. том.2. Slavic Research Group at the University of Ottawa and State L.N.Tolstoy Museum, Moscow, 2003. C.609-610.

[3] Там же. C.610.

斯泰对查苏利奇事件还持否定态度的话,那么到了三年后的1881年初,他对俄国革命者的印象就完全改变了。在1889年开始创作的《复活》中,托尔斯泰更是借主人公聂赫留朵夫之口直言不讳为革命者辩护:"自从俄国革命运动开始以来,特别是在三月一日后,聂赫留朵夫一直对革命者抱着恶感,鄙视他们。……不过等到他更接近他们,了解他们往往无辜而受尽政府迫害的种种事实以后,他才看出他们不能不成为他们目前这样的人。"[1]尽管作者也承认,革命者中间"也有好人、坏人和中间的人",但"他们的道德要求高于在平常人中间所公认的道德要求。……成为罕见的道德高尚的模范"[2]。从一开始"我们还不明白的队伍中的头一批人"到如今的"罕见的道德高尚的模范",托尔斯泰对革命者态度的转变实际上也是他思想走向激进乃至虚无的真实折射。在小说中,托尔斯泰对上至枢密院、教会,下到监狱制度、土地私有制等都作了彻底的否定,认为"所有那些关于正义、善、法律、信仰、上帝等等的话"实际上"仅仅是空话,掩盖着最粗暴的贪欲和残酷"。[3]这已经是彻头彻尾的虚无主义了。

因理性而走向虚无主义,这种现象在十九世纪俄国思想史上并不少见。斯特拉霍夫反对的恰恰是托尔斯泰这种横扫一切的虚无主义观念。

在1890年5月21日的信里,斯特拉霍夫提出了这种反对:"感谢上帝,假如我能来看您的话,可能我要指出我觉得您活动中最不正确的地方。要不,现在就泛泛而谈吧。最不正确的地方就是否定的一面,激烈、坚决地否认那些您的思想和感受圈子之外的东西。谁不与我们在一起就是反对我们——这是对的;但这并不意味着:我们反对所有不与我们一起

---

[1] 《列夫·托尔斯泰文集》,第11卷,汝龙译,人民文学出版社,2000年,第495页。
[2] 同上书,第497页。
[3] 小说里的原话是"所有那些关于正义、善、法律、信仰、上帝等等的话,总不可能仅仅是空话,掩盖着最粗暴的贪欲和残酷吧"。但从后文看,作者对这一问题采取了肯定的态度。参见:《列夫·托尔斯泰文集》,第11卷,汝龙译,人民文学出版社,2000年,第397页。

的人。"[1] 稍后的1892年2月5日，斯特拉霍夫再度表明反对托尔斯泰："艺术与科学的问题在我脑海中挥之不去。列夫·尼古拉耶维奇，您天生就是一个创新者，而我天生就是一个保守者。我将竭尽全力反对您、索洛维约夫和尼古拉·费奥多罗维奇（费奥多罗夫是莫斯科图书馆馆长，哲学家）。"[2] 将作家与索洛维约夫这样的论敌相提并论，可见托霍两人彼此间的分歧之大。此外，在托尔斯泰声望如日中天的时候，恐怕斯特拉霍夫是极少数能这么跟托尔斯泰说话的人之一。

罗赞诺夫在1913年专门撰文指出了两者争论的实质："如今时过境迁，回头再看托尔斯泰的'创造'，它实质上是斯特拉霍夫毕生与之斗争的'虚无主义'的延续；而斯特拉霍夫在某种程度上被托尔斯泰的虚无主义所包裹的宗教外壳所蒙蔽。斯特拉霍夫以最大的热情欢迎托尔斯泰转向宗教和宗教性——相信这将影响我们的'旧虚无主义'，使之脱离赤裸裸的否定之路。但'旧虚无主义'更强大，并继续存在，托尔斯泰事实上在他的宗教性中，在他寻找宗教'何处最好'的过程中屈服于它。"[3] 作为斯特拉霍夫的学生，应该说罗赞诺夫看得比较准确，也比较公正。站在今天的角度来看，我们并不是要确定谁对谁错，只是借此说明两者从同道变成陌路的过程，以指出文学家与批评家之间的思想差异。事实上，这种差异绝非两人之间的私事，而是涉及十九世纪俄国文学中保守主义与虚无主义的对抗。正如罗赞诺夫所言："托尔斯泰和斯特拉霍夫被迫涉及俄罗斯历史发展，甚至整个文明最核心、最关键的部分，他们所说的话对于我们

---

[1] *Л.Н.Толстой-Н.Н. Страхов:* Полное собрание переписки в двух томах. том.2. Slavic Research Group at the University of Ottawa and State L.N.Tolstoy Museum, Moscow, 2003. C.820.

[2] 这封信在2003年出版的两卷本及2023年出版的三卷本托尔斯泰与斯特拉霍夫通信集中均未见收录。此处转引自罗赞诺夫文章。*Розанов В. В.* Идейные споры Л.Н. Толстого и Н.Н. Страхова.//*Розанов В. В.*На фундаменте прошлого (Статьи и очерки 1913-1915гг.).Собрание сочинений под общей редакцией А. Н. Николюкина. М.: 2007. C.169.

[3] *Розанов В. В.* Идейные споры Л.Н. Толстого и Н.Н. Страхова.//*Розанов В. В.*На фундаменте прошлого (Статьи и очерки 1913-1915гг.).Собрание сочинений под общей редакцией А. Н. Николюкина. М.: 2007. C.164.

今天的理解，对于我现在的读者，具有最大的意义和重要性。"[1]斯特拉霍夫捍卫保守主义，捍卫俄罗斯文化传统，哪怕为此与托尔斯泰这样一位曾经的好友渐行渐远也在所不惜，这种勇气足以证明他在思想上的独立性。

还应当说明的是，斯特拉霍夫也好，托尔斯泰也罢，虽然政见不同，但整体上还是保持了友好往来。在1891年11月18日的信里，针对斯特拉霍夫晚年的孤单状态，托尔斯泰予以热情的安慰："再见，我可爱的朋友，衷心爱你，亲吻你。不要觉得自己孤单，大家都爱你，而我是第一个。"[2]他们之间的通信一直保持到了斯特拉霍夫去世前几天（1896年1月中旬）。托尔斯泰在信中跟斯特拉霍夫介绍了他儿子的两位大学同学，请斯特拉霍夫在圣彼得堡予以照顾，同时也谈到了自己阅读莎士比亚的感受，言辞之间，对老友的关心溢于言表。可惜的是，斯特拉霍夫没有看到这封信就去世了。

---

[1] *Розанов В. В.* Идейные споры Л.Н. Толстого и Н.Н. Страхова.//*Розанов В. В.*На фундаменте прошлого (Статьи и очерки 1913-1915гг.).Собрание сочинений под общей редакцией А. Н. Николюкина. М.: 2007. С.164.

[2] *Л.Н.Толстой-Н.Н. Страхов:* Полное собрание переписки в двух томах. том.2. Slavic Research Group at the University of Ottawa and State L.N.Tolstoy Museum, Moscow, 2003. С.887.

第八章　斯特拉霍夫事件及其意义

在分析了斯特拉霍夫对陀思妥耶夫斯基及托尔斯泰的研究之后再来论述这三者之间的互动关系，是否有些多余？这是笔者在写作本章时经常考虑的一个问题。诚然，在分析批评家与两位作家交往关系的时候，我们已经指出了他们之间在交往中的一些矛盾、观点上的一些分歧，但笔者以为，假如把这些矛盾和分歧置于三个人互相对话的背景下，那么将能更加清楚地揭示斯特拉霍夫文学批评的意义。这是笔者冒着可能重复的风险也要试着撰写本章节的原因。

对于斯特拉霍夫与陀思妥耶夫斯基的关系，国内外学术界似早有定论，即曾是朋友，此后出现思想分歧，乃至于斯特拉霍夫不惜暗中毁坏陀思妥耶夫斯基名誉。早在二十世纪六十年代，苏联老一辈的文学研究者多利宁、格罗斯曼（Л.П. Гроссман）就以详尽的史料介绍了两者之间的恩怨是非。或因时代限制，两位陀学前辈明显对斯特拉霍夫持贬低态度[1]。

---

[1] 多利宁把斯特拉霍夫跟两大巨人的友情归纳为"青睐，并非真正心灵和精神上的亲近"。他认为："在道德问题上貌似'自由主义'，似乎多元的立场，使他在某种程度上容易被视为'自己人'，尽管遭致偶尔的批评和斥责；尤其是他涵盖人类创造多方面的宽广视野——使得斯特拉霍夫有权获得像托尔斯泰和陀思妥耶夫斯基那样人的青睐。" Долинин А. С.Последние романы Достоевского. Москва-Ленинград,. Советский писатель, 1963. C.309. 格罗斯曼则说："斯特拉霍夫的指责是缺乏事实根据和站不住脚的，因而是极不道德的。"参见格罗斯曼：《陀思妥耶夫斯基传》，王健夫译，外国文学出版社，1987年，第315页。

多利宁、格罗斯曼的观点影响很大，加之斯特拉霍夫在十九世纪六七十年代一度以反虚无主义著称，被学术界冠以"好斗的唯心主义者、反虚无主义者及彻底的保守主义者"[1]名号，基于政治考虑，多数学者都试图撇清陀思妥耶夫斯基与他的关系。如沃尔金（И.Л.Волгин）在他那本《陀思妥耶夫斯基的最后一年》（1986）里，便将保守派的斯特拉霍夫与革命派的陀思妥耶夫斯基相对立。布尔索夫（Б.И.Бурсов）、基尔波京等陀学权威都认为，在对待陀思妥耶夫斯基的问题上，斯特拉霍夫是纯粹的诽谤与污蔑，最终自取其辱。即便是到了二十一世纪，这种观点仍在陀学界占据主流。如萨拉斯金娜（Сараскина Л.И.）那本收入《名人传》（Жизнь замечательных людей）的《陀思妥耶夫斯基传》（2011）里就对斯特拉霍夫作了不少负面的评价[2]。

这种观点直接影响了国内学者。1986年，北京大学的李明滨先生曾以《俄国文坛的一件公案：陀思妥耶夫斯基身后的不白之冤终于昭雪》为名，介绍了这一文坛公案。全文引用了斯特拉霍夫致列夫·托尔斯泰的书信，分析了两者之间的分歧。且不说文章标题所包含的鲜明立场，作者在文末就已明确指出："斯特拉霍夫，这位有声望的、聪明的评论家，或者一时糊涂，忘了'作品中的人物并不等于作者'这条原则，或者由于'报复'心切，而一叶障目，看不见这条原则，所以他在挑起的这桩公案中最终败诉了，而陀思妥耶夫斯基则仍然保持着他杰出艺术家的荣誉。"[3]该文是目前国内学界涉及这个问题的唯一论述，但也需要看到，该文在结论上并无超出苏联学者的高度。

2021年，著名传记作家、高尔基文学院的巴辛斯基也有专文研究了这一问题。不过他的结论颇有些模糊："这一假设得到了证实，即这种'不

---

[1] *Горбанев Н*.Литературная критика Н.Н. Страхова: текст лекции. Махачкала, 1988. C.5.

[2] *Сараскина Л.И*. Достоевский М.: 2011, C.543-544, 546, 550-551.

[3] 李明滨：《俄国文坛的一件公案：陀思妥耶夫斯基身后的不白之冤终于昭雪》//《俄苏文学》, 1986年，第2期，第99页。

见面'的主要原因不仅是各种偶然情况的结合,而且是两位作家不可思议的直觉:他们不断地阅读对方,感受到精神上最深层的亲近,理解文学和社会的相互意义,但即使在文学场合,他们也避免日常会面,因为他们害怕可能的口头讨论会导致他们的观点被不由自主地、哪怕是暂时地歪曲。"[1] 一方面是互相理解,另一方面是害怕见面会导致冲突,这颇有些自相矛盾的意味了。

总体而言,国内外研究者过多聚焦于斯特拉霍夫与陀思妥耶夫斯基的私人关系[2],却较少注意到两人思想方面的异同。甚至有论者以陀思妥耶夫斯基与托尔斯泰在某些方面的惺惺相惜,来反证斯特拉霍夫无中生有、居中挑拨两位大师的阴暗心理。事实上,这种判断一则贬低了这场争论的意义;二来不免有些矫枉过正。本章拟以当事人的作品、书信为依据,结合他们所处的时代转型特点,对这段历史公案再作一梳理,从而从另一个侧面探索斯特拉霍夫文学批评思想的真正意义。其中,当然也会牵涉另一位大师——托尔斯泰的"证词"。

第一节 陀思妥耶夫斯基与斯特拉霍夫

斯特拉霍夫对陀思妥耶夫斯基的所谓"攻击",主要依据在于那封1883年11月28日致托尔斯泰的信。该信发表于1913年的《现代世界》杂志,此时陀思妥耶夫斯基已去世近四分之一个世纪,斯特拉霍夫也去世了17年之久。斯特拉霍夫在信中描绘了一个自私虚伪甚至变态的作家,这实在令许多了解其友谊的人大跌眼镜。作家的遗孀安娜未读此信前颇不

---

[1] Басинский П.В. Причины «невстречи» Ф. М.Достоевского и Льва Толстого.//Вестник РУДН.Серия: Литературоведение.Журналистика. 2021.Т.26. № 3. С.392.

[2] 最近也有国外学者强调斯特拉霍夫与陀思妥耶夫斯基的思想分歧,但也只是略微提及。详情参见弗·尼·扎哈罗夫:《二二得几,或陀思妥耶夫斯基诗学明确性中尚未明确的内容》,张变革译//《世界文学》2011年第5期;或见张变革主编:《当代国际学者论陀思妥耶夫斯基》,北京大学出版社,2014年,第51—59页。

以为然地认为:"斯特拉霍夫对我丈夫,除了好话之外,还能写出什么来呢?他总是把我丈夫视为杰出作家,赞赏他的行为,为他提供写作的话题和思想。"[1]这只能说明安娜确实是一位比较单纯的女子,对丈夫及丈夫的朋友在思想方面的分歧缺乏更深入的了解[2]。斯特拉霍夫是第一本陀思妥耶夫斯基传记的作者。如果说他对作家确如论者所说,因思想分歧导致人格攻击,那么他完全可以利用作传的机会好好揭露陀思妥耶夫斯基的真面目;或者退而求其次,拒绝安娜的要求,以免做违心之言。但他一方面为陀思妥耶夫斯基作传,一方面在给托尔斯泰的私人信件里一再困惑:"我每天都在想,我为什么要写这个?"[3]这种两难的处境最大可能来自批评家思想上的矛盾:一方面不认同作家的思想,一方面又却不过作家遗孀的嘱托,夹杂于原则与人情之间左右为难。

根据前面涉及这一主题的论述文字来看,应该说,斯特拉霍夫对陀思妥耶夫斯基还是很有感情的。在1881年2月3日给托尔斯泰的信里,斯特拉霍夫开头就说:"自从得知陀思妥耶夫斯基去世的消息那一刻开始,可怕的空虚感就没有离开过我。好像半个彼得堡坍塌了,或者半个文学界死去了。虽然我们近来相处不甚融洽,但我觉得他对我有着极大的意义。在他面前我试图表现得机智而善良,尽管我们也有愚蠢的分歧,但彼此之间深深的尊重在我看来是无比的可贵。哎,多么忧伤!……一切都是空虚,空虚!"[4]伤痛之情,溢于字里行间。

然而,在伤痛的外表下却隐藏了两人在思想上、生活中的各种矛盾。思想上即前文所述的斯特拉霍夫的理性思维与陀思妥耶夫斯基的分裂人格

---

[1] Достоевская А.Г. Воспоминания. М.: Художественная литература. 1981. С.395.

[2] 别洛夫和图尼曼诺夫在为安娜回忆录所写的序言中说:"在叙述社会政治及文学事件时,安娜·格里高利耶夫娜常常显得不自信,人云亦云,回忆录的风格也苍白无力,缺乏表现力。当她讲述起她所熟悉的日常生活时,才又重新充满活力。"Достоевская А.Г. Воспоминания. М.: Художественная литература. 1981. С.27.

[3] Переписка Л.Н. Толстого с Н.Н. Страховым, т. II . СПб.: изд. Толстовского музея, 1914, С.303.

[4] Там же, С.266.

之间的矛盾。生活中的细节可参见陀思妥耶夫斯基 1868—1871 年间给斯特拉霍夫的诸多书信，其中充满着恳求金钱帮助的各种哀求。一方面是思想上的某些"讨厌"和"鄙视"，一方面是为稻粱谋的各种低声下气，尽管有友情来维系，但对敏感的作家来说多少会留下某种心理阴影，并使得一些小事变为大事。比如，1875 年初，因《少年》一书发表在涅克拉索夫等主编的《祖国纪事》上，双方矛盾升级。陀思妥耶夫斯基在给妻子的书信中抱怨了斯特拉霍夫对他的冷淡："不，安妮娅，这是一个可恶的神学院学生，不过如此。在生活中随着《时代》的倒闭，他已经抛弃过我一次，而在《罪与罚》获得成功后他又跑过来了。"这句话常常被后来的研究者看作作家对斯特拉霍夫积怨已久的证据[1]。事实上，作家在上句话的前面提到这次抱怨的原因："……但斯特拉霍夫不知为何却对我眉头紧锁。即便是迈科夫，当他问及涅克拉索夫，并听我讲到涅克拉索夫恭维我的时候，也是一脸的忧郁。而斯特拉霍夫则完全冷若冰霜。"[2] 这次事件实际上是一件小事引发的。根据安娜的回忆，陀思妥耶夫斯基之所以接受涅克拉索夫的提议，在《祖国纪事》上发表《少年》，完全是因为涅克拉索夫开出了每印张 250 卢布的价格，超过了此前作家所获每印张 150 卢布的标准，还同意预支两三千卢布的稿费[3]。对于作家来说，首要的是一家人的生存问题。再者，他自己也未必意识到这种思想分歧有多么严重的后果。陀思妥耶夫斯基在 1875 年 1 月份前往彼得堡，先后拜访了涅克拉索夫、梅谢尔斯基公爵等思想界的激进和保守代表。正如他传记作者约瑟夫·弗兰克指出的："这种行为鲜明地象征着他相信他可以享有超越他那个时代

---

[1] 譬如约瑟夫·弗兰克就认为："陀思妥耶夫斯基使用'神学院学生'——这在当时是一个带有严重侮辱含义的词汇，因为几个主要的激进分子都曾经在神学院学习——这一表述表明他的怨恨之深。"约瑟夫·弗兰克：《陀思妥耶夫斯基：文学的巅峰，1871—1881》，戴大洪译，广西师范大学出版社，2022 年，第 189 页。
[2] *Ф. М.Достоевский*. Полное собрание сочинений в тридцати томах. том 29(2). Л:.Наука., 1986. C.16-17.
[3] 陀思妥耶夫斯基特地去莫斯科跟卡特科夫商谈此事，卡特科夫表示愿意出同等价格买下《少年》，但无法预支稿费，由此作家最终决定与《祖国纪事》合作。*Достоевская А.Г.* Воспоминания. М.: Художественная литература. 1981. C.264-268.

普遍存在于俄国文化领域的各种明显势不两立的敌对派别的自由。"[1] 但情况恰恰并非如此。斯特拉霍夫等人因此产生的对作家的冷淡,虽然有误解的成分在里面,但考虑到《祖国纪事》历来的激进立场,陀思妥耶夫斯基这种自以为的超然立场是否合适也值得斟酌。我们今天的读者可能未必能了解那个时代思想分歧对个人生活的影响。但只要回忆一下屠格涅夫这位著名的西欧派作家在普希金纪念晚会上对卡特科夫的态度[2],就不难想象政治立场的敏感性了。

1877年,陀思妥耶夫斯基在一篇札记里又提到斯特拉霍夫,言辞更为激烈,近似人身攻击。他不但把斯特拉霍夫说成是普希金笔下的媒婆:"媒婆坐着吃馅儿饼,说话却含糊不清",而且还说斯特拉霍夫是"最纯粹的神学院学生习气,这个出身无法掩盖。没什么公民感和责任感。对一切肮脏勾当没有愤慨,相反他自己就从事这种勾当。他看似道貌岸然,暗地里却很好色,为了某种肥腻粗野的淫荡丑事,准备出卖一切:所有他未体验到的公民感、他不在乎的工作及他从未有过的理想。他不是不相信理想,但粗鲁而肥腻的皮囊使他什么也不感觉不到了。今后我会更多地谈论我们这个文学典型,得不断揭露批判他们"[3]。

事实上,虽然斯特拉霍夫出身教会神甫家庭,但这跟公民感和责任感没什么必然联系(车尔尼雪夫斯基也是教会家庭出身,这或许反而说明了陀思妥耶夫斯基内心潜在的贵族优越感)。从他一生来看,斯特拉霍夫属于那种安心书斋的知识分子,嗜书如命,终身未娶,以致托尔斯泰说他"天生适合纯哲学活动。这里的纯是指远离现实,而非远离从诗学和宗教

---

[1] 约瑟夫·弗兰克:《陀思妥耶夫斯基:文学的巅峰,1871—1881》,戴大洪译,广西师范大学出版社,2022年,第185页。

[2] 详请参见朱建刚:《庆典中的阴影:略析卡特科夫事件》,《俄罗斯文艺》,2013年第1期,第140—145页。

[3] Литературное наследство. Ф. М. Достоевский. Новые материалы и исследования. Т.83. М.: Наука, 1971. С.620.

角度来解释事物"[1]。1891年3月，托尔斯泰夫人曾赴彼得堡斯特拉霍夫家中，她说："斯特拉霍夫的家里到处都是书，他的藏书甚是丰富。"[2]1896年1月24日，斯特拉霍夫去世，朋友们居然发现他的遗产不足以支付办理后事的费用，究其因，他把绝大部分收入都用于买书上了。热爱真理、安于清贫——这是斯特拉霍夫作为十九世纪俄国知识分子的典型写照。对这样的一个人，陀思妥耶夫斯基说他"好色""准备出卖一切"，不知依据何在。笔者以为，一则这段话只是作家随手写的札记，并不打算公开发表，所以兴之所至，尽情发泄；二来更重要的是，当时斯特拉霍夫跟托尔斯泰走得很近，这对一向对托尔斯泰持保留意见的陀思妥耶夫斯基来说，明显是个打击。陀思妥耶夫斯基在这里所谓的"准备出卖一切"，更确切地说是指斯特拉霍夫叛变了他们的友谊吧？

第二节 第三者：托尔斯泰

说到这桩公案，我们必定要提到托尔斯泰。虽然他没有直接参与，但他是争论的起因之一，他的论断显然对斯特拉霍夫以及之后的研究者有着举足轻重的作用。只有搞清陀思妥耶夫斯基与托尔斯泰的关系问题，我们才能对斯特拉霍夫在两位巨匠之间的地位和影响有更为客观的认识。

关于托尔斯泰与陀思妥耶夫斯基的问题，苏联学术界已有众多论述。概括下来，托与陀虽然观点有别，但仍是互相欣赏，两人唯一的见面机会还因为斯特拉霍夫的知情不报而失去了。但真相恐怕未必如此。早在1856年初，陀思妥耶夫斯基尚在西伯利亚时，他就在给А.Н.迈科夫的信里给久别重逢的俄国文坛做了一次排名："我最喜欢屠格涅夫，只是遗憾的是，

---

[1] Л.Н.Толстой Полное собрание сочинений. Том 61. Письма 1863-1872 гг. М.: Государственное издательство художественной литературы. 1953. C.262.
[2] 托尔斯泰娅：《托尔斯泰夫人日记》上卷（1862—1900），张会森等译，中国社会科学出版社，1983年，第160页。

在他的巨大才华之中有许多不连贯的地方。我很喜欢列夫·托尔斯泰,但在我看来,他写不出很多东西(不过,我也许会看错。)"[1]从这里看,陀思妥耶夫斯基虽对托尔斯泰有欣赏的一面,但这种欣赏是有保留的。这种保留在得知斯特拉霍夫高度赞扬托尔斯泰之后,表露得尤其明显。在1870年3月24日致斯特拉霍夫的信里,陀思妥耶夫斯基严肃地谈及此事:"我完全不同意您关于托尔斯泰的两行文字。您说,列夫·托尔斯泰可与我国文学中一切伟大现象相提并论。绝对不能这么说!……我认为,这一点是非常重要的。"[2]"绝对""非常重要"说明这已不是寻常的文人相轻,更可能是两人思想上的尖锐分歧。

1871年5月,陀思妥耶夫斯基在信里再次提及托尔斯泰的创作:"要知道,这全是地主老爷的文学,它尽其所能地说出了一切(列夫·托尔斯泰说得很好)。但这些说得很好的地主老爷的言词也是最后的言词了。取代这些言词的新话语还没有,永远也不会有。"[3]在作家看来,托尔斯泰的作品再好,也不过是"地主老爷的文学"。言下之意,"地主老爷的文学"只关心那些上流社会的沙龙、贵妇人与纨绔子弟的风流韵事,他们哪里懂得拉斯科尔尼科夫之辈的挣扎与痛苦,哪里懂得这个时代俄国社会所面临的分崩离析?1875年2月,陀思妥耶夫斯基甚至说《安娜·卡列尼娜》:"小说相当枯燥,远非什么了不起的作品。我不明白他们因何赞赏。"[4]这在一定程度上也说明了陀思妥耶夫斯基文学观的狭隘。在《作家日记》里陀思妥耶夫斯基提及他对列文这个形象的看法,其中对托尔斯泰不无批评:"列文喜欢自称人民,可这是个少爷,中上层圈子里的莫斯

---

[1] Ф. М.Достоевский. Полное собрание сочинений в тридцати томах. том 28(1). Л.: Наука., 1985. C.209-210.

[2] Ф. М.Достоевский. Полное собрание сочинений в тридцати томах. том 29(1). Л.: Наука., 1986. C.114.

[3] Там же. C.216.

[4] Там же. C.11.

科少爷，列夫·托尔斯泰伯爵主要就是这个圈子的历史学家。"[1]在陀思妥耶夫斯基的心目中，托尔斯泰始终没有摆脱社会中上层、庄园地主这样的写作身份。作家的这一论断遭到了斯特拉霍夫的反驳："地主文学是这样的？多么无情多么骄傲的话，费多尔·米哈伊洛维奇！《战争与和平》最后以转向人民，转向卡拉塔耶夫告终，这跟您的思想应该完全符合。我只感到惊奇和莫名其妙……您怎么忘了柯里佐夫、涅克拉索夫……您的《死屋》？这不是人民的文学吗？"[2]

1870年代末到1880年代初这个时期，恰恰是托尔斯泰陷入思想危机的时候。然而，他的思想探索在陀思妥耶夫斯基看来最多只是一个吃饱了饭的地主百无聊赖的举动。陀思妥耶夫斯基甚至跟自己妻子说："托尔斯泰几乎发疯了，甚至可以说彻底疯了。"[3]这明显表达了两人之间深深的思想隔阂。总体来说，陀思妥耶夫斯基始终将托尔斯泰定位在出色的文学天才，但谈不上伟大。而"伟大"恰恰是斯特拉霍夫在阐释托尔斯泰时再三强调的。尤其值得一提的是，此刻正是陀思妥耶夫斯基与斯特拉霍夫为了前者在《祖国纪事》上发表《少年》关系开始转冷淡的时候。一冷一热，分裂在所难免。

众所周知，陀思妥耶夫斯基很想见托尔斯泰，但实际上托尔斯泰未必愿意见他。这里有多种原因，既有创作观点上的，也有个人生活上的。诚然，托尔斯泰很欣赏陀思妥耶夫斯基的创作艺术，在后者去世后也跟斯特拉霍夫说："他是我最最亲近、宝贵、需要的人。"[4]可要知道，托尔斯泰欣赏的是40—60年代的陀思妥耶夫斯基作品，对于陀思妥耶夫斯基晚年的思想探索，托尔斯泰并不理解，也不接受。就在上述那封信里，托尔斯

---

[1] Ф. М.Достоевский. Полное собрание сочинений в тридцати томах. том 25. Л:.Наука. 1983. С.205.

[2] Ф. М.Достоевский. Полное собрание сочинений в тридцати томах. том 29(1). Л.: Наука., 1986. С.479.

[3] Ф. М.Достоевский. Полное собрание сочинений в тридцати томах. том 30(1). Л.: Наука., 1988. С.166.

[4] Л.Н.Толстой Полное собрание сочинений. Том 63. Письма 1880-1886 гг. М.: Государственное издательство художественной литературы. 1934. С.43.

泰提到自己"读完了《被欺凌与被侮辱的》,深受感动"[1]。他最喜欢的陀思妥耶夫斯基作品是《死屋手记》。在1862年2月22日致阿·阿·托尔斯泰夫人的信里,托尔斯泰直接请后者帮忙找一本《死屋手记》来读,因为他觉得"有必要"读一遍这本书。1880年的9月26日,托尔斯泰在给斯特拉霍夫的信里又一次表达对《死屋手记》的喜爱:"近日身体不适,读了《死屋》。很多内容我都忘了,此次再读一遍,不知道包括普希金在内的整个新文学中,还有哪部书比得上它。"[2] 难得托尔斯泰如此高看陀思妥耶夫斯基早期作品,原因显然具有的强烈现实意义,按他的说法是:"此书在观点而非基调上不同寻常:真诚、自然、符合基督精神。这是一部有教益的好书。"[3] 这和托尔斯泰对文学真实和功利性的要求是一致的。相反,对于历来学术界所看重的陀思妥耶夫斯基晚年五大长篇,托尔斯泰反而兴趣不大。因为这五大长篇充分体现了陀思妥耶夫斯基的思想探索,揭示了现代人内心的分裂,其思想是托尔斯泰既不愿去理解也不想接受的[4]。因此,两位大师思想认识上的这个分歧,实质上决定了两人的关系不可能像研究界通常所认为的那般英雄相惜,尽管那是一种大家都乐于见到的状况。

1883年11月3日托尔斯泰在给斯特拉霍夫的信里明确表示了他对陀思妥耶夫斯基的否定:"您的信让我感到忧郁、失落,但我完全理解您,并且带着遗憾几乎相信您。我觉得您是跟陀思妥耶夫斯基那种虚伪不自然关系的牺牲品。不只是您,而是所有人都夸大了他的意义和榜样,把他这

---

[1] Л.Н.Толстой Полное собрание сочинений. Том 63. Письма 1880-1886 гг. М.: Государственное издательство художественной литературы. 1934. С.43.

[2] Там же. С.24.

[3] Там же. С.24.

[4] 1910年10月18日,托尔斯泰在日记里再次提及陀思妥耶夫斯基:"读陀思妥耶夫斯基,惊讶于他的草率、虚伪和杜撰"。次日又说:"快速读完了《卡拉马佐夫兄弟》第一卷,有许多好的地方,但非常不愉快。宗教大法官和佐西马的遗嘱。"Л.Н.Толстой Полное собрание сочинений. Том 58. Дневники и записные книжки. 1910 г. М.: Государственное издательство художественной литературы. 1934. С.119、121. 10月28日,托尔斯泰离家出走,随身带着《卡拉马佐夫兄弟》,也许表明了他打算重新认识陀思妥耶夫斯基,但目前尚无更多的证据证明这一点。

样一个处于内心善恶斗争最激烈之际的人抬高到先知和圣人的地位。他令人感动，也很有趣，但不能把像陀思妥耶夫斯基这样充满矛盾的人，作为后代学习的榜样。"[1] 我们可以看到，托尔斯泰否定陀思妥耶夫斯基的根本原因就在于后者内心的矛盾。类似的观点，高尔基在反对莫斯科艺术剧院上演《群魔》的时候也曾说过："陀思妥耶夫斯基——本人是一个伟大的折磨者和具有病态良心的人——正是喜爱描写这种黑暗的、混乱的、讨厌的灵魂。"[2] 原因在于，托尔斯泰和高尔基都相信人性本善、人的心中有天国存在。文学作为人学，要努力表达真善美的一面，而不应该像陀思妥耶夫斯基那样去怀疑人性的黑暗，表现内心的痛苦。从这个角度看，俄国十九世纪批判现实主义文学与后来现代主义文学的差异就是在这里，前者的代表是托尔斯泰，继承者是高尔基；后者的代表自然是陀思妥耶夫斯基。

除了思想分歧外，晚年的陀思妥耶夫斯基思想趋向于保守，不但写《群魔》来批评当时的虚无主义革命者，并且接连在声名不佳的《俄国导报》上发表小说，还担任保守派梅谢尔斯基公爵名下的《公民》杂志主编。原先沙皇专制的受害者居然反过来帮专制说话，这是那些头脑日趋激进的进步人士们所无法忍受的。1880年普希金纪念碑在莫斯科落成，由自由主义知识分子组成的组委会曾打算将"反动保守"的作家拒之门外。相形之下，托尔斯泰尽管贵为伯爵，却历来爱惜羽毛，尽量与官方保持距离，也极少参与社会热点的论战。正如有论者指出的："托尔斯泰从来没有像陀思妥耶夫斯基那样如此直接地参与讨论当代问题，尽管个人对六十年代的激进分子非常反感，尽管他也没有把这种敌意当作重要的文学主题。"[3]

---

[1] Л.Н.Толстой Полное собрание сочинений. Том 63. Письма 1880-1886 гг. М.: Государственное издательство художественной литературы. 1934г. С.142.
[2] 高尔基：《论文学》续集，人民文学出版社，1983年，第179页。
[3] 约瑟夫·弗兰克：《陀思妥耶夫斯基：文学的巅峰，1871—1881》，戴大洪译，广西师范大学出版社，2022年，第185页。

因而，相对超脱的托尔斯泰能成为"社会的良心"，而陀思妥耶夫斯基却只能做"革命的先知"。

另外，托尔斯泰的贵族出身、家庭教育，使得他与陀思妥耶夫斯基之间也存在着不小的隔阂。费特在1877年3月16日给托尔斯泰的信里对1876年的《作家日记》做了评论："多少聪敏的智慧，多少细腻的观察，显然仅只因为作者没有受过经典和哲学的教育，而全部付之东流。"[1] 考虑到1870年代托尔斯泰与费特思想上的亲近[2]，费特的这一看法在很大程度上也体现出了托尔斯泰面对陀思妥耶夫斯基时的矜持。当然，从陀思妥耶夫斯基支持者的角度来看，托尔斯泰的那种贵族精英意识也未必值得仿效。罗赞诺夫就说过："陀思妥耶夫斯基以其谦逊以及由此形成的对待文化的敬重、欣赏、喜爱的态度，无可比拟地比托尔斯泰更富有教育和示范意义。"[3]

综上所述，托尔斯泰到底在多大程度上愿意见陀思妥耶夫斯基，这是值得怀疑的。斯特拉霍夫之所以不去牵线，很可能是托尔斯泰的意思。否则，以他对托尔斯泰的尊崇，不至于做这么煞风景的事。至于托尔斯泰跟陀思妥耶夫斯基夫人后来说的那些话，很大程度上也不过场面上的客套，昔人已没，言辞上说得再亲热一点又有什么呢？

考虑到这一点，我们可以再来看托尔斯泰对斯特拉霍夫的态度。对于参与生活的问题，托尔斯泰虽然不赞成斯特拉霍夫的那种冷静客观，但较之于陀思妥耶夫斯基来说，托尔斯泰承认批评家有保持客观性、不介入生活的权力。在1875年5月托尔斯泰写给斯特拉霍夫的信里说："客观性是

---

[1] 苏·阿·罗扎诺娃编：《思想通信——列·尼·托尔斯泰与俄罗斯作家》（上），马肇元等译，文化艺术出版社，1997年，第514页。

[2] 他曾跟费特说："我跟斯特拉霍夫总是经常谈到您，因为我们三人本质上是一家。"参见苏·阿·罗扎诺娃编：《思想通信——列·尼·托尔斯泰与俄罗斯作家》（上），马肇元等译，文化艺术出版社，1997年，第504页。

[3] 瓦·瓦·罗扎诺夫：《陀思妥耶夫斯基启示录——罗扎诺夫文选》，田全金译，华东师范大学出版社，2013年，第110页。

一种礼节，就像大众必要的衣服。……但您的客观性太多了，会毁了自己，至少对我来说是这样。"[1] 尽管托尔斯泰一心试图寻找"小绿棍"因而不接受斯特拉霍夫的批评思想，但后者仍然对作家的思想产生了影响。1896年初，在得知斯特拉霍夫的死讯后，托尔斯泰无心入眠，再度对生活进行了思考："我活着，但不是生活。斯特拉霍夫，今天知道他死了。……我躺下睡觉，但无法入睡，对生活的认识这样清楚、明了地浮现于脑海，从中我们仿佛感觉自己是旅行者。"[2] 短短几句话，不能不看出斯特拉霍夫对托尔斯泰在生活问题上的一定影响。

第三节　独白与对话之争

问题在于，斯特拉霍夫在两位大师的生活与创作中都起到过重要作用，为何最终却只能渐行渐远，终成陌路？其一是作家们自己的问题，如上文中什克洛夫斯基说的，托尔斯泰是"一个不可靠的旅伴"，陀思妥耶夫斯基也有敏感多疑的一面；其二，从思想角度而言，斯特拉霍夫思想中的对话原则在十九世纪末的俄国尚无人能理解，伟大如陀思妥耶夫斯基或托尔斯泰者，都无法理解批评家这种强调多元与对话的思想原则。罗赞诺夫曾指出过批评家的这种孤独处境："不得不说这是奇怪的事情，在六十年代以降的二十年内，斯特拉霍夫是我们唯一的活着的、忘我奋斗的、自由的、走在前列的思想家。一切人落后于他，一切人在他身后或在他周围僵化了。"[3] 这二十年，自然包括托尔斯泰和陀思妥耶夫斯基在世的二十年。既然无法理解，最终的交恶或冷淡也在所难免。

---

[1]　Л.Н.Толстой Полное собрание сочинений. Том 62. Письма 1873-1879 гг. М.: Государственное издательство художественной литературы. 1953г. С.184.

[2]　Л.Н.Толстой Полное собрание сочинений. Том 53. Дневники и записные книжки. 1895-1899 гг. М.: Государственное издательство художественной литературы. 1953г. С.78.

[3]　Розанов В.В. Литературные Изгнанники: Воспоминания.Письма. М.: Аграф. 2000, С.15.

众所周知，黑格尔是西方传统哲学的集大成者，几乎被视为理性思维的顶峰人物。但问题在于，有顶峰就必然有滑坡。正如他一位学生所说：黑格尔之后，哲学家只有两种选择：或成为他的掘墓人或为之树碑立传（gravediggers or monument-builders）[1]。原先那一套以理性为核心的哲学体系已遭到越来越多人的否定。哲学本身要求有新的形式出现。当时的俄国哲学家 Вл. 索洛维约夫已经注意到这个问题，他博士论文的题目就是"西方哲学的危机"。但与索洛维约夫不同的是，斯特拉霍夫不但注意到这个问题，而且已经无意中解决了这个问题：答案就在于对话。

我们今天知道"对话"，恐怕多半来自巴赫金及其复调小说理论。对话有广义与狭义之分，体现在文学上表现为人物具有独立性，作品呈未完成性和开放性。然而，巴赫金起初关注的是陀思妥耶夫斯基作品中的对话，属于文学作品的阐释；后来逐渐上升到一种哲学高度。斯特拉霍夫的对话则是个人生活中的具体实践，是其思想的精髓。可以说，他的一生都是在不断的争论与对话中度过：早年与虚无主义者；中年与陀思妥耶夫斯基、托尔斯泰；晚年与索洛维约夫、罗赞诺夫等等。有人称他为名人的影子，但更确切地说，他是名人的"显影剂"。正如克里莫娃指出的："斯特拉霍夫属于那种极罕见的人，他们能够帮助别人理解自身并在理解自身世界观方面成为名副其实的对话者。"[2] 应该指出，这种角色定位在当时来说是独特的，独特到连斯特拉霍夫本人都未曾意识到。

问题就在于这里。1890 年 5 月 21 日，斯特拉霍夫曾写信给托尔斯泰，诉说自己所遭受的误解。从中不难看出，他对自身的对话者定位还不甚清楚："每当想到自己处在那种尴尬处境，我常常觉得很郁闷。当我说反对达尔文，马上有人想我是支持教理问答；当我反对虚无主义，那就认为我

---

[1] Critchley Simon *A companion to Continental Philosophy,* Blackwell publishing Ltd, 1999, p.107.
[2] *С.М. Климова* На пороге рождения диалогики культуры или диалоги Н.Н. Страхова с современниками.//Н.Н. Страхов в диалогах с современниками. Философия как культура понимания. СПб.: Алетейя, 2010. С.22.

是国家和现存秩序的捍卫者；当谈到欧洲的有害影响，那就认为我是书刊审查和一切蒙昧主义的支持者，诸如此类。我的天哪，这多累啊！怎么办？有时候想，最好是沉默……"[1]

事实上，斯特拉霍夫在这里所说的各种误解，恰恰是他的多元对话所造成的。世界在不断变化，一种思想垄断一切的时代已经过去了。俄国思想界需要对话，需要众声喧哗的自由。但无论是托尔斯泰，还是陀思妥耶夫斯基，他们追求的都是以某种终极思想来解决人类的救赎问题。正是在这一点上，斯特拉霍夫最终与他们背道而驰（从文学的角度看，是斯特拉霍夫固有的理性原则使之无法理解陀思妥耶夫斯基及托尔斯泰的探索）。当然，斯特拉霍夫否定他朋友们的精神探索，并非意味着他与十九世纪末的非理性主义志同道合。俄罗斯学者伊里因指出："斯特拉霍夫真正的哲学事业并非否定理性主义，而是建立新型的理性，其核心在于理解行为，并且首先就是理解人自身的行为。"[2] 这种"理解行为"的关键就在于众声喧哗之中不断的争论与交流，从而达到最后的理解。这与巴赫金后来提出的"对话"在理论、文化层面上有某种吻合。历史的荒谬是，帮助别人理解自身的斯特拉霍夫却反而不了解自身，正如他"与西方的斗争"恰恰促进了西方思潮在俄国的流行一样。这种荒谬或者悖论直接影响到了后世学者对斯特拉霍夫的理解和接受。因为既然作者本人都没有觉得自己有多少原创性，那么后来的批评家去从中读出那些未必存在的东西，岂不是可笑，正像英国作家斯威夫特说的："渊博的评注家们目光何其锐利，读荷马见出荷马也不懂的东西。"[3]

好在斯特拉霍夫并没有陷入绝对的孤独，他有一个相对理解他的学生

---

[1] Переписка Л.Н. Толстого с Н.Н. Страховым.Т.II. СПб.: изд. Толстовского музея. 1914, С.404.

[2] Н.П.Ильин Неакадемическое предисловие к философским беседам.//Н.Н. Страхов в диалогах с современниками. Философия как культура понимания. СПб.: Алетейя, 2010. С.11.

[3] 转引自张隆溪：《二十世纪西方文论述评》，生活·读书·新知三联书店，1986年，第7页。

罗赞诺夫[1]。在题为《文学流亡者》的书信集里，罗赞诺夫这样概括了斯特拉霍夫的思想：虽然因涉猎过多而缺乏体系，但却具有绝对的原创性，因他从不拾人牙慧，人云亦云。他知难而上，越是困难的问题越是有兴趣："这就是他没有写出一个包含宏大体系的著作的原因。'简论''概要'或者如他两次用来命名自己文章的'正确提出问题的尝试'——这是用以表达其思想最常见也是最方便的形式。"[2] 我们认为，不必说在十九世纪黑格尔影响下的俄国思想界，即使到了二十一世纪的今天，这种思想上的创新精神都是难能可贵的。

---

[1] 罗赞诺夫的《落叶集》的写作风格在多大程度上受到斯特拉霍夫的影响，这是另一个值得研究的话题。
[2] *Розанов В.В.* Литературные Изгнанники: Воспоминания.Письма. М.: Аграф. 2000. C.12-13.

结语：斯特拉霍夫文学批评的准则、意义及其他

1869年2月，身居佛罗伦萨的陀思妥耶夫斯基致信斯特拉霍夫，提及他发现的一个俄国文学现象："那就是我们的每一个杰出批评家（别林斯基、格里高利耶夫）好像一定是凭借着一个先进的作家登上舞台的，也就是说好像是他把自己的毕生事业用于阐释这个作家，并在自己的一生中不是通过别的途径，而是以阐释这个作家的形式，来说出自己的全部思想。"[1] 彼时的陀思妥耶夫斯基可能未敢奢望，在他去世后的一个多世纪里，居然有那么多人将研究他的作品作为"自己的毕生事业"，由此在俄罗斯乃至全世界形成了声势浩大的陀学（Достоевсковедение）。作家更未想到的可能是：在他去世之后，他所信任的斯特拉霍夫会调转枪口，对他的创作及个性大加批判，令人瞠目。

陀思妥耶夫斯基是非常敏锐的，他看到了十九世纪俄国文学界的一个现象，即批评家对作家的依赖关系。但陀思妥耶夫斯基又是粗心的，他没有注意到包括他本人在内的作家与批评家之间的对立。对于这种对立的结果，激进派阵营的谢尔古诺夫（Н.В. Шелгунов, 1824—1891）在《Д.И. 皮

---

[1] 陈燊主编：《费·陀思妥耶夫斯基全集》，第22卷，河北教育出版社，2010年，第618页。

萨列夫的著作》（1871）中早就注意到了："在40年代，我们只有一个别林斯基及整整一代的小说家；如今却相反，同时有几位著名的批评家和政论家，但几乎没有一个小说家。"[1]这对于强调真理、正义、自由民主的激进派批评家们来说，真是一个尴尬的事情。别林斯基论果戈理，杜勃罗留波夫论屠格涅夫，最终结局都以分道扬镳而告终。批评家与作家之间的冲突甚至分裂，原因就涉及文学本身，也与文学生存的社会环境有关。

我国学者撰写的《俄国文学批评史》在描述十九世纪六十年代时指出："农奴制危机的加深和以农民为主体的反对专制农奴制度的斗争日趋高涨，归根结底乃是这一时期俄国现实主义文艺和批评运动蓬勃发展的社会基础。在'改革'年代，各种社会政治思潮十分活跃。各派政治力量都竭力利用报刊和文学作为宣传自己的社会政治纲领和哲学、美学观点的阵地和手段，在为俄国社会关系的重大变革做好思想准备的过程中，文学与批评携手并进，发挥越来越显著的社会作用。"[2]但从历史来看，整个十九世纪的俄国文学界，批评与创作并非始终携手并进，在经历了创作的成熟期后，作家尤其是知名的作家往往会与原先的伯乐——批评家在文学的目的、创作手段等问题上产生越来越多的矛盾，甚至到最后断绝往来。例如，果戈理与别林斯基、屠格涅夫与杜勃罗留波夫都是很典型的例子。结果正如罗赞诺夫后来所回顾的那样："事情是这样发生的：由于没有能力理解任何与自己不同的东西，杜勃罗留波夫迫使所有三流的天才们服从自己的影响，把他们纳入自己批评的意义之中，同时按自己的方式使自己的批评与他们的意义一致（马尔科—沃夫乔克、涅克拉索夫——大多数作品，谢德林——几乎全部，以及很多别的作家）。相反，近期我国文学中所有真正伟大的天才（陀思妥耶夫斯基、屠格涅夫、奥斯特洛夫斯基、冈察洛夫、列·托尔斯泰），却独立于批评之外，不在任何意义上接受批评的指

---

[1] *Н.В.Шелгунов* Литературная критика. Ленинград.: Художественная литература. 1974. С.264.
[2] 刘宁：《俄国文学批评史》，上海译文出版社，1999年，第248页。

点。"[1] 换而言之，由于各自思想深度的缘故，别林斯基之后的激进派批评家只能影响到"三流的天才们"，那些一流的大师则拒绝了激进派批评家们的评论。

另一个原因就是政治对文学的干预。众所周知，十九世纪的俄国文学从来就不是纯粹的文学，它在很多层面都受到政治的影响，"诗人或公民"的抉择摆在每一位作家面前。正如车尔尼雪夫斯基所指出的，当时参加文学和美学论争的"敌我双方与其说是关心纯美学的问题，毋宁说主要是关心社会发展的问题，在这方面，文学对他们就特别显得重要，他们把文学了解为一种影响我们社会生活发展的强大力量"[2]。文学既然能影响社会生活，身为文学创作者的作家倾向便至关重要了。从别林斯基开始的批评家，多半都通过确立自己的理想作家（即所谓的"文学之首"）来为今后的文学发展指明方向[3]。

因此，在这样的大背景下，斯特拉霍夫对屠格涅夫、陀思妥耶夫斯基、托尔斯泰等人的阐释能得到对方肯定，并由此产生了作家与批评家之间的长期友好关系。即便到了晚期，双方观点出现分歧，但在私交上仍然保持了较好的互动往来。这一现象无论对作家还是批评家来说都显得弥足珍贵。正如托尔斯泰所说的，斯特拉霍夫的存在令他"……在思考和写作的时候，心里知道有这么一个人，他不是只想了解他所喜欢的东西，而是努力了解写作的人想表达的一切"[4]。

---

[1] 瓦·瓦·罗扎诺夫：《陀思妥耶夫斯基启示录——罗扎诺夫文选》，田全金译，华东师范大学出版社，2013年，第5页。

[2] 《车尔尼雪夫斯基论文学》上册，辛未艾译，上海译文出版社，1978年，第38页。

[3] 有关这个问题，可参见当代俄罗斯学者弗多温（Алексей Вдовин）的著作《1830—1860年间俄国批评中的"文学之首"概念》(Концепт «глава литературы» в русской критике 1830—1860-х годов, Tartu, 2011）。

[4] 《列夫·托尔斯泰文集》，第16卷：书信，周圣等译，人民文学出版社，2000年，第140页。

第一节　批评的准则

笔者以为，批评家与作家之间这种难得的和谐共处、互相促进，由以下几个因素促成。

第一个因素，斯特拉霍夫的文学批评立足于俄国现实生活，具有充分的现实性。但需要注意的是，斯特拉霍夫的现实性不同于革命民主主义批评家们对沙皇农奴制等政治层面的揭露和批判，他更关注的是俄罗斯文化建设的问题。换言之，他既非为民请命作社会的良心，亦非沉溺于艺术的天地里自说自话，而是紧紧把握住了十九世纪俄国民族文学崛起时面临的问题，即面对西欧文化的入侵俄国文化往何处去的问题。有学者指出："斯拉夫主义派别认为，俄罗斯的美意识是在追求永恒民族道德理想意义上区别于西方个体主义的'具体的、活生生的存在'，故而要求一种建立在诗性'整合'思维基础之上的有机主义认知视野、一种民族文化审美上的特别深度和广度。"[1] 虽然不能把斯特拉霍夫的文学批评直接等同于斯拉夫派，但这两者之间存在的密切联系是无可否认的。从斯特拉霍夫对普希金、陀思妥耶夫斯基、屠格涅夫等人的分析都可以看出：批评家最为关注的是作品中的现实关照，即小说里是否塑造了符合俄罗斯道德理想的主人公；小说的总体倾向是否有利于俄罗斯文化特性的塑造。对于那种半途改弦易辙的作家如屠格涅夫，斯特拉霍夫很快就由支持赞扬转为批判和不屑。正如波兰学者拉扎利说的："斯特拉霍夫首先把文学作品看作是社会现象，某种作品的产生是由泰纳所说的那些因素决定的，只不过'种族'被换成了'民族性'，'环境'被换成了'根基'。"[2] 拉扎利在这里说得很对，斯特拉霍夫确实对泰纳的"种族—环境—时代"三要素比较熟悉。

---

[1] 季明举：《斯拉夫主义的文艺理论和文化批评》，中国社会科学出版社，2015年，第52页。

[2] Анджей де Лазари В кругу Феодра Достоевского: почвенничество.Москва.: 2004. С.183.

在晚年《俄国文学中与西方的斗争》三卷本中，斯特拉霍夫专门写了一篇《关于泰纳的札记》（1893）来研究这位十九世纪声名卓著的法国文学批评家。斯特拉霍夫认为："泰纳的哲学观点既没有真正的严谨性，也没有什么完整性。"斯特拉霍夫对他的批评理论作了批判式的接受："可以想一下，艺术作品来自各个国家、民族的特性和某个时代的品味、道德风尚的综合。艺术作品的整体性、无穷的活力及它对我们、对每个世纪、对无论哪个国家来说最宝贵的主要特质在哪里——按照泰纳的论述是无法理解的。"[1]斯特拉霍夫的这一看法，后来得到了韦勒克的呼应。后者在《近代文学批评史》第4卷里也对泰纳做了类似的概括："泰纳力求创立欧洲主要民族的民族心理体系，但流于印象主义。他所得到的无非是从各种各样来源搜罗的大堆特性：有些出于旅行印象、游客纪事、趣闻花絮；有些则为文学艺术的探究心得，而他在随意取舍时又把那些文艺特色轻率地归诸一个或许若干世纪以前产生出某位作家的民族。"[2]尽管如此，泰纳所强调的"各个国家、民族的特性和某个时代的品味、道德风尚的综合"仍然令始终强调文学民族性的斯特拉霍夫另眼相看。因为在韦勒克看来："泰纳所说的'种族'无非就是法国精神或英国性格"[3]。那么，在斯特拉霍夫看来，这一"种族"又何尝不是俄国道德呢？当代俄国文学批评的研究者季霍米洛夫也指出："斯特拉霍夫的批判性分析总是考虑到作家的社会立场和历史作用。在确定了作家在文学史进程中的地位后，斯特拉霍夫予以作品在道德上、心理上独特的评价。"[4]

当然，考虑到整个十九世纪俄国文学批评的大背景，如果我们只是说斯特拉霍夫文学批评的"现实性"，即便是"有机的现实性"，那恐怕也无

---

[1] *Страхов Н. Н.* Борьба с западом в нашей литературе: исторические и критические очерки. кн. 3. Киев.: 1898. C.103, 107.

[2] 雷纳·韦勒克：《近代文学批评史》第4卷，杨自伍译，上海译文出版社，2009年，第44页。

[3] 同上书，第42页。

[4] *Тихомиров В.В.* Русская литературная критика середины XIX века: теория, история, методология. Кострома.: 2010. C.327.

法突出他真正的特点。事实上，对现实的关注只是一个出发点，真正独特的在于关注什么，如何关注。这就涉及第二个特点：对虚无主义的反对，对俄国文化特色的寻找。

第二个因素，如前文所论证的，斯特拉霍夫的文学批评主题明确，即反对虚无主义，推崇俄国文化特色，既破又立，不偏不倚，正如有人评价他的哲学一样，是一种"有限度的和谐哲学，既反对否定的激进主义，也反对现实的过于理想化"[1]。斯特拉霍夫与其他作家在这两个问题上态度相当一致。不管是跟屠格涅夫的反虚无主义，还是与陀思妥耶夫斯基的根基派理想，或者是托尔斯泰的批判西方，斯特拉霍夫都能在某一个时期找到共鸣，并将其固定下来，成为他剖析作品的出发点，也成为他们友好交往的基础。

正如托尔斯泰在给斯特拉霍夫的信里指出："您对我的好感和我对您的好感是基于我们的精神生活有着不寻常的亲缘关系。"[2] 笔者以为，"这种不寻常的亲缘关系"应该是指在西欧文化、虚无主义等几个问题上的共同看法。1857年的西欧之行使托尔斯泰对西欧文化充满怀疑乃至否定，他的《卢塞恩》等作品对西欧文明的虚伪性做了批判，揭露了科学繁荣与社会进步的背后蕴藏着人性的堕落。斯特拉霍夫虽然没有完全否定西欧资产阶级文明，但对理性主义基础上的功利主义、唯物主义始终保持着高度警惕："空想社会主义者、唯物主义者和实证主义者都不是现代教育的真正代表，只是教育产生的畸形儿，他们之所以有力正因为他们充斥着类似远古宗教似的形而上学、狂热、盲目信仰。"[3] 托尔斯泰不喜欢激进浮躁的虚无主义，不但在日常通信中对车尔尼雪夫斯基等人加以嘲讽，还专门写

---

[1] Авдеева Л.Р.Русские мыслители: Ап.А.Григорьев, Н.Я.Данилевский, Н.Н. Страхов. Издательство Московского университета. 1992. С.110.

[2] 《列夫·托尔斯泰文集》，第16卷：书信，周圣等译，人民文学出版社，2000年，第147页。

[3] Страхов Н.Н. Борьба с западом в нашей литературе.: Исторические и Критические Очерки. Кн.1. Киев.: 1897. С.241.

过《一个受传染的家庭》（1862—1864）来对此进行驳斥。斯特拉霍夫对虚无主义的态度，前文已有论述，此处不再赘言。因此，两者某些观点上的志同道合对彼此友谊的促进显然不无裨益。

第三个因素，具体到批评实践上，作家与批评家的和谐共处还来自批评家"理论上宽容"（теоретическая терпимость）的批评观。斯特拉霍夫在与车尔尼雪夫斯基等人论战过程中，确立了批评的一些基本原则。他后来曾说："我遵循正确的道路。我不与艺术家争辩，也不急于给自己分配作家审判者的角色，我不喜欢将作家个人观点对立起来，然后提出我自己观点，似乎这些比那些更为重要。总之，我努力地去把握作家的意识，去挖掘俘获我的那种强烈有力的快感，去理解这种力量从何而来，由何而成。"[1] 这种充分尊重作家创作主权的做法自然赢得了作家的欢心。与此相反，杜勃罗留波夫曾以《真正的白天何时到来？》一文对《前夜》做了过于激进的阐释，在文学思想相对传统的十九世纪，作品发表了，并不等于作者死了。因此，杜勃罗留波夫这种无视作者主观意图的做法尽管有其合理之处，但终因违背了作家的出发点，导致了屠格涅夫与《现代人》的最终决裂。

上文提及，与许多作家一样，托尔斯泰不喜欢夸夸其谈的批评家，但斯特拉霍夫的出现改变了他的想法："的确，如果完全没有批评，那么格里高利耶夫和您这种能理解艺术的人就没有存在的价值了。但是现在的情况是，出版的东西十分之九都是批评文章，那就需要这样一种人，他们应当说明在艺术作品中寻找思想是毫无意义的，他们应当在构成艺术实质的没有尽头的情节联结迷宫中引导读者去探索作为情节联结基础的规律。"[2] 在作家看来，斯特拉霍夫无疑就属于这样一种人。另一方面，托尔斯泰成

---

[1] *Страхов Н.Н.* Критические статьи об И. С.Тургеневе и Л.Н.Толстом(1862-1885) Издание четвертое. Киев.: 1901. C.311.
[2] 《列夫·托尔斯泰文集》，第16卷：书信，周圣等译，人民文学出版社，2000年，第151页。

名较早，又兼家境优越。种种条件使得作家一方面在写作时对文字精打细敲，另一方面则使他在面对编辑和批评家时对自己的文字有着近乎偏执的热爱。斯特拉霍夫说："列夫·尼古拉耶维奇对自己的文句，哪怕是一个最微不足道的语句，他都坚决捍卫，不同意做毫无必要的改动。"[1]这种情况对生存至上的陀思妥耶夫斯基来说是不可想象的。一个明显的例子是：卡特科夫可以不顾陀思妥耶夫斯基的苦苦哀求大笔一挥，删去了他认为不宜发表的《群魔》章节；但对于托尔斯泰，他却只能采用草草结束小说连载的方式来阻挠托尔斯泰《安娜·卡列尼娜》结尾的发表。斯特拉霍夫的文章要想获得作家认可，显然不能像杜勃罗留波夫那样随意发挥，必须在掌握其个性的基础上对其作品做严谨剖析，既体现出对作者的尊重，也彰显批评家的个性，两相结合，从而令作家心悦诚服，事实也果真如此。斯特拉霍夫以他的真诚和才华打动了托尔斯泰，正如同时代人所指出的："他一向珍视尼·尼·斯特拉霍夫在创作方面给予他的忠告。"[2]

当然，与作家们的友好相处并非意味着斯特拉霍夫完全放弃了批评的权力，一味地为作家说好话。斯特拉霍夫的批评有自己的原则。正如维经斯基指出的："他被引向文学斗争和论战并不是偶然的，而是出于一种激情，一种捍卫自己的、对他来说很重要的学术和重要信念的愿望，这就是为什么他的批评总是严肃而高尚的。它永远不会转化为毫无生气的、无效的批评，不会转化为个人恩怨。"[3]正因如此，斯特拉霍夫在许多精彩的批评文章里都对俄国作家提出了自己的批评意见。这些意见，一方面固然是思想大方向一致的前提下仍存在一些分歧，另一方面也是出于批评家自己的审美立场。众所周知，托尔斯泰在《战争与和平》中对生活场景倾注了大量精力，这也正是小说最迷人之处，但他到最后还是在喋喋不休，希

---

[1] 《同时代人回忆托尔斯泰》（上），冯连驸等译，上海译文出版社，1984年，第340页。

[2] 同上书，第262页。

[3] Введенский А. И. Памяти Н. Н. Страхова (ум. 24 января 1896 г.)//Богословский вестник 1896. T. 1. No 3. C.487.

望阐述一个自己都不清楚的核心思想[1]。恰恰在这一点上,斯特拉霍夫与之并无共鸣,他在给 И. С. 阿克萨科夫的信里直言不讳:"托尔斯泰在抽象地论述宗教时,写得很差;但他完全没能表达出的情感,我直接根据人物、语气及言词就能体会到,具有非凡的美。"[2] 在相关的评论文章里,斯特拉霍夫也特地指出托尔斯泰哲学对文学创作的妨碍:"坦白地说,这是一种多么非艺术的结尾!在鲜活的人物和作品的图景之后去阅读非常好的却很枯燥的论断是无聊又奇怪的。"[3] 斯特拉霍夫之文学批评最善从生活细节处把握作品之美,"生活"的概念在他的文章中始终占据着重要的地位,终其一生,他最恨各种体系与核心思想[4],自然也不喜托尔斯泰之喋喋不休。

第二节 批评的意义

批评的意义,实际上也是斯特拉霍夫对俄国文学批评所作的贡献。笔者以为,从斯特拉霍夫一生所做工作来看,他对俄国文学批评贡献有以下四个方面,既有微观的,亦有宏观的。下面试分述之。

---

[1] 英国作家阿诺德·本涅特不无抱怨地说:"尾声的最后一部分充满了普通的张三李四无从理解的优秀思想。当然,用批评家们的话来说,这部分最好去之不留。所以,就当如此;只有托尔斯泰无法去之不留。他就是为了这些思想而写作这本书的。" *The Journals of Arnold Bennett, 1911-1921*, edited by Newman Flower, Cassel and Company Ltd. 1932, P.62. 也正因如此,以赛亚·伯林才说:"托尔斯泰天性是狐狸,却自信是刺猬。"再具体一点说就是:"他的天才,就在于善能体悟每一事物本身独具的特性,亦即那种使一对象独特分别于他物,但似乎难以言喻的个别性质。然而他又渴望有一普遍的解释原则,也就是说,在显然多样、彼此排斥、但构成世界内容的点滴碎片里,他渴望察出其相近之处、共同起源、单一目的或者统一性。"参见以赛亚·伯林:《俄国思想家》,彭淮栋译,译林出版社,2011 年,第 28、57 页。

[2] И. С.Аксаков—Н.Н. Страхов: Переписка/Сост. М.И.Щербакова. Оттава, Квебек.: 2007. С.120. 这一点福楼拜在给屠格涅夫的信里也提及,不过那已是 1880 年的事情了。参见陈燊主编:《欧美作家论列夫·托尔斯泰》,中国社会科学出版社,1983 年,第 1 页。

[3] *Страхов Н.Н.* Критические статьи об И. С.Тургеневе и Л.Н.Толстом(1862-1885) Издание четвертое. Киев.: 1901. С.295.

[4] 关于斯特拉霍夫与托尔斯泰在这方面的分歧,可参见 Irina Paperno, Leo Tolstoy's Correspondence with Nikolai Strakhov: the dialogue on faith. In Donna Tussing Orwin eds., Anniversary essays on Tolstoy. Cambridge University Press, 2011. pp.96-119. 或者 Е.Н.Мотовникова и П.А.Ольхов. Полемика и понимание: философские очерки мышления и личности Н.Н. Страхова. М.: СПб.: 2012. С.86-106.

其一，对托尔斯泰及其《战争与和平》的阐释和发现。在回顾自己对《战争与和平》的阐释时，斯特拉霍夫曾说："我不仅因迅速理解《战争与和平》的无限伟大价值而被奖赏，我想我还配得上得到更重要的奖赏：在某些方面我把握了这部作品的灵魂；我找到了那些观点、那些范畴，由此可以判断，我揭示了历史与我们文学进程的联系。"[1] 这份历史，在今天看来就是俄罗斯民族意识觉醒的历史；托尔斯泰的作品，便是这份历史的最生动见证。这两者之间的联系，是由斯特拉霍夫来揭示的。

考虑到斯特拉霍夫的写作时间是十九世纪六十年代末，彼时的俄国主流评论界尚未意识到托尔斯泰的伟大意义。自由派批评家 П. 安年科夫用欧洲历史小说的标准来看待《战争与和平》，认为作品人物性格发展停滞，"全部作品的根本缺陷就是缺少小说的情节发展"[2]。另一位激进派批评家 Д. 皮萨列夫则干脆从阶级、社会背景这样的角度来分析其中的贵族形象。他认为："罗斯托夫正是缺乏这种引人入胜的神秘性，只有肤浅的观察者，看他一眼就对他抱着模糊的希望，希望他的未曾消耗的精力集中使用到有效的好事上去。只有肤浅的观察者才会欣赏他的活力和热情，而不去考虑这种活力和热情是否有用的问题。"[3] 原因何在呢？那就在于社会阶层已经为罗斯托夫这样的贵族提供了各种欢乐，以至于他没有意愿再去做人生的奋斗了："如果这样的琐事，像狼和一群猎犬如何搏斗之类的无聊事，却能使人获得全部强烈的感觉：从狂暴的绝望到发疯般的快乐以及各种各样过渡性的感情色彩和变化，当马厩、猎犬舍和就近的森林过剩地满足着他的神经系统的一切要求的时候，那么这个人还何必再去关心自己生活的广度和深度呢？他为什么还需要为自己寻找工作，为什么还要在社会生活

---

[1] Страхов Н.Н. Критические статьи об И. С.Тургеневе и Л.Н.Толстом(1862-1885) Издание четвертое. Киев.: 1901. C.312.
[2] 倪蕊琴编选：《俄国作家批评家论列夫·托尔斯泰》，中国社会科学出版社，1982年，第71页。
[3] 同上书，第102页。

的广阔而波涛汹涌的海洋中去为自己创造利益呢？"[1]皮萨列夫的这一观点，实际上就是典型的社会学批评，不能说没有道理，但确实没有也没来得及挖掘出托尔斯泰小说的创新意义。

在这种背景下，斯特拉霍夫对托尔斯泰创作意义的阐释，本身就具有一种创新的意义。苏联时期的学者说他发现了中后期的托尔斯泰，其实也不为过。同时也正是在他的阐释下，托尔斯泰及其创作的世界性意义逐渐为俄国文化界所接受。联系到十九世纪中后期俄国文学在世界文坛的崛起，我们完全可以认为：斯特拉霍夫的这种阐释不是单纯的作家作品分析，这更是对俄国文化独特性的挖掘，这是俄国批评界在摆脱了西方思想影响后的创造性思考。

其二，斯特拉霍夫的文学批评是十九世纪俄国文学批评、俄国文学思想史不可或缺的一部分。这需要从两方面来认识：第一，他的文学批评显然丰富了我们对十九世纪俄国文学的认识。他的诸多批评文章如对屠格涅夫、赫尔岑、托尔斯泰等等作家的精彩论述，无疑为我们重新认识经典提供了一个新的角度。斯特拉霍夫认为：批评家的真正任务在于"确定诗人身上构成其本质的力量，找出他的缪斯、他的创造个性之特色所在，他的真正事业"[2]。他是这么想的，也是这么做的。考虑到这一点，我们在研究十九世纪俄国文学时，就不能不考虑斯特拉霍夫文学批评的影响和作用。第二，从历史的角度看，无论是革命虚无主义还是保守主义、唯美主义或根基主义，实际上都是对俄罗斯在十九世纪农奴制改革后所面临的最迫切问题的答复，即俄国向何处去，俄国文化往何处去？每个人的回答因其各自所受教育、经历等因素而各不相同，有激进，有温和，也有保守。就以斯拉夫派来说，巴赫金曾有以下评语："西方派的学说明显论据不足。西方派人士认为，俄罗斯走的是一条西欧的路子，而且应该继续走下去。

---

[1] 倪蕊琴编选：《俄国作家批评家论列夫·托尔斯泰》，中国社会科学出版社，1982年，第103页。
[2] Страхов Н.Н. Заметки о Пушкине и других поэтах. Киев.: 1897. C.155.

但西方派的思想中没有斯拉夫派思想中的那种深度和完整性，因此现在它们完全衰落了，而与此同时，斯拉夫派却有弗·索洛维约夫、特鲁别茨科依大公、布尔加科夫、别尔嘉耶夫和诗人谢尔盖·叶赛宁等步后尘者。斯拉夫主义是俄罗斯思想史上的一个重要现象，而西方主义则是一个肥皂泡，除了空话，没有建立任何东西就破灭了。"[1] 在这个意义上，斯特拉霍夫对俄国文化特质的强调，恰恰体现了"斯拉夫派思想中的那种深度和完整性"，值得我们加以关注。

其三，斯特拉霍夫通过对诸多俄国作家、思想家的阐释，积极推行他的反虚无主义理念，鼓励走有俄国特色的文化建设之路，这一点在今天尤其具有参考价值。正如哲学家格罗特在悼文中所说："斯特拉霍夫之伟大之处，便在于他是尤为热情鲜明地号召俄国人独立思考的人之一。"[2] 应该说，斯特拉霍夫不是闷坐书斋的知识分子，尽管在生活上他确实像一位修道士，深居简出。从他的作品来看，他始终没有放下对俄国文化命运的思考，无论是对1860年代虚无主义的横行，还是七八十年代功利主义、历史文化类型学说的流行，斯特拉霍夫始终保持了一份清醒，并通过自己的创作或与之争辩，或与之共鸣。作为理工科出身的一位人文学者，斯特拉霍夫对十九世纪西方科学的发展极为了解，他赞赏西方的科技进步，赞赏由此带来的人类进步。但他也意识到，西方尽管进步，尽管强大，那也是他们的强大。人与人之间，国与国之间需要交流，需要互相学习。但是任何一个像俄罗斯一样的大国，在建设自己的文化时，从来就不可能完全倒向某个国家，照搬某个国家的一切。这一点同样也值得我们今天在建设中国特色社会主义精神文明时借鉴。

其四，斯特拉霍夫及其文学遗产的历史命运，也能给我们某种启示。如上文所叙，斯特拉霍夫及其文学遗产本来是批评家对俄国现实问题的一

---

[1] 巴赫金：《巴赫金全集》第7卷，万海松等译，河北教育出版社，2009年，第330页。

[2] Грот Н.Я. Памяти Н.Н. Страхова.//Вопросы философии и психологии, кн.32, 1896г., С.40.

种解决之道。但自斯特拉霍夫去世之后，直到苏联时期，大多数作家学者都将其作为反动作品加以抨击、封杀。这种非此即彼、粗暴对待不同意见的方式，我们并不陌生。二十世纪的革命与战争的硝烟很快将这位哲学家、文学批评家带入云雾之中，这不能不说是一种悲哀。然而，遗忘不等于消灭，理论同样可以长青。跨入新世纪后的俄国思想界流行文化"寻根热"，今人试图从中觅得"俄罗斯思想"复兴的力量。在经历了近一个世纪的雪藏之后，斯特拉霍夫的名字再度被提及，再度得到高度评价。批评家的这种历史命运在一定程度上告诫我们：文学固然离不开政治，但若政治过度干预文学，就会造成文学本身的衰亡。因此，斯特拉霍夫、卡特科夫、列昂季耶夫等一批被遗忘已久的保守派文学批评家，今天同样可以促使我们反思那种二元对立的思维模式，力争在不断的深入研究中以对话争论的开放形式来予以补充和丰富。借用斯特拉霍夫传记作者琳达·格斯坦因的话说："我希望，对斯特拉霍夫思想张力的审视，将展示十九世纪俄国精神生活之某种丰富与复杂。"[1]

第三节　批评的局限性

自然，斯特拉霍夫并非圣人，他对十九世纪俄国文学家们的分析和阐释也存在着某些不足。站在二十一世纪的今天，从一名外国研究者的角度来说，我们更需要直面批评家批评实践中的某些问题，进而更好地服务于今天的文学批评建设。

其一，斯特拉霍夫文学批评有时候主观性过强，这一方面与他的个性有关，另一方面也是跟他文学批评的主题性过强有关。对于前者，托尔斯泰曾经有过私下里的评论："主要的是，他非常小心谨慎，具有一种中国

---

[1] Linda Gerstein: *Nikolai Strakhov.* Harvard University Press. 1971. Introduction. p.XI.

人称为'敬'的品德（他们认为善于敬重别人是一种特殊的精神能力）。他总是能够看到对象身上最有好处的方面并加以阐明。然而，一般说来，他并不是一个有卓越才能的人；这一点我应该老实说，虽然我非常喜欢他这个人。"[1] 善于发现被评论对象身上的积极因素，这当然不是坏事。但如果一味侧重这一点，会在评价时难免失之偏颇。不过托尔斯泰讲这话恐怕也存在着某种主观性，未必经得起推敲，如果他看过斯特拉霍夫论屠格涅夫的文字，恐怕他就不会作此定语了。但对大多数作家来说，斯特拉霍夫给他们的印象还是谨小慎微，是个非常善于挖掘作家作品优点的人。这一定程度上也使得批评家在很多时候得到了作家们的欢心。

对于后者，在笔者看来，斯特拉霍夫一生坚持"与西方的斗争"，在俄国文学界、思想界较早地提出独立思考的主张，这一点在当时西欧派掌握社会舆论话语权的前提下，尤为可贵。但物极必反，斯特拉霍夫对于斗争的强调（加上他多年在杂志报纸工作），使得他在研究作家时往往会出现主题先行的情况，将各种作家作品都往这方面靠。譬如上文所述对于赫尔岑的认识，尽管我们说这种认识极富新意，很有启示，但仍然可以看到斯特拉霍夫在论述时的一些牵强。尤其是涉及赫尔岑晚年回归俄罗斯的这一论述，至今在赫尔岑研究方面仍然存在着一些争议。可以说，"与西方的斗争"这一指导思想既是他看待十九世纪俄国文学的一个富有新意的点，但在某些具体论述上却也会成为他的局限，可谓成也萧何败也萧何。

其二，理论来源的矛盾性。作为一位文学批评家，斯特拉霍夫的理论基础大致有以下两部分：以黑格尔哲学为代表的理性主义思想以及以宗教为基础的俄罗斯传统文化价值观。前者使他在进行批评实践时保持了充分的清醒，无论是在论述的逻辑，还是在立场的鲜明方面都非常有特色[2]。

---

[1] 弗·费·拉祖尔斯基：《日记》// 日尔凯维奇等：《同时代人回忆托尔斯泰》（下），周敏显等译，上海译文出版社，1984年，第94页。
[2] 需要说明的是，斯特拉霍夫不是一味推崇理性，对他来说，理性及其所代表的自然科学知识是他用以认识世界的工具。

但是，也应该看到，理性对斯特拉霍夫的文学批评也构成了一些阻碍，最明显的就是他对陀思妥耶夫斯基和托尔斯泰的认识。他们曾有过非常和谐、默契的"蜜月期"，但随着作家思想探索的加深，陀思妥耶夫斯基作品中的非理性因素加强，出现了某些存在主义的萌芽，斯特拉霍夫就对此无法理解，因而在对作家作品的评价上出现了某些偏差，甚至将作家晚期创作称为"病态"，这显然是不恰当的。

如果说理性对斯特拉霍夫来说是进行批评实践时的巩固基石（尽管不无批判），那么他的宗教观就存在着某些神秘感和不确定性了。像陀思妥耶夫斯基一样，斯特拉霍夫一生始终徘徊在理性与宗教这两大理论来源之间。这两大理论源泉本身就是矛盾的，斯特拉霍夫本人也像中世纪的神学家们，终生在努力弥合这两大理论资源，但最终只是留下了一个开放性的结局。这一论断不仅在十月革命之前由诸多哲学史家们指出[1]，也在当下得到了诸如波兰思想史家拉扎利等人的认可："不管何种程度上对教会教条的抛弃，都没有使托尔斯泰和斯特拉霍夫拒绝如此的宗教信仰。两位思想家寻找自己的走向上帝之路，托尔斯泰的无政府主义、斯特拉霍夫的根基派理性主义如果不是宗教性的，那至少也是与宗教有关的。"[2]具体到批评中，他对许多作家的评论都落实到对俄罗斯传统价值观的回归，但他本人实质上对宗教的态度又不是非常明确，批评家自己的表态也是模棱两可。这就使得他的论述在有些时候显得言不由衷，缺乏说服力。譬如，当他写了《希腊圣山之旅回忆》（1889）时，托尔斯泰的姑妈将其视为宗教信徒，他却直接否认："不，伯爵夫人，我在哪里都没说我是信徒。"[3]但与此同时，他又始终强调宗教的重要性："宗教，的确是我们民族的灵

---

[1] 如哲学家拉德洛夫就认为：斯特拉霍夫的哲学是以理性主义认知与神秘主义本能的结合为基础的。*Радлов, Э.Л.* Несколько замечаний о философии Н.Н. Страхова. СПб.: 1900. C.15-23.

[2] *Анджей де Лазари* В кругу Феодра Достоевского: почвенничество.Москва.: 2004. C.130.

[3] *Л.Н.Толстой-Н.Н. Страхов:* Полное собрание переписки в двух томах. том.2.Slavic Research Group at the University of Ottawa and State L.N.Tolstoy Museum, Moscow.: 2003. C.820.

魂，而圣徒则是它的最高理想。"[1] 他甚至还说："我们应当真诚地期待所有讲俄语的人皈依俄罗斯东正教信仰。"[2] 这种矛盾的表述使得无论是他同时代的朋友（如乌赫托姆斯基公爵），还是后来的研究者（如当代哲学家伊里因），对于他的宗教观都各持一说，莫衷一是。因此，当代俄罗斯研究斯特拉霍夫的权威奥里霍夫教授才说："斯特拉霍夫生命中的宗教问题是一个特殊的也是尤其困难的主题，今天的斯特拉霍夫研究者们正对此进行研究，但在我们看来，做一个确定的、倾向于最终的结论，还为时过早。"[3]

看似矛盾的表述以及开放性的评价自然为以后的进一步研究留下了余地，但却使他的一些文章结论显得似是而非，具有不确定性。以其昏昏，如何使人昭昭？站在今天的角度来看，这恐怕也是斯特拉霍夫文学遗产百年来声名不显的原因之一。他并非一位虔诚的宗教信徒，因而没有信徒般的狂热去推广自己的著述和理念；他也不是一位头脑僵化的理性至上主义者，因而也无法在自然科学、功利主义的潮流中乘风逐浪。

其三，缺乏原创性及体系性。之前已有多位研究者提及斯特拉霍夫文学批评的这一问题，尤其是在他与格里高利耶夫的观点传承关系上。虽然按照当代研究者季霍米洛夫的看法，两人之间的差别也是相当明显的："然而，斯特拉霍夫的批评从本质上有别于有机批评：格里高利耶夫是浪漫主义者，他的艺术概念建立在把创作想象成新生活、新生命有机体建构的基础之上。斯特拉霍夫是更为清醒的思想家，他的哲学和美学基础是黑格尔主义，批评家由此汲取了（有所限定）文学进程发展的思想及艺术形象与生活环境相符合的美学原则。"[4] 但是，由于斯特拉霍夫不是一位立场特

---

[1] *Страхов Н.Н.* Из истории литературного нигилизма 1861-1865. СПб.: 1890. C.387.

[2] *Страхов Н.Н.* Критические статьи об И. С.Тургеневе и Л.Н.Толстом(1862-1885) Издание четвертое. Киев.: 1901. C.413.

[3] *Ольхов, П.А. Мотовникова Е.Н.* Полемика и понимание: философские очерки мышления и личности Н.Н. Страхова. - М.; СПб.: Центр гуманитарных инициатив, 2012. C.59.

[4] *Тихомиров В.В.*Русская литературная критика середины XIX века: теория, история, методология. Кострома.: 2010. C.323.

别坚定、表述特别清晰的批评家，他的创新点不在于具体的某些论断，而是在于从中推断出的对话原则，因而整体上给人的印象就好像他不过是在模仿别人、总结整理他人的观点罢了。譬如，韦勒克就说："关于六七十年代俄罗斯文学的重要作品，斯特拉霍夫的评论洞中肯綮，诚然在范围和侧重对象方面，局限于他所继承的格里高利耶夫体系，他推尊后者是'我们的最佳批评家'，并于一八七六年编选了他的著作。"[1] 按照这一论述来看，斯特拉霍夫不过是后者的继承者，论述范围及对象都受到后者体系的限制。韦勒克的论述自然有其可商榷之处，但对话以及对话的开放性，以及由此带来的对斯特拉霍夫文学批评面貌的某些遮蔽，却也是斯特拉霍夫文学遗产无可奈何的命运。倒是当代俄罗斯研究者法捷耶夫对此现象做了一个新的解释："斯特拉霍夫所写的一切都带有深刻的个人思想印记，但他更喜欢通过别人意见来审视自己的思想，或者挑战它们，或者强调其中的新意及重要性。"[2]

无论如何，作为文学批评家的斯特拉霍夫，作为对话先驱者的斯特拉霍夫，作为民族文化捍卫者的斯特拉霍夫，今天已经得到越来越多研究者的关注。资深的俄罗斯文学研究者法捷耶夫说："只有现在才是出版斯特拉霍夫作品集的时候，与此同时，他在祖国文化不同领域内的杰出功勋应该被得到广泛的承认。"[3] 尽管因为资金及编撰中的种种问题，作品集至今尚未面世，但有关他的传记、研究文章、著作始终在不断出版，不同规模的研讨活动每年都在进行。不妨借用罗赞诺夫的一句话来结束论述："在斯特拉霍夫本人身上包含了向他回归的必要性……回归，审视他的不是我们这一代人，而是下一代或下下一代人。"[4] 也许，二十一世纪的今天就是"回归"和"审视"斯特拉霍夫的时代？

---

[1] 雷纳·韦勒克：《近代文学批评史》第 4 卷，杨自伍译，上海译文出版社，2009 年，第 375 页。

[2] *Фатеев В.А.* Н. Н. Страхов. Личность. Творчество. Эпоха. СПб.: Пушкинский Дом. 2021. С.74.

[3] Там же. С.50.

[4] *Розанов В. В.* Литературные изгнанники: Воспоминания Письма. М.: Аграф. 2000. С.161.

参考文献

一、基本文献

1. Страхов Н. Н. Мир как целое. Черты из науки о природе. СПб.: 1872.То же. М.: Айрис-пресс: Айрис-дидактика. 2007.

2. Страхов Н. Н. Борьба с Западом в нашей литературе: ист. и крит. очерки. кн. 1–3. СПб.: Тип. С.Добродеева, 1882–1896.

3. Страхов Н. Н. Критические статьи об И. С.Тургеневе и Л.Н. Толстом (1862–1885) СПб.: Тип. бр. Пантелеевых, 1885.

4. Страхов Н. Н. Заметки о Пушкине и других поэтах. СПб.: Тип. бр. Пантелеевых.1888.

5. Страхов Н. Н. Из истории литературного нигилизма. 1861–1865. СПб.: Тип. бр. Пантелеевых.1890.

6. Страхов Н. Н. Воспоминания и отрывки. СПб.: Тип. бр. Пантелеевых.1892.

7. Страхов Н. Н. Литературная критика. М.: Современник. 1984. То же. СПб.: Изд-во РуС.Христиан. гуманит. ин-та. 2000.

8. Страхов Н. Н. Борьба с Западом. М.: Ин-т руС.Цивилизации. 2010.

9. Страхов Н. Н. Избранные труды. Ин-т обществ. мысли. – М.: РОСПЭН. 2010.

10. Письма Н.Н. Страхова Ф. М.Достоевскому//Шестидесятые годы – Материалы по истории литературы и общественному движению/АН СССР, Институт русской литературы (Пушкинский Дом); под ред. Н. К. Пиксанова и О. В. Цехновицера – М. Издательство Академии наук СССР. 1940.

11. Толстой, Л.Н. Переписка Л.Н. Толстого с Н.Н. Страховым (1870 – 1894)//Л.Н. Толстой; с предисл. и прим. Б.Л. Модзалевского. СПб.: О-во Толстов. Музея. 1914.

12. Л.Н. Толстой и С.А. Толстая: переписка с Н.Н. Страховым= The Tolstoys Correspondence with N.N. Strakhov/ред. А.А. Донсков; сост.: Л.Д. Громова, Т.Г. Никифорова. –/Ottawa: Slavic Research Group at the University of Ottawa; М.: ГоС. музей Л.Н. Толстого. 2000.

13. Л.Н. Толстой и Н.Н. Страхов: полное собрание переписки = L.N. Tolstoy & N.N. Strakhov: Complete correspondence: в 2 т./сост.: Л.Д. Громова, Т.Г. Никифорова; ред. А.А. Донсков. – М.: ГоС.музей Л.Н. Толстого; Ottawa. 2003.

14. И. С.Аксаков – Н.Н. Страхов: переписка = I.S. Akcakov – N.N. Strakhov: correspondence/сост. предисл. и коммент. М.И. Щербаковой; Группа славян. исслед. при Отав. ун-те, Ин-т мировой лит. РАН. – М.: ИМЛИ; Оттава: Отав. ун-т, 2007.

15. Толстой Л. Н. и Толстая С.А. Переписка с Н. Н. Страховым. Оттава – Москва.: 2000.

16. Розанов, В.В. Литературные изгнанники: [Н.Н. Страхов и Ю.Н. Говоруха-Отрок]: Воспоминания. Письма/В.В. Розанов. – М.: Аграф. 2000.

17. Розанов В.В. Литературные изгнанники: Н.Н. Страхов, К.Н. Леонтьев: переписка В.В. Розанова с Н.Н. Страховым. Переписка В.В. Розанова с К.Н. Леонтьевым/В.В. Розанов; под общ. ред. А.Н. Николюкина. – М.: 2001.

二、俄文文献

1. Авдеева, Л.Р. Русские мыслители: Ап. А. Григорьев, Н.Я. Данилевский, Н.Н.

Страхов: филоС.культурология второй половины XIX в. М.: Изд-во МГУ. 1992.

2. Антонов, Е.А. Антропоцентрическая философия Н.Н. Страхова как мыслителя переходной эпохи. Изд-во БелГУ. 2007.

3. Антонович, М.А. Литературно-критические статьи. М.; Л.: Гослитиздат, 1961.

4. Бабаев Э.Г. Лев Толстой и русская журналистика его эпохи. М.: Издательства МГУ, 1978.

5. Балуев Б.П. Споры о судьбах России. Н. Я. Данилевский и его книга "Россия и Европа" . Тверь.: 2001.

6. Белов, А.В. Достоевский и русские почвенники//Духовное наследие Ф. М. Достоевского. Ростов н/Д, 2006. – Вып. 4. – С.69-72.

7. Белов С.В. Ф. М. Достоевский и его окружение: энцикл. Словарь.: в 2 т. РНБ. – СПб.: 2001.

8. Богданов, А.В. Политическая теория почвенников: А.А. Григорьев, Ф. М. Достоевский, Н.Н. Страхов : диС. ... канд. полит. наук. М.: 2002.

9. Васильев, А.А. Мировоззрение почвенников (Ф. М. и М. М. До-стоевских, А.А. Григорьева и Н.Н. Страхова): забытые страницы русской консервативной мысли. М.: Ин-т руС.Цивилизации. 2010.

10. Введенский, А.И. Общий смысл философии Н.Н. Страхова. – М.: Унив. тип.1897.

11. Гольцев, В.А. Н.Н. Страхов как художественный критик.//Вопросы философии и психологии. -1896. Кн. 3. С.431 – 440.

12. Горбанев, Н.А. К выходу избранных статей Н.Страхова//Русская литература. – 1985. – № 4. – С.188 – 191.

13. Горбанев, Н.А. Литературная критика Н.Н. Страхова : текст лекции. – Махачкала. 1988.

14. Грот, Н.Я. Памяти Н.Н. Страхова: к характеристике его философ. миросозерцания. – М.: Типо-лит. т-ва И.Н. Кушнарев и К0.1896.

15. Гуральник, У.А. Н.Н. Страхов – литературный критик//Вопросы литературы. 1972. – № 7. С.137-164.

16. Долинин, А. С.Ф. М. Достоевский и Н.Н. Страхов.//Долинин, А. С.Достоевский и другие. Л. 1989. С.234 – 270.

17. Достоевская, А.Г. Воспоминания. – М.: Худож. лит. 1981.

18. Зеньковский, В.В. Русские мыслители и Европа: критика европейской культуры у русских мыслителей. М.: Республика. 1997.

19. Зеньковский В.В. История русской философии. М.: Академический проект, Раритет, 2001.

20. Ильин, Н.П. Трагедия русской философии. М.: Айрис-ПресС.2008.

21. Климова С.М. (сост.) – Н. Н. Страхов, pro et contra, антология (Русский путь) – СПб.: 2021.

22. Кирпотин, В. Достоевский в шестидесятые годы. – М.: Худож. лит. 1966.

23. Кокшенев К.А. отв. ред. Российский консерватизм в литературе и общественной мысли XIX века/РоС.акад. наук, Ин-т мировой лит.: М.: 2003.

24. Кулешов, В.И. История русской критики XVIII – начала XX веков : учебник. – 4-е изд. дораб. – М.: Просвещение. 1991.

25. Лазари, А.В кругу Федора Достоевского: почвенничество.– М.: Наука, 2004.

26. Литературное наследство. Том 83.Неизданный Достоевский – Записные книжки и тетради 1860–1881 гг. М.: 1971.

27. Литературное наследство. Том 86. Ф. М. Достоевский – Новые материалы и исследования. М.: 1973.

28. Ломунов К.Н.(отв. ред.) Достоевский – художник и мыслитель: сб. ст./АН СССР, Ин-т мировой лит.; – М.: Худож. лит. 1972.

29. Малецкая, Ж.В. Н.Н. Страхов – критик И. С.Тургенева и Л.Н. Толстого : диС…. канд. филол. наук: 10.01.01.– Махачкала.: 2008.

30. Мотовникова Е.Н. Герменевтические стратегии в философской публицистике Н.Н. Страхова: историко-философский анализ: диС… доктора философских наук: 09.00.03. – М.: 2016.

31. Нечаев В. С.Журнал М. М. и Ф. М. Достоевских «Время» М.: 1972.

32. Нечаев В. С.Журнал М. М. и Ф. М. Достоевских «Эпоха» М.: 1975.

33. Николаев П.А., А.И. Баландин, А.Л. Грушинин и др. Академические школы в русском литературоведении. АН СССР, Ин-т мировой лит. – М.: 1975.

34. Никольский, Б.В. Николай Николаевич Страхов : критико-биогр. очерк/Б.В. Никольский. – СПб.: Тип. А. С.Суворина.1896.

35. Ольхов, П.А. Мотовникова Е.Н. Полемика и понимание: философские очерки мышления и личности Н.Н. Страхова. – М.; СПб.: Центр гуманитарных инициатив. 2012.

36. Прозоров В.В.История русской литературной критики : учебник для студентов вузов.– М.: Высш. шк. 2002.

37. Радлов, Э.Л. Несколько замечаний о философии Н.Н. Страхова. СПб.: 1900. С.1 – 23.

38. Рождествин, А.С. Художественная критика//Филологические заметки. – Воронеж, 1897. – № 5-6. – С.1 – 19.

39. Розанов, В.В. Литературные изгнанники./сост А.Н.Николюкина –М.: Республика; СПб.: Росток. 2010.

40. Розанов, В.В. О писательстве и писателях. – М.: Республика. 1995.

41. Скатов, Н.Н. Русский критик Николай Страхов//Скатов Н. Литературные очерки. – М. 1985. – С.65 – 106.

42. Скатов, Н.Н. Критика Николая Страхова и некоторые вопросы русской

литературы XIX века//Русская литература. – 1982. – № 2. – С.30 – 51.

43. Снетова, Н.В. Философия Н.Н. Страхова (опыт интеллектуальной биографии)/Перм. гоС.ун-т. Пермь. 2010.

44. Снетова, Н.В. Николай Страхов: западная и русская философия в интерпретации органициста./Перм. гоС.ун-т.Пермь. 2013.

45. Старыгина Н.Н. Русский роман в ситуации философско-религиозной полемики 1860 – 1870-х годов, М.: 2003.

46. Сорокина Д.Д. Творческое наследие Н. Н. Страхова 1840–1850-х гг.: формирование литературного критика и философа.дисс.канд.ф.наук./ – Москва.: ИМЛИ РАН. 2018.

47. Н.Н. Страхов в диалогах с современниками. Философия как культура понимания. – СПб.: Алетейя. 2010.

48. Н.Н. Страхов и современная обществоведческая мысль: материалы регион. краевед. Страхов. чтений.– Белгород. 2004.

49. Н.Н. Страхов и русская культура XIX – XX вв.: к 180-летию со дня рождения: материалы междун. науч. конф. – Белгород.: Политерра. 2008.

50. Твардовская, В.А. Достоевский в общественной жизни России: 1861 – 1881. – М.: Наука. 1990.

51. Творческое наследие Н.Н. Страхова и современная социально-гуманитарная мысль: материалы всероС.науч. конф. – Белгород: БелГУ. 2003.

52. Тихомиров В.В.Русская литературная критика середины XIX века: теория, история, методология. –Кострома. 2010.

53. Туниманов, В.А. «Вольное слово» А.И. Герцена и русская литературная мысль XIX века//Русская литература. – 1987. – № 1. – С.100-112.

54. Туниманов, В.А. Достоевский, Страхов, Толстой (лабиринт сцеплений)// Русская литература. – 2006. – № 3. – С.38 – 96.

55. Фатеев В.А. Н. Н. Страхов. Личность. Творчество. Эпоха. СПб.: Пушкинский Дом. 2021.

56. Чижевский, Д.И. Гегель в России. – Парижъ.: Домъ книги: Соврем. Записки. 1939.

57. Шаулов, С.С.Н.Н. Страхов как творец и персонаж литературных контекстов: между Ф. М. Достоевским и Л.Н. Толстым. – Уфа.: БГПУ. 2011.

58. Шелгунов, Н.В. Литературная критика. – Л.: Худож. лит. 1974.

59. Шестые Страховские чтения: философские проблемы понимания в культуре и науке. – Белгород.: 2010.

60. Шперк, Ф.Э. Н.Н. Страхов. Критический этюд//Новое время. – 1895.

61. Шаулов С.С. Н. Н. Страхов как творец и персонаж литературных контекстов: между Ф. М. Достоевским и Л. Н. Толстым. – Уфа.: Издательство БГПУ. 2011.

62. Щербакова, М.И. Наследие Н.Н. Страхова и проблемы изучения Л.Н. Толстого//Известия РАН. Сер. литературы и языка. – 2004. – Т.63, № 1. – С.44-50.

63. Эйхенбаум, Б. М. Лев Толстой: Исследования. Статьи. – СПб.: Изд-во СПбГУ. 2009.

64. Яковенко, Б.В. История русской философии. – М.: Республика. 2003.

三、英文文献

1. Aileen M.Kelly. *Toward Another Shore: Russian Thinkers Between Necessity and Chance.* Yale University Press, 1998.

2. Aileen M.Kelly. *Views from the Other Shore: Essays on Herzen, Chekhov, and Bakhtin.* Yale University Press, 1999.

3. Charles A. Moser. *Esthetics as nightmare: Russian literary theory 1855 – 1870.* Princeton University Press. 1989.

4. Charles A. Moser. *The Cambridge history of Russian Literature.* Revised edition.

Cambridge University Press, 1992.

5. Gerstein, L. *Nikolai Strakhov.* Cambridge, MA: Harvard University Press, 1971.

6. Henri Troyat, *Nancy Amphoux.* Tolstoy Grove Press, 2001.

7. MacMaster, *R.E. Danilevsky: a Russian totalitarian philosopher.* Cambridge, MA: Harvard University Press, 1967.

8. Paperno, I. *Leo Tolstoy's correspondence with Nikolai Strakhov: the dialogue on faith//Anniversary essays on Tolstoy*/ed. by D.T. Orwin. – Cambridge, 2010. – P. 96-119.

9. Paperno, I. *Who, What am I? Tolstoy Struggles to Narrate the Self.* Cornell University Press, 2014.

10. Pipes, Richard. *Russian Conservatism and its Critics: a Study in Political Culture.* Yale University Press, 2005.

11. Sorokin Boris. *Moral Regeneration – N. N. Straxov's "Organic" Critiques of War and Peace//The Slavic and East European Journal. Vol.20,№.2(Summer, 1976).*pp.130 – 147.

12. Thaden, E. C. *Conservative nationalism in nineteenth century Russia.* – Seattle (Wash.): University of Washington Press, 1964.

13. Walicki, Andrzej. *A History of Russian Thought: from Enlightenment to Marxism* Stanford University Press, 1979.

14. Walicki, Andrzej. *The Slavophile Controversy: history of a conservative utopia in nineteenth-century Russian thought.* University of Notre Dame Press, 1989.

15. Wayne Dowler. *Dostoevsky, Grigorev, and Native Soil conservatism.* University of Toronto Press. 1982.

四、中文文献

1. 列宁：《列宁论文学与艺术》，中国社会科学院文学研究所文艺理论研究室编，北京：人民文学出版社，1983年。

2. 普列汉诺夫:《普列汉诺夫美学论文集》(2卷本),曹葆华译,北京:人民出版社,1983年。

3. 卢那察尔斯基:《论俄罗斯古典作家》,蒋路译,北京:人民文学出版社,1958年。

4. 卢那察尔斯基:《论文学》,蒋路译,北京:人民文学出版社,1978年。

5. 沃罗夫斯基:《论文学》,程代熙等译,北京:人民文学出版社,1981年。

6. 别林斯基:《文学论文选》,满涛、辛未艾译,上海:上海译文出版社,2000年。

7. 车尔尼雪夫斯基:《文学论文选》,辛未艾译,上海:上海译文出版社,1998年。

8. 杜勃罗留波夫:《文学论文选》,辛未艾译,上海:上海译文出版社,1984年。

9. 冈察洛夫、屠格涅夫、陀思妥耶夫斯基、柯罗连科:《文学论文选》,冯春选编,上海:上海译文出版社,1997年。

10. 阿·弗·古雷加:《俄罗斯思想及其缔造者们》,郑振东译,南京:南京大学出版社,2018年。

11. 屠格涅夫:《屠格涅夫全集》,第12卷:书信选,张金长等译,石家庄:河北教育出版社,2000年。

12. 屠格涅夫:《屠格涅夫选集》(11种),北京:人民文学出版社,1993年。

13. 屠格涅夫:《文论·回忆录》,张捷译,石家庄:河北教育出版社,1994年。

14. 比亚雷、克列曼:《屠格涅夫论》,冒效鲁译,上海:上海文艺出版社,1962年。

15. 鲍戈斯洛夫斯基:《屠格涅夫》,冀刚等译,上海:上海译文出版社,1983年。

16. 高文风编译:《屠格涅夫论》,沈阳:辽宁人民出版社,1986年。

17. 陈燊主编：《费·陀思妥耶夫斯基全集》（22卷），石家庄：河北教育出版社，2010年。

18. 陀思妥耶夫斯基：《陀思妥耶夫斯基论艺术》，冯增义、徐振亚译，桂林：漓江出版社，1988年。

19.《残酷的天才：回忆陀思妥耶夫斯基》（上、下），翁文达译，上海：上海译文出版社，1989年。

20. 安娜·陀思妥耶夫斯卡娅：《相濡以沫十四年》，倪亮译，上海：上海译文出版社，1993年。

21. 格罗斯曼：《陀思妥耶夫斯基传》，王健夫译，北京：外国文学出版社，1987年。

22. 弗里德连杰尔：《陀思妥耶夫斯基的现实主义》，陆人豪译，合肥：安徽文艺出版社，1994年。

23. 弗里德连杰尔：《陀思妥耶夫斯基与世界文学》，施元译，上海：上海译文出版社，1997年。

24. 弗·谢·索洛维约夫等：《精神领袖：俄罗斯思想家论陀思妥耶夫斯基》，徐振亚等译，上海：上海译文出版社，2009年。

25. 尼·别尔嘉耶夫：《陀思妥耶夫斯基的世界观》，耿海英译，桂林：广西师范大学出版社，2008年。

26. 罗赞诺夫：《陀思妥耶夫斯基的"大法官"》，张百春译，北京：华夏出版社，2002年。

27. 瓦·瓦·罗扎诺夫：《陀思妥耶夫斯基启示录——罗扎诺夫文选》，田全金译，上海：华东师范大学出版社，2013年。（注：罗扎诺夫即罗赞诺夫）

28. 谢列兹涅夫：《陀思妥耶夫斯基传》，刘涛等译，郑州：海燕出版社，2005年。（注：原著作者译名为谢列兹尼奥夫）

29. 叶尔米洛夫：《陀思妥耶夫斯基论》，满涛译，上海：上海译文出版社，1985年。

30. 乔治·斯坦纳：《托尔斯泰或陀思妥耶夫斯基》，严忠志译，杭州：浙江大学出版社，2011年。

31. 赖因哈德·劳特：《陀思妥耶夫斯基哲学：系统论述》，沈真等译，北京：东方出版社，1996年。

32. 王志耕：《宗教文化语境下的陀思妥耶夫斯基诗学》，北京：北京师范大学出版社，2003年。

33. 赵桂莲：《漂泊的灵魂：陀思妥耶夫斯基与俄罗斯传统文化》，北京：北京大学出版社，2002年。

34. 倪蕊琴编选：《俄国作家批评家论列夫·托尔斯泰》，北京：中国社会科学出版社，1982年。

35. 陈燊编选：《欧美作家论列夫·托尔斯泰》，北京：中国社会科学出版社，1983年。

36. 赫拉普钦科：《艺术家托尔斯泰》，刘逢祺等译，上海：上海译文出版社，1987年。

37. 日尔凯维奇等：《同时代人回忆托尔斯泰》（上、下），周敏显等译，上海：上海译文出版社，1984年。

38. 托尔斯泰娅：《托尔斯泰夫人日记》（上、下），张会森等译，北京：中国社会科学出版社，1983年。

39. 什克洛夫斯基：《列夫·托尔斯泰传》，安国梁等译，郑州：海燕出版社，2005年。

40. 日丹诺夫：《〈安娜·卡列尼娜〉的创作过程》，雷成德译，呼和浩特：内蒙古人民出版社，1982年。

41. 古谢夫：《〈战争与和平〉创作过程概要》，雷成德译，西安：西北大学出版社，1987年。

42. 古谢夫：《〈安娜·卡列尼娜〉创作过程概要》，雷成德译，呼和浩特：内蒙古教育出版社，1993年。

43. 古谢夫：《悲凉出走：托尔斯泰的最后岁月》，章海陵译，合肥：安徽文艺出版社，1999年。

44. 古谢夫：《托尔斯泰艺术才华的顶峰》，秦得儒译，武汉：湖北人民出版社，2000年。

45. 安年科夫：《文学回忆录》，甘雨泽译，哈尔滨：黑龙江人民出版社，1999年。

46. 巴纳耶夫：《群星灿烂的年代》，刘敦健译，上海：上海译文出版社，1995年。

47. 巴纳耶娃：《巴纳耶娃回忆录》，蒋路等译，上海：上海译文出版社，1981年。

48. 赫尔岑：《往事与随想》（3卷），项星耀译，北京：人民文学出版社，1993年。

49. 赫尔岑：《彼岸之声》，凡保轩译，哈尔滨：黑龙江人民出版社，2015年。

50. 赫尔岑：《赫尔岑论文学》，辛未艾译，上海：上海文艺出版社，1962年。

51. M.A. 普罗托波波夫等：《别林斯基.杜勃罗留波夫.皮萨列夫.冈察洛夫》，翁本泽译，郑州：海燕出版社，2005年。

52. 德·米尔斯基：《俄国文学史》，刘文飞译，北京：商务印书馆，2020年。

53. Isaiah Berlin：《俄国思想家》，彭淮栋译，台北：联经出版事业公司，1987年。

54. H.O. 洛斯基：《俄国哲学史》，贾泽林等译，杭州：浙江人民出版社，1999年。

55. 瓦·瓦·津科夫斯基：《俄国哲学史》（上、下），张冰译，北京：人民出版社，2013年。

56. 格奥尔基·弗洛罗夫斯基：《俄罗斯宗教哲学之路》，吴安迪等译，上海人民出版社，2006年。

57. Вл. 索洛维约夫等：《俄罗斯思想》，贾泽林等译，杭州：浙江人民出版社，

2000 年。

58. Вл. 索洛维约夫：《俄罗斯与欧洲》，徐凤林译，石家庄：河北教育出版社，2002 年。

59. 雷纳·韦勒克：《近代文学批评史》第 4 卷，杨自伍译，上海：上海译文出版社，2009 年。

60. 刘宁主编：《俄国文学批评史》，上海：上海译文出版社，1999 年。

61. 胡日佳：《俄国文学与西方：审美叙事模式比较研究》，上海：学林出版社，1999 年。

62. 季明举：《艺术生命与根基：格里高里耶夫"有机批评"理论研究》，北京：中国文联出版社，2005 年。（注：格里高里耶夫即格里高利耶夫）

63. 季明举：《斯拉夫主义的文艺理论和文化批评》，北京：中国社会科学出版社，2015 年。

64. 吴琼：《永不磨灭的灵魂——寻觅与超越：罗赞诺夫的文学批评研究》，黑龙江大学博士毕业论文，2014 年。

65. 徐凤林：《俄罗斯宗教哲学》，北京：北京大学出版社，2006 年。

66. 徐凤林：《索洛维约夫哲学》，北京：商务印书馆，2007 年。

67. 徐凤林编：《俄国哲学》，北京：商务印书馆，2013 年。

68. 张志远：《丹尼列夫斯基史学思想研究》，东北师范大学博士毕业论文，2011 年。

斯特拉霍夫生平简历

1828年10月16日（俄历）生于库尔斯克省别尔哥罗德市，父亲为基辅神学院硕士，大司祭，别尔哥罗德中等师范学校语文教师。

1840年，进入别尔哥罗德地方中学学习。

1844年，进行最初的文学创作，写了诗歌《基督复活！》。

1845年，从科斯特罗马中学毕业，进入圣彼得堡大学数学系学习。

1848年，转向重点师范学院自然—数学专业学习。

1850年，将小说稿《清晨》（По утрам）投给《现代人》杂志编辑部，被涅克拉索夫拒绝。

1851年，结束重点师范学院课程。8月起在敖德萨第二中学担任物理、数学教师。

1852年，移居圣彼得堡，担任圣彼得堡第二中学自然科学课程教师。

1854年，创作了一些诗歌和小品文，分别发表于《国民教育部杂志》及《俄罗斯世界》等刊物。

1857年，完成动物学硕士论文答辩，题目为《哺乳类动物腕骨研究》（О костях запястья млекопитающих）。担任《国民教育部杂志》（Журнал министерства народного просвещения）编委会成员，主持"自然科学新闻"栏目。

1858 年，开始撰写《论生命书简》。

1859 年，以《论有机生命书简》一文进入《俄罗斯世界》杂志；积极研究动物学及哲学；参与米留科夫小组活动，并认识了陀思妥耶夫斯基兄弟。

1860 年，开始参与《火炬》（Светоч）杂志的工作，在该杂志上发表了第一篇重要文章《论黑格尔哲学在今天的意义》（О значении гегелевской философии в настоящее время）。

1861 年，正式离开中学老师岗位，积极参与陀思妥耶夫斯基兄弟创作的《时代》（Время）杂志工作。

1862 年，第一次赴西欧旅游，旅程后半段与陀思妥耶夫斯基同行；出版了由他翻译的德国哲学家菲舍（Kuno Fischer）的《新哲学史》第一卷，其余三卷分别于 1863—1865 年间出版，影响甚大。

1863 年，波兰事件爆发。在《时代》上发表《致命的问题》（Роковой вопрос），因而导致该杂志被封，本人也被迫辞去一切杂志编辑职务，被要求 15 年内不得任职。

1864—1865 年间，在陀思妥耶夫斯基的《当代》（Эпоха）工作，直到该杂志停刊。

1865—1867 年间，自由职业者，以翻译为生。

1867 年，重新开始杂志编辑工作，在杜德什金（Дудышкин С.С.）去世后，参加《祖国纪事》编辑工作；后又担任《国民教育部杂志》编辑助理。

1868 年，出版《我们文学的贫困》一书。

1869—1871 年，主编《朝霞》（Заря）杂志，其间发表了论托尔斯泰《战争与和平》的系列评论文章，并以此与作家建立了密切的联系；也发表了丹尼列夫斯基（Н.Я. Данилевский）的《俄罗斯与欧洲》（Россия и Европа）（1869）。

1871 年，与托尔斯泰结识，将此前论《战争与和平》的文章结集出版。

1872 年，出版了哲学著作《作为整体的世界：自然科学特点》（Мир как целое. Черты из наук о природе）。

1873 年，在圣彼得堡公共图书馆获得一份稳定工作；开始与托尔斯泰进行通信。

1874 年，成为国民教育部学术委员会委员，直到去世。

1875 年，再度开始翻译工作，在外文书刊检查委员会工作。

1876 年，出版了《格里高利耶夫文集》第一版。

1877 年，与索洛维约夫结识。

1879 年，与托尔斯泰结伴去奥普塔修道院。

1881 年，出版了著作《关于屠格涅夫与托尔斯泰的批评文章》（Критические статьи об И. С.Тургеневе и Л.Н. Толстом），该书先后出版了 4 次。

1881 年 8—9 月，前去希腊东正教圣山阿索斯朝圣，相关回忆收录在《回忆与节选》（1892）。

1882—1883 年间，出版《俄国文学中与西方的斗争》（Борьба с Западом в нашей литературе）前两卷。

1885 年，从公共图书馆退休，并在外国书刊检查委员会工作了数月。

1886 年，出版《论基础概念》（Об основных понятиях），后有再版；以四等文官身份退休，每月获 385 卢布退休金。

1887—1889 年间，与季米利亚泽夫（К.А.Тимирязев）关于丹尼列夫斯基的《达尔文主义》（Дарвинизм）一书展开争论。在此期间，与弗拉基米尔·索洛维约夫围绕丹尼列夫斯基的《俄罗斯与欧洲》一书展开争论。

1887 年，出版了《关于普希金及其他诗人的札记》（Заметки о

Пушкине и других поэтах），后又再版两次。

1889 年，当选为俄罗斯科学院通讯院士。

1890 年，出版《文学虚无主义史论》（Из истории литературного нигилизма）。

1893 年，与托尔斯泰一起当选为莫斯科心理协会荣誉会员。

1894 年，为费特出版了抒情诗诗集，并写了序言。

1895 年年初，因喉癌做了手术。同年夏天最后一次在亚斯纳亚·波利亚纳度假，并赴基辅、克里米亚探亲。出版《哲学纲要》（Философские очерки）。

1896 年 1 月 26 日（俄历）在圣彼得堡去世。

1896 年，遗著《俄国文学中与西方的斗争》第三卷出版，次年在基辅再版。

附录：斯特拉霍夫论托尔斯泰《战争与和平》四部曲译文[1]

战争与和平
列·尼·托尔斯泰伯爵文集
第一、二、三、四卷
第二版，莫斯科，1868年

一

我们在文学和文学批评中所做的一切都很快地被遗忘了，可以说是匆匆忙忙。不过我们思想进步的独特过程大致如此；我们今天忘了昨天所作的，每一分钟都似乎感到我们没有任何的过往，每一分钟都准备着一切重新开始。书籍和杂志的数量、读书写作的人数每年都在增长；然而，固定概念——即那种对于大多数人来说意义明确、稳定的概念——的数量

---

[1] 斯特拉霍夫论《战争与和平》的文章共有三篇，但第二篇实际上包括两篇，因此批评家称其为"四部曲"。译文根据 Страхов Н. Н. Литературная критика. Москва.: Современник, 1984.CC.259-321, 323-352. 译出，同时也参照了 Страхов Н. Критические статьи об И. С.Тургеневе и Л. Н. Толстом (1862-1885). Изд. 4-е. Киев, 1901. 补足了1984年版本中删除的部分段落。译文有少部分参考了倪蕊琴编选：《俄国作家批评家论列夫·托尔斯泰》(中国社会科学出版社，1982年) 中相关章节译文，译者为倪蕊琴及冯增义先生；《战争与和平》译文采用了16卷本《托尔斯泰文集》(5—8卷)(刘辽逸译，人民文学出版社，1986年) 中相关文字；普希金相关文字采用10卷本《普希金集》(冯春译，上海译文出版社，1999年) 相关文字，别林斯基相关文字采用6卷本《别林斯基选集》(满涛、辛未艾译，上海译文出版社，1963—2006年) 相关文字，在此注明。

显然不仅没有增加，反而减少了。可以看到，几十年来，我们思想世界的舞台上出现了一些常常被提出，却总是无法再推进一步的问题；同样的观点、偏见、错误认知没完没了地重复着，而且每次都以某种新的形式重复着，——不仅是文章或书籍，还有热情并长时间地研究某个领域且有所成就的某人，他的全部活动显然不带任何痕迹地消失了。所有观点，所有错误，所有误解，所有混乱和谬论再一次层出不穷地出现了，——我们看到了这一切，可以想一想，我们完全没有发展，没有前进，只是原地不动，在一个无法改变的环境中兜圈子。"我们在成长，"——恰达耶夫说——"但不成熟。"[1]

从恰达耶夫的时代开始，事情不仅仅没有变好，反而变糟了。他指出的我们发展中的那些根本缺陷，伴随着越来越大的力量呈现出来。在那个时期，事情发展相对慢，涉及比较少的一部分人；现在问题爆发得更快，波及了很大一部分人。"我们的思想"，恰达耶夫写道，"不再有连贯思维活动这一不可磨灭的特征了"；随着文学的外在发展，写作者和读者的数量越来越多，但他们与一切基础相悖，思想上没有任何支撑点，也感觉不到自己和它的任何联系。从前被视为勇敢的批评，曾努力走出了第一步，最终成为了老生常谈，因循守旧。虚无主义作为一种整体的背景，作为各种可能的思想动摇、犹豫的出发点，最终形成了。它几乎直接否定全部的过去，否定任何一种历史发展的必要性。"每个人，无论他在哪里出生，都有五脏六腑：那么为了让他像人类一样思考和活动，他还需要什么呢？"虚无主义具有千百种形式，呈现于千百种意愿之中，我们认为它只是我们知识阶层公开表露的意识，要知道知识阶层的形成缺乏一切坚实的基础，任何观点都不会在他们的头脑中留下印记，他们也完全没有过去。

许多人对事态的发展感到愤怒，但怎样才能抑制住愤怒？怎样不把所

---

[1] 这句话出自恰达耶夫：《哲学书简》第一封信//《望远镜》，1836年，第15期。——原文注释，下不再注明。

有这些丑陋的、已经成型的思想称为愚蠢和荒谬？这些思想的形成显然未经认真思考。怎么能不把这种对过去的完全不理解和遗忘称为粗鲁和未开化的无知——这些推论不仅没有以研究为依据，还公然充斥着对所有研究的极度蔑视。然而，如果将我们精神世界的悲惨现象归结为两个原因，即俄罗斯思想界的软弱和主导着他们的无知，那我们就完全错了。软弱和无知不是犹豫和健忘的借口。显然这里还有另一个更深刻的原因。不幸的是，我们不仅不认为自己无知，甚至还有权否认自己的无知。不幸的是，我们的确接受过某种教育，但这种教育灌输给我们的仅仅是勇敢和放肆，无益于我们的思想。另一个原因和前一个类似，构成了主要的恶之本源。在这种虚假的教育中缺少一种真正的实质性的教育，后者本可以凭借自身使任何原因引起的偏差和动摇都变得无效。

总之，事情比通常料想得复杂得多。"我们需要更多的教育"——这种笼统的说法就像别的说法那样解决不了问题。只要任何一种新的教育沉积都只是我们空洞的、没有任何根基的、即虚假教育的增长，那么教育就不会给我们带来任何好处。在我们当下教育的幼苗还没有成长且坚强之前，思想活动（即"在思想中保留不可磨灭的特征"的活动）获得充足力量之前，教育就不会也不可能停下来。

事情已到了很困难的程度。为了教育名副其实，为了它具备应有的力量、应有的联系和连贯性，我们今天不会忘记昨天的所思所为，——为了这些需要具备一个难以满足的条件，需要独立的、独特的精神发展。必须要做到的是：我们要靠自己而非别人的思想活着，别人的思想不是简单地印刻或者反映在我们身上，而是要变成我们的血肉，成为我们身体的一部分。我们不能像蜡一样被塑造成现成的形式，而是要成为一个活生生的生命体，为它所感知的一切赋予自己的形式，由它按照自己的发展规律形成。这就是我们购买真正教育的高昂代价。如果我们坚持这种观点，如果我们认识到这一条件是不可避免的（无论它多么困难，多么高昂），那么我们精神世界的许多现象便能得到解释了。如此，我们将不再惊叹于充斥其间的丑恶，也不指望它迅速从这些丑恶中得到净化。所有这些曾是并也应当是长时期的。难道可以要求我们的知识阶层在还没具备正确发展的基本条件之前创造出好东西吗？难道这种虚伪的事情、这种虚假的运动、这种不留痕迹的进步的出现不是自然的、必然的吗？要终止恶，就应当彻底终止；只要原因还存在，结果就会继续存在。

我们整个的精神世界早已分成了两个领域，只是偶尔短暂地交织在一起。一个是最大的、包含着大量读者和作者的领域，即不留痕迹的进步领域，像流星和幻影般易逝，如屠格涅夫所说"像随风飘散的烟一样"[1]。另一个领域小得多，包含着我们思想运动中真实发生的一切，这是由鲜活的泉水滋养的河床，是某种持续发展的细流。这正是那个我们不仅在其中成长，还要在其中成熟起来的领域，我们的独立精神生活的工作反正也是在这领域中完成的。因为在这种情况下，真正的事业只能是自带独特性标志的。（根据我们批评家很久之前的公正评论）我们发展中的每一位杰出人物都必定会在自己身上体现出纯粹俄罗斯人的样子。现在这两个领域之间的矛盾很明显，这个矛盾会随着对它们相互关系的了解而加深。对于第一个主导领域来说，第二个领域的出现几乎没有任何意义。它要么根本没注意到后者，要么错误地、歪曲地理解后者；它要么根本不理解后者，要么肤浅地理解后者，随后又很快地忘记了。

他们忘记了，忘记是很自然的；但是谁还记得呢？我们似乎应当有这样的人——对他们来说，记住和忘记一样自然——善于认识精神世界任何一种现象的优点，不为暂时的社会潮流所吸引，能够透过烟雾看见真正的进步，并将其和空虚、徒劳的骚动区别开来。的确，我们有些人显然完全胜任这件事，但是，不幸的是，那些东西的力量过于强大以至于他们没有

---

[1] 见屠格涅夫小说《烟》中的人物李特维诺夫的思考（第26章）。

也不想做这件事，实质上也做不了。我们严肃的、受过正当教育的人们必然受到我们发展中一般恶习的不幸影响。虽然通常会有一些例外，但首先他们自己的教育尽管很高，但大部分是片面的，这促使他们傲慢地看待我们精神世界现象；他们并不密切关注世界。然后，根据对这个世界的态度，他们分成了两类：一类对世界极度冷漠，后者对他们来说只是或多或少的陌生现象。另一类在理论上承认和这个世界的亲属关系，但只是停留在某种个别的现象上，带着极大的蔑视看待所有剩余的部分。第一种态度——世界性的，第二种——民族性的。世界主义者草率地、马虎地、不带任何热爱和远见地把我们的发展置于欧洲的尺度之下，看不到其中有任何特殊的好的地方。民族主义者虽然没那么草率和马虎，但他们把独特性的要求强加于我们的发展之上，在此基础上否定一切，除了极少数的例外。

很明显，一切困难都在于能不能评价独特性。有些人既不希望也根本找不到它们，难怪他们看不见它们。另一些人却正需要它们，但由于他们的愿望过于仓促和苛刻，他们永远都不会满足于真实存在的东西。这样一来，珍贵的、以艰难劳动而完成的事业常常被忽略。有些人认为，只有当俄罗斯思想产生伟大的世界性哲学家和诗人时，它才是真正的俄罗斯思想；另一些人则认为，只有当它的所有创作都带有强烈的民族印记时，它才是真正的俄罗斯思想。至今为止，两帮人认为自己有权蔑视俄罗斯思想——忘记它所做的一切——依然用那些高要求压制它。

当我们决定着手研究《战争与和平》的时候，这些思想进入了我们的头脑中。我们认为，当涉及一部新的艺术作品时，这些思想最合适不过。从哪儿开始呢？我们的判断以何为依据？无论我们援引什么，依据什么样的概念，对于我们大部分读者来说，一切都是黑暗和不可理解的。托尔斯泰伯爵的新作是俄罗斯文学最优秀的作品之一，首先构成了文学运动深刻而艰难的进步成果；第二，它是艺术家自身发展、长时期对自己的天赋进行负责任地劳作的结果。但是谁又清楚地了解文学运动和托尔斯泰伯爵的天赋发展呢？的确，我们的批评家曾经细致而深入地评价过这种令人惊异的天赋特点（这里当然指的是阿波隆·格里高利耶夫的文章）[1]；但谁还记得呢？

不久前一位批评家说，在《战争与和平》出现之前所有人都忘了托尔斯泰伯爵，没有人会想到他。这个评论是公正的。当然，可能还有一些别的读者继续称赞作家以前的作品，并在其中获得人类心灵的无价启示。但是我们的批评家并不属于这些天真读者之列。我们的批评家比任何人都不记得托尔斯泰伯爵。即便我们推广或概括这一结论，我们也是正确的。我们可能会有一些珍惜俄罗斯文学的读者，记得并热爱俄罗斯文学，但这绝非俄罗斯批评家。批评家们与其说是对我们的文学感兴趣，不如说是被它的存在所困扰；他们不想记得它和思考它，只有当它通过新的作品提醒他们注意自己时，他们才会感到恼火。

事实上，《战争与和平》的出现给人的印象便是如此。对于许多喜欢阅读最新书籍和杂志上发表的文章的人来说，他们很不高兴确认有一些他们没有想到也不愿想到的其他领域，在这些领域中正在出现鸿篇巨制、灿烂无比的现象。每个人都珍视自己的心灵平静，对自己的思想、对自己活动的意义满怀信心——由此解释了我们对诗人和艺术家及所有指责我们无知、遗忘和误解的人发出的愤怒呼声。

从这一切我们首先得出一个结论：我们很难谈论文学。总的来说可以看到，我们很难谈论任何东西，一谈就会引起数不胜数的误会，就会引起对自己思想最不可思议的歪曲。但最难的是谈论被称为文学的东西，谈论

---

[1] 斯特拉霍夫这样说时，可能不仅想起了阿波隆·格里高利耶夫的文章《列·尼·托尔斯泰伯爵及其作品》（《时代》，1862年第9期），而且还想起了1850—1860年间报刊上发表的关于托尔斯泰的文章和评论，特别是 П. В. 安年科夫的文章《论文学作品中的思想》（《现代人》，1855年第1期）、А.В. 德鲁日宁的文章《暴风雪——两个轻骑兵，列·尼·托尔斯泰伯爵的故事集》（《现代人》，1856年第3期、第5期）和《列·尼·托尔斯泰伯爵的战争故事集》（《俄国导报》，1856年，第16、18期）、Н.Г. 车尔尼雪夫斯基的文章《童年与少年。列·尼·托尔斯泰伯爵的战争故事集》（《现代人》，1856年，第8期）、《列·尼·托尔斯泰伯爵的故事集》（《现代人》，1856年，第1期）、К. 阿克萨科夫的文章《现代文学评论》（《俄罗斯谈话》，1857年，第1册）及其他一些资料。

艺术作品。在这里我们不应该假设读者有任何固定的概念。应当这样写，似乎没人了解我们文学和批评的现实状况，也不懂得导致这一状况的历史发展。

这正是我们要做的。不援引任何东西，我们将直接陈述事实，尽可能准确地记录，研究它们的意义和关系，从中得出自己的结论。

一

引起本研究的事实包含如下。鉴于事实规模宏大，为了阐明它，我们甚至会怀疑自身的能力。

一八六八年我们的文学佳作之一《战争与和平》面世了。它的成就不同凡响。很久没有一本书令人读得如此津津有味。同时这也是最高级别的成功。《战争与和平》不仅被那些至今喜爱大仲马[1]和费瓦尔[2]的普通人阅读，也被最苛刻的读者——所有对学问和教育有着严谨或是不严谨追求的所有人阅读；甚至那些整体上蔑视俄罗斯文学、根本不用俄语阅读的人也阅读这本书。因此，随着我们的读者圈子逐年扩大，事实证明，我们的经典作品——那些不仅成功，而且值得成功的作品——都没有像《战争与和平》这样卖得这么快，印数这么多。补充一句：在我们的文学巨作中，没有任何一部作品像托尔斯泰伯爵的新作那样有这么大的体积。

让我们直接进入对事实的分析。《战争与和平》的成功是非常简单清楚的现象，没有任何复杂含混。这种成功不能归结为事业的次要、不相干的原因。托尔斯泰伯爵没有试图通过任何混乱和神秘的冒险，或通过描述

---

[1] 大仲马（Alexandre Dumas, 1802—1870），法国小说家，流行历史小说作家，著有《三个火枪手》《基督山伯爵》《玛戈王后》等。
[2] 费瓦尔（Paul-Henri-Corentin Féval, 1817—1887），法国小说家、戏剧家，当过律师，1858年出版小说《驼背人》，获得声誉，以撰写犯罪小说出名，还著有小说《海豹俱乐部》《巴黎的爱情》《魔鬼之子》等。法国作家协会现设有以其命名的文学大奖——译注。

肮脏和可怕的场景，或通过描绘可怕的心痛，或最后，通过任何大胆和新的潮流来吸引读者——总之，没有通过这些手段挑逗读者的思想或想象力，没有用未知和未经历过的生活画面刺激他们的好奇心。没有什么能比《战争与和平》中描述的众多事件更简单了。所有普通家庭生活的事件，兄弟姐妹之间的对话，母亲和女儿之间的对话，亲戚的离别和会面，狩猎，圣诞聚会，马祖卡，纸牌游戏等等——这一切都与博罗季诺战役一样，成为创作的对象。简单的东西在《战争与和平》中占据了大量篇幅，就像《叶甫盖尼·奥涅金》中对拉林一家的生活、冬天、春天、莫斯科之行的不朽描写一样。的确，与之并列的托尔斯泰伯爵，将有着伟大历史意义的事件和人物搬上了舞台。但无论如何也不能说这些就唤起了读者的广泛兴趣。如果有读者被历史事件的描写或者爱国主义的感情所吸引，那么毫无疑问，还有不少读者完全不喜欢在文学作品中探寻历史，或者最坚决反对对爱国情感的收买，他们以强烈的好奇心阅读《战争与和平》。顺便指出，《战争与和平》完全不是历史小说，即完全不是把历史人物变成小说人物、叙述他们的奇遇、将小说和历史的趣味融合在一起。

因此，事情简单明了。无论作者具有怎样的目的和意图，无论他涉及怎样的崇高而重要的主题，他作品的成功并不取决于这些意图和主题，而是取决于他在这些目的指引下涉及这些主题的所作所为，即取决于高超的艺术创作。

如果托尔斯泰伯爵实现了自己的目标，如果他使所有人都关注那占据其心灵的东西，那么仅仅因为他完全掌握了自己的方法、艺术。在这方面，《战争与和平》的例子极具启发意义。未必有很多人知道指导和激励作者的思想，但所有人都一样被他的作品所打动。那些带着偏见阅读这本书的人，想要找到与自己思想的矛盾之处或对证明自己的思想，常常迷惑不解，不知如何是好——该愤怒或是喜悦，但是所有人都一致承认这部神秘作品的非凡技艺。艺术已经很久没有这么大的征服力和不可抗拒力了。

但艺术性并非白白呈现。不要认为艺术性可以独立于深刻的思想和感觉而存在，以为它是不严肃的现象，没有重要意义。在这种情况下，应当将真正的艺术性和其虚伪的、畸形的形式区分开来。我们试着分析托尔斯泰伯爵书中的创作，就会看到小说的基础达到怎样的深度。

那么《战争与和平》何以打动了所有人呢？当然是客观性和形象性。很难想象还有更鲜明的形象，还有更生动的色调。简直就像你亲眼看到了所描绘的一切，听到了发出的一切声响。作者不以自己的口气讲述什么：他直接引进人物并促使他们去说话，去感受，去行动，而且每句话和每个行动都准确到惊人的地步，也就是说，完全符合人物所属的性格。仿佛你是在和真人打交道，而且你看到的他们比在现实生活中所能看到的更为清楚。你不仅可以分辨出每个人物的感情和表达方式，同时还可以区别出每个人的风度、他喜爱的手势、步态。例如有一次显赫的瓦西里公爵处于非常尴尬的境况，他不得不蹑手蹑脚地走路；作者极为精确地知道他的每一个人物怎样走路。他写道："瓦西里公爵不会踮起脚尖走路，整个身子都笨拙地跳起来。"作家就是如此明确、清楚地知道自己主人公的所有动作、感情和思想。他一旦把他们引上舞台，就不再干预他们的事情，不再扶持他们，让他们中的每个人按照自己禀性自由行动。

由于这种遵循客观性的意图，在托尔斯泰伯爵笔下没有一幅图画、一段描述是以他自己的名义来写的。大自然在他的作品中总是像反映在人物头脑中的那个样子；他不描绘那棵长在路当中的橡树或者娜塔莎和安德烈公爵不能入眠的那个月夜，而是描写那棵橡树、那个月夜对安德烈公爵产生的印象。确实如此，所有的战役、各种不同类型的事件都不是按照作者自己所形成的概念叙述出来的，而是根据身临其境的人物的观感加以讲述。申格拉本战役大部分是根据安德烈公爵的感受描写的；奥斯特里兹的战役则是依据尼古拉·罗斯托夫的感受；沙皇亚历山大到达莫斯科在彼佳的激动中得以描绘；祈祷胜利的仪式则是通过娜塔莎的感觉。因此，作家任何地方也不取代他的人物，他描述的事件也不是抽象地发生的，而是（可以说）由有血有肉的人物所组成的。

从这方面来讲《战争与和平》真可谓艺术的奇迹。它捕捉到的不是个别的特点，而是整个的——那种因不同的人物和不同的社会阶层而异的生活氛围。作者自己讲述了罗斯托夫家的爱情和家庭气氛，但请想想其他同类型的描绘：斯佩兰斯基周围的气氛，罗斯托夫伯伯家的主导气氛，娜塔莎去过的剧场大厅气氛，罗斯托夫进去看过的一家军医院的气氛，如此等等。凡是进入这些氛围中的人物或者从这一种氛围转入另一种氛围的人物，都不可避免地要受到它们的影响，我们就和他们一起体验。

总之，这样就达到了客观性的最高程度，也就是说，我们不仅清楚看到人物的行动、形象、动作和语言，而且他们的整个内在生活也以同样鲜明的线条展现在我们眼前；他们的灵魂、他们的内心都无可遮挡。读着《战争与和平》，我们在观察这个词的完全意义上观察艺术家所描绘的一切对象。

但是这些对象的背后是什么呢？客观性是诗歌共同的特征，无论它描写的对象是什么，都必须始终存在于其中。最理想的情感、最高尚的心灵生活应当被客观描绘。普希金是完全客观的，当他回忆起某位庄重的夫人时，他说道：

"我还记得她头上缀着什么披巾
她的双目明朗得有如晴朗的天空。"[1]
他听到了她的声音：
"她总是用亲切和蔼而悦耳的声音
和我们这些年轻的同学交谈。"

---

[1] 见普希金抒情诗《我记得少年时代学校里的情景》（1830）。

如此准确地,他完全客观地描绘了《先知》的感觉:

"我听到了高远天穹的颤动,

天使们在九天之上飞翔,

海里的动物在水下爬行,

山谷中藤萝枝蔓在生长。"

托尔斯泰的客观性显然针对另一个方向——不是针对理想的对象,而是针对我们反对的东西——针对所谓的现实,针对那些达不到理想又回避它,反对它,与理想对立又因理想之存在而被证明软弱的东西。托尔斯泰是现实主义者,属于我们文学中早已占据主导、极为强大的那个流派。他深深感觉到我们的精神和趣味对现实主义的渴望,他的力量在于他能够完全满足这种渴望。

实际上,他是一位极为杰出的现实主义者。可以认为,他不仅以绝对忠于现实的态度来描绘人物,而且仿佛是故意把它们从理想的高度降下来,降到我们按照人性的永恒属性非常乐意和轻易地看待人和事的高度。托尔斯泰伯爵毫无怜悯心地、毫不留情地表现出自己的主人公所有弱点;他没有任何保留,也毫不停留,甚至引起了对人类不完美的恐惧和忧愁。譬如,许多敏感的心灵都不能容忍有关库拉金对娜塔莎的引诱这一想法;若非如此,将会有怎样一个以惊人现实性来描绘的优美形象!但现实主义诗人是残酷的。

如果从这个角度看《战争与和平》,那么可以把这本书当作对亚历山大时代最猛烈的揭露,是对困扰这个时代所有弊病的正义揭发。当时上流社会的自私自利、空虚、伪善、放荡和愚蠢都被揭示出来;莫斯科上流社会及像罗斯托夫家族那样富有地主的盲目、懒惰和贪婪的生活,随后战争期间到处的混乱(尤其是军队里)都被揭示出来。到处都展现出人们在流血和斗争中为个人利益所引导牺牲了公共利益。由于统治者的分歧和微不足道的虚荣心、由于在管理中缺乏铁腕政策而产生的可怕灾难得以展示；所有的懦夫、无赖、小偷、淫贼和骗子都被搬上舞台；民族的粗鲁和野蛮得以展示（一个斯摩棱斯克丈夫殴打妻子；博古恰罗夫发生暴动）。

因此如果有人要像杜勃罗留波夫写《黑暗王国》那样写关于《战争与和平》的文章，那么在托尔斯泰的作品中能找到大量符合这个主题的资料。一位在国外的作家尼·奥加辽夫曾把我们所有现在的文学都归入了揭露的公式中[1]。他说屠格涅夫是地主的揭露者，奥斯特洛夫斯基是商人的揭露者，而涅克拉索夫是官吏的揭露者。根据这种观点，我们可以为新的揭露者的出现感到高兴，并且可以说：托尔斯泰伯爵是军人的揭露者——我们的战争功勋和历史荣耀的揭露者。

但更重要的是，类似的观点在文学界仅仅能找到微小的回应——明显的证据是，最有偏见的人都不能不看到这种观点的不公正之处。但是类似的观点之所以产生是因为我们有宝贵的历史见证：一位1812年战争的参与者，我们的文学老将阿·谢·诺罗夫，热衷于引发大家对自己不由自主的深切尊重，也把托尔斯泰视为揭发者。这是其原话：

"读者被小说《战争与和平》的第一部分所震撼，首先是首都所呈现出的上流社会空虚几乎毫无道德的忧郁印象，同时这个上流社会又对政府有影响。然后是军事行动的毫无意义，几乎没有军人有英勇精神——这本是我们军队永远引以为傲的。""因军事和公民生活中的荣誉而轰动一时的1812年展现给我们的是一个肥皂泡；我们整个的将军队伍——他们勇敢的荣誉被载入军事史册，他们的名字至今在新一代军人中口口相传——似乎由平庸的、盲目的即兴工具所组成，他们的行动时而成功，但这些成功也往往被看作是昙花一现，时常被满怀嘲讽地提及。难道我们的社会是这样的吗，难道我们的军队是这样的吗？""作为祖国重大事件的目击者，

---

[1] 参见斯特拉霍夫文章《我们文学中的贫困》注释第32。См: *Страхов Н.* Критические статьи об И. С.Тургеневе и Л. Н. Толстом (1862-1885). Изд. 4-е. Киев, 1901. С.410. ）

我不能不怀着被侮辱的爱国情感读完这部自称是历史的小说。"(《战争与和平》（1805—1812），历史观点及同时代人的回忆。关于托尔斯泰伯爵的《战争与和平》，阿·谢·诺罗夫，圣彼得堡，1868，第1、2页。）

正如我们所说，托尔斯泰作品的这一方面如此触痛过诺罗夫，可对大多数读者没有产生显著的印象。为什么呢？因为作品的其他方面更为强烈地掩盖了这个方面，其他的更具诗意的主题占据了首位。显然，托尔斯泰伯爵描绘事物的阴暗面并非单纯想展示它们，而是想完整地描绘事物，使之具备其所有特征，自然也包含阴暗面。他的目的是真实地描绘，坚定地忠于现实，这种真实吸引了读者的全部注意。爱国主义、俄罗斯的荣誉、道德准则，一切都被置之脑后，在这种充分显示其威力的现实主义面前全部退居次要地位。读者如饥似渴地注视着这些画面；仿佛艺术家什么也不宣传，谁也不揭发，就像一位魔术师，将读者从一个地方带到另一个地方，让他目睹那里发生了什么。

一切都很鲜明，都很形象，同时也很真实，都忠于现实，就像银版照片或者摄影一样，这就是托尔斯泰伯爵的力量之所在。感觉得到，作者不想夸大事物的阴暗面或光明面，不想给它们增加任何特别的色彩或足以令人印象深刻的说明。他全心全意地努力将事物按照其真实的样子转述出来，这就是征服了最顽固读者的不可抗拒的魅力。是的，我们，俄罗斯读者，在对待艺术作品的态度上早已变得顽固，早已以最强烈的方式对所谓的诗歌、理想主义的感情和思想产生反感；我们似乎丧失了迷恋艺术中理想主义的能力，固执地抵制这个方向中最轻微的诱惑。我们或者不相信理想，或者（更准确一点，因为不相信理想的可能是个人，而非民族）把它抬得很高以至于不相信艺术的力量有可能体现理想。在这种情况下，艺术只剩下了一条道路——现实主义；如果你要拿起武器反对真实，反对表现生活的本来面目，你会怎么做？

但是现实主义和现实主义不一样。艺术在本质上从不拒绝理想，总是追求理想。在现实主义的创作中这种追求越是鲜明越是生动，艺术就越高尚，越接近真正的艺术性。我们中的很多人过于粗浅地理解这件事，即在艺术中为了获得最大的成功，他们应当把自己的心灵变成简单的摄影机器，以此拍摄那些偶然遇到的图像。我们的文学展现出了大量类似的图景：虽然单纯的读者们认为，这些作家是真正的艺术家，不少人后来惊讶地发现，这些作家几乎一事无成。然而，事情可以理解；这些作家忠于现实，并不是因为现实被他们的理想照亮，而是因为本身没有看到比他们所写的更远的东西。他们与他们描写的现实处于同一水平。

托尔斯泰伯爵不是专门揭露的现实主义者，但他也不是摄影师般的现实主义者。他作品的珍贵之处在于他的力量，他成功的原因在于完全满足了我们艺术的全部需求，他以最纯粹的形式、最深刻的思想满足了这些需求。俄罗斯艺术中现实主义的实质从未以如此的清晰和力量被显示出来；在《战争与和平》中它上升到了一个新高度，进入了发展的新阶段。

再进一步分析这部作品，我们即将接近目的了。

托尔斯泰伯爵明显表露出来的、独特的天才特点到底是什么呢？是对心灵活动异常细致和准确的描述。托尔斯泰伯爵大致可被称为现实主义者—心理学家。根据他从前的作品，他早就以分析各种心灵变化和状态的卓越大师而著称了。这种分析具有某种偏好，曾发展到了琐碎、异常紧张的地步。在新的作品中，一切极端性都消失了，之前的准确性和洞察力都保留了下来；艺术家的力量找到了自己的界限，并恰到好处。作品的所有注意力都集中在了人类心灵上。作品对环境和服饰——总之生活一切外在方面的描写很少，简短也不完整；然而在任何地方都没放过这些外在方面对人心灵产生的印象和影响，内部生活占据了主要位置，外部生活只是内部生活的一种依据或不完全的表述。内心生活最细微的色彩和最深刻的动荡同样被清晰和真实地描述出来。罗斯托夫家族奥特拉德诺庄园节日的无聊之感，博罗季诺战役最激烈的时候所有俄罗斯士兵的感觉，娜塔莎的少女心事，记忆不在、近乎中风瘫痪的老博尔孔斯基的激动，——在托尔斯泰伯爵的小说中一切都很鲜明，一切都生动和恰如其分。

因此，这就是作者全部兴趣之所在，因而也是读者全部兴趣之所在。无论舞台上发生的事件多宏大多重要，不管是克里姆林宫因沙皇到来而人山人海，还是两位皇帝的会晤，还是枪炮轰鸣，还是有成千上万人死去的可怕战斗，都不能让诗人和读者把他们紧张的注意力从个别人的内心世界转移出来。艺术家似乎对事件不感兴趣，他感兴趣的只是在这些事件中人类心灵如何工作，它感觉如何及如何影响了事件。

现在自问一下，诗人在寻找什么？是何种强烈的好奇心促使他观察所有人——从拿破仑和库图佐夫开始到那些安德烈公爵在自家破败的花园中碰见的小姑娘——最细微的感受？

答案只有一个：艺术家追求留存在人心灵中的美之痕迹，在每一个被描绘的人物身上找到那种上帝般的闪光点，人类个性尊严即包含其中，——总之，作者试图寻找并确定：人类的理想追求在现实中如何以及在多大程度上得以实现。

二

即使从主要特点来说，也很难阐述深刻艺术作品的理念。这一理念在作品中体现得如此充分，如此全面，以至于对它的抽象阐述永远是不准确的、不充分的，正如有人说的，完全不能穷尽这一主题。

《战争与和平》的理念可以用不同的方式加以确切表达。

譬如可以说，作品的主导思想是英雄主义的生活理念。作者本人在描写博罗季诺战役时通过下列注解做了暗示：

"古人留给我们许多英雄史诗的典范，其中的英雄人物乃是历史的全部趣味，但我们还不能习惯于这样的事实，那就是这类历史对于我们人类

的时代是没有意义的。"（第三卷，第236页）

艺术家以此直接告诉我们，他想给我们描述一种我们通常称为英雄主义的生活，但是在它的真正意义上描述，而不是用古代遗留给我们的错误方式；他希望我们摆脱这些虚伪的概念，为此他给予我们正确的概念。在理想主义的地方我们应当获得现实。

去哪里寻找英雄主义的生活呢？当然到历史中去。我们习惯性认为，历史所依赖的人，创造历史的人就是实质的英雄。这就是为何艺术家的思想停留在了1812年和在此之前的战争中，他将其视为一个主要的英雄时代。如果拿破仑、库图佐夫、巴格拉季翁——不是英雄，那么谁会是英雄呢？托尔斯泰伯爵描述了伟大的历史事件、可怕的战斗和强大的人民力量，以便把握住我们所谓英雄主义的最高表现。

但在我们时代，就像托尔斯泰伯爵所写的那样，仅有英雄不能构成历史的全部意义。无论我们怎样理解英雄主义的生活，都需要界定日常生活和它的关系，这甚至是主要的事情。和英雄相比，什么是普通人？什么是个人对历史的态度？从更为广泛的形式来说，这是我们的艺术现实主义长期以来一直在研究的问题：和理想主义、完美生活相比，什么是普通的日常现实？

托尔斯泰伯爵试图尽可能全面地解决这个问题。例如，他给我们展示巴格拉季翁和库图佐夫无可比拟、令人惊异的伟大。他们似乎拥有超越一切人的能力。这一点尤为明显地体现在对库图佐夫的描述中，他年老体虚，健忘，懒惰，——脾气不好，按作者的话说，保留了热情的全部习惯，但却偏偏没有了热情。对于巴格拉季翁和库图佐夫来说，当他们不得不行动时，所有个人的东西都消失了；勇敢、沉着、冷静这些表述都不适合他们，因为他们不勇敢，不沉着，不紧张，也不冷静。他们自然、简单地忙着自己的事，似乎他们只是灵魂，只会观察，准确无误地以最纯粹的责任感和荣誉感为指导。他们直面命运，对于他们来说，不可能有恐惧的想法，也不可能在行动中犹豫不决，因为他们尽其所能，顺从事态的发展和人性的软弱。

  但在这些最高限度的勇敢而崇高的领域外，作者还给我们展示了整个世界，在那里责任的要求和所有人类的激情作斗争。他向我们描绘了各种类型的勇敢和胆怯。从贵族罗斯托夫一开始的胆怯到杰尼索夫出色的英勇，到安德烈公爵坚定的英勇，到图申上尉无意识的英勇行为，这是多么大的差距啊！所有战斗的感觉和形式——从奥斯特里茨战役时惊慌失措的恐惧和逃跑到博罗季诺战役时不可战胜的坚毅和潜在的心灵火焰的热烈燃烧——作者都写了出来。这些人有时是坏蛋，就像库图佐夫称那些逃兵一样，有时是大无畏的、有自我牺牲精神的军人。他们本质上都是普通人，艺术家以惊人的技巧展示了他们每个人的灵魂深处是如何在不同程度上迸发、熄灭或点燃通常是人与生俱来的勇敢之火。

  最重要的是它展示了所有这些灵魂在历史进程中的意义、他们对伟大事件的贡献、他们在英雄生活中的参与度。书中说明，沙皇和统帅之所以伟大，是因为他们就像一个中心，生活在简单和黑暗的灵魂中的英雄主义往往集中于此。对这种英雄主义的理解、同情和信仰构成了巴格拉季翁和库图佐夫的伟大之处。对它的误解、忽视，甚至蔑视，构成了巴克莱·德·托利和斯佩兰斯基的不幸和渺小。

  战争、国家大事和动荡构成了历史的领域，主要是英雄主义的领域。在以无可挑剔的真实性描绘了人们在这一领域的行为、感受和所作所为之后，为了思想的完整性，艺术家希望向我们展示同样的人在他们的私人领域，在那里，他们仅仅是人。他在一处写道："与此同时，生活，人们真正的生活，及其对健康、疾病、劳动、休息这些切身利益的关心，对思想、科学、诗歌、音乐、爱情、友谊、仇恨、情欲的关心，——依然照常进行着，不受同拿破仑·波拿巴在政治上的亲近或者敌对的影响，不受一切可能的改革的影响。"（第三卷，第1、2页）

作品里描述了安德烈公爵如何前往奥特拉德诺耶并在那里第一次见到娜塔莎。

安德烈公爵和他的父亲在一般意义上是真正的英雄。当安德烈公爵离开布吕恩去参军时，处于危险之中，一向好嘲笑人的比利宾两次、不带任何嘲笑地给予了他英雄的称号。（第一卷，第78、79页）比利宾是完全正确的。看过安德烈公爵在战争时期的一切行动和思想后，在他身上找不到任何一处可以指责。回想他在申格拉本战役中的行为，没有人比他更了解巴格拉季翁，他是唯一一个看到并赞扬图申上尉功勋的人。但是巴格拉季翁对安德烈公爵了解甚少，库图佐夫比他更了解一些，在奥斯特里茨会战中当库图佐夫需要阻止逃兵、率领他们前进的时候，他向安德烈公爵求助过。最后回忆一下博罗季诺战役，当安德烈公爵长时间地和自己的部队站立在炮弹之下时（他不想待在参谋部，也不想进入战斗行列），他灵魂深处诉说着一切人类的情感，但是他在一瞬间没有失去完全的镇定，向躺在地上的副官大喊："可耻呀，副官先生！"就在这一瞬间，榴弹爆炸，他受了重伤。正如库图佐夫所说，这种人的道路确实是荣誉之路，他们可以毫不犹豫地按照最严格的勇气和自我牺牲的观念去做任何事情。

老博尔孔斯基并不比儿子逊色。一向被他以慈父般温柔爱着的儿子即将要上战场，回忆一下他给儿子斯巴达式的临别赠言："你要记住一点，安德烈公爵，假如你被打死，我这个老头子会很难过的，可我要是听说你的行为不像尼古拉·博尔孔斯基的儿子，我就要……感到羞耻！"

他的儿子是这样的人，他有充分根据地反驳了自己的父亲："您不必对我说这些，爸爸。"（第一卷，第165页）

请记住，对于这位老人来说，全部俄罗斯的利益似乎都成为了他个人的利益，构成了其生活的一部分。他在自己的童山上密切地关注着战事。他常常嘲笑拿破仑和我们的军事行动，显然被侮辱的民族自尊心被唤醒了。他不愿相信，他强大的祖国突然间就丧失了自己的力量，他希望把这一切归于偶然,而不是敌人的强大。当入侵开始、拿破仑逼近维捷布斯克时,衰老的老人完全迷失了:起初,他甚至没有意识到自己从儿子的信中读到了什么;他把自己无法忍受的想法从身边推开——否则这种想法一定会毁掉他的生活。但他最终还是被说服了,他最终还是相信了:然后老人死了。与其说是一颗子弹,不如说是关于全面灾难的想法击倒了他。

的确,这些人,是真正的英雄;因为这些人,民族和国家才变得强大。但大概读者会问,为什么他们的英雄主义似乎没什么引人注目之处,他们很快成了我们眼里的普通人?因为艺术家向我们全面地描述了他们,不仅表现出了他们是如何对待责任、诚实、民族自尊心,还向我们展示了他们的个人生活。他描绘了老博尔孔斯基的家庭生活,他与女儿的病态关系,老年人的所有弱点——一个不由自主折磨自己亲人的人。在安德烈公爵身上,托尔斯泰向我们展示了他可怕的自尊心和功名心的冲动,他对妻子的冷漠和嫉妒。总的来说,他的整个性格难以相处,就怪癖程度来说很像他的父亲。"我怕他",——在安德烈公爵求婚之前,娜塔莎这样说他。

老博尔孔斯基的威严令所有人大吃一惊;到莫斯科后,他成了当地反对派的首领,获得了人们的尊敬。"在来访者眼中,那座老式的宅第和其中高大的壁镜、古老的家具、扑过粉的仆人,以及严峻而精明的老人(他本人就是上一世纪的老古董)和他那十分崇敬他的温良的女儿和好看的法国女人,这一切合成一种庄严而赏心悦目的气象。"(第三卷,第190页)安德烈公爵也同样唤起了所有人不由自主的尊敬,在世界上扮演了某种威严的角色。库图佐夫和斯佩兰斯基喜爱他,士兵崇拜他。

但所有这些对局外人来说有很大作用,对我们来说并不是。作者将我们带入了这些人的内心世界;他让我们知道了他们的心灵、他们的不安。这些人物所具有的人性弱点,那些他们和最普通的人变得一样的时刻,那些所有人都感同身受的场景和精神活动——人,——所有的一切都清晰而全面地展现在了我们眼前;这就是为什么人物的英雄特征似乎湮没在了人类的大量特征之中。

这应当适用于《战争与和平》的所有人物中，无一例外。到处都是这样的故事，就像那个看院人费拉蓬托夫，他残忍地毒打请求离开的妻子，——在危急关头吝啬地和马车夫讨价还价，后来，当他看清到底是怎么回事的时候，他大喊："完了！俄国！"自己点燃了自己的房子。作者在每一个人物身上都展现了心灵生活的方方面面——从本能的冲动到英雄主义的萌芽，它常常隐藏在最细微、最反常的心灵中。

但谁也不要以为艺术家想要以此贬低英雄人物和行为，揭露他们虚构的伟大，恰恰相反，他全部目的只是在真实的世界展现他们，从而教导我们在之前看不到他们的地方看到他们。人性的弱点不应遮蔽住人类的美德。换而言之，诗人教会自己的读者洞察隐藏在现实生活中的诗意。它被日常生活中的庸俗、琐碎、肮脏和杂乱无章的忙乱隐瞒了起来，我们因自己的冷漠、懒惰和自私的忙碌而不可洞察，难以触及这份诗意。因此，诗人在我们面前照亮了人类生活的一切泥沼[1]，为了我们能够在最黑暗的角落看清神圣火焰的火花——让我们能够理解那些人，他们身上火焰燃烧正旺，虽然目光短浅者看不见他们，——让我们能同情我们的胆怯和自私无法理解的事情。这不是用理想之光照耀庸俗者所有庸俗之处的果戈理；这是一位艺术家，他通过世人所能看到的一切庸俗发现人的美德。这位艺术家以空前的勇气为我们描绘了我们历史上最英勇的时代——新俄罗斯有意识的生活从这里开始；他赢得了和自己目标的那场比赛。

我们面前的这幅画面描绘的是那个抵御拿破仑入侵并给他的权力以致命打击的俄罗斯。这幅画不仅不加修饰，而且鲜明地反映了当时社会在精神、道德和政府方面的所有缺点、所有丑陋和可悲的一面。但它同时也展现了拯救俄罗斯的力量。

---

[1] 这是对果戈理史诗《死魂灵》第七章里相关内容的转述。

构成托尔斯泰战争理论——这一理论引起很多争议——的思想在于，每个士兵不是单纯的物质工具，他们的强大主要在于他们的精神。最终整个事件都取决于士兵的这种精神，这种精神既可以陷入恐慌恐惧，也可以升华为英雄主义。统帅要想强大，不仅要控制士兵的行动和动作，还要知道如何管理他们的精神。为此，统帅本身需要在精神上凌驾于所有士兵之上，凌驾于一切偶然性和不幸之上——总之要有力量承担统领全军的命运，必要时要承担统领整个国家的命运。比如博罗季诺战役中衰弱的库图佐夫，他对俄罗斯军队和俄罗斯人民力量的信心显然比每个士兵都高，都坚定；库图佐夫仿佛把他们所有的热情都集中到了自己一个人身上。他对沃尔佐根说的话决定了这场战役的命运："您什么也不知道。敌人被打败了，明天将把他们赶出神圣的俄罗斯大地。"这一刻库图佐夫很显然站在了比所有沃尔佐根们和巴克莱们更高的地方，他与俄罗斯并驾齐驱。

总的来说，对博罗季诺战役的描绘与本身的主题相得益彰。托尔斯泰伯爵甚至从像A.C.诺罗夫这样有偏见的鉴赏家那里赢得了相当多的赞誉。诺罗夫写道："托尔斯泰公爵在第33—35章中完美而忠实地描绘了博罗季诺战役的所有阶段。"[1]（《俄罗斯档案》，1868年第3期，《关于托尔斯泰伯爵的几句解释》）顺便指出，如果博罗季诺战役描绘好了，那就不得不相信这样的艺术家能很好地描绘出其他所有类型的战争事件。

这场战役的描绘力量源于所有过去的故事，它就像一个制高点，之前的一切为理解它做好了准备。当我们理解这场战役的时候，我们已经知道了各种的英勇、各种的懦弱，知道了从统帅到最后一名士兵——所有军队成员表现如何或可能如何表现。这就是为什么作者在描写这场战役时如此言简意赅；在申格拉本战役中被详细描述的图申上尉在这里不是一个人，

---

[1] 前公共教育部长、博罗季诺战役的参与者A.C.诺罗夫在他的文章《从历史的角度和当代人的回忆看〈战争与和平〉》（军事论文集，1868年，第11期）中以反动的立场激烈批评了托尔斯泰伯爵的这部史诗。

这里有成千上万个这样的图申在战斗。在几个场景中——在别祖霍夫所在的山丘上，在安德烈公爵的团里，在包扎站里——我们感受到了每个士兵精神力量的全部张力，理解了这群可怕的人所具有的团结一致、不可动摇的精神。在我们看来，库图佐夫就像被一根无形的线牢牢地系在每个士兵的心上。几乎没有任何一场战役能与之媲美，也几乎没有任何一场战役能用其他语言讲述。

因此，英雄的生活以最崇高的表现、以自己最真实的形式得以描绘。战争如何发生，历史如何运行——这些问题，深深地困扰着艺术家，但他用娴熟的技巧和洞察力解答了这些问题，这一切无与伦比。不禁让人想起作者对历史理解的解释。（《俄罗斯档案》，1868年第3期，《关于托尔斯泰伯爵的几句解释》）带着幼稚，公正地说是天才般的幼稚，他几乎直接断言：历史学家由于他的研究方法和研究性质，只能以一种虚假和反常的方式来描绘事件，只有艺术家才能了解事件的真正意义和真相。所以呢？并不是说托尔斯泰伯爵有很大权力如此大胆地对待历史。与《战争与和平》这幅活生生的图画相比，所有关于1812年的历史描述实际上都是某种谎言。毫无疑问，在这部作品中，我们的艺术远远高于我们的历史学科，因此，也有权教导历史学科来理解事件。因此，普希金曾想通过《戈留欣诺村的历史》揭露卡拉姆津《俄罗斯国家史》第一卷的虚假特征、虚假基调和虚假精神。

但是英雄的生活并没有穷尽作者的任务。他的主题显然要广泛得多。指导他描绘英雄现象时的主要思想在于展现他们人性的基础，在英雄身上展现出人的一面。当安德烈公爵和斯佩兰斯基相识的时候，作者指出："如果斯佩兰斯基的出身和安德烈公爵一样，教养和道德观念也一样，那么博尔孔斯基就会很快发现他的弱点，发现一般人常有的非英雄的一面，可是现在这个头脑清晰令他惊异的人，正因为不为他全然了解，更加使他肃然起敬。"（第三卷，第22页）博尔孔斯基在这种情况下做不到的事情，艺术家却能以最娴熟的技巧了解：他向我们揭示了他们人性的一面。因此，他整个故事具备的不是英雄主义的而是人性化的特点；不是有关功勋和伟大事件的历史，而是参与其中的人的历史。因此，作者更广泛的主题就是人。显然，作者对人的兴趣，和他们在社会中的地位，和发生在他们身上的大小事件无关。

让我们来看一看托尔斯泰伯爵是怎样描述人的。

三

《战争与和平》以我们文学中前所未有的真实描绘了人类的心灵。我们看到的不是抽象的生活，而是地点、时间、环境完全确定的生命。比如，我们看到托尔斯泰伯爵作品中的人物是如何成长的：在第一卷中带着洋娃娃跑进客厅的娜塔莎，在第四卷中去了教堂的娜塔莎，——这其实是同一个人在两个不同的年龄段——女孩和姑娘，而不是两种年龄归属于同一个人（其他作家常常这样做）。作者为我们展示了在这种情况下这种发展的所有过渡阶段。准确地说——在我们面前，尼古拉·罗斯托夫成长了，彼得·别祖霍夫从年轻人变成了莫斯科的老爷，老博尔孔斯基衰老了，诸如此类。

列·尼·托尔斯泰笔下人物的心灵特征是如此清晰，烙印着如此鲜明的个性，以至于我们可以追寻到那些有血缘关系的心灵亲缘相似性。老博尔孔斯基和安德烈公爵显然具有相同的天性，只是一个年轻，一个年老。罗斯托夫家族的成员尽管千差万别，却呈现出令人惊奇的共同点——达到了可以感觉到但无法表达的程度。比如，人们会觉得薇拉是真正罗斯托夫家的人，而索尼娅显然有着不同根源的心灵。

关于外国人没有什么可说的。回忆一下德国人：马克将军，普法尔将军，阿道夫·贝格将军，以及法国女人布里安小姐，拿破仑本人等等。作者抓住了民族心理上的差别并保留了细节。至于俄罗斯人，我们不仅可以分辨出他们中的每一个人都是完全的俄罗斯人，而且还可以分辨出他们所属的阶层和地位。在两个小场景中出现的斯佩兰斯基从头到脚都是个师范学校的学生，他的心灵特点被清晰地表现出来，不带任何夸张。

在这些具有明确特征的心灵中发生的一切——每一种感觉，激情和兴奋——都具有完全的确定性，以如此的真实被表达出来。没有什么比对抽象地表达感觉和激情更常见的了。人物通常被赋予某种心灵情绪——爱，虚荣，复仇的渴望，——故事被叙述得好像这种情绪常常存在于人物心灵之中。

托尔斯泰则不然。在他那里，每一种印象、每一种感觉都因其心灵的各种能力和愿望中找到的各种回响而复杂。如果将心灵想象成一件有许多不同琴弦的乐器，那么可以说作者在描绘心灵的某种震动时，都不会停留在单根弦的主音上，而是捕捉了所有的声音，甚至是最微弱、几乎听不到的声音。比如，回想一下对娜塔莎的描写，其中的精神生活具有如此的张力和完整性；在这个心灵中一切都同时展现了出来：自尊心，对未婚夫的爱，喜悦，对生活的渴望，对故乡深深的依恋等等。回想一下安德烈公爵，当他站在冒烟的手榴弹下的时候：

"'难道这就是死吗？'安德烈公爵一面想，一面用完全新的、羡慕的眼光看青草，看苦艾，看那从旋转着的黑球冒出的一缕袅袅上升的青烟。'我不能死，不愿意死，我爱生活，爱这青草，爱大地，爱空气……'他这样想着，同时想到人们都在望着他。"（第四卷，第323页）

接下来，不管支配人的是哪一种感情，在托尔斯泰伯爵的笔下都有着一切的变化和波动，它不是一种恒定的价值，而只是某种感情的能力，就像不断燃烧的火花一样，随时准备迸发出耀眼的火焰，但往往又被其他感情所淹没。比如，请记住安德烈公爵对库拉金怀有的愤怒之情，以及他对玛丽亚公爵小姐情感中奇怪的矛盾和变化，包含着虔诚、爱怜及对父亲无限的爱诸如此类。

作者这样做的目的是什么呢？是什么样的思想支配着他呢？描写人类心灵的依赖性和易变性，描写人类心灵从属于自身的特殊性和周围的暂时环境，这好像是在贬低精神生活，好像是在剥夺它的整体性，剥夺它永久的、本质的意义。人类情感和欲望的不可靠性、贫乏、空虚——这很明显是作者的主题。

但即使在这里，如果我们只是停留在艺术家以非凡力量展示出的现实意图上，却遗忘了这些意图产生之根源，那我们就大错特错了。现实性在描绘人类心灵方面不可或缺，为了虽然微弱但是真实存在的理想变得更清晰、真实和确凿地展现在我们面前。在这些被欲望和外部事件激发和压抑的心灵中，鲜明地烙印着他们不可磨灭的特征，艺术家能够捕捉到每一个特征，每一丝真正心灵之美的痕迹——真正的人类尊严。因此，如果我们试图为托尔斯泰伯爵的作品问题给出一个新的、更宽泛的公式，我们似乎应该这样表述。

什么是人类的尊严？应该如何理解人类的生活——从最强大、最辉煌到最弱小、最微不足道——而不忽略其本质特征，即每个人的心灵呢？

对于这个问题，我们可以从作者那里找到答案。在博罗季诺战役中拿破仑的参与有多么微不足道，那么每一个战士以自己的心灵参与这场战役就有多么肯定。作者指出：＂人的尊严告诉我，我们每一个人纵然不比伟大的拿破仑强，无论如何不会比他差。＂（第四卷，第282页）

因此，描绘每个人都不比别人逊色的一面，描绘普通士兵可与拿破仑相提并论，描绘一个资质有限而迟钝的人可与最聪明的人相提并论，总之，描绘出那个必须体现人的价值并必须为我们所珍视的东西，这就是艺术家的远大目标。为此，他把伟大的人物、伟大的事件搬上了舞台，而在他们旁边，则是士官生罗斯托夫的冒险、上流社会的沙龙以及他的叔叔们、拿破仑和看门人费拉蓬托夫的生活。为此，他向我们讲述了淳朴、软弱的人们的家庭生活场景和聪明、强大的天性的强烈激情，描绘了高尚和慷慨的冲动以及人性最深处的弱点。

人类的尊严被我们拒之门外，或者是由于他们的各种缺点，或者是我们过于看重其他品质，因而以智力、力量、美貌等来衡量人。诗人教导我们看破这些表象。还有什么能比尼古拉·罗斯托夫和玛丽亚公爵小姐形象更简单，更平凡，更温顺呢？他们没有什么闪光点，什么也不会做，和那些底层最普通的人相比没什么突出的特点。然而，这些没有挣扎地沿着最简单生活道路前进的朴素生命显然是美的生命。艺术家设法让这两个看起来如此渺小，但实际上在心灵美上毫不逊色的人物产生了难以抗拒的共鸣，这是《战争与和平》最精湛的地方之一。尼古拉·罗斯托夫显然是一个智力非常有限的人，但正如作者在一处所言，"他有正常的理智，这让他看到了应有的东西"。（第三卷，第113页）

的确，尼古拉做了很多蠢事，不太理解人物和环境，但他总能明白什么是必须的；这种无价的智慧在一切情况下都能保护他淳朴热忱的天性。

谈谈玛丽亚公爵小姐吗？尽管她有种种弱点，但这一形象却达到了近乎天使般的纯洁和温顺，有时似乎被圣洁的光芒所包围。

在这里，我们不由自主地被一幅可怕的景象所吸引——老博尔孔斯基和他女儿的关系。如果说尼古拉·罗斯托夫和玛丽亚公爵小姐显然是值得同情的人，那么就不可能原谅这位给女儿带来许多痛苦的老人。艺术家笔下的所有人物中，似乎没有一个更值得愤慨。与此同时，结果又如何呢？作者以高超的技巧向我们描绘了人类最可怕的弱点之一——无论思想还是意志都无法克服——而且最能引起真诚的悔恨。事实上，老人爱他的女儿爱到了极致，没有她，他简直活不下去；但是，这种爱却被他扭曲成了对自己和心爱之人施加痛苦的欲望。他好像在不停地拉扯着他和女儿之间牢不可破的纽带，他在这种纽带的感觉中找到了病态的快感。托尔斯泰以无与伦比的真实捕捉到了这些奇特关系的所有影子，而结尾处，当老人被病痛折磨得濒临死亡时,他终于对女儿表达了全部的柔情,给人留下了深刻的印象。

最强烈、最纯洁的感情也可能被歪曲到这种程度!人们会因为自己的过错给自己带来多大的痛苦!不能想象一幅画面比这更清楚地证明人有时多么无法控制住自己。威严的老博尔孔斯基对儿女的态度以忌妒和扭曲的爱为基础,构成了家庭中经常滋生邪恶的典范,这向我们证明,最神圣和最自然的感情也会变得最疯狂最狂野。

然而这些感情才是事情的根本,不能因为它们的反常而使我们忽略它们纯洁的起源。在大动荡时它们真正的、深刻的本质常常会完全外露出来。于是,对女儿的爱支配了临终的博尔孔斯基的一切。

伟大的大师托尔斯泰伯爵就是要让人看到在激情的表演之下、在所有形式的自私自利和兽性的欲望之下,人心里隐藏着什么。彼得·别祖霍夫和娜塔莎·罗斯托夫这些人的迷恋和奇遇非常可怜,非常不合理,不成体统。但是读者看到在这一切的背后,这些人有金子般的心,而且毫不怀疑在需要自我牺牲的地方,在需要无私地同情善和美的地方,都可以在这些人的心中找到充分的回应、完全的准备。这两个人的心灵之美令人吃惊。皮埃尔——长不大的孩子,有着庞大的身形和可怕的感性,就像一个不切实际、不讲道理的小孩,在他身上融合了儿童般的纯洁和温柔的心灵,以及天真而高尚的头脑。对这样的性格而言,所有卑鄙的东西不仅是陌生的,甚至是不可理喻的。这个人就像孩子一样,什么也不怕,也不知道何谓邪恶。娜塔莎是一位极富天才的姑娘,她的精神生活如此丰富,以至于(正如别祖霍夫所说)她不够聪明,也就是说她既没有时间,也没意愿将这种生活转变为抽象的思想形式。生命的巨大充实感(正如作者所说,这种充实感有时会使她进入一种陶醉的状态)使她陷入了一个可怕的错误,陷入了对库拉金的疯狂激情之中——这个错误后来通过沉痛的苦难才得以弥补。皮埃尔和娜塔莎就是这样的人,他们的本性决定了他们在生活中必须承受错误和失望。与他们形成鲜明对比的是，作者笔下出现了一对幸福的夫妇——薇拉·罗斯托娃和阿道夫·伯格，不犯一切错误，也没有失望，生活得相当自在。不得不惊叹于作家的分寸感，他在揭示这些心灵的卑鄙和渺小时，从未满足于嘲笑或愤怒的诱惑。这就是真正的现实主义，真正的真实。这种真实性存在于对库拉金一家、艾伦娜和阿纳托利的描写中；这些无情无义的人被毫不留情地揭露出来，作者却丝毫没有鞭笞他们的愿望。

在作者用来照亮自己图景的平和的、清晰的、遥远的世界中出现了什么呢？我们面前没有任何传统意义上的恶棍和英雄；人类心灵存在于非常丰富多彩的形式中，软弱无力，屈从于热情和环境，但事实上，大多数人被纯洁而善良的愿望所指引。在形形色色的人物和事件中，我们感受到了某些坚定不变因素的存在，生活以此为基础。家庭的责任人人皆知；善恶观念清晰而持久。在以最真实的笔触描绘了社会上层的虚假生活和围绕在高官显贵周围的各种参谋部之后，作者将其与两个强大而真实的生活领域——家庭生活和真正的军事生活，即军队生活——进行了对比。博尔孔斯基和罗斯托夫这两个家庭向我们展示了一种以明确的、不容置疑的原则为指导的生活，在遵守这些原则的过程中，这些家庭成员履行了自己的职责，获得了荣誉、尊严和安慰。军队生活也正是这样（托尔斯泰伯爵在某处把军队生活比作天堂）向我们展示了一种完全确定的责任和尊严观念；因此，头脑简单的尼古拉·罗斯托夫有一次甚至宁愿留在团里，也不愿回到他的家庭，因为在那里他还不太清楚自己应该怎样做。

总之，1812年的俄罗斯就以一大群人的巨大而清晰的特点向我们展现出来，这群人知道自己的人类尊严需要他们做什么，知道对自己、对他人、对祖国应该做什么。托尔斯泰伯爵的整个故事描绘了这种责任感与生活中的激情和偶然性所进行的各种斗争，也描绘了这个俄罗斯最忠诚可靠、人口最多的阶层与上层、虚伪和破产阶层所进行的斗争。一八一二年是这样一个时刻：底层民众占据上风，以自身的坚定抵挡住了拿破仑的进攻。所有这些在安德烈公爵的行动和思想中一览无遗：他从参谋部进入了团里，和皮埃尔在博罗季诺战役前一夜交谈时，不停地回忆起被夺去生命的父亲。类似于安德烈公爵的那种感情在当时拯救了俄罗斯。"法国人毁掉我的家园，现在又在毁掉莫斯科，他们每分钟都在侮辱我，现在还在侮辱我。他们是我的敌人，在我看来，他们全是罪犯。"（第四卷，第267页）

正如作者所说，在听了这些及类似的话之后，皮埃尔"理解了这场战争和即将到来的战斗的全部意义"。

从俄罗斯方面来说，战争是防御性的，因此，具有神圣的、民族性的特点；而从法国方面来说，它是进攻性的，即暴力的、非正义的。在博罗季诺战役中，所有其他的态度和想法都淡化了，消失了；两个民族互相对立——一个进攻，一个防御。因此，这两种思想的力量被十分清晰地揭示出来，这一次它们支配了这两个民族，使他们陷入了互相对立的处境中。法国人是作为世界主义思想的代表出现，他们能以普遍原则的名义诉诸暴力，谋杀人民；俄罗斯人是民族思想的代表，他们以爱守护着心灵和独特的制度、有机形成的生活。民族性的问题在博罗季诺的战场上被提了出来，俄罗斯人在这里第一次为了民族的利益解决了这个问题。

因此可以理解的是，拿破仑没有也不可能理解博罗季诺战场上发生的一切；可以理解的是，当他看到突如其来的未知力量向他袭来时，他感到困惑和恐惧。然而，因为情况显然非常简单和清楚，可以理解的是作者认为自己有资格对拿破仑说以下的话：

"不止那一刻，也不止那一天，这个比其他任何人都更沉重地负起眼前这副重担的人，他的智力和良心蒙上一层阴影；但是，他永远，直到生命的终结，都不能理解真、善、美，不能理解他的行为的意义，因为他的行为太违反真和善，与一切合乎人性的东西离得太远，所以他无法理解它

们的意义。他不能摒弃他那誉满半个地球的行为，所以他要摒弃真和善以及一切人性的东西。"（第四卷，第330—331页）

因此，这就是最终结论之一：在拿破仑——这个英雄中的英雄身上，作者看到了一个完全丧失了真正人类尊严的人，——一个心灵和理智错乱所征服的人。证据显而易见。正如巴克莱·德·托利因为不清楚博罗季诺战役的情况而名誉大受影响一样，正如库图佐夫因非常清楚地了解在那场战役中所做的事情而被推崇得无以复加一样，拿破仑也因不了解我们在博罗季诺所做的这种神圣而简单的行动而永远受到谴责，而我们的每一个士兵都了解这一行动。拿破仑没有意识到，在这一掷地有声的行动中，真理是站在我们这一边的。欧洲想扼杀俄国，它骄傲地梦想着自己的行为是完美而公正的。

因此，在拿破仑这个人物身上，作者似乎想向我们展现人类心灵的盲目，想要展现英雄主义的生活可能与真正的人类尊严背道而驰。较之于其他伟大人物，善良、真理和美好可能更容易为普通的小人物所接受。诗人将普通人和普通生活置于英雄主义之上——无论是就尊严还是力量方面；因为像尼古拉·罗斯托夫、季莫欣和图申那样心地淳朴的俄罗斯人战胜了拿破仑和他伟大的军队。

四

到目前为止，我们说得好像作者有着十分确定的目标和任务，似乎他想证明或澄清众所周知的思想和抽象的立场。但这仅是一种大概的表达方法。我们这样说只是为了清晰，为了突出言语；我们故意赋予事情粗糙、尖锐的形式，以便它们更生动更吸引人。实际上，艺术家并不像我们所认为的那样只是被一些简单的因素所引导；他创造的力量更广泛更深刻，深入了现象的最深处、最高的意义。

因此，我们可以就《战争与和平》的目的和意义再给出一些说法。真理是每一部真正艺术作品的精髓，因此，无论从何种哲学高度来思考人生，我们都能在《战争与和平》中找到思考的支撑点。关于托尔斯泰伯爵的历史理论谈论得已经很多了。尽管他的某些表述有些过于夸张，但即便是想法各异的人们都认同，托尔斯泰伯爵的观点即使不完全正确，也离真理只有一步之遥。

譬如，可以概括并表述这一理论：历史生活，以及人类的一切生活，都不是由理智和意志控制的，也就是说，不是由思想和达到明确意识形式的欲望支配的，而是由某种更黑暗、更强大的东西，即所谓人之本性支配的。生活的源泉（个体或整个民族）要比看似支配着人有意识的意愿和有意识的思考更深沉、更强大。托尔斯泰伯爵作品中处处体现了这种对生活的信念，即认识到生活背后有比我们的头脑所能把握的更大意义；可以说，整部作品都是根据这一思想写成的。

举个小例子。在去奥特拉德诺耶后，安德烈公爵决定从乡村去彼得堡。"每分钟他都能想出许多非去彼得堡（甚至从军）不可的合情合理的论据。正如一个月以前，他不理解他怎么会有离开乡村的想法一样，他现在甚至不理解他从前对积极投入生活怎么会产生怀疑。他似乎明白了，如果他不把他的人生经验运用到实际中去，不再度积极投入生活，他的全部经验就白白浪费了，就毫无意义了。他甚至不明白，为什么以前根据如此不足的理由，就认为如果在有了生活的教训之后，又相信自己有用，相信可以得到幸福和爱情，那就未免把自己贬低了。"（第三卷，第10页）

在托尔斯泰笔下所有的其他人物身上，理性也扮演了同样的附属角色。拿破仑追求那些注定会毁灭他的东西，他使我们的军队和政府陷入混乱，这倒拯救了俄国，因为它把拿破仑引诱到了莫斯科，使我们的爱国主义更为成熟，使库图佐夫的被任命成为一种必然，总体上改变了整个事态的进程。支配事态发展的真实而深邃的力量超越了一切算计。

因此，生活的隐秘深处就是《战争与和平》的思想。

但我们也可以根据同样的权力把其他一些对现象高明的观察归结到这部作品中来。例如可以说，作者升华到的最高观点是世界的宗教观。安德烈公爵和他的父亲一样是个不信教的人，当他经历了人生的种种沧桑和痛苦，身负重伤的他看到自己的敌人安纳托利——库拉金时，他突然感到眼前出现了一种新的人生观。

"对弟兄们，对爱他人的人的同情和爱，对恨我们的人的爱，对敌人的爱，——是的，这就是上帝在人间传播的，玛丽亚公爵小姐教给我而我过去不懂的那种爱；这就是为什么我舍不得离开人世，这就是我剩下来的唯一的东西，如果我还活着的话。"

不仅是安德烈公爵，《战争与和平》中的许多人物都在不同程度上发现了这种对生活的高度理解。例如，长期受苦又怀着满腔热爱的玛丽亚公爵小姐、被妻子背叛后的皮埃尔、背叛未婚夫的娜塔莎等等。诗人以惊人的清晰度和力度揭示出宗教观是饱受生活折磨的灵魂的永恒避难所，是受生活变幻影响的思想的唯一支撑点。心灵摒弃世俗，凌驾于俗世之上，发现了一种新的美——宽恕与爱。

作者在某处括号中指出，天资平庸者喜欢谈论"在我们时代，在我们时代，他们认为已经发现并且能够评价我们时代的特点，认为人的禀性随着时代在起着变化"。（第三卷，第85页）托尔斯泰伯爵显然摒弃了这种粗糙的谬论，在上述内容的基础上，我们似乎完全有权说在《战争与和平》中他处处忠实于人类心灵不变的永恒特性。在人物身上，他看到了人性的一面：在特定的时代、特定的圈子和教育背景下他首先看到的是一个人；在由时代和环境决定的人物行为中，作家看到了不变的人性法则。可以认为，这部令人惊异的作品将艺术的现实主义和艺术的理想主义、历史的真实性和心理的正确性、鲜明的民族性和全人类的普遍性结合在一起，由此变得老少皆宜、引人入胜。

这是关于《战争与和平》的一些总体观点。但所有这些定义还不能说明托尔斯泰伯爵的作品个性，即它的特殊性，这种特殊性使作品超越一般意义赋予我们文学一定的意义。这种特殊性的描述只能通过说明《战争与和平》在我们文学中的地位，解释这部作品与我们文学的总体进程的关系来完成。要说明《战争与和平》的个性，就必须揭示《战争与和平》在我国文学中的地位，说明这部作品与我国文学的总体进程和作者才华发展史之间的联系。我们将在下一篇文章中做一尝试。

战争与和平
托尔斯泰伯爵文集
第一、二、三、四卷
第二版，莫斯科，1868
第二篇和最后一篇文章

现在恐怕不能对《战争与和平》做出最终的评价。这部作品的意义得在很多年之后才能完全得以揭晓。我们这样说并不是要特别赞扬这部作品，也不是为了过高评价它，事实的命运总体上便是如此，离我们太近，以至于我们对它们意义之理解既薄弱又糟糕。当然，这种误解是最令人遗憾的，而当涉及重要现象时，这种误解的根源就会暴露得淋漓尽致。伟大而美好的事物常常在我们眼前掠过，但我们却因为自身的渺小，不相信也没有注意到，我们被赋予了成为伟大而美好事物的见证人和目击者的使命。我们根据自己来评价一切，匆忙地、草率地、漫不经心地对一切当代事物进行评价，好像我们能胜任一切，好像我们完全有权随随便便地看待它们。我们最喜欢的甚至不只是评价，而是指责，因为这会让我们毫无疑问地证明精神上的优越性。因此，对于最深刻、最光辉的现象，我们的回应都是漠不关心或傲慢无礼的，这些回应大胆得令人惊叹，而说出这些回应的人却从未怀疑这一点。如果我们清醒过来，最终明白我们敢于评判什么，天真地将自己和巨人相提并论，那就再好不过了。大多数情况下，这些都不会发生，人们会像果戈理的那位科长那样固执己见。果戈理在他手下工作了几个月，后者终其一生都不相信他的下属成为了伟大的作家。

对于现在来说，我们是盲目的、目光短浅的。虽然艺术作品，直接被规定要为了观察并运用所有方法，用它们可以获得印象的清晰性（很显然，艺术作品应当比其他现象更受我们关注），但它们没有摆脱普遍的命运。果戈理的评判不断地应验："人就是这样的稀奇古怪，让你捉摸不透。他不相信上帝，却相信鼻梁发痒是死亡的预兆。他对诗人的创作不屑一顾，尽管它明朗得有如日光，充满着和谐、崇高的智慧并且简洁朴实，却偏喜欢一个无耻之徒的哗众取宠瞎编乱造的东西，并且爱不释手，大声赞叹说：'瞧，这才真正揭示了心灵的奥秘！'"[1]

然而，不能珍惜当下和我们身边的事物还有更深一层的原因。只要人还在发展，还在努力向前，他就无法正确地珍惜他所拥有的一切。因此，一个孩子不知道童年的魅力，一个年轻人不了解自己内心现象的美丽和新鲜。只有到了后来，当这一切都过去了，我们才开始意识到我们曾拥有过多大的幸福；但那时我们发现这些幸福是无价的，因为要追回它们，失而复得已不可能。过去的、不可复制的变得独一无二、不可替代，因此，它的所有美德都清晰地展现在我们面前，不被任何东西掩盖，既没有被对现在的担忧所掩盖，也没有被对未来的梦想所掩盖。

因此可以理解，为什么进入历史领域，一切都会变得更加清晰明确。随着时间的推移，《战争与和平》的意义将不再是一个问题，这部作品将在我们的文学作品中占据无可替代的独特地位，而同时代的人们却很难看清楚。如果我们现在想对这一地位有所了解，除了搞清楚《战争与和平》与整个俄罗斯文学的历史联系之外，别无他法。如果我们能找到鲜活的线

---

[1] 果戈理史诗《死魂灵》第十章。

索，将这一现代现象与那些对我们来说意义已经变得更加清晰和明确的现象联系起来，那么它的意义、重要性和特殊性对我们来说就会变得更加清晰。在这种情况下，我们判断的支撑点将不再是抽象的概念，而是具有相当明确特征的确凿历史事实。

因此，从历史的观点来看待托尔斯泰伯爵的作品，我们进入了更加清晰明确的领域。话虽如此，我们应当补充说，这只是总体和相对而言的公平。因为事实上，我们的文学史是最模糊、最不为人所知的历史之一，对这段历史的理解——正如人们对我们启蒙运动总体状况所期待的那样——在最大程度上被偏见和错误观点所扭曲和混淆。但随着我们文学的发展，这一运动的意义一定会变得更加清晰，《战争与和平》这样一部重要的作品一定会向我们揭示出我们文学的生命力和内在动力，以及它的主要潮流所向往的地方。

一

俄罗斯文学中有一部经典作品，较之于其他作品而言，《战争与和平》和它相似点更多。这就是普希金的《上尉的女儿》。两部作品在外部形式、故事基调和主题上有相似之处，但最主要的相似之处在于其内在精神。《上尉的女儿》不是历史小说，它并不以小说的形式描绘对我们来说已格格不入的生活和风俗，以及在当时历史中扮演重要角色的人物。普希金笔下的普加乔夫、叶卡捷琳娜等历史人物只是在几个场景中出现，完全像《战争与和平》中的库图佐夫、拿破仑等等。然而，普希金的主要注意力却集中在格里涅夫夫妇和米罗诺夫夫妇的私人生活事件上，而对历史事件的描述也仅限于这些普通人的生活。事实上，《上尉的女儿》是一部格里涅夫的家族纪事；它是普希金早在《叶甫盖尼·奥涅金》第三章里就梦想过的那种故事——描写了"俄罗斯家庭传奇"。

后来我们出现了不少的类似的故事，其中最重要的是 C.T.阿克萨科夫的《家庭纪事》。批评家们指出这部纪事和普希金作品的相似之处。霍米亚科夫说道："普希金小说尤其是果戈理（C.T.阿克萨科夫与之交好）小说形式的简单，对他也起了作用。"（霍米亚科夫著作，第 1 卷，第 665 页）

我们看一下《战争与和平》，就会发现这部作品也是一部家族纪事。这部作品是两个家族的故事：罗斯托夫家族和博尔孔斯基家族。它是一部回忆录，叙述了这两个家庭生活中所有最重要的事件，以及当代历史事件对他们生活的影响。与简单的纪事唯一不同的是，叙事被赋予了一种更生动、更如诗如画的形式，艺术家可以通过这种形式更好地实现自己的想法。这里没有简单的故事，一切都是场景，色彩清晰明了。因此，故事表面上是支离破碎的，实际上却非常连贯；因此，艺术家不得不将自己的创作局限于他所描述的几年生活，而不是从一个或另一个人物的出生开始逐步讲述。但是，即使是在这个——为了更清晰的艺术效果——故事中，博尔孔斯基家族和罗斯托夫家族的所有"家族传奇"不都浮现在读者眼前吗？

因此根据比较，我们最终找到了《战争与和平》所属的那种文学作品类型。总体上来说它不是小说，不是历史小说，也不是历史纪事，而是家族纪事。如果我们再补充一句，在这种情况下，我们必然指的是小说作品，那么我们的定义就已经准备好了。这种奇特的类型在其他的文学中是没有的，普希金长期以来一直在思考并最终实现了这一想法。正如它的名字所示，它有两个特点。首先，它是一部纪事，即一个简单、朴实的故事，没有任何情节的发端或复杂的冒险，没有外部的统一和联系。这种形式显然比小说更简单——更接近现实，更接近真理：它希望被当作一个真实故事，而非一种简单的可能性。其次，它是一个家庭故事，即读者的注意力不应集中在某个人物的冒险经历上，而应集中在对整个家庭都具有某种重要意义的事件上。对于艺术家来说，他所书写的这个家庭所有成员都同样宝贵，同样是英雄。作品的重心始终是家庭关系，而不是其他。《上尉的女儿》讲述的是彼得·格里涅夫与米罗诺夫上尉的女儿结婚的故事。新郎新娘的所有历险都与他们的感情变化无关，他们的感情变化从一开始就简单明了。不是情感障碍，而是婚姻障碍，构成了意外的困难，阻碍了简单的结局。因此，这一故事很自然就多姿多彩；其中没有浪漫的线索。

我们不得不对普希金在这部作品中表现出来的天才感到惊讶。《上尉的女儿》有着瓦尔特·司各特小说的全部外部形式：引言、章节划分等（《俄罗斯国家史》的外在形式来自休谟）。但普希金虽然想到了模仿，却写出了极具独创性的作品。比如说普加乔夫以惊人的谨慎被搬上舞台，而这种谨慎只有在托尔斯泰伯爵那里才能找到，他把亚历山大一世、斯佩兰斯基等人展现在我们面前。很明显，普希金认为，如果稍有偏离严格的历史真相，文学创作就会成为轻浮的、不体面的事业。正因如此，两位相爱者的浪漫故事在他那里被简化，一切的浪漫主义因素都消失了。

因此，尽管他认为有必要将情节建立在爱情的基础上，并将历史人物引入这一情节中，但由于他坚定不移的诗学真实性，他为我们写的不是一部历史小说，而是一部格里涅夫家庭纪事。

但如果我们不深入了解《战争与和平》和《上尉的女儿》这两部作品的内在精神，不展示普希金艺术活动的重大转折，即导致他创作我们的第一部家庭编年史的转折，我们就无法展示这两部作品之间的所有深刻相似之处。如果我们不了解这一在托尔斯泰那里得到反映和发展的转折，我们就无法理解《战争与和平》的全部意义。与我们所比较的两部作品的精神相似性相比，外在的相似性毫无意义。在这里，一如既往，普希金似乎是我们独创文学的真正创始人——他的天才理解并结合了我们创造的所有愿望。

二

因此,《上尉的女儿》到底是什么呢？众所周知，这是我们文学中最珍贵的财富之一。这部作品简洁纯净，通俗易懂，老少皆宜。俄罗斯孩子们通过《上尉的女儿》（就像在阿克萨科夫的《家庭纪事》）来培养自己的才智和情感，因为老师们在没有不相干指导的情况下会发现在我们的文学中没有一部书比它更通俗易懂，更有趣，同时内容上又严肃而富于创造性。《上尉的女儿》到底是什么？

我们还无权独立解答这个问题。我们有文学，也有批评。我们希望表明我们的文学存在着持续的发展，所有那些主要的天才都以不同程度和不同形式在文学中展现出来；我们将托尔斯泰的世界观和普希金诗歌活动的一个方面联系起来。同样，我们有义务有希望将我们的评价和我们批评已表达的观点联系起来。如果我们有批评，那么它不能不珍惜我们艺术中这始于普希金并持续到现在（大概 40 年）的重要流派，这一流派最终产生了像《战争与和平》这样伟大的作品。在类似规模的事实上，批评的洞察力和理解的深度可以得到最好的检验。

关于普希金我们已经写很多了，但在所有这些内容当中，两部作品非常突出。众所周知，我们有两部关于普希金的作品：一部是别林斯基作品集第八卷，里面有十篇关于普希金的文章（1843—1846）；另一部是安年科夫的《普希金传记材料》，其中第一卷是普希金的作品集（1855）。这两部作品都非常出色。别林斯基第一次在我们文学中对普希金作品的艺术成就做出了清晰的、确定的评价（德国人瓦尔哈根·冯·恩泽描绘了诗人受人尊敬的形象）。别林斯基清楚地知道这些作品的伟大价值，并准确指出其中哪些差一些，哪些好一些，哪些达到了很高的高度，按批评家的话说就是穷尽了所有的惊奇。别林斯基对普希金作品艺术价值的评判至今依然正确，证明了我们批评家审美品味的惊人敏锐性。众所周知，那个时候我们的文学界并不理解普希金的伟大意义；荣耀属于别林斯基，他坚定而自觉地支持他的伟大，尽管他并不了解这种伟大的全部尺度。同时，理解莱蒙托夫和果戈理的伟大的荣耀也属于别林斯基，要知道莱蒙托夫和果戈理也曾被当时的文学评判者以势利的方式对待。但是美学的评价是一回事，而作家对社会生活、他的道德和民族思想的意义评价是另一回事。在这方面，别林斯基关于普希金的书除了许多真实而美好的思想之外，还包含许多错误的、模糊的观点——比如说第九篇，关于塔季扬娜的文章。尽管如此，这些文章还是对普希金的作品进行了完整的、审美意义上的极其真实的评述。

另一本书，安年科夫的《普希金传记材料》包含了与诗人传记紧密相关的同样的评述。此书原创性不如别林斯基那本，但是更加成熟，以极大的细心和对事业的热爱编撰而成，这本书为那些想要研究普希金的人提供了更多的素材。该书文笔精湛；仿佛普希金的精神降临到传记作者身上，使他的言辞质朴、简洁、准确。此书内容异常丰富，没有任何的高谈阔论。至于对诗人作品的评判，传记作者以诗人生平为指导，密切关注他周围的环境和他身上发生的变化，作出了宝贵的说明，并以对情况的深刻理解，非常忠实地描绘了普希金的创作活动史。书中没有错误的观点，因为作者没有偏离他如此喜爱和理解的目标：只有不完整的地方，这与本书谦虚的基调和过于谦虚的书名十分吻合。

我们自然会从这类书籍中找到关于《上尉的女儿》的答案。答案到底是什么呢？在这两本书中，只有寥寥几行不经意的文字介绍了这部令人惊叹的作品。不仅如此，对于与《上尉的女儿》相邻的普希金整个系列作品（如：《别尔金小说集》《戈留欣诺村的历史》《杜布罗夫斯基》），两位批评家的回答要么是不赞同，要么是漠不关心、一带而过地赞美。因此，普希金发展中以创作《上尉的女儿》为终结的这整整一个方面被忽视了，被看作不重要甚至配不上普希金的名字。这两位批评家都忽略了对我国文学的整个进程产生根本影响,并最终反映在像《战争与和平》这样作品中的东西。

这一事实非常了不起,只能用我们批评的内部历史来解释。我们完全可以理解,要理解普希金这样一位多才多艺、思想深邃的诗人,需要花费很长的时间,而且在这一领域付出辛劳的不止一个人,还有很多人要付出更多的辛劳。首先,我们必须了解普希金最容易被理解,也最符合我们教育大方向的一面。在普希金之前,在他那个时代,我们就已经了解了欧洲诗人——席勒、拜伦等人;普希金是他们的对手、竞争者;所以我们看他,用我们熟悉的尺度衡量他的优点,将他的作品与西方诗人的作品进行比较。别林斯基和安年科夫都是西欧派,因此他们只能很好地感受到普希金的全人类之美。在普希金的那些特点中他表现为一位独特的俄罗斯诗人,他的俄罗斯心灵呈现出一种对西方诗歌的反动,但那些特点对于我们的两位批评家来说,一定是不甚了解或根本不了解的。要理解这些特点,还需要出现另一个时代,伴随着不同于西欧派的观点;还需要另一个人,在他的心灵中经历了与普希金作品相似的转折。

三

这个人是阿波隆·亚历山德罗维奇·格里高利耶夫。他是第一个指出普希金诗歌活动重要意义的人,《上尉的女儿》就是普希金诗歌活动的最好成果。格里高利耶夫经常重复并发展有关这一问题以及普希金意义的总体看法,这些看法是1859年首次在《俄罗斯言语》上发表的。那也是这本杂志发行的第一年,当时有三个编辑:Г.А.库舍列夫——别兹博罗德科伯爵,Я.П.波隆斯基,Ап.А.格里高利耶夫。在这之前,格里高利耶夫有两年时间住在国外没有写作,多数是在意大利,大部分时间在对文学艺术进行思考。关于普希金的文章是他在国外长期思考的成果。这些文章有六篇：前两篇题目是关于"对普希金去世后俄罗斯文学的看法"；余下四篇被称为"屠格涅夫及其活动，关于长篇小说〈贵族之家〉"，包括这些观点的发展和对屠格涅夫的补充。（这些文章再版于《阿波隆·格里高利耶夫作品集》第一卷，其中收录了他所有的一般文章。《阿波隆·格里高利耶夫作品集》，第一卷，圣彼得堡，1876，第230—248页）

格里高利耶夫的思想是什么？让我们围绕正在讨论的问题，尽可能讲得清楚一点。格里高利耶夫发现，普希金的活动代表了他与各种理想、各种完全成型的历史典型的精神斗争，这些理想、历史典型令他的天性焦虑不安，备受折磨。这些典型属于外来的、非俄罗斯的生活；这是伪古典主义的感性暗流，模糊的浪漫主义，但也是恰尔德·哈罗德、唐璜这种最拜伦式的典型。这些外来生活形式、其他民族有机体的形式引起了普希金心中的共鸣，在普希金那里找到了创作适当理想的环境与力量。这不是模仿，不是对已知典型的外在模仿；而是对它们真正的吸收和体验。但诗人的天性不可能彻底地屈从于它们。它揭示了格里高利耶夫所谓与典型的斗争，即一方面渴望回应已知的典型，以自己的精神力量成长为它，从而与它竞争；另一方面，一个活生生的独特灵魂无法完全顺从典型，不可抑制地需要批判性地对待典型，甚至在自己身上发现并认识到与典型完全不一致的合理的同情。普希金总是在这种与外来类型的斗争中脱颖而出，成为一个全新的特殊类型。他身上，第一次独立和清晰地标明了我们俄罗斯人的相貌，我们所有社会、道德和艺术同情心的真正尺度，俄罗斯灵魂的完整典型。只有真正生活在其他典型中，但又有力量不屈服于其他典型，并将自己的类型与其他类型相提并论，勇敢地将自己独特生活的欲望和要求合法化的人，才能将这种典型分离出来，并赋予其特征。这就是为什么说普希金是俄罗斯诗歌和文学的创造者，在他身上，我们的典型不仅说出来了，而且还被表现出来了，也就是说，披上了最高级的诗歌外衣，与他所认识的、与他伟大灵魂相呼应的所有伟大诗歌相提并论。普希金的诗歌表达了俄罗斯人可与其他民族理想相比较的理想天性。

　　伴随着权利和要求觉醒的俄罗斯心灵典型可以在普希金的许多作品中找到。其中最重要的一处是奥涅金旅途中提到塔夫里达（简称克里米亚）的段落：

　　"充满想象的神圣的地方"
　　在那里，米特拉达悌因战败自杀，
　　阿特里德同那比拉德吵过架，
　　充满灵感的密茨凯维支歌唱过，
　　在这海岸的岩石中间，
　　他回忆着自己的故乡立陶宛。

　　多么绮丽啊，塔夫里达海岸，
　　当我在黎明时金星的光辉下
　　遥望着你，从那驶近的大船，
　　就像我第一次看见你那样，
　　在喜庆光华中你呈现在我眼前：
　　在蔚蓝、透明的天空映衬下，
　　你巍峨的群山焕发着异彩，
　　花团锦簇的山谷、树木和村寨
　　——铺展在我的面前。
　　而那边，鞑靼人的茅舍罗列成排……
　　我心中又燃起了炽热的火焰！
　　那使人迷乱的万般苦恼
　　又涌上我烈火般燃烧的胸间！
　　可是，缪斯！请把昔日忘掉。

尽管当年我心中怀着多少
热烈情感，可现在已云散烟消：
它们不是消失，就是起了变化……
都平静下来吧，往昔的烦恼！
在那些岁月，我需要的仿佛是
旷野，激浪珍珠般翻腾的地方，
喧闹的大海，嵯峨的巉岩，
高傲的少女，我心中的理想，
无以名状的恼人的痛苦……
现在是另一些梦幻和时光；
如今，我那高高翱翔的
春天的幻想，你们都已安睡，
就是我那诗情洋溢的酒杯
也已掺进了多少白水。

如今我需要的是另一种景象：
我爱的是那砂土的山坡，
小屋门前的两棵花楸树，
一扇小门，哪怕篱笆已残破，
天空中一片片灰色的浮云，
打谷场前面的堆堆草垛，
浓密的垂柳树下的池塘，
雏鸭自由自在地游乐；
如今我喜欢的是三弦琴的乐曲，
醉意朦胧的特列帕克的舞步——
小酒店门前轻松的娱乐。

我现在的理想——要一个主妇，

我现在的愿望——是给我安静，

还有一盘汤，一切由我做主。

前些时候，连绵的阴雨天，

我顺便去看了一下牲口棚……

唉！这些胡话真是毫无诗意，

佛兰德斯美术光怪陆离的产品！

在那青春年华，我竟是这样？

告诉我，巴赫奇萨拉伊泪泉！

难道你那永不休止的淙淙声

在我的脑中引起过这样的意念，

当我来到那华丽空寂的殿堂，

默默地站在你的前面，

构思着我那莎莱玛的形象……"（《叶甫盖尼·奥涅金》，伊萨科夫出版社，第一版，第三卷，第217页）

　　诗人的灵魂深处发生了什么？如果我们在这里找到了某种痛苦的感觉，那我们就大错特错了；每一首诗都充满着振奋与明朗的精神。如果说在这里看到对俄罗斯特性和俄罗斯生活之卑劣的嘲笑，那也完全是错的。或者，也可以对此做出截然相反的解释，将其解释为对他年轻时高尚梦想的抄袭，对那个时代的嘲笑，那时诗人似乎需要无名的苦难，把自己想象成追随着拜伦的莎莱玛，"当时为之疯狂"。（《叶甫盖尼·奥涅金》，伊萨科夫出版社，第一版，第四卷，第44页）

　　问题要复杂得多。显然除了以前的理想之外，诗人还产生了一些新的东西。长期以来，他的想象中有许多神圣的主题；希腊世界中的阿芙洛狄忒、阿特里德、比拉德；与米特拉达忒[1]战斗过的罗马英雄们；异国诗人密茨凯维奇、拜伦的歌曲，唤起了他高傲少女般的理想；还有南方大自然的图画，在婚姻的绚丽中展现在眼前。但与此同时诗人感到，对不同生活、不同自然的热爱已在他心中萌发。这浓密柳荫下的池塘，也许就是他曾经徜徉过的地方：

"为寂寞和诗情所烦恼。"[2]

听着悠扬的诗句，把一群群野鸭惊扰。（《叶甫盖尼·奥涅金》，第四章，第35页）这种简单生活——特列帕克舞曲的跺脚声表达出了它的欢乐——的理想是，一个女主人，一盘汤，一切由我做主。整个世界完全没有诗人想象的那么神圣，然而对于诗人来说，这个世界具有不可抵抗的魅力。格里高利耶夫说："令人震惊的是这种最朴素的情感混合了最异质的情感——愤慨、想在画面上涂上最灰暗色彩的愿望，以及对画面不由自主的爱，对其独特、原始之美的感觉！诗人的这种爆发——对周围环境的平庸和琐碎感到愤慨，但同时又不由自主地意识到，这种平庸对心灵有着不可剥夺的权利，在经历了所有的动荡、所有的紧张、所有徒劳地试图以拜伦式的形式僵化之后，这种平庸作为一种残余留在了心灵中。"（《阿波隆·格里高利耶夫作品集》，第1卷，第249、250页）

在诗人心灵中发生的这个过程，需要区分出三个方面：1）对他随时遇到和给予的所有伟大事物的热切而广泛的同情，对这些伟大事物的所有光明和黑暗面的同情；2）不能完全沉浸于这种同情，在这些另类的形式中变得麻木；因此对它们持批评态度，对它们的主导地位提出抗议；3）对自己的、俄罗斯典型的爱，就像格里高利耶夫说的"对自己根基"的爱。

---

[1] Киприда 即古希腊神话中的阿芙洛狄忒，爱与美之神；阿特里德和比拉德也是希腊神话中的人物。米特拉达忒（约公元前132—前63年），黑海东南岸奴隶制国家国王，曾与罗马发生战争，后兵败自杀。——译注。

[2] 引自普希金小说《叶甫盖尼·奥涅金》第四章。

这位批评家说："当诗人在自我意识成熟的时代，意识到在自身本性之中形成的所有这些完全矛盾的现象时，那么他首先是真实和真诚地把自己、某个时期高加索的俘虏、吉列伊、阿乐哥贬低到伊万·彼得罗维奇·别尔金的形象……"（同上，第251页）

"伊万·彼得罗维奇·别尔金几乎是诗人在创作活动的晚期所喜爱的典型。他以这种典型的口吻和观点叙述了很多好心的故事，其中包括《戈留欣诺村的历史》和格里尼奥夫的家庭纪事，后者是所有现在《家庭纪事》的鼻祖。"（同上，第248页）

普希金的别尔金到底是什么样的人？

"普希金的别尔金是一种朴实的道理，一种健全的情感，温顺而又谦恭，令人震惊地反对我们滥用自身广泛理解和感受能力。"（同上，第252页）"在这一典型中，纯典型的方面被暂时地，而且是否定地、批判性地合法化了。"（同上）

普希金通过对质朴典型的热爱，通过适度理解和感受的能力表达了对夸张的幻想，对迷恋忧郁和辉煌的典型的抗议。普希金用一种诗歌与另一种诗歌做对比，用拜伦与别尔金对比。作为伟大的诗人，他走下高坛，走近周围的贫乏现实，并不由自主地爱上现实，因为后者向他敞开了只存在于现实中的所有诗歌。因此，阿波隆·格里高利耶夫完全可以公正地说：

"文学与周围现实、俄罗斯生活的所有简单关系——既无幽默夸张，亦无悲剧性地理想化——都按照一条直线源于伊万·彼得罗维奇·别尔金的生活观。"

总之，普希金通过创作这一典型完成了伟大的诗歌壮举；因为要理解一个目标，就需要对其采取适当的态度，普希金找到了这种态度来面对这个尚无人知晓的目标，这需要他的全部洞察力和真情实感。不能用别的基调、别的观点来讲述《上尉的女儿》，否则其中一切都将被歪曲变形。我们的俄罗斯典型、我们的精神典型在这里第一次通过诗歌表现出来，但是以如此简单微小的形式出现，以至于需要特殊的基调和语言，普希金不得不改变自己创作的崇高的结构。对于那些不理解这种变化意义的人来说，这好像是诗人的恶作剧，与其天才不相称。但我们现在看到，我们普希金的天才般的观点和完全独特的创作力量由此展现出来了。

四

为了清楚起见，我们应当在这个问题上多花点时间。发现别尔金在普希金创作中的重要性是阿波隆·格里高利耶夫主要的功劳。同时对他来说，这也是他解释普希金之后整个文学内在走向的起点。因此早在1859年，他就看到了我国文学倾向中以下主要因素：

1）"徒劳地为自己强行创造并在心灵中确立他人生活的迷人幻影和理想。"

2）"同样徒劳地与这些理想作斗争，同样徒劳地要完全摆脱这些理想，代之以纯粹消极的、卑微的理想。"

即便在当时，格里高利耶夫还是根据自己的观点给果戈理下定义："果戈理只是我们反感的尺度，是我们合理性的活生生的工具，因而是纯粹否定性的诗人；他无法体现出我们源于血缘、部落、生命的同情心，首先，他是一个小俄罗斯人，其次，他是一个隐居的、病态的苦行僧。"（同上，第240页）。

格里高利耶夫对我国文学的整个总体进程及其基本发展作了如下表述："在普希金那里，即使不是永远，也是在很长一段时间里，我们的整个灵魂进程得以完成，并被概括地勾勒出来——而这一进程的秘密就在他的下一首深情的诗（《重生》）中：

拙劣的画家糊里糊涂
拿起笔在天才的绘画上涂鸦,
在那上面胡乱地作起
他那幅全属非法的图画。

然而随着岁月的流逝,
异己的色彩枯鳞般剥落;
那天才的创作在我们面前
现出从前美妙的本色。

我那些迷误也是这样,
从疲乏不堪的心中消散,
于是那最初纯洁岁月的
幻象又在心灵中浮现。

我们每个人和我们的社会生活都在经历这一过程,而且这一过程仍在继续。谁若没有看到典型的、本土的、民族的强大的发展——就等于被自然剥夺了眼光和鉴别力。"(同上,246 页)

因此,从对别尔金的观点出发,通过深入研究普希金斗争的意义,阿波隆·格里高利耶夫得出了有关俄罗斯文学的看法,即所有作品都是一环扣一环的。这个链条上的每一个环节都可以作为证明和验证,它们之间的相互联系确实存在。只有以阿波隆·格里高利耶夫的整体观点为基础,才能充分解释普希金之后的每一位作家。当时,我们的批评家就已经用以下概括性的语言阐述了当代作家对普希金的态度。

阿波隆·格里高利耶夫写道:"普希金笔下的别尔金就是在屠格涅夫的小说中为自己是永恒的别尔金而哭泣的人;他属于'多余人'或'肤浅

者'，是在皮谢姆斯基的作品中，死神想（但完全是徒劳的）嘲笑他的才华横溢、热情洋溢的典型；托尔斯泰想以过于粗暴的方式将他诗化；甚至奥斯特洛夫斯基的戏剧《切勿随心所欲》中的彼得·伊里奇至少在新的谢肉节之前，新的格鲁沙之前……也与之妥协了。"（同上，第262页）

五

我们所说的这些事情，在许多人看来是奇怪的、闻所未闻的，与长期以来形成的、流传甚广的偏见背道而驰。但在我们看来，是时候说出真相了——我们已经可以这样做了，无任何夸张亦无猜测，而是以事实为基础，以已载入文学史的内容为基础，尽管这些内容不久前才出现。然而，为了使问题更加明确和清晰，我们将在此中断我们的分析性论述，直接陈述几个总体论点，这些论点在本文论述之外将会有更大的发展。

阿波隆·格里高利耶夫被看作是我们最好的批评家，俄罗斯批评的真正奠基人。我们现有的唯一完整的俄罗斯文学观点就来自他，也就是说，他的观点以一种思想囊括了俄罗斯文学的所有现象和倾向，这种观点至今依然正确，并被《战争与和平》等作品所出色地证实。

通常对批评的看法与上文有所不同。别林斯基被认为是我们最好的批评家，而杜勃罗留波夫、皮萨列夫等人则被认为是他事业的继承者。我们应该至少从总体上描述一下这一派批评家的特点，以便更清楚地说明格里高利耶夫与这一派批评家的区别以及他的功绩之所在。

别林斯基为我们的批评事业做出了巨大贡献。他是第一位对文学异常敏感并有无限热忱的崇拜者；他对文学中一切真正伟大的东西怀有深厚的热情，对一切平庸和琐碎的东西怀有无情的敌意，从而提高了文学的价值，使文学在读者心目中具有前所未有的分量，使小说及其批评成为最严肃的正经事；然而，不幸的是，他自己亲手毁掉了这座满怀热爱建造的、构成他真正荣耀的大厦；而他勤奋的追随者则努力完成他们老师所开始的破坏。

如果有人想一睹别林斯基的才华风采，一睹他对才华的准确运用，那么他不应该翻阅他的最后几卷作品，而应该翻阅他的第一卷作品。他对艺术的炽热之爱在这里毫无保留地流露出来，而这正是批评家的最佳天赋。只有他有勇气、有能力以满腔热情对待别人冷眼旁观或漫不经心的作品。阿波隆·格里高利耶夫在我们提到的他的文章中不无敬意地引用了别林斯基早在1834年写的《文学的幻想》中的一段话。不妨在普希金的诗句前略作停留：

"有时我会为诗歌的和谐而陶醉，
也会为虚构的故事感动得落泪。"

别林斯基说："是的，我绝对地相信，他（普希金）完全分担黑眼睛高加索女郎的失恋之苦，他的幻想的最优秀和最可爱的典型、迷人的达吉雅娜的抑郁的痛苦；他跟阴沉的吉列伊一同焦灼于充满欢快、但一直不知道欢快是什么的灵魂的渴望；他跟查列玛和阿乐哥一同燃起猛烈的妒火，陶醉在真妃儿的野蛮的爱里面；他为他的典范悲哀和高兴，他的诗的潺湲跟他的嚎啕和笑声混为一体……有人会说，这是偏爱、偶像崇拜、幼稚、愚蠢，可是我宁可相信普希金蒙骗了《读书文库》，却不相信他的才能已经绝灭。我相信，我认为，并且是非常高兴地相信并认为，普希金将给我们写出比以前更好的新的作品来。"

诗人的创作深深地打动了批评家！诗人自己的灵魂融入了这些作品，并使之有了自己的生命，这是何等的信念！这就是理解诗人和评论诗人所需要的真正活生生的同情！

然而，十年或十一年过去了，批评家对诗人的态度发生了怎样的变化？别林斯基已经在说，一个成熟的人不会感到嫉妒，他不再理解达吉雅娜，不再接受诗人最简单、最明确的同情。关于我们这篇文章的主题，在这里引用别林斯基对拉林家的评价是很有意思的，我们已经将罗斯托夫家与之相提并论。下面是别林斯基在1845年所说的话：

"在他身上到处你都可以看到，他是一个无论灵魂和身体都属于构成他所描写的阶级的本质的那个基本原则的人；简而言之，到处你都可以看到一个俄国地主……他攻击这个阶级所有的一切违反人性的地方；可是这个阶级的原则对于他却是永恒的真理……因此，即使他的讽刺，也包含着这么多的爱，即使他的否定也常常好像是赞许和欣赏……请回想一下第二章里拉林一家的描写，特别是拉林本人的肖像吧……这便是《奥涅金》里有许多地方今天已经陈腐过时的原因。"（别林斯基作品集，第8卷，第604页）

多么大的误解！多么苛刻和不公平的结论，仿佛农奴制成了普希金永恒不变的真理！批评家把普希金对淳朴和温顺类型的热爱理解得多么糟糕和低劣，而这种热爱在普希金那里具有如此崇高的意义，完全不受任何权利和阶级原则的影响！

发生了什么？显然，别林斯基的思想和品位被某种东西遮蔽了，使他看不清诗人作品的真正含义。批评家自己向我们揭开了谜底，他指出《奥涅金》已经过时了。显然，别林斯基已经将普希金置于某种进步的要求之下，不再从诗人身上看到灵魂不变法则的启示，不再看到整个人类，尤其是俄罗斯人内心秘密的启示，而是开始审视和衡量普希金的作品如何适合当下的需要。批评家显然对普希金没有成为农奴制的谴责者感到遗憾；同时，这也没有什么奇怪或不幸的；普希金还有其他的任务，我们敢说，更广泛、更重要的任务，别林斯基发现自己处于卡莱尔所说的那个德国人的境遇，他抱怨太阳，因为他阳光不能给他点着雪茄。

别林斯基遭遇了俄罗斯人通常会遭遇的不幸命运。他的思想活动没有坚定的观点，没有坚实的基础。他唯一的力量在于对文学的热爱和非凡的审美情趣。当他不再以这种热爱和品位为指导时,他就失去了任何支撑点,开始随风飘荡。

为时代的需求服务——这就是当时在欧洲肆虐的潮流,它吸引了我们的批评家。这是当下的某种偶像崇拜,是源自黑格尔体系的狭隘历史观的后果,黑格尔体系被重新诠释并走向极端。过去的一切仅被当成为当下所作的准备,一旦它在当下失去意义,就会被当作垃圾丢弃和遗忘。人们自以为是历史中所有理性的全权代表,是人类未来的全权管理者。对他们来说,没有什么是神秘的,他们等待着无处不在的启示;他们把自己看作是衡量人类所有愿望、所有需要和所有期望的尺度。他们相信共同的理性和理性的共同进步。因此,一个必然的结果是——不相信一切神秘力量的作用,这些力量比理性及其拙劣的逻辑论证(列·尼·托尔斯泰语)更广泛、更深刻;不相信生活,他们随时准备按照自己的观念打破和重建生活;不相信人民在文学、艺术和民族性中的创造。

别林斯基正是在他活动的最后时期加入了这个在西方盛行的、本质上是世界主义的流派;他加入这个流派源于他对真理的渴求,也是因为他的思想没有任何其他坚实的基础。显然,这对批评本身没有任何好处。其结果是,别林斯基还没来得及发展自己,也没有给我们留下任何关于我们文学的完整、全面的观点;他没有给我们留下本应进一步发展的思想。他的判断值得珍视,因为这些判断往往是在对事业的热爱和深刻理解的启发下作出的,与任何理论无关;但这些判断缺乏联系,因此也缺乏力量。别林斯基留给我们的直接遗产是他热衷于宣扬的不幸的进步论,他的追随者以最大的热情发展了这一理论。对一个人来说,不仅普希金的某些东西过时了,而且整个普希金都不好了,另一个人认为莱蒙托夫没用了,第三个人则否定了屠格涅夫,第四个人拒绝了柯尔卓夫等等。一言以蔽之,我们所有的文学作品都是过时的、落后的,没有任何适合当下、对当下有用的东西,现代俄罗斯人只有权欣赏米纳耶夫先生的诗歌和列舍特尼科夫先生的小说。

违背事物力量的人会成为这种力量的牺牲品。生活对那些不相信生活、不听从生活、妄想按照自己的意愿战胜生活的人报之以嘲讽。别林斯基拒绝相信俄罗斯文学，而文学并不服从他，它以他意想不到的方式撇开了他想象中的领导者。别林斯基本人仍然避免了重大失误，也没有经历失望；在他最后几年，伟大的批判意识促使他正确评价屠格涅夫、冈察洛夫、陀思妥耶夫斯基，认为他们是杰出的天才。但是别林斯基的追随者们是怎么做的呢？他们是如何评价在他去世后崛起的新旧天才呢？

例如，奥斯特洛夫斯基出现后，立即在文学界占据了重要地位。在沉寂了很久之后，西方派的批评终于在杜勃罗留波夫的笔下复苏了，他是如何对待这位新作家的呢？他用自己的方式重新诠释了奥斯特洛夫斯基。在著名的《黑暗王国》一文中，杜勃罗留波夫让奥斯特洛夫斯基成为商人的谴责者，商人生活中丑恶现象的揭露者。由此，作家创作的特征被完全歪曲了。众所周知，奥斯特洛夫斯基试图将那些独特的俄罗斯典型搬上舞台，这些典型仍以粗糙和扭曲的形式存在于商人的生活中。杜勃罗留波夫的全部批评活动也是类似对艺术作品意义的重新阐释，以支持他的理论。他把作家置于他的思想之下，却假装作家本人与他的思想契合并为之奋斗。

然而，事情并没有就此结束。我们的作家和他们的批评家之间似乎存在着这样的矛盾，以至于都无法达成哪怕是表明上的一致。有些人试图这样做：否认这位他们不喜欢的艺术家的一切艺术才华。但这种大胆的批评手法并不成功。例如，虽然有人写道：屠格涅夫在《父与子》中完全缺乏艺术性，但这种观点没有得到任何追随者。最后，皮萨列夫先生发现完全丢掉面具更容易也更合理。他直截了当地说：我不关心艺术家的倾向，不关心他的观点和同情心，也不关心他的才华；我只关心他所说的那些生活现象，我将把我的想法呈现给读者。

因此，我们的小说和批评之间已经完全断裂：这是一个早被注意到的事实，也是一个非常清楚的事实。我们创作天才的作品已变得难以理解，与我们的批评格格不入。文学至少在其主要的代表人物中，并没有服从它被指定的倾向，尽管存在着狂热的批评和呼号，但文学还是完成了自己的工作，比大为不满的领导者向它指定的工作要深刻得多。

我们现在要说的这位作家列·尼·托尔斯泰伯爵，也是在别林斯基之后，即在上述西方派批评复苏前不久开始发表作品的。当然，他和其他人一样不为人所了解，但文学和批评之间的鸿沟在这里显得更加明显，这一点非常突出，也很有特点。托尔斯泰伯爵不仅不被理解，甚至根本无人问津。尽管他一出场就受到关注，每部新作都被热衷阅读，但批评家们甚至没有对他进行多重解读，甚至没有感到就他谈谈自己想法的需求。

然而，有一个人一直以敏锐的眼光观察着文学的动向，正确地评价天才们的创作，理解他们作品的意义。他就是阿波隆·格里高利耶夫。1862年，他写了两篇关于托尔斯泰伯爵的文章（见《时代》1862年1月刊和9月刊）；由于西方派批评在此时仍占上风，作为对西方派批评的谴责，他给这两篇文章起了个题目：《批评所忽略的我国文学现象》。在给编辑的信（见《时世》1864年8月刊）中，他坚持认为这些文章应始终以此为标题，并在第一篇文章的上方写下了"Vox clamantis in desrtio"，即"旷野中哭泣的声音！"

六

格里高利耶夫总体的批评原理非常简单，也众所周知，或至少应当被视为众所周知。这是德国唯心主义留给我们的深刻原理，是所有希望了解历史或艺术的人仍必须借助的"唯一哲学"。勒南[1]、卡莱尔[2]都坚持这

---

[1] 约瑟夫·欧纳斯特·勒南（Renan, Joseph Ernest, 1823—1892），法国作家、东方学学者。
[2] 托马斯·卡莱尔（Thomas Carlyle, 1795—1881），英国作家、历史学家、哲学家。

些原理；泰纳将这些原理出色地运用于英国文学史，并取得了不小的成功[1]。因为我们反应灵敏，加上自身发展的软弱性，我们比法国或英国更早地接受了德国哲学。这并不奇怪，我们的批评很早以前就持有这些观点，它们如今对法国人来说成了新闻，第一次成功地在法国人中传播开来。

总的来说，正如我们所说，这些观点很简单。它们认为，每一件艺术作品都是其时代和民族的反映，一个民族的情绪、特有的精神气质、历史事件、道德、宗教等与该民族艺术家的创作之间存在着不可分割的基本联系。民族性原则在艺术和文学中占主导地位，在任何事物中都是如此。要想了解文学与所属民族之间的联系，要想找到文学作品与它们所表现出的生活元素之间的关系，就必须了解这种文学的历史。

在这里我们指出了格里高利耶夫和其他批评家——比如最接近的泰纳——本质上的不同。在泰纳看来，任何艺术作品都不过是它赖以出现的所有现象的总和：民族特性、历史环境等。每一种现象都不过是前一种现象的结果和后一种现象的基础。格里高利耶夫充分认识到这种联系，认为所有文学现象都有一个共同的根源，它们都是同一种精神个别和暂时的展现。在一个特定的民族中，艺术作品是表达同一事物——这个民族的灵魂本质——的多方面尝试。就全人类而言，艺术作品表达了人类灵魂的永恒要求、不变的法则和意愿。因此，在个别的和暂时的作品中，我们永远只能看到普遍、永恒灵魂的特殊化和具体化的表达。

所有这些都非常简单；这些观点很久之前（尤其在我国）就成了老生常谈；几乎所有人——部分有意识地，大部分是无意识地——接受了这些观点。但是从一般公式到它的运用还有很长一段路。无论物理学家多么坚

---

[1] 这指的是法国哲学家和美学家伊·泰纳（I. Taine）的奠基之作《英国文学史》，第一卷出版于1863年。（俄译本于1871年出版，书名为《英国政治和公民自由的发展与文学的发展》）。泰纳在研究文学时，提出了文化史方法论的原则。泰纳倾向于以实证主义观点看待社会、人类及艺术，同时他的方法论也受到了德国古典哲学的影响。斯特拉霍夫对实证主义哲学普遍持敌视态度，但他对泰纳的工作给予了积极评价，并于1872年翻译了泰纳的著作《论心灵与认知》（De l'intelligence）。

信任何现象都有其原因，这种信念都不能保证他能发现哪怕是一种最简单现象的原因。要找到原因，就必须进行研究，密切而准确地了解现象。

阿波隆·格里高利耶夫从民族性的角度来审视俄罗斯新文学，他在其中看到了与我们的诗歌精神格格不入的欧洲理想与独特创造欲望之间的持久斗争，这种欲望试图创造纯粹的俄罗斯理想和典型。同样，这一思想的总体形式非常清晰、非常简单和忠实。这种观点的雏形可以在其他人那里找到，在伊·基列耶夫斯基那里，在霍米亚科夫那里，他们清楚地指出了外国理想在我们这里的盛行，以及我们创建自己艺术的必要性和可能性。

特别是霍米亚科夫，他从民族性的角度对俄罗斯文学发表了一些真正见解深刻而又惊人正确的评论。但这些不过是泛泛之谈，何况不乏片面性。多奇怪的事！在这些思想家的眼中，由于他们要求之高，那些本该最高兴的事却落空了。他们没有看到，本国和外国的斗争早已开始，艺术凭借其一贯的敏锐和真实，抢在了抽象思想之前。

要看到这一点，只有深刻的普遍观点和理论上对基本问题的清晰认识是不够的。还需要有对艺术坚定不移的信仰、对艺术作品的火热激情，将自己的生命与注入艺术作品中的生命融合在一起。格里高利耶夫就是这样的人，直到生命的最后都坚持忠诚于艺术，没有让艺术从属于异国的理论和观点，相反，他等待着艺术的启示，在艺术中寻找新的话语。

很难想象有谁会将文学的使命与生活本身结合得更紧密。在《文学漫游》中，他这样描述自己的大学时光：

"青春，真正的青春，对我来说开始得很晚，它介于少年和青年之间。我的头脑像蒸汽机一样运转，拼命地掉进沟壑和深渊，而心却只过着梦幻般的、书生气的、虚假的生活。确切地说，不是我过着这样的生活，而是不同的文学形象在我心中生活。在这个时代的入口，门槛上写着："1836年变革后的'莫斯科大学'——这是雷德金、克雷洛夫、莫罗什金、克留科夫的大学，高深莫测的黑格尔主义及其晦涩的形式和急速的、不可阻挡的前进力量的大学——格拉诺夫斯基的大学……"

莫斯科大学之后是圣彼得堡和文学活动的第一个时代，然后又是莫斯科和文学活动的第二个时代，这个阶段更为重要。关于这所大学，他是这样说的：

"梦想的生活已经结束。真正的青春伴随着对现实生活的渴求，伴随着沉痛的教训和体验开始了。新的聚会，新的人——没有或很少有书卷气的人——在他们自己和他人身上'除掉'了一切臆造的东西、一切狂热的东西，在他们的灵魂中谦逊地、单纯到无意识地承载着对人民和民族的信念。在我的成长过程中，一切'民族的'甚至是地方性（即莫斯科）的东西，一切我暂时几乎压制住的东西，在我投身于科学和文学的强大潮流之后，以意想不到的力量在我的灵魂中升起，并发展、壮大为狂热的特殊信仰、偏执和宣传……"

在这一时期之后，两年的国外经历使批评家的思想和精神生活发生了新的转变。

他说："西方的生活，凭借其辉煌过去的奇迹展现于我面前，并再度刺激、振奋、吸引着我。但即使在这活生生的碰撞中，我对自己、对人民的信念也没有被打破。只是信仰的狂热有所减弱。"（《时代》，1862年12月）

这里简要概括了我们批评家信念的形成过程。在此之后他撰写了第一批关于普希金的文章。阿波隆·格里高利耶夫经历了对西方理想的迷恋，也经历了对自己民族理想的回归，这些理想不可抑制地活在他的灵魂深处。因此，他最清晰地看到了我们艺术发展中的所有现象，看到了我们所说的斗争的所有阶段。他非常清楚心灵是如何受到外来艺术所创造的典型的影响，心灵是如何趋向于接受这些典型的形式，并在某种沉睡和骚动中生活——它又是如何突然从这种狂热焦虑的梦中醒来，回头望着上帝的尘世，重振精神，感到新鲜和年轻，就像它之前被幻象迷惑一样……于是，艺术与自身产生了某种不和谐；它或嘲弄，或后悔，甚至陷入一种清晰的愤慨（果戈理），但又以不可战胜的力量转向俄罗斯生活，开始在其中寻找自己的典型和理想。

这一过程在它所产生的成果中得到了更密切、更准确的揭示。格里高利耶夫指出：在我们文学中占主导地位的外来典型几乎都是带有英雄印记的典型、辉煌或阴郁的典型，但无论如何都是坚强、热情的典型，或者像我们的批评家所说的那样，是凶狠的典型。俄罗斯人的天性、我们的精神典型在艺术中主要表现为淳朴和温顺，显然与一切英雄人物格格不入，如伊万·彼得洛维奇·别尔金、莱蒙托夫笔下的马克西姆·马克西米奇等等。我们的小说展现了这些典型之间的持续斗争，努力寻找它们之间的正确关系，然后或使凶狠和温顺这两种典型中的一种声名扫地，或对其中之一推崇备至。例如，阿波隆·格里高利耶夫将果戈理活动的一个方面归结为以下公式：

"在心灵和生活中没有英雄了：那些看似英雄的（实质上是赫列斯达科夫式或波普里欣式的）人物……"

批评家补充说："但是奇怪的是，没有人问过自己，究竟是什么样的英雄再也不存在于心灵和天性中，又是什么样的天性使得英雄不再。一些人更喜欢支持被嘲笑的英雄（奇怪的是，倾向于文学中实践法律判断的先生们支持英雄），或更喜欢支持天性。"

"人们没有注意到一个非常简单的情况。从彼得大帝时期开始，民族的天性就以人为的英雄模式来衡量自己，但这种英雄模式又不是来自民族天性。男式长袍不是太紧，就是太短。有那么几个人勉强穿上长袍，开始穿着它堂而皇之地走来走去。果戈理对他们说，他们穿着异国的长袍炫耀，可这件长袍穿在他们身上，就像把马鞍套在母牛身上一样。因此只需根据肥瘦高低换另一件长袍，而不是完全不要长袍或继续看自己穿破旧的长袍。"（《阿波隆·格里高利耶夫作品集》，第一卷，332页）

至于普希金，他不仅是第一个如此深刻地理解问题的人，不仅是第一个忠实描绘出温顺、和善的俄罗斯典型的人，还由于自身天才性质的高度和谐，他也是第一个指出正确对待凶狠典型的人。他没有否定它，没有想揭露它。格里高利耶夫把《上尉的女儿》中的普加乔夫和《鲁萨尔卡》作为纯粹的俄罗斯热情、坚强典型的范例。在普希金身上，这种斗争具有最正确的性质，因为他清楚而冷静地感到，他与世上过去和现在的一切伟大事物都是平等的。就像格里高利耶夫说的那样，他是那些被外来理想所激发的各种因素的"魔术师和统治者"。

    我们简要介绍了格里高利耶夫的倾向和他遵循这一倾向而得出的观点。这一观点至今仍然有效，我们文学的所有现象都证明了它的合理性。

    俄罗斯文学的现实主义始于普希金。俄罗斯的现实主义并不像其他文学那样，是我们艺术家缺乏理想的结果，恰恰相反，它是强化了追求纯粹俄罗斯理想后的结果。所有这些对自然、对最严格真实的渴望，所有这些对小人物、老弱病残者的塑造，将各种声称具有英雄主义的典型判处死刑，使之声名扫地，所有这些努力，所有这些艰苦的工作都有一个目标和希望，那就是看到曾经的俄罗斯理想的全部真实和可靠的伟大。我们对淳朴善良之辈的同情与对更高境界的必然要求之间，与梦想强大而充满激情的典型之间，仍然存在着斗争。实际上，屠格涅夫的《烟》不正是艺术家与伊琳娜——这个他公开希望抨击和贬低的掠夺者——之间一场绝望的新斗争吗？利特维诺夫是一个谦逊朴实的人，艺术家的所有同情显然都站在他一边。然而从本质上讲，他在与凶狠典型的冲突中还是可耻地失败了，不正是这样吗？

    最后，托尔斯泰伯爵本人不也公开地努力将淳朴的人提升为理想的人吗？《战争与和平》，这部庞大而多彩的史诗——不正是对俄罗斯温顺者的颂扬吗？这里告诉我们，相反，凶狠的典型是在温顺的典型面前倒下的——在博罗季诺战场上，淳朴的俄罗斯人民战胜一切可以想象的最英勇、最辉煌、最热情、最强大、最凶狠的东西,即拿破仑一世和他的军队的。

读者们现在可以看到,我们关于普希金、我们的批评和阿波隆·格里高利耶夫的题外话不仅是恰当的,甚至是绝对必要的,因为这一切都与我们的主题密切相关。让我们直截了当地说,在解释《战争与和平》的个性特征时,即这一问题最本质、最困难的一面时,我们即使想别出心裁也是不可能的。阿波隆·格里高利耶夫如此真实而深刻地指出了我国文学运动的基本特征,而我们在批判性的理解方面几乎无法与他相提并论。

七

托尔斯泰伯爵在《战争与和平》之前的文学活动史非常出色,我们杰出的批评家发现并且成功地评价了这些历史。现在,当我们看到托尔斯泰的文学活动导致了《战争与和平》的诞生,我们就更清楚地理解了这一活动的重要性和特点,能够更好地理解格里高利耶夫所作说明的正确性。反过来说,托尔斯泰原来的作品最直接地引导我们理解《战争与和平》的个人特点。

关于每一个作家都可以这么说:每个作家都把现在和过去关联,用一个来解释另一个。但事实证明,在我们的艺术作家中,没有人有如此深厚和强大的联系,没有人比托尔斯泰伯爵的活动更严密、更完整。他和奥斯特洛夫斯基、皮谢姆斯基同时登上文坛;他的作品比屠格涅夫、冈察洛夫和陀思妥耶夫斯基稍晚问世。但与此同时,在他的所有文学同行都早已说出一切,早已最大程度地展现出自身才华,从而可以很好地判断其尺度和方向的时候,托尔斯泰伯爵一直在努力发掘自己的才华,直到在《战争与和平》中才得以充分展现。这是一个缓慢而艰难的成熟过程,然而却获得了更为鲜明和丰硕的成果。

托尔斯泰伯爵以前的所有作品实质上不过是草稿、素描和尝试,在这些作品中，艺术家并没有考虑任何整体性的创作、思想的充分表达、他所理解的完整生活图景，而只是分析局部问题、个别人物、特殊性格甚至特殊的精神状态。以《暴风雪》为例，显然，艺术家的全部注意力和故事的全部趣味都集中在一个被大雪困住、不断睡着又醒来的人所经历的那些奇怪而难以察觉的感觉上。这是一幅来自大自然的简单素描，类似于写生画家描绘一片田野、一片灌木丛、在特殊光照和难以表达的水流状态下的一段河流的素描。托尔斯泰伯爵以前的所有作品，即使是那些具有一定外部完整性的作品，或多或少都具有这种特征。例如，《哥萨克》显然完整而巧妙地描绘了哥萨克村庄的生活；但作者把奥列宁的感情和焦虑放在了重要位置，因而破坏了图画的和谐性。作者的注意力过于偏向了这一方面，结果就不是一幅严谨的生活画面，而是某位莫斯科青年的精神生活素描。因此，阿波隆·格里高利耶夫只把托尔斯泰伯爵的《家庭的幸福》和《战争故事》看作是"绝对有机的、生动的创作"。但如今在《战争与和平》之后，我们必须改变这种看法。《战争故事》在批评家看来是相当有机的作品，但与《战争与和平》相比，也不过是草稿、预备的草图而已。因此，只剩下一部《家庭幸福》，小说因其任务简单、解决方法清晰明了，确实是一个活生生的整体。"这部作品平静而深刻、淳朴而极富诗意，没有任何炫耀，直接而持续地表达了激情过渡到另一种感觉的问题。"阿波隆·格里高利耶夫如是说。

如果这是真的，如果果真如此，除了《家庭幸福》这个例外，托尔斯泰在《战争与和平》之前一直在打草稿，人们会问：作者为什么纠结，在创作的道路上是什么样的任务阻碍了他。不难确定，在作者身上一直进行着某种斗争，进行着某种艰难的心理过程。格里高利耶夫清楚地看到了这些，并在文章中强调，这个过程还没有结束。我们现在看到，这种观点有多么正确：随着《战争与和平》的诞生，作家的心理过程结束了，或者至少比原来成熟了。

怎么了？阿波隆·格里高利耶夫认为托尔斯泰伯爵内心创作的基本特征是否定，并将这一创作归因于始于普希金的否定过程。正是这种否定——否定我们发展中一切外来的、臆造出来的东西——支配着托尔斯泰伯爵在创作《战争与和平》之前的活动。

因此，发生在我们诗歌中的内心斗争在某种程度上获得了一种新的特征，这是普希金时代尚未有过的。批判的态度不再适用于"高高在上的梦想"，也不再适用于诗人的心境，需要的仿佛是：

旷野，激浪珍珠般翻腾的地方，
高傲的少女，我心中的理想，
无以名状的恼人的痛苦……[1]

现在诗歌真实的目光已投向我们社会本身，投向了社会中发生的真实现象。然而从本质上讲，这是同一个过程。人们从来都是，也从来都将在思想的力量、思想的指引下生活。无论我们把社会想象得多么无足轻重，社会生活始终受某些观念的支配，这些观念也许是歪曲的、模糊的，但仍不能失去其理想的本质。因此，对社会的批判态度本质上是与生活在其中的理想的斗争。

我们的任何作家都没有像托尔斯泰伯爵那样，如此深刻真诚、真实鲜明地描写这种斗争的过程。他以前作品中的人物常常饱受这种斗争的折磨，关于斗争的故事构成了这些作品的基本内容。例如，尼古拉·伊尔杰尼耶夫在法文标题为"Comme il faut"[2]的一章中写道：

"在我描写的这个时期，我所喜爱的主要分类法就是把人分成comme il faut 和 comme il ne faut pas（体面和不体面）这样两种。第二种人又分

---

[1] 引自《奥涅金的旅行》（片段）。
[2] 体面，原文为法文。

成生来就不 comme il faut 和普通人两类。我尊敬 comme il faut 的人，认为他们有资格和我发生平等的关系；而对于第二种人，我就装出轻视的神情，实际上是憎恶他们，对他们个人抱着一种侮辱的情绪；第三类人对我来说并不存在，我根本看不起他们。"

"我甚至觉得，假如我的兄弟、母亲或者父亲不 comme il faut，我就要说这是一桩不幸的事，我和他们之间就不可能有任何共同之处。"

这就是法国观念和其他观念的强大之处，也是托尔斯泰伯爵人物成长于虚伪社会中的生动例子之一。

"我过去认识，现在还认识，——尼古拉·伊尔杰尼耶夫说，——许许多多年老的、高傲的、自以为是的、判断力很强的人，如果在阴间向他们提出这样一个问题：'你是干什么的？你在阳世做了些什么？'他们只能这样回答：'je fus un homme très comme il faut'（我过去是一个非常体面的人）。这种命运等待着我。"（托尔斯泰伯爵作品集，圣彼得堡，1864 年，第一部分，第 123 页。）

然而结果却完全不同，这种内在的转变，这些年轻人自身的艰难再生，才是最重要的。阿波隆·格里高利耶夫对此是这样说的；

"在《童年和少年》以及《青年》的上半部分中所展现出的心灵过程，——是非同寻常的独特过程。这些非凡心理素描的人物，出生和成长在一个如此人为形成、如此特殊的，实质上并无真实存在感的社会环境中，即所谓的贵族环境，上流社会环境。毫不奇怪，这种环境造就了毕巧林——最大的事实——还有一些零碎的现象，即不同上流社会小说的人物。令人惊讶的同时也意义重大的是，从这种狭隘的环境中诞生了托尔斯泰小说的人物，即通过分析否定了这种环境。要知道毕巧林虽然很聪明，但他没有走出这种环境；索洛古勃伯爵[1]和叶甫盖尼娅·图

---

[1] 弗拉基米尔·亚历山德罗维奇·索洛古勃（Владимир Александрович Соллогуб，1813—1882）作家，在当时非常重视所谓的"世俗故事"体裁。

尔[1]的人物也没有走出来。另一方面，在阅读托尔斯泰的素描时，你可以清楚地看到，尽管有着同样独特的环境，普希金的天性仍保留了一股来自民间的、广阔和普遍生活的气象，有能力理解这种活生生的生活，并对其深表同情，有时甚至认同。

因此，艺术家的内心创作具有非凡的力量、非凡的深度，他的成果比许多其他作家都要高得多。但这是一项多么艰苦而漫长的工作！让我们在此至少指出其中最重要的特点。

托尔斯泰伯爵以前笔下的人物，通常都有一种非常强烈的、完全不确定的理想主义，即对崇高、美好、英勇事物的渴望，而没有任何形式和轮廓。正如阿波隆·格里高利耶夫所说，这些是"空中楼阁式的理想，是从上而不是从下的创造——在道德上甚至在肉体上毁灭了果戈理"。但托尔斯泰笔下的人物并不满足于这些空中楼阁式的理想，也不把它们当作不可动摇的东西。相反，他开始了两方面的工作：第一，分析现有的现象，证明它们在理想面前的无能为力；第二，坚持不懈地寻找现实中理想将得以实现的现象。

艺术家的分析旨在谴责各种心灵虚伪，其分析之微妙令人震惊，这也是最吸引读者注意的地方。阿波隆·格里高利耶夫写道："在《童年、少年和青年》的主人公身上早就开始了分析，深深地挖掘着他周围一切的虚伪，甚至他自己身上的虚伪。""他耐心而无情地严格检索自己的每一种感觉，甚至是表面上看来完全神圣的感觉（《忏悔》一章），在率性而为的一切中揭露每一种感觉，甚至把每一种思想、每一个幼稚或青春期的梦引向极端的一面。例如，回想一下《少年》的主人公因不服从家庭教师而被关在黑屋子里时的梦境。无情的分析迫使心灵向自己承认它羞于承认的东西。同样无情的分析也指引着《青年》的主人公。他屈服于虚伪的环

---

[1] 叶甫盖尼娅·图尔（Тур Евгения, 1815—1892）女作家，作品以世俗社会生活为主题。

境，甚至接受了虚伪环境的偏见，不断地折磨自己，并在这场折磨中成为胜利者。"

因此，这一过程的本质在于"他判处了一切虚假的、纯粹由现代人感觉制造的东西死刑，而莱蒙托夫却通过他的毕巧林迷信地崇拜这些感觉"。托尔斯泰的分析达到了对人类灵魂在已知领域中所有高尚、非凡情感的最深度怀疑。他打破了现成的、既定的、部分"与我们格格不入的理想、力量、激情、精力"。

对于这种纯粹虚假的现象，阿波隆·格里高利耶夫认为，托尔斯泰的分析"完全正确——比屠格涅夫的分析更正确，因为屠格涅夫的分析有时，甚至经常迎合我们虚假的一面。另一方面，比冈察洛夫的分析更正确，因为托尔斯泰为了热爱真理和真情实感而痛苦，而不是为了狭隘的官僚'实用主义'"。

艺术家纯粹地否定作品就是这样。但从他作品的积极方面来看，他才华的本质就展现得更清楚了。理想主义既没有使他蔑视现实，也没使他仇视现实。相反，艺术家谦逊地相信，现实中存在着真正美的现象。他不满足于思考只存在于灵魂中的空洞理想，而是在坚持不懈地寻找一种哪怕是个别的、不完整的，但实际上却真实存在的理想实现。在这条道路上，他以不变的真理和活力前行，最终会有两种结果：或者他以星星之火的形式发现大多微弱而细小的现象，在这些现象中，他可以看到他所珍视的思想变为现实；另一种是他不满足于这些现象，厌倦了毫无结果的探索，陷入绝望。

托尔斯泰伯爵的主人公有时候直接被描绘成在世间游荡的人，他们穿过哥萨克的集镇、村庄、圣彼得堡的尖顶舞会等等，努力解决这样一个问题：在世界上是否存在真正的勇敢、真正的爱情、真正的人类心灵之美？一般来说，甚至从孩提时代开始，他们就不由自主地关注偶然发生在他们身上的现象，在这些现象中，另一种生活展现在他们面前，简单、清晰，与他们所经历的犹豫和分裂格格不入。他们把这些现象当作他们所寻找的东西。阿波隆·格里高利耶夫说道:"当分析触及不为其所接受的现象时,它就会在这些现象面前停下脚步。在这方面,关于保姆,关于玛莎对瓦西里的爱,尤其是关于圣愚的章节极其出色。在这一章里出现了一种现象,这种现象即使是在最朴素的民间生活中也堪称罕见、特殊和古怪。"

在《战争故事》《相逢于军旅》[1]和《两个骠骑兵》中,分析仍在继续。在一切不适合分析的事物面前,他都会停下脚步;在巨大而宏伟的事物面前,比如塞瓦斯托波尔的史诗,他陷入激动;在谦恭而伟大的事物面前,比如有关瓦连丘克或赫洛波夫大尉之死,他陷入震惊。他都对一切人为的和制造的东西毫不客气,无论是资产阶级式的参谋部上尉米哈伊洛夫,还是马林斯基式的高加索英雄,或是《相逢于军旅》中士官完全被毁灭的人格。

然而,艺术家这种艰难而复杂的工作,这种在由灰暗现实构成的普遍黑暗中长期坚持不懈地寻找真正亮点的工作,并没有取得任何持久的结果,只给出了一些暗示和零星的迹象,而不是一个完整、清晰的观点。艺术家常常感到疲惫,常常对自己感到绝望,对寻找的东西充满怀疑,常常陷入冷漠。艺术家曾在塞瓦斯托波尔的某个故事中热切地寻找,但显然没有发现人们真正勇敢的现象。在这个故事结尾,艺术家说:

"沉痛的思虑使我难受。也许这些话本来就不需要说。也许我说的话是属于恶毒的真理之一,它不知不觉地藏在每个人心里,为了不致让它成为有害的,就不应该把它说出来,就像不应该把酒的沉淀摇匀,以免把酒弄坏一样。"

"在这个故事里,什么地方表现出了应该避免的恶,什么地方表现出了值得仿效的善呢?它里面的恶人是谁,英雄又是谁呢?大家都好,大家

---

[1] 即托尔斯泰的短篇小说《一个被贬谪的军官》(1856),发表时原名为《与莫斯科一熟人相逢于军旅。聂赫留朵夫公爵高加索笔记片段》。——译注

又都不好。"（托尔斯泰伯爵作品集，第二部分，第61页。）

诗人常常用惊人的深刻表达自己的绝望，虽然读者没有注意到这个，一般很少有人对这样的问题和感受有好感。因此，比如，在《卢塞恩》《阿尔贝特》和更早的作品《台球房记分员笔记》中，都有绝望的声音。就像阿波隆·格里高利耶夫指出的：《卢塞恩》非常明显表达了"对生活及其理想、对所有人类心灵中人为制造的一切的泛神论式的哀悼"。在《三死》中这种思想被表达得更加清晰和尖锐。这部作品中，树木的死亡对于艺术家来说是最正常的。格里高利耶夫说："它被有意地置于见多识广的老爷之死之上，也高于普通人之死。"最后，按照批评家的观点，《家庭的幸福》表达出了"对命运严酷的顺从，对人类的感情色彩毫不怜惜"。

这就是诗人灵魂深处的艰苦斗争，这就是他在现实中长期不懈追求理想的不同阶段。毫不奇怪，在这场斗争中，他无法创作严谨的艺术作品，他的分析常常具有紧张甚至近乎病态的特点。只有强大的艺术力量，才能使他在如此深沉的内心创作中产生的草图保持不变的艺术印记。艺术家的崇高理想支持并加强了他的创作，他在故事的结尾处如此有力地表达了这一理想，而我们正是从中读出了他沉重的思考。

他说："我故事中的英雄，是毋庸置疑的英雄，我用全部的心灵力量去爱他，我要尽力把他的全部的美都再现出来，而且在过去、现在和将来他永远是美好的——那便是真理。"

真理是我们文学的口号；真理指引着文学对外来理想的批判和对自身理想的寻找。

托尔斯泰的才华发展史是如此具有启发性，而且以如此生动真实的艺术形式展现在我们面前，那么从这段历史中得出的最终结论是什么呢？艺术家走向哪儿，又停留在哪儿呢？

当阿波隆·格里高利耶夫写下这篇文章时，托尔斯泰伯爵沉默了一段时间，批评家把这种停顿归咎于我们所说的冷漠。格里高利耶夫写道："在这样一个深刻而真诚的过程中必然会出现冷漠,但是这并非过程的终点。大概在这一点上,没有一个相信托尔斯泰天才的人会怀疑这一点。"批评家的信念没有欺骗他,他的预言应验了。天才得到了充分的发挥,为我们带来了《战争与和平》。

但在他早期的作品中,这种才能倾向何处?在他的内心斗争中,他的哪些同情心得到了发展和加强?

早在 1859 年,阿波隆·格里高利耶夫就指出:托尔斯泰伯爵过度强行美化了别尔金这一典型。在 1862 年,批评家写道:"托尔斯泰的分析打破了现成的、既定的、部分与我们格格不入的理想、力量、激情、精力。他在俄罗斯生活中只看到了淳朴和温顺者的消极面,并全身心地感到依依不舍。他对心灵活动的朴素理想的追寻体现在:在保姆对主人公母亲之死(《童年》和《青年》中)的悲伤中——作者将这种悲伤和老伯爵夫人虽猛烈却略有卖弄的悲伤做了对比,在士兵瓦伦楚克之死中,在赫洛波夫大尉诚实而淳朴的勇气中——这种勇气在作者眼中明显胜过了明显但颇有卖弄的马尔林斯基式哥萨克人物的勇气,在普通人温顺的死亡中——这和受苦受难又反复无常的老爷之死形成对比。"

这就是托尔斯泰伯爵艺术世界观最本质的特征,最重要的特点。显然,这种特殊性也包含了某些片面性。阿波隆·格里高利耶夫发现,托尔斯泰之所以爱温顺的典型,主要是不相信优秀的和凶狠的典型,——他有时过分严格地对待"高昂"的情感。批评家说:"很少有人会认为,他对保姆之死要比对老伯爵夫人之死的悲伤更加深。"

然而,对淳朴典型的偏爱是我们文学的普遍特点。因此,无论关于托尔斯泰伯爵,还是我们的艺术,批评家以下的总体结论非常重要,值得高度重视。

"托尔斯泰的分析是不对的,因为没有重视那些真正优秀的、真正狂热的、真正凶狠的典型,它们在自然和历史上都有自己的合理性,即可能和现实的合理性。"

"如果我们仅仅把那种温顺的典型看作自己的理想——不管他是马克西姆·马克西梅奇或者是赫洛波夫大尉，甚至是奥斯特洛夫斯基的温顺典型——那我们这个民族不仅没有得到大自然的慷慨馈赠，而且我们从普希金和莱蒙托夫那里体验到的典型对我们来说仅仅是部分的陌生，也许仅仅是它们的形式和所谓的风度。我们之所以体验到它们，只是因为我们的天性与任何欧洲人的天性一样能够感知它们。且不说我们的历史上有凶狠的典型，且不说你不能忍受民族史诗世界中的斯捷潘·拉辛，——不，异国生活所形成的那些典型人物对于我们来说并不陌生，我们的诗人赋予其独特的形式。要知道，屠格涅夫的瓦西里·卢奇诺夫[1]属于18世纪——但这是俄罗斯的18世纪，屠格涅夫的那位热情满怀又无忧无虑、最终虚度一生的维列季耶夫[2]——就更不用说了。"

八

这就是我们用以判断《战争与和平》个人性质的那些观点。已故的批评家清楚地阐明了这些观点，我们只需将这些观点应用于这位天才的新作，批评家是如此真实而深刻地理解了这位天才。

他猜想，分析的冷漠和紧张的狂热一定会过去。它们完全结束了。在《战争与和平》中，天才完全掌握了自己的力量，冷静地安排长期艰苦劳动的成果。他的手多么坚定，描绘得多么自由、自信、简单而清晰！对于艺术家来说，似乎没什么是困难的，无论他把目光转向哪里——在拿破仑的帐篷里，还是在罗斯托夫家的楼上——一切都在他眼前展现得淋漓尽致，仿佛他有一种能力，可以自由地看见所有地方，看到现在和过去。他不会

---

[1] 屠格涅夫中篇小说《三个画像》（1846）的主人公。
[2] 屠格涅夫中篇小说《僻静的角落》（1854）的人物，为19世纪俄国文学中的"多余人"之一。

在任何事情上停滞不前。在那些艰难的场景中，各种情感在心中挣扎或以难以察觉的感觉掠过，他都会像开玩笑一样故意描述到最后，写出最细微的特征。例如，他不仅以最真实的笔触向我们描绘了图申上尉不自觉的英勇行为，还偷窥了他的心灵，偷听了他自己都没注意的悄悄话。

作家如此简单和随意地说着，就好像谈论的是一件世界上极为普通的事："在他的脑海里就构成一个使他在这一刻感到乐趣无穷的虚幻世界。在他的想象中，敌人的大炮不是大炮，而是烟斗，有一个看不见的吸烟人喷着奇异的烟圈。

'瞧，又喷烟了，'图申低声自言自语。就在这时，从山上腾起一团硝烟，被风吹成一条长带向左飘动，'小球就要飞来了，——我们给他送回去。'……

山下步枪互射，时起时伏，他把它想象成某人在那里呼吸。他倾听着时起时伏的枪声。

'听，又喘气了，又喘气了，'他自言自语。

他把自己想象成一个体格魁梧、力大无比、双手抱着炮弹向法国人掷去的伟男子。"（第一卷，第二部分，第122页）

因此，这同样是细致、洞察一切的分析，完全自由而坚定。我们看到它的结果。作者冷静而清晰地对待他的所有人物及这些人物的所有情感。他的内心没有斗争，没有强烈反对"高昂的"情感，就像不会在朴素的情感面前因惊讶而止步。这两种情感，他都能在平静的日子里忠实地描绘出来。

在《卢塞恩》中，在我们已提及的痛苦思考的某一时刻，作家绝望地问自己："谁的心里有这样一个善与恶的绝对标准，使他能够衡量所有瞬息即逝和错综复杂的事实呢？"

在《战争与和平》中，这种标准显然被找到了。作家完全掌握了它并很有信心地以此衡量了所有打算要使用的事实。

然而从上文可以得知这种衡量的结果将会如何。所有虚假的、外表光鲜的东西被作家无情地揭露出来。在矫揉造作的、外表高雅的关系下，作家向我们展示了上流社会极度的空虚、卑劣的热情和纯兽性的欲望。相反，一切简单和真实的事物，无论以怎样卑微、粗糙的形式出现，艺术家都给予其深深的同情。安娜·帕夫洛夫娜·舍列尔和海伦·别祖霍娃的沙龙是多么庸俗而微不足道，而叔叔那温顺的生活又多么富于诗意！

我们不应忘记，罗斯托夫家族也是一个普通的俄罗斯地主家族，他们和农村密切相联，保留了俄罗斯生活的全部结构和所有传统，只是偶尔接触上流社会。上流社会是一个与他们完全分离的领域，一个具有腐蚀性的领域，与它的接触对娜塔莎产生了如此有害的影响。按照自己的习惯，作家通过娜塔莎对上流社会的印象来描述它。娜塔莎被普遍存在的虚假、缺乏自然所触动，这种虚假存在于海伦的盛装、意大利人的歌声、迪波尔的舞姿、乔治小姐的朗诵中。同时，这个热情的女孩也不由自主地被那种矫揉造作的生活氛围所吸引，在这种氛围中，谎言和装腔作势为一切激情、一切享乐欲望作了华丽的掩饰。在上流社会，我们无法避免地会遇到法国和意大利的艺术；法国和意大利的热情典范对于俄罗斯人的天性来说是陌生的，然而这种典范令人道德败坏，对俄罗斯人的天性产生影响。

另一个家族——它的编年史也属于《战争与和平》中讲述的内容——博尔孔斯基家族，同样不属于上流社会。更准确地说它高于这个社会，无论如何，它在这个上流社会之外。请回想一下，玛丽亚公爵小姐与上流社会的姑娘毫无共同之处；请回想一下，老人和他的儿子对最迷人的上流社会女性——小公爵夫人丽莎的敌视态度。

因此尽管一个是伯爵家庭，一个是公爵家庭，《战争与和平》却丝毫没有上流社会的影子。"上流社会习气"曾对我们的文学产生过极大的诱惑，催生了许多虚假的作品。莱蒙托夫来不及从这种迷恋（阿波隆·格里高利耶夫称之为"道德上的谄媚病"）中解脱出来。在《战争与和平》中，俄罗斯艺术似乎完全摆脱了这种疾病的迹象；这种自由具有更大的力量，因为在这里，艺术占领了显然由上流社会主导的那些领域。

罗斯托夫家族和博尔孔斯基家族，就其内部生活、家庭成员关系来说，和所有其他家庭一样，本质上是俄罗斯家族。对于这两个家庭的人来说，家族关系至关重要。回想一下毕巧林、奥涅金，这些人物没有家庭，或者说家庭在他们的生活中不起任何作用。他们全神贯注，只忙于个人生活。达吉雅娜，虽然忠诚于家庭生活，从不背叛它，但却与之略有隔阂：

"虽然她住在自己的家中，

却好像是别人家的姑娘。"[1]

但是只要普希金开始描写朴素的俄罗斯生活——比如在《上尉的女儿》中，家庭便立刻获得了全部的权利。格里涅夫和米罗诺夫两家作为两个家庭，就像关系密切、共同生活的人一样出现在舞台上。但在任何地方俄罗斯家庭生活都没有像在《战争与和平》中被表现得那么清晰和有力。像尼古拉·罗斯托夫、安德烈·博尔孔斯基那样的年轻人过着自己独立的个人生活，有着虚荣心、纵酒、爱情等等，他们常常因服役和工作而长时间离开家庭，但是家、父亲、家庭对他们来说是宝贵的，占据了他们大部分的思想和情感。至于女性，玛丽亚公爵小姐、娜塔莎，她们完全沉浸在家庭的世界里。对罗斯托夫家幸福的家庭生活和博尔孔斯基家不幸的家庭生活的描写，以及对各种关系和情况的描写，构成了《战争与和平》最基本的、最经典的优秀一面。

请让我举一个相似的例子。《上尉的女儿》和《战争与和平》一样，描写了个人生活和国家生活之间的冲突。显然，两位艺术家都意识到有必要观察并且展现出俄罗斯人对国家生活的态度。难道我们不能由此得出

---

[1] 引自普希金小说《叶甫盖尼·奥涅金》第二章。

结论：个人和家庭的关系以及和国家的关系——是我们生活中最基本的因素？

这就是《战争与和平》中描绘的生活——不是个人的利己主义生活，不是个人志向和苦难的历史，而是通过活生生的纽带将四面八方联系在一起的共同生活。我们认为，这一特点展现了托尔斯泰伯爵作品的真正俄罗斯特色、真正的特殊性。

那么激情呢？个性、人物在《战争与和平》中扮演什么角色？很显然，激情在任何情况下都不可能是最重要的，个人性格也不可能从其巨大的整体画面中脱颖而出。

激情在《战争与和平》中并无什么辉煌、优美之处。我们以"爱"为例。它或许是单纯的感性，就像皮埃尔对妻子，就像海伦对其追求者的爱。或者相反，它是完全平静的、深刻的人之眷恋，就像索菲亚对尼古拉，或者像皮埃尔和娜塔莎之间逐渐产生的联系。最纯粹的激情仅仅出现在娜塔莎和库拉金之间；娜塔莎的激情是某种疯狂的陶醉，只有库拉金的激情才是法国人所谓的"passion"，这不是俄罗斯的概念，但是众所周知，它已深深融入了我们的社会。回想一下库拉金是如何欣赏自己女神的，他是如何"在看完戏回来吃晚饭时，以行家的口气在多洛霍夫面前品评她那手、肩、脚和头发的优点"（第三卷，第236页）。真正爱她的皮埃尔就不是这种感受，他是这么表达的："她很有魅力。为什么说她是有魅力的，我不知道；关于她能够说的，只有这些。"（第三卷，第203页）

同样，所有其他的激情，所有彰显人个性的激情、愤怒、虚荣心、复仇，这一切要么以瞬间爆发的形式表现出来，要么进入持久的、已比较平静的关系中。请记住皮埃尔与妻子、与德鲁别茨科伊等人的关系。总的来说，《战争与和平》并没有将激情上升到理想的高度；这部编年史显然以对家庭的信念为主导，同样明显的是，它不相信激情，不相信激情的持续时间和坚固性，它相信无论这些个人意愿多么强烈和美好，最终都会褪色和消失。

至于人物，很明显，艺术家的内心一如既往地喜欢淳朴和温顺的典型，这也是我们民族精神中最受喜爱的理想体现之一。温厚谦逊的人，季莫欣、图申，温厚淳朴的人，玛丽亚公爵小姐、伊利亚·罗斯托夫公爵，对这些人物形象的描绘都具有我们在托尔斯泰伯爵以前作品中熟悉的那种理解和深切同情。但是所有关注作者此前作品的人，都会对作者描写强者、激情典型时的大胆和自由感到吃惊。在《战争与和平》中，艺术家好像第一次掌握了强烈的情感和人物的秘密，作者原先对它们总是不太信任。博尔孔斯基父子无论如何也不属于温顺的典型。娜塔莎再现了一位热情的、迷人的女性典型，同时既坚强，又热情温柔。

然而，艺术家在描绘海伦、安纳托利、多洛霍夫、马车夫巴拉加等人时，表达了他对凶狠类型的厌恶。所有这些人都有凶狠的天性；艺术家让他们成为邪恶和堕落的代表，他家庭记事中的主要人物都深受其害。

但是，托尔斯泰创造的最有趣、最独特、最巧妙的典型是皮埃尔·别祖霍夫这个人物。这显然是温顺和激情两种典型的结合，纯粹的俄罗斯天性，同样充满了善良和力量。皮埃尔温柔、腼腆、稚气未脱、单纯善良，有时在他身上（如作者所说）会流露出他父亲的本性。顺便说一句，这位父亲是叶卡捷琳娜二世时代的一位富豪美男子，在《战争与和平》中只是一位奄奄一息的人，一言不发，构成了《战争与和平》中最惊人的画面之一。这简直是一头垂死的狮子，直到最后一息，都充满了力量和美感。这头狮子的本性在皮埃尔身上时而显现。记得他是如何抓着安纳托利后脖领子摇晃吗：安纳托利这个暴徒，胡作非为的浪荡公子之首，他的所作所为"要是一个普通老百姓干的话，早就该被流放到西伯利亚了"。（第三卷，第259页）

不过，无论托尔斯泰描写了怎样的俄罗斯强者典型，很明显，在这些人整体中，没有什么杰出的活跃人物，当时俄罗斯的力量更多的是依靠坚忍不拔的温顺典型，而不是强者的行动。库图佐夫本人是《战争与和平》描绘的最伟大的力量，但并没有辉煌的一面。这是一个慢吞吞的老人，他的主要力量体现在他从容不迫地承受着他的丰富经验所带来的重压。"忍耐和时间"是他的座右铭。（第四卷，第221页）

两场战役最清楚地展现出俄罗斯灵魂力量所能达到的范围，这两场战役——申格拉本战役和博罗季诺战役——显然是防御性的，而不是进攻性的。安德烈公爵认为，申格拉本战役的成功，我们认为最重要的是要归功于"图申上尉以及他的连队的不屈不挠的英勇精神"。（第一卷，第一部分，第132页）博罗季诺战役的精髓在于，进攻的法军惊恐万分，敌人在"面对这个损失了一半军队，战斗到最后仍然像战斗开始时一样威严地岿然不动的人"。（第四卷，第337页）因此，历史学家在此重复了一句老话：俄国人的攻击力并不强大，但他们的防御力在世界上无出其右者。

因此我们看到，俄罗斯人的所有英雄主义都可归结为一种自我牺牲和无畏的力量，但同时又是温顺和淳朴的。事实上，法国人和他们的领袖拿破仑显然代表着，也应该代表着真正辉煌的、充满积极力量、激情和凶狠的典型。在积极肯干和光芒四射方面，俄罗斯人在任何情况下都不能与那种典型相提并论。正如我们已经注意到的，《战争与和平》的整个故事描写的就是这两种截然不同的典型之间的冲突，以及淳朴典型对辉煌典型的胜利。

既然我们知道我们的艺术家对辉煌典型彻底的、极度的厌恶，那么我们在这里就只能寻找一种有偏见的、不正确的描绘；尽管另一方面，具有如此深厚渊源的偏见可能会带来宝贵的启示，可能会获得一种冷漠无情的眼睛所没有注意到的真理。艺术家通过拿破仑似乎直接想要揭露、驳斥辉煌的典型，驳斥其最伟大的代表。作者的的确确对拿破仑充满了敌意，仿佛与当时俄罗斯和俄罗斯军队对拿破仑的感受感同身受。比较一下库图佐夫和拿破仑在博罗季诺战场上的表现。一个是那么纯粹的俄式淳朴，而另一个则是那么的矫揉造作、破绽百出、虚情假意！

在这样的描述中，我们不禁产生了不信任感。托尔斯泰笔下的拿破仑并不十分聪明、深沉，甚至并不十分可怕。艺术家在他身上捕捉到了所有与俄罗斯人天性格格不入、与俄罗斯人淳朴本性背道而驰的东西；但我们必须想到，在他的世界里，也就是在法国人的世界里，这些特征并没有呈现出俄罗斯人眼中的那种不自然和生硬。那个世界一定有它自己的美丽和伟大。

然而，由于这种伟大让步于俄罗斯精神的伟大，由于拿破仑背负着暴力和压迫的罪过，由于法国人的英勇确实被俄罗斯人的英勇光芒所掩盖，我们不可能不看到，艺术家在皇帝的光辉形象上投下阴影是正确的，我们不可能不同情引导他本能的纯洁性和正确性。尽管我们不能说拿破仑和他军队的内心世界就像俄罗斯当时的生活所呈现出的那么深刻和完整，但作品对拿破仑的描绘还是非常忠实的。

这就是《战争与和平》的一些个人特点。我们希望，从中至少可以清楚地看出有多少纯洁的俄罗斯心血被倾注其中。每个人都可以再度确信，真正的、有效的艺术创作与艺术家的生命、灵魂和所有天性都有着深刻的联系；它们是艺术家心灵历史的忏悔和体现。《战争与和平》是一部生动、完全真诚的作品，充满了我们民族性格中最美好、最真挚的愿望，是一部无与伦比的作品，是我们艺术中最伟大、最独特的纪念碑之一。我们将用阿波隆·格里高利耶夫在十年前说过的一句话来表达这部作品在我国文学中的重要地位，而《战争与和平》的问世则使这句话得到了空前的印证。

"谁若没有看到典型的、本土的、民族的强大的发展——就等于被自然剥夺了眼光和鉴别力。"

战争与和平
托尔斯泰伯爵文集
第五、六卷
莫斯科，1869
——没有淳朴、善良和真实，便没有伟大。
《战争与和平》，第6卷，第62页

终于，伟大的作品完成了。它终于展现在了我们面前，永远属于我们，我们的所有不安都消失了。同时，托尔斯泰伯爵似乎放慢了作品完成的进度，我们不由自主地在恐惧和希望中煎熬。正如我们现在看见的那样，这位艺术家平静而又自信地继续着自己的工作；他顽强地完成了作品的最后部分；但我们这群凡人惴惴不安地等待着这项神秘事业的完成。我们惊叹不已，创造的力量何以能够如此巨大而丝毫没有减弱；我们还无法理解展现在我们面前的这股力量的伟大之处，还来不及适应这种伟大，我们就怯懦地担心这项伟大而无价的工作不能完成。这些最为荒谬的担心在我们脑海中产生了。

巨幅画卷终于完成了，它全部展现在我们眼前。它的美显示出一种清新的、震撼人心的力量。只是在现在，各个细节才各得其所，中心突出，局部的色调鲜明，我们只要对这幅画瞧上一眼，便可以了解它色调的配置、各个人物之间的关系和构成全书的灵魂，使其和谐统一、富于关于生命的那个迷人的思想。请认真揣摩、细心阅读吧，请试着把这部作品当作一个整体来考察，这种印象会随着你的关注和研究而越来越强烈。

多么宏伟，多么严整啊！没有一种文学给我们提供类似的作品。上千个人物，无数的场景，国家和私人生活一切可能的领域，历史，战争，人间一切惨剧，各种情欲，人生各个阶段，从婴儿降临人间的啼声到奄奄一息的老人的感情最后迸发，人所能感受的一切欢乐和痛苦，各种可能的内心思绪，从窃取自己同伴钱币的小偷的感觉，到英雄主义的最崇高冲动——画中应有尽有。然而，没有一个人物挡住另一个人物，没有一个场面，没有一种感受妨碍另一个场面和另一种感受，一切都很妥帖、清晰，各部分明，彼此之间和与整体的关系十分协调。类似的艺术珍品，以最朴素的手法创造出来的珍品，之前从未有过。这种自然的，同时又是妙不可言的组合不能被看作只是表面的考虑和安排，它只能是天才领悟的结果，天才一目了然，对丰富多彩的生活潮流一览无遗并深入其本质。

我们十分关心地仔细检验我们的珍品，我们文学界意外的一宗财富，当代文学的荣誉和杰作；它有无缺陷？有无疏漏、矛盾？有没有某些严重的缺点？当然，《战争与和平》的优点完全可以使我们得到补偿，但在这部作品中发现这些缺点毕竟使我们感到伤心。没有，没有一处地方会妨碍我们尽情地享受，没有一处地方会给我们的赞叹投上暗影。各个人物性格完整，事件的一切方面被描绘无遗，而且艺术家直到最后一个场面都没有背离自己的规模宏大的计划，没有放过一个关键时刻，直到全书结束，在基调、观点、手法和创作力量方面毫无任何变化的征兆。这实在是一件了不起的事。

为了说明问题，我们对最后两卷的内容，不妨作一概述。

第五卷的内容包括法国人占领莫斯科和他们留驻该城的时期。第六卷——法国人溃退和尾声——国家和个人全部事件的结局。在第五卷中笼罩着恐怖，而在第六卷中，虽然存在着阴暗的画面，但已经散发出和平的气息，已经很清楚，一切趋于平静，斗争已经结束，生活的一般进程很快就会来到。

第五卷以作出放弃莫斯科的决定的菲利会议开始，以库图佐夫获得法军撤离莫斯科的消息而结束。这一卷最突出的地方是对俄国人因为莫斯科失陷而遇到可怕打击的描写。人们由于极度震惊而茫然失措，丧失理智，神经错乱。皮埃尔，华尔华尔卡街上酒店的食客——所有的人都昏昏然，所有的人都在难以名状的灾难重压下感受和行动。库图佐夫本人，一个一贯自信和从不动摇的人也沉思起来,这是他从未有过的。第五卷的主要人物皮埃尔以其亲身的经历完美地反映了当时控制着大家的感情。皮埃尔身上表现了俄罗斯心灵内部所发生的精神变化的过程。他的离家出走、乔装改扮、行刺拿破仑的打算等等——这一切都证明了深刻的思想上的震动,一种强烈的愿望——多少分担一些祖国的不幸,和大家一起悲痛。他终于达到了自己的目的,并在俘虏营里获得了宁静。在俘虏营里他和普通的人民群众融合在一起,遇到了一个人——普拉东·卡拉达耶夫,就是他,最明确、最深刻地向皮埃尔展示了俄国人民的力量和美。别祖霍夫从博罗季诺的战场上退下来时这样想:"恐惧是多么可怕,我完全受其支配是多么可耻啊!可是他们……他们直到最后一刻都是那样坚定和安详……""他们"在皮埃尔的理解中就是士兵,就是在炮位上的士兵,养育他的和向圣像祷告的那些人。他们是"一些奇怪的,他以前所不了解的人"。"在他的思想上,他们与其他人迥然不同。"后来他又梦见共济会的善人,他说到善,说到成为"他们"那样的可能。"他们把善人围在中间,脸上带着淳朴、善良的表情。"在博罗季诺战场上,人民的形象就这样深深地铭刻在皮埃尔的心上。但这一印象又一次以更具体的形式重现在皮埃尔面前是在他最容易理解它的时候,即在俘虏营里经历着巨大痛苦的时刻。作者指出普拉东·卡拉达耶夫给皮埃尔留下了非常生动、十分宝贵的回忆:"他是一切俄国的、善良的、圆形的化身,他的形象永远留在皮埃尔的心里。"(《战争与和平》第四卷,第一部,第十三章)皮埃尔通过卡拉达耶夫看到了俄国人民在极度艰难困苦情况下的思想和感情、他们淳朴的心灵深处的伟大信念。卡拉达耶夫的精神上的美令人惊叹,高于一切赞美之词。我们还记得,长期以来,我们的文学研究劳动人民,为了掌握他的精神和力量,作出了各种尝试,托尔斯泰伯爵本人也有许多类似的尝试。全部这类文学作品、一切类似的尝试都被无可比拟的卡拉达耶夫的形象所超越并失去了光彩。这一形象说明,艺术家已经深刻地接受了使一代文学和他本人连同其他作家激动的最困难的任务。

因此,第五卷的内在的意义就集中在皮埃尔和卡拉达耶夫身上。他们和大家一起受苦受难,但并没有参与行动,因而有可能全面考虑全民大灾祸。对皮埃尔来说,深刻的精神变化的过程以道德上的再生而告终。娜塔莎说,皮埃尔道德上净化了,俘房营对于他好比是一所道德方面的澡堂。卡拉达耶夫本人没有什么要学的,他用自己的言行教导别人,他与世长辞了,但他的精神传给了皮埃尔。

第五卷除描写这些内心精神生活事件之外,还描述了各种表露在外的事件:罗斯托夫家的撤离、拉斯托卜卿的慌乱和愤怒、韦来夏根的被杀、拉姆巴上尉、向皇帝报告莫斯科失陷的米邵、俄国纵火犯的枪杀等等。所有这些场面非常生动地向我们描述了这一艰难时期的事件,描述了俄罗斯、莫斯科当时的生活,描述了从皇帝直到微不足道的士兵。

但我们艺术家的创作,当它涉及人心的永恒不变的关系方面,便达到登峰造极的地步。安德烈公爵的公共事业的活动在博罗季诺的战场上结束了,因为在战场上他受了致命伤。现在他必须完成的无非是他个人的私事——与娜塔莎相会和死亡。对这次相会和安德烈公爵临死前所经历的内心领悟的描绘是极高的艺术成就,是对人心秘密的真正理解,它以无可估量的深度令人震惊。另一段插曲也是很突出的。第五卷叙述了公爵小姐玛丽亚和尼古拉·罗斯托夫在全民遭受灾难的环境下开始的爱情。这些关系的纯洁和温柔难以笔墨形容。他们俩是多么单纯,同时又多么纯洁;在最普通的人身上能燃起这样明亮的火花,对此你不禁会感到惊讶。结果,安德烈公爵渐渐死去,尼古拉·罗斯托夫爱上了未来的妻子,皮埃尔遭受了苦难——人类生活的整个序列又一次被艺术家描绘在第五卷中。

第六卷——尾声——可怕事件的结束和新生活的开始。法军撤退的性质和我军的行动方式、博罗季诺会战和莫斯科大火对于我们和法国人所具有的意义那样清晰和忠实。事件进展很快,但毫不影响画面的丰满。作品描述了游击战、法国人溃逃的情景、一部分俄国人的残忍、另一部分俄国人的慈悲,正如作者所说的那样,是"结合着对敌人的怜悯和意识到自己正确的一种伟大胜利的感情"。最后,像在第五卷中那样,库图佐夫在第六卷的开头和结尾时出场,该卷的开头是"敌人的溃逃已经明确无疑",结尾是库图佐夫在维尔那受到皇帝的斥责。

我们还看到,青年人如何牺牲(彼佳·罗斯托夫之死),未婚妻为未婚夫、妹妹为哥哥如何悲伤(娜塔莎和公爵小姐玛丽亚对安德烈),母亲为孩子如何悲痛欲绝(罗斯托娃伯爵夫人对彼佳)。当战争一结束,因战争而失散的人便在莫斯科会合,叙述和询问各人的经历,开始了新的关系和新的生活。

这部历史小说的内在意义以皮埃尔得到的最后的训谕而完成。他从自己所遭受的苦难和卡拉达耶夫临终前的遗言以及他的死亡中获得这种训谕。艺术家生动而深刻地描绘了皮埃尔的新生。这种新生体现了整个俄罗斯的新生,体现了经受考验和斗争之后应该有的精神力量的解放。无论对于皮埃尔或对整个俄罗斯,都开始了一个新的、最美好的时期。皮埃尔由于苦难而净化,坚强、聪慧,得到了娜塔莎的爱情,体验到了他所能享受的一切幸福。

这里艺术家描绘了两个家庭,两个家庭在其成员所经历过的全部事件的影响下形成,似乎是事情圆满的结局,好像是受到暴风雨滋润的俄罗斯这棵枝叶茂盛的大树上面结出的果实。像这样描写夫妻生活是前所未有的,因为还没有人这样描写过俄罗斯家庭,也就是说没有人描写过世界上最完美的家庭。夫妻之间在青壮年时期的爱情是那样纯洁、温柔、坚定和无比深厚,它第一次这样崇高而完美、这样真实地展现在我们面前。

两个新家庭的图景成为这部历史小说非常和谐的结局。当故事开始的时候,我们看到两个古老的家庭——只有成年的一男一女,尼古拉当时还是一个大学生,而娜塔莎只有十二岁。十五年以后(小说所描写的这段时期）我们看到有了孩子的两个新家庭。艺术家以非凡的艺术技巧从刚刚成年的人们开始描述一部家庭的历史，使我们对他们感兴趣，而以这样的场面结束——那里吃奶的婴儿也使我们感到无限亲切，因为他们是家庭的成员，我们和这两个家庭在故事展开的过程中已经同呼吸、共命运了。

  人类生活的一幅完整的图画。
  当时俄国的一幅完整的图画。
  所谓历史和人民斗争的一幅完整的图画。
  包含着人们的幸福和伟大，痛苦和屈辱的一幅完整的图画。
  这就是《战争与和平》。

二

  但这部伟大作品的意义是什么呢？难道不能用简短的话来描绘这部伟大史诗所蕴含的基本思想，并指出史诗的灵魂吗？对于灵魂来说，故事的一切细节只是它的体现而非本质。

  事情有点难，这里我们先就这一问题说几句，以便澄清某些误会。

  《战争与和平》经历了一切真正伟大之物的命运。真正的伟大之物常常不被人们所接受；有时它吸引着人们，用自己的力量征服他们；但伟大几乎总是不被理解，这点几乎毫无例外。最常见的情况是这样：人们感受到了伟大，但不理解它。这种事情也发生在普希金事业的最后阶段并一直延续至今，尽管我们自身已创造了最不可思议的进步。因此《战争与和平》也遇到了并必然会遇到这种事。艺术作品无法抵抗的魅力迷倒了所有人，征服了所有人；但与此同时对作品本身意义普遍的误解、理解的无能为力也显现了出来。读者们，就像普希金诗歌中的群俗，无论如何也回答不了以下问题：

"他干吗这么高声歌唱？

无缘无故吵得人心神不安，

究竟要把我们引向何方？

他在谈什么？有什么教导？

就像一个任性的魔法师，

干吗要激动，折磨我们的心。"[1]

可以说，《战争与和平》是所有俄罗斯文学作品中最难以理解的，就像普希金本人一样难以理解。

但这有什么稀奇，舍此还能怎样呢？现象本身越高深，就越难以理解。就《战争与和平》而言，我们甚至不能把所有的责任都归咎到我们的文学及普通读者的糟糕状态。导致难以理解和误解的主要过错在于托尔斯泰伯爵所达到的可怕高度，这是对大多数人来说无法企及的高度。

实际上，《战争与和平》到达了人类思想和情感的最高峰，达到了人们通常难以企及的高度。要知道，托尔斯泰伯爵是一位诗人（从这个词古老的、最好的意义上来说），他本身承载着一个人所能提出的最深刻的问题；他领悟到并向我们展示了生与死最大的秘密。您怎么能指望那些根本不存在类似问题的人们了解他，这些人如此愚笨，或者如此聪慧，以至于发现不了自己身上和周围的任何秘密。历史的意义、人民的力量、死亡的秘密、爱与家庭生活的本质等等——这正是托尔斯泰伯爵的主题。有什么奇怪的呢？难道这些东西和类似的事物是如此简单以至于第一次碰到的人就能够理解它们吗？许多人没有足够的思想广度或生活经验来理解他们，这有什么奇怪的吗？

如果我们弄清楚一般的思想状态——与其说考虑普通读者的，还不如

---

[1] 引自普希金抒情诗《诗人与群氓》（1828）。

主要地弄清"鉴赏家和法官"的思想状态——那么我们就不会再对托尔斯泰伯爵的作品所遇到的歪曲和空洞的议论感到惊讶,当然,在未来的岁月里,关于它的那些议论也会不绝于耳。毕竟,有许多人从来没有思考过,也没有感受过,尽管他们一生都在假装思考和感受。事实上,他们终其一生都在骗人,也就是说,他们不断地欺骗别人,给自己戴上思想和感情的面具,而他们根本就没有思想和感情。他们中的许多人甚至根本不相信世界上存在思想和感情,只是简单地把有思想和感情的人看成和自己一样的骗子。他们的判断就像潘达列夫斯基(谢谢您,屠格涅夫先生),在听了罗亭的话之后,他在心里认为罗亭只是"一个非常机灵的人",也就是说,比他自己灵巧得多。(《屠格涅夫作品集》,第三卷,第274页)

正是这些人过去、现在和将来都会评论《战争与和平》。

还有另一种更为现代的"法官",他们也很普遍,甚至在我们的进步过程中发挥了至关重要的作用。这些人极其愚蠢,同时又极其自负。他们既没有头脑,也没有心灵,却幻想自己能够理解一切,能够同情一切美好的事物。他们的自尊心是如此强烈,同时又是如此盲目和头脑简单,以至于当某些东西变得比他们优越时,他们会觉得可笑和反感。他们养成了最幼稚、最有感染力的自信,认为对他们的教育和头脑来说,一切都触手可及,一切都可以理解。由此导致的第一个后果是,与自己浅薄的头脑,狭隘的心胸相符合,他们以充分的重视、难以形容的激情和热情,宣扬最庸俗的东西。第二个后果是,凡是他们不理解的东西,他们都认为是彻头彻尾的愚蠢。

正是这些人过去、现在和将来都会评论《战争与和平》。

别的还需要多讲吗?在大多数时候,诗歌、科学、所有思想和创造领域对人们来说都是一种茂密而无边无际的森林,人们害怕迷失其中,只能沿着别人踩出的小路行走,更多的时候坚持走那条早被压坏了的大路。大多数人出于方便和安全的考虑,只看地面,不看天空,只注意自己眼前的东西，在自己的人生道路上只看到道德世界伟大现象的脚下，从未到达一个可以清楚地揭示这些现象真实层面的角度。即便如果人们偶然到达了这样的角度，他们也会因为目光短浅而看不清眼前的一切。

不管怎么说，《战争与和平》不可估量的高度必然会导致被误解。在我们这个年轻却又发展过快的文学界，还很少有人意识到在大众面前公开宣扬自己思想的危险性。《战争与和平》自然会成为这部作品评论者的绊脚石。许多人因此都注定亲手把愚昧无知连同自负无礼一起烙刻在自己的额头上。我们将尽量避免类似的羞辱，尽可能尊重和理解这部作品。

三

那么，《战争与和平》的意义何在呢？

我们认为，作为这篇文章题词的"作者的话"，最清楚不过地表达了它的意义："没有淳朴、善良和真实，便没有伟大。"

艺术家的任务在于表现他所理解的真正的伟大，并与他所要否定的虚假的伟大相对立。这一任务不仅在于表现库图佐夫与拿破仑的对立，还在于表现整个俄国所经历的斗争的一切细节，每个士兵的感情和思想方式，俄国人的精神世界，他们的风俗习惯，他们生活的一切现象，他们的爱、痛苦、死亡的方式。艺术家鲜明地表现了俄国人对人的尊严的看法和伟大的理想，这一理想存在于弱者身上，也不厌弃强者，甚至在他们误入迷途和精神上堕落的时刻也不例外。这一理想，按作者本人所提供的公式来说，便是淳朴、善良和真实。淳朴、善良和真实在一八一二年战胜了违反淳朴、充满了恶和虚伪的力量。这就是《战争与和平》的意义。

换而言之，艺术家给我们提供了英雄生活的一个新的俄国式的公式，这一公式适用于库图佐夫，但无论如何不能适用于拿破仑。关于库图佐夫，作者明确指出："这个淳朴的、谦逊的，因而也是真正伟大的人物并不适应欧洲英雄的虚伪形式，欧洲英雄没有真正统治着人们，这种形式是历史臆造出来的。"（《战争与和平》第四卷，第四部，第五章）对于俄国人来说，《战争与和平》中所描绘的人物都应这样理解，他们的感情、思想和希望，无论其中含有多少英雄主义的因素，如何表现出对英雄主义的渴望和理解，都不适应于欧洲所创造的外来的和虚伪的形式。俄罗斯的精神境界比较淳朴谦逊，它表现为一种和谐，一种力的平衡。只有这种力量与真正的伟大完全一致，而且我们明显地感觉到这种力量在其他民族的伟大中遭到破坏。由破坏了和谐、失去了互相平衡的力量所创造的生活形式的光辉和强大，通常吸引着并将长久地吸引我们。各种情欲、种种紧张的精神探索达到了令人目眩的地步。它们光彩夺目的形式——欧洲和古代曾有许多创造。我们，伟大民族中最年轻的一个民族，常常情不自禁地被外来生活的形式所陶醉，而在心灵深处我们还是保留着另一种独特的理想，与它相比，与我们的精神境界不相一致的理想在现实和艺术中的种种表现便会黯然失色并显得丑陋不堪。

　　纯正的俄罗斯英雄主义，在生活的一切领域内的纯正的俄罗斯式英雄行为，——这就是托尔斯泰伯爵所赐予我们的，这也就是《战争与和平》的主要对象。如果我们回顾过去的文学，那么我们就会更加清楚，作者给我们带来了多么大的功绩，更加清楚这种功绩的内涵何在。作为我们独立文学的奠基者，只有普希金一个人在他伟大的心灵中对所有形式的伟大、所有形式的英雄主义产生了共鸣，所以他能够理解俄罗斯理想，所以他能被称为俄罗斯文学的奠基人。但在他奇妙的诗歌中，这种理想只是作为特征，作为迹象出现，清晰明确，但却不完整，没有发展。

　　果戈理出现了，但他不能胜任这项艰巨的任务。传来为理想的哭泣之声，"通过世人看得见的笑，流下看不见的泪"，这证明艺术家不想放弃理想，但也无法实现理想。果戈理开始否定这种生活，因为这种生活始终没有给他带来积极的一面。"我们的生活中没有英雄；我们要么是赫列斯塔科夫，要么是波普里欣。"——这就是这位不幸的理想主义者得出的结论。

果戈理之后所有文学的任务只是寻找俄罗斯的英雄主义，消除果戈理对生活的消极态度，以更正确、更广阔的方式理解俄罗斯的现实，从而使我们不能逃避理想。没有理想，人民就无法存在，就像躯体没有灵魂。这需要艰苦而漫长的工作，我们所有的艺术家都自觉不自觉地承担并完成了这项工作。

但是托尔斯泰第一个完成了任务。他第一个克服了所有困难，在灵魂深处忍受并战胜了否定的过程，并从中解脱出来，开始创造体现俄罗斯生活积极方面的形象。他第一个以前所未闻的美向我们展示了只有普希金灵魂才能清楚地看到和理解的东西，那灵魂和谐得无可挑剔、通向一切伟大之物。在《战争与和平》中我们又一次找到了自己的英雄，现在没有谁能够夺走它。

我们试试更独立、更明确地指出托尔斯泰伯爵都做了什么。托尔斯泰并没有完成所有的任务，并没有穷尽俄罗斯心灵的所有广阔领域，但《战争与和平》解决了一半的任务，这一半在当下是最迫切和最重要的。它的力量和清晰度不亚于任何其他诗歌创作，属于现存和未来诗歌的最高表现形式。

托尔斯泰并没有体现俄罗斯理想的全部，但是他用非常强大的力量和魅力传递出"朴素和善良的声音，在我们的灵魂中升起，反对虚伪和强暴"。普希金最早听到这种声音，格里高利耶夫使用了我们引文中的表述最先理解和证明了这种声音。（阿波隆·格里高利耶夫作品，第一卷，第326、333页）格里高利耶夫的表述与托尔斯泰伯爵对"真正的伟大"所下的定义在字面上的相似性是非常明显的。这种伟大应当与淳朴、善良和真理结合，即与一切虚假格格不入。

赞成淳朴和善良、反对虚伪和强暴的呼声——这是《战争与和平》本质的最主要的意义。阿波隆·格里高利耶夫在小说中发现并以极度的敏感性追踪了我国文学中美丽而独特的元素。但是，尽管评论家如此忠实地理解我们诗歌最深层的弦音，却很难预料到，在他死后，这种声音会比他听到的声音更加响亮，这种美妙声音的强大声势有朝一日会覆盖我们的文学领域，并以其无与伦比的纯粹和力量与普希金诗歌的奇妙声音汇合在一起。

这一呼声的特有意义——便是我们需要确定的。如果我们为此而研究《战争与和平》中的人物和事件，那么我们可以清楚地发现，作者的好感具有一定的片面性，虽然这种片面性会由于对好感所系的事物的深邃观察而得到补偿。在世界上似乎存在着两种英雄主义：一种是积极的，不安的，富于激情的；一种是被动的，平静的，富于忍耐的……显然，托尔斯泰伯爵十分同情被动的，或者说是谦恭的英雄主义，而同样明显的是，他对待积极的和强暴的英雄主义就很少同情了。在第五卷和第六卷中，这种好感的差别比之最初几卷表现得更为突出。属于积极的英雄主义范畴的不仅有法国人，特别是拿破仑，而且还有许多俄国人，如拉斯托卜卿、叶尔莫洛夫等等。属于谦恭的英雄主义范畴的首先是库图佐夫，这种类型的一个典范，还有齐摩亨、屠升等等，总之，所有我们的士兵和俄国人民。《战争与和平》的全部内容似乎就在于证明谦恭的英雄主义比积极的英雄主义优越，积极的英雄主义不仅到处遭到失败，而且显得可笑，不仅软弱无力，而且极为有害。托尔斯泰伯爵以惊人的力量勾画出企图成为积极英雄一类人物的是拉斯托卜卿，这是一个鲜明生动的形象。我们听说，这个人物被作者刻画得非常真实，最详细的和多年积累的历史资料无非是证明了托尔斯泰伯爵的艺术洞察力[1]。在伟大的历史变革面前，拉斯托卜卿这类人物

---

[1] 已故的亚历山大·尼古拉耶维奇·波波夫如此评价。亚历山大·尼古拉耶维奇·波波夫（Попов Александр Николаевич, 1820—1877），俄国历史学家，著有《1812年莫斯科的法国人》(莫斯科，1876)，《1812年卫国战争，从小雅罗斯韦茨到别列津》（圣彼得堡，1877）。

是微不足道和渺小的，不是因为他们本身十分软弱，而是因为他们企图干预大大超越他们能力范围之外的事件的进程。在夸大自己的作用、在荒谬的和不自量力的自我陶醉方面，作者认为有错误的不仅是个别人物，还有整个民族，如率领欧洲人来侵犯我们的法国人，还有俄国的上层统治集团，如宫廷、司令部等等。作者表现出，无论在什么地方，相信自己的力量，认为自己有能力改变并确定事件的方向，不仅会导致错误，而且不可避免地会和玩弄最卑劣的情欲，如自尊、虚荣、妒忌、仇恨等相结合。

因此，根据小说的含义看来，强暴的人被剥夺了用武之地。但是，一般说来，无可否认，坚定的和勇敢的人在事件的进程中不是无足轻重的，俄罗斯人民也不是没有培养出富有远见、能够施展其才智的人物。如果个性这样发展，那么大部分个性的特征很不吸引人是十分自然的，但同样毫无疑问，就是在这样一些人身上表现出俄罗斯精神力量的优美品质。

因此，俄罗斯性格的一面没有完全被作者把握住并描绘出来。需要等待一位艺术家，他能像普希金对待彼得大帝那样对待性格的这一面：

> "在这黑夜里，他多么威严！
> 他脑中正翻腾着哪些思想！
> 他身上蕴藏着多伟大的力量！
> 那骏马的胸中正猛燃着烈焰！
> 高傲的骏马，你奔向哪里？
> 你的铁蹄将落在何方？
> 啊，强大的命运的主宰！
> 不就是你拉起铁的马缰，
> 把俄罗斯带到大海之滨，
> 让它直立在悬崖之上？"（《青铜骑士》）

但是，在我们拥有纯粹而清晰的积极英雄主义形象之前，在这种英雄主义还没有找到它的诗人表达者之前，我们必须谦虚地向在我们面前歌颂和体现谦恭英雄主义的诗人致敬。我们只能猜测和模糊地领悟出另一种伟大的特征，这也是俄罗斯人特有的天性，我们已经亲眼看到了托尔斯泰伯爵描绘的这种伟大之清晰化身。

不过，在主要方面我们不能不同意诗人，就是说，我们完全承认谦恭的英雄主义对积极的英雄主义的优越性。托尔斯泰伯爵为我们描绘了如果说不是俄罗斯性格的最有力的方面，那么也是最好的方面，应该具有至高无上的意义的方面。既不能否认俄国战胜拿破仑不是依靠积极的、而是依靠谦恭的英雄主义，同样也不能否认淳朴、善良和真实构成了俄罗斯人民的最高理想，而强烈的情欲和杰出个人的理想必须服从于它。我们之所以有力量是因为有全体人民，是因为拥有存在于最淳朴和谦逊的人身上的那种力量，——这就是托尔斯泰讲出来的思想，因此他完全正确。我们还需要补充的是：就是在没有向我们证明淳朴、善良和真实能够战胜任何虚伪的、邪恶的和不真实的力量的情况下，我们也应该对人民理想的优秀素质表示景仰。如果问题涉及力量，那么它取决于胜利在那一边，但是对淳朴、善良和真实本身，我们感到亲切和宝贵，不管它们是否取得胜利。

托尔斯泰描绘的私人生活和私人关系的场面有同一个目的——表现一个民族具有淳朴、善良和真实的最高理想，他的痛苦和欢乐，爱情和死亡，家庭生活和个人生活。库图佐夫和拿破仑之间的差别表现得如此明显，同样的差别存在于讲述着各自的恋爱故事的彼埃尔和拉姆巴上尉之间，也存在于布里安小姐和玛丽亚公爵小姐之间。在博罗季诺会战中表现出来的人民精神，在安德烈临终前的沉思中，在彼埃尔的内心变化中，在娜塔莎和母亲的谈话中，在新建立的家庭生活方式中，总之，在《战争与和平》的所有个别人物的一切内心活动中也都有表现。

无论在哪里，不是淳朴、善良和真实的精神占统治地位，就是这种精神同人们的迷误作斗争，并且或迟或早总是这一精神取得胜利。第一次我们看到了完全俄国式理想的无可比拟的美，这种理想谦逊、淳朴、无限温柔，同时又绝不动摇并富于自我牺牲精神。托尔斯泰伯爵的巨幅画卷不愧为俄国人民的艺术反映，这真是前所未闻的现象，是现代艺术形式的一部史诗。

四

在此，我们有必要就一个我们本想换个时间再谈的话题——关于托尔斯泰伯爵从哲学角度看待历史的观点——至少说几句话。对许多读者来说，这些观点妨碍了他们对编年史本身的印象，因为这些观点过于尖锐，分散了原本对感兴趣的艺术作品本身尚且不足的注意力。在这方面，作者似乎已经达到了他的目的，即他确实让每个人都关注他最喜欢的思想。阅读他的论战举动，注意到他是如何一涉及他的哲学思想就开始发火的，你会认为他对自己的基本主题，即打败拿破仑的俄罗斯形象，远不如对历史的一些总体性思考那么投入和着迷。因此，据说贝多芬将法律视为自己的主要职业，并几乎为自己在音乐上投入了太多时间而感到遗憾。

首先，我们完全坦白地承认，一件事会对另一件事有害。托尔斯泰伯爵的哲学论断本身是很好的；如果他在一本单独的书中表达这些想法，那么他就会被认为是一位优秀的思想家，他的书也会成为为数不多的完全配得上哲学之名的书之一。但在《战争与和平》这部编年史中，与生动画面并存的这些思考显得软弱无力，缺乏趣味性，与主题的伟大和深刻不相称。在这个问题上，托尔斯泰犯了一个违背艺术原则的大错误：他的编年史显然压倒了他的哲学，他的哲学妨碍了他的编年史。许多"鉴赏家和法官"[1]——"只看坏处是他们唯一的本领"[2]——都对这个错误感到高兴，他们立即从历史论述的薄弱之处指责《战争与和平》，他们显然认为在这方面大概是胜利了。我们认为，这些先生大错特错。我们不记得那些对托尔斯泰伯爵的哲学观点嗤之以鼻的人说过什么有道理的话。总的来说，我们认为，这些评论的作者还远远没达到他们所告之人的水平。

然而，所有的问题都在于第一印象；假以时日，我们的眼睛就会习惯于清楚地区分两个乍看之下混为一谈的主题：作为编年史的《战争与和平》及作为哲学的《战争与和平》。编年史本身就是一个严谨、清晰、完整的整体，对于任何一个能够理解艺术作品的人来说，任何附加和插入的思想都不会削弱其不可抗拒的印象，不会掩盖其中的任何特征，因为它的所有特征都是纯粹、简单和鲜明的。至于托尔斯泰伯爵的哲学，当我们习惯于把它与编年史分开来考虑时，它就会发现那些固有的优点，而这些优点现在却被过于辉煌的编年史所掩盖了。

托尔斯泰伯爵的哲学观点与他编年史的内容密切相关；这些观点对有关历史的一些问题作了非常准确和深刻的阐述，但它们并没有以抽象的形式捕捉和穷尽《战争与和平》以小说形式表现的全部内容。这就是我们的判断，我们将努力用一些评论和参考资料来支持这一判断。

历史是不以个人意愿来创造的，在历史中发现其他更强大、更深刻的力量的作用，这对人们的理性和努力纯属意外，——这是托尔斯泰伯爵编年史和哲学的主要思想。是什么支配着各个民族？他们可怕的冲突的胜利和失败取决于什么？这是托尔斯泰通过自己论断来回答的问题，整部《战争与和平》也是通过人物和场景对这些问题进行更清楚、更明白的回答，譬如拿破仑是怎样成为"历史的渺小的工具"（第六卷，第84页），譬如

---

[1] 格里鲍耶多夫喜剧《聪明误》（第二幕，第五场）中的台词。
[2] 指的是克雷洛夫寓言《猪》中的以下部分："但是怎么能不把批评家称作猪？他们不管评论什么，只看坏处是他们唯一的本领。"

他对真正支配事件的力量无能为力。那些自诩高明的先生们认为托尔斯泰的文学值得赞美而他的哲学可以嘲笑，他们显然没有注意到文学与哲学之间的联系，即没有注意到常说的庞然大物。这就清楚地证明了他们的嘲笑和称赞一样无意义。在赞扬托尔斯泰伯爵的无懈可击的真实艺术故事时，不能不看到，这一故事完全证实了他关于伟人、关于权力、关于每个人在整个事件进程中的重要性、关于历史学家的解释是不充分和虚假的事实等思想。这是一连串美好的真理，彼此紧密相连，只是有时表达得过于夸张，但这很容易纠正，只需明确地坚持托尔斯泰伯爵本人给我们的指导，即他的编年史。

例如，如果某个人试图否认那种我们列举的观点（也就是拿破仑是历史的渺小工具），就编年史的意义而言，这并不意味着拿破仑是个头脑愚钝、意志软弱的人；恰恰相反，关键在于他曾异常精明、精力充沛，然而当历史的真正力量出场时，他什么也不明白，什么也做不了。正如托尔斯泰所证明的，即使在流放中，在圣赫勒拿岛上，拿破仑也不明白自己在俄罗斯做了什么，因此，他完全是更高命运的盲目工具，以最惊人的方式发现了自己的渺小，因为他面对的是一种远远超出其意志和理性的力量。

从《战争与和平》中很明显看出，每一个顺从历史的力量、因而对历史事件发展有所贡献的士兵，都在这方面高于拿破仑，因为他一事无成，既不能推动事件，也不能妨碍它。士兵的活动是为了实现可能的目标，而这一目标已经实现；拿破仑的活动是为了实现不可能的目标，因此毫无结果。在这个意义上，拿破仑成为了历史的最渺小的工具。

人们自身都不知道他们作为工具的作用；最大的耻辱落在了那些自命为最伟大的人身上。托尔斯泰伯爵的许多论断都可归结为这些朴素的真理。在这些论断中有很多正确和清晰的东西，但在很大程度上没有构成新的发现，而只是对早已表述的思想的独创性发展，尽管这些思想远未被普遍接受。

宿命论——这是人们对托尔斯泰伯爵历史哲学观的称呼[1]，却没有意识到这个名称本身没有任何含义。宿命论，准确地说像泛神论、唯心主义一样——是任何哲学都适合的一般术语，这让那些第一次熟悉哲学体系的人感到惊讶。您想解释世界如何来自神、由神掌控并依赖于神——这就是泛神论。您想解释现象的本质、宇宙构成外壳的意义——这就是唯心主义。最后，您想了解历史必然是这样而不是那样形成的原因——这就是宿命论。

因此，在托尔斯泰伯爵的基本观点中，我们既找不到任何一种全新的东西，也找不到任何严重偏离真理的东西。但在我们看来，任何公正的读者都应该承认这些观点伴随着非凡的独创性、真正的哲学才华成熟起来，并以高超的语言表达出来，将极度的简洁、清晰、力量、表现力联系在一起。

尾声的后半部分是托尔斯泰伯爵对他历史哲学的阐述。在这里，他的观点有条不紊、环环相扣地得到了阐述；其中许多出色的、纯经典的论述篇幅令我们大吃一惊。这里对意志自由问题的论述具有非凡的深度，类似问题在巴克尔[2]、密尔[3]或者其他我们喜爱的哲学家那里都找不到，哪怕是一小部分。

现在我们列举出最精彩的片段。

托尔斯泰伯爵说："假如自由的意识不是一个独立的不依赖理性的自我认识的源泉，那么，它就是可以论证和实验的。但实际并不存在这种情

---

[1] 德·普尔（М. Де-Пуле, 1822—1885）先生在他的文章《〈战争与和平〉引发的战争》中谈到了托尔斯泰的宿命论：《战争与和平》的作者是一位最极端的宿命论者。〈......〉命运支配着托尔斯泰伯爵的全部作品，使其具有诗意的统一性，其中所描绘的生活给人一种雄伟的史诗般的流畅感。"（《圣彼得堡新闻报》，1869年第144期）。《呼声报》（1869年，第360期）的评论家对宿命论给予了否定的评价，认为它是"关于托尔斯泰伯爵哲学的最新言论"。

[2] 亨利·托马斯·巴克尔（Henry Thomas Buckle, 1821—1862），英国历史学家和实证主义社会学家，承认精神进步，但否认历史发展中存在道德进步。

[3] 约翰·斯图亚特·密尔（John Stuart Mill, 1806—1873），英国经济学家和实证主义哲学家，在伦理学方面倾向于功利主义。

况，而且是不可思议的。"

"一系列的实验和论证对每个人表明，他，作为观察的对象，服从某一些法则；人一旦认识了万有引力或不渗透性的法则，他就服从这些法则，并且永远不会抗拒这些法则。但是，同样一系列的实验和论证对他表明，他内心感觉的那种完全的自由是不可能的，他的每一动作都取决于他的肌体、他的性格，以及影响他的动机；但是人类从来不服从这些实验和论证的结论。

一个人根据实验和论证，知道一堆石头向下落，他毫不怀疑地相信这一点，在任何情况下他都期望他所知道的那个法则得到实现。

但是，当他同样毫不怀疑地知道他的意志服从一些法则的时候，他不相信这一点，而且也不可能相信。

虽然实验和论证一再向人表明，在同样情况下，具有同样的性格，他就会跟先前一样做出同样的事情，可是，当他在同样情况下，具有同样性格、第一千次做那总得到同样结果的事情的时候，他仍然像实验以前一样确定无疑地相信他是可以为所欲为的。每个人，不论是野蛮人还是思想家，虽然论证和实验无可争辩地对他证明，在相同的条件下，有两种不同的行动是不可想象的，但是他仍然觉得，没有这种不合理性的观念（这种观念是自由的实质），他就无法想象生活。他觉得就是这样的，尽管这是不可能的，因为没有自由这个概念，他不仅不了解生活，而且连一刻也活不下去。

他之所以活不下去，是因为人类的一切努力、一切生存的动机，都不过是增加自由的努力。富裕和贫穷、荣誉和默默无闻、权力和屈服、力量和软弱、健康和疾病、教养和无知、工作和闲暇、饱食和饥饿、道德和罪恶，都不过是较大或较小程度的自由罢了。

一个没有自由的人，就只能看作是被夺去生活的人。

假如理性认为自由的概念是一种没有意义的矛盾，好像在同一条件下进行两种不动作的可能性一样，或者好像一种没有原因的行动的可能性一样，那只能证明意识不属于理性。"（第六卷，267 和 268 页）

因此，自由和关于自由的问题构成了一个领域，它不属于由普通方法和论述、实验所得出的结论所构成的普通知识。普通知识不过是对必然性的探寻，因而也是对自由的否定。因此，我们有了两个思维范围：其一完全从属于理性，必然导致宿命论；其二拥有独立于理性的认知起源，涉及自由的问题。

"在我们知识普及、具有自信的时代，多亏最有力的愚昧工具——印刷品的传播，才把意志自由的问题提到这个问题本身不能存在的地位。在我们这个时代，大多数所谓先进人物，也就是一群不学无术的人，从事博物学家的工作，研究问题的一个方面，以求得全部问题的解答。灵魂和自由不存在，因为人的生活是筋肉运动的表现，而筋肉运动取决于神经的活动；灵魂和自由意志并不存在，因为在远古时代我们是由猴子变来的，——他们就是这样说、写、印成书刊，一点也不怀疑，他们现在那么奋力用生理学和比较动物学来证明的那个必然性的法则，早在几千年前，被所有宗教和所有思想家所承认。他们不知道，在这个问题上，自然科学只能阐明问题的一个方面。因为，从观察的观点来看，理性和意志不过是脑筋的分泌物（secretion），遵循一般的法则，人可能是在那无人知道的时代从低级动物发展起来的，这事实不过从一个新的方面阐明几千年前所有宗教和哲学理论都承认了的真理，从理性的观点来看，人从属于必然性的法则，但是它一点也没有促进这个问题的解决，这个问题具有建立在自由意识上的相反的另一方面。

假如人是在无人知道的时代从猴子变来的，这与说他是在某个时期用一把土做成的，是同样可以理解的（前者的 X 是时间，后者的 X 是起源），而人的自由意识怎样与他所从属的必然性法则相结合的问题，是不能用比较生理学和动物学来解决的，因为从青蛙、兔子和猴子身上，我们只能观察到筋肉和神经活动，但是从人身上，我们既能观察到筋肉活动和神经活动，也能观察到意识。

自以为能解决这个问题的博物学家和他们的信徒，正如这样一些灰泥匠：本来指定他们粉刷教堂的一面墙壁，可是他们趁着总监工不在，在一阵热情发作下，粉刷了窗子、神像、脚手架，以及还未加扶壁的墙壁，他们很高兴，从他们作灰泥匠的观点来看，一切都弄得又光又滑。"（第六卷，269—270页）

这里的论述确实深刻，表达完美，充分体现了视必然性为最高法则的研究与完全不同的思想领域——自由问题——之间存在的区别。人类起源于猿猴的问题曾让许多人困惑不已，但在这里，它被摆在了适当的位置，正确而准确地被归结到那些毫不触及问题本质的要点之中。

因此，托尔斯泰伯爵绝不是严格意义上的宿命论者，也不可能是宿命论者。他把作为宿命论科学（就像所有其他的独立学科一样）的历史，把它和那些包含最深刻的科学因素和关于自由最高问题的推断区别开来。

"正如每一种科学研究的对象是未知的生活实质的表现，而这实质的本身只能是形而上学的研究对象一样，人的自由意志在空间、时间和因果关系中的表现，形成历史的研究对象；而自由意志本身是形而上学研究的对象。"（第六卷，284页）

另外一方面，他指出，形而上学的问题构成了道德世界科学的主要中心。他以最简单的方式阐述了这些问题：

"人是全能、全善、全知的上帝的创造物。罪恶（罪恶的概念是从人类的自由的意识中产生的）是什么呢？这是神学的问题。

人的行动属于用统计学表示的普遍的不变法则。人类对社会的责任（这一概念也是从自由的意识中产生的）是什么呢？这是法学的问题。

人的行动是从他的先天性格和影响他的动机中产生的。良心是什么，从自由的意识中产生出来的行为的善恶认识是什么？这是伦理学的问题。

联系人类的全部生活来看，人是服从决定这种生活的法则的。但是，孤立地来看那同一个人他似乎是自由的。应当怎样看待各民族和人类的过去生活呢——作为人们自由行动的产物呢，还是作为人们不自由行动的产物呢？这是历史的问题。"（第六卷，269页）

因此，没有自由的概念，道德科学就没有任何意义。关于自由的问题构成了这些科学的灵魂，尽管作为一般知识特征的宿命论在这里占了上风。通过把人的行为置于统计法则之下，把人的精神属性置于性格形成法则之下，把民族的发展置于人类生活的一般法则之下，我们努力把宿命论引入这些科学；但它们的全部兴趣不在于这种宿命论，而在于宿命论之下的东西，就像外壳之下的东西。宿命论在这些科学中表现得越尖锐、越深刻，自由的领域就越明确、越清晰地展现在我们面前，矛盾的声音就越响亮，向我们宣布现象的道德意义的声音就听得越清晰。

作者完全听到了这一声音，并充分意识到历史的意义仅在于此，因此他将整部著作的结尾都用于完成一项纯粹形式化的任务；他对历史的真正意义不感兴趣，而只对调和必然性与自由的问题感兴趣，也就是说，对历史如何才能成为一门狭义上的科学感兴趣。作者通过一系列机智而精确的论述界定了必然性与自由之间的关系，并得出结论：在历史中，在不否定真正自由和不试图深入其本质的情况下，我们必须放弃不存在的（即我们通常在自己身上想象的）自由，承认我们感觉不出的依赖性。

《战争与和平》是以这些话作为结尾的。坦白地说，这是一种多么缺乏艺术性的结尾！虽然写得精彩，但在读过编年史的生动人物和场景之后，再去读完全枯燥的论述，未免令人感到无聊和奇怪。在艺术方面不好的东西，在其他方面也一定不好。这里的情况就是如此。当然，如果这样的论述完全站在编年史的高度，完全穷尽了它的主题，那也不会令人感到乏味。但这里的情况并非如此。读者在追随作者的哲学思想时，都期望作者能将他的一般性思考应用到他的主要主题——俄国和欧洲之间的斗争。

但是，作者似乎完全忘记了他作品的全部趣味所在。

错误并不在于思想的错误，而在于思想的不完整。显然，作者的论断根本没有向我们展示编年史中描绘的斗争有什么意义，其中体现了什么力量。因此，康德和其他哲学家的学说就被公正地展现出来，即狭义科学的一切目的——因果联系、对事物必然过程的探索——并没有穷尽现象的内容，因果关系只不过是我们思维的形式，而作为一种形式，它无法抓住本质。同时，自由意志的问题、现象的道德意义的问题，也是一个本质的问题。

在编年史中，事件的本质生动而清晰地显现在我们眼前，完全没有被作者对历史的论断所涉及。如果作者在书的最后写了一些哲学或其他方面的思考，让我们更清楚地认识到博罗季诺战役的意义、俄罗斯人民的力量、当时拯救了我们并使我们延续至今的理想，我们就会满意了。但是，普通的知识公式本身是冷漠的；它们既没有抓住美，也没有抓住善和真理，即没有抓住世界上最崇高的东西——我们生活中最根本的兴趣就在于此。对科学来说，最令人厌恶的现象，就像最高级的东西一样，只是已知原因的结果，但对活生生的人来说，情况却不尽相同。对科学而言，世界是死气沉沉、单调乏味的因果游戏，但对活人而言，世界是美丽的、有生命的，是绝望或喜悦、敬畏或厌恶的对象，而这正是我们的本质所在。大脑在世界上什么都没找到（除了某种无穷的、无意义的机制），但是心灵为我们展现了另一种意义，从本质上说，这才是唯一重要的意义。

因此，《战争与和平》的主要思想不能从托尔斯泰伯爵的哲学公式中寻找，而是需要在编年史本身中寻找。在作品中，历史生活以其令人惊异的完整性被描述了出来，对于我们的心灵有着很大的启示。在此，我们与欧洲的斗争问题显然是一个很特殊的问题。在这里，纯粹的俄罗斯理想闪耀着光芒，对我们来说比世界上任何一样东西都宝贵，一切事物最终被囊括其中。

作者在某些地方提到了一些抽象的观点，它们明显不是来自作者的最终论断。他将1812年战争称为"所有已知的战争中是最伟大的一次"。（第六卷，第2页）他指出，它是战争的同时，并不属于任何"先前战争传统"。（第4页）作者把博罗季诺战役称为"最富有教训意义的历史现象"。（第1页）正是因为它与历史事件的通常进程相矛盾。

"所有的历史事实（就我们所知道的）都证实这个道理：一个民族的军队在同另一个民族的军队作战时所取得的战果大小，是这个和那个民族实力消长的原因，或者至少是最重要的标志。军队打了胜仗，战胜的民族的权利由于损害战败者立即增长了。军队打了败仗，那个民族立刻按照失败的程度被剥夺权利，它的军队彻底失败，它就彻底被征服。从远古直至现代，都是如此（从历史上看）。拿破仑的历次战争都是这个规律的证明。按照奥军失败的程度，奥地利丧失了自己的权利，而法国的权利和力量增长了。法国人在耶拿和奥尔施泰特的胜利，取消了普鲁士的独立。

出人意料，一八一二年法国人在莫斯科附近打了胜仗，占领了莫斯科，在这以后再没有打仗，但是毁灭的不是俄国，而是拿破仑的六十万军队，然后是拿破仑的法国。编造事实以符合历史规律——硬说博罗季诺战场是在俄国人手中，莫斯科被占领后又有几次歼灭拿破仑军队的战役，那是不可能的。"（第五卷，第12页）

作者所得出的结论，包含着博罗季诺战役的教训意义和与历史传统不符的新结果如下：

"一八一二年从博罗季诺战役到赶走法国人，整个战争证明了打胜仗不仅不是征服的原因，而且甚至不一定是征服的标志；证明了决定民族命运的力量不在于征服者，甚至不在于军队和战斗，而在于别的什么东西。"（第五卷，第3页）

因此，历史不是同一批力量的单调游戏，也不是无穷的因果重复现象；历史中有特殊事件，具有特殊意义和教诲性，因为它们发现了直到那时还不明显或不存在的力量的影响。在历史中被揭示出的某种封闭的、深刻的东西，是某种从未被体现的新东西。如果是这样的话，那么历史的乐趣和教诲意义便在于这一点。

托尔斯泰伯爵在自己壮丽的史诗中向我们展示了我们在和拿破仑的斗争中发现的东西。有史以来，俄罗斯的理想首次被清晰而有力地展现出来，在这一理想面前，拿破仑和拿破仑时代法国的全部力量都被摧毁了。这就是一个例子，证明历史之中的意义，构成了历史的基本内容。问题不在于胜利，不在于几种个别力量的重新组合导致了某个迄今为止征服和击败一切的强大势力的崩溃。问题的实质在于这种机械的因果关系下所隐藏之物。问题的实质在于，在这机械的因果关系之下隐藏着什么。在它的背后，是一种尚未在世界上发挥作用的力量之觉醒，那就是淳朴、善良和真实的精神。

淳朴是人类最高的优雅、最高的美。

善良和真实——人类应该为之生存并行动的最高目的。

俄罗斯民族所保留的理想之最佳特征便是如此。这种温顺和善良的精神曾经为我们，现在也为我们带来了各种伤害和痛苦；但同样是这种精神打败了拿破仑，摧毁了他的军队和国家。

五

我们试图从这项工作应该遵从的主要观点来审视《战争与和平》。我们力求简明扼要，省略了大量可能是必要的注解。我们没有谈及令人惊叹的语言，也没有谈及作者在艺术手法上无与伦比的坚定性和纯粹性，尽管在所有这些方面，《战争与和平》都是一部堪称典范的作品，每一位俄罗斯艺术文学作家都应该认真研究它。所有这些我们不得不稍后再谈，因为我们急于得出我们文章的结论。正如我们预感到的那样，即使没有这一结论，这篇文章在我们的评论者看来都是异常冗长和极度含糊了。

但是在结论之前，我们做一个小的插叙，可能正好也不会碍事。也就是说——我们在这里用屠格涅夫优雅的手向《战争与和平》扔石头（就像优雅的小品文作家们所说的那样）。伴随着《战争与和平》第六卷的出版，新版的屠格涅夫作品集第一卷也出版了，在这卷《文学回忆录》中有许多新奇的事，其中有一件非常有趣，那就是屠格涅夫对我们当代所有文学的观点。在这里您可以找到有关我们所有名人的评论，甚至关于最新的列舍特尼科夫[1]，还有关于《战争与和平》的评论。

这一切是如何发生的，即屠格涅夫在谈到自己过去的活动时，如何能对每一位自己现今的诗歌同行都作简短评价——这并不容易理解。这看似一件简单的事情（对那些与这些那些话题有关的词语做出评论），但如果我们考虑到这些评论的完整性、它们的特点、独特性、它们所包含判断的重要性及分量，那么我们不禁会怀疑屠格涅夫的狡猾，认为他只是假装老实却说漏了嘴的作家，似乎对于他来说，各种不同的名字只是恰好提及而已。

有一些话题不能随便谈论。有些话，所有人都应该知道它的分量；不能假装不知道就随口说出来。既然屠格涅夫先生学的是德国哲学，既然在《回忆》中他本人对权威的态度谈了很多，那么我们斗胆在这里对果戈理的主题进行一点抽象的判断：必须诚实地对待语言[2]；换句话说，这将是这样一个问题：作家为什么要以及如何避免滥用自己的权威？

我们完全不属于严格的道德说教者，他们随时准备让作家承担沉重的、几乎无法履行的责任。许多人像果戈理一样，认为作家应该对他的文字给人留下的印象负责。因此，他必须权衡读者的观念和精神力量，并应

---

[1] 费奥多尔·米哈伊洛维奇·列舍特尼科夫（Федор Михайлович Решетников, 1841—1871），作家，他的小说以描写普通人生活的阴暗面、农民和工人的贫困社会状况为主题。
[2] 即果戈理在《与友人书简选》中的表述，见该书第四章《论什么是语言》。

该这样说话，以便大家能理解他所说的真正意义，不会引起任何误解，不会激起任何不良情绪。根据这些道德说教者的看法，每一句草率、考虑不周、不恰当的话都是作者的过错。

我们认为类似的要求过高，因此只适用于极少数情况。对作家说，你必须比你的所有读者都更聪明、更有远见，这难道不是意味着赋予作家在大多数情况下无法履行的职责？即使许多人心甘情愿地承担起这样的责任，并把自己想象成名流和导师，我们也能正确地从中看出他们往往过于自负。

因此在我们看来，作家的责任更简单更轻松。严格来讲，他们只需要一样东西——完全的真诚。要求的不是他本人严格而准确地斟酌自己的文字（这种天赋不是每个人都有的），而是他给我们读者充分的机会来斟酌。要求的不是他本人从不受骗或犯错（谁能为自己担保），而是他不欺骗我们，不把我们带入误区。为此，不仅要做到不故意撒谎，不仅要做到不写自己没想过的东西，而且要做到公开、清楚地表达每一个想法，不隐瞒产生和说出这些想法的理由和动机。当我们知道一个人说话真诚，能看到他说话的目的、想要什么、对什么感兴趣，我们就能对如此认真的一个人感到满意，我们就能自己判断他的话是否有用。

因此，我们认为，如果一个作家说话含沙射影，如果他故意利用自己的权威（仿佛偶然能抛出其他有分量的话），希望通过这种形式产生更大的影响，那么他就违背了自己的职责。一个作家如果像一个口无遮拦的女人一样，说一套想一套，在温柔亲切的言辞中对这个或那个听众夹枪带棒，打着泛泛而谈的幌子阿谀奉承，在倾诉他对文学的热爱时喋喋不休，这样的作家就违背了他最简单、最谦虚的职责。

显然，固执己见的屠格涅夫完全漫不经心地把托尔斯泰称为有偏见的无知作家。这是屠格涅夫的话："但是由缺乏真正的知识而导致缺乏真正自由精神的最可痛心的事例，是列·尼·托尔斯泰伯爵的近作（《战争与和平》），同时，就它的独创的诗才而言，它恐怕是一八四零年以来欧洲文学中首屈一指的作品。"（屠格涅夫文集，第一卷，1869年）

正是如此！屠格涅夫先生假装天真、老实，装模作样，似乎他仅仅是为了举例才作此评论，仅仅是为了对他个人观点略作解释，好像那些事是可以顺便说说似的！似乎在承认了《战争与和平》高于1840年以后，即《死魂灵》[1]之后的其他作品后，因而也高于自己的作品后，屠格涅夫先生就有权顺带提到托尔斯泰伯爵的作品，顺便嘴上带着微笑，目光盯着更高的真理，对这个作品发出尽可能严厉的判决！

现在，我们和读者都不得不对屠格涅夫的优雅《回忆录》中巧妙插入的这些带刺话语的含义进行分析和猜测。比如说，屠格涅夫先生如此肯定、毫无保留地宣称托尔斯泰伯爵缺乏真正的知识（仿佛这件事是最清楚不过的，毫无疑问），这究竟是什么意思呢？第一，总的来说，这意味着屠格涅夫先生认为自己的教育水平比托尔斯泰伯爵高得多；第二，具体地说，屠格涅夫可能对托尔斯泰先生在历史、拿破仑和1812年战争方面的无知观点感到不满。

话题很有趣，如果屠格涅夫先生按照每一位大小作家的职责行事，即清楚地表达上帝赋予他的思想，我们就可以竭尽所能，就此主题展开论述。我们现在只谈以下几点。

没有思想、没有心灵的教育本身来说就是无稽之谈。一个人可以长时间地学习哲学，用一生来阅读最有智慧的书籍，懂得很多种语言，但仍做不了任何明智的事，成不了聪明人。一切都在于真正的知识，就像屠格涅夫所表达的那样，这对他自己来说是不成功的，但对我们来说是非常成功的。我们对托尔斯泰的教育一无所知，除了他有很高的智力，他从来没有在他的作品中夸耀过他所受教育的丝毫特点，也从来没有在任何意义上贬

---

[1] 果戈理的作品《死魂灵》出版于1842年。

低过真正聪明的东西。至于说到真正的知识，托尔斯泰伯爵的知识之丰富是毋庸置疑的，也是有目共睹的。还有什么是这个人不知道的！此外，他唯一不知道的并非书本知识，而是在任何书中都找不到的真正知识！

较之于其他博学的心理学专家，他不仅更了解人类的心灵——诗人的真正领域，更知道数不胜数的生活和活动的领域，其他一辈子在这些领域中活动的人却未必了解其中之一。

除了艺术天才之外，我们还必须承认，托尔斯泰伯爵还具有巨大的认知能力；除了文学才华之外，他还具有哲学天赋；除了能够理解书上所写的和任何书上未写的意义这种惊人能力之外，在我们与拿破仑的战争这一话题方面，他是一位博学多才之人。

在屠格涅夫说托尔斯泰伯爵无知的话中，我们很清晰地听到了我们在西方学术权威面前的一种恐惧，这种恐惧遍布于俄罗斯社会与文学之中。屠格涅夫先生想用自己所受的教育和援引某些知识来吓唬我们。我们可以肯定，他自己对这些知识都不清楚。以某种不确定、也不知存在何处的西方科学为武器来进行长久的恐吓，只适合于那些不知道该思考什么、该坚持什么的人。有自己思想的人是不会被任何东西吓到的。

因此，我们要谈谈屠格涅夫先生的讽刺话语中包含的第二个责难，即屠格涅夫先生称托尔斯泰伯爵是一个不自由的人，这当然是指托尔斯泰伯爵似乎热爱自己的人民和历史，他听命于这些伟大的权威。但是，精神自由和精神奴役完全不是由此决定的，完全不在于独立于任何权威，而在于我们的顺从和反抗都来自我们自己，是我们思想和心灵明确而自觉的行为。不服从任何权威纯属愚蠢，因为这意味着什么也不尊重，什么也不爱。一位智者说："自由有各种各样：例如，有不受常识约束的自由，但这种自由有什么意义呢？"真正自由的人不是没有力量去信仰的人，不是没有智慧去理解已知原则的至高无上的重要性的人，而是在信仰和理解之后，以自己的头脑，以自己的心灵（而不是在他人的影响下，不是在对公众舆论的恐惧下,不是为了不相干的原因而行动)的人。自己的信念——这才是真正的自由。

如果我们从这个角度来看,那么毫无疑问可以相信,没有人能比托尔斯泰伯爵更自由。如果我们想要寻找被奴役的例子,那么屠格涅夫——那个现在谈论作家自由的人——就是最无可辩驳的例子。事实上,有谁能指责托尔斯泰伯爵会随波逐流,屈服于他人观点或社会、文学一时的情绪呢?这位作家没有一部作品留下屈服的痕迹。在他的作品中到处都可以听到他个人思想坚持不懈、独立思考的声音。我们重申一下在去年的《朝霞》杂志中所证明的:我们没有一位作家像托尔斯泰伯爵那样体现出这种漫长的、完整的、完全有机的发展。回想一下,这一时期的文学发生了什么,发生了怎样异想天开的革命,空气中弥漫着怎样的流星,整个地平线上笼罩着怎样具有欺骗性的海市蜃楼。除了我们所拥有的,我们一无所有!最有洞察力的人随时准备受骗,并打算承认现实中泡沫和碎片的重要性和现实性。在这段时间里,托尔斯泰伯爵没有受到其中任何一种影响。他深沉而持久的内心活动使他完全不受当时一切时代影响的左右。他的每一部作品都证明,他是一个最好的、最高意义上的自由作家,即他是一位独立的作家,有自己的思想,自己的使命。

现在就拿屠格涅夫先生来作对比和解释吧,他自己也反复请求作实质上不利于己的对比。屠格涅夫先生什么都做过,向所有的影响都屈服过!我们的刊物和我们文学界的每一种情绪都迅速而有力地反映在他身上,我们几乎找不到第二个例子。这就是真正的时代奴隶,他似乎没有自己的东西,却从别人那里借来了一切。下面关于诗人所说的话,比起其他人来说更适合他:

你们就像广场之钟,
任何行人在此路过,

都可以把你们敲响。[1]

屠格涅夫没有自主性,因而也没有任何的独立性;作为别人观点和情绪的回声,屠格涅夫至今也没能形成超越自己描述现象的观点。在虚无主义盛行的时期,他写了《父与子》,在爱国主义盛行的时期他写了《烟》,那又怎样呢?如果一个人总是被反对流行思潮的需求引导,那么他总是受制于流行,他所说的不是自己的,而是这些反对意见借他之口说的。有一段时间,大家认为屠格涅夫先生有一些最复杂的观点,因此他才批判我们进步过程中的转瞬即逝的现象。但现在,令人失望的真相已完全呈现出来;事实证明,屠格涅夫先生甚至还没这些现象深刻。他不知道该做什么,不知道自己的立足点在哪里,他最终决定宣布自己是虚无主义的信徒。虚无主义是最新的——在我们看来,也是最荒谬的进步形式。然而屠格涅夫声称自己是自由的,居然还有勇气指责他人的被奴役,甚至指责托尔斯泰!

六

上述的探讨完全不是多余的:它直接将我们引出了关于我们文学的一些总体评论,我们将以此结束我们的文章。非常清楚的是,从1868年开始,即从《战争与和平》面世开始,实际上所谓的俄罗斯文学的构成(即我们作家的构成)已有了不同的形式和不同的意义。托尔斯泰伯爵在这种结构中占据首位,其地位之高不可估量,远远超出其他文学家的水准。曾经占据首位的作家们,现在成了二流,退居二线。如果我们以最轻松的方式(即不是因为贬低什么,而是因为彰显其实力的天才上升到了一个巨大的高度)来看待这种地位的变化,我们就不能不由衷地为此感到高兴。

---

[1] 出自俄国诗人阿波隆·迈科夫(1821—1897)的长诗《三种死亡》(1851)。诗中的主人公、伊壁鸠鲁主义者卢修斯责备诗人的"梦想和信仰"是多变的,会受到环境的偶然影响。

迄今为止，无论是对我们，还是对外国人来说，谁曾是俄国文学的代表人物？谁占据了俄罗斯文学的首位？当然是屠格涅夫、奥斯特洛夫斯基、涅克拉索夫。正是那些天才，他们以自己的活动，自己的成就，自己难以抗拒的魅力征服了读者大众。结果呢？不幸的是，他们之中没有一个值得完全的同情；没有一个是完全自由的——因为刚才谈到了自由。没有一个人没有重大的缺陷。我们已经谈过屠格涅夫先生的动摇。奥斯特洛夫斯基先生的动摇也不少，尽管我们的批评不太注意，也很少谈论他。至于涅克拉索夫先生，大家早就知道，他让自己的缪斯成为众所周知的思想和潮流的农奴。这是我们诗人中最有才华的一位，但同时也是最不勇敢的人，最大程度地摧残、压迫自己的情感以便讨好他所屈从的愿望。

由此，我们的文学呈现出了可悲的景象。由于我们思想发展的错误，最有才华的人们被毁了；他们要么走上了错误的路，随波逐流；要么自己也不知道该做什么，左右摇摆。但是最终出现了一位勇士，他没有屈服于我们任何有害的、时髦的思想，他完全打破了那种思想冲击——后者曾使俄罗斯文化阶层丧失了清晰的视野和清醒的头脑；赶跑了我们为之胆怯、顺从的那些权威。从与我们混乱的生活和精神世界的艰苦斗争中（去年我们曾谈到过这场斗争），他变得更加强大和健康，他身上的力量得到了发展和加强，并一下子将我们的文学提升到了它从未梦想过的高度。

怎么能不高兴呢？现在我们将更加宽容地对待我们曾经的文学代表。我们将不会感到悲伤和愤怒，当我们看到领导大众的是那些要么在错误的道路上固执己见，要么不知道该坚持什么因而随波逐流的人时，这种悲伤和愤怒曾经让我们激动不已。上帝与他们同在！他们的统治结束了！

怎么能不高兴呢？在长时间的偏离真正的道路后，在经历了那些疾病的所有症状后，俄罗斯文学最终恢复了原先的健康。这种强大的和谐力量偶尔在普希金的作品中被提及，从那时开始好像就变得浅薄、分成了小细流，在沼泽中消失了，突然重新清晰地以新的形式出现在我们面前，带着那种无与伦比的魅力印记,健康的、纯粹的,在其质朴和内在平衡中超越了其他民族最高的诗歌力量。我们怎么能不高兴?

如果现在外国人向我们询问我们的文学,那么我们不会告诉他们说,我们的文学前景光明,潜力巨大,我们也不会有所保留,不会引用各种情有可原的情况来解释我们当代文学权威们的缺陷和片面性;我们将直接指出《战争与和平》是我们文学运动的成熟果实,是我们自己都崇拜的作品,它对我们来说是珍贵和重要的,不是因为没有更好的作品,而是因为它属于我们所知道和能够想象的最伟大、最优秀的文学创作。目前,西方文学界没有任何作品能与我们现在所拥有的作品相提并论,甚至连水平接近的作品都没有。

如果斯拉夫兄弟现在向我们要书,那我们不会违心地把屠格涅夫、奥斯特洛夫斯基、涅克拉索夫给他们;不,我们会平静地、无所顾忌地将这些作家介绍给他们,因为和他们一起的还有《战争与和平》。托尔斯泰伯爵的作品所散发出的光芒如此强烈,相形之下,此前曾用那些小的、用微弱的、不稳定的甚至常常是完全错误的光芒照亮过我们生活的名人也不可怕了。所有我们文学的弱点和病态的方面现在都显露出来了;我们有了标准来衡量健康与有力的诗歌,在这些标准的对照之下,那些我们长期熟悉的、不完全的、扭曲的诗歌闪光点都获得了真正的意义,我们之前曾被迫赋予这些闪光点较之实际拥有的更多重要性。

当然了,重要的并不在于我们对欧洲说了什么,也不在于给斯拉夫人送去什么;重要的在于我们自己,在于《战争与和平》对我们社会的精神发展所能产生的有利影响——这个病态社会所产生的痛苦有时会让忠于民族的人们感到恐惧和绝望。在文学中,在政论中,在广大读者和写作者中,到处都充斥着如此薄弱的思想、如此扭曲的本能和观念、如此众多的偏见和误解,以至于人们不禁为我们的精神发展感到担忧,不禁思考我们是否患上了某种不治之症,俄罗斯人的思想和心灵是否注定要在侵蚀我们精神系统的疾病下枯萎和消亡。这正是《战争与和平》能给我们带来帮助和欢乐的根本所在。这本书是我们文化的结晶，就像普希金的作品一样坚实而不可动摇。只要我们的文学还健康活着，我们就没有理由怀疑俄罗斯民族内心深处的健康，可以说，在我们精神王国边缘出现的所有病态现象都可以看作是海市蜃楼。《战争与和平》很快就会成为每个受过教育的俄罗斯人的手头必备书，成为我们孩子的经典读物，成为年轻人思考和学习的主题。随着托尔斯泰伯爵伟大作品的问世，我们的文学将再次占据其应有的位置，并将成为正确而重要的教育因素，无论是从狭义——对年轻一代的教育，还是从广义——对整个社会的教育。我们将越来越坚定、越来越自觉地保持忠实于贯穿托尔斯泰伯爵著作的美好理想，忠实于淳朴、善良和真实的理想。

后　记

与尼古拉·尼古拉耶维奇·斯特拉霍夫"相识"已快二十年了。

常常说一本书就像是学者的一个孩子，从十月怀胎到呱呱坠地，其间经历了无数的辛苦与付出。我与斯特拉霍夫研究的缘分产生很早。我的博士论文以白银时代俄国知识分子文学形象为研究对象。当时我想探究的是曾经"社会的良心""民众的代言人"为何到了白银时代会选择逃离革命，转向审美乌托邦的创造。毕业之后，对于这个问题的进一步思考直接将我的兴趣点引向了十九世纪的俄国文学。我开始意识到，19世纪的俄国文学恐怕不仅仅是普希金、果戈理，不仅仅是屠、托、陀这"三座大山"，也不仅仅是别、车、杜这三驾马车的天下。它应该包含着之前很多文学史、思想史上的"失踪者"及他们的创作。吴元迈先生恰好也在那时提出："现在该是较多关注19世纪以及19世纪以前时代文学研究的时候了。"[1]

于是我选取了反虚无主义文学作为新的切入点，并由此获得了第一个国家社科基金项目"19世纪下半期俄国反虚无主义文学研究"（2007），于是斯特拉霍夫这位长期被埋没的俄国文学批评家就进入了我的研究视野。大概是2008年的时候，我从ABEBOOKS网站上购买了第一本斯特

---

[1] 吴元迈：《对19世纪俄罗斯文学的再认识》，《外国文学评论》，2006年第1期，第6页。

拉霍夫的著作《关于屠格涅夫与托尔斯泰的批评文章》（1901 年出版，1968 年 Mouton 影印版），陆续写出了一些文章。以此为基础，我在 2014 年申请到了第二个国家社科基金项目"尼·尼·斯特拉霍夫文学批评研究"，本书即为该项目的最终成果。

如果说反虚无主义文学研究是对 19 世纪中后期俄国文坛保守主义思潮整体性研究的话，那么对斯特拉霍夫的研究则是选取了保守主义在文学批评上的呈现。而本人正在进行中的国家社科基金重点项目"卡特科夫及其《俄国导报》研究"（2020）则是研究保守主义在文学期刊出版方面呈现的一种尝试。我希望通过对反虚无主义小说、斯特拉霍夫的文学批评以及卡特科夫的出版策略的研究，来揭示 19 世纪俄国文学久为被人忽略的一面，进而也能回答我在博士论文里提的那个问题：为什么俄国知识分子到了白银时代会发生转向？要知道没有 19 世纪，何来白银时代？

在该书写作过程中，我先后三次赴俄罗斯参加相关学术会议，搜集资料，与俄罗斯同行就斯特拉霍夫研究问题展开对话。从 2008 年至今，斯特拉霍夫在俄罗斯学界得到了越来越多的关注，他和他的文化遗产也成为越来越多学者的研究对象。2023 年，俄罗斯《哲学问题》编辑部、圣彼得堡大学等单位还联合举办了纪念斯特拉霍夫诞辰的国际学术研讨会，他的传记资料、研究文献也一直在陆续出版。笔者以为，斯特拉霍夫在今日俄罗斯的备受重视，跟他致力于本国文化建设、反对西方文化独大的立场是分不开的。自文艺复兴以来，以理性自由、资本扩张等为标志的西方飞速发展，取得了巨大成就，但也建构起了西方中心论、霸权主义、强权意识等理论和话语体系。作为一位俄国思想家，斯特拉霍夫很早就认识到了西方现代化的问题之所在，提出了在"与西方斗争"中建设本民族文化的观点。从今天来看，他的这一观点仍具有现实意义。

该研究 2014 年立项，2019 年完成，直到 2025 年才出版，时间不可谓不长，但我仍觉得这书还是存在着不少遗憾：有许多关于斯特拉霍夫的研究主题尚未进一步发掘；十多年来有许多陆续出版的研究资料也没顾得上认真消化等等。这一点，我是深感遗憾的。

每一个项目的获得和完成，都离不开许多前辈同行的帮助和支持。我的导师，中国社科院外文所的吴元迈先生，一直关注我的学术发展。因为新冠疫情的缘故，我没能在他在世的时候见上一面，这是我难以弥补的遗憾。首都师范大学的刘文飞教授是我的另一位老师，他在学术上的敏锐，在生活中的温和，常使我大受启发之际又倍感亲切。南京师范大学的张杰教授是我学术道路上的领路人，作为资深的俄苏文论专家，他对我的指点常有拨云见雾之效。北京大学出版社的张冰编审一直以她不懈的努力为俄苏文学乃至整个外国文学研究的著作出版奉献力量，她的热情和开朗常常令我感到如沐春风。北京大学出版社的李哲老师已经是第二次为我出书做责编了，虽然平时联系不多，但他的严谨和稳重一直令我心怀感激。

俄罗斯科学院高尔基世界文学研究所的 М. И. Щербакова 研究员是 19 世纪俄国文学研究的权威，承蒙她的邀请，我在 2017—2018 年之交在莫斯科度过了愉快的三个月访学期。俄罗斯国立别尔哥罗德大学的 П. А. Ольхов 教授是斯特拉霍夫纪念馆的负责人，他和他的夫人 Е. Н. Мотовникова 都是研究斯特拉霍夫的专家，因他们的邀请，我两次去别尔哥罗德交流，切身体会到斯特拉霍夫家乡人的热情。如今的别尔哥罗德地处俄乌冲突的前线，也不知两位老友在炮声隆隆中过得可好。

国家哲学社会科学规划办公室、江苏省留学基金委、苏州大学社科处分别以资助立项的方式为本研究的顺利完成提供了有力的保障，在此表示衷心的感谢。《俄罗斯文艺》《中国俄语教学》《外国文学评论》《外国文学研究》等刊物，在我研究斯特拉霍夫文学批评的漫长过程中，陆续发表了我的一些前期成果，不但赋予我继续研究的勇气，也为我与国内外同行的交流提供了极好的平台。

最后，谢谢家人一直以来的陪伴。新冠疫情使我们意识到亲情的可贵。疫情之后，心态和身体似乎也不复年轻，如果没有家人的陪伴和照顾，我想本书的出版可能还会拖上一阵子。

是为后记。

朱建刚

甲辰年初夏于姑苏城南